suhrkamp taschenbuch 2917

Für Julio Cortázar war die Gattung der kürzeren oder längeren Erzählung zeitlebens eine seiner quasi natürlichen Ausdrucksformen, die er ebenso virtuos wie reflektiert benutzte. Kein Wunder, daß eine seiner unvergeßlichen Erzählungen, *Der Verfolger*, den legendären Jazzmusiker Charlie Parker zum Gegenstand hat. Wie er benutzt er Motiv und Variation, geht aus von einem festen Punkt in der Wirklichkeit und endet, unmerklich sich emporschraubend, an einem Ort jenseits der Realität, nur erreichbar in der Phantasie.

Phantastisch sind auch die Unterweisungen in den *Geschichten der Cronopien und Famen*: Wie man richtig weint, singt, Treppen steigt oder eine Uhr aufzieht. Die Cronopien, kleine »grüne und feuchte« Subjekte, schleichen sich schnell, ehe man sich versieht, in die eigene Welt ein und leben vor, was wir tun müssen, um »Tag für Tag von neuem uns Weg zu bahnen in der klebrigen Masse, die sich Welt nennt«.

»Ein klitzkleines Cronopium suchte den Haustürschlüssel auf dem Nachttisch, den Nachttisch im Schlafzimmer, das Schlafzimmer im Haus, das Haus auf der Straße. Hier hielt das Cronopium inne, da es, um auf die Straße zu gehen, den Hausschlüssel benötigte.«

Julio Cortázar, 1914 in Brüssel geboren, lebte bis 1951 in Buenos Aires und ist 1984 in Paris gestorben. Sein umfangreiches Gesamtwerk weist ihn als einen der bedeutendsten Autoren des 20. Jahrhunderts aus.

Julio Cortázar
Südliche Autobahn

Die Erzählungen

Band 2

Aus dem Spanischen von
Fritz Rudolf Fries, Wolfgang Promies
und Rudolf Wittkopf

Suhrkamp

Dieser Band folgt der Ausgabe
Julio Cortázar, Die Erzählungen,
Suhrkamp Verlag Frankfurt am Main 1998.
Die Originalausgabe erschien 1994 unter dem Titel
Cuentos completos bei Alfaguara, Madrid.

Die Sammlung *Die geheimen Waffen* übersetzte
Rudolf Wittkopf, Wolfgang Promies übersetzte
Geschichten der Cronopien und Famen,
Fritz Rudolf Fries *Das Feuer aller Feuer.*

Erste Auflage 2019
suhrkamp taschenbuch 2917

Printed in Germany
Umschlag: Brian Barth
ISBN 978-3-518-24227-8

Julio Cortázar
Die Erzählungen
Band 2

Inhaltsübersicht

DIE GEHEIMEN WAFFEN

1959

Las armas secretas

Deutsch von Rudolf Wittkopf

Brief von Mama

Man hätte es sehr gut Bewährungsfrist nennen können. Jedesmal, wenn die Concierge ihm einen Brief übergab, genügte Luis ein Blick auf das vertraute winzige Gesicht von José de San Martín, und er wußte, daß er wieder einmal über die Brücke gehen mußte. San Martín, Rivadavia, diese Namen waren auch Bilder von Straßen und Dingen, die Rivadavia in Höhe sechstausendfünfhundert, das große Haus in Flores, Mama, das Café an der Ecke San Martín-Corrientes, wo die Freunde ihn manchmal erwarteten und wo der Mazagrán* einen leichten Geschmack nach Rizinusöl hatte. Mit dem Brief in der Hand, nach dem *Merci bien, Madame Durand,* war das Hinausgehen auf die Straße anders als am Tag zuvor, als an allen vorangegangenen Tagen. Jeder Brief von Mama (auch bevor ihr dieser lächerliche, absurde Fehler unterlaufen war) veränderte das Leben von Luis mit einem Schlag, brachte ihm die Vergangenheit zurück wie einen hart zurückprallenden Ball. Auch bevor er das gelesen hatte – und was er jetzt im Autobus halb wütend, halb bestürzt wiederlas, ohne es begreifen zu können –, die Briefe von Mama bedeuteten immer einen Wechsel der Zeit, einen kleinen, harmlosen Tumult in dem System, das Luis gewollt, geplant und erreicht hatte, es seinem Leben anverwandelnd, wie er Laura und Paris seinem Leben anverwandelt hatte. Jeder neue Brief suggerierte eine Weile (denn in dem Augenblick, da er sie liebevoll beantwortet hatte, vergaß er sie), daß seine hart erkämpfte Freiheit, dieses neue Leben, das er sich mit wilden Hieben in das Knäuel, das die anderen sein Leben nannten, zurechtgestutzt hatte, sich nicht mehr rechtfertigen ließ, ins Wanken geriet, wie die Tiefe der Straßen verschwand, während der Bus die Rue de Richelieu entlangfuhr. Es blieb nicht mehr als eine kleine bedingte Freiheit, die Lächerlichkeit, gleichsam wie ein Wort in Parenthese zu leben, vom Hauptsatz getrennt, den es trotzdem meistens trägt und erläutert. Und Unbehagen, und ein Bedürfnis, sofort zu antworten, wie jemand, der eine Tür gleich wieder schließt, kaum daß er sie geöffnet hat.

* Erfrischungsgetränk aus Wasser, Kaffee und Rum.

Dieser Morgen war einer von den vielen Morgen gewesen, an denen ein Brief von Mama gekommen war. Mit Laura sprach er selten von der Vergangenheit, fast nie von dem Haus in Flores. Nicht, daß Luis sich nicht an Buenos Aires erinnern wollte. Eher war ihm darum zu tun, Namen zu vermeiden (die Personen hatte er schon seit langem gemieden, doch die Namen, das waren wahre Phantome, von hartnäckiger Dauer). Eines Tages hatte er den Mut aufgebracht, Laura zu sagen: »Wenn man doch die Vergangenheit zerreißen und wegwerfen könnte wie den Entwurf eines Briefes oder eines Buches. Aber sie ist immer da, beschmutzt die Reinschrift, und ich glaube, das ist die wahre Zukunft.« Warum eigentlich sollten sie nicht von Buenos Aires sprechen, wo die Familie lebte und wo die Freunde dann und wann eine Postkarte mit ein paar freundlichen Worten schmückten. Und die Tiefdruckbeilage von *La Nación* mit den Sonetten dieser vielen verzückten Damen, dieses Gefühl des *déjà lu,* des wozu das. Und von Zeit zu Zeit eine Kabinettskrise, ein verärgerter Obrist, ein großartiger Boxer. Warum sollte er mit Laura nicht von Buenos Aires sprechen? Doch auch sie kam nicht auf früher zu sprechen, nur gesprächsweise einmal, und vor allem, wenn Briefe von Mama kamen, ließ sie einen Namen oder ein Bild fallen wie ein ungültig gewordenes Geldstück, das waren Dinge einer hinfällig gewordenen Welt am fernen Ufer des Flusses.

»Eh oui, fait lourd«, sagte der Arbeiter, der ihm gegenüber saß.

Wenn der wüßte, was Hitze ist, dachte Luis. Soll der mal an einem Nachmittag im Februar die Avenida de Mayo entlanggehen oder durch eine Gasse in Liniers!

Noch einmal zog er den Brief aus dem Umschlag, ohne sich Illusionen zu machen: der Satz stand da, ganz deutlich. Er war völlig absurd, aber er stand da. Seine erste Reaktion nach der Überraschung, diesem Schlag in den Nacken, war wie immer Abwehr. Laura durfte den Brief von Mama nicht lesen. War der Irrtum, die Namensverwechslung auch noch so lächerlich (Mama hatte »Victor« schreiben wollen und »Nico« geschrieben), Laura würde sich doch aufregen, das wäre unsinnig. Ab und zu gehen Briefe verloren; wäre doch dieser auf den Meeresgrund gesunken. Jetzt wird er ihn im Büro in die Toilette werfen müssen, und natürlich würde Laura sich ein paar Tage später wundern: »Wie seltsam, daß kein Brief von deiner Mutter gekommen ist.« Nie sagte sie *deine Mama,* vielleicht weil sie ihre schon als kleines Mädchen verloren hatte. Dann würde er antworten: »Wirklich, es ist seltsam, ich werde ihr noch heute ein paar Zeilen schreiben«, und er würde sie schreiben und sich über Mamas Schweigen wundern. Das Leben würde weitergehen wie immer, das Büro, das Kino am Abend, Laura immer ruhig, gütig, darauf bedacht, seine Wünsche zu erfüllen. Als er in der Rue de Rennes aus dem Bus stieg, fragte er sich plötzlich (es war keine Frage, aber wie es sonst nennen), warum er Laura den Brief von Mama eigentlich nicht zeigen wollte. Ihretwegen, wegen dem, was sie empfinden könnte, war es nicht. Es war ihm ziemlich gleichgültig, was sie empfand, wenn sie es verbarg. (War es ihm gleichgültig, was sie empfand, wenn sie es verbarg?) Ja, es war ihm ziemlich gleichgültig. (War es ihm gleichgültig?) Doch die Hauptwahrheit, wenn man annimmt, daß es dahinter noch eine andere gibt, die nächstliegende Wahrheit sozusagen, war, daß ihn interessierte, was Laura für ein Gesicht machen, wie sie sich verhalten würde. Und es interessierte ihn natürlich seinetwegen, wegen des Eindrucks, den die Art, wie Laura den Brief von Mama aufnähme, auf ihn machen würde. In einem bestimmten Augenblick würde sie auf den Namen Nico stoßen, und er wußte, daß Lauras Kinn leicht zittern würde, und dann würde Laura sagen: »Das ist doch seltsam ... was ist nur mit deiner Mutter los?« Und er würde die ganze Zeit gewußt haben, daß Laura an sich hielt, um nicht aufzuschreien, um mit den Händen nicht ihr Gesicht zu bedecken, das entstellt war vom Schmerz, gezeichnet von dem Namen Nico, der ihr auf den Lippen zitterte.

In der Werbeagentur, wo er als Zeichner arbeitete, las er den Brief wieder, einen der vielen Briefe von Mama, in dem nichts Besonderes stand, außer dem Satz, wo sie sich im Namen geirrt hatte. Er überlegte, ob er das Wort nicht ausradieren solle, Nico durch Victor ersetzen, einfach den Irrtum durch die Wahrheit ersetzen und mit dem Brief nach Hause gehen und ihn Laura zu lesen geben. Die Briefe von Mama interessierten Laura immer, obgleich sie unerklärlicherweise nicht für sie bestimmt waren. Mama schrieb ihm; zum Schluß, manchmal auch mitten im Brief, fügte sie sehr liebe Grüße an Laura bei. Das machte Laura nichts aus, sie las sie mit dem gleichen Interesse, manchmal bei einem Wort stockend, das wegen des Rheumas und der Kurzsichtigkeit etwas krakelig geschrieben war. »Ich nehme Saridón, und der Arzt hat mir etwas Salizyl gegeben ...« Die Briefe blieben zwei oder drei Tage auf dem Zeichentisch liegen; Luis hätte sie, gleich nachdem er sie beantwortete, am liebsten weggeworfen, doch Laura las sie wieder, die Frauen lesen gern Briefe wieder, betrachten sie von allen Seiten, scheinen jedesmal, wenn sie sie wieder hervorholen und sich ansehen, einen weiteren Sinn zu entdecken. Die Briefe von Mama waren kurz, enthielten Neuigkeiten von zu Haus, hie und da ein Wort zur politischen Lage (doch diese Dinge wußte man schon durch die Korrespondentenberichte in *Le Monde,* von Mama hörte man darüber immer mit Verspätung). Man hätte meinen können, daß es immer dieselben Briefe waren, schlicht und banal, völlig uninteressant. Das Gute an Mama war, daß sie sich nie der Traurigkeit überlassen hatte, die ihr die Abwesenheit ihres Sohnes und ihrer Schwiegertochter verursachen mußte, nicht einmal dem Schmerz über Nicos Tod – so sehr sie am Anfang auch geklagt, so viele Tränen sie vergossen hatte. Nie hatte Mama in den zwei Jahren, die sie schon in Paris lebten, Nico in ihren Briefen erwähnt. Sie war wie Laura, die seinen Namen auch nie erwähnte. Keine von beiden erwähnte ihn, und es war mehr als zwei Jahre her, daß er gestorben war. Die plötzliche Erwähnung seines Namens mitten im Brief war fast anstößig. Allein schon die Tatsache, daß der Name Nico auf einmal in einem Satz auftauchte, mit diesem gedehnten und zittrigen *N*, das *o* mit Ringelschwanz; schlimmer aber war, daß der Name in einem absurden Satz vorkam, was nur ein Zeichen von Senilität sein konnte. Plötzlich schien Mama jeden Zeitbegriff verloren zu haben und sich vorzustellen, daß ... Der Satz folgte auf eine kurze Empfangsbestätigung eines Briefes von Laura. Ein kaum angedeuteter Punkt mit der wäßrigblauen Tinte, die sie beim Krämer des Viertels kaufte, und unvermittelt: »Heute morgen hat Nico nach Euch gefragt.« Dann ging es weiter wie immer: die Gesundheit, die Cousine Matilde sei gestürzt und habe sich das Schlüsselbein gebrochen, den Hunden ginge es gut. Aber Nico habe nach ihnen gefragt.

Tatsächlich konnte man Nico leicht mit Victor verwechseln, und zweifellos war er es gewesen, der nach ihnen gefragt hatte. Der Cousin Victor, immer so aufmerksam. Victor hatte zwei Buchstaben mehr als Nico, doch mit etwas Geschick konnte man die Namen verwechseln. Heute morgen hat Victor nach Euch gefragt. Ganz natürlich, Victor wird Mama einen Besuch abgestattet und nach den Abwesenden gefragt haben.

Als er zum Mittagessen nach Hause kam, hatte er den Brief noch immer in der Tasche. Er war nach wie vor entschlossen, Laura, die ihn mit ihrem freundlichen Lächeln empfing, nichts zu sagen; ihr Gesicht schien seit Buenos Aires etwas blaß geworden, so als hätte die graue Pariser Luft ihm Farbe und Ausdruck genommen. Seit über zwei Jahren lebten sie in Paris, sie hatten Buenos Aires knapp zwei Monate nach Nicos Tod verlassen, aber im Grunde hatte sich Luis schon vom Tag seiner Hochzeit mit Laura an als nicht mehr dort betrachtet. Eines Nachmittags, nach einer Unterhaltung mit Nico, der schon krank war, hatte er sich geschworen, Argentinien, dem großen Haus in Flores, Mama und den Hunden und seinem Bruder (der schon krank war) den Rücken zu kehren. In jenen Monaten hatte sich alles um ihn herum gedreht, wie die Figuren eines Tanzes: Nico, Laura, Mama, die Hunde, der Garten. Sein Schwur war die brutale Geste eines Menschen gewesen, der auf die Tanzfläche eine Flasche wirft, die splitternd zerschellt und den Tanz unterbricht. Alles war in jenen Tagen brutal gewesen: seine Heirat, seine gar nicht zimperliche, rücksichtslose Trennung von Mama, das Vergessen aller gesellschaftlichen Pflichten und der Freunde, die darüber halb verwundert, halb enttäuscht waren. Nichts hatte ihm etwas ausgemacht, nicht einmal der leise Protest seitens Laura. Mama blieb allein zurück in dem großen Haus, mit den Hunden und den Arzneifläschchen und den Anzügen von Nico, die noch in einem Schrank hingen. Soll sie bleiben, wo sie ist, alle können ihm gestohlen bleiben. Mama schien begriffen zu haben, sie beweinte Nico schon nicht mehr und ging wie früher im Haus herum, mit der kühlen Resolutheit der Alten dem Tode gegenüber.

Doch Luis wollte sich nicht daran erinnern, wie der Nachmittag des Abschieds gewesen war, die Koffer, das Taxi zum Hafen, das Haus dort mit seiner ganzen Kindheit, der Garten, wo Nico und er Krieg gespielt hatten, die beiden langweiligen und dummen Hunde. Jetzt war er beinahe so weit, all das zu vergessen. Er ging zur Agentur, zeichnete Plakate, kam zum Essen nach Hause, trank die Tasse Kaffee, die Laura ihm lächelnd reichte. Sie gingen oft ins Kino, viel in den *Bois* spazieren, lernten Paris immer besser kennen. Sie hatten Glück gehabt, das Leben war erstaunlich leicht, die Arbeit passabel, die Wohnung hübsch, die Filme ausgezeichnet. Da kam dieser Brief von Mama.

Nicht daß ihre Briefe ihm unangenehm waren; hätte es sie nicht gegeben, so hätte die Freiheit ihn zu sehr belastet. Die Briefe von Mama brachten ihm stillschweigendes Verzeihen (aber es gab da nichts zu verzeihen), spannten die Brücke, über die er immer noch gehen konnte. Jeder einzelne beruhigte oder beunruhigte ihn über Mamas Gesundheit, erinnerte ihn an den familiären Sinn für Sparsamkeit, an den Fortbestand einer Ordnung. Und zugleich haßte er diese Ordnung, haßte sie wegen Laura, denn Laura war in Paris, aber jeder Brief von Mama erklärte sie als fremd hier, als Komplizin dieser Ordnung, gegen die er eines Abends im Garten verstoßen, nachdem er wieder einmal Nicos schwachen, fast demütigen Husten gehört hatte.

Nein, er würde ihr den Brief nicht zeigen. Es gehörte sich nicht, für einen Namen einen anderen einzusetzen, es ging nicht an, daß Laura diesen Satz von Mama las. Ihr grotesker Fehler, ihre momentane Tölpelei – er sah sie mit einer alten Feder kämpfen, mit dem Papier, das wegrutschte, mit ihrer Kurzsichtigkeit –, würde in Laura wie ein Samenkorn aufgehen. Besser, den Brief wegwerfen (er warf ihn am selben Nachmittag weg) und abends mit Laura ins Kino gehen, so schnell wie möglich vergessen, daß Victor nach ihnen gefragt hatte. Auch wenn es Victor gewesen war, der wohlerzogene Cousin, vergessen, daß Victor nach ihnen gefragt hatte.

Teuflisch, geduckt, sich die Lippen leckend, wartete Tom darauf, daß Jerry in die Falle ging. Jerry ging nicht in die Falle, und über Tom brach eine Katastrophe nach der anderen herein. Dann kaufte Luis Eis, sie schleckten es, während sie zerstreut auf die farbige Reklame schauten. Als der Film begann, sank Laura etwas tiefer in ihren Sessel und nahm ihre Hand von Luis' Arm. Er spürte, daß sie wieder weit weg war, wer weiß, ob das, was sie zusammen sahen, für beide noch dasselbe war, auch wenn sie später auf der Straße oder im Bett über den Film sprächen. Er fragte sich (es war keine Frage, aber wie es sonst nennen), ob Nico und Laura im Kino einander auch so fern gewesen waren, als Nico ihr den Hof machte und sie zusammen ausgingen. Wahrscheinlich kannten sie sämtliche Kinos in Flores, die ganze alberne Promenade der Calle Lavalle, den Löwen, den Athleten, der den Gong schlägt, die spanischen Untertitel von Carmen Pinillos, die Personen dieses Films sind frei erfunden, jede Ähnlichkeit mit …

Dann, als Jerry Tom entwischt war und die Stunde für Barbara Stanwyck oder Tyrone Power schlug, würde Nicos Hand sich langsam auf Lauras Schenkel gelegt (der arme Nico, so schüchtern, ganz Bräutigam) und die beiden würden sich wegen wer weiß was schuldig gefühlt haben. Für Luis stand fest, daß sie sich keiner bestimmten Sache schuldig gemacht hatten, auch wenn er nicht den kostbarsten aller Beweise erhalten hätte, die schnelle Abkehr Lauras von Nico hätte genügt, um in diesem Brautpaar ein reines Hirngespinst zu sehen, ausgeheckt von dem Viertel, der Nachbarschaft, den gebildeten und geselligen Kreisen, die das Salz von Flores sind. Der Einfall hatte genügt, eines Abends in dasselbe Tanzlokal zu gehen, das Nico oft besuchte, der Zufall einer Vorstellung durch den Bruder. Vielleicht deshalb, weil der Anfang so leicht war, war alles weitere unerwartet hart und bitter gewesen. Aber er wollte jetzt nicht daran denken, die Komödie hatte mit der sanften Niederlage Nicos geendet, mit seiner melancholischen Zuflucht zu einem Tod durch Schwindsucht. Das Seltsame war, daß Laura ihn nie erwähnte und daß er deshalb auch nicht von ihm sprach, daß Nico nicht einmal der Verstorbene, nicht einmal der tote Schwager, Mamas Sohn war. Am Anfang war ihm das eine Erleichterung gewesen nach dem schmutzigen Austausch von Vorwürfen, Mamas Weinen und Klagen, der dummen Einmischung Onkel Emilios und des Cousins Victor (Victor hat heute morgen nach Euch gefragt), der überstürzten Heirat ohne weitere Zeremonien als ein per Telefon gerufenes Taxi und drei Minuten vor einem Beamten mit Schuppen auf dem Kragen. Sie flüchteten in ein Hotel in Adrogué, weit weg von Mama und der ganzen aufgebrachten Verwandtschaft, und Luis war Laura dankbar, daß sie nie von dem armen Narren sprach, dem Bräutigam, aus dem so schemenhaft ein Schwager geworden war. Doch jetzt, mit einem Meer und dem Tod und zwei Jahren dazwischen, erwähnte Laura ihn immer noch nicht, und er fügte sich ihrem Schweigen aus Feigheit, wohl wissend, daß dies Schweigen im Grunde alles noch schlimmer machte, weil es Vorwurf und Reue enthielt, etwas, das einem Verrat zu ähneln begann. Mehr als einmal hatte er absichtlich Nicos Namen genannt, aber er begriff, daß er damit nicht ankam, daß Laura mit ihrer Antwort nur darauf bedacht war, die Unterhaltung auf etwas anderes zu bringen. Langsam hatte sich in ihren Gesprächen ein verbotenes Gebiet gebildet, das sie von Nico trennte, sein Name und die Erinnerung an ihn wurde in befleckte und klebrige Watte gepackt. Und auf der anderen Seite tat Mama dasselbe, sie hatte sich unbegreiflicherweise dem Schweigen verschworen. In jedem Brief war von den Hunden die Rede, von Matilde, von Victor, dem Salizyl, der Auszahlung ihrer Pension. Luis hatte gehofft, daß Mama einmal ihren Sohn erwähne, um sich mit ihr gegen Laura zu verbünden, um Laura sanft dazu zu bringen, Nicos postume Existenz zu akzeptieren. Nicht weil das notwendig war, denn wen kümmerte Nico schon, lebendig oder tot, doch die Duldung der Erinnerung an ihn in dem Pantheon der Vergangenheit wäre der trübe, unwiderlegbare Beweis dafür gewesen, daß Laura ihn wirklich und für immer vergessen hatte. Am hellen Tag bei seinem Namen gerufen, wäre der Inkubus verschwunden, so schwach und bedeutungslos wie aus seinem Erdenleben. Doch Laura nannte Nicos Namen weiterhin nicht, und jedesmal, wenn sie ihn nicht nannte, in Augenblicken, wo es ganz natürlich gewesen wäre, ihn zu nennen, sie ihn aber unterdrückte, spürte Luis wieder die Gegenwart Nicos im Garten von Flores, hörte sein diskretes Husten, das das vollkommenste Hochzeitsgeschenk vorbereitete, das man sich vorstellen kann, sein Tod mitten in den Flitterwochen derjenigen, die seine Braut, und desjenigen, der sein Bruder gewesen.

Eine Woche später wunderte sich Laura, daß kein Brief von Mama gekommen war. Sie jonglierten mit den üblichen Hypothesen und Luis schrieb noch am selben Nachmittag. Wegen der Antwort machte er sich keine großen Sorgen, doch es wäre ihm lieb gewesen (er merkte es, wenn er morgens die Treppe hinunterging), wenn die Concierge den Brief ihm gäbe, anstatt ihn in den dritten Stock zu tragen. Vierzehn Tage später erkannte er den ihm vertrauten Umschlag, das Gesicht von Admiral Brown und ein Bildchen mit den Wasserfällen des Iguazú. Er steckte den Brief weg, bevor er auf die Straße hinausging und den Gruß Lauras erwiderte, die oben aus dem Fenster schaute. Er fand es lächerlich, erst um die Ecke biegen zu müssen, bevor er den Brief öffnete. Boby war auf die Straße entwischt und hatte sich ein paar Tage später zu kratzen begonnen, angesteckt von irgendeinem räudigen Hund. Mama würde einen mit Onkel Emilio befreundeten Tierarzt aufsuchen, damit Boby die Seuche ja nicht auf Nero übertrage. Onkel Emilio war der Meinung, man solle die Hunde in Acaroina baden, doch sie war solch schwerer Arbeit nicht mehr fähig und es wäre besser, wenn der Tierarzt ein Insektenpulver verschriebe oder etwas, das man ihnen unters Essen mischen konnte. Die Frau von nebenan hatte eine räudige Katze, und wer weiß, ob Katzen nicht auch Hunde anstecken, und wäre es durch den Drahtzaun. Doch was würde sie dieses Altweibergeschwätz interessieren, auch wenn Luis immer sehr lieb zu den Hunden gewesen war und als Kind sogar einen der beiden am Fußende seines Bettes hatte schlafen lassen, im Gegensatz zu Nico, der sie nicht sehr mochte. Die Frau von nebenan riet, sie mit DDT zu besprühen, falls er nicht die Krätze war, Hunde holen sich auf der Straße alle möglichen Seuchen, an der Ecke der Bacacay war jetzt ein Zirkus mit sonderbaren Tieren, womöglich waren Mikroben oder sowas in der Luft. Mama kam aus dem Schrecken nicht mehr heraus, angefangen mit dem Jungen der Schneiderin, der sich den Arm mit kochender Milch verbrannt hat, bis zum räudigen Boby.

Dann kam so etwas wie ein blaues Sternchen (die Feder, die auf dem Papier gehakt hatte, der Ausdruck von Mamas Unwillen) und dann einige melancholische Betrachtungen darüber, wie allein sie sein würde, wenn Nico, wie es schien, nun auch nach Europa ginge, doch das sei nun mal das Schicksal der Alten, die Kinder sind Schwalben, die eines Tages ausfliegen, man darf nicht verzagen, solange der Körper noch mitmacht. Die Frau von nebenan ...

Jemand rempelte Luis an, hielt ihm in Marseiller Akzent eine kurze Rede über Bürgerrechte und Bürgerpflichten. Nebelhaft wurde ihm bewußt, daß er den Leuten im Wege stand, die durch den schmalen Gang der Metro drängten. Der Rest des Tages war ebenfalls nebelhaft, er rief Laura an, um ihr zu sagen, daß er nicht zum Essen komme, zwei Stunden verbrachte er auf einer Parkbank, las den Brief von Mama von neuem und fragte sich, wie er sich dem Wahnsinn gegenüber verhalten sollte. Zuerst mit Laura sprechen. Warum (es war keine Frage, doch wie es sonst nennen) Laura weiterhin verheimlichen, was geschehen war? Er konnte nicht so tun, als ob auch dieser Brief verlorengegangen sei, er konnte auch nicht halbwegs mehr annehmen, daß Mama sich geirrt und statt Victor Nico geschrieben hatte. Diese Briefe waren entschieden Laura, waren das, was mit Laura geschehen würde. Nicht einmal das: was seit dem Tag ihrer Heirat bereits geschehen war, die Flitterwochen in Adrogué, die Nächte, in denen sie sich auf dem Schiff, das sie nach Frankreich brachte, verzweifelt geliebt hatten. Alles war Laura, alles würde Laura sein, jetzt da Nico in Mamas Wahn nach Europa kommen wollte. Komplizin wie nie zuvor, sprach Mama Laura jetzt von Nico, teilte ihr mit, daß Nico nach Europa kommen würde, nach Europa, schlicht nach Europa, denn sie wußte, daß Laura verstehen würde, daß Nico sich in Frankreich ausschiffen und nach Paris kommen würde, in ein Haus, wo man ganz vortrefflich so tat, als hätte man ihn vergessen, den Armen.

Er unternahm zweierlei: schrieb an Onkel Emilio und nannte ihm die Symptome, die ihn beunruhigten, bat ihn, Mama gleich aufzusuchen, um sich Gewißheit zu verschaffen und die nötigen Maßnahmen zu treffen. Er trank einen Cognac nach dem anderen und ging zu Fuß nach Hause, um auf dem Weg zu überlegen, was er Laura sagen sollte, denn schließlich konnte er nicht umhin, mit Laura zu sprechen und sie ins Bild zu setzen. Von Straße zu Straße spürte er, wie schwer es ihm fiel, sich der Gegenwart zu stellen, dem, was eine halbe Stunde später geschehen mußte. Mamas Brief konfrontierte ihn bedrückend mit der Wirklichkeit dieser zwei Jahre in Paris, der Lüge eines erschacherten Friedens, eines äußerlichen Glücks, das gesichert war durch Zerstreuungen und Kinobesuche, einem unfreiwilligen Pakt des Schweigens, bei dem sie beide sich langsam voneinander entfernten, wie das bei allen negativen Bündnissen ist. Ja, Mama, ja, der räudige Boby, Mama. Armer Boby, armer Luis, wieviel Krätze, Mama. Ein Ball im Club von Flores, Mama, ich ging hin, weil er darauf bestand, ich vermute, er wollte mit seiner Eroberung angeben. Armer Nico, Mama, mit diesem trockenen Husten, an den noch niemand glaubte, in diesem gestreiften Zweireiher, mit dieser pomadisierten Frisur und der so stutzerhaften Rayon-Krawatte. Man plaudert etwas, findet Gefallen aneinander, warum soll er diesen Tanz nicht mit der Braut seines Bruders tanzen, oh, Braut ist zuviel gesagt, Luis, ich darf Sie doch Luis nennen, nicht wahr. Aber ja doch, mich wundert, daß Nico Sie noch nicht mit nach Hause gebracht hat, Sie werden Mama sehr sympathisch sein. Dieser Nico ist ein Tropf, daß er noch nicht mal mit Ihrem Vater gesprochen hat. Schüchtern, ja, das war er immer schon. Wie ich. Warum lachen Sie, glauben Sie mir nicht? Doch, doch, ich bin nicht so wie ich aussehe ... Heiß hier, was? wirklich, Sie müssen uns besuchen kommen, Mama wird entzückt sein. Wir drei leben allein nur mit den Hunden. He, Nico, es ist eine Schande, daß du sowas verborgen hältst, du Schuft. Unter uns sind wir so, Laura, wir sagen uns alles mögliche. Mit deiner Erlaubnis werde ich diesen Tango mit der Señorita tanzen.

Nur einmal geschnalzt, war ganz einfach, ganz à la Pomade und Rayon-Krawatte. Sie hatte mit Nico aus Versehen gebrochen, war blind gewesen, weil die Niete von Bruder es fertiggebracht hatte, sie für sich einzunehmen und ihr den Kopf zu verdrehen. Nico spielte nicht Tennis, was spielt er denn, man bringt ihn nicht vom Schach und der Briefmarkensammlung weg, ich bitt Sie. Schweigsam, ein kleines Nichts, der Arme; Nico hatte das Nachsehen gehabt, hockte in irgendeiner Ecke des Patios und tröstete sich mit Hustensaft und bitterem Mate. Als er bettlägerig wurde und man ihm Ruhe verordnete, war in der Turn- und Fechthalle in Villa de Parque gerade ein Ball. Man kann sich sowas doch nicht entgehen lassen, zumal wenn Edgardo Donato spielt und die Sache gut zu werden verspricht. Mama fand es ganz in Ordnung, daß er mit Laura ausging, sie hatte sie wie eine Tochter aufgenommen, als man sie eines Nachmittags mit nach Hause brachte. Sieh mal, Mama, der Kleine ist so schwach, es wird ihn hart ankommen, wenn einer ihm was erzählt. Kranke wie er stellen sich alles mögliche vor, er wird bestimmt glauben, daß ich mit Laura flirte. Besser, er erfährt nicht, daß wir in die Turnhalle gehen. Aber ich habe Mama das nicht gesagt. Niemand im Haus hat je erfahren, daß wir zusammen gingen. Natürlich nur so lange, bis der Kranke wieder gesund wäre. Und so ging es weiter, die Bälle, zwei oder drei Bälle, dann das Auto des mopsigen Ramos, die Fete bei der Beba, die Barbesuche; die Spritztour zur Brücke des Bachs, der Mond, ein Mond wie ein Hotelfenster, und Laura, die, ein bißchen beschwipst, im Auto sich wehrte, die geschickten Hände, die Küsse, die unterdrückten Schreie, die Vikunjadecke, die schweigende Heimfahrt, das verzeihende Lächeln.

Das Lächeln war beinahe das gleiche, als Laura ihm die Tür öffnete. Es gab Braten, Salat, Karamelpudding. Um zehn kamen die Nachbarn, die mit ihnen Canasta spielten. Sehr spät, als sie zu Bett gingen, holte Luis den Brief hervor und legte ihn auf den Nachttisch.

»Ich habe dir nicht früher davon gesprochen, weil ich dich nicht betrüben wollte. Mir scheint, daß Mama …«

Im Bett kehrte er ihr den Rücken zu und wartete ab. Laura steckte den Brief wieder in den Umschlag und löschte das Licht. Er spürte sie neben sich, nicht direkt neben sich, aber er hörte sie nah an seinem Ohr atmen.

»Hast du das gelesen?« fragte Luis, auf seine Stimme achtend.

»Ja. Glaubst du nicht, daß sie sich im Namen geirrt hat?«

Es mußte so sein. Bauer vier König, Bauer vier König. Ausgezeichnet.

»Vielleicht wollte sie Victor schreiben«, sagte er und krallte sich die Fingernägel in die Handfläche.

»Ach ja, natürlich. Das ist möglich«, sagte Laura. Springer König drei Läufer.

Dann taten sie so, als ob sie schliefen.

Laura hatte es richtig gefunden, daß nur Onkel Emilio eingeweiht werden sollte, und die Tage vergingen, ohne daß sie wieder davon sprachen. Jedesmal, wenn er nach Hause kam, wartete Luis darauf, daß Laura etwas Unvermutetes sage oder sich anders als sonst benehme, daß sie diese Ruhe und dieses Schweigen, das sie bewahrte, durchbreche. Sie gingen wie immer ins Kino, sie schliefen miteinander wie immer. Für Luis gab es in Laura kein anderes Geheimnis mehr als das ihrer resignierten Einwilligung in dieses Leben, in dem nichts so geworden war, wie sie sich das zwei Jahre zuvor erhofft hatten. Jetzt kannte er sie gut, und wenn er einen Vergleich zog, mußte er zugeben, daß Laura war wie Nico gewesen war, zu denen gehörte, die sich zurückhalten und nur aus Trägheit handeln, auch wenn sie manchmal einen geradezu ungeheuren Willen aufbrachte, nichts zu tun, wirklich für nichts zu leben. Sie hätte sich mit Nico viel besser verstanden als mit ihm, und sie wußten das beide seit dem Tag ihrer Hochzeit, seit sie nach dem sanften Einverständnis der Flitterwochen und des Verlangens das erste Mal Stellung beziehen mußten. Jetzt hatte Laura wieder Alpträume. Sie träumte viel, doch der Alptraum war anders, Luis erkannte ihn an bestimmten Bewegungen ihres Körpers, wirrem Reden oder kurzen Schreien eines erstickenden Tieres. Es hatte an Bord begonnen, als sie noch über Nico sprachen, denn Nico war gerade gestorben und sie hatten sich wenige Wochen darauf eingeschifft. Eines Nachts, nachdem sie des armen Nico gedacht hatten und bereits das Schweigen sich einschlich, das später zwischen sie treten sollte, hatte Laura den

Alptraum gehabt. Er kam von Zeit zu Zeit wieder und es war immer dasselbe. Laura erwachte mit dumpfem Stöhnen, einem krampfhaften Zucken der Beine, und plötzlich ein Schrei, der eine einzige Ablehnung war, ein Zurückweisen mit beiden Händen und dem ganzen Körper von etwas Entsetzlichem, das im Traum auf sie stürzte wie ein riesiger Klumpen einer klebrigen Masse. Er schüttelte sie, beruhigte sie, brachte ihr Wasser, das sie unter Schluchzen trank, noch halb verfolgt von der anderen Seite ihres Lebens. Sie sagte, sie könne sich an nichts erinnern, es sei etwas Schreckliches, aber man könne es nicht erklären, und sie schlief wieder ein, ihr Geheimnis mitnehmend, doch Luis wußte, daß sie wußte, daß sie sich gerade jenem gegenüber gesehen hatte, der, wer weiß unter welch schrecklicher Maske, in ihrem Traum erschien und dessen Knie Laura in einem Taumel des Entsetzens, vielleicht vergeblicher Liebe, umklammerte. Es war immer dasselbe, er reichte ihr ein Glas Wasser und wartete ruhig, daß sie wieder den Kopf auf das Kissen lege. Vielleicht würde das Entsetzen eines Tages stärker sein als der Stolz, wenn es Stolz war. Vielleicht könnte er dann von seiner Seite aus kämpfen. Vielleicht war noch nicht alles verloren, vielleicht würde das neue Leben wirklich etwas anderes sein als dies gespielte Lächeln, wirklich etwas anderes als dies gespielte Lächeln und die französischen Filme.

Vor dem Zeichentisch, von anderen Leuten umgeben, gewann Luis den Sinn für Symmetrie und Methode wieder, die er aufs Leben gern anwandte. Da Laura das Thema nicht berührte und, wie es schien, gelassen die Antwort von Onkel Emilio abwartete, war es an ihm, sich mit Mama auseinanderzusetzen. Er beantwortete ihren Brief, wobei er sich auf die belanglosen Neuigkeiten der letzten Wochen beschränkte, und hob sich eine Richtigstellung für das Postskriptum auf: »So will Victor also nach Europa kommen. Alle wollen plötzlich auf Reisen gehen, das macht sicher die Reklame der Reisebüros. Sag ihm, er soll schreiben, wir können ihm alle Daten schicken, die er braucht. Sag ihm auch, daß er natürlich bei uns unterkommen kann.«

Onkel Emilio antwortete fast postwendend, kurz und trocken, wie es sich für einen so nahen Verwandten schickte, der voller Ressentiments war wegen dem, was er während Nicos Totenwache als ungeheuerlich bezeichnet hatte. Ohne sich mit Luis direkt zu überwerfen, hatte er seine Gefühle mit der in solchen Fällen üblichen Subtilität zu erkennen gegeben, indem er davon Abstand nahm, ihn zum Schiff zu begleiten und zwei Jahre hintereinander seinen Geburtstag vergaß. Jetzt beschränkte er sich darauf, als Mamas Schwager seine Pflicht zu tun, und schickte in knappen Worten den Befund. Mama gehe es sehr gut, doch spreche sie kaum, was verständlich ist, wenn man an den vielen Kummer denke, den sie in der letzten Zeit gehabt habe. Man spüre, daß sie sehr einsam sei in dem großen Haus in Flores, was logisch sei, da keine Mutter, die ihr Leben lang mit ihren zwei Kindern zusammen gelebt hat, sich in einem so großen Haus voller Erinnerungen wohlfühlen könne. Was die fraglichen Sätze betreffe, habe Onkel Emilio den nötigen Takt gezeigt, den eine so heikle Sache erfordert, er bedaure jedoch, ihnen sagen zu müssen, daß er sich keine große Klarheit habe verschaffen können, da Mama nicht zum Plaudern aufgelegt gewesen sei, ihn sogar im Salon empfangen habe, was sie bei ihrem Schwager noch nie gemacht habe. Auf eine Bemerkung hinsichtlich ihrer Gesundheit hatte sie geantwortet, daß es ihr, von ihrem Rheuma abgesehen, sehr gut gehe, wenn es sie neuerdings auch anstrenge, so viele Hemden bügeln zu müssen. Onkel Emilio hatte Anteilnahme gezeigt und gefragt, um welche Hemden es sich handle, doch sie hatte darauf nur den Kopf gesenkt und ihm einen Jerez und Bagley-Kekse angeboten.

Mama ließ ihnen nicht viel Zeit, den Brief von Onkel Emilio und die offensichtliche Ergebnislosigkeit seines Besuchs zu erörtern. Vier Tage später kam ein Einschreibebrief, obgleich Mama sehr wohl wußte, daß es nicht nötig war, Luftpostbriefe nach Paris per Einschreiben zu schicken. Laura rief Luis an und bat ihn, so früh wie möglich nach Hause zu kommen. Eine halbe Stunde später fand er sie schwer atmend und den Blick verloren auf die gelben Blumen gerichtet, die auf dem Tisch standen. Der Brief lag auf dem Kaminsims, und nachdem er ihn gelesen hatte, legte er ihn wieder dort hin. Er setzte sich neben Laura und wartete ab. Sie zuckte die Achseln.

»Sie ist verrückt geworden«, sagte sie.

Luis zündete sich eine Zigarette an. Wegen des Rauches begannen ihm die Augen zu tränen. Er begriff, daß das Spiel weiterging, daß es an ihm war, den nächsten Zug zu tun. Doch dieses Spiel wurde von dreien gespielt, vielleicht auch von vieren. Jetzt war er sicher, daß sich auch Mama am Rande des Spielbretts befand. Er sank immer tiefer in seinen Sessel und ließ es geschehen, daß sein Gesicht sich die unnütze Maske der Hände vorhielt. Er hörte Laura weinen, unten tollten und kreischten die Kinder der Concierge.

Die Nacht bringt Rat, usw. Sie brachte ihnen einen schweren und dumpfen Schlaf, nachdem ihre Körper sich in einem monotonen Kampf gefunden hatten, den sie im Grunde gar nicht gewollt hatten. Einmal mehr wurde der Pakt des Stillschweigens geschlossen: morgens würden sie vom Wetter reden, von dem Verbrechen in Saint-Cloud, von James Dean. Der Brief lag immer noch auf dem Sims, und während sie Tee tranken, konnten sie nicht umhin, ihn zu sehen, doch Luis wußte, daß er ihn, wenn er von der Arbeit zurückkäme, nicht mehr vorfinden würde. Laura verwischte die Spuren mit ihrer kalten, peinlichen Sorgfalt. Ein Tag, noch ein Tag und noch ein Tag. Eines Abends mußten sie über die Erzählungen ihrer Nachbarn und bei einer Sendung mit Fernandel sehr lachen. Sie sprachen davon, sich ein Theaterstück anzusehen, ein Wochenende in Fontainebleau zu verbringen.

Auf dem Zeichentisch häuften sich unnötige Daten an, alle stimmten mit den Angaben in Mamas Brief überein. Das Schiff kam tatsächlich am Freitagmorgen, dem 17. in Le Havre an und der Sonderzug traf in Saint-Lazare um 11.45 ein. Am Donnerstag sahen sie das Theaterstück und amüsierten sich sehr. Zwei Nächte zuvor hatte Laura wieder einen Alptraum gehabt, doch er hatte sich nicht die Mühe gemacht, ihr ein Glas Wasser zu holen, hatte ihr den Rücken zugedreht und sie sich allein beruhigen lassen. Dann hatte Laura friedlich geschlafen, und tagsüber war sie damit beschäftigt, sich ein Sommerkleid zu schneidern. Sie sprachen davon, eine elektrische Nähmaschine zu kaufen, sobald der Kühlschrank abbezahlt wäre. Luis entdeckte den Brief von Mama in der Nachttischschublade und nahm ihn mit ins Büro. Er rief die Schiffahrtsgesellschaft an, obgleich er sicher war, daß Mamas Angaben stimmten. Das war seine einzige Gewißheit, denn alles andere war nicht einmal vorstellbar. Was war das aber auch für ein Idiot, dieser Onkel Emilio. Das beste wäre, Matilde zu schreiben, wenn sie sich einander auch entfremdet hatten, Matilde würde einsehen, daß man dringend etwas unternehmen und Mama beistehen müsse. Aber mußte man Mama denn wirklich beistehen (es war keine Frage, doch wie es sonst nennen), gerade Mama? Einen Augenblick dachte er daran, ein Ferngespräch anzumelden und mit ihr zu sprechen. Er dachte an den Jerez und die Bagley-Kekse und zuckte die Achseln. Auch blieb keine Zeit mehr, um Matilde zu schreiben, obgleich dazu durchaus noch Zeit war, aber vielleicht wäre es besser, Freitag, den siebzehnten abzuwarten, bevor ... Nicht einmal der Cognac half ihm mehr, nicht zu denken oder wenigstens ohne Angst zu denken. Er erinnerte sich deutlich an das Gesicht von Mama während der letzten Wochen in Buenos Aires nach Nicos Beerdigung. Was er für Schmerz gehalten hatte, zeigte sich ihm jetzt als etwas anderes, als etwas, in dem grollendes Mißtrauen lag, der Ausdruck eines Tiers, das spürt, daß man es in einer einsamen Gegend fern vom Haus aussetzen will, um es loszuwerden. Jetzt erst sah er Mamas Gesicht wirklich. Jetzt erst sah er sie wirklich während der Tage, als die ganze Familie sie nacheinander besuchen kam, um ihr wegen Nico ihr Beileid auszusprechen und ihr nachmittags Gesellschaft zu leisten, auch er und Laura waren von Adrogué gekommen, um ihr Gesellschaft zu leisten und ihr beizustehen. Nie waren sie sehr lange geblieben, weil dann Onkel Emilio kam oder Victor oder Matilde, und alle waren ihnen gegenüber frostig und abweisend, die Familie war über das, was geschehen war, und über Adrogué empört, weil sie beide glücklich waren, während Nico, der Arme, während Nico. Sie alle würden nie ahnen, wie sehr sie dazu beigetragen hatten, daß sie das erste erreichbare Schiff nahmen; es war, als hätten sie sich zusammengetan, um ihnen die Schiffskarten zu bezahlen und sie liebevoll, mit Geschenken und Taschentüchern, am Kai zu verabschieden.

Natürlich war es seine Kindespflicht, Matilde sofort zu schreiben. Vor dem vierten Cognac war er noch fähig, dergleichen zu denken. Beim fünften überdachte er es von neuem und mußte lachen (er ging zu Fuß durch Paris, um allein zu sein und einen klaren Kopf zu bekommen), mußte lachen über seine Kindespflicht, als ob Kinder Pflichten hätten, als ob ihre Pflichten die der vierten Schulklasse wären, die heiligen Pflichten gegenüber dem heiligen Fräulein der unflätigen vierten Klasse. Es war nicht seine Kindespflicht, Matilde zu schreiben. Warum so tun (es war keine Frage, aber wie es sonst nennen), als ob Mama verrückt wäre? Das einzige, was man tun konnte, war, nichts zu tun, die Tage verstreichen zu lassen, den Freitag ausgenommen. Als er sich wie immer von Laura verabschiedete und ihr sagte, daß er nicht zum Essen käme, weil er dringend ein paar Plakate fertig machen müsse, war er sich des weiteren so sicher, daß er hätte hinzufügen können: »Wenn du willst, gehen wir zusammen hin.« Er flüchtete sich in das Bahnhofscafé, weniger, um sich zu verstecken, als des armseligen Vorteils wegen, zu sehen ohne gesehen zu werden. Um 11.35 erkannte er Laura an ihrem blauen Rock, er folgte ihr in einiger Entfernung, sah wie sie auf die Tafel mit den Ankunftszeiten schaute, einen Beamten etwas fragte, eine Bahnsteigkarte kaufte und den Bahnsteig betrat, wo sich bereits viele Leute mit Wartemiene versammelten. Hinter einer mit Apfelsinenkisten beladenen Lore verborgen, sah er Laura, die sich zu fragen schien, ob sie in der Nähe des Ausgangs bleiben oder ein Stück auf den Bahnsteig hinausgehen solle. Er beobachtete sie ganz sachlich, so wie man ein Insekt beobachtet, dessen Verhalten Interesse erweckt. Da fuhr bereits der Zug ein und Laura mischte sich unter die Leute, die sich den Zugfenstern näherten, wobei jeder nach den Seinigen Ausschau hielt, unter dem Geschrei und den Armen, die sich aus den Fenstern reckten, als wären die da drinnen am Ersticken. Er ging um die Lore herum und betrat zwischen weiteren Apfelsinenkisten und Schmierölflecken den Bahnsteig. Von dort, wo er stand, würde er die Reisenden aussteigen sehen, würde sehen, wie Laura zurückkam, mit einem Ausdruck der Erleichterung im Gesicht, denn würde man Laura nicht die Erleichterung ansehen? (Es war keine Frage, doch wie es sonst nennen.) Und dann würde er sich den Luxus leisten, der Letzte zu sein, erst wenn alle Reisenden und die Gepäckträger vorbeigekommen wären, würde auch er hinausgehen, würde auf den sonnigen Platz hinuntergehen und im Café an der Ecke einen Cognac trinken. Und noch am selben Nachmittag würde er Mama schreiben, ohne die lächerliche Episode (doch sie war nicht lächerlich) im geringsten zu erwähnen, und dann würde er den Mut haben und mit Laura sprechen (doch er würde keinen Mut haben und nicht mit Laura sprechen). Auf jeden Fall Cognac, das bestimmt, und alles andere sollte ihm gestohlen bleiben. Er sah sie in Grüppchen vorbeikommen, wie sie sich unter Geschrei und Tränen umarmten, diese hemmungslosen Verwandten, eine billige Erotik wie ein Jahrmarktskarussell, das den Bahnsteig mit sich reißt, zwischen Koffern und Paketen und endlich, endlich, wie lange haben wir uns nicht gesehen, wie braungebrannt du bist, Ivette, doch doch, da hattet ihr sicher prächtiges Wetter, mein Kind. Wenn er darauf aus war, Ähnlichkeiten zu entdecken, um diesen Schwachsinn zum Spaß mitzumachen, mußten zwei der Männer, die in der Nähe vorbeigingen, dem Haarschnitt, den Sakkos und dem übertriebenen Gebaren nach, das ihr Lampenfieber, jetzt Paris zu betreten, verbergen sollte, Argentinier sein. Vor allem der eine ähnelte Nico, wenn er auf Ähnlichkeiten aus war. Der andere nicht, und dieser eigentlich auch nicht, wenn man sich nur mal seinen viel stärkeren Nacken und die größere Taillenweite ansah. Aber wenn man darauf aus war, Ähnlichkeiten zu entdecken, nur so zum Spaß, dieser andere, der schon vorbeigegangen war und jetzt dem Ausgang zustrebte, mit einem einzigen Koffer in der linken Hand. Nico war Linkshänder wie er, hatte diesen etwas runden Rücken, diesen Schulterschnitt. Laura mußte das gleiche gedacht haben, denn sie ging hinter ihm her und sah ihn sich an, auf ihrem Gesicht ein Ausdruck, den er gut kannte, Lauras Gesicht, wenn sie aus einem Alptraum erwachte, sich im Bett aufrichtete und starr in die Luft blickte, wobei sie, jetzt wußte er es, jenen sah, der sich entfernte und ihr den Rücken zukehrte, wenn die unsägliche Rache vollzogen war, ob der sie im Traum schrie und sich sträubte.

Wenn sie Ähnlichkeiten entdecken wollten, war der Mann jedoch ein Unbekannter, sie sahen ihn von vorn, als er seinen Koffer abstellte, um die Fahrkarte zu suchen und sie am Schalter abzugeben. Laura verließ den Bahnhof als erste, er wartete, bis sie weit genug weg war und auf der Plattform eines Busses verschwand. Dann ging er in das Café an der Ecke und ließ sich auf eine Polsterbank fallen. Er konnte sich später nicht mehr erinnern, ob er etwas zu trinken bestellt hatte, ob das, was ihm im Munde brannte, der Nachgeschmack des billigen Cognacs war. Er arbeitete den ganzen Nachmittag an den Plakaten, ohne sich eine Pause zu gönnen. Dann und wann fiel ihm ein, daß er Mama schreiben sollte, doch er tat nichts dergleichen, bis dann Büroschluß war. Er durchquerte Paris zu Fuß, und als er nach Hause kam, begegnete er im Hausflur der Concierge und plauderte eine Weile mit ihr. Er hätte sich gern noch länger mit ihr oder den Nachbarn unterhalten, doch alle kehrten in ihre Wohnungen zurück, es war Zeit zum Abendessen. Er ging langsam die Treppe hinauf (eigentlich ging er die Treppe immer langsam hinauf, um nicht außer Atem zu kommen und nicht zu husten), und als er im dritten Stock ankam, lehnte er sich, bevor er auf die Klingel drückte, gegen die Tür, um etwas auszuruhen, in der Haltung eines Menschen, der lauscht, was im Innern eines Hauses vor sich geht. Dann klingelte er wie immer zweimal kurz.

»Ah, du bist es«, sagte Laura und hielt ihm ihre kalte Wange hin. »Ich hab mich schon gefragt, ob du vielleicht länger bleiben mußt. Das Fleisch hat sicher viel zu lange gekocht.«

Es hatte nicht zu lange gekocht, doch dafür schmeckte es nach nichts. Wenn er es in diesem Augenblick über sich gebracht hätte, Laura zu fragen, warum sie zum Bahnhof gegangen war, vielleicht hätte der Kaffee oder die Zigarette wieder geschmeckt. Doch Laura hatte sich den ganzen Tag nicht aus dem Haus gerührt, sie sagte es, als bedürfe es einer Lüge oder als erwarte sie, daß er eine spöttische Bemerkung über das Datum und Mamas bedauerliche Wahnvorstellungen mache. Im Kaffee rührend, die Ellbogen auf der Tischdecke, ließ er ein weiteres Mal den Augenblick verstreichen. Auf Lauras Lüge kam es schon nicht mehr an, eine mehr bei den vielen fremden Küssen, bei so vielem, das mit Schweigen zugedeckt wurde, und das alles Nico war, denn in ihr oder in ihm gab es nichts, das nicht Nico war. Warum (es war keine Frage, aber wie es sonst nennen) den Tisch nicht für drei decken? Warum nicht weglaufen, warum nicht die Faust ballen und sie in dieses traurige, ergeben leidende Gesicht stoßen, das im Zigarettenrauch verschwamm, sich näherte und entfernte, wie unter Wasser, und sich langsam mit Haß zu füllen schien, so als wäre es das Gesicht von Mama? Vielleicht war er im andern Zimmer, vielleicht auch wartete er an die Tür gelehnt, wie er vorhin gewartet hatte, oder er hatte sich bereits dort eingerichtet, wo er schon immer der Herr gewesen war, in dem weißen und warmen Territorium der Bettücher, wo er Laura so oft im Traum erschienen war. Dort würde er warten, auf dem Rücken liegend, auch er seine Zigarette rauchend, ein wenig hustend und mit einem Clownsgesicht lachend, wie mit dem Gesicht der letzten Tage, als er keinen Tropfen gesunden Blutes mehr in den Adern hatte.

Er ging in das andere Zimmer, setzte sich an den Arbeitstisch und knipste die Lampe an. Es war nicht nötig, Mamas Brief noch einmal zu lesen, um ihn zu beantworten. Er begann zu schreiben, Liebe Mama. Er schrieb: Liebe Mama. Er warf das Blatt weg, dann schrieb er: Mama. Er spürte das Haus wie eine Faust, die sich immer mehr ballt. Alles war enger, bedrückender. Das Appartement war für zwei groß genug gewesen, es war gerade für zwei gedacht. Als er aufsah (er hatte gerade geschrieben: Mama), stand Laura in der Tür und sah ihn an. Luis legte die Feder beiseite.

»Findest du nicht, daß er viel magerer ist?« sagte er.

Laura verzog das Gesicht. Etwas Glänzendes lief ihr die Wangen hinunter.

»Ein bißchen«, sagte sie. »Man verändert sich ...«

Die guten Dienste

Für Marta Mosquera, die mir in Paris von Madame Francinet erzählte.

Seit einiger Zeit macht mir das Feueranzünden Mühe. Die Streichhölzer sind nicht mehr so wie früher, heute muß man sie mit dem Kopf nach unten halten und warten, bis die Flamme stark genug ist; das Holz ist naß, und so oft ich Frédéric auch bitte, mir trockene Kloben zu bringen, riechen sie immer feucht und brennen schlecht. Seit mir die Hände zu zittern begannen, macht mir alles viel mehr Mühe. Früher habe ich ein Bett in zwei Sekunden gemacht und die Bettücher sahen aus wie frisch gebügelt. Heute muß ich mehrmals um das Bett herumgehen und Madame Beauchamp wird ärgerlich und sagt, wenn sie mich stundenweise bezahle, so deshalb, damit ich mich nicht damit aufhalte, hier eine Falte zu glätten und da eine Falte zu glätten. All das, weil mir die Hände zittern und weil die Bettücher von heute nicht mehr so fest und stark sind wie früher. Doktor Lebrun hat gesagt, daß ich nichts hätte, ich solle nur ja auf meine Gesundheit achten, mich nicht erkälten und früh ins Bett gehen. »Und dieses Glas Wein alle Augenblicke, nicht wahr, Madame Francinet? Es wäre besser, wenn wir das ließen, und auch den Pernod am Mittag.« Doktor Lebrun ist ein junger Arzt, und seine Ansichten sind für die Jugend sicher sehr gut. Zu meiner Zeit hätte niemand geglaubt, daß Wein einem schaden könne. Und schließlich trinke ich ja nicht, was man trinken nennt, so wie die Germaine vom dritten Stock oder dieser Barbar von Félix, der Schreiner. Ich weiß nicht, warum ich da an den armen Monsieur Bébé denken muß, an dem Abend, als er mir ein Glas Whisky zu trinken gab. Monsieur Bébé! Ah, Monsieur Bébé! In der Küche der Wohnung von Madame Rosay, am Abend des Festes. Ich bin oft herausgekommen damals, bin noch von Haus zu Haus gegangen und habe nach Stunden gearbeitet. Bei Monsieur Renfeld, im Haus der Schwestern, die Klavier- und Violinstunden gaben, in so vielen Häusern, alle sehr vornehm. Heute kann ich gerade noch dreimal in der Woche zu Madame Beauchamp gehen, und wie mir scheint, nicht mehr lange. Die Hände zittern mir so und Madame

Beauchamp wird böse mit mir. Heute würde sie mich Madame Rosay nicht mehr empfehlen, und Madame Rosay würde nicht zu mir kommen, um mich zu holen, heute würde sich Monsieur Bébé nicht mit mir in der Küche treffen. Nein, Monsieur Bébé bestimmt nicht.

Als Madame Rosay zu mir in die Wohnung kam, war es schon spät und sie blieb nur ganz kurz. In Wirklichkeit besteht meine Wohnung aus einem einzigen Zimmer, aber da ich darin die Küche habe und das, was von den Möbeln übrigblieb, als Georges starb und man alles verkaufen mußte, darf ich es wohl mit Recht meine Wohnung nennen. Immerhin gibt es drei Stühle, und Madame Rosay streifte sich die Handschuhe ab, setzte sich und sagte, daß das Zimmer zwar klein, aber nett sei. Nicht daß mich der Besuch von Madame Rosay beeindruckt hätte, trotzdem wäre es mir lieber gewesen, besser gekleidet gewesen zu sein. Sie war ganz überraschend gekommen, und ich hatte den grünen Rock an, den man mir im Haus der Schwestern geschenkt hatte. Madame Rosay schaute sich überhaupt nicht um, das heißt, sie sah sich alles an, aber sie wandte ihren Blick sofort wieder ab, wie um sich von dem zu lösen, was sie gerade gesehen hatte. Sie zog immer ein wenig die Nase kraus; vielleicht störte sie der Zwiebelgeruch (ich mag Zwiebeln sehr) oder das Pipi des armen Minouche. Doch ich freute mich, daß Madame Rosay zu mir gekommen war, und ich sagte es ihr.

»Sicher doch, Madame Francinet. Auch ich freue mich, daß ich Sie angetroffen habe, ich habe ja so viel zu tun ...« Sie rümpfte die Nase, so als wenn all das, was sie zu tun hatte, schlecht rieche. »Ich wollte Sie bitten ... Das heißt, Madame Beauchamp meinte, daß Sie am Sonntagabend vielleicht Zeit hätten.«

»Aber natürlich«, sagte ich. »Was kann ich am Sonntag nach der Messe schon machen? Ich sehe kurz bei Gustave herein und ...«

»Ja, natürlich«, sagte Madame Rosay. »Wenn Sie am Sonntag frei sind, möchte ich gern, daß Sie mir im Haus helfen. Wir werden ein Fest geben.«

»Ein Fest? Meinen Glückwunsch, Madame Rosay.«

Aber Madame Rosay schien das gar nicht zu passen, sie stand plötzlich auf.

»Sie könnten in der Küche helfen, es wird viel zu tun geben. Wenn Sie um sieben kommen könnten, mein Majordomus wird Ihnen das Nötige erklären.«

»Natürlich, Madame Rosay.«

»Hier ist meine Adresse«, sagte Madame Rosay, und gab mir eine cremefarbene Karte. »Sind Ihnen fünfhundert Francs recht? Sagen wir sechshundert. Um Mitternacht werden Sie frei sein und können dann noch die letzte Metro erreichen. Madame Beauchamp hat mir gesagt, daß Sie zuverlässig sind.«

»Oh, Madame Rosay!«

Als sie ging, hätte ich beinahe aufgelacht bei dem Gedanken, daß ich ihr fast eine Tasse Tee angeboten hätte (ich hätte eine suchen müssen, die nicht angeschlagen ist). Manchmal bin ich mir nicht darüber im klaren, wen ich vor mir habe. Nur wenn ich in das Haus einer Dame gehe, nehme ich mich zusammen und rede wie ein Dienstmädchen. Das muß daher kommen, daß ich in meiner Wohnung Dienstmädchen von niemandem bin, oder daß ich meine, ich lebte immer noch in unserem Häuschen mit drei Zimmern, als Georges und ich in der Fabrik arbeiteten und wir keine Not litten. Vielleicht, weil ich immer den armen Minouche ausschelten muß, der unter dem Herd Pipi macht, meine ich, daß auch ich eine Dame bin wie Madame Rosay.

Als ich in das Haus gehen wollte, ist mir bei einem Schuh fast der Absatz abgebrochen. Ich sagte schnell: »Glück sei meine Zier, Teufel fort von hier.« Und klingelte.

Es öffnete ein Herr mit einem grauen Backenbart wie im Theater und sagte, ich solle hereinkommen. Es war eine riesige Wohnung, die nach Bohnerwachs roch. Der Herr mit dem Bakkenbart war der Majordomus und roch nach Benzoe.

»Gut, daß Sie gekommen sind«, sagte er und drängte mich, einen Flur entlangzugehen, der zu den Zimmern der Dienstboten führte.

»Klingeln Sie noch einmal an der Tür dort links.«

»Madame Rosay hat mir nicht gesagt, was ...«

»Die gnädige Frau hat Wichtigeres zu tun. Alice, das ist Madame Francinet. Geben Sie ihr eine von Ihren Schürzen.«

Alice führte mich in ihr Zimmer hinter der Küche (und was für eine Küche) und gab mir eine Schürze, die mir viel zu groß war. Madame Rosay schien sie beauftragt zu haben, mir alles zu erklären, doch zuerst hielt ich das mit den Hunden für einen Irrtum und sah Alice lange an, die Warze, die Alice unter der Nase hatte. Als wir durch die Küche gegangen sind, war alles, was ich hatte sehen können, so luxuriös und glänzend, daß der bloße Gedanke, diesen Abend dort zu verbringen, Kristallsachen zu spülen und die Tabletts mit den Leckerbissen, die man in diesen Häusern ißt, vorzubereiten, schöner war, als ins Theater zu gehen oder aufs Land zu fahren. Vielleicht habe ich deswegen das mit den Hunden zuerst nicht verstanden und Alice groß angeguckt.

»Aber ja«, sagte Alice, die Bretonin war, was man sehr wohl merkte. »Die gnädige Frau hat's gesagt.«

»Wieso das? Und dieser Herr mit dem Backenbart, kann der sich nicht um die Hunde kümmern?«

»Herr Rodolos ist der Majordomus«, sagte Alice mit heiligem Respekt.

»Gut, wenn nicht er, dann sonst jemand. Ich verstehe nicht, warum ausgerechnet ich.«

Alice wurde auf einmal patzig.

»Und warum nicht, Madame ...?«

»Francinet, zu dienen!«

»Madame Francinet? Das ist keine schwere Arbeit. Fido ist der schlimmste, das Fräulein Lucienne hat ihn sehr schlecht erzogen ...«

Sie erklärte mir alles, war wieder liebenswürdig wie Honig.

»Immer wieder ein Stück Zucker, und ihn auf den Schoß nehmen. Auch Monsieur Bébé verzieht ihn, wenn er kommt, er verwöhnt ihn zu sehr, Sie verstehen ... Aber Médor ist sehr brav, und Fifine wird sich nicht aus ihrer Ecke rühren.«

»Dann gibt es«, sagte ich, immer noch ganz verdattert, »dann gibt es also mehrere Hunde.«

»Aber ja, viele.«

»Und das in einer Wohnung!« entfuhr es mir. Ich konnte nicht verbergen, daß ich darüber entrüstet war. »Ich weiß nicht, wie Sie darüber denken, Frau ...«

»Fräulein.«

»Verzeihen Sie. Aber zu meiner Zeit, Fräulein, lebten Hunde in Hundehütten, das können Sie mir glauben, denn mein seliger Gatte und ich hatten ein Haus neben der Villa von Monsieur ...« Aber Alice ließ mich nicht ausreden. Nicht, daß sie etwas einwandte, aber es war ihr anzusehen, daß sie ungeduldig war, und sowas merke ich immer sofort. Ich schwieg, und sie erklärte mir dann, daß Madame Rosay Hunde über alles liebe, und daß der gnädige Herr alle ihre Marotten respektiere. Und dann war da noch ihre Tochter, die ihre Liebe für Hunde geerbt hatte.

»Das gnädige Fräulein ist ganz vernarrt in Fido, und sicher wird sie eine Hündin von der gleichen Rasse kaufen, damit sie Junge kriegen. Es gibt nur sechs: Médor, Fifine, Fido, die Petite, Chow und Hannibal. Fido ist der schlimmste, das Fräulein Lucienne hat ihn sehr schlecht erzogen. Hören Sie ihn nicht? Er bellt sicher im Empfangszimmer.«

»Und wo soll ich auf sie aufpassen?« fragte ich wie beiläufig, damit Alice nicht meine, ich sei gekränkt.

»Monsieur Rodolos wird Sie ins Hundezimmer führen.«

»Die haben also ein Zimmer, die Hunde?« sagte ich, immer noch mit gleichgültiger Stimme. Alice traf im Grunde keine Schuld, aber um die Wahrheit zu sagen, hätte ich sie am liebsten geohrfeigt.

»Natürlich haben sie ihr Zimmer«, sagte Alice. »Die gnädige Frau möchte, daß jeder Hund auf seiner Matratze schläft, und hat ein Zimmer für sie allein herrichten lassen. Wir werden noch einen Stuhl hineinstellen, damit Sie sitzen können, wenn Sie sie beaufsichtigen.«

Ich band mir die Schürze so fest wie möglich um und wir gingen wieder in die Küche. In ebendem Augenblick öffnete sich eine andere Tür und Madame Rosay kam herein. Sie trug eine blaue *robe de chambre,* mit weißem Pelz verbrämt, und ihr Gesicht war voller Creme. Sie sah, mit Verlaub, wie eine Torte aus. Aber sie war sehr liebenswürdig und es war ihr anzusehen, daß sie sehr erleichtert war, als sie mich erblickte.

»Ah, Madame Francinet. Alice wird Ihnen schon gesagt haben, worum es sich handelt. Vielleicht können Sie später bei etwas anderem, was nicht schwer ist, behilflich sein, Gläser abtrocknen oder so etwas, aber die Hauptsache ist, daß Sie meine Lieblinge ruhighalten. Sie sind allerliebst, aber sie vertragen sich nicht, wenn sie zusammen sind, vor allem nicht, wenn man sie allein läßt; sofort zanken sie sich, und ich kann den Gedanken nicht *ertragen,* daß Fido Chow beißt, den armen Kleinen, oder daß Médor ...« sie senkte die Stimme und kam etwas näher. »Außerdem werden Sie sehr auf die Petite aufpassen müssen, sie ist ein Spitz mit reizenden Augen. Ich glaube, daß ... es wird bei ihr bald soweit sein ... und ich möchte nicht, daß Médor oder daß Fido ... Sie verstehen. Morgen werde ich sie in unser Landhaus bringen lassen, doch bis dahin möchte ich, daß man auf sie aufpaßt. Ich weiß wirklich nicht, wo sie sonst hintun, als zu den anderen in ihr

Zimmer. Armer Schatz, so verschmust! Ich könnte mich des Tierchens den ganzen Abend nicht erwehren. Sie werden sehen, daß sie Ihnen keine Arbeit machen werden. Im Gegenteil, es wird für Sie ein Vergnügen sein zu sehen, wie intelligent sie sind. Ich werde ab und zu hereinschauen, um zu sehen, wie es geht.«

Mir war klar, daß dies keine bloße Liebenswürdigkeit war, sondern eine Warnung, aber Madame Rosay lächelte immer noch unter der nach Blumen duftenden Creme.

»Lucienne, meine Tochter, wird auch kommen ... Sie kann ohne ihren Fido nicht sein. Sie schläft sogar mit ihm, stellen Sie sich vor ...« Aber dies letzte sagte sie zu jemandem, an den sie gerade denken mußte, denn gleichzeitig drehte sie sich um, um hinauszugehen, und ließ sich nicht wieder blicken. Alice, die sich auf den Tisch stützte, sah mich ganz blöde an. Nicht daß ich Menschen verachtete, aber sie sah mich ganz blöde an.

»Wann beginnt das Fest?« fragte ich, und ich merkte, daß ich, ohne es zu wollen, im Tonfall von Madame Rosay sprach, in dieser Art, die Fragen etwas an der Person vorbei zu richten, so als frage man einen Kleiderständer oder eine Tür.

»Es wird gleich beginnen«, sagte Alice, und Monsieur Rodolos, der in dem Augenblick hereinkam und sich einen Fussel von seinem schwarzen Anzug pickte, nickte gewichtig.

»Ja, sie werden gleich kommen«, sagte er und machte Alice ein Zeichen, damit sie sich um ein paar prächtige silberne Tabletts kümmere,. »Monsieur Fréjus und Monsieur Bébé sind schon da, sie möchten Cocktails.«

»Die sind immer die ersten«, sagte Alice. »Dann trinken sie ... Ich habe Madame Francinet schon alles erklärt, auch Madame Rosay hat ihr gesagt, was sie zu tun hat.«

»Ah, ausgezeichnet! Dann werde ich sie am besten in das Zimmer führen, wo sie bleiben soll. Später werde ich dann die Hunde holen; der Herr und Monsieur Bébé spielen mit ihnen im Empfangszimmer.«

»Das Fräulein Lucienne hatte Fido in ihrem Schlafzimmer«, sagte Alice.

»Ja, sie wird ihn Madame Francinet selbst bringen. Inzwischen, wenn Sie bitte mit mir kommen möchten ...«

So sah ich mich dann auf einem alten Armstuhl sitzen, genau in der Mitte eines riesigen Raums voller Matratzen auf dem Boden, auch gab es eine Hütte mit Strohdach, ähnlich den Negerhütten, die, wie der Herr Rodolos mir erklärte, eine Kaprice von Fräulein Lucienne war und ihrem Fido gehörte. Die sechs Matratzen lagen wahllos herum, und es gab Näpfe mit Wasser und Futter. Die einzige Lampe hing direkt über meinem Kopf und erhellte den Raum nur schwach. Ich sagte das dem Herrn Rodolos, und daß ich Angst hätte einzuschlafen, wenn nur die Hunde um mich wären.

»Oh, einschlafen werden Sie nicht, Madame Francinet«, antwortete er mir. »Die Hunde sind zwar sehr zutraulich, aber sie sind schlecht erzogen und man muß sich die ganze Zeit mit ihnen abgeben. Warten Sie hier einen Augenblick.«

Als er die Tür schloß und mich allein ließ, mitten in diesem so seltsamen Raum sitzend, bei dem Hundegeruch (obgleich ein reinlicher Geruch) und all den Matratzen auf dem Boden, kam ich mir etwas merkwürdig vor, es war fast wie im Traum, vor allem bei diesem gelben Licht über dem Kopf und der Stille. Sicher würde die Zeit schnell vorübergehen und es würde nicht so schlimm sein, aber dauernd hatte ich so ein Gefühl, als würde etwas nicht ganz stimmen. Nicht gerade deswegen, weil man mich dafür geholt hatte, ohne mir vorher etwas davon zu sagen, aber vielleicht, weil es seltsam war, diese Arbeit verrichten zu müssen, oder weil ich fand, daß das nicht richtig war. Der Boden glänzte, so blank war er, die Hunde, das war klar, verrichteten ihre Notdurft woanders, denn es roch überhaupt nicht, außer nach ihnen selbst. Das schlimmste war, allein zu sein und zu warten, und ich habe mich geradezu gefreut, als das Fräulein Lucienne mit Fido auf dem Arm hereinkam, einem scheußlichen Pekinesen (ich kann Pekinesen nicht ausstehen), und der Herr Rodolos kam, wieder und wieder die anderen fünf Hunde rufend, bis sie alle in dem Raum waren. Das Fräulein Lucienne war entzückend, ganz in Weiß, wie sie war, und sie hatte platinblondes Haar, das ihr bis auf die Schultern fiel. Sie küßte und streichelte Fido lange, ohne sich um die anderen Hunde zu kümmern, die Wasser schlabberten und herumtollten, und dann brachte sie ihn mir und sah mich zum ersten Mal an.

»Sie sind die, die auf sie aufpassen soll?« fragte sie. Sie hatte eine etwas schrille Stimme, aber ich muß zugeben, daß sie sehr hübsch war.

»Ich bin Madame Francinet, zu dienen!« sagte ich, sie begrüßend.

»Fido ist sehr zart und empfindlich. Hier, nehmen Sie ihn! Ja, in die Arme. Er macht Sie nicht schmutzig, ich selbst bade ihn jeden Morgen. Wie gesagt, er ist sehr zart und empfindlich. Lassen Sie nicht zu, daß er sich unter *diese da* mischt. Und geben Sie ihm ab und zu etwas Wasser.«

Der Hund blieb ruhig auf meinem Schoß liegen, trotzdem ekelte ich mich etwas vor ihm. Eine riesige Dogge voller schwarzer Flecken kam und begann an ihm zu schnuppern, wie Hunde das tun, und das Fräulein Lucienne stieß einen Schrei aus und gab ihr einen Fußtritt. Der Herr Rodolos rührte sich nicht von der Tür, er war das offensichtlich gewohnt.

»Fort, fort!« kreischte das Fräulein Lucienne. »Genau das darf nicht passieren, und Sie dürfen das nicht zulassen. Mama hat es Ihnen schon gesagt, nicht wahr? Rühren Sie sich nicht von hier weg, bis die Party zu Ende ist. Und wenn Fido sich nicht wohlfühlt und anfängt zu wimmern, klopfen Sie an die Tür, damit *der da* mich ruft.«

Noch einmal nahm sie den Pekinesen in den Arm und küßte ihn so lange, bis er zu winseln begann, dann ging sie, ohne mich anzusehen, hinaus. Monsieur Rodolos blieb noch einen Augenblick.

»Die Hunde sind nicht böse, Madame Francinet«, sagte er zu mir. »Aber sollten Sie irgendwelche Schwierigkeiten haben, klopfen Sie an die Tür und ich werde kommen. Nur ruhig Blut«, fügte er hinzu, als wäre ihm das im letzten Augenblick eingefallen, und ging hinaus, wobei er die Tür sehr behutsam hinter sich schloß. Ich fragte mich, ob er von außen nicht den Riegel vorgeschoben hatte, aber ich widerstand der Versuchung nachzusehen, denn dann wäre mir sicher noch weniger wohl gewesen.

Tatsächlich war es nicht schwer, die Hunde zu hüten. Sie zankten sich nicht, und was Madame Rosay von der Petite gesagt hatte, stimmte nicht, jedenfalls war es noch nicht soweit. Natürlich setzte ich, kaum war die Tür geschlossen, den widerwärtigen Pekinesen auf den Boden und ließ ihn ruhig mit den anderen herumtollen. Er war der Schlimmste, suchte die ganze Zeit Streit mit den anderen, doch die taten ihm nichts, sie schienen ihn sogar aufzufordern, mit ihnen zu spielen. Dann und wann schlabberten sie etwas Wasser oder fraßen das herrliche Fleisch in den Näpfen. Mir lief, mit Verlaub zu sagen, fast das Wasser im Munde zusammen, als ich dieses herrliche Fleisch in den Näpfen sah.

Manchmal hörte man sehr weit weg jemanden lachen, aber ich weiß nicht, ob das stimmte, denn soviel ich wußte, wollte man Musik machen (Alice hatte das in der Küche gesagt), und es kam mir auch so vor, als hörte ich ein Klavier, aber vielleicht aus einer anderen Wohnung. Die Zeit wurde mir sehr lang, vor allem wegen der einzigen Lampe, die über mir von der Decke hing und deren Licht ganz gelb war. Vier der Hunde waren bald eingeschlafen, und Fido und Fifine (ich weiß nicht, ob es Fifine war, aber ich meinte, sie müßte es sein) spielten eine Weile miteinander, indem sie sich in die Ohren bissen, schlabberten danach viel Wasser und legten sich nebeneinander auf eine Matratze. Manchmal meinte ich, draußen Schritte zu hören, und beeilte mich, Fido auf die Arme zu nehmen, für den Fall, daß das Fräulein Lucienne hereinkäme. Aber es kam niemand und viel Zeit verging, bis ich anfing, auf dem Stuhl einzuduseln, wie gern hätte ich das Licht ausgemacht, mich auf eine der freien Matratzen gelegt und richtig geschlafen.

Ich muß sagen, daß ich froh war, als Alice mich endlich holen kam. Alice hatte ein hochrotes Gesicht, und man konnte sehen, daß sie vom Fest und von all dem, was sie in der Küche mit den anderen Dienstmädchen und mit Monsieur Rodolos geschwatzt haben mochte, noch ganz erregt war.

»Madame Francinet, Sie sind ein Goldstück«, rief sie aus. »Die gnädige Frau wird sich bestimmt sehr freuen und Sie jedesmal holen, wenn ein Fest gegeben wird. Die letzte, die kam, brachte es nicht fertig, sie ruhig zu halten, das Fräulein Lucienne mußte aufhören zu tanzen und kommen, um sich um sie zu kümmern. Sehen Sie nur, wie schön sie schlafen!«

»Sind die Gäste schon gegangen?« fragte ich, wegen ihres Lobes etwas beschämt.

»Die Gäste ja, aber es gibt einige, die wie zur Familie gehören und immer noch etwas bleiben. Alle haben viel getrunken, das kann ich Ihnen flüstern. Selbst der gnädige Herr, der zu Hause sonst nie trinkt, er kam sehr zufrieden in die Küche und hat Ginette und mich geneckt und Scherze darüber gemacht, wie gut das Abendessen serviert worden sei, und hat jedem von uns hundert Francs geschenkt. Ich glaube, daß man auch Ihnen ein Trinkgeld geben wird. Das Fräulein Lucienne und ihr Verlobter tanzen immer noch, und Monsieur Bébé und seine Freunde sind dabei, sich zu kostümieren.«

»Dann muß ich also noch bleiben?«

»Nein, die gnädige Frau hat gesagt, wenn der Herr Abgeordnete und die anderen gegangen sind, solle man die Hunde herauslassen. Es macht ihnen Spaß, im Salon mit ihnen zu spielen. Ich werde Fido mitnehmen, und Sie brauchen nur mit mir in die Küche zu kommen.«

Ich folgte ihr, hundemüde, aber voller Neugier, etwas von dem Fest zu sehen, seien es auch nur die Gläser und die Teller in der Küche. Die sah ich denn auch, sie standen haufenweise überall herum, auch leere Champagner- und Whiskyflaschen, in einigen noch ein Schluck. In der Küche hatten sie Leuchtröhren mit bläulichem Licht, und beim Anblick so vieler weißer Schränke, so vieler Regale, auf denen das Tafelbesteck und die Töpfe glänzten, war ich wie geblendet. Ginette war eine kleine Rothaarige, die auch sehr aufgeregt war und Alice kichernd und gestikulierend empfing. Sie schien ziemlich frech zu sein, wie so viele heutzutage.

»Machen die immer noch weiter?« fragte Alice, zur Tür blikkend.

»Ja«, sagte Ginette und krümmte sich vor Lachen. »Ist das die Frau, die auf die Hunde aufgepaßt hat?«

Ich hatte Durst und war müde, aber sie boten mir nichts an, nicht einmal einen Stuhl. Sie waren von dem Fest, von alledem, was sie gesehen hatten, während sie bei Tisch servierten oder am Eingang die Mäntel entgegennahmen, viel zu begeistert. Es klingelte, und Alice, die immer noch den Pekinesen auf den Armen hatte, lief hinaus. Monsieur Rodolos kam herein, ging, ohne mich anzusehen, durch die Küche und kam sogleich wieder mit den fünf Hunden zurück, die vor Freude um ihn herumsprangen. Ich sah, daß er die Hand voller Zuckerstücke hatte, die er an sie verteilte, damit sie ihm in den Salon folgten. Ich stützte mich auf den großen Tisch in der Mitte der Küche und versuchte, Ginette nicht groß zu beachten, die, kaum daß Alice zurückkam, wieder über Monsieur Bébé und die Kostüme schwatzte, über Monsieur Fréjus und über den Pianisten, der die Schwindsucht haben mußte, und darüber, wie das Fräulein Lucienne mit ihrem Vater eine Auseinandersetzung gehabt hatte. Alice nahm eine der halbleeren Flaschen und setzte sie an den Mund, in einer ordinären Weise, die mich so schockierte, daß ich nicht wußte, wohin ich sehen sollte; aber noch schlimmer war, daß sie die Flasche dann der

Rothaarigen reichte, die sie vollends leerte. Die beiden lachten, als hätten auch sie während des Festes viel getrunken. Vielleicht kam ihnen deshalb nicht in den Sinn, daß ich vielleicht Durst haben könnte. Hätten sie einen klaren Kopf gehabt, hätten sie es sicher gemerkt. Die Menschen sind nicht schlecht, aber oft so unaufmerksam, weil sie sich um das, was um sie her geschieht, nicht kümmern; wie im Bus, in den Kaufhäusern und in den Büros.

Es klingelte wieder und die beiden Mädchen liefen hinaus. Man hörte lautes Gelächter und ab und zu das Klavier. Ich verstand nicht, warum sie mich warten ließen; sie brauchten mich nur zu entlohnen und mir erlauben zu gehen. Ich setzte mich an den Tisch und stützte mich auf die Ellbogen. Vor Müdigkeit fielen mir die Augen zu, und deshalb hatte ich nicht gemerkt, daß jemand in die Küche gekommen war. Zuerst hörte ich ein Klirren von Gläsern, die aneinanderstießen, und ein sehr leises Pfeifen. Ich dachte, es sei Ginette, und wandte den Kopf, um sie zu fragen, was sie mit mir zu tun gedächten.

»Oh, verzeihen der Herr«, rief ich aus und erhob mich. »Ich wußte nicht, daß Sie hier sind.«

»Ich bin nicht da, ich bin nicht da«, sagte der Herr, der sehr jung war. »Loulou, komm doch mal!«

Er schwankte etwas und lehnte sich gegen eines der Regale. Er hatte ein Glas mit einem weißen Getränk gefüllt und hielt es gegen das Licht, so als mißtraue er der Flüssigkeit. Die Loulou, nach der er gerufen hatte, kam nicht, weshalb der junge Herr auf mich zukam und mich bat, doch wieder Platz zu nehmen. Er war blond, sehr blaß und weiß gekleidet. Als mir bewußt wurde, daß er mitten im Winter weiß gekleidet war, fragte ich mich, ob ich nicht träume. Das ist keine Redensart, denn immer, wenn ich etwas Seltsames sehe, frage ich mich buchstäblich, ob ich nicht träume. Es könnte ja sein, denn manchmal träume ich seltsame Dinge. Aber der Herr war da, er lächelte, sah dabei müde und fast gelangweilt aus. Es jammerte mich zu sehen, wie bleich er war.

»Sie müssen die sein, die auf die Hunde aufpaßt«, sagte er und führte das Glas an den Mund.

»Ich bin Madame Francinet, zu dienen!« sagte ich. Er war ja so sympathisch und ich fürchtete mich überhaupt nicht vor ihm. Vielmehr hatte ich den Wunsch, ihm einen Dienst erweisen zu dürfen, ihm irgendwie gefällig zu sein. Da blickte er wieder zur halb geöffneten Tür.

»Loulou! Kommst du? Hier gibt's Wodka. Warum haben Sie geweint, Madame Francinet?«

»Oh, nicht doch, der Herr. Ich muß gegähnt haben, kurz bevor Sie hereinkamen. Ich bin etwas müde, und das Licht in dem Zimmer der ... in dem anderen Zimmer war sehr trüb. Wenn man gähnt ...«

»... tränen einem die Augen«, sagte er. Er hatte glänzend weiße Zähne, und seine Hände waren so weiß, wie ich das bei einem Mann noch nie gesehen hatte. Sich plötzlich aufrichtend, ging er auf einen jungen Mann zu, der schwankend hereinkam.

»Dies ist die Frau«, erklärte er ihm, »die uns diese scheußlichen Viecher vom Leibe gehalten hat. Sag Guten Abend, Loulou.«

Ich erhob mich wieder und grüßte. Doch der Mann mit dem Namen Loulou sah mich nicht einmal an. Er hatte im Kühlschrank eine Flasche Champagner entdeckt und versuchte nun, den Korken springen zu lassen. Der junge Herr in Weiß ging zu ihm, um ihm zu helfen, und die beiden fingen an zu lachen und gaben sich große Mühe, den Korken aus der Flasche zu ziehen. Aber wenn man lacht, verliert man alle Kraft, und keinem von beiden gelang es, die Flasche zu entkorken. Dann wollten sie es gemeinsam versuchen, einer hielt, der andere zog, sie stemmten sich schließlich sogar einer gegen den anderen, wurden immer ausgelassener, aber sie konnten die Flasche nicht aufkriegen. Monsieur Loulou sagte »Bébé, Bébé, bitte, gehen wir jetzt ...« und Monsieur Bébé mußte immer mehr lachen und stieß ihn leicht zurück, bis er die Flasche schließlich aufkriegte und es geschehen ließ, daß ein großer Strahl Schaum Monsieur Loulou ins Gesicht spritzte, so daß der einen Fluch ausstieß, in der Küche herumtaumelte und sich die Augen rieb.

»Armer Kleiner, er ist zu betrunken«, sagte Monsieur Bébé, legte ihm von hinten die Hände auf die Schultern und schob ihn, damit er hinausgehe. »Geh und leiste der armen Nina Gesellschaft, die ist sehr traurig ...« Wieder lachte er, aber jetzt lustlos.

Dann kam er zurück, und ich fand ihn sympathischer denn je. Er hatte einen Tick, er zog eine Augenbraue hoch. Er tat das, während er mich ansah, zwei- oder dreimal.

»Arme Madame Francinet«, sagte er und strich mir sehr sanft übers Haar. »Man hat Sie ganz allein gelassen, und sicher hat man Ihnen nichts zu trinken gegeben.«

»Man wird gleich kommen und mir sagen, daß ich nach Hause

gehen kann, der Herr«, antwortete ich. Es störte mich nicht, daß er sich herausgenommen hatte, mir übers Haar zu fahren.

»Daß Sie nach Hause gehen können, daß Sie nach Hause gehen können ... Muß man denn wegen allem um Erlaubnis fragen«, sagte Monsieur Bébé und setzte sich mir gegenüber. Er hatte wieder sein Glas gehoben, aber er stellte es auf den Tisch zurück, stand auf, um ein sauberes zu suchen, und füllte es mit einem teefarbenen Getränk.

»Madame Francinet, wir wollen zusammen trinken«, sagte er, mir das Glas reichend. »Sie mögen doch Whisky, nicht wahr?«

»Mein Gott, der Herr«, sagte ich erschrocken. »Ausgenommen Wein und sonnabends bei Gustave ein Gläschen Pernod, weiß ich nicht, was Trinken ist.«

»Haben Sie wirklich noch nie Whisky getrunken?« fragte Monsieur Bébé verwundert. »Einen Schluck, nicht mehr. Sie werden sehen, wie gut der ist. Kommen Sie, Madame Francinet, nur Mut. Der erste Schluck kostet einen Überwindung ...« Und er begann ein Gedicht zu deklamieren, an das ich mich nicht mehr erinnere, aber in dem von Seefahrern und einer seltsamen Gegend die Rede war. Ich nahm einen Schluck und er duftete so gut, daß ich noch einen nahm, und dann noch einen. Monsieur Bébé genoß seinen Wodka und sah mich zufrieden an.

»Mit Ihnen zusammen ist es ein Vergnügen, Madame Francinet«, sagte er. »Zum Glück sind Sie nicht jung, Ihnen kann man Freund sein ... Man braucht Sie nur anzuschauen, um zu sehen, daß Sie ein gutes Herz haben, wie eine Tante in der Provinz, jemand, den man verwöhnen kann und der einen verwöhnt, ohne zu riskieren ... Sehen Sie zum Beispiel, Nina hat eine Tante im Poitou, die ihm Hähnchen, Körbe mit Gemüse und sogar Honig schickt ... Ist das nicht wunderbar?«

»Aber natürlich, der Herr«, sagte ich und ließ es zu, daß er mir noch etwas einschenkte, da es ihm ja soviel Vergnügen machte. »Es ist immer schön, jemanden zu haben, der für einen sorgt, vor allem wenn man so jung ist. Im Alter bleibt einem nichts anderes übrig, als an sich selbst zu denken, weil die anderen ... Nehmen Sie mich, zum Beispiel. Als mein Georges starb ...«

»Trinken Sie noch einen Schluck, Madame Francinet. Ninas Tante wohnt weit weg, und sie tut nichts weiter, als Hähnchen zu schicken ... Da besteht keine Gefahr, daß Familienklatsch ...«

Ich war so berauscht, daß ich nicht einmal Angst davor hatte, was geschehen würde, wenn Monsieur Rodolos hereinkäme und mich dabei ertappte, wie ich in der Küche sitze und mich mit einem der Gäste unterhalte. Ich hatte meine Freude daran, Monsieur Bébé anzusehen und sein so gellendes Lachen zu hören, das wohl dem Getränk zuzuschreiben war. Und ihm gefiel es, daß ich ihn ansah, obgleich er mir zuerst etwas mißtrauisch vorkam, doch dann lächelte er nur noch und trank, wobei er mich die ganze Zeit ansah. Ich weiß, daß er schrecklich betrunken war, denn Alice hatte mir erzählt, was alles die Gäste getrunken hatten, aber ich sah es auch daran, wie Monsieur Bébés Augen glänzten. Wäre er nicht betrunken gewesen, hätte er sich dann mit einer alten Frau wie mir in der Küche abgegeben? Allerdings waren die anderen auch betrunken, aber Monsieur Bébé war der einzige, der mir Gesellschaft leistete, der einzige, der mir etwas zu trinken gegeben hatte und der mir übers Haar gestrichen hatte, auch wenn es vielleicht nicht richtig war, daß er das getan hatte. Deshalb war mir so wohl bei Monsieur Bébé, und ich sah ihn immer länger an, und ihm gefiel es, daß man ihn ansah, denn ein- oder zweimal zeigte er sich etwas im Profil, und er hatte eine sehr schöne Nase, wie eine Statue. Der ganze Mann war wie eine Statue, vor allem in seinem weißen Anzug. Selbst das, was er trank, war weiß, und er war so bleich, daß ich etwas um ihn bangte. Es war ihm anzusehen, daß er sein Leben im Zimmer eingeschlossen verbrachte, wie so viele junge Leute heute. Ich hätte es ihm gern gesagt, doch wer war ich, um einem Herrn wie ihm Ratschläge zu geben, und außerdem blieb mir dazu keine Zeit, denn man hörte, wie jemand gegen die Tür bumste, Monsieur Loulou kam hereingetorkelt, die Dogge hinter sich herziehend, an einem Strick, den man aus einer Gardine zusammengedreht hatte. Er war viel betrunkener als Monsieur Bébé, und fast wäre er gestürzt, als die Dogge um ihn herumlief und ihm den Vorhang um die Beine wickelte. Man hörte Stimmen im Flur und es erschien ein grauhaariger Herr, der Monsieur Rosay sein mußte, und gleich danach Madame Rosay, sehr rot und echauffiert, und ein schlanker junger Mann mit so schwarzem Haar, wie ich es noch nie gesehen hatte. Alle versuchten, Monsieur Loulou, der sich immer mehr in die Gardine verwickelte, zu helfen, wobei sie laut lachten und Scherze machten. Niemand beachtete mich, bis Madame Rosay mich bemerkte und ein ernstes Gesicht machte. Ich konnte nicht hören, was sie zu dem grauhaarigen Herrn sagte, der mein Glas betrachtete (es war leer, doch daneben stand die Flasche), und Monsieur Rosay sah Monsieur Bébé an und machte ein indigniertes Gesicht, während Monsieur Bébé ihm ein Auge knipste, sich auf seinem Stuhl zurückwarf und schallend lachte. Ich war sehr verlegen, weshalb es mir das beste zu sein schien, mich zu erheben, alle mit einer Verbeugung zu grüßen, dann hinauszugehen und irgendwo zu warten. Madame Rosay hatte die Küche verlassen, und kurz darauf erschienen Alice und Monsieur Rodolos und bedeuteten mir, sie zu begleiten. Ich grüßte alle Anwesenden mit einer Verbeugung, aber ich glaube nicht, daß jemand das sah, denn sie waren damit beschäftigt, Monsieur Loulou zu beruhigen, der plötzlich zu weinen angefangen hatte und, auf Monsieur Bébé zeigend, unfaßliche Dinge sagte. Das letzte, woran ich mich erinnere, war Monsieur Bébés Lachen, wie er weit zurückgelehnt auf seinem Stuhl saß.

Alice wartete, daß ich mir die Schürze auszog, und Monsieur Rodolos übergab mir sechshundert Francs. Auf der Straße schneite es, und die letzte Metro war schon lange weg. Ich mußte über eine Stunde laufen, um nach Hause zu kommen, aber die Wärme des Whiskys behütete mich, und die Erinnerung an so viele Dinge, und wie gut ich mich am Ende des Festes in der Küche unterhalten hatte.

Die Zeit vergeht im Fluge, wie Gustave sagt. Man denkt, es sei Montag, und schon haben wir Donnerstag. Der Herbst geht zu Ende, und plötzlich ist schon wieder Hochsommer. Jedesmal, wenn Robert kommt, um mich zu fragen, ob man nicht den Schornstein fegen muß (er ist sehr anständig, Robert, verlangt von mir nur die Hälfte von dem, was die anderen Mieter zahlen müssen), wird mir bewußt, daß der Winter, wie man so sagt, vor der Tür steht. Deshalb kann ich mich nicht erinnern, wieviel Zeit vergangen war, als ich Monsieur Rosay wiedersah. Er kam gegen Abend, fast zur gleichen Stunde wie Madame Rosay damals. Auch er sagte mir als erstes, daß er komme, weil Madame Beauchamp mich empfohlen habe, und setzte sich verlegen auf den Stuhl. Niemand fühlt sich wohl bei mir, nicht einmal ich, wenn ich Besuch bekomme, mit dem ich nicht auf vertrautem Fuße stehe. Ich fange an, mir die Hände zu reiben, so als wären sie schmutzig, und dann fällt mir ein, daß die anderen glauben werden, sie seien wirklich schmutzig, und ich weiß nicht, wohin mit ihnen. Noch ein Glück, daß Monsieur Rosay ebenso verlegen war wie ich, auch wenn er es sich weniger anmerken ließ. Er klopfte mit dem Stock leise auf den Boden, womit er Minouche einen furchtbaren Schrecken einjagte, und sah mal hier, mal da hin, damit sein Blick sich nicht mit dem meinen treffe. Ich wußte nicht, welchen Heiligen anflehen, denn es war das erste Mal, daß ein Herr meinetwegen so verlegen geworden war, und ich wußte nicht, was man in einem solchen Fall tun muß, außer ihm eine Tasse Tee anbieten.

»Nein, nein, danke«, sagte er ungeduldig. »Ich komme im Auftrag meiner Gattin ... Sie erinnern sich vielleicht an mich.«

»Aber natürlich, Monsieur Rosay. Dieses Fest damals in Ihrem Hause, mit den vielen Gästen ...«

»Ja. Dieses Fest damals. Richtig ... Das heißt, dies hat nichts zu tun mit dem Fest, aber Sie waren uns damals eine große Hilfe, Madame ...«

»Francinet, zu dienen!«

»Madame Francinet, ist auch wahr. Meine Frau hat gemeint ... Sie werden sehen, es ist etwas delikat. Doch seien Sie beruhigt. Was ich Ihnen vorschlagen will, ist nicht ... wie soll ich sagen ... ungesetzlich.«

»Ungesetzlich, Monsieur Rosay?«

»Oh, Sie wissen, heutzutage ... Aber ich sage Ihnen noch einmal: die Sache ist sehr delikat, aber völlig korrekt, im Grunde. Meine Gattin ist über alles informiert und hat ihre Einwilligung gegeben. Ich sage Ihnen das nur, um Sie zu beruhigen.«

»Wenn Madame Rosay einverstanden ist, ist das für mich wie Gottes Segen«, sagte ich, damit er sich erleichtert fühle, obgleich ich von Madame Rosay nicht viel wußte und sie mir eher unsympathisch war.

»Kurz, die Sache ist die, Madame ... Francinet, richtig, Madame Francinet. Einer unserer Freunde ... vielleicht sollte ich besser sagen, einer von unseren Bekannten, ist gerade unter merkwürdigen Umständen gestorben.«

»Oh, Monsieur Rosay! Mein herzliches Beileid.«

»Danke«, sagte Monsieur Rosay, und machte ein sehr sonderbares Gesicht, fast so, als wollte er vor Wut schreien oder zu weinen anfangen. Das Gesicht eines echt Verrückten, was mir Angst machte. Zum Glück war die Tür angelehnt, und Fresnays Werkstatt gleich nebenan.

»Dieser Mann ... es handelt sich um einen sehr bekannten

Modeschöpfer ... lebte allein, das heißt, von seiner Familie getrennt, verstehen Sie? Außer seinen Freunden hatte er niemanden, denn die Kunden, Sie wissen, die zählen in einem solchen Fall nicht. Nun, aus verschiedenen Gründen, die darzulegen zu langwierig wäre, haben wir, seine Freunde, gedacht, daß es die Feierlichkeit des Begräbnisses unterstreichen würde ...«

Wie gut er reden konnte! Er wählte seine Worte mit Bedacht, wobei er mit dem Stock leicht auf den Boden klopfte, und ohne mich anzusehen. Es war, als ob man einen Radiokommentar hörte, nur daß Monsieur Rosay langsamer sprach, zudem war deutlich zu sehen, daß er nicht vom Blatt ablas. Die Leistung war also viel größer. Ich fand das so bewundernswert, daß ich überhaupt nicht mehr mißtrauisch war, und rückte ihm mit meinem Stuhl etwas näher. Bei dem Gedanken, daß ein so bedeutender Mann mich um einen Gefallen bitten kam, gleich, um was es sich dabei handelte, spürte ich gleichsam eine Wärme im Magen. Und ich verging fast vor Angst und rieb mir die Hände, ohne zu wissen, was tun.

»Wir waren der Meinung«, sagte Monsieur Rosay, »daß eine Zeremonie, an der nur seine Freunde teilnehmen, einige wenige ... kurz, daß sie im Falle dieses Mannes weder die nötige Importanz hätte ... noch der Bestürzung Ausdruck geben würde«, so sagte er, »die sein Tod bei uns hervorgerufen hat ... Verstehen Sie? Wir waren der Meinung, wenn Sie bei der Totenwache zugegen wären, und natürlich bei der Beerdigung ... sagen wir, als nahe Verwandte des Verstorbenen ... Verstehen Sie, was ich meine? Eine sehr nahe Verwandte ... sagen wir, eine Tante ... und ich möchte sogar so weit gehen, Ihnen vorzuschlagen ...«

»Ja, Monsieur Rosay?« fragte ich, zuhöchst verwundert.

»Nun, alles hängt natürlich von Ihnen ab ... Aber wenn Sie eine angemessene Belohnung erhielten ... denn es kann natürlich keine Rede davon sein, daß man Sie für Ihre Mühe nicht belohnt ... In diesem Fall, nicht wahr, Madame Francinet? ... wenn die Vergütung Ihnen recht ist, wie wir gleich sehen wollen ... haben wir gedacht, daß Sie dabei sein könnten, als wären Sie ... Sie verstehen mich ... sagen wir, die Mutter des Verstorbenen ... Lassen Sie es mich Ihnen genau erklären ... Die Mutter, die, von dem Tod ihres Sohnes benachrichtigt, gerade aus der Normandie kommt, um ihrem Sohn das letzte Geleit zu geben ... Nein, nein, bevor Sie sich entscheiden ... Meine Gattin hat gemeint, Sie wären vielleicht bereit, uns diesen Dienst aus Freundschaft zu erweisen ... aber meine Freunde und ich sind übereingekommen, Ihnen zehntausend zu bieten ... wäre Ihnen das recht so, Madame Francinet, zehntausend Francs für Ihre Hilfe ...? Dreitausend sofort und den Rest, wenn wir vom Friedhof kommen, sobald ...«

Ich öffnete den Mund, das heißt, er ging mir von ganz allein auf, aber Monsieur Rosay ließ mich nicht zu Wort kommen. Er war ganz rot im Gesicht und sprach sehr hastig, so als wollte er so schnell wie möglich zum Schluß kommen.

»Wenn Sie annehmen, Madame Francinet ... wie alles uns hoffen läßt, da wir fest darauf vertrauen, daß Sie uns helfen, und wir nichts von Ihnen verlangen, das, sagen wir einmal, ungesetzlich wäre ... in diesem Fall werden in einer halben Stunde meine Gattin und ihr Dienstmädchen mit der passenden Kleidung hier sein ... und der Wagen, natürlich, um Sie in das Haus zu bringen ... Freilich werden Sie ... wie soll ich sagen?, werden Sie sich mit dem Gedanken vertraut machen müssen, daß Sie ... die Mutter des Verstorbenen sind ... Meine Gattin wird Sie über alles informieren, was Sie wissen müssen, und Sie werden, sobald Sie in dem Haus sind, natürlich den Eindruck erwecken müssen, als ob ... Sie verstehen ... Der Schmerz, die Verzweiflung ... Es geht dabei vor allem um die Kunden«, fügte er hinzu. »Uns gegenüber genügt es, daß Sie schweigen.«

Ich weiß nicht, wie ihm ein Bündel ganz neuer Scheine in die Hand gekommen war, und ich will auf der Stelle tot umfallen, wenn ich sagen könnte, wie es kam, daß ich sie plötzlich in meiner Hand spürte. Da erhob Monsieur Rosay sich und ging, wobei er irgend etwas vor sich hin murmelte und vergaß, die Tür zu schließen, wie alle, die meine Wohnung verlassen.

Gott wird mir das und vieles andere verzeihen, dessen bin ich sicher. Es war nicht richtig, aber Monsieur Rosay hatte mir versichert, daß es nicht ungesetzlich sei und daß ich ihnen auf diese Weise einen wertvollen Dienst erweise (ich glaube, dies waren seine Worte). Es war nicht richtig, daß er mich für die Mutter des Verstorbenen, der Modeschöpfer war, ausgab, denn so etwas darf man nicht tun, auch darf man niemanden täuschen. Aber man mußte an die Kunden denken, und wenn auf der Beerdigung die Mutter fehlte, sei's auch nur eine Tante oder eine Schwester, hätte die Zeremonie nicht die nötige Importanz, noch würde sie dem durch den Verlust hervorgerufenen Schmerz Ausdruck geben.

Mit den gleichen Worten hatte Monsieur Rosay das eben gesagt, und er war klüger als ich. Es war nicht richtig von mir, daß ich das tat, aber Gott weiß, daß ich gerade nur dreitausend Francs im Monat verdiene, dafür, daß ich mich bei Madame Beauchamp und bei anderen abrackere, und jetzt sollte ich zehntausend kriegen, einfach nur dafür, ein wenig zu weinen, den Tod dieses Mannes zu beklagen, der mein Sohn sein soll, bis sie ihn begraben.

Das Haus war in der Nähe von Saint-Cloud, und sie brachten mich in einem Auto hin, wie ich noch nie eins gesehen hatte, außer von außen. Madame Rosay und das Dienstmädchen hatten mich gekleidet, und ich erfuhr, daß der Verstorbene Monsieur Linard hieß, mit Vornamen Octave, und daß er der einzige Sohn seiner alten Mutter war, die in der Normandie lebte und gerade mit dem Fünf-Uhr-Zug angekommen war. Die alte Mutter war ich, aber ich war so aufgeregt und verwirrt, daß ich all das, was mir Madame Rosay sagte und an Ratschlägen gab, kaum zur Kenntnis nahm. Ich erinnere mich, daß sie mich im Auto des öfteren bat (ja wirklich, sie bat mich, sie hatte sich seit dem Abend des Festes sehr verändert), in meinem Schmerz nicht zu übertreiben und eher den Eindruck zu erwecken, daß ich schrecklich müde und dem Zusammenbruch nahe sei.

»Leider werde ich nicht in Ihrer Nähe sein können«, sagte sie, als wir ankamen. »Doch tun Sie, was ich Ihnen geraten habe, um alles andere wird sich mein Gatte kümmern. Bitte, Madame Francinet, *bitte,* vor allem, wenn Sie Journalisten sehen, und Damen ... Insbesondere die Journalisten ...«

»Sie werden nicht da sein, Madame Rosay?« fragte ich höchst verwundert.

»Nein. Sie können das nicht verstehen, es würde zu lange dauern, es zu erklären. Mein Gatte wird da sein, er ist an Monsieur Linards Geschäft beteiligt ... Natürlich wird er nur der Schicklichkeit wegen da sein ... Eine Frage des Geschäfts und der Menschlichkeit ... Aber ich werde nicht da sein, es ziemt sich nicht, daß ich ... Machen Sie sich darüber keine Sorgen.«

Vor der Tür sah ich Monsieur Rosay und mehrere andere Herren. Sie kamen näher, und Madame Rosay gab mir einen letzten Rat und warf sich in dem Sitz zurück, damit man sie nicht sehe. Ich ließ es geschehen, daß Monsieur Rosay den Wagenschlag öffnete, und stieg laut weinend aus, während Monsieur Rosay den

Arm um mich legte und mich ins Haus führte, gefolgt von einigen der anderen Herren. Ich konnte nicht viel von dem Haus sehen, denn ich trug ein Kopftuch, das mir fast ganz die Augen bedeckte, und außerdem weinte ich so sehr, daß ich nichts sehen konnte, doch an dem Geruch merkte man, wie prachtvoll es war, und auch an den so weichen Teppichen. Monsieur Rosay murmelte Worte des Trostes, und seine Stimme klang, als würde auch er weinen. In einem riesigen Salon mit Kronleuchtern waren ein paar Herren, die mich mit viel Mitleid und Sympathie ansahen, und ich bin sicher, daß sie auf mich zugekommen wären, um mich zu trösten, hätte mich Monsieur Rosay, der mich stützte, nicht genötigt weiterzugehen. Auf einem Sofa konnte ich einen sehr jungen Mann sehen, der die Augen geschlossen hatte und ein Glas in der Hand hielt. Er rührte sich nicht einmal, als er mich hereinkommen hörte, obgleich ich gerade sehr laut weinte. Eine Tür öffnete sich und zwei Herren mit einem Taschentuch in der Hand kamen heraus. Monsieur Rosay schob mich etwas, und ich betrat ein Schlafzimmer und schwankend ließ ich mich bis dorthin führen, wo der Tote lag, und ich sah den Toten, der mein Sohn war, sah das Profil von Monsieur Bébé, der jetzt, wo er tot war, noch blonder und bleicher war denn je.

Ich glaube, daß ich an der Bettkante einen Schwächeanfall erlitt, denn Monsieur Rosay erschrak plötzlich, und andere Herren umringten und stützten mich, während ich mir das so schöne Gesicht des toten Monsieur Bébé betrachtete, seine langen schwarzen Wimpern und seine Nase, die wie aus Wachs war, und ich konnte nicht glauben, daß es Monsieur Linard sein sollte, der Modeschöpfer, der gerade gestorben war, es wollte mir nicht in den Kopf, daß dieser Tote dort vor mir Monsieur Bébé war. Ganz ohne es zu merken, hatte ich angefangen, echte Tränen zu weinen, benommen stand ich vor dem prunkvollen Bett aus massiver Eiche und mußte daran denken, wie mir Monsieur Bébé am Abend des Festes übers Haar gestrichen und mir Whisky eingeschenkt hatte, wie er mit mir geredet und sich um mich gekümmert hatte, während die anderen sich vergnügten. Als Monsieur Rosay etwas murmelte wie »Sagen Sie: mein Sohn, mein Sohn...«, fiel mir das Lügen gar nicht schwer, und ich glaube, daß mir das Weinen um ihn so gut tat, weil es mich für all die Angst entschädigte, die ich bis zu diesem Augenblick ausgestanden hatte. Nichts kam mir mehr sonderbar vor, und als ich aufblickte und auf der anderen Seite des Bettes Monsieur Loulou sah, mit geröteten Augen und bebenden Lippen, weinte ich laut auf und sah ihm dabei ins Gesicht, und er weinte trotz seiner Überraschung auch, weinte, weil ich weinte, und war ganz erstaunt, als er sah, daß ich weinte wie er, nämlich wirklich, denn beide liebten wir Monsieur Bébé, und fast war es so, als forderten wir uns, die wir uns am Bett gegenüberstanden, gegenseitig heraus, ohne daß Monsieur Bébé lachen und sich darüber lustig machen konnte, wie er das tat, als er noch lebte, am Küchentisch saß und über uns alle lachte.

Man führte mich zu einem Sofa im großen Salon mit den Kronleuchtern, und eine Dame, die dort war, holte aus ihrer Handtasche ein Fläschchen mit Riechsalz, und ein Diener schob einen Teewagen neben mich, auf dem eine Tasse heißer Kaffee und ein Glas Wasser standen. Monsieur Rosay war jetzt, wo er merkte, daß ich imstande war zu tun, worum man mich gebeten hatte, viel gelassener. Ich sah das daran, daß er sich entfernte, um mit anderen Herren zu reden, und viel Zeit verging, ohne daß jemand in den Salon kam oder ihn verließ. Auf dem Sofa gegenüber saß immer noch der junge Mann, den ich beim Hereinkommen gesehen hatte, und der, das Gesicht in den Händen vergraben, weinte. Alle Augenblicke zog er sein Taschentuch aus der Tasche und schneuzte sich. Monsieur Loulou erschien in der Tür, sah ihn eine Weile an und kam dann, um sich neben ihn zu setzen. Die beiden taten mir ja so leid, es war ihnen anzusehen, daß sie mit Monsieur Bébé eng befreundet gewesen waren, und sie waren so jung und sie litten so. Auch Monsieur Rosay sah aus einer Ecke des Salons zu ihnen hinüber, wo er leise mit zwei Damen gesprochen hatte, die sich jetzt anschickten zu gehen. Und so vergingen die Minuten, bis Monsieur Loulou plötzlich durch die Zähne zischte und von dem anderen jungen Mann, der ihn wütend ansah, abrückte, und ich hörte, wie Monsieur Loulou so etwas sagte wie: »Dir war er doch immer gleichgültig gewesen, Nina«, und ich erinnerte mich an jemanden, der Nina hieß und eine Tante im Poitou hatte, die ihm Hühnchen und Gemüse schickte. Monsieur Loulou zuckte die Achseln, sagte mit verächtlichem Gesicht, daß Nina ein Lügner sei, und stand abrupt auf. Da erhob sich auch Nina, und die beiden gingen fast im Eilschritt in das Zimmer, in dem Monsieur Bébé lag, und ich hörte, daß sie miteinander stritten, doch sofort ging Monsieur Rosay zu ihnen hinein und brachte sie zum Schweigen, und man hörte nichts mehr, bis Monsieur Loulou wieder herauskam und sich auf das Sofa setzte, ein feuchtes Taschentuch in der Hand. Genau hinter dem Sofa war ein Fenster, das auf den Innenhof ging. Ich glaube, daß ich mich von allem, was es im Salon gab, am besten an das Fenster erinnere (und auch an die so prächtigen Kronleuchter), denn als die Nacht zu Ende ging, sah ich, wie es langsam die Farbe wechselte und immer grauer und schließlich rosa wurde, noch bevor die Sonne aufgegangen war. Und die ganze Zeit über mußte ich an Monsieur Bébé denken, und plötzlich konnte ich nicht mehr an mich halten und ich weinte, obgleich nur noch Monsieur Rosay und Monsieur Loulou da waren, denn Monsieur Nina war gegangen oder hielt sich in einem anderen Teil des Hauses auf. Und so verging die Nacht, und von Zeit zu Zeit konnte ich nicht an mich halten, wenn ich an Monsieur Bébé dachte, der noch so jung war, und begann zu weinen, obgleich daran auch ein wenig die Müdigkeit schuld war; dann kam Monsieur Rosay und setzte sich neben mich, sah mich ganz sonderbar an und sagte mir, daß es nicht nötig sei, mich weiterhin zu verstellen, und daß ich mich auf die Stunde vorbereiten sollte, da die Beerdigung stattfände und die Leute und die Journalisten kämen. Aber manchmal weiß man nicht genau, ob man wirklich weint oder nicht, und ich bat Monsieur Rosay, bleiben zu dürfen und bei Monsieur Bébé zu wachen. Er schien sehr verwundert, daß ich nicht etwas schlafen wollte, und erbot sich verschiedene Male, mich in ein Schlafzimmer zu führen, am Ende jedoch schien er zu begreifen, daß ich wirklich bleiben wollte, und ließ mich in Ruhe. Und als er einmal hinausging, wahrscheinlich um auf die Toilette zu gehen, nutzte ich die Gelegenheit und ging noch einmal in das Zimmer, wo Monsieur Bébé lag.

Ich hatte gedacht, mit ihm allein zu sein, aber Monsieur Nina war da, er stand am Fußende des Bettes und betrachtete ihn. Da wir uns nicht kannten (das heißt, er wußte, daß ich die Frau war, die man für die Mutter von Monsieur Bébé ausgab, aber wir hatten uns vorher nicht gesehen), blickten wir uns beide mißtrauisch an, obgleich er nichts sagte, als ich näherkam und zu Monsieur Bébé ans Bett trat. Wir verharrten so eine Weile und ich sah, daß ihm die Tränen über die Wangen liefen und daß sie neben seiner Nase so etwas wie eine Rinne gemacht hatten.

»Sie waren auch auf dem Fest an jenem Abend«, sagte ich zu

ihm, um ihn auf andere Gedanken zu bringen. »Monsieur Bébé .... Monsieur Linard sagte, daß Sie sehr traurig seien, und bat Monsieur Loulou, Ihnen Gesellschaft zu leisten.«

Monsieur Nina sah mich verständnislos an. Er schüttelte den Kopf, und ich lächelte ihn an, um ihn abzulenken.

»An dem Abend des Festes bei Monsieur Rosay«, sagte ich. »Monsieur Linard kam in die Küche und bot mir Whisky an.«

»Whisky?«

»Ja, er war der einzige, der mir an dem Abend etwas zu trinken anbot ... Und Monsieur Loulou machte eine Flasche Champagner auf, und da hat Monsieur Linard ihm einen Strahl Schaum ins Gesicht gespritzt, und ...«

»Oh, hören Sie auf, hören Sie auf«, knurrte Monsieur Nina. »Sprechen Sie mir nicht von *dem* ... Bébé war verrückt, wirklich verrückt ...«

»Und waren Sie deshalb so traurig?« fragte ich ihn, nur um etwas zu sagen, aber er hörte mir nicht mehr zu, er sah Monsieur Bébé an, als frage er ihn etwas, bewegte die Lippen in immer der gleichen Weise, bis ich ihn nicht länger ansehen konnte. Monsieur Nina war keine so stattliche Erscheinung wie Monsieur Bébé oder Monsieur Loulou, er kam mir sehr klein vor, auch wenn Schwarzhaarige einem immer etwas kleiner erscheinen, wie Gustave sagt. Gern hätte ich Monsieur Nina, der so traurig war, getröstet, doch in dem Augenblick kam Monsieur Rosay herein und gab mir mit Zeichen zu verstehen, wieder in den Salon zu kommen.

»Es wird schon Tag, Madame Francinet«, sagte er mir. Er hatte ein grünliches Gesicht, der Arme. »Sie sollten ein wenig ruhen. Sie werden gegen die Müdigkeit nicht ankämpfen können, und bald werden die ersten Leute kommen. Die Beerdigung ist um halb zehn.«

Ich konnte mich vor Müdigkeit wirklich kaum noch aufrecht halten, und das beste war, eine Stunde zu schlafen. Es ist unglaublich, wie eine Stunde Schlaf mich erfrischt. Deshalb hatte ich nichts dagegen, daß Monsieur Rosay mich am Arm nahm, und als wir durch den Salon mit den Kronleuchtern gingen, war das Fenster schon ganz rosa, und trotz des Feuers im Kamin fröstelte mich. In dem Augenblick ließ mich Monsieur Rosay plötzlich los und blickte zur Tür, die auf den Flur führte. Es war ein Mann hereingekommen, der einen Schal um den Hals trug, und ich erschrak bei dem Gedanken, daß man uns vielleicht auf die Schliche gekommen war (auch wenn es gar nicht ungesetzlich war), und daß der Mann mit dem Schal vielleicht ein Bruder von Monsieur Bébé war. Aber der konnte er nicht sein, so grobschlächtig wie er aussah, als wenn Pierre oder Gustave Brüder eines so feinen Herrn wie Monsieur Bébé hätten sein können. Hinter dem Mann mit dem Schal sah ich plötzlich Monsieur Loulou, der ein Gesicht machte, als wenn er Angst hätte, aber es kam mir so vor, als wenn er sich zugleich auf irgend etwas, das geschehen würde, freute. Da machte mir Monsieur Rosay ein Zeichen, zu bleiben, wo ich war, und ging zwei oder drei Schritte auf den Mann mit dem Schal zu, wie mir schien, recht unwillig.

»*Sie* kommen?« ... sagte er, im gleichen Ton wie er mit mir redete, und der im Grunde gar nicht freundlich war.

»Wo ist Bébé?« fragte der Mann, mit einer Stimme, als hätte er getrunken oder lange geschrien. Monsieur Rosay machte eine vage Handbewegung und wollte ihn daran hindern einzutreten, doch der Mann ging einfach weiter und erreichte es, indem er ihn nur anblickte, daß Monsieur Rosay beiseite trat. Ich war über ein so rüpelhaftes Benehmen in einem Augenblick großer Trauer sehr schockiert, aber Monsieur Loulou, der an der Tür stehengeblieben war (ich glaube, er war es, der diesen Mann hereingelassen hatte), begann schallend zu lachen, und da ging Monsieur Rosay auf ihn zu und gab ihm ein paar Ohrfeigen wie einem Gassenjungen, wirklich wie einem Gassenjungen. Ich konnte nicht genau verstehen, was sie einander sagten, aber Monsieur Loulou schien trotz der Ohrfeigen frohgelaunt und sagte etwas wie: »Jetzt wird er was erleben ... jetzt wird er was erleben, diese Hure ...«, auch wenn es nicht richtig ist, daß ich seine Worte wiederhole, und er sagte das mehrmals, bis er plötzlich in Tränen ausbrach und sich das Gesicht bedeckte, während Monsieur Rosay ihn bis zum Sofa zerrte, wo er laut heulend sitzen blieb. Und mich hatten alle vergessen, wie das immer so ist.

Monsieur Rosay schien sehr nervös und konnte sich nicht entschließen, in das Sterbezimmer zu gehen, aber nach einer Weile hörte man die Stimme von Monsieur Nina, der wegen irgend etwas protestierte, und Monsieur Rosay entschloß sich und lief zur Tür, genau in dem Augenblick, als Monsieur Nina protestierend herauskam, und ich hätte schwören können, daß der Mann mit dem Schal ihn hinausgeworfen hatte. Monsieur Rosay wich zurück, sah Monsieur Nina an, und die beiden begannen ganz leise, aber doch schrill miteinander zu reden, und Monsieur Nina weinte vor Zorn und gestikulierte, daß ich großes Mitleid mit ihm bekam. Schließlich beruhigte er sich etwas und Monsieur Rosay führte ihn zu dem Sofa, wo Monsieur Loulou saß, der wieder lachte (so war es, bald lachten sie, bald weinten sie), aber Monsieur Nina machte ein verächtliches Gesicht und setzte sich auf ein anderes Sofa in der Nähe des Kamins. Ich hielt mich in einer Ecke des Salons auf und wartete, daß die Damen und die Journalisten kämen, wie Madame Rosay mich das geheißen hatte, und schließlich schien die Sonne durch das Fenster und ein Diener in Livree ließ zwei sehr elegante Herren herein und eine Dame, die zuerst Monsieur Nina ansah, vielleicht weil sie dachte, daß er zur Familie gehöre, und dann mich, und obgleich ich das Gesicht mit den Händen bedeckt hatte, konnte ich sie durch die Finger hindurch sehr gut sehen. Die beiden Herren, wie auch andere, die nach ihnen hereinkamen, gingen zuerst in das Sterbezimmer, um Monsieur Bébé zu sehen, und versammelten sich danach im Salon, und einige kamen, von Monsieur Rosay begleitet, auf mich zu und sprachen mir ihr Beileid aus und drückten mir mit viel Gefühl die Hand. Auch die Damen waren sehr nett zu mir, vor allem eine, die sehr jung und hübsch war und die sich für einen Augenblick neben mich setzte und sagte, daß Monsieur Linard ein großer Künstler gewesen sei und sein Tod ein unwiederbringlicher Verlust sei. Ich sagte zu allem ja und weinte wirklich, obgleich ich die ganze Zeit simuliert hatte, aber es bewegte mich so, an Monsieur Bébé zu denken, der dort drinnen lag und der so schön gewesen war und ein so gutes Herz gehabt hatte, und der ein so großer Künstler gewesen war. Die junge Dame streichelte mir mehrmals die Hände und sagte, daß keiner Monsieur Linard je vergessen werde, und daß sie sicher sei, daß Monsieur Rosay das Modehaus ganz im Sinne von Monsieur Linard weiterführen werde, damit sein Stil nicht verlorengehe, und noch vieles andere, woran ich mich nicht mehr erinnere, aber immer voller Lob für Monsieur Bébé. Und dann kam Monsieur Rosay mich holen, und nachdem er denen, die mich umringten, mit einem Blick zu verstehen gegeben hatte, was nun geschehen würde, sagte er leise zu mir, daß es Zeit sei, mich von meinem Sohn zu verabschieden, denn gleich würde man den Sarg schließen. Ich hatte furchtbare Angst bei dem Gedanken, daß ich jetzt die schwierigste Szene spielen mußte, doch er half mir, mich aufzurichten, und stützte mich, und wir gingen in das Zimmer, wo nur der Mann mit dem Schal war, der Monsieur Bébé vom Fußende des Bettes aus betrachtete, und Monsieur Rosay machte eine unmißverständliche Gebärde, damit er begreife, daß er mich mit meinem Sohn allein lassen müsse, doch der Mann schnitt ein Gesicht, zuckte die Achseln und rührte sich nicht von der Stelle. Monsieur Rosay wußte nicht, was er tun sollte, und blickte den Mann noch einmal an, ihn geradezu anflehend hinauszugehen, denn hinter uns waren soeben andere Männer, die die Journalisten sein mußten, hereingekommen, und der Mann dort mit dem Schal, der Monsieur Rosay ansah, als wollte er ihn beleidigen, störte wirklich. Aber ich konnte nicht länger warten, ich hatte vor allen Angst und war sicher, daß gleich etwas Schreckliches passieren würde, und obgleich Monsieur Rosay sich nicht um mich kümmerte und dem Mann weiterhin Zeichen machte, um ihn zum Gehen zu bewegen, ging ich auf Monsieur Bébé zu und begann laut zu weinen, und da hielt Monsieur Rosay mich zurück, wo ich doch so gern Monsieur Bébé die Stirn geküßt hätte, Monsieur Bébé, der von allen immer noch am nettesten zu mir gewesen war, aber Monsieur Rosay ließ mich nicht und bat mich, mich zu beruhigen, und schließlich nötigte er mich, in den Salon zurückzukehren, wobei er mich tröstete und mir so fest den Arm drückte, daß es mir weh tat, aber das konnte niemand außer mir spüren und ich machte mir nichts daraus. Als ich auf dem Sofa saß und der Diener ein Glas Wasser brachte und zwei Damen mir mit ihren Taschentüchern Luft zufächelten, entstand in dem anderen Zimmer große Unruhe, und neue Leute kamen herein und umringten mich, bis ich von dem, was geschah, nicht mehr viel sehen konnte. Unter denen, die eben eingetreten waren, war der Herr Pfarrer, und ich freute mich sehr, daß er gekommen war, um Monsieur Bébé zu Grabe zu geleiten. Es war bald Zeit, zum Friedhof zu gehen, und es war schön, daß der Herr Pfarrer mit uns kommen wollte, mit der Mutter und den Freunden von Monsieur Bébé. Sicher freuten auch sie sich, daß er mitkommen würde, vor allem Monsieur Rosay, der ganz niedergedrückt war und sich darum sorgte, daß alles korrekt zugehe, wie es sich gehört, damit die Leute erführen, wie schön die Beerdigung gewesen war und wie sehr alle Monsieur Bébé liebten.

Teufelsgeifer

Nie wird man wissen, wie das erzählt werden muß, ob in der ersten Person oder in der zweiten, indem man sich der dritten Person des Plurals bedient oder fortwährend Formen erfindet, die sich dann als nicht brauchbar erweisen. Wenn man sagen könnte: ich sahen den Mond aufgehen, oder: uns schmerzt der Grund meiner Augen, und vor allem so: du, die blonde Frau, waren die Wolken, die immer noch vor meinen, deinen, seinen, unseren, euren, ihren Gesichtern dahineilen. Verflixt!

Wenn man doch, da es einmal erzählt werden muß, an der Ecke ein Glas Bier trinken gehen könnte und die Maschine allein weiterschriebe (weil ich mit der Maschine schreibe) – es wäre ideal. Und das ist keine Redensart. Ideal, jawohl, weil die Öffnung hier, von der erzählt werden muß, auch eine Maschine ist (anderer Art, eine Contax 1.1.2) und eine Maschine von einer anderen Maschine möglicherweise mehr weiß als ich, du, sie – die blonde Frau – und die Wolken. Aber von einem Narren habe ich nur das Glück und ich weiß, daß, wenn ich gehe, diese Remington wie versteinert auf dem Tisch stehen wird, mit diesem Anschein doppelter Ruhe, den die beweglichen Dinge haben, wenn sie sich nicht bewegen. Also muß ich schreiben. Einer von uns allen muß schreiben, wofern das erzählt werden soll. Besser, derjenige bin ich, der ich tot bin, der ich weniger am Hals habe als die andern; ich, der ich weiter nichts sehe als die Wolken und ungestört denken kann, ungestört schreiben (da zieht wieder eine vorbei, mit einem grauen Rand), und ungestört mich erinnern, ich, der ich tot bin (und lebendig, ich will niemanden täuschen, das wird man zu gegebener Zeit schon sehen, denn ich muß ja irgendwie loslegen, und ich habe an diesem Punkt begonnen, dem weiter oben, dem Ausgangspunkt, der schließlich der beste aller Punkte ist, wenn man etwas erzählen will).

Ich frage mich plötzlich, warum ich das erzählen soll, aber wenn einer begönne sich zu fragen, warum er all das tut, was er tut, wenn einer sich nur fragte, warum er eine Einladung zum Abendessen annimmt (jetzt fliegt eine Taube vorbei und, wie mir scheint, ein Sperling) und warum, wenn uns jemand eine gute Geschichte erzählt hat, es einem gleich im Magen zu kribbeln beginnt und man keine Ruhe hat, bis man in das Büro nebenan gegangen ist und die Geschichte seinerseits erzählt hat; erst dann fühlt man sich wohl, ist man zufrieden und kann sich wieder an die Arbeit machen. Soviel ich weiß, hat noch niemand eine Erklärung dafür gefunden, so daß es das beste ist, sich nicht zu genieren und zu erzählen, denn es geniert sich ja auch keiner zu atmen oder sich die Schuhe anzuziehen; das sind Dinge, die man eben tut, und wenn etwas Seltsames passiert, wenn man im Schuh eine Spinne findet oder wenn man beim Atmen so ein Gefühl wie von zerbrochenem Glas hat, dann muß man das erzählen, den Burschen im Büro oder dem Arzt. Ach, Herr Doktor, jedesmal, wenn ich atme ... Immer erzählen, sich von diesem lästigen Kribbeln im Magen befreien.

Und da wir es also erzählen werden, wollen wir etwas Ordnung schaffen und die Treppe dieses Hauses hinuntergehen bis zum Sonntag, dem 7. November, genau vor einem Monat. Man geht fünf Stockwerke hinunter und schon ist man im Sonntag, einem für November in Paris ausnehmend sonnigem Tag, man hat große Lust, durch die Straßen zu schlendern, etwas zu sehen, Photos zu machen (weil wir Photographen waren, ich bin Photograph). Ich weiß, das Schwierigste wird sein, es in der rechten Weise zu erzählen, ich habe keine Angst, mich zu wiederholen. Dies wird schwer sein, weil niemand genau weiß, wer da eigentlich erzählt, ob ich es bin oder das, was passiert ist, oder das, was ich gerade sehe (Wolken, und manchmal eine Taube), oder ob ich einfach eine Wahrheit erzähle, die lediglich meine Wahrheit ist, somit nicht die Wahrheit, außer für meinen Magen, für die große Lust, die ich habe, auf die Straße zu laufen und irgendwie damit fertig zu werden, gleich wie.

Wir wollen es langsam erzählen, man wird, je weiter ich mit dem Schreiben komme, schon sehen, was geschieht. Sollten sie mich ablösen, sollte ich nicht mehr weiter wissen, sollten sie ein Ende nehmen, die Wolken, und sollte etwas anderes beginnen (weil es einfach nicht möglich ist, ständig Wolken zu sehen, die dahinziehen, und manchmal eine Taube), sollte etwas von alledem ... Und nach dem »sollte«, was schreibe ich da, wie schließe ich die Rede korrekt ab? Doch wenn ich anfange zu fragen, werde ich nichts erzählen; besser erzählen, vielleicht ist Erzählen schon eine Antwort, wenigstens für jemanden, der es liest.

Roberto Michel, Franzose chilenischer Abstammung, Übersetzer und in seiner Freizeit Amateurphotograph, verließ am Sonntag, dem siebten November dieses Jahres, das Haus Nr. 11 der Rue Monsieur-le-Prince (jetzt ziehen zwei kleinere vorbei, mit silbergrauen Rändern). Er arbeitete seit drei Wochen an der französischen Übersetzung einer Abhandlung über Abweisungen und Rekurse von José Norberto Allende, Professor an der Universität von Santiago. Selten geht ein Wind in Paris, und noch seltener gibt es einen Wind, der an den Straßenecken Wirbel bildet und an den alten Holzjalousien rüttelt, hinter denen verwunderte Damen für die Unbeständigkeit des Wetters in diesen letzten Jahren verschiedene Erklärungen haben. Aber auch die Sonne war da, auf dem Wind reitend und Freundin der Katzen, weshalb nichts mich daran hindern sollte, auf den Seine-Quais spazieren zu gehen und ein paar Photos von der Conciergerie und der Saint-Chapelle zu machen. Es war eben erst zehn und ich rechnete mir aus, daß ich gegen elf gutes Licht haben würde, das beste, das man im Herbst haben kann; damit mir die Zeit nicht lang wurde, ließ ich mich treiben bis zur Ile Saint-Louis und ging den Quai d'Anjou entlang, betrachtete mir eine Weile das Hôtel de Lauzun, sagte mir einige Verse von Apollinaire her, die mir immer einfallen, wenn ich am Hôtel de Lauzun vorbeikomme (obgleich es mich an einen anderen Dichter erinnern müßte, aber Michel ist rechthaberisch), und als der Wind plötzlich nachließ und die Sonne zumindest doppelt so stark schien (will sagen, wärmer, aber das ist im Grunde dasselbe), setzte ich mich auf die Quaimauer und fühlte mich schrecklich glücklich an dem Sonntagmorgen.

Unter den vielen Möglichkeiten, das Nichts zu bekämpfen, ist eine der besten, Photographien zu machen, eine Tätigkeit, in der die Kinder frühzeitig unterwiesen werden sollten, da sie Disziplin, Sinn für Schönheit, ein gutes Auge und eine sichere Hand erfordert. Es handelt sich nicht darum, wie irgendein Reporter der Lüge aufzulauern und die alberne Silhouette der bedeutenden Persönlichkeit einzufangen, die Downing Street Nr. 10 verläßt, aber auf jeden Fall hat man, wenn man mit der Kamera losgeht, geradezu die Pflicht, aufmerksam zu sein, sich nicht dieses jähe und köstliche Auftreffen eines Sonnenstrahls auf einen alten Stein entgehen zu lassen, oder das kleine Mädchen, das mit fliegenden Zöpfen, ein Brot und eine Flasche Milch in den Händen, nach Hause eilt. Michel wußte, daß der Photograph immer gleichsam eine Permutation seiner persönlichen Art, die Welt zu betrachten, durch eine andere bewirkt, die ihm die Kamera hinterlistig aufzwingt (jetzt zieht eine große, fast schwarze Wolke vorbei), aber er war sich auch darüber im klaren, daß er nur ohne die Contax auszugehen brauchte, um die gelöste Stimmung, das Sehen ohne Begrenzung, das Licht ohne Blende noch 1/250, wiederzuerlangen. Eben jetzt (was für ein Wort, *jetzt*, was für eine dumme Lüge) konnte ich auf der Brüstung über dem Fluß sitzen und die schwarzen und roten Schleppkähne vorbeiziehen sehen, ohne daß es mir einfiel, die Szene unter photographischen Gesichtspunkten zu betrachten, nur dem Laisser-aller der Dinge mich überlassend, bewegungslos im Einklang mit der Zeit. Und der Wind hatte sich gelegt.

Dann ging ich auf dem Quai de Bourbon weiter, bis ich zur Spitze der Insel kam, dem lauschigen Platz (lauschig für klein und nicht für versteckt, da er zum Fluß und zum Himmel hin völlig offen ist), der mir jedesmal besser gefällt. Nur ein Pärchen war dort, und natürlich Tauben; vielleicht eine von denen, die gerade das Bild, das ich vor Augen habe, durchfliegen. Ich schwang mich auf die Brüstung und ließ mich von der Sonne umschmeicheln, bot ihr das Gesicht, die Ohren, beide Hände (die Handschuhe hatte ich in der Tasche). Ich hatte keine Lust, Photos zu schießen, und zündete mir eine Zigarette an, um etwas zu tun; ich glaube, daß ich in dem Augenblick, als ich das Streichholz der Zigarette näherte, den Jungen zum ersten Mal sah.

Was ich für ein Pärchen gehalten hatte, schien eher ein Junge mit seiner Mutter zu sein, obgleich ich sofort merkte, daß es kein Junge mit seiner Mutter war, daß es ein Pärchen war, wie wir die Paare nennen, wenn sie an der Quaimauer lehnen oder auf den Parkbänken sich umarmen. Da ich nichts zu tun hatte, konnte ich mich fragen, warum der Junge so nervös war, wie ein Füllen oder ein Hase, die Hände in die Tasche steckte, eine gleich wieder herauszog, dann die andere, sich mit den Fingern durchs Haar fuhr, von einem Bein aufs andere trat, und vor allem, warum er Angst hatte, denn das sah man jeder seiner Bewegungen an, eine durch Scham unterdrückte Angst, ein kaum zu bändigender Drang, zurückzuweichen, als wäre sein Körper im Begriff zu fliehen, ein letztes, jämmerliches Dekorum wahrend.

All das war so offenkundig, dort in fünf Meter Entfernung – und wir waren allein an der Quaimauer an der Spitze der Insel –, daß ich wegen der Angst des Jungen die blonde Frau zuerst nicht genau sah. Jetzt, da ich daran zurückdenke, sehe ich sie viel besser in diesem ersten Augenblick, als ich ihr im Gesicht las (plötzlich hatte sie sich um ihre eigene Achse gedreht, wie eine kupferne Wetterfahne, und da waren die Augen, die Augen), als ich dunkel ahnte, was dem Jungen da widerfahren mochte, und mir sagte, daß es sich lohnte zu bleiben und zuzusehen (der Wind trug die gerade nur geflüsterten Worte davon). Ich glaube, daß ich beobachten kann, wenn ich überhaupt etwas kann, und daß alles Beobachten von Irrtum strotzt, weil es uns noch weiter aus uns selbst vertreibt, ohne die geringste Gewähr, während Riechen oder (doch Michel schweift leicht ab, man darf ihn nicht drauflosreden lassen). Immerhin, wenn man sich der mutmaßlichen Verfälschung bewußt ist, wird Beobachten möglich; es genügt vielleicht, zwischen Beobachten und dem Beobachteten genau zu unterscheiden, die Dinge soviel fremder Gewandung zu entblößen. All das ist natürlich nicht einfach.

Von dem Jungen ist mir eher sein Bild in Erinnerung als seine wahre Gestalt (das wird man später verstehen), während ich jetzt sicher bin, daß ich von der Frau viel besser ihre Gestalt erinnere als ihr Bild. Sie war zierlich und schlank, zwei Worte, die ungenau ausdrücken, wie sie war, und trug einen fast schwarzen, fast weiten, fast schönen Pelzmantel. Aller Wind dieses Morgens (jetzt windete es kaum noch, und es war nicht kalt) war ihr durch das blonde Haar gefahren, das ihr weißes und düsteres – zwei ungenaue Worte – Gesicht umrahmte und ihr Gegenüber fesselte und schrecklich allein ließ vor ihren schwarzen Augen, ihren Augen, die auf die Dinge herabstießen wie zwei Adler, zwei Adler vom Gipfel ins Leere, zwei Böen grünen Schlamms. Ich beschreibe nichts, ich versuche vielmehr zu verstehen. Und ich habe gesagt, zwei Böen grünen Schlamms.

Seien wir genau, der Junge war recht gut gekleidet und hatte gelbe Handschuhe, die, ich hätte wetten können, seinem älteren Bruder, einem Studenten der Rechte oder der Sozialwissenschaften, gehörten; es war drollig zu sehen, wie die Finger der Handschuhe aus der Jackentasche herausguckten. Lange sah ich sein Gesicht nicht, gerade nur ein keineswegs dummes Profil – ein verängstigter Vogel, ein Engel von Fra Filippo, Milchreis – und den Rücken eines Halbwüchsigen, der Judo machen möchte und der sich ein paarmal für eine Idee oder für seine Schwester geschlagen hat. Gerade vierzehn, vielleicht fünfzehn, man sah ihm an, daß er von seinen Eltern gekleidet und beköstigt wurde, aber daß er keinen Pfennig in der Tasche hatte und sich mit seinen Kameraden beraten mußte, bevor er sich für einen Kaffee, einen Cognac, ein Päckchen Zigaretten entschied. Wenn er durch die Straßen ging, mochte er an seine Mitschülerinnen denken, wie schön es doch wäre, ins Kino zu gehen und den neuesten Film zu sehen, oder Romane zu kaufen oder Krawatten oder Flaschen Schnaps mit grünen und weißen Etiketten. Bei ihm zu Haus (sicher ein respektierliches Elternhaus, Mittagessen um zwölf und romantische Landschaftsbilder an den Wänden, mit einem dunklen Empfangszimmer und einem Schirmständer aus Mahagoni neben der Tür) dürfte es die ganze Zeit, während er lernt, Mamas Hoffnung ist, Papa ähnelt, an die Tante in Avignon schreibt, vor sich hin regnen. Daher gehörten die Straßen, der ganze Fluß ihm (aber ohne einen Pfennig), und die geheimnisvolle Stadt seiner fünfzehn Jahre mit ihren Zeichen an den Türen, ihren schreckeneinjagenden Katzen, die Tüte Pommes frites für dreißig Francs, das zweimal gefaltete pornographische Magazin, die Einsamkeit wie eine Leere in der Tasche, die glücklichen Zufälle, die Begeisterung für so vieles, das er nicht verstand, doch das eine totale Liebe verklärte, und die dem Wind und den Straßen ähnelnde Ungebundenheit.

Diese Biographie des Jungen konnte die irgendeines Jungen sein, doch diesen sah ich jetzt für sich, singulär geworden durch die Gegenwart der blonden Frau, die immer noch mit ihm sprach. (Ich werde es müde, zu insistieren, doch gerade zogen zwei lange, ausgefranste Wolken vorüber. Ich glaube, daß ich an jenem Morgen nicht ein einziges Mal zum Himmel aufgeblickt habe, weil ich, als ich ahnte, was mit dem Jungen und der Frau los war, nur noch sie beobachten konnte und warten, beobachten und ...) Kurz, der Junge war unruhig, und es war unschwer zu erraten, was wenige Minuten zuvor, höchstens vor einer halben Stunde, sich abgespielt hatte. Der Junge war an die Spitze der Insel gekommen, hatte die Frau gesehen und sie wunderbar gefunden. Die Frau wartete darauf, weil sie dort war, um darauf zu warten, vielleicht auch ist der Junge eher gekommen und sie hat ihn von einem Balkon oder von irgendeinem Punkt aus gesehen und ist auf ihn zugegangen, mit irgend etwas das Gespräch beginnend, wobei sie von Anfang an sicher war, daß er Angst vor ihr hatte und sich am liebsten davongemacht hätte, aber daß er natürlich bleiben würde, steif und finster, Erfahrenheit und Lust am Abenteuer vortäuschend. Das weitere war leicht vorauszusehen, weil es sich in fünf Meter Entfernung von mir abspielte, und jeder hätte sich ausrechnen können, wie das Spiel, diese lächerliche Fechterei, verlaufen werde; der größte Reiz lag nicht in dem, was gerade vor sich ging, sondern darin, seinen möglichen Ausgang vorauszusagen. Der Junge könnte am Ende eine Verabredung vorgeben, irgendeine Verpflichtung, und stolpernd und verwirrt weggehen, sich bemühend, ganz ungezwungen zu gehen, nackt unter dem spöttischen Blick, der ihn bis zuletzt verfolgen würde. Vielleicht aber bliebe er auch, gebannt oder einfach nicht fähig, die Initiative zu ergreifen, und die Frau würde beginnen, ihm das Gesicht zu streicheln, das Haar zu zerzausen, schon ohne Stimme mit ihm redend, und plötzlich würde sie ihn am Arm fassen und ihn mitnehmen, sofern er nicht, mit einem Unbehagen, die das Verlangen, die Gefahr des Abenteuers vielleicht zu dämpfen begönne, sich getraute, ihr den Arm um die Taille zu legen, und sie küßte. All das konnte geschehen, doch noch geschah es nicht, und Michel harrte der Dinge in perverser Erwartung, saß auf der Brüstung und zückte fast unbewußt die Kamera, um in einem Winkel der Insel mit einem ungewöhnlichen Pärchen, das miteinander sprach und sich ansah, ein pittoreskes Photo zu machen.

Sonderbar, daß die Szene (ein Nichts fast: zwei Menschen verschiedenen Alters) eine geradezu beunruhigende Aura hatte. Ich dachte, daß ich dies hineinlegte und daß mein Photo, wenn ich es machte, die Dinge wieder in ihrer stupiden Wahrheit zeigen würde. Gern hätte ich gewußt, was der Mann mit dem grauen Hut dachte, er saß am Steuer des Wagens, der auf dem zur Stegbrücke führenden Quai hielt, und las Zeitung oder schlief. Ich hatte ihn eben erst bemerkt, weil Leute in einem haltenden Wagen fast verschwinden, sich in diesem elenden Käfig verlieren, der der Schönheit, die ihm die Bewegung und die Gefahr verleihen, beraubt ist. Dabei hatte der Wagen die ganze Zeit dort gestanden, war ein Teil der Insel (oder verunstaltete diesen Teil der Insel). Ein Wagen, als sagte man: eine Straßenlaterne, eine Parkbank. Nie gilt das für Wind, Sonnenlicht, diese Elemente, die für Haut und Augen immer neu sind, wie auch der Junge und die Frau, die dort hingekommen waren und die Insel veränderten, sie mir anders zeigten. Nun, es konnte durchaus sein, daß auch der

Mann mit der Zeitung das, was sich da abspielte, aufmerksam verfolgte und gleich mir dieses leichte Unbehagen jeder Erwartung empfand. Soeben hatte die Frau sacht sich gedreht, bis sie den Jungen zwischen sich und der Brüstung hatte, ich sah sie beide fast im Profil und er war größer, wenn auch nicht viel, und trotzdem überragte sie ihn, schien gleichsam über ihm zu rütteln (ihr Lachen plötzlich eine Peitsche aus Federn), ihn mit ihrer bloßen Gegenwart, mit ihrem Lächeln, mit einer durch die Luft gleitenden Hand zu erdrücken. Warum länger warten? Mit einer Sechzehnerblende und bei einer Einstellung, bei dem das schreckliche schwarze Auto nicht mit aufs Bild käme, wohl aber dieser Baum, der notwendig war, um eine allzu graue Fläche zu unterbrechen...

Ich hob die Kamera, tat so, als prüfte ich einen Einstellungswinkel, der die beiden nicht mit einbezog, und hielt mich auf der Lauer, sicher, daß ich schließlich die enthüllende Gebärde einfangen würde, den alles resümierenden Ausdruck, das Leben, dem die Bewegung erst den Rhythmus gibt, doch das ein starres Bild, indem es die Zeit zerstückelt, vernichtet, wenn wir nicht das wesentliche, kaum wahrzunehmende Bruchstück wählen. Ich brauchte nicht lange zu warten. Die Frau fuhr fort in ihrem Werk, dem Jungen sanft die Hände zu binden, ihm Stück um Stück den letzten Rest Freiheit zu nehmen, in einer überaus langsamen, köstlichen Tortur. Ich stellte mir vor, wie es möglicherweise ausgehen würde (jetzt erscheint eine kleine schaumige Wolke, fast allein am Himmel), ich sah sie ihr Haus betreten (eine Parterre-Wohnung wahrscheinlich, die sie mit Kissen und Katzen vollstopfte) und ahnte die Beklommenheit des Jungen und seinen verzweifelten Entschluß, sie sich nicht anmerken und sich mitnehmen zu lassen, so tuend, als wäre ihm nichts neu. Die Augen schließend, wenn es stimmt, daß ich sie schloß, brachte ich Ordnung in die Szene, die neckischen Küsse, die Frau, die sanft die Hände abwehrte, die sie, wie in den Romanen, ausziehen wollten, auf einem Bett mit lila Steppdecke, dafür aber ihn dahinbrachte, sich ausziehen zu lassen, wahrhaftig Mutter und Sohn in einem gelben, opalisierenden Licht, und alles würde enden wie immer, vielleicht, vielleicht aber wäre alles auch anders und die Einweihung des Knaben ginge über ein langes Geplänkel nicht hinaus, ließe sie darüber nicht hinausgehen, wobei die Ungeschicklichkeiten, die verzweifelten Liebkosungen, die Hast der

Hände wer weiß zu was führten, zu getrennter, einsamer Lust, zu eitler Verweigerung, gemischt mit der Kunst, soviel beleidigte Unschuld zu verwirren und zu zermürben. Es konnte so sein, es konnte durchaus so sein; jene Frau suchte keinen Liebhaber in dem Jungen, und doch bemächtigte sie sich seiner zu einem Zweck, der unmöglich zu verstehen war, wenn ich ihn mir nicht als grausames Spiel vorstellte, das Verlangen nach Lust ohne Befriedigung, sich für einen anderen erregen zu lassen, für jemand, der nimmer dieser Junge sein konnte.

Michel hat sich der Literatur schuldig gemacht, irrealer Fabrikationen. Nichts liebt er mehr, als sich Ausnahmen auszudenken, außergewöhnliche Individuen, Ungeheuer, die nicht immer abstoßend sein müssen. Doch diese Frau regte die Phantasie an und gab vielleicht hinreichend Aufschluß über sich, so daß man das Richtige treffen könnte. Bevor sie ginge, und obgleich sie mir während vieler Tage in Erinnerung bleiben würde, weil ich zum Wiederkäuen neige, war ich entschlossen, keinen Augenblick mehr zu verlieren. Ich brachte alles in den Sucher (samt dem Baum, der Brüstung und der Elf-Uhr-Sonne) und drückte auf den Auslöser. Gleichzeitig sah ich, daß die beiden es bemerkt hatten und mich anblickten, der Junge überrascht und wie fragend, doch sie erzürnt, Körper und Gesicht, die sich geraubt wußten, schmählich gefangen in einem kleinen chemischen Bild, entschieden feindlich.

Ich könnte das in allen Einzelheiten erzählen, aber es lohnt nicht. Die Frau sprach davon, daß niemand das Recht habe, eine Person ohne Erlaubnis zu photographieren, und verlangte, daß ich ihr die Filmrolle herausgebe, all das mit einer hellen und klaren Stimme mit deutlichem Pariser Akzent, die bei jedem Satz in einer höheren Tonlage endete. Was mich betrifft, war mir an der Filmrolle nicht viel gelegen und ich hätte sie ihr gegeben oder auch nicht, doch jeder, der mich kennt, weiß, daß man mich im guten bitten muß. Deshalb beschränkte ich mich darauf, die Meinung vorzubringen, daß das Photographieren in der Öffentlichkeit nicht nur nicht verboten ist, sondern sich größten öffentlichen und privaten Wohlwollens erfreut. Und während ich ihr das sagte, sah ich mit heimlichem Vergnügen, wie der Junge sich zurückzog, zurückblieb – einfach dadurch, daß er sich nicht von der Stelle bewegte – und auf einmal (es schien fast unglaublich) sich umdrehte und auf und davon lief, wobei der Arme glaubte, zu gehen, in Wirklichkeit aber in wilder Eile floh, an dem Wagen vorbei und weiter, und wie ein Marienfaden in der Morgenluft entschwand.

Aber die Marienfäden nennt man in Chile auch Teufelsgeifer, und Michel mußte langatmige Verwünschungen über sich ergehen lassen, einen Schnüffler und Dummkopf sich schimpfen hören, während er sich die größte Mühe gab, zu lächeln und soviel billigen Anwurf mit einfachem Kopfschütteln zurückzuweisen. Als ich es leid zu werden begann, hörte ich, daß eine Wagentür zugeschlagen wurde. Da stand der Mann mit dem grauen Hut und sah uns an. In dem Augenblick erst wurde mir klar, daß er eine Rolle in der Komödie spielte.

Er kam auf uns zu, in der Hand die Zeitung, die er zu lesen vorgegeben hatte. Woran ich mich am besten erinnere, ist die Gesichtsverzerrung, die ihm einen schiefen Mund machte und sein Gesicht mit Falten überzog, etwas verschob sich, veränderte sich immerzu, weil ihm die Lippen zitterten und der Krampf von einem Mundwinkel zum anderen lief, wie etwas Selbständiges und Lebendiges, unwillentlich. Doch alles übrige war unbeweglich, ein weiß gepuderter Clown oder ein blutleerer Mensch mit blasser, trockener Haut, die Augen tief in ihren Höhlen und die Nasenlöcher schwarz und sichtbar, schwärzer als die Augenbrauen oder das Haar oder die schwarze Krawatte. Er ging vorsichtig, so als verletze das Pflaster ihm die Füße; ich sah seine Lackschuhe, sie hatten so dünne Sohlen, daß er jede Unebenheit der Straße spüren mußte. Ich weiß nicht, warum ich mich von der Brüstung herabgelassen hatte, ich weiß wirklich nicht, warum ich entschlossen war, ihnen das Photo nicht zu geben, mich weigerte, dieser Aufforderung, in der ich Angst und Feigheit witterte, nachzukommen. Der Clown und die Frau berieten sich schweigend: wir bildeten ein vollkommenes, unerträgliches Dreieck, etwas, das mit einem Knall platzen mußte. Ich lachte ihnen ins Gesicht und ging weg, ich nehme an, etwas langsamer als der Junge. In Höhe der ersten Häuser, auf der Seite des eisernen Stegs, drehte ich mich um und schaute nach ihnen. Sie rührten sich nicht von der Stelle, nur hatte der Mann seine Zeitung fallen lassen; mir schien, daß die Frau, die mit dem Rücken zur Brüstung stand, mit den Händen über den Stein fuhr, mit der klassischen und absurden Gebärde desjenigen, der sich in die Enge getrieben fühlt und einen Ausweg sucht.

Das Weitere ereignete sich hier, fast eben erst, in einem Zimmer im fünften Stock. Mehrere Tage vergingen, bis Michel die Photos jenes Sonntags entwickelte; seine Aufnahmen von der Conciergerie und der Saint-Chapelle waren so, wie sie sein sollten. Er fand zwei oder drei Probeeinstellungen, die er schon vergessen hatte, den mißglückten Versuch, einen Schnappschuß von der Katze zu machen, die zu seiner Verwunderung auf das Dach eines Straßenpissoirs geklettert war, und auch das Photo mit der blonden Frau und dem Jungen. Das Negativ war so gut, daß er eine Vergrößerung machte; die Vergrößerung war so gut, daß er eine noch viel größere machte, so groß fast wie ein Plakat. Es kam ihm nicht in den Sinn (jetzt fragt er sich wieso?), daß nur die Photos von der Conciergerie soviel Aufwand verdienten. Von der ganzen Folge war die Momentaufnahme, die er an der Spitze der Insel gemacht hatte, die einzige, die ihn interessierte; er pinnte die Vergrößerung an eine Wand seines Zimmers, und am ersten Tag betrachtete er sie sich eine Weile und erinnerte sich, verweilte bei dieser vergleichenden melancholischen Tätigkeit des Sich-Erinnerns angesichts der verlorenen Wirklichkeit; eine versteinerte Erinnerung, wie jedes Photo, auf dem nichts fehlt, nicht einmal und vor allem nicht das Nichts, das wahre Fixativ der Szene. Da war die Frau, da war der Junge, starr der Baum über ihren Köpfen, der Himmel so unbeweglich wie die Steine der Brüstung, Wolken und Steine eine einzige, untrennbare Materie (jetzt zieht eine mit scharfen Rändern vorbei, jagt dahin, als zöge ein Gewitter herauf). Die beiden ersten Tage war ich mit dem, was ich gemacht hatte, zufrieden, vom Photo an sich bis zur Vergrößerung an der Wand, und fragte mich nicht einmal, warum ich die Übersetzung der Abhandlung von José Norberto Allende alle Augenblicke unterbrach, um das Gesicht der Frau, die dunklen Flecke an der Quaimauer wieder vor mir zu sehen. Die erste Überraschung war albern; es war mir nie in den Sinn gekommen, daß, wenn wir ein Photo frontal betrachten, die Augen genau die Position und den Blickwinkel des Objektivs einnehmen; man hält derlei Dinge für ausgemacht und niemand macht sich Gedanken darüber. Von meinem Stuhl aus, die Schreibmaschine vor mir, betrachtete ich das Photo dort in drei Meter Entfernung, und da wurde mir klar, daß ich genau am Visierpunkt des Objektivs saß. Das war sehr gut so; ohne Zweifel war es die beste Art, ein Photo zu betrachten, mochte auch der schräge Blickwinkel seinen Reiz haben und auch zu Entdeckungen führen. Alle paar Minuten, zum Beispiel, wenn es mir nicht gelingen wollte, in gutem Französisch zu sagen, was José Norberto Allende in so gutem Spanisch sagte, blickte ich auf und betrachtete das Photo, manchmal nahm mich die Frau gefangen, manchmal der Junge, manchmal das Pflaster, wo hübscherweise einige trockene Blätter lagen, die einem lateralen Sektor seinen Reiz gaben. Dann ruhte ich eine Weile von meiner Arbeit aus und führte mir noch einmal und mit Vergnügen jenen Morgen vor Augen, den das Photo atmete, erinnerte mich lächelnd an das Bild der aufgebrachten Frau, die die Photographie von mir verlangt hatte, an die lächerliche und pathetische Flucht des Jungen und an den Auftritt des Mannes mit dem weißen Gesicht. Im Grunde war ich mit mir zufrieden; zwar war mein Abgang nicht besonders glänzend gewesen, denn da die Franzosen nie um eine Antwort verlegen sind, sah ich nicht recht, warum ich mich entschieden hatte, wegzugehen, ohne auf Privilegien, Prärogative und Bürgerrechte zu pochen. Die Hauptsache war, daß ich dem Jungen geholfen hatte, rechtzeitig zu entwischen (in dem Fall, daß ich richtig kombiniert hatte, was nicht hinreichend bewiesen ist, doch die Flucht an sich schien es zu bestätigen). Durch meine bloße Einmischung hatte ich ihm Gelegenheit gegeben, aus seiner Angst am Ende noch Nutzen zu ziehen; jetzt würde er es bereuen, gar nicht stolz auf sich sein, sich wenig als Mann fühlen. Das wäre weniger schlimm als die Gesellschaft einer Frau, die imstande ist zu blicken, wie sie ihn auf der Insel angeblickt hat; Michel ist bisweilen Puritaner, glaubt, daß man niemanden mit Gewalt verführen darf. Im Grunde war jenes Photo eine gute Tat gewesen.

Nicht der guten Tat wegen sah ich es mir an, wenn ich von der Arbeit aufblickte. In diesem Augenblick wußte ich dann nicht, warum ich mir es ansah, warum ich die Vergrößerung an die Wand gepinnt hatte; vielleicht ist das bei allen Fatalitäten so, ist das die Voraussetzung ihrer Erfüllung. Ich glaube, daß mich das fast unmerkliche Zittern der Blätter des Baums nicht beunruhigte, daß ich einen angefangenen Satz weiterschrieb und ihn ganz zu Ende brachte. Gewohnheiten sind wie große Herbarien; zuletzt ähnelt eine Vergrößerung von achtzig zu sechzig einer Leinwand, auf die man einen Film projiziert, wo an der Spitze einer Insel eine Frau mit einem Jungen spricht und ein Baum über ihren Köpfen etwas dürres Laub bewegt.

Doch die Hände waren jetzt zuviel. Ich hatte gerade geschrieben: *Donc, la seconde clé réside dans la nature intrinsèque des difficultés que les sociétés* – als ich sah, wie die Hand der Frau, Finger um Finger, langsam sich schloß. Von mir blieb nichts, ein Satz in Französisch, der wohl nie beendet werden wird, eine auf den Boden fallende Schreibmaschine, ein knarrender, wackliger Stuhl, Nebel. Der Junge hatte den Kopf gesenkt, wie die Boxer, wenn sie nicht mehr können und den entscheidenden Hieb erwarten; er hatte den Kragen des Überziehers hochgeschlagen, schien mehr denn je ein Gefangener zu sein, das perfekte Opfer, das dem Unglück Vorschub leistet. Jetzt sagte die Frau ihm etwas ins Ohr und die Hand öffnete sich wieder und legte sich auf seine Wange, sie streichelnd und streichelnd, langsam erhitzend. Der Junge war weniger verwirrt als argwöhnisch, ein- oder zweimal spähte er über die Schulter der Frau, während sie weiterredete, etwas erklärend, das ihn immer wieder in die Richtung blicken ließ, wo, wie Michel wußte, der Wagen mit dem Mann im grauen Hut stand, den er wohlweislich nicht mit aufgenommen hatte, aber der sich widerspiegelte in den Augen des Jungen und (wie noch daran zweifeln) in den Worten der Frau, in den Händen der Frau, in der Frau als Stellvertreterin. Als ich sah, wie der Mann kam, in ihrer Nähe stehenblieb und sie beobachtete, die Hände in den Taschen und mit einem halb verdrossenen, halb heischenden Ausdruck, ein Herr, der gleich seinem Hund pfeifen wird, der lange genug auf dem Platz herumgetollt ist, da begriff ich – wenn das Begreifen war –, was da vorgehen mußte, was vorgegangen sein mußte, was in diesem Augenblick hatte vorgehen müssen bei diesen Menschen dort, bei denen es mir gelungen war, einen Plan zu vereiteln, indem ich mich unschuldig in das eingemischt hatte, was dann nicht geschehen war, doch das jetzt geschehen, jetzt sich ereignen sollte. Und das, was ich mir seinerzeit vorgestellt hatte, war bei weitem nicht so abscheulich wie die Wirklichkeit, diese Frau, die nicht in eigener Sache dort war, nicht streichelte, Anträge machte, ermunterte zu ihrem eigenen Vergnügen, um den zerzausten Engel mit nach Hause zu nehmen und mit seiner Verwirrung und seiner anmutigen Begierde ihr Spiel zu treiben. Im Hintergrund wartete der wahre Gebieter, unverschämt lächelnd, sich des Erfolgs schon sicher; er war nicht der erste, der eine Frau ausschickte, ihm Gefangene zu bringen, denen mit Schmeicheleien die Hände gebunden waren. Das Weitere würde ganz einfach sein, das Auto, irgendeine Wohnung, die Getränke, die erregenden Bilder, die zu späten Tränen, das Erwachen in der Hölle. Und ich konnte nichts tun, diesmal konnte ich absolut nichts tun. Meine Stärke war eine Photographie gewesen, diese dort, wo sie sich jetzt an mir rächten, indem sie mir unverhohlen zeigten, was geschehen sollte. Das Photo war gemacht, viel Zeit war verstrichen, wir waren weit entfernt voneinander, die Verführung war sicher begangen, die Tränen waren vergossen worden und der Rest war Vermutung und Traurigkeit. Plötzlich verkehrte sich die Ordnung, sie waren lebendig, bewegten sich, handelten und waren voller Energie, gingen ihrer Zukunft entgegen; und ich, von diesem Gesichtspunkt aus, Gefangener einer anderen Zeit, eines Zimmers in einem fünften Stock, ich wußte nicht, wer sie waren, diese Frau und dieser Mann und dieses Kind, ich war weiter nichts als die Linse meiner Kamera, etwas Starres, unfähig, dazwischenzutreten. Sie trieben ihren grausamsten Spott mit mir, indem sie angesichts meiner Machtlosigkeit handelten, indem der Junge noch einmal zu dem weiß gepuderten Clown hinsah und ich begriff, daß er annehmen würde, daß der Antrag mit Geld oder Betrug verbunden sein würde und daß ich ihm nicht zurufen konnte, zu fliehen, oder ihm einfach noch einmal zur Flucht verhelfen durch ein neues Photo, eine kleine, fast unbedeutende Einmischung, die das Gespinst aus Schleim und Parfüm zerstörte. Alles sollte ebendort, in diesem Augenblick sich entscheiden, es herrschte eine ungeheure Stille, die mit natürlicher Stille nichts zu tun hatte. Jene spannte sich, wurde bedrohlich. Ich glaube, daß ich schrie, fürchterlich schrie, und daß ich in dieser Sekunde wußte, daß ich mich zu nähern begann, zehn Zentimeter, einen Schritt, noch einen Schritt, im Vordergrund die Zweige des Baums bewegten sich harmonisch, ein Fleck an der Quaimauer trat aus dem Bild hervor, das Gesicht der Frau, die sich wie überrascht nach mir umsah, wurde größer und größer, und da schwenkte ich ein wenig, will sagen, die Kamera schwenkte ein wenig, und ohne die Frau aus den Augen zu lassen, begann ich, mich dem Mann zu nähern, der mich mit den schwarzen Löchern, die er anstelle der Augen hatte, halb überrascht, halb wütend anblickte, mich in der Luft festnageln wollte, und in dem Augenblick sah ich außerhalb des Brennpunkts so etwas wie einen großen Vogel, der mit einem Flügelschlag vor dem Bild vorbeiflog, und ich lehnte mich an die Wand meines Zimmers und war glücklich, weil der Junge soeben entwischt war, ich sah ihn laufen, jetzt wieder im Brennpunkt, mit wehendem Haar floh er, lernte endlich, über die Insel dahinzufliegen, erreichte die Stegbrücke, kehrte in die Stadt zurück. Zum zweiten Mal entwischte er ihnen, zum zweiten Mal verhalf ich ihm zur Flucht, gab ihm sein prekäres Paradies wieder. Keuchend blieb ich ihnen gegenüber stehen; ich brauchte nicht weiter auf sie zuzugehen, das Spiel war aus. Von der Frau sah man gerade nur eine Schulter und ein wenig vom Haar, vom Bildrand brutal beschnitten; den Mann aber sah man von vorn, mit halb geöffnetem Mund, in dem eine schwarze Zunge zitterte, und langsam hob er die Hände, näherte sie dem Vordergrund, für einen Augenblick noch mitten im Brennpunkt, und dann nahm er mit seinem Körper den ganzen Raum ein, löschte die Insel, den Baum aus, und ich schloß die Augen und wollte nicht mehr sehen und bedeckte mir das Gesicht und brach in Weinen aus wie ein Idiot.

Jetzt zieht eine große weiße Wolke vorbei, wie an allen diesen Tagen, dieser unermeßlichen Zeit. Was zu sagen bleibt, ist immer eine Wolke, zwei Wolken, oder lange Stunden völlig klarer Himmel, ein überaus helles Rechteck, mit Stecknadeln an der Wand meines Zimmers befestigt. Das war es, was ich sah, als ich die Augen öffnete und sie mir mit den Fingern trocknete: der reine Himmel, und dann eine Wolke, die von links kam, langsam ihre Anmut vorführte und rechts verschwand. Und danach noch eine, aber manchmal wird auch alles grau, ist alles eine riesige Wolke, und plötzlich prasselt der Regen, lange sieht man es auf das Bild herabregnen, wie ein In-sich-hinein-Weinen, und allmählich hellt das Bild sich auf, vielleicht kommt die Sonne hervor, und wieder kommen die Wolken, zu zweien, zu dreien. Und manchmal die Tauben und dann und wann ein Sperling.

Der Verfolger

In memoriam Ch. P.

Sei getreu bis in den Tod
Offenbarung Johannis 2,10

O make me a mask *Dylan Thomas*

Dédée rief mich am Nachmittag an, um mir zu sagen, daß es Johnny nicht gutgehe, und ich bin sofort ins Hotel gegangen. Seit einigen Tagen wohnen Johnny und Dédée in einem Hotel in der Rue Lagrange, in einem Zimmer im vierten Stock. Es genügte ein Blick auf die Zimmertür und ich wußte, daß Johnny sich in der größten Misere befand; das Fenster geht auf einen fast schwarzen Hinterhof, und schon um ein Uhr mittags muß man Licht anmachen, wenn man Zeitung lesen oder sich im Spiegel betrachten will. Obgleich es nicht kalt war, fand ich Johnny in eine Wolldecke eingewickelt, in einen schäbigen Sessel gezwängt, aus dem überall gelbliche Wergwolle herausquoll. Dédée ist gealtert, und das rote Kleid steht ihr gar nicht gut; es ist ein Kleid für die Arbeit, für die Bühnenbeleuchtung; in diesem Hotelzimmer hatte es die widerliche Farbe von geronnenem Blut.

»Kamerad Bruno ist so treu wie schlechter Mundgeruch«, sagte Johnny als Begrüßung und zog die Knie hoch, um sein Kinn darauf zu stützen. Dédée schob mir einen Stuhl hin und ich holte ein Päckchen Gauloises aus der Tasche. Ich hatte ein Fläschchen Rum mitgebracht, doch ich wollte es nicht zeigen, bevor ich mir von dem, was hier los war, ein Bild gemacht hatte. Ich glaube, was mich am meisten störte, war die nackte Glühbirne, die wie ein ausgerissenes Auge an einem Kabel voller Fliegendreck von der Decke herabhing. Nachdem ich ein- oder zweimal in ihr Licht geblickt hatte, wobei ich mir die Hand als Schirm vor die Augen hielt, fragte ich Dédée, ob wir die Lampe nicht ausmachen und mit dem Licht auskommen könnten, das durch das Fenster kam. Johnny verfolgte meine Worte und Bewegungen mit zerstreuter Aufmerksamkeit, wie eine Katze, die einen unverwandt anblickt, doch der man ansieht, daß sie mit ganz was anderem beschäftigt ist; daß sie etwas anderes ist. Schließlich stand Dédée auf und schaltete das Licht aus. Bei dem, das uns blieb, einer Mischung aus Grau und Schwarz, sahen wir uns besser. Johnny zog eine seiner langen, mageren Hände unter der Wolldecke hervor und ich spürte die schlaffe Wärme seiner Haut. Dann sagte Dédée, sie wolle uns einen Nescafé machen. Es freute mich, daß sie wenigstens noch eine Dose Nescafé hatten. Wenn einer noch eine Dose Nescafé hat, sage ich mir immer, ist seine Lage nicht völlig aussichtslos; er kann noch eine Weile durchhalten.

»Wie lange haben wir uns nicht mehr gesehen«, sagte ich zu Johnny. »Mindestens einen Monat.«

»Warum mußt du immer die Zeit zählen«, antwortete er mir schlechtgelaunt. »Der erste, der zweite, der dritte, der einundzwanzigste. Allem gibst du eine Nummer, du. Und die hier ist genauso. Weißt du, warum sie wütend ist? Weil ich das Saxo verloren habe. Im Grunde hat sie recht.«

»Aber wie konntest du es bloß verlieren?« fragte ich ihn, obgleich ich wußte, daß es eben das war, was man Johnny nicht fragen konnte.

»In der Metro«, sagte Johnny. »Ich hatte es sicherheitshalber unter den Sitz gelegt. Es war ein herrliches Gefühl, in der Metro zu fahren und zu wissen, daß ich es unter meinen Beinen hatte, da war es sicher.«

»Er hat es erst gemerkt, als er hier die Treppe hochstieg«, sagte Dédée mit etwas rauher Stimme. »Und ich mußte dann wie eine Verrückte losrennen, um es denen von der Metro und der Polizei zu melden.«

Aus dem Schweigen, das folgte, konnte ich schließen, daß die Mühe vergebens gewesen war. Doch Johnny begann zu lachen, sein ihm eigenes Lachen, bei dem er weder Zähne zeigt noch die Lippen bewegt.

»Irgendein armer Tropf versucht jetzt, einen Ton aus ihm herauszukriegen«, sagte er. »Es war eines der miserabelsten Saxos, das ich je gehabt habe; man merkte, daß Doc Rodríguez darauf gespielt hatte, es war an der Seele völlig verbeult. Als Tute an sich war es nicht übel, aber Rodríguez ist fähig, selbst eine Stradivari zu ruinieren, wenn er sie bloß stimmt.«

»Und kannst du dir kein anderes beschaffen?«

»Das versuchen wir gerade«, sagte Dédée. »Sicher hat Rory Friend eins. Das Dumme ist, daß Johnnys Vertrag ...«

»Johnnys Vertrag«, äffte er sie nach. »Was heißt hier Vertrag.

Spielen muß man, und damit basta, aber ich habe kein Saxo und auch kein Geld, mir eins zu kaufen, und den Jungs geht es nicht anders.«

Letzteres stimmt nicht, alle drei wissen wir das. Niemand wagt es mehr, Johnny ein Instrument zu leihen, denn entweder verliert er es oder er macht es sofort zuschanden. Das Saxo von Louis Rolling hat er in Bordeaux verloren, und das, das Dédée gekauft hatte, als man ihn für eine England-Tournee verpflichtete, hat er in Stücke geschlagen, ist darauf herumgetrampelt und hat es in die Ecke gekickt. Niemand kann sagen, wie viele Instrumente er schon verloren, versetzt oder kaputtgemacht hat. Und auf allen hat er gespielt wie meiner Meinung nach nur ein Gott auf einem Altsaxophon spielen kann, einmal angenommen, daß die sich der Flöten und Leiern begeben haben.

»Wann sollst du anfangen, Johnny?«

»Ich weiß nicht. Heute, glaube ich, was, Dé?«

»Nein, übermorgen.«

»Alle Welt weiß die Daten, nur ich nicht«, brummte Johnny und zog sich die Decke bis an die Ohren. »Ich hätte geschworen, es sei heute abend und ich müßte heute nachmittag zur Probe.«

»Ist ja egal«, sagte Dédée. »Du hast ja kein Saxo.«

»Wieso egal? Das ist gar nicht egal. Übermorgen ist nach morgen, und morgen ist viel später als heute. Und selbst heute ist um einiges später als jetzt, wo wir uns mit Freund Bruno unterhalten, und ich würde mich viel besser fühlen, wenn ich die Zeit vergessen und etwas Warmes trinken könnte.«

»Das Wasser kocht gleich, einen Augenblick noch.«

»Ich habe nicht die Wärme gemeint, die durch Sieden entsteht«, sagte Johnny. Da zog ich das Fläschchen Rum aus der Tasche, und es war, als hätten wir Licht gemacht, denn Johnny sperrte erstaunt den Mund auf und seine Zähne begannen zu glänzen, und selbst Dédée mußte lächeln, als sie ihn so verwundert und zufrieden sah. Rum zu Nescafé war gar nicht übel und wir drei fühlten uns nach dem zweiten Schluck und einer Zigarette gleich wohler. Und dann bemerkte ich, daß Johnny sich langsam in sich zurückzog und wieder auf die Zeit zu sprechen kam, ein Thema, das ihn beschäftigt, solange ich ihn kenne. Es gibt wohl kaum Menschen, die alles, was die Zeit betrifft, derart beschäftigt. Es ist eine Manie, seine schlimmste Manie, denn er hat viele. Doch er verbreitet sich darüber mit einem Charme, dem kaum einer widerstehen kann. Ich erinnere mich an eine Probe vor einer Schallplattenaufnahme in Cincinnati, lange bevor er nach Paris kam, neunundvierzig oder fünfzig. Johnny war damals groß in Form und ich ging nur hin, um ihn und Miles Davis zu hören. Alle hatten sie Lust zu spielen, waren fröhlich, gingen gut gekleidet (vielleicht erinnere ich mich nur deswegen daran, weil Johnny heute so schlampig und schmuddelig herumläuft), sie spielten mit Hingabe, ohne je ungeduldig zu werden, und der Tontechniker hinter der Scheibe gab ihnen wie ein satter Pavian mit Gesten zu verstehen, wie zufrieden er war. Und genau in dem Augenblick, als Johnny wie freudeverloren spielte, brach er plötzlich ab, gab, ich weiß nicht wem, einen Rippenstoß und sagte: »Das bin ich morgen am Spielen«, und die Jungs blickten betreten drein, nur zwei oder drei spielten noch einige Takte, wie ein Zug, der langsam bremst, und Johnny schlug sich gegen die Stirn und wiederholte: »Das hab ich schon morgen gespielt, es ist irre, Miles, das hab ich schon morgen gespielt«, und niemand konnte ihn davon abbringen, und von da an ging alles schief, Johnny spielte lustlos und wollte gehen (um sich wieder zu dopen, sagte der Tontechniker, der vor Wut kochte), und als ich ihn hinausgehen sah, schwankend und mit aschfahlem Gesicht, fragte ich mich, wie lange das wohl noch gehen werde.

»Ich glaube, ich werde Doktor Bernard holen«, sagte Dédée und sah Johnny, der in kleinen Schlucken seinen Rum trank, von der Seite an. »Du hast Fieber und du ißt nichts.«

»Doktor Bernard ist ein trauriger Idiot«, sagte Johnny, an seinem Glas leckend. »Er wird mir Aspirin geben, und dann wird er sagen, daß er Jazz über alles liebe, zum Beispiel Ray Noble. Nicht zu fassen. Wenn ich das Saxo hätte, würde ich ihn mit einer Musik empfangen, daß er die vier Treppen auf dem Arsch wieder runtersaust.«

»Immerhin wird es dir nicht schaden, wenn du Aspirin nimmst«, sagte ich mit einem Seitenblick auf Dédée. »Wenn du willst, rufe ich ihn, wenn ich gehe, an, dann braucht Dédée nicht extra hinunterzugehen. Aber hör mal, dieser Vertrag ... Wenn du erst übermorgen spielen mußt, wäre vielleicht noch was zu machen. Auch ich könnte ja versuchen, von Rory Friend ein Saxo zu kriegen. Und im schlimmsten Fall ... Du mußt einfach vorsichtiger sein, Johnny.«

»Heute nicht«, sagte Johnny mit einem Blick auf das Fläschchen Rum. »Morgen, sobald ich das Saxo habe. Es gibt keinen Grund, jetzt weiter darüber zu sprechen. Bruno, es wird mir immer klarer, daß die Zeit ... Ich glaube, die Musik hilft, diese Sache ein wenig zu verstehen. Nun ja, nicht gerade verstehen, denn in Wirklichkeit verstehe ich überhaupt nichts. Ich merke lediglich, daß da etwas ist. So wie manchmal im Traum, nicht wahr, du fürchtest, daß alles kaputtgeht, und hast im voraus ein bißchen Angst; dabei aber bist du dir gar nicht sicher, und vielleicht wendet sich alles wie ein Pfannkuchen und plötzlich liegst du mit einem bildhübschen Mädchen im Bett und alles ist rundum wunderbar.«

Dédée spülte in einer Ecke des Zimmers Tassen und Gläser. Ich bemerkte, daß sie nicht einmal fließendes Wasser hatten; ich sehe eine Waschschüssel mit rosa Blumenmuster und eine Wasserkanne, die mich an ein einbalsamiertes Tier erinnert. Und Johnny spricht weiter, der Mund von der Wolldecke halb bedeckt, und auch er sieht wie eine Mumie aus mit den Knien am Kinn und seinem dunklen, glatten Gesicht, das vom Rum und vom Fieber langsam feucht zu werden beginnt.

»Ich habe über all das etwas gelesen, Bruno. Es ist ganz sonderbar und wirklich sehr schwierig ... Ich glaube, die Musik hilft, weißt du. Nicht, zu verstehen, denn in Wirklichkeit verstehe ich überhaupt nichts.« Er schlägt sich mit der Faust an den Kopf. Der Kopf dröhnt wie eine Kokosnuß. »Hier drinnen ist nichts, Bruno, was man so nichts nennt. Das denkt nicht und versteht auch nichts. Um die Wahrheit zu sagen, ich habe es nie gebraucht. Erst von den Augen abwärts verstehe ich, und je weiter unten, desto besser. Aber ein richtiges Verstehen ist das nicht, das gebe ich zu.«

»Gleich wird dein Fieber wieder steigen«, murrte Dédée hinter uns.

»Oh, sei still. Es ist wahr, Bruno. Nie habe ich an etwas gedacht, doch auf einmal wird mir bewußt, daß ich doch etwas gedacht habe, aber das ist doch nichts Besonderes, nicht wahr? Was ist das schon, wenn man plötzlich merkt, daß man doch etwas gedacht hat. Es läuft letztlich auf dasselbe hinaus, ob du es bist, der denkt, oder irgendein anderer. Ich bin nicht ich, ich. Ich profitiere nur von dem, was ich denke, aber immer erst hinterher, und das ist es, was ich nicht ertrage. Ach, es ist schwierig, es ist so schwierig ... Ist denn kein Schluck mehr da?«

Ich gab ihm die letzten Tropfen Rum gerade in dem Augenblick, als Dédée das Licht wieder anmachte; man konnte in dem Zimmer kaum noch sehen. Johnny schwitzt, aber er bleibt in seine Wolldecke gehüllt, und von Zeit zu Zeit schüttelt er sich, daß der Sessel knarrt.

»Schon als kleiner Junge habe ich es gemerkt, fast gleich nachdem ich anfing, Saxophon zu spielen. Bei uns zu Haus war ständig der Teufel los, man sprach von nichts anderem als von Schulden und Hypotheken. Weißt du, was eine Hypothek ist? Es muß etwas ganz Furchtbares sein, denn meine Alte raufte sich jedesmal die Haare, wenn mein Alter von der Hypothek sprach, und am Ende kam es immer zu einer Prügelei. Ich war damals dreizehn ... aber das kennst du ja alles schon.«

Und ob ich das schon kannte; hatte ich doch versucht, es in meiner Biographie über Johnny genau und wahrheitsgetreu zu schildern.

»Deswegen hörte zu Haus die Zeit nie auf, weißt du. Ein Streit nach dem andern, fast ohne Essen. Und obendrein die Religion, ah, das kannst du dir gar nicht vorstellen. Als der Lehrer mir ein Saxo beschaffte, du hättest dich totgelacht, hättest du es gesehen, da, glaub ich, habe ich es gleich gemerkt. Die Musik riß mich aus der Zeit, auch wenn das nur eine Redensart ist. Wenn du wissen willst, was ich wirklich empfinde, ich glaube, die Musik hat mich in die Zeit gesteckt. Aber dann muß man annehmen, daß diese Zeit nichts mit ... nun ja, mit uns zu tun hat, um es mal so zu sagen.«

Da ich Johnnys Halluzinationen schon lange kenne, wie die von denen, die ein ähnliches Leben führen, höre ich zwar aufmerksam zu, doch messe ich dem, was er sagt, nicht viel Bedeutung bei. Hingegen frage ich mich, wie er in Paris wohl an die Drogen kommt. Ich werde Dédée ins Gebet nehmen müssen, ihr verbieten, Beihilfe zu leisten. In diesem Zustand wird Johnny nicht mehr lange durchhalten können. Drogen und Elend vertragen sich nicht. Ich denke an all die Musik, die uns verlorengeht, an die Dutzende von Schallplattenaufnahmen, bei denen Johnny diese erstaunliche Überlegenheit, die er allen anderen Musiker gegenüber hat, weiterhin zeigen könnte. Dies »Das bin ich morgen am Spielen« wird mir auf einmal völlig klar, denn Johnny ist immer dabei, morgen zu spielen, und alle anderen bleiben hinter ihm zurück, in diesem Heute, das er mit den ersten Noten seiner Musik mühelos überspringt.

Ich bin als Jazzkritiker ziemlich sensibel und kenne meine Grenzen, und ich bin mir darüber im klaren, daß das, was ich denke, nicht an das heranreicht, worauf der arme Johnny mit seinen verstümmelten Sätzen, seinen Seufzern, seinen jähen Wutanfällen und seinem Klagen hinauswill. Ihm ist es scheißegal, daß ich ihn für genial halte, und nie hat er sich etwas darauf eingebildet, daß seine Musik weit über das hinausgeht, was seine Kollegen spielen. Es macht trübsinnig zu denken, daß er am Mundstück seines Saxophons ist, während ich mich mit dem zufrieden geben muß, was unten herauskommt. Er ist der Mund und ich das Ohr, um nicht zu sagen, daß er der Mund ist und ich ... Jeder Kritiker ist eben nur das traurige Ende von etwas, das als Geschmack begann, als Lust zu beißen und zu kauen. Und der Mund bewegt sich wieder, genießerisch holt Johnnys große Zunge einen Speichelfaden von den Lippen zurück. Die Hände zeichnen etwas in die Luft.

»Bruno, wenn du das eines Tages schreiben könntest ... Nicht meinetwegen, versteh mich richtig, was liegt schon mir daran. Wie ich dir schon sagte, als ich als Junge zu spielen anfing, habe ich gemerkt, daß die Zeit sich verändert. Ich habe das einmal Jim erzählt und er hat mir gesagt, daß alle dasselbe empfinden, und wenn man nicht bei sich ist ... Das hat er gesagt, wenn man nicht bei sich ist. Aber nein, ich bin bei mir, wenn ich spiele. Ich wechsle nur den Ort. Es ist wie in einem Fahrstuhl: du bist im Fahrstuhl und sprichst mit den Leuten und spürst gar nichts Besonderes, und derweil passierst du den ersten, den zehnten, den einundzwanzigsten Stock und die Stadt bleibt dort unten zurück und du beendest gerade den Satz, den du angefangen hattest, als du einstiegst, und zwischen den ersten Worten und den letzten liegen zweiundfünfzig Stockwerke. Als ich zu spielen anfing, merkte ich, daß ich in einen Fahrstuhl stieg, aber es war ein Fahrstuhl der Zeit, wenn ich das so sagen kann. Glaub nicht, daß ich die Hypothek oder die Religion darüber vergaß. Nur waren die Hypothek und die Religion in diesen Augenblicken wie der Anzug, den man gerade nicht anhat; ich weiß, daß der Anzug im Schrank hängt, doch du kannst mir nicht einreden, daß es diesen Anzug in diesem Augenblick gibt. Es gibt den Anzug, wenn ich ihn anziehe, und die Hypothek und die Religion gab es, als ich zu spielen aufhörte und meine Alte mit strähnigem Haar hereinkam und sich darüber beschwerte, daß ich ihr mit dieser Teufelsmusik das Gehör zerfetze.«

Dédée brachte noch eine Tasse Nescafé, doch Johnny sieht traurig sein leeres Glas an. »Das mit der Zeit ist so kompliziert, es überfällt mich überall. Langsam wird mir klar, daß die Zeit nicht sowas wie ein Sack ist, der sich füllt. Ich will damit sagen, daß in den Sack, auch wenn der Inhalt sich ändert, nicht mehr hineingeht als eine bestimmte Menge, und damit aus. Siehst du meinen Koffer, Bruno? Da passen zwei Anzüge und zwei Paar Schuhe hinein. Gut, jetzt stell dir vor, du machst ihn leer und dann tust du wieder die zwei Anzüge und die zwei Paar Schuhe hinein, und dann merkst du, daß nur ein Anzug und ein Paar Schuhe hineinpassen. Aber das ist noch nicht das Schönste daran. Das Schönste daran ist, wenn du merkst, daß du einen ganzen Laden in den Koffer packen kannst, Hunderte und Hunderte von Anzügen, so wie ich manchmal, wenn ich spiele, die Musik in die Zeit packe. Die Musik und das, was ich denke, wenn ich in der Metro fahre.«

»Wenn du in der Metro fährst?«

»Aber ja doch, da hast du's«, sagte Johnny verschmitzt. »Die Metro ist eine großartige Erfindung, Bruno. Wenn du in der Metro fährst, merkst du, was alles in den Koffer hineingeht. Vielleicht habe ich das Saxo gar nicht in der Metro vergessen, vielleicht ...«

Er lacht und hustet, und Dédée sieht ihn besorgt an. Doch er schneidet Grimassen, lacht und hustet, schüttelt sich unter der Wolldecke wie ein Schimpanse. Tränen laufen ihm die Wangen hinunter und er leckt sie ab, immer noch lachend.

»Besser die Dinge nicht durcheinanderbringen«, sagt er nach einer Weile. »Ich hab's verloren und damit basta. Aber die Metro hat mir geholfen, hinter diesen Trick mit dem Koffer zu kommen. Sieh mal, das mit den elastischen Dingen ist sehr seltsam, ich spüre das überall. Alles ist elastisch, Junge. Selbst Dinge, die hart zu sein scheinen, besitzen Elastizität ...«

Er denkt angestrengt nach.

»... eine verlangsamte Elastizität«, fügt er überraschend hinzu. Ich mache eine Geste der Bewunderung. Bravo, Johnny. Und da sagt der Mann, er könne nicht denken! Dieser Johnny! Und jetzt bin ich wirklich gespannt, was er mir zu sagen hat, und er spürt das und sieht mich an, verschmitzter denn je.

»Meinst du, Bruno, ich könnte ein Saxo auftreiben, um übermorgen zu spielen?«

»Ja, aber du mußt vorsichtiger sein.«

»Natürlich, ich werde vorsichtig sein.«

»Ein Vertrag für einen Monat«, erklärt die arme Dédée. »Vierzehn Tage in der Boîte von Rémy, zwei Konzerte und die Schallplatten. Wir kämen sehr gut zurecht.«

»Ein Vertrag für einen Monat«, äffte Johnny sie mit großen Gesten nach. »Die Boîte von Rémy, zwei Konzerte und die Schallplatten. Be-bata-bop bop bop, tschrrr. Was er hat, ist Durst, Durst und nochmal Durst. Und Lust zu rauchen, zu rauchen. Vor allem Lust zu rauchen.«

Ich halte ihm ein Päckchen Gauloises hin, obwohl ich genau weiß, daß er an Marihuana denkt. Es ist schon Abend und auf dem Korridor beginnt ein Kommen und Gehen von Leuten, Gespräche auf arabisch, ein Lied. Dédée ist gegangen, wahrscheinlich um etwas fürs Abendessen zu kaufen. Ich spüre Johnnys Hand auf meinem Knie.

»Sie ist ein gutes Mädchen, weißt du. Aber ich hab sie über. Ich liebe sie schon lange nicht mehr, kann sie nicht mehr ertragen. Manchmal erregt sie mich noch, sie kann ficken wie ...« er macht mit den Fingern die entsprechende Geste. »Aber ich muß von ihr loskommen, muß zurück nach New York. Vor allem muß ich zurück nach New York, Bruno.«

»Wozu? Dort ging es dir schlechter als hier. Ich meine nicht die Arbeit, sondern dein Leben. Mir scheint, du hast hier mehr Freunde.«

»Ja, du bist da, und die Marquise, und die Jungs vom Club ... Hast du nie mit der Marquise geschlafen, Bruno?«

»Nein.«

»Na, ich kann dir sagen ... Aber ich hab gerade von der Metro gesprochen, ich weiß nicht, warum wir das Thema gewechselt haben. Die Metro ist eine großartige Erfindung, Bruno. Eines Tages begann ich in der Metro etwas zu fühlen, dann hab ich's wieder vergessen ... Und zwei oder drei Tage später war es wieder so. Und schließlich bin ich mir darüber klargeworden. Es ist leicht zu erklären, weißt du, aber es ist nur deswegen leicht, weil es im Grunde nicht die wahre Erklärung ist. Die wahre Erklärung kann man einfach nicht erklären. Du müßtest die Metro nehmen und warten, bis es dir passiert, obgleich ich glaube, daß das nur mir passiert. Es ist ungefähr so, paß auf. Aber hast du wirklich nie mit der Marquise geschlafen? Du mußt sie bitten, auf den goldenen Schemel zu steigen, der in der Ecke ihres Schlafzimmers steht, neben einer sehr schönen Lampe, und dann ... Mist, da kommt die schon wieder zurück.«

Dédée kommt herein mit einer prall gefüllten Tasche und sieht Johnny an.

»Du hast höheres Fieber. Ich hab schon den Arzt gerufen, er kommt um zehn. Er sagt, du sollst dich ruhig verhalten.«

»Gut, einverstanden, aber vorher will ich Bruno das mit der Metro erzählen. Neulich habe ich genau gemerkt, wie das vor sich geht. Ich dachte an meine Alte, dann an Lan und die Kinder, und natürlich war mir gleich so, als ginge ich durch mein Viertel und sähe die Gesichter der Jungs, die von damals. Es war kein Denken, ich glaube, ich habe dir schon mehrmals gesagt, daß ich nie denke; es ist, als stünde ich an einer Straßenecke und sähe vorbeigehen, was ich denke, aber ich denke nicht das, was ich sehe. Verstehst du? Jim sagt, daß wir alle gleich seien, daß man für gewöhnlich (so sagt er) nicht selbst denke. Nehmen wir mal an, es wäre so. Die Sache ist die, daß ich in Saint-Michel die Metro genommen habe, und gleich dachte ich an Lan und die Kinder und sah das alte Viertel vor mir. Kaum habe ich mich gesetzt, da dachte ich an sie. Aber dabei war mir bewußt, daß ich in der Metro war, und ich sah, daß wir nach ungefähr einer Minute in Odéon ankamen und daß die Leute aus- und einstiegen. Dann habe ich weiter an Lan gedacht und ich sah meine Alte, wie sie vom Einkaufen zurückkam, und schließlich sah ich sie alle vor mir, war aufs schönste mit ihnen zusammen, wie ich das lange nicht mehr gefühlt habe. Erinnerungen sind immer scheußlich, doch diesmal dachte ich gern an die Kinder, sah sie gern vor mir. Wenn ich dir erzählen würde, was alles ich gesehen habe, du würdest es nicht glauben. Und es würde lange dauern, auch wenn ich Einzelheiten wegließe. Zum Beispiel, um dir nur eins zu erzählen, ich sah Lan in dem roten Kleid, das sie immer anzog, wenn sie in den Club 33 ging, wo ich und Hamp spielten. Ich sah das Kleid ganz genau, die Bänder und die Schleife, eine Art Verzierung an der Seite und den Kragen ... Nicht alles auf einmal, sondern ich ging wirklich um Lan herum und betrachtete mir ihr Kleid in aller Ruhe. Und dann betrachtete ich mir Lans Gesicht und die Gesichter der Kinder, und dann erinnerte ich mich an Mike, der im Zimmer nebenan wohnte, und wie Mike mir die Geschichte von den Wildpferden in Colorado erzählte, und von sich, wie er auf der Ranch gearbeitet hat, und dabei prahlte er wie ein Rodeoreiter ...«

»Johnny«, ermahnte ihn Dédée aus ihrer Ecke.

»Bedenke, daß ich dir hier nur einen Bruchteil von dem erzähle, was alles ich gedacht und gesehen habe. Wie lange erzähl ich dir eigentlich schon davon?«

»Ich weiß nicht, sagen wir zwei Minuten.«

»Sagen wir zwei Minuten«, ahmte Johnny mich nach. »Zwei Minuten, und ich habe dir nur einen Bruchteil erzählt. Wenn ich dir all das erzählen würde, was ich gesehen habe, was die Kinder taten und wie Hamp *Save it, pretty mama* spielte und ich jede Note hörte, verstehst du, jede Note, und Hamp ist keiner von denen, die schnell müde werden, und wenn ich dir erzählen würde, daß ich hörte, wie meine Alte ein langes Gebet vor sich hin sagte, in dem von Kohl die Rede war, glaub ich, sie bat um Vergebung für meinen Alten und für mich und sagte etwas von Kohl ... Nun, wenn ich dir das im einzelnen erzählen würde, dann würden mehr als zwei Minuten vergehen, was, Bruno?«

»Wenn du mir all das erzählen würdest, was du gehört und gesehen hast, dürfte eine gute Viertelstunde vergehen«, sagte ich lachend.

»Dürfte eine gute Viertelstunde vergehen, was, Bruno. Dann sag mir mal, wie es möglich ist, daß ich plötzlich fühle, daß die Metro hält, und ich mich von meiner Alten, von Lan und all dem losreiße und sehe, daß wir in Saint-Germain-des-Prés sind, ganze anderthalb Minuten von Odéon entfernt.«

Nie habe ich das, was Johnny sagt, sehr ernst genommen, doch die Art, wie er mich ansah, machte mich frösteln.

»Kaum anderthalb Minuten in deiner Zeit und in der Zeit von der da«, sagt Johnny grollend. »Und auch nach der Uhr der Metro und nach meiner Uhr, zum Teufel mit ihnen. Wie ist es dann möglich, daß ich eine Viertelstunde lang gedacht habe, sag mir mal, Bruno. Wie kann man in anderthalb Minuten eine Viertelstunde lang denken? Ich schwöre dir, daß ich an dem Tag nicht ein Blättchen, nicht ein Bröselchen geraucht habe«, fügte er, wie ein Kind sich entschuldigend, hinzu. »Und dann ist es mir wieder passiert, und jetzt passiert es mir überall. Aber«, sagte er listig, »nur in der Metro kann ich es merken, denn in der Metro fahren ist wie in einer Uhr stecken. Die Stationen sind die Minuten, verstehst du, das ist eure Zeit, die jetzige; aber ich weiß, daß es eine andere gibt, und ich hab darüber nachgedacht und nachgedacht...«

Er bedeckt sich das Gesicht mit den Händen und zittert. Ich wäre gern schon gegangen, aber ich wußte nicht, wie ich es anstellen sollte, mich zu verabschieden, ohne Johnny zu verletzen, denn er ist, was seine Freunde betrifft, furchtbar empfindlich. Aber wenn er so fortfährt, wird ihm das schaden, mit Dédée wird er über diese Dinge wenigstens nicht sprechen.

»Bruno, könnte ich doch nur leben wie in diesen Augenblicken, oder wenn ich spiele und die Zeit sich auch ändert ... Wenn du bedenkst, was sich in anderthalb Minuten alles abspielen kann ... Da könnte einer, nicht nur ich, auch die da und du und alle Jungs, Hunderte von Jahren leben, ja, wenn wir einen Weg fänden, könnten wir tausendmal länger leben, als wir wegen der Uhren leben, dieser Manie der Minuten und des Übermorgen...«

Ich lächele, so gut ich kann, ich habe das Gefühl, daß er recht hat, doch daß das, was er vermutet und was ich von seiner Vermutung ahne, verschwinden werde, sobald ich wieder auf der Straße wäre und zu meinem Alltagsleben zurückkehrte. In diesem Augenblick bin ich sicher, daß Johnny etwas sagt, was nicht nur damit zu erklären ist, daß er halb verrückt ist, daß ihm die Wirklichkeit entgleitet und ihm dafür eine Art Parodie läßt, die er in eine Hoffnung verwandelt. Alles, was Johnny mir in solchen Augenblicken sagt (und seit über fünf Jahren sagt er mir und allen solche Dinge), kann man sich nicht anhören und sich dabei vornehmen, später darüber nachzudenken. Kaum ist man auf der Straße, da ist es schon die Erinnerung, die die Worte wiederholt, und nicht mehr Johnny, alles wird zu einer Marihuana-Phantasterei, einem bloßen Herumfuchteln (denn es gibt andere, die ähnliches sagen, alle Augenblicke kommt einem ähnliches zu Ohren), und auf die Verwunderung folgt Irritation, wenigstens mir geht es so, und ich meine, Johnny habe mich auf den Arm genommen. Doch das immer erst am nächsten Tag, nicht während Johnny mir erzählt, denn dann spüre ich, daß da irgendwo etwas ist, das langsam nachgibt, als wolle ein Licht angezündet werden, oder besser, als müsse man etwas spalten, es von oben bis unten spalten wie einen Stamm, in den man einen Keil treibt, auf den man bis zuletzt einhämmert. Und Johnny hat keine Kraft mehr, um auf etwas einzuhämmern, und ich weiß nicht einmal, was für einen Hammer man bräuchte, um einen Keil einzuschlagen, den ich mir ebenfalls nicht vorstellen kann.

Schließlich habe ich es doch fertiggebracht zu gehen, doch zuvor passierte noch etwas, das einfach passieren mußte – das oder etwas Ähnliches –, nämlich als ich mich von Dédée verabschiedete und Johnny den Rücken zukehrte, merkte ich, daß etwas vor sich ging, ich sah es in Dédées Augen, und drehte mich rasch um (vielleicht hatte ich etwas Angst vor Johnny, vor diesem Engel, der wie mein Bruder ist, vor diesem Bruder, der wie mein Engel ist) und ich sah, daß Johnny die Wolldecke, in die er eingehüllt war, plötzlich von sich gestoßen hatte und völlig nackt in dem Sessel saß, die Beine angezogen, die Knie am Kinn, zitternd, aber lachend, von Kopf bis Fuß nackt in dem schmuddeligen Sessel.

»Es wird langsam warm«, sagte Johnny. »Bruno, schau mal, was für eine schöne Narbe ich zwischen den Rippen habe.«

»Deck dich zu«, befahl Dédée, verschämt und ohne zu wissen, was sie dazu sagen sollte. Wir kennen uns gut genug und ein nackter Mann ist nichts weiter als ein nackter Mann, immerhin hat Dédée sich geschämt und ich wußte nicht, wie ich mich verhalten sollte, um nicht den Eindruck zu erwecken, daß das, was Johnny tat, mich schockierte. Er wußte das und sein riesiger Mund lachte, obszön hielt er die Beine in die Höhe, sein Geschlecht hing über den Rand des Sessels wie bei einem Affen im Zoo, und auf seinen Schenkeln waren seltsame Flecken, vor denen mich ekelte. Da hat Dédée nach der Wolldecke gegriffen und ihn schnell eingewickelt, während Johnny lachte und sehr glücklich zu sein schien. Ich verabschiedete mich flüchtig und versprach, am nächsten Tag wiederzukommen, und Dédée brachte mich bis zum Treppenabsatz, wobei sie die Tür hinter sich schloß, damit Johnny nicht höre, was sie mir zu sagen hatte.

»So ist er, seit wir von der Tournee durch Belgien zurück sind. Überall hat er so gut gespielt und ich war so froh.«

»Ich frage mich, woher er die Drogen hat«, sagte ich und sah ihr dabei in die Augen.

»Ich weiß nicht. Er hat fast die ganze Zeit nur Wein und Cognac getrunken. Geraucht hat er zwar auch, aber weniger als dort ...«

›Dort‹ ist Baltimore und New York, sind die drei Monate in der psychiatrischen Klinik in Bellevue und der lange Aufenthalt in Camarillo.

»Hat Johnny in Belgien wirklich gut gespielt, Dédée?«

»Ja, Bruno, ich glaube, besser denn je. Das Publikum war wie verrückt und die Jungs vom Orchester haben es mir mehrmals gesagt. Auf einmal passierten seltsame Dinge, wie das immer ist bei Johnny, aber zum Glück nie vor dem Publikum. Ich glaubte schon ... aber Sie sehen ja, jetzt ist es schlimmer denn je.«

»Schlimmer als in New York? Aber Sie haben ihn in jenen Jahren doch noch nicht gekannt.«

Dédée ist nicht dumm, aber keine Frau hat es gern, daß man ihr von ihrem Mann aus einer Zeit erzählt, da er noch nicht mit ihr liiert war, abgesehen davon, daß sie ihn jetzt ertragen muß und daß das von früher weiter nichts sind als Worte. Ich weiß nicht, wie ich es ihr sagen soll, habe nicht einmal volles Vertrauen zu ihr, doch am Ende entschließe ich mich.

»Ich vermute, ihr habt kein Geld mehr.«

»Wir haben diesen Vertrag, um übermorgen anzufangen«, sagte Dédée.

»Glauben Sie, daß er Aufnahmen machen und öffentlich auftreten kann?«

»Aber ja doch«, sagte Dédée etwas überrascht. »Johnny wird besser spielen denn je, wenn Doktor Bernard ihn von der Grippe kuriert. Das Problem ist nur das Saxophon.«

»Ich werde mich darum kümmern. Hier, nehmen Sie, Dédée. Nur ... Es wäre besser, wenn Johnny nichts davon erführe.«

»Bruno ...«

Mit einer abwehrenden Geste und indem ich gleich die Treppe hinunterging, verhinderte ich, daß Dédée sich unnötig bedankte. Vier oder fünf Stufen von ihr entfernt, fiel es mir leichter, ihr zu sagen:

»Um nichts in der Welt darf er vor dem ersten Konzert rauchen. Lassen Sie ihn etwas trinken, aber geben Sie ihm kein Geld für anderes.«

Dédée sagte nichts darauf, doch ich sah, wie ihre Finger die Scheine falteten und nochmal falteten und sie verschwinden ließen. Wenigstens bin ich mir sicher, daß Dédée nicht raucht. Sollte sie seine Komplizin sein, so aus Angst oder aus Liebe. Wenn Johnny auf die Knie fällt, wie ich das in Chicago gesehen habe, und sie unter Tränen bittet ... Doch das ist ein Risiko wie so viele andere bei Johnny, im Augenblick hat er wenigstens Geld für Essen und Medikamente. Auf der Straße schlug ich mir den Kragen des Regenmantels hoch, da es zu nieseln anfing, und atmete mehrmals tief durch, bis mir die Lungen weh taten; ich fand, Paris roch sauber, nach warmem Brot. Erst da wurde mir bewußt, wie Johnnys Zimmer roch, Johnnys schwitzender Körper unter der Wolldecke. Ich ging in ein Café, um einen Cognac zu trinken und mir den Mund auszuspülen, vielleicht auch, um die so hartnäckige Erinnerung an Johnnys Worte loszuwerden, seine Reden, seine Art, Dinge zu sehen, die ich nicht sehe und im Grunde auch gar nicht sehen will. Ich begann an übermorgen zu denken, und das war wie eine Beruhigung, wie eine Brücke, die sich von der Theke in die Zukunft spannte.

Wenn man sich keiner Sache ganz sicher ist, ist es das beste, sich Aufgaben zu stellen. Zwei oder drei Tage später meinte ich, daß es meine Aufgabe sei, herauszufinden, ob die Marquise Johnny Carter Marihuana verschaffte, und ich besuchte sie in ihrem Atelier in Montparnasse. Die Marquise ist wirklich eine Marquise, sie hat haufenweise Geld, das ihr der Marquis zukommen läßt, obgleich sie sich schon vor längerer Zeit wegen des Marihuanas und anderer, ähnlicher Gründe hatten scheiden lassen. Ihre Freundschaft mit Johnny datiert seit New York, wahrscheinlich seit dem Jahr, als Johnny über Nacht berühmt wurde, nur weil einer ihm Gelegenheit gegeben hatte, vier oder fünf Jungs zusammenzubringen, die seinen Stil mochten, und Johnny zum ersten Mal spielen konnte, wie er wollte, und alle in Erstaunen versetzte. Es ist dies nicht der Augenblick, über Jazz zu sprechen, wer daran interessiert ist, mag mein Buch über Johnny und den neuen Nachkriegsstil lesen, doch kann ich wohl sagen, daß es achtundvierzig – sagen wir bis fünfzig – so etwas wie eine Explosion in der Musik gab, aber eine kalte, stille Explosion, bei der alles an seinem Platz blieb und es weder Schreie noch Trümmer gab, doch die Kruste der Gewohnheit zersprang in tausend Stücke, und selbst die Konservativen (in den Orchestern und im Publikum) machten etwas, das sie nicht mehr wie früher empfanden, zu ihrer Sache. Denn seit Johnny dazu übergegangen ist, Altsaxophon zu spielen, kann man die alten Musiker nicht mehr hören und meinen, sie seien das Nonplusultra; man muß sich damit abfinden und zu dieser Art verhüllter Resignation greifen, die sich historische Bedeutung nennt, man muß sich sagen, daß jeder dieser Musiker großartig gewesen ist, und es immer noch ist, doch in seiner Zeit. Johnny ist für den Jazz der gewesen, der eine neue Seite aufschlägt, und damit basta.

Die Marquise, die Ohren eines Windspiels hat für alles, was Musik ist, hat Johnny und seine Gruppe immer über alle Maßen bewundert. Ich kann mir gut denken, daß sie ihnen zu Zeiten des Club 33 nicht wenige Dollar zusteckte, als die meisten Kritiker gegen Johnnys Schallplattenaufnahmen protestierten und seinen Jazz nach mehr als antiquierten Kriterien beurteilten. Zu jener Zeit war es wohl auch, daß die Marquise anfing, hin und wieder mit Johnny zu schlafen und mit ihm zusammen zu rauchen. Oft sah ich sie vor den Aufnahmen oder in den Konzertpausen zusammen, und Johnny schien an der Seite der Marquise überaus glücklich zu sein, auch wenn auf einem anderen Parkettplatz oder zu Haus Lan und die Kinder saßen und auf ihn warteten. Doch hat Johnny nie gewußt, was es heißt, auf jemanden zu warten, und er kann sich auch nicht vorstellen, daß jemand auf ihn warten könnte. Auch die Art und Weise, wie er Lan sitzenließ, war echt Johnny. Ich habe die Ansichtskarte gesehen, die er ihr aus Rom schickte, nachdem er bereits vier Monate weg war (er war mit zwei anderen Musikern in ein Flugzeug gestiegen, ohne daß Lan etwas davon ahnte). Die Ansichtskarte zeigte Romulus und Remus, die Johnny schon immer sehr gefallen hatten (eine seiner Schallplatten heißt so), und er schrieb: »Ich bin einsam inmitten vieler Lieben«, was eine Zeile aus einem Gedicht von Dylan Thomas ist, den Johnny immerfort liest. Seine Agenten in Amerika kamen überein, einen Teil von Johnnys Einnahmen einzubehalten und Lan zukommen zu lassen, die bald begriff, daß sie damit, daß sie Johnny freigab, gar kein schlechtes Geschäft gemacht hatte. Irgend jemand hat mir erzählt, daß die Marquise auch Lan Geld zukommen läßt, ohne daß diese ahnt, woher es kommt. Das wundert mich nicht, denn die Marquise ist irrsinnig großzügig und begreift die Welt ein wenig als die Omeletts, die sie in ihrem Atelier fabriziert, wenn die Freunde in Scharen kommen; es ist eine Art Daueromelette, in das sie alles mögliche hineintut und von dem sie dann jeweils so viele Portionen brät und anbietet, wie gerade gebraucht werden.

Ich traf die Marquise mit Marcel Gavoty und Art Boucaya, sie sprachen gerade von den Aufnahmen, die Johnny am Nachmittag zuvor gemacht hatte. Sie fielen über mich her, als sähen sie einen Engel kommen, die Marquise küßte mich ab, bis sie nicht mehr konnte, und die Jungs klopften mir auf die Schulter, wie das nur ein Kontrabassist und ein Baritonsax können. Ich mußte mich hinter einen Sessel flüchten, um mich ihrer so gut ich konnte zu erwehren, und all das, weil sie erfahren hatten, daß ich es war, der das herrliche Saxo besorgt hatte, mit dem Johnny gerade vier oder fünf seiner besten Improvisationen auf Platte gespielt hatte. Die Marquise sagte sofort, daß Johnny ein unverschämter Kerl sei, und auch wenn er sich mit ihr verkracht hatte (sie sagte nicht warum), wisse der unverschämte Kerl doch sehr genau, daß er weiter nichts hätte zu tun brauchen, als sie in gehöriger Form um Verzeihung zu bitten, um von ihr einen Scheck zu bekommen, damit er sich ein neues Saxo kaufen könne. Natürlich hat sich Johnny, seit er wieder in Paris ist, nicht bei ihr entschuldigen wollen – zu dem Krach war es wahrscheinlich zwei Monate zuvor in London gekommen –, und so konnte denn auch niemand wissen, daß er sein verdammtes Saxo in der Metro verloren hatte, usw. Wenn die Marquise derart in Fahrt kommt, fragt man sich, ob nicht der Dizzy-Stil auf ihre Suada abgefärbt hat, die in einer unendlichen Reihe von Variationen in den unerwartetsten Registern besteht; doch schließlich schlägt sich die Marquise fest auf die Schenkel, sperrt den Mund auf und fängt an zu lachen, als kitzele man sie zu Tode. Und da benutzte Art Boucaya die Gelegenheit, um mir Einzelheiten von der gestrigen *session* zu erzählen, zu der ich nicht kommen konnte, da meine Frau mit Lungenentzündung liegt.

»Tica kann es bezeugen«, sagte Art, auf die Marquise zeigend, die sich vor Lachen krümmte. »Bruno, du kannst dir nicht vorstellen, was da gestern los war, bis du die Platten gehört hast. Wenn Gott gestern irgendwo war, dann, das kannst du mir glauben, war er in diesem verdammten Aufnahmestudio, wo es, nebenbei gesagt, höllisch heiß war. Erinnerst du dich an *Willow Tree*, Marcel?«

»Ob ich mich erinnere?« sagte Marcel. »Da fragt dieser Idiot noch, ob ich mich erinnere: Von Kopf bis Fuß bin ich mit nichts als *Willow Tree* tätowiert.«

Tica brachte uns *highballs* und wir machten es uns bequem, um miteinander zu plaudern. Eigentlich sprachen wir wenig über die gestrige *session*, denn jeder Musiker weiß, daß man über diese Dinge nicht sprechen kann, doch das wenige, das man sagte, gab mir wieder ein bißchen Hoffnung, und ich dachte, vielleicht bringt mein Saxo Johnny Glück. Allerdings fehlte es nicht an Anekdoten, die diese Hoffnung etwas dämpften, wie zum Beispiel, daß sich Johnny zwischen zwei Aufnahmen Schuhe und Strümpfe ausgezogen hatte und barfuß im Studio herumspaziert war. Immerhin hat er sich mit der Marquise ausgesöhnt und versprochen, vor seiner Vorstellung heute abend ins Atelier zu kommen und ein Gläschen mit uns zu trinken.

»Kennst du das Mädchen, das Johnny jetzt hat?« wollte Tica wissen. Ich beschrieb sie ihr so kurz wie möglich, doch Marcel ergänzte meine Beschreibung auf französische Art, überaus nuancenreich und mit vielen Anspielungen, was die Marquise mächtig amüsierte. Man erwähnte das Marihuana mit keinem Wort, aber ich war so mißtrauisch, daß ich meinte, es in Ticas Atelier zu riechen, zudem hat Tica eine Art zu lachen, die ich manchmal auch bei Johnny und Art Boucaya bemerkte und die die Süchtigen verrät. Ich frage mich, wie Johnny an den Stoff gekommen sein mag, wenn er sich mit der Marquise überworfen hatte; mein Vertrauen zu Dédée war jäh dahin, wenn ich je welches zu ihr gehabt hatte. Im Grunde sind sie alle gleich.

Ich beneide sie ein wenig um diese Ähnlichkeit, die sie einander näherbringt, die sie so leicht Komplizen werden läßt; von meiner puritanischen Welt aus – ich brauche es nicht zu gestehen, jeder, der mich kennt, weiß, daß ich Zügellosigkeit verabscheue – sehe ich sie als kranke Engel, die mit ihrer Unverantwortlichkeit ein Ärgernis sind, doch sie lohnen einem die Aufmerksamkeit, die man ihnen schenkt, mit anderem, Johnny mit seinen Schallplatten und die Marquise mit ihrer Großzügigkeit. Doch damit habe ich noch nicht alles gesagt, ich muß mich überwinden, es zu sagen: ich beneide sie, ich beneide Johnny, diesen Johnny der anderen Seite, ohne daß jemand genau wüßte, was diese andere Seite ist. Ich beneide alles außer seinen Schmerz, was jeder verstehen wird, doch noch in seinem Schmerz muß es Spuren von etwas geben, das mir versagt bleibt. Ich beneide Johnny und gleichzeitig macht es mich wütend, daß er sich durch den schlechten Gebrauch seiner Gaben zerstört und aufgrund der Spannungen in seinem Leben haufenweise Torheiten begeht. Ich glaube, wenn Johnny diesem seinem Leben eine Richtung geben würde, auch ohne dafür etwas zu opfern, nicht einmal das Rauschgift, und wenn er dieses Flugzeug, das seit fünf Jahren blind fliegt, besser steuerte, würde er vielleicht ganz übel enden, in völligem Wahnsinn, im Tod, doch nicht ohne zuvor dem auf den Grund gekommen zu sein, was er in seinen traurigen Monologen a posteriori sucht, mit der Aufzählung seiner Erfahrungen, die faszinierend sind, doch womit er auf halbem Wege stehenbleibt. Und all das behaupte ich bei meiner eigenen Feigheit, und vielleicht möchte ich im Grunde, daß es mit Johnny ganz plötzlich zu Ende gehe, wie ein Stern, der in tausend Stücke zerspringt, so daß die Astronomen eine Woche lang dumm gucken, und dann geht man schlafen und morgen ist ein anderer Tag.

Man hätte meinen können, Johnny habe geahnt, was ich gerade gedacht hatte, denn als er eintrat, begrüßte er mich fröhlich und setzte sich auch gleich neben mich, nachdem er die Marquise geküßt, einmal durch die Luft geschwenkt und mit ihr und Art ein kompliziertes onomatopoetisches Ritual vollzogen hatte, das allen unendlich viel Spaß machte.

»Bruno«, sagte Johnny, indem er es sich auf dem Sofa bequem machte, »die Tute ist ein Wunderding, die hier sollen dir erzählen, was ich da gestern herausgeholt habe. Tica hat Tränen geweint, groß wie Glühbirnen, und ich glaube nicht, daß sie geweint hat, weil sie ihrer Modistin Geld schuldet, was, Tica?«

Ich wollte noch mehr über die *session* erfahren, doch Johnny genügt dieser Überschwang von Stolz. Sofort sprach er mit Marcel über das Programm dieses Abends und wie gut ihnen beiden die brandneuen grauen Anzüge stünden, in denen sie auftreten würden. Johnny fühlt sich wirklich sehr wohl, und man sieht, daß er seit Tagen nicht viel geraucht hat; wahrscheinlich nimmt er eben nur die Dosis, die er braucht, um mit Freude zu spielen. Und gerade als ich das denke, klopft mir Johnny auf die Schulter und beugt sich vor, um mir zu sagen:

»Dédée hat mir gesagt, daß ich mich neulich dir gegenüber sehr schlecht benommen habe.«

»Ach was, vergiß das.«

»Doch, ich erinnere mich sehr gut. Und wenn du meine Meinung wissen willst, im Grunde war ich großartig. Du solltest froh sein, daß ich mich dir gegenüber so benommen habe; das tue ich sonst bei niemandem, das kannst du mir glauben. Das ist ein Beweis dafür, wie sehr ich dich schätze. Wir müssen zusammen mal irgendwo hingehen, um über eine Menge Dinge zu sprechen. Hier ...« Er schob verächtlich die Unterlippe vor, lachte, zuckte die Achseln, wackelte auf dem Sofa hin und her. »Alter Freund Bruno. Dédée hat gesagt, daß ich mich sehr schlecht benommen habe, wirklich.«

»Du hattest die Grippe. Geht es dir besser?«

»Es war keine Grippe. Der Arzt kam, und sofort fing er an mir zu sagen, wie sehr er Jazz liebe, und ich solle ihn eines Abends mal besuchen kommen, um seine Platten zu hören. Dédée hat mir erzählt, daß du ihr Geld gegeben hast.«

»Um euch aus der Verlegenheit zu helfen, bis du deine Gage bekommst. Wie ist denn das mit heute abend?«

»Ja, ich habe Lust zu spielen und würde jetzt gleich anfangen, wenn ich nur das Saxo hätte, doch Dédée hat darauf bestanden, es eigenhändig ins Theater zu tragen. Es ist ein großartiges Saxo; als ich gestern darauf spielte, war mir, als schliefe ich mit einer Frau. Du hättest Ticas Gesicht sehen sollen, als ich aufhörte. Warst du eifersüchtig, Tica?«

Und sie fingen wieder an laut zu lachen, und Johnny hielt es für angebracht, im Atelier herumzulaufen und Freudensprünge zu vollführen, und dann tanzten er und Art, ohne Musik, hoben und senkten die Brauen, um den Takt anzugeben. Man kann Johnny oder Art einfach nicht böse sein; das wäre wie dem Wind böse zu sein, weil er uns zerzaust. Leise sprachen Tica, Marcel und ich über unsere Erwartungen betreffend die Abendvorstellung. Marcel war überzeugt, daß Johnny seinen großen Erfolg von 1951, als er das erste Mal in Paris war, wiederholen werde. Nach der *Session* von gestern ist er sicher, daß alles gutgehen werde. Ich wünschte so zuversichtlich zu sein wie er, aber ich würde schließlich nicht mehr tun können, als mich in eine der ersten Reihen zu setzen und mir das Konzert anzuhören. Immerhin durfte ich beruhigt sein, Johnny würde nicht unter Drogen stehen wie an jenem Abend in Baltimore. Als ich Tica das sagte, klammerte sie sich an mich, als wäre sie am Ertrinken. Art und Johnny gingen zum Klavier, und Art spielte ihm ein neues Thema vor und Johnny bewegte den Kopf dazu und summte vor sich hin. Beide sahen in ihren grauen Anzügen sehr elegant aus, obgleich das Fett, das Johnny in der letzten Zeit angesetzt hat, für ihn nicht vorteilhaft war.

Mit Tica sprachen wir über den Abend in Baltimore, als Johnny seine erste heftige Krise hatte. Während des Gesprächs sah ich Tica fest in die Augen, denn ich wollte sicher sein, daß sie mich versteht und daß sie diesmal nicht nachgibt. Wenn Johnny zuviel Cognac trinkt oder auch nur einen Krümel Marihuana raucht, wird das Konzert ein Fiasko und es wäre mit allem aus.

Paris ist kein Provinz-Kasino und aller Augen sind auf Johnny gerichtet. Und während ich das denke, werde ich einen bitteren Geschmack im Munde nicht los, ein Zorn, der sich nicht gegen Johnny richtet, noch gegen die Dinge, die ihm zustoßen; eher gegen mich selbst und die Leute um ihn herum, die Marquise und Marcel, zum Beispiel. Im Grunde sind wir eine Bande von Egoisten; unter dem Vorwand, auf Johnny aufzupassen, pflegen wir unsere Vorstellung von ihm, bereiten uns auf die neuen Freuden vor, die Johnny uns machen wird, bringen die Statue, die wir uns da errichtet haben, auf Hochglanz und verteidigen sie um jeden Preis. Ein Mißerfolg Johnnys wäre schlecht für mein Buch (dieser Tage soll die englische und die italienische Übersetzung erscheinen), und wahrscheinlich ist meine Sorge um Johnny zum Teil dadurch bedingt. Art und Marcel brauchen ihn, um sich ihr Brot zu verdienen, und die Marquise, weiß Gott, was die Marquise in Johnny sieht, von seinem Talent abgesehen. All dies hat nichts zu tun mit dem anderen Johnny, und plötzlich ging mir auf, daß vielleicht eben das es war, was Johnny mir zu verstehen geben wollte, als er die Wolldecke wegstieß und sich mir nackt wie ein Wurm zeigte, Johnny ohne Saxo, Johnny ohne Geld und ohne Kleider, von etwas besessen, das sein armer Verstand nicht zu begreifen vermag, doch das seine Musik durchweht, seine Haut streichelt und ihn vielleicht für einen unvorhersehbaren Sprung vorbereitet, den wir nie verstehen werden.

Und wenn man so etwas denkt, dann hat man am Ende wirklich einen bitteren Geschmack im Mund, aber was soll die größte Aufrichtigkeit, wenn man plötzlich entdeckt, daß man Dreck ist neben jemandem wie Johnny Carter, der jetzt kam, um auf dem Sofa seinen Cognac zu trinken, und mich vergnügt ansah. Es ist Zeit, daß wir alle in die Salle Pleyel gehen. Möge die Musik wenigstens den Rest des Abends retten und eine ihrer übelsten Aufgaben gründlich erfüllen, nämlich uns einen dichten Wandschirm vor den Spiegel zu stellen, uns für ein paar Stunden von der Landkarte zu streichen.

Es versteht sich, daß ich morgen für *Jazz Hot* eine Kritik über das Konzert von heute abend schreiben werde. Doch hier, mit diesem in den Pausen auf einem Knie gekritzelten Stenogramm, habe ich nicht die geringste Lust, als Kritiker zu sprechen, das heißt, zu loben und zu verdammen. Ich bin mir wohl bewußt, daß Johnny für mich aufgehört hat, ein *Jazzer* zu sein, und daß sein musikalisches Genie gleichsam eine Fassade ist, etwas, das alle Welt verstehen und bewundern kann, doch hinter der sich anderes verbirgt, und dies andere ist das einzige, worauf es mir ankommen sollte, vielleicht weil es das einzige ist, worauf es Johnny wirklich ankommt.

Das ist leicht gesagt, solange ich noch Johnnys Musik bin. Wenn sie erkaltet ... Warum kann ich dann nicht dasselbe tun wie er, warum kann ich nicht mit dem Kopf gegen die Wand rennen? Ich gebe den Worten, die ihn angeblich schildern, den Vorrang vor der Wirklichkeit, ich verschanze mich hinter Betrachtungen und Vermutungen, die weiter nichts sind als stupide Dialektik. Ich glaube zu verstehen, warum man beim Beten unwillkürlich auf die Knie fällt. Die Veränderung der Haltung ist das Symbol für eine Veränderung in der Stimme, in dem, was die Stimme artikulieren will, in dem Artikulierten selbst. Sobald ich mir dieser Veränderung bewußt bin, bekommen die Dinge, die mir noch eine Sekunde vorher willkürlich erschienen, einen tiefen Sinn, werden außerordentlich einfach und tief zugleich. Weder Marcel noch Art haben gestern gemerkt, daß Johnny nicht verrückt war, als er sich im Aufnahmestudio Schuhe und Strümpfe auszog. Johnny mußte in dem Augenblick einfach den Boden unter seinen Füßen spüren, sich mit der Erde verbinden, wofür seine Musik eine Bestätigung war und keine Flucht. Denn auch das spüre ich bei Johnny, daß er vor nichts flieht; er nimmt kein Rauschgift, um zu fliehen, wie die meisten Süchtigen, er spielt nicht Saxophon, um sich hinter einem Wall aus Musik zu verstecken, er verbringt nicht Wochen in psychiatrischen Kliniken, um sich geschützt zu fühlen gegen den Druck von außen, den er nicht ertragen kann. Selbst sein Stil, das Echteste an ihm, dieser Stil, dem man absurde Namen gibt, wo er doch überhaupt keinen braucht, beweist, daß Johnnys Kunst weder ein Ersatz ist noch eine Ergänzung. Johnny hat die Sprache des *hot*, die bis vor zehn Jahren mehr oder weniger en vogue war, aufgegeben, weil ihm diese stark erotische Sprache zu passiv war. In seinem Fall hat das Verlangen den Vorrang vor der Lust und vereitelt diese, denn das Verlangen fordert von ihm, weiter zu gehen, weiter zu suchen, und versagt ihm im voraus die bequeme Apotheose des traditionellen Jazz. Deshalb, glaube ich, mag Johnny die *blues* nicht besonders, in denen Masochismus und Sehnsüchte ... Doch von all dem habe ich schon in meinem Buch gesprochen, habe gezeigt, wie der Verzicht auf sofortige Befriedigung Johnny dazu brachte, eine Sprache zu schaffen, die er und andere Musiker heute bis an ihre äußersten Grenzen treiben. Dieser Jazz verschmäht jede billige Erotik, jeden Wagnerianismus, um es so zu sagen, und stellt sich in einen scheinbar leeren Raum, wo die Musik in absoluter Freiheit bleibt, so wie die Malerei, die der Darstellung sich verweigert, in Freiheit bleibt, um nichts weiter zu sein als Malerei. Aber dann, über seine Musik gebietend, die keine Orgasmen noch Sehnsüchte fördert, eine Musik, die ich metaphysisch nennen möchte, scheint Johnny auf sie zu bauen, um sich selbst zu erforschen, um die Wirklichkeit, die sich ihm ständig entzieht, zu packen zu kriegen. Ich sehe darin das große Paradox seines Stils, seine herausfordernde Wirkung. Unfähig, ihn zu befriedigen, bedeutet die Musik einen ständigen Anreiz, ein endloses Konstruieren, und die Freude daran besteht nicht im Vollenden, sondern im fortgesetzten Forschen, im Gebrauch von Fähigkeiten, die das momentan Menschliche hinter sich lassen, ohne der Menschlichkeit zu entraten. Und wenn Johnny wie heute abend im ständigen Erschaffen seiner Musik aufgeht, weiß ich, daß er vor nichts ausweicht. Zu einem Treffen gehen kann nimmer ein Ausweichen sein, auch wenn wir den Ort der Begegnung jedesmal in weitere Ferne rücken; und was das betrifft, was eventuell zurückbleibt, ignoriert Johnny es oder verachtet es zutiefst. Die Marquise, zum Beispiel, glaubt, daß Johnny das Elend fürchtet, ohne zu merken, daß Johnny nur eins fürchtet, nämlich neben dem Messer kein Kotelett zu finden, wenn er gern eins essen möchte, oder kein Bett, wenn er müde ist, oder keine hundert Dollar in der Brieftasche, wenn er es normal findet, Besitzer von hundert Dollar zu sein. Johnny bewegt sich nicht in einer Welt von Abstraktionen wie wir; daher hat seine Musik, diese wunderbare Musik, die ich heute abend gehört habe, überhaupt nichts Abstraktes. Doch nur er vermag abzuschätzen, was er, während er spielte, geerntet hat, und wahrscheinlich ist er schon wieder bei etwas anderem, ergeht sich in einer neuen Vermutung, hat einen neuen Verdacht. Seine Eroberungen sind wie ein Traum, er vergißt sie, wenn er erwacht, wenn der Applaus ihn zurückholt, ihn, der so weit weg ist und seine Viertelstunde in anderthalb Minuten lebt.

Es ist, als wäre man mitten im Gewitter an einen Blitzableiter gebunden und glaube, daß nichts passieren werde. Vier oder fünf Tage später traf ich Art Boucaya im *Dupont* im Quartier Latin, und kaum daß er mich sah, schlug er die Augen gen Himmel und verkündete mir die schlechten Nachrichten. Im ersten Moment empfand ich so etwas wie Genugtuung, die ich wirklich nur als boshaft bezeichnen kann, denn ich war mir darüber im klaren gewesen, daß der Friede nicht lange währen konnte; doch dann dachte ich an die Folgen, und ob meiner Zuneigung zu Johnny drehte sich mir der Magen um; ich trank zwei Cognacs, während Art mir berichtete, was geschehen war. Kurz gesagt, es war so, daß Delaunay an jenem Nachmittag eine Aufnahme vorbereitet hatte, um ein neues Quintett vorzustellen, Johnny zusammen mit Art, Marcel Gavoty und zwei sehr guten Jungs aus Paris am Klavier und am Schlagzeug. Die *session* sollte um drei Uhr beginnen, und man rechnete mit dem ganzen Nachmittag und einem Teil des Abends, um sich einzuspielen und ein paar Sachen aufzunehmen. Und was passiert? Zum einen kommt Johnny erst um fünf, als Delaunay schon vor Ungeduld kochte, und dann läßt er sich auch noch in einen Sessel fallen und sagt, er fühle sich nicht wohl und sei nur gekommen, um den Jungs nicht den Tag zu verderben, zum Spielen aber sei er überhaupt nicht aufgelegt.

»Marcel und ich versuchten ihn dazu zu bewegen, etwas auszuruhen, doch er redete immer nur von irgendwelchen Feldern und Urnen, die er gefunden hatte, von nichts als Urnen, eine halbe Stunde lang. Zum Schluß zog er aus seinen Taschen haufenweise Blätter, die er in irgendeinem Park aufgelesen hatte. Das Ergebnis war, daß der Boden des Studios aussah wie der Botanische Garten, und die Angestellten gingen auf und ab und machten mürrische Gesichter, und bei all dem kam es natürlich nicht zu Aufnahmen; der Toningenieur saß bereits seit drei Stunden in seiner Kabine und rauchte, und das ist viel für einen Toningenieur in Paris.

Schließlich konnte Marcel Johnny davon überzeugen, daß es das beste sei, es einfach mal zu versuchen, und beide fingen an zu spielen und wenig später fielen wir mit unseren Instrumenten ein, doch eigentlich nur, weil es zu ermüdend war, nichts zu tun. Es war mir schon aufgefallen, daß Johnny sowas wie Zuckungen im rechten Arm hatte, und als er dann zu spielen begann, ich kann dir sagen, es war schrecklich mitanzusehen. Sein Gesicht war ganz grau, weißt du, und von Zeit zu Zeit befiel ihn eine Art Schüttelfrost; ich sah ihn schon auf dem Boden liegen. Doch da stößt er plötzlich einen Schrei aus, sieht uns einen nach dem andern sehr langsam an und fragt uns, worauf wir eigentlich noch warteten, um mit *Amorous* zu beginnen. Du weißt, dieses Thema von Alamo. Nun, Delaunay gibt dem Techniker ein Zeichen, wir setzen so gut wir können ein, und Johnny stellt sich breitbeinig hin, steht da wie auf einem schwankenden Boot und beginnt zu spielen, wie ich das, ich schwöre dir, noch nie gehört habe. Und das drei Minuten lang, bis er plötzlich einen Ton hervorstößt, der selbst die Harmonie des Himmels hätte zerstören können, sich in eine Ecke verkriecht und es uns überläßt, das Stück so gut wir können zu Ende zu spielen.

Doch das Schönste kommt noch, nämlich als wir zu spielen aufhörten, war das erste, was Johnny sagte, daß alles ganz miserabel gewesen sei und daß diese Aufnahme nicht zähle. Natürlich hörten weder Delaunay noch wir auf ihn, denn trotz der Mängel war das Solo Johnnys tausendmal mehr wert als das, was du jeden Tag hörst. Es war etwas anderes, ich kann es dir nicht erklären... Du wirst es schon noch hören. Du kannst dir vorstellen, daß weder Delaunay noch die Techniker daran dachten, die Aufnahme zu löschen. Doch Johnny bestand darauf wie ein Besessener und drohte damit, die Scheiben der Kabine einzuschlagen, wenn man ihm nicht bewiese, daß die Platte gelöscht worden sei. Der Toningenieur zeigte ihm schließlich irgendwas, das ihn überzeugte, und dann schlug Johnny vor, *Streptomicyne* aufzunehmen, und das wurde viel besser und zugleich viel schlechter, ich will damit sagen, daß es eine makellose und runde Platte wurde, aber es fehlt ihr das Unerhörte, das Johnny in *Amorous* geblasen hat.«

Art seufzte, trank sein Bier aus und sah mich traurig an. Ich fragte ihn, was Johnny danach gemacht habe, und er sagte mir, nachdem Johnny allen mit seinen Geschichten von den Blättern und den Feldern voller Urnen auf die Nerven gefallen sei, habe er sich geweigert, weiterzuspielen, und habe stolpernd das Studio verlassen. Marcel habe ihm das Saxo abgenommen, um zu verhindern, daß er es wieder verliert oder darauftritt, und er und einer der Franzosen haben ihn ins Hotel gebracht.

Was konnte ich anderes tun, als gleich zu ihm zu gehen? Trotzdem verschob ich es auf morgen. Und am nächsten Morgen begegnete mir Johnnys Name in den Polizeiberichten im *Figaro,* denn während der Nacht soll er sein Hotelzimmer in Brand gesteckt haben und nackt durch die Korridore gelaufen sein. Er wie Dédée waren unverletzt, doch Johnny lag unter Aufsicht im Krankenhaus. Ich zeigte meiner Frau die Nachricht, um sie in ihrer Rekonvaleszenz aufzumuntern, und ging gleich ins Krankenhaus, wo mir mein Presseausweis überhaupt nichts nutzte. Alles, was ich erfahren konnte, war, daß Johnny sich im Delirium befand und eine Dosis Marihuana in sich hatte, die gereicht hätte, um zehn Leute verrückt zu machen. Die arme Dédée hatte es nicht fertiggebracht, standhaft zu bleiben, ihn davon abzuhalten, weiter zu rauchen; alle Frauen Johnnys werden schließlich seine Komplizinnen, und ich bin fest davon überzeugt, daß die Marquise ihm den Stoff verschafft hat.

Kurzum, die Sache ist die, daß ich sofort zu Delaunay ging und ihn bat, mir so bald wie möglich *Amorous* vorzuspielen. Wer weiß, ob *Amorous* nicht Johnnys Testament ist; und in dem Fall ist es meine berufliche Pflicht, daß ich ...

Aber nein, noch nicht. Fünf Tage später rief mich Dédée an und sagte mir, daß es Johnny viel besser gehe und er mich sehen möchte. Ich zog es vor, ihr keine Vorwürfe zu machen, einmal weil ich annahm, daß ich damit nur meine Zeit verlöre, und zum andern, weil die Stimme der armen Dédée aus einer gesprungenen Teekanne zu kommen schien. Ich versprach sofort zu ihm zu gehen und sagte ihr, wenn Johnny sich wieder besser fühle, könne man vielleicht eine Tournee durch die Provinz organisieren. Als Dédée zu weinen anfing, legte ich den Hörer auf.

Johnny sitzt im Bett, in einem Raum mit zwei anderen Patienten, die zum Glück schlafen. Noch bevor ich etwas sagen konnte, nahm er meinen Kopf zwischen seine Pranken und küßte mich mehrmals auf Stirn und Wangen. Er war schrecklich abgemagert, obgleich er, wie er mir sagte, viel zu essen bekomme und auch Appetit habe. Was ihn im Augenblick am meisten beschäftigt, ist, ob die Jungs schlecht über ihn reden, ob seine Krise jemanden geschädigt habe, und dergleichen mehr. Es erübrigt sich fast, ihm zu antworten, denn er weiß ja selbst, daß die Konzerte abgesagt werden mußten und daß Art und Marcel und die anderen den Schaden davon haben; doch er fragt mich das so, als glaubte er, in der Zwischenzeit sei etwas geschehen, das die Dinge wieder eingerenkt hat. Aber er kann mir nichts vormachen, denn im

Grunde ist ihm all das völlig gleichgültig; es ist Johnny scheißegal, daß alles in die Brüche gegangen ist, ich kenne ihn zu gut, um das nicht zu merken.

»Was soll ich dir sagen, Johnny. Es hätte besser ausgehen können, aber du hast das Talent, alles zu verderben.«

»Ja, du hast recht«, sagte Johnny müde. »Und alles nur wegen der Urnen.«

Ich erinnerte mich an Arts Worte und sah ihn an.

»Felder voller Urnen, Bruno. Haufen unsichtbarer Urnen, die in einem riesigen Feld vergraben sind. Ich ging da herum und immer wieder stieß ich gegen etwas. Du wirst sagen, das habe ich geträumt, wie? Wirklich nicht, hör zu: immer wieder stolperte ich über eine Urne, bis ich plötzlich merkte, daß das ganze Feld voller Urnen war, daß es Tausende und Abertausende davon gab, und in jeder Urne war die Asche eines Toten. Ich erinnere mich, daß ich mich da gebückt habe und anfing, mit den Fingernägeln die Erde wegzuscharren, bis eine der Urnen freilag. Ja, ich erinnere mich. Ich erinnere mich, daß ich gedacht habe: ›Die hier wird leer sein, weil die mir bestimmt ist.‹ Doch nein, sie war mit grauem Staub gefüllt, und ich wußte, daß auch die anderen voll waren, obgleich ich sie nicht untersucht hatte. Da ... ja, da war es, glaube ich, daß wir anfingen, *Amorous* aufzunehmen.«

Diskret warf ich einen Blick auf die Fiebertabelle. Ziemlich normal, wer hätte das gedacht. Ein junger Arzt erschien an der Tür, grüßte mich mit einem kurzen Nicken und machte zu Johnny hin eine aufmunternde Geste. Doch Johnny erwiderte sie nicht, und als der Arzt ging, ohne das Zimmer betreten zu haben, sah ich, daß Johnny die Fäuste geballt hatte.

»Das werden die nie verstehen«, sagte er. »Die sind wie Affen, die sich mit Federn schmücken, wie die Mädchen im Konservatorium in Kansas City, die tatsächlich glaubten, was sie da spielten, sei Chopin. Bruno, in Camarillo hat man mich zusammen mit drei anderen in ein Zimmer gesteckt, und jeden Morgen kam ein Assistenzarzt mit frisch gewaschenem rosigem Gesicht, daß es nur so strahlte. Sah aus wie der Sohn von Kleenex und Tampax, glaub mir. Ein ganz großer Idiot, der sich neben mich setzte, um mich aufzumuntern, mich, der ich sterben wollte, der ich an niemanden mehr dachte, nicht einmal an Lan. Und das Schönste war, daß der Typ sich beleidigt fühlte, weil ich ihm keine Beachtung schenkte. Er hat scheint's erwartet, daß ich mich im Bett aufsetze, voller Bewunderung für sein rosiges Gesicht, sein schön gekämmtes Haar und seine gepflegten Fingernägel, und daß es mir dann gleich besser geht, wie denen, die nach Lourdes kommen, ihre Krücken wegwerfen und nach Hause hopsen ...

Bruno, dieser Typ und alle anderen Typen in Camarillo waren überzeugt. Wovon, willst du wissen? Ich weiß es nicht, ich schwöre dir, aber sie waren überzeugt. Von dem, was sie waren, nehme ich an, von dem, was sie wert waren, von ihrem Diplom. Nein, das stimmt nicht ganz. Es gab einige, die waren bescheiden und hielten sich nicht für unfehlbar. Doch selbst der Bescheidenste fühlte sich sicher. Das war es, was mir auf die Nerven ging, Bruno, *daß sie sich sicher fühlten.* Sicher welcher Sache, möchte ich mal wissen, wo ich, ein armer Teufel mit mehr Seuchen unter der Haut als der Leibhaftige selbst, hinreichend beieinander war, um zu spüren, daß alles wie Gallert war, daß alles um uns herum wabbelte, man brauchte nur ein wenig aufmerksam zu sein, ein wenig in sich hineinzuhören, ein wenig zu schweigen, um die Löcher zu entdecken. In der Tür, im Bett: Löcher. In der Hand, in der Zeitung, in der Zeit, in der Luft: alles voller Löcher, alles wie ein Schwamm, wie ein Sieb, das sich selbst siebt ... Doch sie waren die amerikanische Wissenschaft, verstehst du, Bruno? Der weiße Kittel schützte sie vor den Löchern; sie sahen nichts, sie sahen nur, was andere schon gesehen hatten, und sie bildeten sich ein, sie sähen. Natürlich konnten sie da die Löcher nicht sehen, und sie waren sehr selbstsicher, ganz überzeugt von ihren Rezepten, ihren Spritzen, ihrer verdammten Psychoanalyse, ihrem Rauchen Sie nicht und ihrem Trinken Sie nicht ... Ah, der Tag, als ich endlich da herauskam, in den Zug stieg, durch das Abteilfenster sah, wie alles rückwärts lief, in Stücke brach, ich weiß nicht, ob du je gemerkt hast, wie die Landschaft zerbricht, wenn du siehst, wie sie sich entfernt ...«

Wir rauchen Gauloises. Man hatte Johnny erlaubt, ein wenig Cognac zu trinken und acht bis zehn Zigaretten pro Tag zu rauchen. Aber man sieht, daß es sein Körper ist, der raucht, daß er selbst ganz woanders ist, so als weigere er sich, aus dem Brunnen herauszukommen. Ich frage mich, was er wohl gesehen hat, was er diese letzten Tage gefühlt hat. Ich will nicht, daß er sich erregt, aber wenn er von selber anfinge zu erzählen ... Wir rauchen schweigend, und manchmal streckt Johnny den Arm aus und fährt mir mit den Fingern übers Gesicht, so als wolle er mich identifizieren. Dann spielt er mit seiner Armbanduhr, betrachtet sie liebevoll.

»Die halten sich tatsächlich für Weise«, sagt er plötzlich. »Sie halten sich für Weise, weil sie einen Haufen Bücher angesammelt und verkonsumiert haben. Ich kann darüber nur lachen, denn im Grunde sind es gute Kerle und sie sind davon überzeugt, daß das, was sie studieren und was sie tun, überaus schwierige und ernste Dinge sind. Im Zirkus ist es genauso, Bruno, und bei uns ist es auch nicht anders. Die Leute glauben, manche Dinge seien ungeheuer schwierig, und deshalb applaudieren sie den Trapezkünstlern, oder mir. Ich weiß nicht, was die sich vorstellen; daß einer sich in Stücke reißt, um gut zu spielen, oder daß der Trapezkünstler sich jedesmal, wenn er einen Salto vollführt, die Sehnen zerreißt? In Wirklichkeit sind die schwierigen Dinge ganz andere, nämlich all das, was die Leute jeden Augenblick tun zu können glauben. Zum Beispiel einen Hund oder eine Katze zu betrachten oder sie zu verstehen. Das sind die schwierigen Dinge, die ganz schwierigen Dinge. Gestern abend verfiel ich auf die Idee, mich in diesem kleinen Spiegel zu betrachten, und ich kann dir sagen, das war so furchtbar schwierig, daß ich fast aus dem Bett gesprungen wäre. Stell dir mal vor, du sähest dich selbst; allein das genügt, um einem für eine halbe Stunde den Atem zu verschlagen. Wirklich, dieser Typ da, der bin ich nicht, im ersten Moment habe ich deutlich gefühlt, daß der nicht ich war. Ich überraschte ihn, aus den Augenwinkeln, und ich wußte, das bin nicht ich. Das habe ich gefühlt, und wenn man etwas fühlt ... Das ist wie in Palm Beach, nach einer Welle bricht eine zweite über dich herein, und dann noch eine ... Kaum hast du etwas gefühlt, kommt schon das nächste, kommen die Worte ... Nein, es sind nicht die Worte, es ist das, was in den Worten ist, diese Art Leim, dieser Schleim. Und der Schleim kommt und bedeckt dich und überzeugt dich davon, daß der im Spiegel du bist. Natürlich, wie denn auch nicht. Gewiß bin ich das, mit dem Haar und dieser Narbe. Und die Leute merken nicht, daß das einzige, was sie akzeptieren, der Schleim ist, und deshalb finden sie es so einfach, sich im Spiegel zu betrachten. Oder mit dem Messer ein Stück Brot abzuschneiden. Hast du schon mal mit einem Messer ein Stück Brot abgeschnitten?«

»Das passiert mir öfters«, sagte ich amüsiert.

»Und das macht dir überhaupt nichts aus? Das kann ich nicht,

Bruno. Einmal habe ich beim Abendessen alles so weit von mir geschleudert, daß das Messer einem Japaner, der am Nebentisch saß, fast ein Auge ausgestochen hätte. Das war in Los Angeles, es gab einen ungeheuren Tumult ... Als ich es ihnen erklärte, führten sie mich ab. Und dabei schien es mir so einfach, ihnen alles zu erklären. Damals habe ich den Doktor Christie kennengelernt. Ein Pfundskerl, obgleich ich die Ärzte ...«

Er fuhr mit einer Hand durch die Luft, betastete sie überall und ließ gleichsam eine Spur zurück. Er lächelte. Ich habe das Gefühl, daß er allein ist, völlig allein. Ich fühle mich wie hohl neben ihm. Wenn es Johnny einfiele, mit seiner Hand durch mich hindurch zu fahren, würde er mich schneiden wie Butter, wie Rauch. Vielleicht deswegen berührt er manchmal mit seinen Fingern vorsichtig mein Gesicht.

»Da ist das Brot, dort auf dem Tischtuch«, sagte Johnny und blickte dabei in die Luft. »Es ist etwas Festes, das läßt sich nicht leugnen, hat eine wunderschöne Farbe und duftet. Es ist etwas, das nicht ich bin, etwas anderes, außerhalb meiner selbst. Doch wenn ich es berühre, wenn ich die Finger ausstrecke und danach greife, dann ändert sich etwas, findest du nicht auch? Das Brot ist außerhalb meiner selbst, aber ich berühre es mit den Fingern, fühle es, fühle, daß das die Welt ist, doch wenn ich es anfassen und fühlen kann, dann kann man wirklich nicht sagen, daß es etwas anderes sei, oder glaubst du, daß man das sagen kann?«

»Mein Lieber, seit Tausenden von Jahren zerbricht sich ein Haufen bärtiger Männer den Kopf über dieses Problem.«

»Im Brot ist es Tag«, murmelt Johnny und bedeckt sein Gesicht. »Und ich wage es, es anzufassen, es durchzuschneiden, es mir in den Mund zu stecken. Es geschieht nichts, ich weiß; aber eben das ist das Furchtbare. Ist dir klar, daß es furchtbar ist, daß nichts geschieht? Du schneidest das Brot, stößt ihm das Messer hinein, und alles ist wie vorher. Ich versteh das nicht, Bruno.«

Johnnys Gesichtsausdruck, seine Erregung, begann mich zu beunruhigen. Es wird immer schwieriger, ihn dazu zu bringen, über Jazz, seine Erinnerungen, seine Pläne zu sprechen, ihn in die Wirklichkeit zurückzuholen. (In die Wirklichkeit; kaum schreibe ich das, ekelt es mich. Johnny hat recht, die Wirklichkeit kann das nicht sein, es ist nicht möglich, daß Jazzkritiker zu sein die Wirklichkeit ist, denn dann gäbe es da jemand, der sich über uns lustig macht. Aber man kann Johnny auch nicht blindlings folgen, denn dann würden wir am Ende alle verrückt.)

Jetzt schläft er, wenigstens hat er die Augen geschlossen und tut so, als ob er schliefe. Wieder merke ich, wie schwierig es ist, mit Sicherheit zu sagen, was Johnny gerade tut, was er *ist.* Ob er schläft, ob er sich schlafend stellt, ob er zu schlafen glaubt. Man ist Johnny immer ferner als irgendeinem anderen Freund. Niemand kann banaler, gewöhnlicher, derart von den Umständen eines armseligen Lebens abhängig sein; für alles anfällig, wie 's scheint. Er ist keine Ausnahme, wie 's scheint. Jeder kann sein wie Johnny, sofern er nichts dagegen hat, ein armer Teufel zu sein, krank, willenlos, voller Laster und dabei voller Poesie und Talent. Wie's scheint. Ich, der ich mein Leben damit verbracht habe, die Genies zu bewundern, die Picassos, die Einsteins, die ganze famose Liste, die jeder in einer Minute aufstellen kann (und Gandhi und Chaplin und Strawinsky), ich will, wie jeder andere, gern zugeben, daß diese Genies in den Wolken schweben und daß man sich bei ihnen über nichts zu wundern braucht. Sie sind anders, damit muß man sich abfinden. Die Andersartigkeit Johnnys dagegen ist geheimnisvoll, durch ihr Geheimnis, das unerklärlich ist, irritierend. Johnny ist kein Genie, er hat nichts entdeckt, er macht Jazz wie Tausende von Schwarzen und Weißen, und wenn er es auch besser macht als sie alle, muß man doch zugeben, daß das ein wenig vom Geschmack des Publikums abhängt, von der Mode, kurz, von der Zeit. Panassié, zum Beispiel, findet Johnny einfach schlecht, obgleich wir meinen, daß derjenige, der einfach schlecht ist, Panassié heißt, jedenfalls gibt es hinreichend Stoff zur Polemik. All dies beweist, daß Johnny keineswegs von einer anderen Welt ist, doch kaum denke ich das, frage ich mich, ob in Johnny nicht etwas von einer anderen Welt ist (und er ist der letzte, der davon weiß). Wahrscheinlich würde er laut lachen, wenn ihm einer das sagt. Ich weiß ziemlich genau was er denkt, inwieweit er von diesen Dingen lebt. Ich sage: inwieweit er von diesen Dingen lebt, denn Johnny ... Doch darauf will ich nicht hinaus; was ich mir selbst klarmachen wollte, ist, daß es für die Distanz zwischen Johnny und uns keine Erklärung gibt, denn sie beruht nicht auf Unterschieden, die sich erklären ließen. Und ich glaube, daß er der erste ist, der dafür bezahlt, und daß ihn das geradeso schmerzt wie uns. Ich möchte fast sagen, Johnny ist wie ein Engel unter Menschen, doch eine elementare Redlichkeit zwingt mich, den Satz zu unterdrücken, ihn hübsch umzudrehen und zuzugeben, daß es vielleicht umgekehrt ist, daß Johnny ein Mensch unter Engeln ist, eine Wirklichkeit unter den Unwirklichkeiten, die wir alle sind. Und vielleicht deshalb berührt Johnny mit den Fingern mein Gesicht und macht, daß ich mich so kläglich fühle, so durchsichtig, so kümmerlich mit meiner Gesundheit, mit meinem Haus, mit meiner Frau, mit meinem Prestige. Vor allem mit meinem Prestige. Ja, vor allem mit meinem Prestige.

Aber es ist immer dasselbe, ich verließ das Krankenhaus, und kaum war ich auf der Straße, in der Zeit, in all dem, was ich zu tun habe, da drehte sich das Blatt sanft in der Luft und wendete sich. Armer Johnny, so fern der Wirklichkeit. (So ist es, so ist es. Es fällt mir leichter anzunehmen, daß es so ist, jetzt da ich in einem Café sitze, zwei Stunden nach meinem Besuch im Krankenhaus; bei all dem, was ich weiter oben schrieb, habe ich mich wie ein Delinquent gezwungen, wenigstens ein bißchen anständig mir selbst gegenüber zu sein.)

Zum Glück konnte die Sache mit dem Brand geregelt werden, denn wie zu vermuten war, hat die Marquise das ihre dazu beigetragen, die Geschichte aus der Welt zu schaffen. Dédée und Art Boucaya holten mich in der Redaktion ab und wir gingen alle drei zu *Vix*, um die schon berühmte – obgleich noch geheime – Aufnahme von *Amorous* zu hören. Im Taxi erzählte mir Dédée etwas widerwillig, wie die Marquise Johnny aus der üblen Sache mit dem Brand herausgeholfen hatte; der sei im übrigen so schlimm nicht gewesen, nur eine angesengte Matratze, und die Algerier, die in dem Hotel in der Rue Lagrange wohnten, hätten einen fürchterlichen Schreck gekriegt. Eine Geldstrafe (schon bezahlt), ein anderes Hotel (das Tica schon besorgt hatte), und Johnny liegt jetzt als Rekonvaleszent in einem großen und schönen Bett, trinkt eimerweise Milch, blättert im *Paris Match* und im *New Yorker* und liest immer wieder in seinem berühmten (und zerfledderten) Taschenbüchlein mit Gedichten von Dylan Thomas, das voller Bleistiftanmerkungen ist.

Mit diesen Neuigkeiten sowie mit einem Cognac, den wir im Café an der Ecke getrunken hatten, begaben wir uns in den Vorführraum, um *Amorous* und *Streptomicyne* zu hören. Art bat darum, die Lichter auszumachen, und legte sich auf den Boden, um besser hören zu können. Und dann trat Johnny ein und fegte uns mit seiner Musik übers Gesicht, kam herein, obgleich er in seinem Hotel war und das Bett hütete, und riß uns eine Viertelstunde lang mit sich fort. Ich verstehe, daß ihn der Gedanke, *Amorous* könnte vor die Öffentlichkeit gebracht werden, in Harnisch bringt, denn jeder merkt die Fehler, das deutlich hörbare Blasen am Ende einiger Phrasen, und vor allem diesen wilden Sturz am Schluß, diesen dumpfen, kurzen Ton, der mir vorkam wie ein brechendes Herz, wie ein Messer, das in ein Brot eindringt (und er sprach vor einigen Tagen von dem Brot). Dagegen würde Johnny entgehen, was wir schrecklich schön finden, die Beklemmung, der Stau, der in dieser Improvisation einen Ausweg sucht, voller Ausbrüche in alle Richtungen, voller Fragen, voller verzweifelter Gestik. Johnny kann nicht verstehen (denn das, was er für mißlungen hält, scheint uns ein Weg zu sein, wenigstens die Andeutung eines Weges), daß *Amorous* einer der größten Augenblicke in der Geschichte des Jazz bleiben wird. Der Künstler in ihm wird jedesmal vor Wut rasen, wenn er diese für ihn unvollkommene und lächerliche Nachahmung seines Verlangens hört, alles dessen, was er hatte ausdrücken wollen, während er kämpfte, hin und her schwankte und ihm zusammen mit der Musik der Speichel aus dem Munde troff, mehr denn je allein gegenüber dem, was er verfolgt, und das vor ihm flieht, je mehr er es verfolgt. Es ist seltsam, obgleich bereits alles auf *Amorous* hinzielte, war es absolut nötig gewesen, dies hier zu hören, um mir darüber klarzuwerden, daß Johnny kein Opfer ist, kein Verfolgter, wie alle Welt glaubt und wie ich selbst es in meiner Biographie habe durchblicken lassen (übrigens ist die englische Ausgabe gerade erschienen und verkauft sich wie Coca-Cola). Jetzt weiß ich, daß es nicht so ist, daß Johnny der Verfolger und nicht der Verfolgte ist, daß all das, was ihm im Leben zustößt, die Mißgeschicke eines Jägers sind und nicht die eines gehetzten Tiers. Niemand kann wissen, was das ist, was Johnny verfolgt, aber daß er etwas verfolgt, ist offensichtlich, in *Amorous*, im Marihuana, in seinen absurden Reden über so viele Dinge, in den Rückfällen, in dem Büchlein von Dylan Thomas, in all dem Verteufelten, das Johnny ist und das ihn größer macht, ein absurdes Geschöpf aus ihm macht, einen Jäger ohne Arme und Beine, einen Hasen, der hinter einem schlafenden Tiger her ist. Ich fühle mich genötigt zu sagen, daß *Amorous* mir im Grunde Brechreiz verursachte, als ob das mich von ihm befreien könnte, von all dem in ihm, was mir und allen wider den Strich geht, von dieser unförmigen schwarzen Masse ohne Hände noch Füße, diesem verrücktgewordenen Schimpansen, der mir mit den Fingern übers Gesicht fährt und gerührt lächelt.

Art und Dédée sehen in *Amorous* nichts anderes (ich glaube, sie wollen nichts anderes sehen) als formale Schönheit. Dédée gefällt *Streptomicyne* sogar besser, wo Johnny mit der bei ihm gewohnten Leichtigkeit improvisiert, die das Publikum für Perfektion hält, während ich glaube, daß sie bei Johnny eher Zerstreuung ist: die Musik laufen lassen, woanders sein. Wieder auf der Straße, fragte ich Dédée, was für Pläne sie hätten, und sie sagte mir, daß, sobald Johnny das Hotel verlassen könne (die Polizei hindert ihn im Augenblick daran), eine neue Schallplattenfirma bereit sei, alles aufzunehmen, was er wolle, und ihn auch gut bezahlen werde. Art ist der Meinung, daß Johnny voller großartiger Ideen steckt und daß er und Marcel Gavoty die neuen Sachen zusammen mit Johnny »arbeiten« werden, obgleich nach den letzten Wochen klar ist, daß Art dem Frieden nicht recht traut, und ich meinerseits weiß, daß er mit einem Agenten in Verhandlungen steht und so bald wie möglich nach New York zurückkehren möchte. Wofür ich volles Verständnis habe, der arme Junge.

»Tica ist sehr anständig gewesen«, sagte Dédée grollend. »Aber für sie ist das auch leicht. Sie kommt immer im letzten Augenblick und braucht nur den Beutel zu öffnen, und schon ist alles wieder in Ordnung. Ich dagegen ...«

Art und ich sehen uns an. Was konnten wir ihr schon sagen? Die Frauen verbringen ihr Leben damit, um Johnny und Männer wie Johnny herumzutanzen. Das wundert mich nicht, man muß keine Frau sein, um sich von Johnny angezogen zu fühlen. Schwierig ist nur, bei seiner Anziehungskraft nicht die Distanz zu verlieren, so wie ein guter Satellit, ein guter Kritiker. Art war damals nicht in Baltimore, aber ich erinnere mich an die Zeit, als ich Johnny kennenlernte, als er noch mit Lan und den Kindern zusammenlebte. Es jammerte einen, Lan zu sehen. Aber hatte man mit Johnny eine Weile zu tun gehabt und ihn nach und nach akzeptiert, das Reich seiner Musik, seine täglichen Schrecken, seine unbegreiflichen Äußerungen über Dinge, die nie geschehen waren, seine plötzlichen Anwandlungen von Zärtlichkeit, dann begriff man, warum Lan dieses Gesicht hatte und daß sie gar kein anderes Gesicht haben konnte, wo sie mit Johnny zusammenlebte. Mit Tica ist es anders, durch ihre Promiskuität, durch ihren Lebensstil hält sie ihn sich vom Leibe, und außerdem hat sie den Dollar fest im Griff, und das ist wirksamer als ein Maschinengewehr, wenigstens sagt das Art, wenn er sich über Tica ärgert oder wenn ihm etwas Kopfschmerzen bereitet.

»Kommen Sie so bald wie möglich«, bat Dédée mich. »Er unterhält sich so gern mit Ihnen.«

Am liebsten hätte ich ihr wegen des Brandes Vorhaltungen gemacht (wegen der Ursache des Brandes, an der sie sicher mitschuldig war), doch das wäre so unnütz wie Johnny zu sagen, er solle sich in einen braven Bürger verwandeln. Im Augenblick geht alles gut, und es ist seltsam (ist beunruhigend), daß ich, sowie mit Johnny alles gutgeht, überaus froh bin. Ich bin nicht so naiv, anzunehmen, das sei eben eine freundschaftliche Reaktion. Es ist eher wie ein Aufschub, ein Aufatmen. Ich brauche nicht nach Erklärungen dafür zu suchen, denn ich fühle das so deutlich wie meine Nase im Gesicht. Es ärgert mich, daß ich der einzige bin, der das fühlt, der die ganze Zeit darunter leidet. Es ärgert mich, daß Art Boucaya, Tica oder Dédée sich nicht darüber im klaren sind, daß jedesmal, wenn Johnny leidet, ins Gefängnis kommt, sich umbringen will, eine Matratze anzündet oder nackt durch die Korridore eines Hotels läuft, er für die anderen bezahlt, für die anderen stirbt. Und ohne es zu wissen, nicht wie diejenigen, die auf dem Schafott große Reden halten oder Bücher schreiben, um das Leid der Menschheit zu beklagen, oder Klavier spielen und dabei ein Gesicht machen, als wüschen sie die Welt von ihren Sünden rein. Ohne es zu wissen, armer Saxophonist, mit all dem, was in diesem Wort an Lächerlichem ist, an Kläglichem, einer von den vielen armen Saxophonisten.

Das Dumme ist, daß ich, wenn ich so weiterschreibe, am Ende mehr über mich selbst schreibe als über Johnny. Ich komme mir schon vor wie ein Evangelist, und das gefällt mir gar nicht. Auf dem Heimweg habe ich mit dem nötigen Zynismus, um mein Selbstbewußtsein wiederzugewinnen, daran gedacht, daß ich in meinem Buch über Johnny die pathologische Seite seiner Person diskreterweise nur nebenbei erwähnt habe. Ich hielt es nicht für notwendig, den Lesern zu erklären, daß Johnny glaubt, auf Feldern voller Urnen spazierenzugehen, oder daß die Bilder sich bewegen, wenn er sie anschaut; letztendlich nichts weiter als Phantasmen des Marihuanas, die mit der Entziehungskur verschwinden. Aber man möchte meinen, daß Johnny mir diese Phantasmen zum Unterpfand gibt, daß er sie mir, wie so viele andere Taschentücher, in die Tasche steckt, bis die Zeit kommt, sie zurückzufordern. Ich glaube, daß ich der einzige bin, der diese Phantasmen erträgt, mit ihnen lebt und sie fürchtet; und niemand weiß das, nicht einmal Johnny. Man kann Johnny so etwas nicht gestehen, wie man das einem wirklich großen Mann gestehen würde, dem Meister, vor dem wir von unserem Stolz absehen, um einen Rat zu bekommen. Was ist das für eine Welt, an der ich so schwer tragen muß? Was für eine Art Evangelist bin ich denn? In Johnny gibt es keine Spur von Größe, ich weiß das, seit ich ihn kenne, seit ich ihn zu bewundern begann. Dieser Mangel an Größe überrascht mich schon lange nicht mehr, obgleich er mich am Anfang verblüffte, vielleicht weil Größe eine Dimension ist, die man nicht bereit ist, dem erstbesten zuzugestehen, und vor allem nicht den Jazzern. Ich weiß nicht, warum (ich *weiß* nicht, warum) ich einen Augenblick lang geglaubt habe, daß Johnny Größe besitze, die er tagtäglich leugnet (oder die wir leugnen, und das ist nicht dasselbe; denn, seien wir ehrlich, Johnny ist gleichsam nur das Phantom eines anderen Johnny, der er hätte sein können, und dieser andere Johnny ist voller Größe; dem Phantom sieht man das Fehlen dieser Dimension geradezu an, die es gleichwohl in negativer Weise beschwört und besitzt).

Ich sage das, weil die Versuche, die Johnny unternommen hat, sein Leben zu ändern, von seinem mißlungenen Selbstmord bis zum Marihuana, Dinge sind, die von jemandem, der wie er ohne jede Größe ist, zu erwarten waren. Ich glaube, daß ich ihn deswegen noch mehr bewundere, denn er ist wirklich der Schimpanse, der lesen lernen will, ein armer Kerl, der mit dem Kopf gegen die Wand rennt und sich dessen nicht bewußt ist, es immer wieder tut.

Aber wenn der Schimpanse eines Tages zu lesen anfinge, was für ein Massenbankrott, was für ein Chaos, was für ein Rette-sich-wer-kann, und ich als erster. Es ist furchtbar, daß ein Mann ohne irgendwelche Größe so mit dem Kopf durch die Wand will. Mit dem Anprall seiner Knochen klagt er uns alle an, mit der ersten Phrase seiner Musik zerfetzt er uns. (Die Märtyrer, die Helden, einverstanden: bei denen geht man sicher. Aber bei Johnny?)

Sequenzen. Ich kann es nicht besser ausdrücken, es ist wie eine Erkenntnis, daß sich im Leben eines Menschen plötzlich schreckliche oder idiotische Sequenzen ergeben, ohne daß man weiß, welches Gesetz außerhalb der klassifizierten Gesetze will, daß unmittelbar nach einem bestimmten Telefonanruf unsere Schwester, die in der Auvergne lebt, vor der Tür steht oder die Milch überläuft oder wir vom Balkon aus sehen, wie ein Junge von einem Auto überfahren wird. Wie bei den Fußballmannschaften und bei den Vorstandsausschüssen scheint das Schicksal immer einige Ersatzmänner oder Stellvertreter zu bestellen für den Fall, daß Leute der ersten Garnitur versagen. Und da bekomme ich heute morgen, als meine Zufriedenheit noch anhielt, weil ich wußte, daß sich Johnny Carter besser fühlte und guter Dinge war, in der Redaktion einen dringenden Anruf, und wer mich anruft, ist Tica, und was sie mir mitzuteilen hat, ist, daß in Chicago soeben Bee, die jüngste Tochter von Lan und Johnny, gestorben ist und daß Johnny völlig verzweifelt ist und es gut wäre, wenn ich käme, um den Freunden zur Seite zu stehen.

Wieder ging ich eine Hoteltreppe hinauf – wie viele schon während meiner Freundschaft mit Johnny – und fand Tica vor, die Tee trank, und Dédée, die ein Handtuch anfeuchtete, und Art, Delaunay und Pepe Ramírez, die sich leise über die letzten Neuigkeiten von Lester Young unterhielten, sowie Johnny, der ganz still im Bett lag, ein Handtuch auf der Stirn, mit einem völlig ruhigen, fast verächtlichen Gesichtsausdruck. Sofort habe ich das der Situation entsprechende Gesicht aufgesetzt und mich darauf beschränkt, Johnny die Hand zu drücken, eine Zigarette anzuzünden und zu warten.

»Bruno, es tut mir hier weh«, sagte Johnny nach einer Weile und faßte sich dort hin, wo für gewöhnlich das Herz sitzt. »Bruno, sie war wie ein blanker Kiesel in meiner Hand. Und ich bin nichts weiter als ein elender Klepper, und niemand, niemand wird die Tränen trocknen.«

All dies sagte er feierlich, fast deklamierend, und Tica sah Art an, und den Augenblick nutzend, da Johnny sein Gesicht mit dem feuchten Handtuch bedeckt hatte und uns nicht sehen konnte, machten sie sich gegenseitig Zeichen, nachsichtig mit ihm zu sein. Mir persönlich sind billige Redensarten zuwider, und all das, was Johnny sagte, abgesehen davon, daß ich es schon irgendwo gelesen zu haben glaubte, klang für mich so, als beginne eine Maske zu sprechen, so hohl, so unnütz. Dédée kam mit einem neuen Handtuch und wechselte die Kompresse, und während sie das tat, konnte ich kurz Johnnys Gesicht sehen, es war aschfahl, der Mund verzogen und die Augen so zugekniffen, daß die Lider sich fältelten. Und wie immer bei Johnny kam alles anders als erwartet, und Pepe Ramírez, der ihn kaum kennt, ist immer noch überrascht und, ich glaube, auch empört, denn nach einer Weile setzte Johnny sich im Bett auf und fing langsam an zu schimpfen; jedes Wort kauend, um es dann wie einen Kreisel herauszuschleudern, fing er an, die für die Schallplattenaufnahme von *Amorous* Verantwortlichen zu beschimpfen, ohne jemanden anzusehen, doch uns alle wie Insekten aufspießend, mit nichts als der unglaublichen Obszönität seiner Worte, und so hat er zwei Minuten lang alle beschimpft, die bei *Amorous* dabei waren, angefangen mit Art und Delaunay, bis zu mir (obgleich ich doch gar nicht ...) und aufhörend mit Dédée, Christus, dem Allmächtigen und der Hure, die uns alle geboren hat. Und im Grunde war dies, dies und das mit dem blanken Kiesel, die Totenrede für Bee, die in Chicago an Lungenentzündung gestorben war.

Vierzehn Tage werden vergehen, völlig leer; eine Menge Arbeit, Artikel für die Zeitung, Besuche hier, Besuche da – ein schönes Resumée des Lebens eines Kritikers, dieses Menschen, der nur aus zweiter Hand lebt, von den Neuigkeiten und Entschlüssen anderer. Da ich gerade davon spreche, eines Abends werden Tica, Baby Lennox und ich im Café Flore sitzen, zufrieden *Out of nowhere* vor uns hin trällern und ein Klaviersolo von Billy Taylor kommentieren, das wir drei für sehr gut halten, besonders Baby Lennox, die sich jetzt nach der Mode von Saint-Germain-des-Prés kleidet, was ihr wirklich sehr gut steht. Baby wird mit der Verzückung ihrer zwanzig Jahre sehen, wie Johnny auftaucht, und Johnny wird sie ansehen, ohne sie zu erkennen, wird vorbeigehen und sich allein an einen anderen Tisch setzen, vollkommen betrunken oder benebelt. Ich werde Ticas Hand auf meinem Knie fühlen.

»Da siehst du's, er hat gestern abend wieder gekifft. Oder heute nachmittag. Oh, diese Frau ...«

Ich werde ihr ungehalten antworten, daß Dédée gerade soviel Schuld trifft wie jede andere, angefangen mit ihr selbst, die dutzende Male mit Johnny gekifft hat und es wieder tun wird, wenn ihr gerade danach zumute ist. Ich werde das Verlangen haben, zu gehen und allein zu sein, wie immer, wenn es unmöglich ist, sich Johnny zu nähern, mit ihm zusammen und auf seiner Seite zu sein. Ich werde sehen, wie er mit dem Finger etwas auf den Tisch malt, wie er lange den Kellner anblickt, der ihn fragt, was er trinken möchte, bis Johnny schließlich so etwas wie einen Pfeil in die Luft malen und ihn mit beiden Händen halten wird, als wäre er unendlich schwer, und an den anderen Tischen werden die Leute anfangen, sich zu amüsieren, sehr diskret natürlich, wie sich das im Flore ziemt. Dann wird Tica »Scheiße« sagen und sich zu Johnny an den Tisch setzen, und nachdem sie beim Kellner etwas bestellt hat, wird sie anfangen, leise mit Johnny zu reden. Ich brauche nicht zu sagen, daß Baby mir sogleich ihren sehnlichsten Wunsch anvertrauen wird, doch ich werde ihr obenhin sagen, daß man Johnny heute abend in Ruhe lassen muß und daß brave Mädchen früh zu Bett gehen, wenn möglich zusammen mit einem Jazzkritiker. Baby wird freundlich lachen, sie wird mir das Haar streicheln und dann werden wir still sein und das Mädchen vorbeikommen sehen, das sich das Gesicht weiß und die Augen und selbst den Mund grün geschminkt hat. Baby wird sagen, daß sie das gar nicht so schlecht finde, und ich werde sie bitten, mir ganz leise einen von den Blues vorzusingen, mit denen sie in London und Stockholm soviel Erfolg hat. Und dann werden wir wieder über *Out of nowhere* sprechen, das uns heute abend verfolgt wie ein weiß angemalter Hund mit grünen Augen.

Zwei der Jungs von Johnnys neuem Quintett werden vorbeikommen, und ich werde die Gelegenheit benutzen, sie zu fragen, wie es heute abend gegangen sei; ich werde so erfahren, daß Johnny kaum hat spielen können, doch daß das, was er gespielt hat, mehr wert war als alle Einfälle von John Lewis zusammengenommen, vorausgesetzt, daß der überhaupt noch Einfälle hat, denn wie einer der beiden sagte, ist das einzige, was er immer parat hat, ein paar Töne, um ein Loch zu stopfen, und das ist nicht dasselbe. Und ich werde mich unterdessen fragen, wie lange Johnny noch durchhalten wird, und vor allem das Publikum, das an Johnny glaubt. Die Jungs werden die Einladung zu einem Bier nicht annehmen, Baby und ich werden wieder allein sein, und ich werde schließlich auf ihre Fragen eingehen und Baby, die ihren Spitznamen wirklich verdient, erklären, warum Johnny krank und am Ende ist, warum die Jungs vom Quintett es jeden Tag mehr leid sind, warum die Sache eines Tages platzen wird, wie das schon ein halbdutzendmal in San Francisco, in Baltimore und in New York passiert ist.

Andere Musiker, die hier im Viertel spielen, werden hereinkommen, und einige werden zu Johnny an den Tisch gehen und ihn begrüßen, doch er wird sie ansehen wie von weitem, mit einem schrecklich idiotischen Gesicht, die Augen feucht und sanft, der Mund unfähig, den Speichel zurückzuhalten, der ihm auf den Lippen glänzt. Es wird amüsant sein, die doppelte Taktik von Tica und Baby zu beobachten, wie Tica sich ihrer Macht über die Männer bedient, um sie mit einer knappen Erklärung und einem Lächeln von Johnny fernzuhalten, und wie Baby mir ihre Bewunderung für Johnny ins Ohr flötet und wie gut es doch wäre, ihn in ein Sanatorium zu bringen, damit er eine Entziehungskur mache, und all das nur, weil sie heiß ist und noch heute nacht mit Johnny ins Bett gehen möchte, was jedoch, wie jeder sieht, unmöglich ist und worüber ich ziemlich froh bin. Wie so oft, seitdem ich sie kenne, werde ich denken, wie schön es wäre, ihr die Schenkel zu streicheln, und ich werde nahe daran sein, ihr vorzuschlagen, von hier wegzugehen und woanders ein Glas zu trinken, wo es ruhiger ist (doch sie wird nicht wollen, und ich im Grunde auch nicht, weil uns der Tisch dort drüben nicht losläßt und bedrückt), bis wir plötzlich, ohne im geringsten zu ahnen, was geschehen wird, sehen werden, wie Johnny langsam aufsteht, uns ansieht und erkennt, auf uns zukommt – sagen wir auf mich, denn Baby zählt nicht – und wie er vor unserem Tisch steht, sich etwas vorbeugt, so wie jemand, der sich eine Pomme frite vom Teller nehmen will, und wir sehen, wie er vor mir niederkniet, ganz einfach niederkniet und mir in die Augen blickt, und ich sehe, daß er weint, und ohne Worte weiß ich, daß Johnny um die kleine Bee weint.

Meine Reaktion ist ganz natürlich, ich wollte Johnny aufhelfen, wollte vermeiden, daß er sich lächerlich machte, doch derjenige, der sich am Ende lächerlich machte, war ich, denn es gibt nichts Kläglicheres als ein Mann, der sich bemüht, einem anderen Mann aufzuhelfen, der sich da, wo er ist, sehr wohl fühlt, der sich in der knienden Haltung, die er einzunehmen beliebte, ausgezeichnet fühlt, weshalb die Stammgäste des Flore, die sich wegen solch kleiner Vorfälle nicht aufregen, mich nicht gerade freundlich ansahen; obgleich die meisten nicht wußten, daß dieser kniende Schwarze Johnny Carter war, sahen sie mich an wie jemanden, der auf einen Altar klettert und an Christus zerrt, um ihn vom Kreuz herunterzuholen. Der erste, der mir das vorwarf, war Johnny selbst, allein dadurch, daß er die Augen hob und mich still weinend ansah, und deshalb und wegen der mißbilligenden Blicke der Stammgäste blieb mir nichts anderes übrig, als mich wieder hinzusetzen, Johnny gegenüber, wobei ich mich elender fühlte als er und wünschte, ich wäre sonstwo, nur nicht auf diesem Stuhl vor dem knienden Johnny.

Das Weitere war nicht so schlimm, obgleich ich nicht weiß, wieviele Ewigkeiten vergingen, ohne daß sich jemand rührte, ohne daß die Tränen aufhörten, Johnny übers Gesicht zu fließen, ohne daß seine Augen ständig auf die meinen gerichtet waren, während ich versuchte, ihm eine Zigarette anzubieten, mir selbst eine anzündete und Baby verständnisvoll zunickte, die, wie mir schien, nahe daran war, wegzulaufen oder auch anzufangen zu weinen. Wie immer war es Tica, die der Sache ein Ende machte, indem sie sich ganz ruhig an unseren Tisch setzte, einen Stuhl neben Johnny schob und ihm die Hand auf die Schulter legte, ohne ihn zu drängen, bis Johnny sich schließlich etwas aufrichtete und diese abscheuliche Haltung mit der geziemenden Sitzhaltung vertauschte, indem er die Knie um einige Zentimeter anhob und es geschehen ließ, daß zwischen seinem Gesäß und dem Boden (ich hätte fast gesagt, und dem Kreuz, das ist wirklich ansteckend) die überaus willkommene Bequemlichkeit eines Stuhls vermittelte. Die Leute wurden es müde, Johnny anzusehen, er, zu weinen, und wir, uns so elend zu fühlen. Plötzlich wurde mir klar, warum manche Maler die Stühle so lieben, jeder einzelne Stuhl im Flore war für mich auf einmal ein wunderbarer Gegenstand, eine Blume, ein Duft, und das perfekte Beweismittel für die Ordentlichkeit und Ehrbarkeit der Menschen in ihrer Stadt.

Johnny zog ein Taschentuch aus der Tasche und entschuldigte sich, ohne viele Worte zu machen, und Tica ließ einen doppelten Kaffee für ihn kommen. Baby hat sich wunderbar benommen; auf all ihre Albernheiten, wenn es um Johnny ging, auf einmal verzichtend, fing sie an, *Mamie's blues* vor sich hin zu summen, ohne den Eindruck zu erwecken, daß sie das mit Absicht tat, und Johnny hat sie angesehen und hat gelächelt, und ich glaube, Tica und ich dachten in dem Augenblick, daß das Bild von Bee in der

Tiefe von Johnnys Augen langsam verschwand und daß Johnny einmal mehr einwilligte, für eine Weile wieder auf unsere Seite zu kommen, uns bis zur nächsten Flucht Gesellschaft zu leisten. Wie das immer so ist, kaum war der Augenblick, da ich mich hundeelend fühlte, vorüber, erlaubte mir meine Überlegenheit, Johnny gegenüber nachsichtig zu sein, über alles ein wenig zu plaudern, ohne allzu persönliche Bereiche zu berühren (es wäre unerträglich gewesen, wäre Johnny wieder vom Stuhl geglitten, hätte er wieder ...), und zum Glück benahmen sich Tica und Baby wie Engel, und die Leute im Flore hatten im Laufe einer Stunde gewechselt, so daß die Stammgäste von ein Uhr nachts nicht einmal ahnten, was geschehen war, obgleich eigentlich nichts Besonderes geschehen war, wenn ich's recht bedenke. Baby ist als erste gegangen (ein fleißiges Mädchen, diese Baby, schon um neun wird sie mit Fred Callender üben, um am Nachmittag Schallplattenaufnahmen zu machen) und Tica hat ihr drittes Glas Cognac getrunken und sich erboten, uns nach Hause zu fahren. Das hat Johnny abgelehnt, er wollte sich lieber noch etwas mit mir unterhalten, und Tica fand das in Ordnung und ist gegangen, nicht ohne vorher alle unsere Runden zu bezahlen, wie es sich für eine Marquise geziemt. Johnny und ich tranken noch ein Gläschen Chartreuse, denn schließlich sind solche Schwächen unter Freunden erlaubt, und dann begannen wir, durch Saint-Germandes-Prés zu wandern, da Johnny darauf bestand, daß es ihm guttue, zu laufen, und ich gehöre nicht zu denen, die Freunde in solchen Umständen allein lassen.

Wir gehen die Rue de l'Abbaye hinunter bis zur Place Fürstenberg, die Johnny gefährlich an ein Puppentheater erinnert, das ihm, wie er sagte, sein Patenonkel zum achten Geburtstag geschenkt hatte. Ich versuche, ihn mit mir fortzuziehen zur Rue Jacob, aus Angst, die Erinnerungen könnten ihm Bee zurückbringen, doch Johnny scheint das Kapitel für heute nacht abgeschlossen zu haben. Er geht ruhig, ohne zu schwanken (andere Male habe ich erlebt, daß er auf der Straße wankte, und nicht, weil er betrunken war; etwas in seinen Reflexen funktionierte nicht), und die Wärme der Nacht und die Stille der Straßen tun uns beiden gut. Wir rauchen Gauloises und schlendern zur Seine hinunter, und vor einer der Blechkisten der Bouquinisten des Quai de Conti bringt uns irgendeine Erinnerung oder ein Student, der da vor sich her trällerte, ein Thema von Vivaldi auf die Lippen, und wir beide fangen an, es mit viel Gefühl und Begeisterung zu singen, und Johnny sagt, wenn er sein Saxo dabeihätte, würde er die ganze Nacht Vivaldi spielen, was ich übertrieben finde.

»Nun, ich würde auch ein wenig Bach und Charles Ives spielen«, sagt Johnny bereitwillig. »Ich weiß nicht, warum sich die Franzosen nicht für Charles Ives interessieren. Kennst du seine Lieder? Das vom Leoparden? Das vom Leoparden müßtest du kennen. *A Leopard ...*«

Und mit seiner schwachen Tenorstimme legt er los mit dem Leoparden, und ich brauche nicht zu sagen, daß viele Partien, die er singt, absolut nichts mit Ives zu tun haben, was Johnny aber nicht weiter stört, zumal er sicher ist, daß das, was er singt, gut ist. Schließlich setzen wir uns gegenüber der Rue Gît-le-Cœur auf die Quaimauer und rauchen noch eine Zigarette, denn die Nacht ist wunderschön, und bald wird der Tabak uns zwingen, in einem Café ein Bier zu trinken, und Johnny und ich freuen uns schon darauf. Ich höre ihm kaum zu, als er zum ersten Mal mein Buch erwähnt, denn gleich spricht er wieder von Charles Ives und wie sehr es ihn amüsiert habe, bei seinen Platten häufig Themen von Ives zu zitieren, ohne daß es jemand bemerkte (nicht einmal Ives selbst, nehme ich an), doch nach einer Weile muß ich an das Buch denken, und ich versuche, ihn auf das Thema zurückzubringen.

»Oh, ich habe ein paar Seiten gelesen«, sagt Johnny. »Bei Tica spricht man viel über dein Buch, doch ich hab nicht einmal den Titel verstanden. Gestern hat Art mir die englische Ausgabe gebracht, und da hab ich dann einiges kapiert. Es ist sehr gut, dein Buch.«

Ich gebe mich so, wie man sich in solchen Fällen zu geben pflegt, und mische einem Ausdruck mürrischer Bescheidenheit eine gewisse Dosis Interesse bei, so als würde seine Meinung mir – dem Autor – die Wahrheit über mein Buch enthüllen.

»Es ist wie ein Spiegel«, sagt Johnny. »Am Anfang dachte ich, wenn man liest, was jemand über einen schreibt, müsse das ungefähr so sein, wie sich selbst sehen und nicht im Spiegel. Ich bewundere die Schriftsteller sehr, die sagen ganz unglaubliche Dinge. Dieser ganze Teil über die Anfänge des *bebop ...*«

»Nun, ich habe nichts weiter getan, als wörtlich zu zitieren, was du mir in Baltimore erzählt hast«, sage ich, mich verteidigend, ohne zu wissen gegen was.

»Ja, das stimmt schon, aber im Grunde ist es wie in einem Spiegel«, sagt Johnny eigensinnig.

»Was willst du mehr? Spiegel sind treu.«

»Da fehlt einiges, Bruno«, sagt Johnny. »Du weißt viel besser Bescheid als ich, doch mir scheint, daß da einiges fehlt.«

»Das, was du vielleicht vergessen hast, mir zu erzählen«, antworte ich ziemlich pikiert. Dieser wilde Affe ist fähig ... (Ich werde mit Delauney sprechen müssen, es wäre ein Jammer, wenn eine unbesonnene Äußerung meine ganze kritische Bemühung zunichte machte ... *Zum Beispiel das rote Kleid von Lan,* sagt Johnny gerade. Und auf jeden Fall die Neuigkeiten von heute nacht verwenden, sie in eine Neuauflage aufnehmen; das wäre nicht schlecht. *Sie hatte so einen Hundegeruch,* sagt Johnny gerade, *und das ist das einzige, was von dieser Platte taugt.* Ja, aufmerksam zuhören und schnell handeln, denn in den Händen anderer Leute könnten solche Widerlegungen Unannehmlichkeiten nach sich ziehen. *Und die Urne in der Mitte, die größte, voller bläulichem Staub,* sagte Johnny gerade, *und ganz ähnlich einer Puderdose, die meine Schwester hatte.* Solange es nur Halluzinationen sind ... Das Schlimmste wäre, wenn er die Grundkonzeption in Frage stellte, das ästhetische System, das mir soviel Lob ... *Und außerdem ist der* cool *überhaupt nicht das, was du geschrieben hast,* sagt Johnny gerade. Vorsicht!)

»Wieso ist er nicht das, was ich geschrieben habe? Ich verstehe ja, Johnny, daß die Dinge sich ändern, doch es ist noch keine sechs Monate her, daß du ...«

»Es ist sechs Monate her«, sagte Johnny, läßt sich von der Brüstung herunter und stützt sich mit den Ellbogen darauf, um auszuruhen, den Kopf zwischen den Händen. »*Six months ago.* Ah, Bruno, das könnte ich jetzt sofort spielen, wenn ich die Jungs hier hätte ... Übrigens sehr witzig, was du über Sax und Sex geschrieben hast, sehr hübsch, das Wortspiel, *Six months ago. Six, sax, sex.* Einfach großartig, Bruno. Du bist ein Teufelskerl.«

Ich will ihm nicht sagen, daß seine geistigen Fähigkeiten es ihm verwehren zu verstehen, daß sich hinter diesem unschuldigen Wortspiel ein ziemlich tiefgründiges Gedankensystem verbirgt (Leonard Feather, dem ich es in New York darlegte, fand es überaus exakt) und daß die Paraerotik des Jazz sich seit den Zeiten des *washboard* gewandelt hat usw. Es ist immer dasselbe, auf einmal freut es mich, mir sagen zu können, daß die Kritiker viel notwendiger sind, als ich das selbst zuzugeben bereit bin (privatim, in dem, was ich schreibe), denn die Künstler, angefangen vom Erfinder der Musik, durch die ganze verdammte Geschichte hindurch bis zu Johnny, sind unfähig, aus ihrem Werk die dialektischen Konsequenzen zu ziehen und die Grundlagen und die Transzendenz dessen zu postulieren, was sie gerade schreiben oder improvisieren. Das sollte ich mir in den Augenblicken der Niedergeschlagenheit, wenn es mich schmerzt, nichts weiter als ein Kritiker zu sein, vor Augen halten. *Der Name des Sterns ist Wermut,* sagt Johnny gerade, und plötzlich höre ich seine andere Stimme, die Stimme, die er hat, wenn er ... wie es sagen, wie Johnny beschreiben, wenn er auf seiner Seite ist, schon wieder allein, weit weg? Beunruhigt gleite ich von der Brüstung, betrachte ihn aus der Nähe. Und der Name des Sterns ist Wermut, da ist nichts zu machen.

»Der Name des Sterns ist Wermut«, sagt Johnny und spricht zu seinen Händen. »Und ihre Körper werden auf die Plätze der großen Stadt geworfen werden. Es ist sechs Monate her.«

Obgleich niemand mich sieht, obgleich niemand es erfährt, zucke ich für die Sterne die Achseln (der Name des Sterns ist Wermut). Es ist die alte Geschichte: »Das bin ich morgen am Spielen.« Der Name des Sterns ist Wermut und ihre Körper werden vor sechs Monaten geworfen werden. Auf die Plätze der großen Stadt, weit weg. Ich bin gereizt aus dem einfachen Grund, weil er mir über das Buch nichts weiter hat sagen wollen, tatsächlich habe ich nicht aus ihm herauskriegen können, was er über das Buch denkt, das viele Tausende von *fans* jetzt in zwei Sprachen lesen (bald in drei, und schon spricht man von einer spanischen Ausgabe; in Buenos Aires scheint man nicht nur Tangos zu spielen).

»Es war ein hübsches Kleid«, sagt Johnny. »Möchtest du nicht wissen, wie gut es Lan stand? Aber es wird besser sein, wenn ich dir das bei einem Whisky erkläre, das heißt, wenn du Geld hast. Dédée hat mir gerade nur dreihundert Francs gelassen.«

Er lacht höhnisch und blickt auf die Seine. Als wenn er nicht wüßte, sich den Alkohol und das Marihuana zu beschaffen. Er beginnt mir zu erklären, daß Dédée gutherzig sei (und von dem Buch nichts) und daß sie es tue, weil sie es gut mit ihm meine, doch zum Glück ist Freund Bruno da (der ein Buch geschrieben hat, aber nichts darüber), und das beste wird sein, in ein Café im arabischen Viertel zu gehen, wo sie einen in Ruhe lassen, wenn sie sehen, daß man ein wenig dem Stern gehört, der Wermut heißt (das denke ich, als wir durch die Rue Saint-Sévérin in das Viertel gehen, es ist zwei Uhr morgens, die Stunde, zu der meine Frau für gewöhnlich aufwacht und sich all das zurechtlegt, was sie mir beim Milchkaffee erzählen wird). So ist das mit Johnny, so trinken wir einen miserablen billigen Cognac, so verdoppeln wir die Dosis und sind glücklich und zufrieden. Doch von dem Buch nichts, nur von der Puderdose in Form eines Schwans, von dem Stern, Brösel von Dingen in zerbröselnden Sätzen, in zerbröselnden Blicken, in zerbröselndem Lächeln, in Tropfen von Speichel auf dem Tisch und am Rand des Glases (das von Johnny). Ja, es gibt Augenblicke, da ich mir wünschte, er wäre schon tot. Ich glaube, daß viele in meiner Lage dasselbe denken würden. Doch wie sich damit abfinden, daß Johnny stirbt und das, was er mir heute nacht nicht sagen will, mit sich nimmt, daß er im Tode weiter Dingen nachjagen wird, auch dort abwesend (ich weiß wirklich nicht, wie all das schreiben), auch wenn es mir Frieden bringt, mir die Professur einbringt, diese Autorität, die einem die unangefochtenen Thesen und die gut angeführten Begräbnisse verschaffen.

Von Zeit zu Zeit unterbricht Johnny sein Trommeln auf den Tisch, blickt mich an, macht eine unverständliche Geste und trommelt weiter. Der Wirt kennt uns aus der Zeit, als wir mit einem arabischen Gitarristen herkamen. Ben Aifa möchte schon lange schlafen gehen, wir sind die einzigen in dem schmierigen Café, das nach Aji und Schmalzgebackenem riecht. Auch ich bin zum Umfallen müde, doch die Wut hält mich wach, eine dumpfe Wut, die sich nicht gegen Johnny richtet, es ist eher so, wie wenn man einen ganzen Nachmittag lang mit einer Frau geschlafen hat und danach das Bedürfnis hat, sich zu duschen, mit Wasser und Seife wegzuspülen, was anfing, fade zu werden und nur zu deutlich zeigte, daß schon am Anfang ... Und Johnny hämmert einen erbarmungslosen Rhythmus auf den Tisch, und ab und zu trällert er vor sich hin, sieht mich kaum an. Es ist gut möglich, daß er auf mein Buch nicht mehr zurückkommt. Er läßt sich von den Dingen vereinnahmen, es zieht ihn mal hierhin, mal dahin, morgen wird es eine Frau sein, eine andere dumme Geschichte, eine Eskapade. Das Klügste wäre, ihm die englische Ausgabe heimlich wegzunehmen, deswegen mit Dédée zu sprechen und sie zu bitten, mir den Gefallen zu tun, habe ich ihr doch auch manchen Gefallen getan. Diese Besorgnis, diese Wut geradezu, ist absurd. Es war nicht zu erwarten gewesen, daß Johnny das Buch begeistert aufnimmt; tatsächlich hatte ich nie daran gedacht, daß er es lesen könnte. Ich weiß sehr wohl, daß das Buch nicht die Wahrheit über Johnny sagt (aber es lügt auch nicht), es beschränkt sich auf Johnnys Musik. Aus Takt, aus Güte, habe ich seine unheilbare Schizophrenie, den miesen Hintergrund der Droge, die Promiskuität dieses erbärmlichen Lebens nicht an den Tag bringen wollen. Ich habe mir zur Aufgabe gemacht, die Grundzüge herauszuarbeiten, und habe den Akzent auf das gelegt, was wirklich zählt, Johnnys unvergleichliche Kunst. Wie konnte ich mehr sagen? Aber vielleicht hat er eben das von mir erwartet, so wie er immer auf der Lauer liegt, auf dem Sprung ist, um einen dieser absurden Saltos zu schlagen, die uns alle in Mitleidenschaft ziehen. Und er erwartet das vielleicht von mir, um alle ästhetischen Grundlagen für falsch zu erklären, auf die ich die letzte *raison* seiner Musik gegründet habe, die große Theorie des zeitgenössischen Jazz, die mir von allen Seiten soviel Lob eingebracht hat.

Und ehrlich gesagt, was geht mich sein Leben an? Das einzige, was mich beunruhigt, ist, daß er sich von dieser seiner Lebensweise, die ich nicht nachvollziehen kann (sagen wir, die ich nicht nachvollziehen will), fortreißen läßt und die Schlußfolgerungen meines Buches am Ende widerlegt, daß er schlicht sagt, meine Behauptungen seien falsch, seine Musik sei etwas anderes.

»Hör mal, vorhin hast du gesagt, daß in dem Buch einiges fehlt.« (Achtung, jetzt.)

»Daß einiges fehlt, Bruno? Ah ja, ich hab dir gesagt, daß einiges fehlt. Nun, es ist nicht nur das rote Kleid von Lan. Da sind ... Ob es wirklich Urnen sind, Bruno? Gestern abend habe ich sie wieder gesehen, ein riesiges Feld, aber sie waren nicht mehr so tief vergraben. Auf einigen waren Inschriften und Zeichnungen, Riesen mit Helmen wie im Kino, und in den Händen hatten sie gewaltige Keulen. Es ist schrecklich, zwischen lauter Urnen umherzugehen und zu wissen, daß sonst niemand da ist, daß ich der einzige bin, der dort suchend umhergeht. Mach dir nichts draus, Bruno, es ist nicht schlimm, daß du vergessen hast, dies alles zu schreiben. Aber Bruno« – und er hebt einen Finger, der nicht zittert – »was du vergessen hast, das bin ich.«

»Nicht möglich, Johnny.«

»Mich hast du vergessen, Bruno, mich. Aber es ist nicht deine Schuld, daß du nicht hast schreiben können, was auch ich nicht imstande bin zu spielen. Wenn du etwa sagst, daß meine wahre Biographie meine Schallplatten sind, weiß ich, daß du das wirklich glaubst, und es klingt ja auch gut, aber so ist es nicht. Und wenn ich selbst nicht fähig war, so zu spielen, wie ich sollte, nämlich das zu spielen, was ich wirklich bin ... dann kann man auch von dir keine Wunder verlangen, Bruno. Es ist warm hier drinnen, gehen wir.«

Ich folge ihm auf die Straße, wir schlendern ein wenig umher, bis uns in einer Gasse eine weiße Katze anmaunzt und Johnny sich hinkauert und sie lange streichelt. Gut, genug jetzt; auf der Place Saint-Michel werde ich ein Taxi finden, ihn ins Hotel bringen und dann nach Hause gehen. Letzten Endes war es nicht so schlimm gewesen; einen Augenblick lang fürchtete ich, Johnny hätte eine Art Gegen-Theorie des Buches entwickelt und er würde probeweise mir damit kommen, bevor er sie überall ausposaunte. Aber Johnny streichelt eine weiße Katze. Im Grunde genommen hat er nur gesagt, daß niemand von niemandem etwas weiß, und das ist nichts Neues. Jeder Biograph weiß das und schreibt trotzdem, Himmel noch mal. Komm jetzt, Johnny, wir gehen nach Hause, es ist spät.

»Glaub nicht, daß es nur das ist«, sagte Johnny, sich plötzlich aufrichtend, als wüßte er, was ich gerade denke. »Da steht was von Gott, mein Lieber. Da bist du wirklich auf dem Holzweg.«

»Komm, Johnny, gehen wir nach Haus, es ist spät.«

»Da steht, was du und alle, die wie Kamerad Bruno sind, Gott nennen. Die Zahnpastatube morgens, das nennen sie Gott. Den Mülleimer, den nennen sie Gott. Die Angst zu krepieren, das nennen sie Gott. Und du hast die Unverschämtheit besessen, mich mit dieser Schweinerei in Verbindung zu bringen, hast geschrieben, daß meine Kindheit und meine Familie und ich weiß nicht was für Erbanlagen ... Ein Haufen fauler Eier, und du gakkernd dazwischen, sehr zufrieden mit deinem Gott. Nein, deinen Gott will ich nicht, der ist nie der meine gewesen.«

»Ich habe lediglich gesagt, daß die Musik der Schwarzen ...«

»Ich will deinen Gott nicht«, wiederholte Johnny. »Warum hast du in deinem Buch geschrieben, ich akzeptiere ihn? Ich weiß nicht einmal, ob es einen Gott gibt, ich brauche deine Erfindungen nicht, überlasse sie Mahalia Jackson und dem Papst, du wirst diese Stelle in deinem Buch sofort streichen.«

»Wenn du darauf bestehst«, sagte ich, um etwas zu sagen. »In der zweiten Auflage.«

»Ich bin so einsam wie diese Katze, und noch viel einsamer, denn ich weiß es und sie nicht. Verdammt, sie krallt sich in meine Hand. Bruno, der Jazz ist nicht nur Musik, ich bin nicht nur Johnny Carter.«

»Genau das ist es, was ich sagen wollte, als ich schrieb, daß du manchmal spielst als ...«

»Als regne es mir in den Arsch«, sagt Johnny, und es ist das erste Mal heute nacht, daß er wütend wird. »Man kann nichts sagen, ohne daß du das in deine schmutzige Sprache übersetzt. Wenn ich spiele, siehst du Engel, das ist nicht meine Schuld. Wenn die anderen den Mund aufmachen und sagen, daß ich es zur Vollkommenheit gebracht habe, dann ist das nicht meine Schuld. Und das Schlimmste ist, daß du vergessen hast, in deinem Buch zu sagen, daß ich nichts wert bin, daß das, was ich spiele, und das, was die Leute beklatschen, nichts wert ist, ganz und gar nichts wert ist.«

Eine seltene Bescheidenheit, wirklich, zu dieser nächtlichen Stunde. Dieser Johnny ...

»Wie soll ich's dir erklären?« schreit Johnny, packt mich an den Schultern und schüttelt mich (*La paix!* kreischt es aus einem Fenster.) »Das ist keine Frage von mehr Musik oder weniger Musik, es ist etwas anderes ... zum Beispiel der Unterschied zwischen Bee, die tot ist, und Bee, die lebt. Was ich spiele, ist Bee, die tot ist, verstehst du, während das, was ich eigentlich will, was ich eigentlich will ... Und deshalb zertrampele ich das Saxo, und die Leute glauben, der Suff habe mich um den Verstand gebracht. Natürlich bin ich besoffen, wenn ich das tue, denn schließlich kostet ein Saxo eine Menge Geld.«

»Gehen wir hier lang. Ich nehme ein Taxi und bringe dich ins Hotel.«

»Du bist von einer unendlichen Güte«, spottet Johnny. »Freund Bruno schreibt in sein Notizbuch alles, was man ihm sagt, nur nicht die wichtigen Dinge. Nie hätte ich geglaubt, daß du dich so irren könntest, bis Art mir das Buch gab. Am Anfang kam es mir so vor, als sprächest du von einem anderen, von Ronnie oder Marcel, aber dann Johnny vorne, Johnny hinten, das heißt doch wohl, daß es sich um mich handelte, und ich fragte mich, bin ich das denn wirklich? Und immer wieder kommt er mir mit mir, in Baltimore, und mit *Birdland*, und daß mein Stil ... Hör mal«, sagt er fast kühl, »glaub nicht, ich hätte nicht gemerkt, daß du ein Buch für das Publikum geschrieben hast. Es ist sehr gut, und all das, was du über meine Art zu spielen und über meine Auffassung von Jazz sagst, finde ich völlig o.k. Wozu noch länger über das Buch reden? Lauter Dreck in der Seine, dieser Strohhalm, der da nahe am Ufer treibt, das ist dein Buch. Und ich bin der andere Strohhalm da, und du die Flasche, die dort im Wasser schaukelt. Bruno, ich werde sterben, ohne gefunden zu haben, was ... ohne ...«

Ich stütze ihn, lehne ihn an die Quaimauer. Er ist dabei, wieder in sein Delirium zu versinken, murmelt Wortfetzen, spuckt aus.

»Ohne gefunden zu haben, was ...«, wiederholt er. »Ohne gefunden zu haben, was ...«

»Was wolltest du finden, Bruder?« sage ich. »Man darf nichts Unmögliches verlangen, was du gefunden hast, genügte, um ...«

»Dir, ich weiß«, sagt Johnny voller Groll. »Dir und Art, und Dédée, und Lan ... Du weißt nicht, wie ... Ja, manchmal hat sich die Tür ein wenig geöffnet ... Sieh die beiden Strohhalme, sie haben sich gefunden. Sie tanzen, einer vor dem anderen ... Das ist hübsch, nicht? ... Sie hat sich ein wenig geöffnet ... Die Zeit ... ich hab dir, glaube ich, schon gesagt, daß das mit der Zeit ... Bruno, mein ganzes Leben war ich in meiner Musik darauf aus, daß diese Tür sich am Ende öffne. Nur ein ganz klein wenig, einen winzigen Spalt ... Ich erinnere mich, eines Abends in New York ... Ein rotes Kleid. Ja, rot, und es stand ihr wunderbar. Nun, eines Abends waren wir bei Miles und Hal ... ich glaube, wir spielten eine Stunde lang so vor uns hin, jeder für sich, und waren glücklich. Miles spielte etwas so Schönes, daß es mir fast den Atem verschlug, und da legte ich los, schloß die Augen und flog. Bruno, ich schwöre dir, daß ich flog ... Ich hörte mich wie aus weiter Ferne, aber in mir selbst, neben mir selbst, so als stünde da jemand ... Nicht gerade jemand ... Sieh mal die Flasche, es ist unglaublich, wie sie schaukelt ... Es war nicht gerade jemand ... Es war die Sicherheit, die Harmonie, wie manchmal im Traum, nicht wahr? Wenn alles in Butter ist, wenn Lan und die Kinder mit einem gebratenen Puter auf dich warten, wenn dich beim Autofahren keine Ampel aufhält, wenn alles läuft wie eine Billardkugel. Und das, was da neben mir war, war wie ich selbst, doch ohne einen Platz einzunehmen, ohne in New York zu sein, und vor allem ohne Zeit, ohne daß später ... ohne daß es ein Später gab ... Für eine Weile gab es nur ein Immer ... Und ich wußte nicht, daß es eine Täuschung war, daß das so war, weil ich mich in der Musik verloren hatte, und daß ich, sobald ich mit dem Spielen aufhören würde, denn schließlich mußte ich ja mal den armen Hal ran lassen, der jibbernd vor seinem Klavier hockte, daß ich in demselben Augenblick kopfüber in mich selbst stürzen würde ...«

Er weint leise, reibt sich mit seinen schmutzigen Händen die Augen. Ich weiß nicht mehr, was ich tun soll, es ist so spät, vom Fluß steigt Feuchtigkeit auf, wir werden uns beide erkälten.

»Ich glaube, ich wollte ohne Wasser schwimmen«, murmelt Johnny. »Ich glaube, ich wollte das rote Kleid von Lan, aber ohne Lan. Und Bee ist tot, Bruno. Ich glaube, du hast recht, dein Buch ist sehr gut.«

»Nun laß schon, Johnny, ich werde wegen dem, was du daran schlecht findest, nicht beleidigt sein.«

»Nein, es ist nicht schlecht, dein Buch ist gut, weil ... weil darin keine Urnen vorkommen, Bruno. Es ist wie das, was Satchmo spielt, so sauber, so rein. Findest du nicht, daß das, was Satchmo spielt, wie ein Geburtstag ist oder wie eine gute Tat? Wir ... Ich habe dir gesagt, daß ich ohne Wasser schwimmen wollte. Ich glaubte ... aber man muß ein Idiot sein ... ich glaubte, daß ich eines Tages etwas anderes finden würde. Ich war nicht zufrieden, ich dachte, daß die guten Sachen, das rote Kleid von Lan, und selbst Bee, sowas wie Mausefallen waren, ich kann mich nicht anders ausdrücken ... Fallen, damit man sich zufriedengibt, verstehst du, damit man sich sagt, daß alles o. k. ist. Bruno, ich glaube, daß Lan und der Jazz, ja, selbst der Jazz, so etwas wie Werbeanzeigen in einer Zeitschrift waren, hübsche Sachen, damit ich mich zufriedengebe, so wie du zufrieden bist, weil du Paris hast und deine Frau und deine Arbeit ... Ich hatte mein Sax ... und meinen Sex, wie es in deinem Buch heißt. Alles, was ich brauchte. Fallen, mein Lieber ... denn es ist nicht möglich, daß es nichts anderes geben soll, es ist nicht möglich, daß wir so nahe sein sollen, so nahe der anderen Seite der Tür ...«

»Das einzige, was zählt, ist, daß man von sich soviel wie möglich gibt«, sage ich und komme mir verdammt blöd vor.

»Und daß man jedes Jahr die Bestenliste von *Down Beat* anführt, aber ja doch«, pflichtet Johnny mir bei. »Aber ja doch, aber ja doch. Natürlich.«

Ich führe ihn langsam zum Platz. Zum Glück steht ein Taxi an der Ecke.

»Vor allem akzeptiere ich nicht deinen Gott«, murmelt Johnny. »Komm mir nicht damit, das erlaube ich nicht. Und wenn er wirklich auf der anderen Seite der Tür ist, ist mir das scheißegal. Ich sehe keinen Verdienst darin, auf die andere Seite zu gehen, weil er einem die Tür öffnet. Sie mit Fußtritten einschlagen, das ja. Sie mit Fäusten traktieren, gegen sie ejakulieren, einen ganzen Tag lang gegen sie pissen. Damals in New York, ich glaube, da habe ich die Tür mit meiner Musik geöffnet, bis ich aufhören mußte, und da schlug der Lump sie mir vor der Nase zu, nur weil ich nie gebetet habe, weil ich nie zu ihm beten werde, denn ich will von diesem livrierten Portier nichts wissen, von diesem Türsteher, der einem die Tür für ein Trinkgeld öffnet, von diesem ...«

Armer Johnny, und da beklagt er sich noch, daß man das nicht schreibt. Drei Uhr morgens, Himmel noch mal!

Tica ist nach New York zurückgekehrt, Johnny ist nach New York zurückgekehrt (ohne Dédée, die zu Louis Perron gezogen ist, der als Posaunist etwas zu werden verspricht). Baby Lennox ist nach New York zurückgekehrt. Die Saison in Paris war nicht besonders, und ich vermißte meine Freunde. Mein Buch über Johnny verkaufte sich überall sehr gut, und natürlich sprach Sammy Pretzal schon von einer möglichen Verfilmung in Hollywood, ein durchaus interessantes Projekt, wenn man den Wechselkurs Franc-Dollar bedenkt. Meine Frau war immer noch wütend wegen meiner Affäre mit Baby Lennox, die jedoch nicht allzu ernst zu nehmen ist, denn schließlich geht Baby mit jedem ins Bett, und eine intelligente Frau sollte verstehen, daß solche Geschichten das eheliche Gleichgewicht nicht ernstlich gefährden, und außerdem ist Baby ja mit Johnny nach New York zurückgekehrt, sie hatte sich darauf kapriziert, das gleiche Schiff zu nehmen wie er. Jetzt raucht sie wahrscheinlich Marihuana mit ihm, verloren wie er, armes Kind. *Amorous* kam in Paris heraus, als die zweite Auflage meines Buches gerade in Druck ging und man von einer deutschen Übersetzung sprach. Ich hatte mich mit dem Gedanken getragen, in der zweiten Auflage Änderungen vorzunehmen. Ich fragte mich ehrlich, soweit mein Beruf das erlaubt, ob es nicht notwendig wäre, die Person meiner Biographie in einem anderen Licht zu zeigen. Ich sprach darüber wiederholt mit Delaunay und mit Hodeir, sie wußten wirklich nicht, was sie mir raten sollten, denn sie fanden das Buch, so wie es war, ausgezeichnet, und den Lesern hat es gefallen. Ich glaubte zu bemerken, daß die beiden fürchteten, ich könne dem Buch eine literarische Färbung geben, es mit Subtilitäten herausputzen, die mit Johnnys Musik wenig oder nichts zu tun haben, wenigstens so wie wir sie verstanden. Ich fand, daß die Meinung von Sachverständigen (und meine persönliche Entscheidung; es wäre dumm, das jetzt zu leugnen) es rechtfertigte, die zweite Auflage unverändert zu lassen. Die aufmerksame Lektüre der einschlägigen Zeitschriften in den USA (vier Reportagen über Johnny, Berichte von einem neuen Selbstmordversuch, diesmal mit Jodtinktur, Magensonde und drei Wochen Krankenhaus, dann wieder in Baltimore spielend, als sei nichts gewesen) beruhigte mich einigermaßen, auch wenn mir diese bedauerlichen Rückfälle Kummer bereiteten. Johnny hatte kein einziges Wort gesagt, das mein Buch kompromittierte. Ein Beispiel (in *Stomping Around*, einer Musikzeitschrift aus Chicago, ein Interview, das Teddy Rogers mit Johnny gemacht hatte): »Hast du gelesen, was Bruno V... in Paris über dich geschrieben hat?« »Ja. Das ist sehr gut.« »Hast du nichts zu diesem Buch zu sagen?« »Nichts, nur daß es sehr gut ist. Bruno ist ein feiner Kerl.« Es fragte sich nur, was Johnny wohl sagte, wenn er betrunken war oder unter Drogen stand, doch Gerüchte, daß er gegen mein Buch Einspruch erhoben hätte, kamen mir nicht zu Ohren. Ich beschloß, in der zweiten Auflage des Buches nichts zu ändern und Johnny weiterhin so zu präsentieren, wie ich ihn dargestellt hatte und wie er im Grunde war: ein armer Teufel von kaum durchschnittlicher Intelligenz, der wie so viele Musiker, Schachspieler und Dichter die Gabe besitzt, großartige Dinge zu schaffen, ohne sich der Größe seines Werks im geringsten bewußt zu sein (höchstens besitzt er den Stolz eines Boxers, der sich stark weiß). All das veranlaßte mich, an diesem Bild von Johnny festzuhalten; es lohnte nicht, sich mit einem Publikum Komplikationen zu schaffen, das viel Jazz will, doch keine musikalischen oder psychologischen Analysen, nichts als momentane und schön inszenierte Befriedigung, Hände, die den

Takt schlagen, Gesichter, die in Seligkeit zerfließen, Musik, die über die Haut rieselt, ins Blut geht, mit dem Atem sich verbindet, und weiter nichts, bloß keine tiefschürfenden Betrachtungen.

Zuerst kamen die Telegramme (an Delaunay, an mich, und schon am Nachmittag erschienen in den Zeitungen idiotische Kommentare); drei Wochen später erhielt ich einen Brief von Baby Lennox, die mich nicht vergessen hatte. »In Bellevue hat man ihn glänzend behandelt, und als er entlassen wurde, holte ich ihn ab. Wir wohnten im Apartment von Mike Russolo, der auf Tournee in Norwegen war. Johnny ging es sehr gut, er wollte zwar nicht öffentlich auftreten, willigte aber ein, mit den Jungs vom Club 28 Schallplattenaufnahmen zu machen. Dir kann ich's ja sagen, in Wirklichkeit war er sehr schwach (ich kann mir schon denken, was Baby damit sagen wollte, nach unserer Affaire in Paris), und nachts bekam ich es mit der Angst, wenn ich hörte, wie er atmete und klagte. Das einzige, was mich tröstet«, fügte Baby allerliebst hinzu, »ist, daß er zufrieden starb und nichts merkte. Er sah gerade fern und auf einmal sank er zu Boden. Man sagte mir, daß es ganz schnell ging.« Woraus ich schloß, daß Baby nicht dabei war, und so war es auch, denn später erfuhren wir, daß Johnny bei Tica gewohnt und die letzten fünf Tage mit ihr zusammen verbracht hatte, vor sich hinbrütend und niedergeschlagen, und daß er davon gesprochen hatte, den Jazz an den Nagel zu hängen, nach Mexiko zu gehen und sein eigenes Stück Land zu bestellen (jeder will das einmal, es ist schon langweilig), und daß Tica auf ihn aufgepaßt und alles mögliche getan hatte, um ihn zu beruhigen und dazu zu bringen, an die Zukunft zu denken (ausgerechnet Tica sagte ihm das, als wenn sie oder Johnny je die geringste Vorstellung von der Zukunft gehabt hätten). Bei einem Fernsehprogramm, das Johnny sehr gefiel, hatte er angefangen zu husten, hatte sich plötzlich gekrümmt usw. Ich bin nicht so sicher, daß der Tod so schnell eintrat, wie Tica es der Polizei erklärte (womit sie versuchte, aus der tiefen Verstrickung herauszukommen, in die Johnnys Tod in ihrer Wohnung und das Marihuana, das überall herumlag, sie gebracht hatte; hinzu kamen einige frühere Geschichten, in die die arme Tica verwickelt war, und die wenig überzeugenden Resultate der Autopsie. Man kann sich vorstellen, was ein Arzt in Johnnys Leber und Lunge alles fand). »Du ahnst nicht, wie sehr mir sein Tod zu Herzen gegangen ist, obgleich ich dir andere Dinge erzählen könnte«, fügte die liebe Baby mild hinzu, »sobald ich dazu in der Lage bin, werde ich dir all das schreiben oder erzählen (wie es scheint, will Rogers mich für Paris und Berlin unter Vertrag nehmen), was du, der Johnnys bester Freund war, wissen mußt.« Und nachdem sie eine ganze Seite lang derart auf Tica geschimpft hatte, daß man hätte meinen können, sie trage nicht nur die Schuld an Johnnys Tod, sondern auch an dem Angriff auf Pearl Harbor und an der schwarzen Pest, schloß die arme kleine Baby: »Bevor ich's vergesse, eines Tages in Bellevue hat er immer wieder nach dir gefragt, seine Gedanken verwirrten sich, und er dachte, du wärest in New York und wolltest ihn nicht besuchen kommen, er redete immer von einem Feld voll irgendwelcher Dinge, und dann rief er nach dir und fluchte sogar auf dich, du Armer. Aber du weißt ja, wie das bei Fieber ist. Tica hat Bob Carey erzählt, daß die letzten Worte Johnnys ungefähr waren: ›Oh, mach mir eine Maske‹, aber du kannst dir ja vorstellen, daß in solch einem Augenblick...« Und ob ich mir das vorstellen konnte. »Er war sehr dick geworden«, fügte Baby am Ende ihres Briefes hinzu, »und keuchte beim Gehen.« Das waren die Einzelheiten, die von einer so zartfühlenden Person wie Baby Lennox zu erwarten waren.

All dies ereignete sich unmittelbar vor Erscheinen der zweiten Auflage meines Buches, und zum Glück hatte ich noch Zeit, einen in aller Eile verfaßten Nachruf hinzuzufügen sowie eine Photographie von der Beerdigung, auf der viele berühmte Jazzer zu sehen waren. Auf diese Weise war die Biographie sozusagen komplett. Vielleicht ist es nicht schön von mir, daß ich das sage, doch versteht sich, daß ich es vom rein ästhetischen Gesichtspunkt aus betrachte. Schon spricht man von einer neuen Übersetzung, ich glaube ins Schwedische oder Norwegische. Meine Frau hat sich über diese Nachricht sehr gefreut.

Die geheimen Waffen

Seltsam, daß die Leute glauben, ein Bett machen sei gleich ein Bett machen, die Hand geben sei gleich eine Hand geben, eine Büchse Sardinen öffnen heiße, ad infinitum dieselbe Büchse Sardinen öffnen. »Aber wenn alles eine Ausnahme ist«, denkt Pierre und streicht linkisch die zerschlissene blaue Bettdecke glatt. »Gestern hat es geregnet, heute schien die Sonne, gestern war ich traurig, heute kommt Michèle. Das einzige, was sich nicht ändert, ist, daß ich es nie fertigbringe, daß dieses Bett ordentlich aussieht.« Macht nichts, Frauen mögen die Unordnung eines Junggesellenzimmers, sie dürfen lächeln (das nachsichtige Lächeln der Mutter) und die Vorhänge zurechtziehen, eine Vase oder einen Stuhl verrücken und sagen, nur dir konnte es einfallen, diesen Tisch da hinzustellen, wo es kein Licht gibt. Michèle wird wahrscheinlich sowas sagen, wird Bücher von ihrem Platz nehmen und Lampen umstellen, und er wird sie machen lassen und sie die ganze Zeit ansehen, auf dem Bett liegend oder in dem alten Sofa eingesunken, wird sie durch den Rauch einer Gauloise ansehen und sie begehren.

»Sechs Uhr, die große Stunde«, denkt Pierre. Die goldene Stunde, in der das ganze Viertel von Saint-Sulpice sich zu verändern beginnt, sich auf den Abend vorbereitet. Gleich werden die Mädchen aus der Notariatskanzlei kommen, der Mann von Madame Lenôtre wird die Treppe hinaufhumpeln, man wird die Stimmen der Schwestern aus dem sechsten Stock hören, die zu dieser Stunde, wo man Brot und Zeitung kauft, einfach dazugehören. Michèle muß jeden Augenblick kommen, falls sie sich nicht verläuft oder bummelt, bei ihrer besonderen Begabung, überall stehenzubleiben und durch die kleinen Welten der Schaufenster zu wandern. Dann wird sie ihm erzählen: ein Bär aus Schnur, eine Platte von Couperin, eine Messingkette mit einem blauen Stein, die sämtlichen Werke von Stendhal, die Sommermode. Durchaus verständliche Gründe, um sich etwas zu verspäten. Noch eine Gauloise, also, noch einen Schluck Cognac. Dabei bekommt er Lust, ein paar Lieder von MacOrlan zu hören, lässig sucht er in Haufen Papieren und Akten. Sicher haben Roland und Babette die Platte mitgenommen; sie könnten es ja wenigstens sagen, wenn sie etwas mitnehmen, das ihm gehört. Warum kommt Michèle nicht? Er setzt sich auf den Rand des Bettes, zerknautscht die Bettdecke. Schon passiert, jetzt muß er an dem einen und dem anderen Ende ziehen, da guckt das verdammte Kopfkissen wieder raus. Es riecht fürchterlich nach Tabak, Michèle wird die Nase krausziehen und ihm sagen, daß es fürchterlich nach Tabak riecht. Hunderte von Gauloises geraucht in hunderten von Tagen: eine wissenschaftliche Arbeit, einige Freundinnen, zwei Gallenkoliken, Romane, Langeweile. Hunderte von Gauloises? Es überrascht ihn immer, wenn er sich dabei ertappt, daß er für Kleinigkeiten anfällig ist, Einzelheiten Bedeutung beimißt. Er erinnert sich an alte Krawatten, die er vor zehn Jahren auf den Müll geworfen hat, an die Farbe einer Briefmarke von Belgisch Kongo, Stolz einer philatelistischen Kindheit. Als ob er im tiefsten Grunde genau wüßte, wie viele Zigaretten er in seinem Leben geraucht hat, wie jede einzelne schmeckte, in welchem Augenblick er sie angezündet hat, wohin er die Kippe warf. Vielleicht sind die unsinnigen Zahlen, die manchmal in seinen Träumen vorkommen, Indiz für diese unerbittliche Buchführung. »Aber dann gibt es Gott«, denkt Pierre. Der Schrankspiegel zeigt ihm sein Lächeln und nötigt ihn, wie immer, sein Aussehen zu korrigieren, die schwarze Haarsträhne nach hinten zu werfen, die Michèle ihm abzuschneiden droht. Warum kommt Michèle nicht? »Weil sie nicht zu mir kommen will«, denkt Pierre. Aber um ihm eines Tages die Strähne, die ihm immer ins Gesicht fällt, abschneiden zu dürfen, wird sie zu ihm kommen und sich in sein Bettchen legen müssen. Einen hohen Preis zahlt Dalila, so ohne weiteres kommt man nicht an die Haare eines Mannes. Pierre sagt sich, daß er ein Idiot ist, weil er gedacht hat, daß Michèle nicht zu ihm heraufkommen will. Er hat das dumpf gedacht, wie von fern. Manchmal ist es, als müßte sich der Gedanke durch unzählige Hindernisse einen Weg bahnen, bis er formuliert und gehört wird. Es war idiotisch, zu denken, daß Michèle nicht zu ihm hochkommen will. Wenn sie nicht kommt, liegt das daran, daß sie verzückt vor dem Schaufenster einer Eisenwarenhandlung oder eines Kramladens steht, hingerissen vom Anblick eines kleinen Seehunds aus Porzellan oder einer Lithographie von Zao-Wu-Ki. Er vermeint sie zu sehen und zugleich wird ihm klar, daß er im Geist eine Doppelflinte vor sich sieht, in dem Augenblick, als er den Rauch der Zigarette inhaliert und fühlt, daß ihm seine

Dummheit gleichsam verziehen ist. An einer Doppelflinte ist nichts Besonderes, aber was sollte zu dieser Stunde und in diesem Zimmer der Gedanke an eine Doppelflinte und dieses Gefühl gleichsam der Entfremdung. Er mag diese Tageszeit nicht, wo alles eine lila und graue Farbe annimmt. Träge streckt er den Arm aus, um die Tischlampe anzuknipsen. Warum kommt Michèle nicht? Sie wird nicht mehr kommen, unnötig, noch länger zu warten. Er wird sich damit abfinden müssen, daß sie wirklich nicht zu ihm kommen will. Nun denn, sei's drum. Er braucht das nicht tragisch zu nehmen; noch einen Cognac, den Roman, den er angefangen hat, und hinuntergehen, um in Leons Bistro etwas zu essen. Die Frauen sind eine wie die andere, ob in Enghien oder in Paris, ob jung oder schon älter. Seine Theorie von den Ausnahmefällen bricht in sich zusammen, das Mäuschen weicht zurück, ehe es in die Falle geht. Was für eine Falle eigentlich? Heute oder morgen, früher oder später ... Er hat seit fünf auf sie gewartet, obgleich sie erst um sechs kommen sollte; extra für sie hat er die blaue Bettdecke glattgestrichen und ist wie ein Idiot auf einen Stuhl gestiegen, Federwisch in der Hand, um eine kleine Spinnwebe zu entfernen, die niemandem etwas zuleide tat. Und es wäre ganz natürlich, wenn sie in diesem Augenblick in Saint-Sulpice aus dem Bus stiege und auf sein Haus zuginge, vor den Schaufenstern stehenbliebe oder den Tauben auf dem Platz zusähe. Es gibt überhaupt keinen Grund, warum sie nicht zu ihm hochkommen will. Freilich gibt es auch keinen Grund, an eine Doppelflinte zu denken oder zu entscheiden, daß Michaux in diesem Augenblicke eine bessere Lektüre ist als Graham Greene. Die Augenblickswahl gibt Pierre immer zu denken. Nicht vorstellbar, daß alles grundlos geschieht, daß ein bloßer Zufall für Greene und gegen Michaux spricht, für Michaux und gegen Enghien, will sagen, gegen Greene. Selbst, daß man einen Ort wie Enghien mit einem Schriftsteller wie Greene verwechselt ... »Nicht vorstellbar, daß alles so ganz ohne Sinn ist«, denkt Pierre und zieht an der Zigarette. »Wenn sie nicht kommt, so, weil ihr etwas zugestoßen ist; das hat mit uns beiden nichts zu tun.«

Er geht auf die Straße hinunter, wartet eine Weile vor der Haustür. Er sieht auf dem Platz die Lichter angehen. Bei Leon ist fast niemand, als er sich an einen Tisch auf der Terrasse setzt und ein Bier bestellt. Von seinem Platz aus kann er die Eingangstür seines Hauses sehen, so daß, wenn sie noch ... Leon spricht von der Tour de France; dann kommen Nicole und ihre Freundin, das Blumenmädchen mit der heiseren Stimme. Das Bier ist eiskalt, er wird ein Paar heiße Würstchen bestellen. Vor dem Eingang seines Hauses spielt der Junge der Concierge Hüpfen auf einem Bein. Wenn er müde wird, fängt er an, auf dem anderen Bein zu hüpfen, ohne sich von der Tür wegzubewegen.

»Unsinn!« sagt Michèle. »Warum hätte ich nicht zu dir kommen wollen, wenn es abgemacht war?«

Edmond bringt den 11-Uhr-Morgen-Kaffee. Das Bistro ist fast leer um diese Zeit und Edmond bleibt eine Weile am Tisch stehen, um die Tour de France zu kommentieren. Dann erklärt Michèle, was zu vermuten gewesen war, woran Pierre hätte denken müssen. Die häufigen Ohnmachtsanfälle ihrer Mutter, Papa, der einen Schrecken bekommt und im Büro anruft, in ein Taxi springen und dann ist es gar nicht so schlimm, ein leichter Schwächeanfall. All das passiert zum ersten Mal, aber man muß Pierre sein, um ...

»Es freut mich, daß es ihr wieder gutgeht«, sagt Pierre albernerweise. – Er legt eine Hand auf Michèles Hand. Michèle legte ihre andere Hand auf die Pierres. Pierre legt seine andere Hand auf die Michèles. Michèle zieht ihre Hand von unten hervor und legt sie obenauf. Pierre zieht seine Hand von unten hervor und legt sie obenauf. Michèle zieht ihre Hand von unten hervor und drückt sie auf Pierres Nase.

»Kalt wie die eines Hündchens.«

Pierre gibt zu, daß die Temperatur seiner Nase ein nicht zu lösendes Rätsel ist.

»Albern«, sagt Michèle, die Stimmung resümierend.

Pierre küßt sie auf die Stirn, aufs Haar. Als sie den Kopf senkt, faßt er ihr unters Kinn und nötigt sie, ihn anzusehen, bevor er sie auf den Mund küßt. Er küßt sie ein-, zweimal. Sie duftet nach Kühle, nach Schatten unter Bäumen. *Im wunderschönen Monat Mai,* deutlich hört er die Melodie. Es wundert ihn etwas, daß er sich so genau der Worte entsinnen kann, die für ihn nur übersetzt einen Sinn ergeben. Aber er mag die Melodie, so schön klingen die Worte an Michèles Haar, an ihrem feuchten Mund. *Im wunderschönen Monat Mai, als ...*

Michèle krallt ihre Hand in seine Schulter.

»Du tust mir weh«, sagt Michèle, stößt ihn zurück und streicht sich mit den Fingern über die Lippen.

Pierre sieht am Rand der Lippe die Spuren seiner Zähne. Er streichelt ihr die Wange und küßt sie noch einmal, ganz zart. Ist Michèle böse? Nein, sie ist nicht. Wann, wann, wann werden sie einmal allein sein? Er versteht nicht recht. Was Michèle da sagt, scheint sich auf etwas anderes zu beziehen. Immer nur daran denkend, daß sie eines Tages zu ihm kommen wird, daß sie die fünf Stockwerke hinaufsteigen und sein Zimmer betreten wird, will ihm nicht in den Kopf, daß alles plötzlich hell und heiter geworden ist, daß Michèles Eltern für vierzehn Tage in ihr Landhaus gehen. Sollen sie gehen, um so besser, weil Michèle dann ... Jäh wird es ihm klar, er sieht sie an. Michèle lacht.

»Wirst du diese vierzehn Tage allein zu Haus sein?«

»Wie dumm du bist«, sagt Michèle. Sie streckt einen Finger und zeichnet unsichtbare Sterne, Rhomben, Spiralen. Natürlich rechnet ihre Mutter damit, daß die gute Babette ihr diese zwei Wochen Gesellschaft leistet, es hat so viele Diebstähle und Einbrüche gegeben in den Vororten. Aber Babette wird in Paris bleiben, was wollen sie mehr.

Pierre kennt die Villa nicht, er hat sie sich aber so oft vorgestellt, daß ihm ist, als wäre er schon dort, er betritt mit Michèle einen kleinen Salon, der mit alten Möbeln vollgestopft ist, und geht eine Treppe hoch, nachdem er mit den Fingern die Glaskugel auf dem Geländerpfosten gestreift hat. Er weiß nicht, warum das Haus ihm nicht gefällt, er hat Lust, in den Garten zu gehen, obgleich er kaum glauben kann, daß eine so kleine Villa einen Garten hat. Er reißt sich von dem Bild los, entdeckt, daß er glücklich ist, daß er mit Michèle im Café sitzt, das Haus wird anders sein als das Haus, das er sich vorstellt und das ihn mit seinen Möbeln und seinen verblichenen Teppichen etwas bedrückt. »Ich muß Xavier fragen, ob er mir sein Motorrad leiht«, denkt Pierre. Er wird Michèle abholen und in einer halben Stunde werden sie in Clamart sein, sie werden zwei Wochenenden haben, um Ausflüge zu machen, er wird sich eine Thermosflasche besorgen und Nescafé kaufen müssen.

»Gibt es bei dir zu Haus eine Glaskugel unten an der Treppe?«

»Nein«, sagt Michèle, »du verwechselst das mit ...«

Sie schweigt, als wenn ihr etwas im Halse steckte. In die Polsterbank gesunken, den Kopf gegen den hohen Spiegel gelehnt, mit dem Edmond die Tische des Cafés zu vervielfachen sucht, muß Pierre sich sagen, daß Michèle wie eine Katze oder ein anonymes Porträt ist. Er kennt sie erst seit kurzem. Vielleicht findet auch sie es schwer, ihn zu verstehen. Sich auf einmal zu lieben, ist nie eine Erklärung, wie es auch keine ist, gemeinsame Freunde zu haben oder politische Ansichten zu teilen. Anfangs glaubt man immer, daß es in niemandem ein Geheimnis gibt, es ist so leicht, Fakten zu sammeln: Michèle Duvernois, vierundzwanzig, brünett, graue Augen, Büroangestellte. Sie ihrerseits weiß, daß Pierre Jolivet, dreiundzwanzig, blond ... Aber morgen wird er zu ihr nach Haus gehen, in einer halben Stunde werden sie in Enghien sein. »Immer dieses Enghien!« denkt Pierre, den Namen verscheuchend, als wäre es eine Fliege. Sie werden vierzehn Tage haben, um zusammen zu sein, und das Haus hat einen Garten, wahrscheinlich ist er ganz anders als der, den er sich vorstellt, er wird Michèle fragen müssen, wie der Garten ist, aber Michèle winkt gerade Edmond, es ist schon halb zwölf vorbei und der Geschäftsführer wird die Nase rümpfen, wenn er sieht, daß sie so spät kommt.

»Bleib noch ein bißchen«, sagt Pierre. »Da kommen Roland und Babette. Es ist unglaublich, nie können wir in diesem Café allein sein.«

»Allein?« sagt Michèle. »Aber wir sind doch gekommen, um uns mit ihnen zu treffen.«

Michèle zuckt mit den Achseln und Pierre weiß, sie versteht ihn und auch sie bedauert im Grunde, daß die Freunde so pünktlich erscheinen. Babette und Roland tragen wie immer ein stilles Glück zur Schau, diesmal reizt ihn das, macht ihn ungehalten. Sie sind auf der anderen Seite, geschützt durch den Wellenbrecher der Zeit; ihr Groll und ihre Unzufriedenheit betreffen die Umwelt, die Politik oder die Kunst, nie sie selbst, ihre tiefere Beziehung zueinander. Geschützt durch die Gewohnheit, durch die mechanischen Gesten. Alles geglättet, gebügelt, wohl verwahrt, numeriert. Glückliche Schweinchen, arme Kinder, die so guten Freunde. Er ist nahe daran, Roland die ihm hingehaltene Hand nicht zu drücken, er verbeißt seinen Unwillen, sieht ihm in die Augen, dann preßt er ihm die Finger, als wollte er sie ihm brechen. Roland lacht und setzt sich ihnen gegenüber; er erzählt von einem Filmclub, Montag muß man unbedingt hingehen. »Glückliche Schweinchen«, brummt Pierre. Er benimmt sich idiotisch, ist ungerecht. Aber ein Film von Pudovkin, geh mir weg, da müßte er ihm schon mit was Neuem kommen.

»Was Neuem«, macht Babette sich über ihn lustig. »Was Neuem. Wie alt du bist, Pierre.«

Kein Grund, um Roland nicht die Hand geben zu wollen.

»Und eine orangefarbene Bluse hat sie angehabt, stand ihr sehr gut«, erzählt Michèle.

Roland bietet Gauloises an und bestellt Kaffee. Kein Grund, um Roland nicht die Hand geben zu wollen.

»Ja, sie ist ein intelligentes Mädchen«, sagt Babette.

Roland sieht Pierre an und zwinkert ihm zu. Zufrieden, keine Probleme. Absolut keine Probleme, ein zufriedenes Schweinchen. Pierre ekelt diese Zufriedenheit, ekelt, daß Michèle von einer orangefarbenen Bluse sprechen kann, ihm wie immer ganz fern. Er hat mit ihnen nichts zu schaffen, er ist als letzter in den Kreis gekommen, ist nur geduldet.

Während sie spricht (jetzt ist die Rede von Schuhen), streicht Michèle sich mit einem Finger über den Rand der Lippe. Er ist nicht einmal fähig, sie richtig zu küssen, er hat ihr weh getan und Michèle hat das nicht vergessen. Und ihm, ihm tun alle weh, zwinkern ihm zu, lächeln ihn an, mögen ihn gut leiden. Es ist wie ein Druck auf der Brust, er möchte am liebsten weggehen, allein sein in seinem Zimmer, sich fragen, warum Michèle nicht gekommen ist, warum Babette und Roland eine Platte mitgenommen haben, ohne es ihm zu sagen.

Michèle sieht auf die Uhr und fährt erschrocken auf. Sie regeln das mit dem Filmclub, Pierre zahlt den Kaffee. Er fühlt sich besser, am liebsten hätte er noch etwas länger mit Roland und Babette geplaudert, er verabschiedet sich herzlich von ihnen. Liebe Schweinchen, dicke Freunde von Michèle.

Roland blickt ihnen nach, sie gehen auf die Straße hinaus, in die Sonne. Langsam trinkt er seinen Kaffee.

»Ich frage mich«, sagt Roland.

»Ich mich auch«, sagt Babette.

»Warum schließlich nicht?«

»Gewiß, warum nicht. Aber es wäre das erste Mal seit damals.«

»Es wird Zeit, daß Michèle etwas aus ihrem Leben macht«, sagt Roland. »Und wenn du meine Meinung wissen willst, sie ist sehr verliebt.«

»Beide sind sie sehr verliebt.«

Roland schweigt nachdenklich.

Er hat sich mit Xavier in einem Café an der Place Saint-Michel verabredet, aber er kommt zu früh. Er bestellt ein Bier und blättert in der Zeitung; er kann sich nicht genau entsinnen, was er gemacht hat, seit er sich von Michèle vor der Tür ihres Büros verabschiedete. Die letzten Monate sind so verworren wie der Morgen, der, obgleich noch nicht vergangen, schon eine Mischung aus falschen Erinnerungen und aus Verwechslungen ist. In diesem vagen Leben, das er führt, ist einzige Gewißheit, daß er Michèle so nah wie möglich gewesen ist, aber er ist sich darüber im klaren, daß das nicht genügt, daß alles ziemlich verwunderlich ist, daß er von Michèle nichts weiß, absolut nichts, im Grunde (sie hat graue Augen, hat fünf Finger an jeder Hand, ist ledig, kämmt sich wie ein kleines Mädchen), absolut nichts. Und wenn man nichts von Michèle weiß, genügt es, sie einen Augenblick nicht zu sehen, damit aus der Leere ein großes schmerzliches Dickicht wird; sie hat Angst vor dir, du bist ihr zuwider; manchmal, während du ihr einen tiefen Kuß gibst, stößt sie dich zurück, sie will nicht mit dir ins Bett gehen, sie hat einen Abscheu vor etwas, gerade diesen Morgen hat sie dich heftig zurückgestoßen (und wie bezaubernd war sie, wie hat sie sich an dich gehängt, als sie sich verabschiedeten, und wie gut hat sie alles vorbereitet, um sich morgen mit dir zu treffen und zusammen in ihr Haus in Enghien zu fahren) und du hast die Spuren deiner Zähne auf ihrem Mund hinterlassen, hast sie beim Küssen gebissen und sie hat sich beschwert, hat sich mit den Fingern über den Mund gestrichen und hat sich beschwert, ohne böse zu sein, nur etwas bestürzt war sie, *als alle Knospen sprangen,* du hast innerlich Schumann gesungen, du Hornochse, hast gesungen und sie dabei in die Lippe gebissen, und außerdem, jetzt erinnerst du dich, bist du eine Treppe hinaufgegangen, ja, bist sie hinaufgegangen, mit der Hand hast du die Glaskugel auf dem Geländerpfosten gestreift, aber dann hat Michèle gesagt, daß es bei ihr zu Haus keine Glaskugel gebe.

Pierre rutscht auf der Polsterbank hin und her, er sucht seine Zigaretten. Schließlich weiß auch Michèle nicht viel von ihm, sie ist überhaupt nicht neugierig, obgleich sie diese aufmerksame und ernste Art hat, sich vertrauliche Reden anzuhören, diese Fähigkeit, Augenblicke des Lebens mit ihm zu teilen, gleich welchen, eine Katze, die aus einem Torweg geschlichen kommt, ein Gewitter über der Cité, ein Kleeblatt, eine Platte von Gerry Mulligan. Aufmerksam, begeistert und ernst zugleich, ob sie nun zuhört oder spricht. So drifteten sie von Rendezvous zu Rendezvous, von Unterhaltung zu Unterhaltung in die Einsamkeit des Paares in der Menge, ein bißchen Politik, Romane, ins Kino gehen, sich jedesmal tiefer küssen, erlauben, daß seine Hand den Hals hinunter streicht, die Brüste streift, die endlose Frage ohne Antwort wiederholt. Es regnet, man muß sich in einen Hauseingang flüchten; die Sonne sticht, wir wollen in diese Buchhandlung da gehen, morgen werde ich dir Babette vorstellen, ist eine alte Freundin von mir, sie wird dir gefallen. Und dann trifft es sich, daß Babettes Freund ein Schulfreund von Xavier ist, der Pierres bester Freund ist, und so schließt sich der Kreis, manchmal bei Babette und Roland, manchmal in Xaviers Praxis oder abends in den Cafés des Quartier Latin. Pierre ist dankbar, ohne sich den Grund für seine Dankbarkeit erklären zu können, daß Babette und Roland dicke Freunde von Michèle sind und ihm den Eindruck machen, sie diskret zu beschützen, ohne daß Michèle beschützt zu werden braucht. Keiner redet viel über die anderen in diesem Kreis; sie ziehen die großen Themen vor, die Politik oder die Prozesse, und vor allem, einander zufrieden ansehen, Zigaretten austauschen, in den Cafés sitzen und leben, von Kameraden sich umgeben fühlen. Er hat Glück gehabt, daß sie ihn akzeptierten und in ihren Kreis aufnahmen; sie sind nicht zugänglich, kennen die sichersten Methoden, Eindringlinge zu entmutigen. »Ich mag sie«, sagt Pierre zu sich und trinkt den Rest Bier aus. Vielleicht glauben sie, daß er schon Michèles Geliebter ist, zumindest Xavier muß das glauben; es würde ihm nicht in den Kopf gehen, daß Michèle sich Pierre die ganze Zeit hat verweigern können, ohne bestimmte Gründe, einfach sich ihm verweigern, und sich weiterhin mit ihm treffen, zusammen ausgehen, ihn reden lassen oder selber reden. Selbst an das Sonderbare kann man sich gewöhnen, man glaubt, daß das Geheimnis sich von selbst aufklärt, und am Ende lebt man darin, man nimmt das Unannehmbare hin, indem man sich an der Straßenecke oder im Café verabschiedet, wo doch alles so einfach wäre, eine Treppe mit einer Glaskugel auf dem Geländerpfosten, eine Treppe, die zum Rendezvous führt, zum wahren. Aber Michèle hat gesagt, daß es eine Glaskugel nicht gibt.

Groß und mager, zeigt Xavier sein Werktagsgesicht. Er spricht von irgendwelchen Experimenten, von der Biologie als einer Wissenschaft, die zwangsläufig zum Skeptizismus führe. Er betrachtet einen seiner Finger, der gelbe Flecken hat. Pierre fragt ihn:

»Ist es dir schon passiert, daß du plötzlich an Dinge denkst, die mit dem, woran du gerade gedacht hast, gar nichts zu tun haben?«

»Daß sie damit gar nichts zu tun haben, ist eine Arbeitshypothese, weiter nichts«, sagt Xavier.

»Ich fühle mich dieser Tage recht seltsam. Du solltest mir etwas geben, sowas wie ein Objektivierungsmittel.«

»Ein Objektivierungsmittel?« sagt Xavier. »Das gibt es nicht, alter Freund.«

»Ich denke zu sehr an mich selbst«, sagt Pierre. »Das ist idiotisch.«

»Und Michèle objektiviert dich nicht?«

»Das ist es ja gerade, gestern ist es mir passiert, daß ...«

Er hört sich reden, sieht Xavier an, der ihn ansieht, sieht Xaviers Bild in einem Spiegel, Xaviers Nacken, sieht sich selbst, wie er zu Xavier spricht (aber wieso komme ich darauf, daß auf dem Geländerpfosten eine Glaskugel ist), und hin und wieder sieht er, wie Xavier mit dem Kopf nickt, die professionelle Gebärde, die so lächerlich wirkt, wenn man nicht in einem Sprechzimmer ist und der Arzt nicht den weißen Kittel anhat, der ihn auf eine andere Ebene erhebt, ihm eine ganz andere Gewalt verleiht.

»Enghien«, sagt Xavier. »Mach dir deswegen keine Sorgen, ich verwechsle immer Le Mans mit Menton. Daran wird irgendeine Lehrerin schuld sein, damals, in der fernen Kindheit.«

Im wunderschönen Monat Mai, trällert Pierres Erinnerung.

»Wenn du nicht gut schläfst, sag's mir und ich werde dir was geben«, sagt Xavier. »Aber diese vierzehn Tage im Paradies werden genügen, ich bin sicher. Es geht nichts darüber, ein Kopfkissen zu teilen, das macht die Gedanken völlig klar; manchmal tötet es sie auch, was eine Beruhigung ist.«

Vielleicht, wenn er mehr arbeitete, sich strapazierte, wenn er sein Zimmer striche oder zu Fuß zur Fakultät ginge, anstatt den Bus zu nehmen. Wenn er die siebzigtausend Francs, die ihm seine Eltern schicken, selbst verdienen müßte. Über die Brüstung der Pont Neuf gelehnt, sieht er den Schleppkähnen zu, die unter der Brücke hindurchfahren, und spürt auf Nacken und Schultern die Sommersonne. Eine Schar lachender und scherzender Mädchen kommt, das Traben eines Pferds ist zu hören; ein rothaariger

Radfahrer pfeift mehrmals, als er die Mädchen überholt, die noch lauter lachen, und es ist, als ob das dürre Laub aufstöbe und ihm mit einem einzigen fürchterlichen schwarzen Biß das Gesicht fräße.

Pierre reibt sich die Augen, richtet sich langsam auf. Es sind keine Worte gewesen, auch war es keine Vision: etwas dazwischen, ein in so viele Worte zerfallendes Bild wie trockene Blätter auf dem Boden (der sich hob und ihm mitten ins Gesicht schlug). Er sieht, daß seine rechte Hand auf der Brüstung zittert. Er ballt sie zur Faust, kämpft gegen das Zittern an, bis er es meistert. Xavier wird schon weit sein, unnötig, ihm nachzulaufen, der verrückten Musterkollektion eine weitere Anekdote hinzuzufügen. »Trockene Blätter«, wird Xavier sagen. »Aber auf der Pont Neuf gibt es keine trockenen Blätter.« Als ob nicht auch er wüßte, daß es auf der Pont Neuf keine trockenen Blätter gibt, daß die trockenen Blätter in Enghien sind.

Jetzt will ich an dich denken, Geliebte, die ganze Nacht nur an dich. Ich will nur an dich denken, nur so werde ich mich selbst fühlen, dich mitten in mir haben wie einen Baum, mich allmählich vom Stamm lösen, der mich hält und mich leitet, vorsichtig dich umschweben, mit jedem Blatt die Luft abtastend (grüne Blätter, grüne, ich selbst und du selbst, Saft führender Stamm und grüne Blätter: grüne, grüne), ohne mich von dir zu entfernen, ohne zu erlauben, daß das andere sich zwischen dich und mich drängt, mich von dir trennt, mich eine einzige Sekunde des Wissens beraubt, daß diese Nacht auf den Morgen zugeht und daß dort auf der anderen Seite, wo du lebst und schläfst, wieder Nacht sein wird, wenn wir zusammen ankommen und dein Haus betreten, die Stufen der Vorhalle hochgehen, die Lichter anmachen, deinen Hund streicheln, Kaffee trinken, uns lange ansehen, bevor ich dich umarme (dich mitten in mir haben wie einen Baum) und dich zur Treppe führe (aber da ist keine Glaskugel) und wir hinaufzugehen beginnen, hinaufgehen, die Tür ist verschlossen, aber ich habe den Schlüssel in der Tasche …

Pierre springt aus dem Bett, hält den Kopf unter den Hahn des Waschbeckens. Nur an dich denken, aber wie kann es passieren, daß das, was er denkt, ein dunkles und dumpfes Verlangen ist, wo Michèle nicht mehr Michèle ist (dich mitten in mir haben wie einen Baum), wo er sie nicht in seinen Armen spürt, während er die Treppe hinaufgeht, weil er, wie er die erste Stufe betritt, die Glaskugel sieht und allein ist, allein die Treppe hinaufgeht und Michèle oben ist, sich eingeschlossen hat, hinter der Tür ist, aber nicht weiß, daß er einen Zweitschlüssel in der Tasche hat und gerade die Treppe heraufkommt.

Er trocknet sich das Gesicht ab, öffnet weit das Fenster der Frische des Morgens. Auf der Straße redet ein Betrunkener kumpelhaft mit sich selbst, schlingert, als triebe er in klebrigem Wasser. Er trällert halblaut vor sich hin, vollführt immer wieder einen schwebenden und zeremoniösen Tanz in der Grisaille, die nach und nach das Kopfsteinpflaster und die geschlossenen Portale ätzt. *Als alle Knospen sprangen,* Pierres trockene Lippen formen die Worte, sie verbinden sich mit dem Geträller von unten, das mit der Melodie nichts zu tun hat, aber auch die Worte haben mit nichts zu tun, sie stellen sich ein wie alles übrige, verbinden sich einen Augenblick mit dem Leben, und dann entsteht gleichsam eine grollende innere Unruhe, Leere, die sich umstülpt und Fetzen zum Vorschein bringt, die mit allem möglichen zu tun haben, einer Doppelflinte, einem Lager aus dürrem Laub, dem Betrunkenen, der gemessenen Schrittes eine Art Pavane tanzt, mit Verbeugungen, die sich in Lumpen und Stolpereien und undeutlich gemurmelten Worten auflösen.

Das Motorrad schnurrt die Rue d'Alésia entlang. Pierre spürt Michèles Finger, die jedesmal, wenn sie dicht an einem Auto vorbeifahren oder um eine Ecke biegen, seine Taille etwas fester pressen. Wenn das Rotlicht sie stoppt, wirft er den Kopf zurück und wartet auf eine Liebkosung, einen Kuß aufs Haar.

»Ich hab keine Angst mehr«, sagt Michèle. »Du fährst sehr gut. Jetzt müssen wir rechts abbiegen.«

Die Villa liegt versteckt zwischen Dutzenden ähnlicher Häuser auf einem Hügel hinter Clamart. Für Pierre klingt das Wort Villa nach Refugium, die Gewißheit, daß alles ruhig und abgeschieden sein wird, daß es einen Garten mit Korbstühlen geben wird und abends vielleicht ein Glühwürmchen.

»Gibt es Glühwürmchen in deinem Garten?«

»Ich glaube nicht«, sagt Michèle. »Was für absurde Einfälle du hast.«

Es ist schwer, sich auf dem Motorrad zu unterhalten, man muß sich auf den Verkehr konzentrieren und Pierre ist müde, er hat nur wenige Stunden gegen Morgen geschlafen. Er darf nicht vergessen, die Tabletten zu nehmen, die Xavier ihm gegeben hat, aber natürlich wird er sie vergessen und außerdem wird er sie nicht brauchen. Er wirft den Kopf zurück und murrt, weil Michèle ihn nicht gleich küßt, Michèle lacht und streicht ihm mit der Hand übers Haar, Grün. »Mach dir nichts aus dem Blödsinn«, hat Xavier gesagt, sichtlich verlegen. Das geht bestimmt vorbei, zwei Tabletten vor dem Schlafengehen, ein Schluck Wasser. Wie mag Michèle schlafen?

»Michèle, wie schläfst du?«

»Sehr gut«, sagt Michèle. »Manchmal habe ich Alpträume, wie jeder.«

Sicher, wie jeder, nur daß sie beim Aufwachen weiß, daß der Traum zurückgeblieben ist, ohne sich mit den Geräuschen der Straße, den Gesichtern der Freunde zu vermischen, während er bei ihm die unschuldigsten Beschäftigungen unterwandert (doch Xavier hat gesagt, daß mit zwei Tabletten alles gutgehen wird), sie wird schlafen, das Gesicht tief im Kissen, die Beine etwas angezogen, leicht atmend, und so sieht er sie jetzt, so schlafend liegt sie neben seinem Körper und er hört sie atmen, wehrlos und nackt, während er sie mit einer Hand am Haar festhält, und gelb, rot, stop.

Er bremst so stark, daß Michèle einen Schrei ausstößt und dann ganz still ist, so als schämte sie sich ihres Schreies. Einen Fuß auf der Erde, wendet Pierre den Kopf, lächelt über etwas, das nicht Michèle ist, und blickt wie gedankenverloren in die Luft, immer noch lächelnd. Er weiß, daß die Ampel gleich auf grün schalten wird, hinter dem Motorrad warten ein LKW und ein Personenwagen, jemand drückt auf die Hupe, zwei-, dreimal.

»Was ist los mit dir?« sagt Michèle.

Der Fahrer des Personenwagens beschimpft ihn, als er an ihm vorbeifährt, und Pierre fährt langsam an. Wir waren der Meinung, daß er sie sah wie sie ist, wehrlos und nackt. Ebendas sagten wir, wir waren genau bis dahin gekommen, wo wir Michèle wehrlos und nackt schlafen sahen, es gibt also keinen Grund, auch nur einen Augenblick anzunehmen, daß ... Ja, ich habe gehört, zuerst links und dann wieder links. Dort, das mit dem Schieferdach? Und Kiefern, wie schön, o wie schön deine Villa ist, ein Garten mit Kiefern und deine Eltern sind aufs Landhaus gefahren, fast nicht zu glauben, Michèle, fast unglaublich, das.

Bobby, der sie mit lautem Gebell empfangen hat, wahrt den Schein, indem er eingehend Pierres Hose beschnuppert, als Pierre das Motorrad in die Vorhalle schiebt. Michèle ist schon ins Haus gegangen, zieht die Jalousien hoch und kommt zurück, um Pierre zu empfangen, der sich umsieht und feststellt, daß nichts dem ähnelt, was er sich vorgestellt hatte.

»Hier müßten drei Stufen sein«, sagt Pierre. »Und dieser Salon, aber natürlich ... Mach dir nichts daraus, man stellt sich die Dinge immer anders vor. Selbst die Möbel, jede Einzelheit. Geht es dir auch so?«

»Manchmal ja«, sagt Michèle. »Pierre, ich habe Hunger. Nein Pierre, bitte nicht, sei artig und hilf mir; ich muß uns etwas zu essen machen.«

»Liebling«, sagt Pierre.

»Mach das Fenster da auf, damit Sonne reinkommt. Und sei brav. Bobby wird denken, daß ...«

»Michèle«, sagt Pierre.

»Nein, laß mich, ich muß nach oben gehen und mich umziehen. Leg die Jacke ab, wenn du willst. In diesem Schrank findest du Getränke, davon versteh ich nichts.«

Er sieht sie fortlaufen, die Stufen hinauf und auf dem Treppenabsatz verschwinden. Im Schrank sind Getränke, sie versteht nichts davon. Der Salon ist groß und dunkel. Pierre streicht mit der Hand über den Geländerkopf. Michèle hatte es ihm gesagt, aber es ist wie eine dumpfe Enttäuschung, es gibt also keine Glaskugel. Michèle kommt zurück in einer alten Hose und einer unwahrscheinlichen Bluse.

»Du siehst aus wie ein Pilz«, sagt Pierre mit der Zärtlichkeit eines Mannes zu einer Frau, die sich zu große Kleider anzieht. »Willst du mir nicht das Haus zeigen?«

»Wenn du möchtest«, sagt Michèle. »Hast du die Getränke nicht gefunden? Warte, du taugst zu nichts.«

Sie nehmen die Gläser mit in den Salon und setzen sich auf das Sofa gegenüber dem halb geöffneten Fenster. Bobby streicht ihnen um die Beine, legt sich auf den Teppich und blickt sie an.

»Er hat dich gleich akzeptiert«, sagt Michèle und leckt den Rand des Glases ab. »Gefällt dir mein Haus?«

»Nein«, sagt Pierre. »Es ist düster und stockbürgerlich, voller abscheulicher Möbel. Aber du bist da, in diesen entsetzlichen Hosen.«

Er streichelt ihr den Hals, zieht sie an sich, küßt sie auf den Mund. Sie küssen sich auf den Mund, bei Pierre macht sich die Wärme von Michèles Hand bemerkbar, sie küssen sich auf den Mund, geraten etwas ins Wanken, aber Michèle stöhnt und versucht sich loszumachen, murmelt etwas, das er nicht versteht. Er hat den wirren Gedanken, daß es das Schwerste sein wird, ihr den Mund zu stopfen, er will nicht, daß sie ohnmächtig wird. Er läßt sie jäh los, besieht sich die Hände, als wären es nicht seine, und hört Michèles hastigen Atem und das leise Knurren von Bobby auf dem Teppich.

»Du machst mich noch verrückt«, sagt Pierre, und das Lächerliche dieser Phrase ist weniger peinlich als das, was gerade geschah. Wie ein Befehl, ein unbezähmbares Verlangen, ihr den Mund zu schließen, doch ohne daß sie ohnmächtig wird.

Er streckt den Arm aus, streichelt Michèle die Wange, ist in allem gleicher Meinung, daß sie etwas Improvisiertes essen sollten, daß er den Wein wählen soll, daß es neben dem Fenster sehr warm ist.

Michèle ißt auf ihre Art, vermengt den Käse mit den Anchovis, dem Salat und dem Krebsfleisch. Pierre trinkt Weißwein, sieht sie an und lächelt. Wenn er sie heiratete, würde er jeden Tag seinen Weißwein an diesem Tisch trinken, sie ansehen und lächeln.

»Komisch«, sagt Pierre. »Nie haben wir von den Kriegsjahren gesprochen.«

»Je weniger man davon spricht ...«, sagt Michèle, den Teller leeressend.

»Ich weiß, doch manchmal kommen einem Erinnerungen. Für mich war die Zeit nicht so schlimm, schließlich waren wir damals noch Kinder. Es war wie endlose Ferien, ganz irre und geradezu lustig.«

»Für mich gab es keine Ferien«, sagt Michèle. »Es regnete die ganze Zeit.«

»Es regnete?«

»Hier«, sagt sie, die Stirn berührend. »Vor meinen Augen, hinter meinen Augen. Alles war naß, alles schien schweißig und naß.«

»Hast du hier, in diesem Haus gelebt?«

»Am Anfang, ja. Später, während der Besatzungszeit, hat man mich zu Verwandten nach Enghien gebracht.«

Pierre sieht nicht, daß zwischen seinen Fingern das Streichholz brennt, er öffnet den Mund, schüttelt die Hand und flucht. Michèle lächelt, sie ist froh, daß sie von etwas anderem reden kann. Als sie aufsteht, um die Früchte zu holen, zündet sich Pierre die Zigarette an und zieht den Rauch ein, als sei er am Ersticken, aber es ist schon vorbei, es gibt für alles eine Erklärung, wenn man nur danach sucht, wie oft wird Michèle in den Caféhaus-Unterhaltungen Enghien erwähnt haben, dies Gerede, das einem unwichtig erscheint, das man gleich wieder vergessen zu können meint, bis es später zum zentralen Thema eines Traums oder eines Wachtraums wird. Einen Pfirsich, ja, aber geschält. Ah, es tut ihm leid, aber die Frauen haben ihm die Pfirsiche immer geschält und warum sollte Michèle eine Ausnahme sein.

»Die Frauen. Wenn sie dir die Pfirsiche geschält haben, dann waren sie so blöd wie ich. Du tätest gut daran, den Kaffee zu mahlen.«

»Dann hast du also in Enghien gelebt«, sagt Pierre und betrachtet Michèles Hände mit dem leichten Ekel, den er immer bekommt, wenn er sieht, wie eine Frucht geschält wird. »Was hat dein Alter gemacht während des Krieges?«

»Oh, nichts Besonderes. Wir lebten in der Hoffnung, daß alles plötzlich zu Ende gehen werde.«

»Haben die Deutschen euch nie belästigt?«

»Nein«, sagt Michèle, den Pfirsich zwischen ihren nassen Fingern drehend.

»Es ist das erste Mal, daß du mir sagst, daß du in Enghien gelebt hast.«

»Ich spreche nicht gern von jener Zeit«, sagt Michèle.

»Aber gelegentlich mußt du davon gesprochen haben«, sagt Pierre, sich selbst widersprechend. »Ich weiß nicht wieso, aber ich wußte, daß du in Enghien gelebt hast.«

Der Pfirsich fällt auf den Teller und die Hautfetzen kleben wieder am Fruchtfleisch fest. Michèle säubert den Pfirsich mit einem Messer und Pierre empfindet erneut Ekel, dreht mit aller Kraft die Kaffeemühle. Warum sagt sie ihm nichts? Sie schien zu leiden, wie sie so eifrig den scheußlich triefenden Pfirsich reinigte. Warum redet sie nicht? Es wimmelt in ihr von Worten, man braucht nur ihre Hände anzusehen, das nervöse Zwinkern, das manchmal in einer Art Tick endet, die ganze eine Gesichtshälfte hebt sich etwas und senkt sich wieder, schon einmal, auf einer Bank im Luxembourg, hat er diesen Tick bemerkt, der immer mit Kummer oder Schweigen einhergeht.

Michèle macht den Kaffee mit dem Rücken zu Pierre, der sich eine Zigarette an der anderen anzündet. Sie gehen wieder in den Salon, nehmen die blaugetüpfelten Porzellantassen mit. Der Kaffeeduft tut ihnen wohl, und wie verwundert über diesen Frieden und all das, was vorangegangen ist, sehen sie sich an; sie wechseln ein paar Worte, sehen einander an und lächeln, trinken zerstreut den Kaffee, wie man die Liebestränke trinkt, die für immer verbinden. Michèle hat die Jalousien halb hochgezogen und vom Garten dringt ein grünliches warmes Licht herein, das sie einlullt wie der Rauch der Zigaretten und der Cognac, den Pierre, in wohliger Trägheit versunken, mit Behagen genießt. Bobby schläft auf dem Teppich, zuckt zusammen und seufzt.

»Er träumt immer«, sagt Michèle. »Manchmal wimmert er und wacht jäh auf, sieht uns alle an, als hätte er gerade Unendliches durchgemacht. Dabei ist er fast noch ein Hündchen ...«

Das Glück, dort zu sein, sich so wohl zu fühlen in diesem Augenblick, die Augen zu schließen, zu seufzen wie Bobby, sich mit der Hand durchs Haar zu fahren, ein-, zweimal, die Hand zu spüren, die durch das Haar streicht, als wäre es nicht seine, der leichte Kitzel, wenn sie den Nacken erreicht, die Ruhe. Als er die Augen öffnet, sieht er Michèles Gesicht, ihren halb geöffneten Mund, sie sieht aus, als hätte sie plötzlich keinen Tropfen Blut mehr. Er sieht sie an, ohne zu verstehen, ein Cognacglas rollt auf den Teppich. Pierre steht auf, sieht sich im Spiegel; fast amüsiert es ihn zu sehen, daß er einen Mittelscheitel hat wie die Galane im Stummfilm. Warum muß Michèle weinen? Sie weint nicht, aber ein Gesicht zwischen den Händen ist immer jemand, der weint. Er macht sie ihr brüsk auseinander, küßt sie auf den Hals, sucht ihren Mund. Worte formen sich, ihre Worte, Worte von ihr, wie einander suchende Tierchen, ein Rendezvous, das in Liebkosungen zerfließt, ein Geruch nach Siesta, nach verlassenem Haus, nach wartender Treppe mit der Glaskugel auf dem Geländerkopf. Pierre möchte Michèle auf die Arme nehmen und hinauflaufen, er hat den Schlüssel in der Tasche, er wird in das Schlafzimmer gehen, er wird sich neben sie legen, wird spüren wie sie erschauert, wird ungeschickt Bänder und Knöpfe suchen, aber da ist keine Glaskugel auf dem Geländerkopf, alles ist weit weg und schrecklich, Michèle da neben ihm ist ganz weit weg und weint, ihr weinendes Gesicht zwischen den feuchten Fingern, ihr Körper, der atmet und Angst hat und ihn zurückweist.

Niederkniend, legt er den Kopf in Michèles Schoß. Stunden vergehen, eine Minute oder zwei, die Zeit ist ein Etwas voller Peitschen und Geifer. Michèle streichelt Pierres Haar, und er sieht ihr Gesicht, den Anflug eines Lächelns, Michèle kämmt ihn mit den Fingern, verletzt ihn fast, als sie ihm das Haar heftig nach hinten streicht, und dann neigt sie sich vor und küßt ihn und lächelt ihn an.

»Du hast mir Angst gemacht, einen Augenblick kam es mir so vor, als ... Wie dumm von mir, aber du warst ganz verändert.«

»Wen hast du gesehen?«

»Niemanden«, sagt Michèle.

Pierre macht sich klein und wartet, jetzt ist da etwas wie eine Tür, die ruckt und gleich aufgehen wird. Michèle atmet schwer, sie hat etwas von einem Schwimmer, der auf den Startschuß wartet.

»Ich hab mich geängstigt, weil ... Ich weiß nicht, du ... Ich mußte daran denken, wie ...«

Sie ruckt, die Tür ruckt, die Schwimmerin wartet auf den Startschuß, um mit einem Kopfsprung ... Die Zeit dehnt sich wie Gummi, da streckt Pierre die Arme aus und packt Michèle, erhebt sich mit ihr und gibt ihr einen tiefen Kuß, sucht ihre Brüste unter der Bluse, hört sie seufzen und seufzt auch, als er sie küßt, komm, komm, jetzt, versucht, sie auf die Arme zu heben (es sind fünfzehn Stufen und oben rechts ist die Tür), er hört, wie Michèle jammert, vergeblich protestiert, richtet sich ganz auf und hat sie auf den Armen, er kann nicht länger warten, jetzt, gleich jetzt, es wird ihr nichts helfen, wenn sie sich an der Glaskugel, am Geländer festklammern will (aber es gibt gar keine Glaskugel auf dem Geländer), er muß sie so oder so nach oben bringen, und dann, wie eine Hündin, er ist ganz Muskeln, wie die Hündin, die sie ist, das soll ihr eine Lehre sein, oh Michèle, oh meine Liebe, weine nicht so, sei nicht traurig. Geliebte, laß mich nicht noch einmal in diese Scheiße geraten, wie habe ich das nur denken können, weine nicht, Michèle.

»Laß mich«, sagt Michèle mit leiser Stimme und versucht sich loszumachen. Sie stößt ihn schließlich zurück, blickt ihn einen Augenblick an, als wäre er nicht er, und läuft aus dem Salon, sie macht die Küchentür hinter sich zu, man hört, wie der Schlüssel im Schloß umgedreht wird, Bobby im Garten bellt.

Der Spiegel zeigt Pierre ein glattes, ausdrucksloses Gesicht, Arme die wie Lappen herabhängen, das Hemd hängt aus der Hose. Mechanisch bringt er seine Kleidung in Ordnung, betrachtet sein Spiegelbild. Die Kehle ist ihm so zugeschnürt, daß der Cognac ihm im Munde brennt, nicht hindurchgehen will, bis er sich zu schlucken zwingt und wieder die Flasche ansetzt, einen riesigen Schluck nimmt. Bobby hat aufgehört zu bellen, es herrscht Siestastille, das Licht in der Villa wird immer grüner. Eine Zigarette zwischen den trockenen Lippen, tritt er in die Vorhalle hinaus, geht in den Garten hinunter, an dem Motorrad vorbei, immer tiefer hinein. Es riecht nach Bienengesumm, nach weichem Polster aus Fichtennadeln, und jetzt hat Bobby zwischen den Bäumen zu bellen angefangen, bellt ihn an, plötzlich hat er angefangen zu knurren und zu bellen, ohne sich ihm zu nähern, immer näher, und das gilt ihm.

Der Stein trifft ihn mitten auf den Rücken; Bobby jault und macht sich davon, in einiger Entfernung fängt er erneut zu bellen an. Pierre zielt ruhig und trifft ihn an einer Hinterpfote. Bobby verkriecht sich im Gebüsch. »Ich muß mir einen Platz suchen, wo ich in Ruhe nachdenken kann«, sagt sich Pierre. »Jetzt gleich muß ich eine Stelle finden, wo ich mich verbergen und nachdenken kann.« Mit dem Rücken an den Stamm einer Fichte gelehnt, gleitet er an ihm hinab, läßt sich langsam auf den Boden fallen. Michèle beobachtet ihn vom Küchenfenster aus. Sie wird gesehen haben, daß ich den Hund mit Steinen beworfen habe, sieht mich an, als sähe sie mich nicht, sieht mich an und weint nicht, sagt nichts, ist so allein dort am Fenster, ich muß zu ihr hingehen und lieb zu ihr sein, ich will lieb sein, will ihre Hand nehmen und ihr die Finger küssen, jeden einzelnen, ihre so sanfte Haut.

»Was spielen wir da eigentlich, Michèle?«

»Ich hoffe, du hast ihn nicht verletzt.«

»Ich habe einen Stein nach ihm geworfen, um ihm Angst zu machen. Er scheint mich nicht zu kennen, genau wie du.«

»Sag nicht so dummes Zeug.«

»Und du, verschließ nicht die Türen.«

Michèle läßt ihn herein, läßt geschehen, daß er sie um die Taille faßt. Der Salon ist jetzt dunkler, der Treppenkopf ist fast nicht zu sehen.

»Verzeih mir«, sagt Pierre. »Ich kann es dir nicht erklären, es ist ganz verrückt.«

Michèle hebt das heruntergefallene Glas auf und korkt die Cognacflasche zu. Es wird immer wärmer, es ist, als atme das Haus, atme schwer durch alle seine Öffnungen. Mit einem Taschentuch, das nach Moos riecht, wischt Michèle den Schweiß von Pierres Stirn. Oh Michèle, wie sollen wir so weitermachen, ohne miteinander zu reden, ohne zu verstehen zu versuchen, was uns immer dann entzweit, wenn ... Ja, Geliebte, ich werde mich neben dich setzen und werde nicht albern sein, ich werde dich küssen, werde mich an deinem Haar berauschen, an deinem Hals, und du wirst einsehen, daß es keinen Grund gibt ... ja, du wirst einsehen, daß, wenn ich dich auf die Arme nehme und in dein Zimmer hinauftrage, ohne dir weh zu tun, dein Kopf an meiner Schulter ...

»Nein, Pierre, nicht. Heute nicht, Liebling, bitte.«

»Michèle, Michèle ...«

»Bitte.«

»Warum? Sag mir, warum.«

»Ich weiß nicht, verzeih mir ... Ich mache dir keinen Vorwurf, alle Schuld liegt bei mir. Aber wir haben Zeit, soviel Zeit ...«

»Warten wir nicht länger, Michèle. Jetzt.«

»Nein Pierre, heute nicht.«

»Aber du hast es mir versprochen«, sagte Pierre albern. »Wir sind hergekommen ... Nach so langer Zeit, nachdem ich so lange darauf gewartet habe, daß du mich ein wenig liebst ... Ich weiß nicht, was ich sage, alles wird schmutzig, wenn ich es sage ...«

»Wenn du mir verzeihen könntest, wenn ich ...«

»Wie kann ich dir verzeihen, da du nicht sprichst, da ich dich kaum kenne? Was soll ich dir verzeihen?«

Bobby in der Vorhalle knurrt. Die Schwüle klatscht die Kleider an den Leib, hämmert ihnen das Ticken der Uhr ein, klebt Michèle, die im Sofa eingesunken sitzt und Pierre ansieht, das Haar auf die Stirne.

»Auch ich kenne dich kaum, aber das ist es nicht ... Du wirst denken, ich sei verrückt.«

Wieder knurrt Bobby.

»Es ist Jahre her ...«, sagt Michèle und schließt die Augen. »Wir lebten in Enghien, ich habe dir schon davon erzählt. Ich glaube, daß ich dir gesagt habe, daß wir in Enghien lebten. Sieh mich nicht so an.«

»Ich seh dich gar nicht an«, sagte Pierre.

»Doch, du tust mir weh.«

Aber das ist nicht wahr, er kann ihr unmöglich damit weh tun, daß er auf ihre Worte wartet, unbeweglich darauf wartet, daß sie weiterrede. Er sieht, wie sie mühsam ihre Lippen bewegt, gleich wird es geschehen, gleich wird sie die Hände falten und flehen, und eine köstliche Blume öffnet sich, wie sie so fleht, mit sich ringt und in seinen Armen weint, eine feuchte Blüte öffnet sich, die Freude, zu spüren, wie sie vergebens mit sich ringt ... Bobby kommt herein, geduckt kriechend, er legt sich in eine Ecke. »Sieh mich nicht so an«, hat Michèle gesagt, und Pierre hat erwidert: »Ich seh dich gar nicht an«, und da hat sie gesagt, doch, es tue ihr weh, wenn sie fühlt, daß sie so angesehen wird, aber sie kann nicht weitersprechen, weil Pierre sich jetzt aufrichtet und Bobby ansieht, sich im Spiegel betrachtet, sich mit einer Hand übers Gesicht fährt, ein langes Stöhnen von sich gibt, ein Pfeifen, das nicht aufhört, und auf einmal vor dem Sofa auf die Knie fällt und das Gesicht in den Händen vergräbt, verkrampft und keuchend, im Kampf, sich die Bilder vom Gesicht zu reißen, wie ein Spinnennetz, das ihm mitten im Gesicht klebt, wie trockene Blätter, die ihm im schweißnassen Gesicht kleben.

»Oh, Pierre«, sagt Michèle mit schwacher Stimme.

Das Weinen dringt durch die Finger, die es nicht zurückhalten können, die Klage erfüllt dumpf die Luft, bricht immer wieder aus, hält an.

»Pierre, Pierre«, sagt Michèle. »Warum, Liebling, warum.«

Sanft streicht sie ihm übers Haar, reicht ihm das Taschentuch mit dem Moosgeruch.

»Ich bin ein Tropf, verzeih mir. Du ha ... du ha-hast ge-gesagt ...«

Er richtet sich auf, läßt sich auf das Sofa fallen. Er bemerkt nicht, daß Michèle plötzlich zurückgewichen ist, daß sie ihn wieder ansieht wie sie ihn ansah, bevor sie weglief. Er wiederholt: »Du ha-hast ge-ge-sagt«, das Sprechen fällt ihm schwer, die Kehle ist ihm wie zugeschnürt, und was ist das, Bobby knurrt wieder.

Michèle weicht Schritt für Schritt zurück, ohne den Blick von ihm zu wenden, sieht ihn an und weicht zurück, was soll das, warum jetzt das, warum geht sie, warum. Daß sie die Tür hinter sich zuschlägt, berührt ihn nicht. Er lächelt, sieht sein Lächeln im Spiegel, lächelt wieder, *als alle Knospen sprangen,* er summt es mit zusammengepreßten Lippen, dann Stille, das Klick des Telefons, jemand nimmt den Hörer ab, das Surren der Wählscheibe, ein Buchstabe, noch ein Buchstabe, die erste Zahl, die zweite. Pierre schwankt hin und her, er sagt sich, daß er sich mit Michèle aussprechen sollte, aber schon ist er draußen, beim Motorrad. Bobby in der Vorhalle knurrt, das Haus hallt wider vom Lärm des anspringenden Motors, erster Gang, die Straße hinauf, zweiter, in der Sonne.

»Es war dieselbe Stimme, Babette. Und dann habe ich gemerkt, daß ...«

»Quatsch«, antwortet Babette. »Wenn ich dort wäre, ich glaube, ich würde dir eine Tracht Prügel geben.«

»Pierre ist gegangen«, sagt Michèle.

»Das ist vielleicht das beste, was er tun konnte.«

»Babette, könntest du bitte kommen?«

»Wozu? Natürlich werde ich kommen, aber das ist doch idiotisch.«

»Er hat gestottert, Babette, ich schwöre dir ... Es ist keine Halluzination, ich hab dir schon gesagt, daß er damals ... Es war, als wenn er wieder ... Komm schnell, so durchs Telefon kann ich's dir nicht erklären ... Gerade eben habe ich das Motorrad gehört, er ist fort, er tut mir schrecklich leid, wie soll er verstehen, was in mir vorgeht, der arme Kerl, aber auch er ist wie verrückt, Babette, er ist so seltsam.«

»Ich dachte, du wärst von all dem geheilt«, sagt Babette geradezu schroff. »Schließlich ist Pierre nicht dumm und wird verstehen. Ich dachte, er wüßte es längst.«

»Ich war im Begriff, es ihm zu sagen, ich wollte es ihm sagen, aber da. .. Babette, ich schwöre dir, er hat gestottert, und damals, damals ...«

»Das hast du mir schon gesagt, aber du übertreibst. Auch Roland kämmt sich manchmal, wie er lustig ist, aber deswegen verwechselst du ihn nicht, Teufel nochmal.«

»Und nun ist er gegangen«, wiederholt Michèle monoton.

»Er wird schon wiederkommen«, sagt Babette. »Schluß jetzt, mach Roland etwas Leckeres, er wird jeden Tag hungriger.«

»Du verleumdest mich«, sagt Roland von der Tür aus. »Was ist los mit Michèle?«

»Wir kommen«, sagt Babette. »Wir kommen sofort.«

Die Welt wird gelenkt mit einem Kautschukgriff, der gut in die Hand paßt; dreht man nur ein klein wenig nach rechts, sind alle Bäume am Straßenrand ein einziger Baum; dann dreht man ein klein bißchen nach links und das immense Grün löst sich auf in Hunderte von Pappeln, die rückwärts laufen, die Hochspannungsmasten schreiten gemessen vorwärts, einer nach dem andern, das Motorgeräusch ist ein glücklicher Rhythmus, in den jetzt auch Worte sich mischen, Fetzen von Bildern, die nicht die der Straße sind, man dreht den Kautschukgriff nach rechts und der Ton wird immer höher, sirrt, eine bis zur Unerträglichkeit gespannte Saite, doch man denkt nicht mehr, alles ist Maschine, Maschine und Körper sind eins und der Wind im Gesicht ist wie ein Vergessen, Corbeil, Arpajón, Linas-Montchéry, wieder Pappeln, das Bahnwärterhäuschen, das immer stärkere Licht, kühle Luft, die den halbgeöffneten Mund füllt, langsamer, langsamer, an dieser Kreuzung rechts abbiegen. Paris achtzehn Kilometer, *Cinzano,* Paris siebzehn Kilometer. »Ich habe mich nicht getötet«, denkt Pierre und biegt langsam in den Weg links ein. »Unglaublich, daß ich mich nicht getötet habe.« Die Müdigkeit hängt ihm an wie ein Klammeraffe, er empfindet sie als angenehm und notwendig. »Ich glaube, daß sie mir verzeihen wird«, denkt Pierre. »Beide benehmen wir uns ganz widersinnig, sie muß verstehen, verstehen, verstehen, man weiß nichts wirklich, solange man sich nicht geliebt hat, ich will ihr Haar in meinen Händen, ihren Körper, ich liebe sie, ich liebe sie ...« Neben dem Weg beginnt der Wald, dürres Laub, vom Wind herübergeweht, bedeckt das Pflaster. Pierre sieht, wie das Motorrad die Blätter verschlingt und aufwirbelt; der Kautschukgriff wird wieder nach rechts gedreht, mehr und mehr. Und auf einmal ist da die Glaskugel, die matt auf dem Geländerpfosten glänzt. Es ist nicht nötig, das Motorrad fern der Villa zu parken, doch Bobby wird anschlagen und deshalb versteckt man das Motorrad besser unter den Bäumen und kommt beim letzten Tageslicht zu Fuß an, betritt den Salon und sucht Michèle, die dort sein wird, aber auf dem Sofa sitzt sie nicht, nur die Flasche Cognac steht da und die gebrauchten Gläser, die Tür zur Küche steht offen und ein rötliches Licht dringt herein, die Sonne, die hinten im Garten untergeht, und nichts als

Stille ringsum, so daß es das beste ist, zur Treppe zu gehen, indem man sich an der schimmernden Glaskugel orientiert, oder sind es Bobbys Augen, der auf der ersten Stufe liegt und mit gesträubtem Fell leise knurrt, es ist nicht schwer, über Bobby hinwegzusteigen, langsam die Stufen zu nehmen, damit sie nicht knarren und Michèle nicht erschrickt, die Tür ist angelehnt, es kann nicht sein, daß die Tür angelehnt ist und er nicht den Schlüssel in der Tasche hat, doch wenn die Tür angelehnt ist, braucht er keinen Schlüssel, es ist ein Vergnügen, sich mit den Händen durch die Haare zu fahren, während man auf die Tür zugeht, man kommt hinein, indem man den rechten Fuß etwas anhebt und leicht gegen die Tür stößt, die sich geräuschlos öffnet, und Michèle, die auf der Bettkante sitzt, blickt auf und sieht ihn an, führt die Hände an den Mund, als wollte sie schreien (aber warum hat sie ihr Haar nicht gelöst, warum hat sie nicht das himmlische Nachthemd an, jetzt trägt sie Hosen und sieht erwachsen aus), und dann lächelt Michèle, seufzt auf, richtet sich auf und streckt die Arme nach ihm aus, sagt: »Pierre, Pierre«, anstatt die Hände zu falten und zu flehen und sich zu sträuben, sagt seinen Namen und wartet auf ihn und zittert, wie vor Glück oder vor Scham, wie die elende Denunziantin, die sie ist, als sähe er sie trotz der dürren Blätter, die ihm wieder das Gesicht bedecken und die er sich mit beiden Händen abreißt, während Michèle zurückweicht, gegen die Bettkante stößt, sich verzweifelt umsieht, schreit, die Lust steigt in ihm hoch, überflutet ihn, schreit, so, das Haar zwischen den Fingern, so, obgleich sie fleht, so, Elende, so.

»Bei Gott, diese Geschichte ist doch längst vergessen«, sagt Roland und geht mit Vollgas in eine Kurve.

»Das habe ich auch geglaubt. Fast sieben Jahre ist das jetzt her. Und plötzlich kommt es zum Ausbruch, gerade jetzt ...«

»Darin irrst du«, sagt Roland. »Wenn es einmal zum Ausbruch kommen mußte, dann jetzt, im Rahmen des Absurden ist das ganz logisch. Selbst ich ... Weißt du, manchmal träume ich von alldem. Die Art und Weise, wie wir den Kerl umlegten, sowas vergißt man nicht. Aber was willst du, in der Zeit konnte man es nun einmal nicht besser machen«, sagt Roland und gibt Gas.

»Sie weiß nichts«, sagt Babette. »Nur, daß man ihn kurz darauf getötet hat. Es war nur recht und billig, ihr wenigstens das zu sagen.«

»Freilich. Ihm dagegen schien das überhaupt nicht recht und

billig. Ich erinnere mich an sein Gesicht, als wir ihn mitten im Wald aus dem Wagen holten, er wußte sofort, daß es aus war mit ihm, daß man ihn liquidieren würde. Tapfer war er, das ja.«

»Tapfer sein ist immer leichter als Mensch sein«, sagt Babette. »Sich an einem jungen Mädchen vergehen, das ... Wenn ich daran denke, was ich zu kämpfen hatte, damit Michèle sich nicht umbrachte. Diese ersten Nächte ... Es wundert mich nicht, daß sie sich jetzt wieder als das Mädchen von damals fühlt, das ist nur natürlich.«

Der Wagen biegt bei voller Geschwindigkeit in die Straße ein, die zur Villa führt.

»Ja, er war ein Schwein«, sagt Roland. »Reinrassiger Arier, wie es damals hieß. Natürlich bat er um eine Zigarette, die komplette Zeremonie. Auch wollte er wissen, warum wir ihn liquidieren wollten, wir haben es ihm erklärt, und ob wir es ihm erklärt haben. Wenn ich von ihm träume, dann ist es vor allem dieser Augenblick, sein Ausdruck der Überraschung und Geringschätzung, seine geradezu elegante Art zu stottern. Ich erinnere mich, wie er fiel, mit zerfetztem Gesicht in das dürre Laub.«

»Bitte, hör auf«, sagt Babette.

»Er hatte es verdient, abgesehen davon, daß wir keine anderen Waffen hatten. Eine uralte Schrotflinte ... Ist es links, dort hinten?«

»Ja, links.«

»Ich hoffe, sie hat Cognac im Haus«, sagt Roland und tritt auf die Bremse.

GESCHICHTEN DER CRONOPIEN UND FAMEN

1962

Historias de cronopios y de famas

Deutsch von Wolfgang Promies

Handbuch der Unterweisungen

Prolog

Tag für Tag ist uns von neuem aufgegeben, den Ziegelstein zu schmelzen, Tag für Tag von neuem, uns Weg zu bahnen in der klebrigen Masse, die sich Welt nennt, jeden Morgen auf das Parallelepiped abstoßenden Namens zu treffen, mit der hündischen Befriedigung, daß alles an seinem Platze ist, dieselbe Frau zur Seite, dieselben Schuhe, derselbe Geschmack derselben Zahnpasta, dieselbe Trostlosigkeit der Häuser gegenüber, der schmutzigen Läden der Wetterfenster mit ihrer Aufschrift HOTEL DE BELGIQUE.

Den Kopf wie ein unlustiger Stier gegen die durchsichtige Masse rennen, in deren Mitte wir den Milchkaffee zu uns nehmen und die Tageszeitung öffnen, um zu erfahren, was in irgendeinem Winkel des gläsernen Ziegels vorfiel. Verweigern, daß der heikle Akt, auf die Klinke zu drücken, jener Akt, durch den alles anders werden könnte, sich mit der kalten Wirksamkeit eines alltäglichen Reflexes erfüllt. Bis dann, Liebes. Machs gut.

Ein Löffelchen zwischen den Fingern pressen und seinen metallenen Puls fühlen, sein argwöhnisches Mahnen. Wie schmerzt es, einen kleinen Löffel zu verleugnen, eine Tür zu leugnen, alles zu leugnen, was die Gewohnheit leckt, bis sie ihm die erwünschte Glätte gibt. Wie einfach dagegen, zu des Löffels bescheidenem Anliegen Ja zu sagen, ihn zum Umrühren des Kaffees zu gebrauchen.

Und es ist nicht einmal übel, wenn uns die Dinge jeden Tag von neuem vorfinden und dieselben sind. Daß uns dieselbe Frau zur Seite ist, dieselbe Uhr, und der Roman, geöffnet auf dem Tische, auf dem Zweirad unsrer Augengläser fortzufahren beginnt – warum sollte das übel sein? Aber wie ein trauriger Stier muß man den Kopf senken, muß vom Mittelpunkt des gläsernen Ziegels nach außen drängen, zum andern, das uns so nah, so unerreichbar ist wie der Picador, so nah dem Stier. Muß sich die Augen kasteien, betrachtend das, was über den Himmel geht und verschmitzt seinen Namen Wolke akzeptiert, seine im Gedächtnis katalogisierte Entgegnung. Glaub nicht, das Telefon werde dir die Nummern geben, die du suchst. Warum sollte es sie dir geben? Kommen wird lediglich das, was du bereitet und gelöst hast, der traurige Widerschein deiner Hoffnung, jener Affe, der sich auf einem Tische kratzt und vor Kälte zittert. Schlag jenem Affen den Schädel ein, lauf von der Mitte zur Wand und brich dir Bahn. O wie sie in der Wohnung darüber singen! Es gibt in diesem Hause eine Wohnung darüber, mit anderen Leuten. Es gibt eine Wohnung darüber, wo Leute wohnen, die keine Wohnung darunter vermuten, und wir hausen alle in dem gläsernen Ziegel. Und wenn sich plötzlich eine Motte auf die Spitze des Bleistifts setzt und wie ein aschgraues Feuer zuckt, betrachte sie: ich betrachte sie, ich taste nach ihrem winzigen Herzen und höre sie, jene Motte tönt in der Masse gefrorenen Glases wider, noch ist nicht alles verloren. Wenn ich die Tür öffne und mich über die Treppe beuge, weiß ich, daß unten die Straße beginnt; nicht die längst hingenommene Gleichform, nicht die altbekannten Häuser, nicht das Hotel von gegenüber, sondern: die Straße, der tropische Garten, in dem sich jeder Augenblick wie eine Magnolie über mich ergießen kann, in dem die Gesichter geboren werden, wenn ich sie anschaue, wenn ich ein wenig weiter gehe, wenn ich mit den Ellbogen und den Wimpern und Fingernägeln verbissen gegen die Masse des gläsernen Ziegels angehe und mein Leben riskiere, während ich voranschreite, Schritt für Schritt, um an der Ecke die Zeitung zu kaufen.

Unterweisung im Weinen

Wir wollen die Beweggründe beiseite lassen und uns an die korrekte Art zu weinen halten, worunter wir ein Schluchzen verstehen, das weder die Grenzen des Anstands überschreiten noch das Lächeln mit seiner Parallele und plumpen Ähnlichkeit beleidigen soll. Das durchschnittliche, das gewöhnliche Schluchzen besteht aus einer allgemeinen Kontraktion des Gesichts und einem krampfartigen Laut, begleitet von Tränen und Rotz, letzterem gegen Ende zu, da das Schluchzen in dem Augenblick aufhört, wo sich einer energisch schneuzt.

Um zu weinen, müssen Sie die Einbildungskraft auf sich selbst lenken, und wenn sich das für Sie als unmöglich herausstellt, da Sie an die Außenwelt zu glauben gewöhnt sind, so denken Sie an eine von Ameisen bedeckte Ente oder an die Meerbusen der Magellanstraße, *die niemand je betritt.*

Sobald Sie schluchzen, werden Sie das Gesicht geziemend verhüllen. Bedienen Sie sich dazu der Hände, die Handteller nach innen gekehrt. Kinder halten sich den Jackenärmel vors Gesicht und stellen sich vorzugsweise in einen Winkel des Zimmers. Durchschnittliche Dauer des Schluchzens: drei Minuten.

Unterweisung im Singen

Beginnen Sie damit, daß Sie die Spiegel in Ihrem Hause zerschlagen, lassen Sie die Arme sinken, blicken Sie vage zur Wand, *vergessen Sie sich.* Singen Sie eine einzige Note, lauschen Sie nach innen. Wenn Sie (aber das wird erst lange danach geschehen) etwas wie eine in Furcht getauchte Landschaft hören, mit Scheiterhaufen zwischen den Steinen, mit halbentblößten kauernden Schemen, glaube ich, daß Sie auf dem rechten Wege sind; desgleichen, wenn Sie einen Fluß hören, den gelb und schwarz bemalte Barken hinabfahren, wenn Sie den Geschmack nach Brot, die Berührung von Fingern, den Schatten eines Pferdes vernehmen.

Kaufen Sie danach Tonleiterübungen und Frack und singen Sie bitte nicht durch die Nase und lassen Sie Schumann in Frieden.

Muster einer Unterweisung in der Form, Furcht zu haben

Auf einem Dorfe in Schottland verkauft man Bücher, die irgendwo in dem Band verstreut eine weiße Seite enthalten. Wenn ein Leser Schlag drei Uhr nachmittags auf jene Seite stößt, so stirbt er.

Auf dem Quirinalsplatz in Rom gibt es einen Punkt, der den Eingeweihten bis ins neunzehnte Jahrhundert bekannt war und von dem aus man bei Vollmond die Statuen der Dioskuren sich langsam beleben und mit ihren aufgebäumten Rössern kämpfen sieht.

In Amalfi gibt es dort, wo der Küstenstreifen endet, eine Mole, die in das Meer und die Nacht eingeht. Weit hinter dem letzten Feuerzeichen hört man einen Hund bellen.

Ein Mann ist im Begriff, Zahnpasta auf die Zahnbürste zu drücken. Plötzlich sieht er das auf dem Rücken liegende verkleinerte Bild einer Frau, aus Koralle oder auch gemalten Brotkrumen.

Beim Öffnen des Kleiderschranks, um ein Hemd herauszunehmen, fällt ein alter Kalender heraus, der sich auflöst, entblättert, die weiße Wäsche mit tausenden schmutziger Papierschmetterlinge bedeckt.

Man weiß von einem Handelsreisenden, dem das linke Handgelenk zu schmerzen begann, gerade unter der Armbanduhr. Als er die Uhr abstreifte, schoß das Blut hervor: die Wunde trug die Spuren einiger sehr feiner Zähne.

Der Arzt hat seine Untersuchung beendet und beruhigt uns. Seine ernste und herzliche Stimme ist heilsam schon wie jene Arzneien, für die er jetzt an seinem Tisch das Rezept schreibt. Dann und wann hebt er den Kopf und lächelt uns ermutigend zu. Es ist nichts Ernstes, in einer Woche sind wir wieder wohlauf. Glücklich machen wir es uns in unserem Lehnstuhl bequem und blicken zerstreut in die Runde. Plötzlich sehen wir in dem Halbdunkel unter dem Tisch die Beine des Arztes. Er hat die Hosen bis zu den Oberschenkeln gerafft und trägt Damenstrümpfe.

Unterweisung im Verständnis dreier berühmter Gemälde

Himmlische und irdische Liebe von Tizian

Dieses abscheuliche Gemälde stellt eine Totenwache an den Ufern des Jordan dar. Selten vermochte das Ungeschick eines Malers niederträchtiger auf die Hoffnungen der Welt auf einen Messias anzuspielen, der *durch seine Abwesenheit glänzt*; abwesend von dem Bilde, das die Welt ist, glänzt er schrecklich in dem obszönen Gähnen des marmornen Sarkophages, während der Engel, eingesetzt, die Auferstehung seines Schelmenfleisches zu verkündigen, unabdingbar harrt, daß die Zeichen sich erfüllen. Es bedarf wohl keiner Erklärung, daß der Engel jene nackte Gestalt ist, die sich in ihrer himmlisch feisten Leiblichkeit und als Magdalena verkleidet zur Schau stellt, lästerlichste Lästerung zur Stunde, da die wahre Magdalena auf dem Wege voranschreitet (auf dem hingegen die giftige Blasphemie zweier Kaninchen gedeiht).

Das Kind, das seine Hand in den Sarkophag taucht, ist Luther, das heißt der Teufel. Von der bekleideten Gestalt hat man gesagt, sie stelle die Glorie in dem Augenblick dar, da sie verkündet, daß alles menschliche Streben in einer Waschschüssel Platz finde; aber sie ist schlecht gemalt und läßt an künstlichen Jasmin oder einen Wetterstrahl aus Grieß denken.

Die Dame mit dem Einhorn von Raffael

Saint-Simon glaubte in diesem Bildnis ein ketzerisches Glaubensbekenntnis zu sehen. Das Einhorn, der Narwal, die obszöne Perle des Medaillons, das sich als Birne ausgibt, und der Blick Maddalena Strozzis starr auf einen Punkt geheftet, wo es Auspeitschungen oder laszive Stellungen geben soll: Raffael Santi log hier seine schrecklichste Wahrheit.

Das heftige Grün des Gesichts der dargestellten Person schrieb man lange Zeit dem Krebsbrand oder der *Frühlingssonnenwende* zu. Das Einhorn, phallische Kreatur, sollte es verderbt haben: in seinem Leibe schlummern die Sünden der Erde. Danach sah man, daß man nur die falschen Schichten der Malerei abzutragen brauchte, welche die drei Erzfeinde Raffaels darauf gelegt hatten: Karl Hog, Vincent Grosjean genannt ›Marmel‹ und Rubens der Ältere. Die erste Schicht war grün, die zweite grün, die dritte weiß. Unschwer entdeckt man hierin das dreifache Symbol des Todesfalters, der an seinem leichenblassen Leibe Flügel trägt, die den Blättern der Rose zum Verwechseln ähnlich sehen. Wie oft brach Maddalena Strozzi eine weiße Rose und spürte, wie sie unter ihren Fingern seufzte, sich wand und schwach nur seufzte wie ein kleiner Alraun oder eine jener Eidechsen, die singen gleich den Leiern, wenn man ihnen einen Spiegel zeigt. Und es war schon Abend und der Falter hatte sie gestochen: Raffael wußte es und fühlte, daß sie sterben werde. Um sie der Wahrheit getreu zu malen, fügte er das Einhorn hinzu – Sinnbild der Keuschheit, Lamm und Narwal zugleich, das einer Jungfrau aus der Hand trinkt. Aber er malte den Falter in sein Bild, und dieses Einhorn tötete seine Herrin, bohrt sein von Unzucht getriebenes Horn in ihren majestätischen Busen, wiederholt die Tat von allem Anfang an. Was diese Frau in ihren Händen hält, ist die geheimnisvolle Schale, aus der wir unwissentlich getrunken haben, den Durst, den wir an anderen Lippen stillten, den roten milchigen Wein, aus dem die Sterne entspringen, die Würmer und die Eisenbahnstationen.

Bildnis Heinrichs VIII. von England von Holbein

Man hat in diesem Gemälde eine Elefantenjagd, eine Karte von Rußland, das Sternbild der Leier, das Porträt eines als Heinrich VIII. verkleideten Papstes, ein Unwetter auf dem Saragossameer oder jenen güldenen Polypen sehen wollen, der in den Breiten von Java erwächst und unter dem Einfluß von Zitrone einmal kurz niest und mit einem kleinen Schnaufer stirbt.

Jede dieser Deutungen berücksichtigt genau die gesamte Konfiguration des Gemäldes, ob man es in der Ordnung betrachtet, in der es aufgehängt ist, oder mit dem Kopf nach unten oder von der Seite. Die Unterschiede beschränken sich auf Einzelheiten; der Mittelpunkt ist hier wie da GOLD, die Zahl SIEBEN, die in den Teilen Hut und Schnur zu beobachtende AUSTER mit dem PERLENKOPF (von den Perlen des Kleides ausstrahlendes Zentrum oder Herzland) und der allgemeine absolut grüne SCHREI, der aus dem Ganzen hervorquillt.

Man mache das einfache Experiment, gehe nach Rom, lege die Hand auf das Herz des Königs, und man wird den Ursprung des Meeres begreifen. Noch geringere Mühe macht es, ihm eine brennende Kerze in Höhe der Augen zu nähern; dann wird man sehen, daß *jenes kein Gesicht ist* und der Mond, simultan geblendet, über einen Grund von Rädchen und durchsichtigen Kugellagern läuft, enthauptet im Gedenken an die Hagiographen. Nicht fehl geht, wer in dieser stürmischen Versteinerung den Kampf von Leoparden sieht. Aber es gibt auch behäbige Elfenbeindolche, Pagen, die sich in weiten Galerien zu Tode langweilen, und ein gewundenes Zwiegespräch zwischen der Lepra und den Hellebarden. Das Reich dieses Mannes ist eine Seite aus dem Geschichtsbuch, aber er weiß es nicht und spielt unlustig mit Handschuhen und Hirschkälbern. Dieser Mann, der dich anblickt, kehrt aus der Hölle zurück; entfern dich von dem Bild und nach und nach wirst du ihn lächeln sehen, denn er *ist hohl*, ist mit Luft gefüllt, hinten halten ihn ein paar dürre Hände, wie eine Spielkartenfigur, wenn man das Kartenhaus zu stürmen beginnt und alles zittert. Und seine Moral lautet: »Es gibt keine dritte Dimension, die Erde ist flach, der Mensch ein Kriechtier. Halleluja!« Vielleicht ists der Teufel, der diese Dinge sagt, und du glaubst sie vielleicht, weil sie dir ein König sagt.

Unterweisung in der Kunst, Ameisen in Rom zu töten

Die Ameisen werden Rom vertilgen, das ist so gut wie sicher. Zwischen den Steinplatten rennen sie; Wölfin, welche Folge von Edelsteinen durchschneidet dir die Kehle? An irgendeiner Seite entspringen die Wasser der Brunnen, die lebendigen Schiefertafeln, die zittrigen Kameen, die mitten in der Nacht Geschichte murmeln, Dynastien und Heldengedenktage. Man müßte das Herz finden, das die Brunnen schlagen macht, um es vor den Ameisen zu beschirmen und in dieser Stadt des wallenden Blutes, der wie die Hände eines Blinden aufgehaltenen Füllhörner einen Heilsritus zu begründen, damit die Zukunft sich die Zähne an den Bergen wetze, sich sanft und kraftlos schleppe, bar aller Ameisen.

Zuerst wollen wir den Standort der Brunnen ausmachen, was leicht ist, weil auf den farbigen Karten, den Monumentalplänen die Brunnen auch Fontänen und Kaskaden in der Farbe des Himmels haben, man muß sie nur gut suchen und mit einem Blaustift, nicht mit Rotstift umranden, da eine gute Karte von Rom rot wie Rom ist. Auf der Röte Roms wird der Blaustift um jeden Brunnen einen violetten Gürtel legen, jetzt sind wir sicher, daß wir alle Brunnen haben und das Laubwerk der Wasser kennen.

Schwieriger, entrückter, heimlicher ist die Aufgabe, den opaken Stein zu durchbohren, unter welchem die Adern Mercurii sich schlängeln, mit viel Geduld die Chiffre jedes Brunnen verstehen zu lernen, in Nächten überschwemmt von Mond eine verliebte Vigilie neben den kaiserlichen Vasen zu wachen, bis aus so vielem grünen Gesäusel, so vielem Brodeln wie von Blumen die Richtungen entspringen, die Zusammenflüsse, *die anderen Straßen*, die lebendigen. Und jetzt nicht schlafen, sondern ihnen mit Haselgerten in Gestalt einer Astgabel, eines Triangels folgen, in jeder Hand zwei Gertlein, ein einziges zwischen den schlaffen Fingern, aber alles das nicht sichtbar für die Karabinieri und die liebenswert argwöhnische Bevölkerung; zum Quirinal gehen, auf den Campidoglio steigen, schreiend über den Pincio laufen, mit einer Erscheinung, reglos wie ein Feuerball, die Ordnung der Piazza della Essedra schrecken und auf die Weise aus den tauben Metallen des Bodens die Nomenklatur der unterirdischen Flüsse ziehen. Und niemanden um Hilfe bitten, niemals.

Danach wird man sehen, wie in dieser Hand aus enthäutetem Marmor die Adern harmonisch umherschweifen, weil es den Wassern so gefiel, Natur ihr künstliches Spiel trieb, bis sie sich nach und nach nähern, zusammenfließen, sich vereinigen, zu Arterien anwachsen, sich heftig auf den Sternplatz ergießen, wo die Trommel aus flüssigem Glase klopft, die Wurzel fahler Schalen, das tiefe Pferd. Und wir wissen, auf welcher Sohle kalkiger Grotten, zwischen kleinen Lemurenskeletten, das Herz des Wassers seine Zeit schlägt.

Dieses Wissen ist schwer erworben, aber man wird wissen. Alsdann wollen wir die Ameisen töten, die es nach den Brunnen gelüstet, wollen die Stollen weißglühen, die jene schrecklichen Bergleute treiben, um sich dem geheimen Leben Roms zu nähern.

Wir wollen die Ameisen töten, wenn wir ihnen bloß am Hauptbrunnen zuvorkommen. Und wir werden den rachedurstigen Lamien in einem Nachtzug entfliehen: insgeheim glücklich, zusammengepfercht mit Nonnen und Soldaten.

Unterweisung im Treppensteigen

Jedermann wird schon einmal beobachtet haben, daß sich der Boden häufig faltet, dergestalt, daß ein Teil im rechten Winkel zur Bodenebene ansteigt und der darauffolgende Teil sich parallel zu dieser Ebene befindet, um einer neuen Senkrechte Platz zu machen: ein Vorgang, der sich als Spirale oder in gebrochener Linie bis in äußerst unterschiedliche Höhen fortsetzt. Wenn man sich bückt und die linke Hand auf einen der vertikalen Teile, die rechte Hand dagegen auf die entsprechende Horizontale legt, ist man im vorübergehenden Besitz einer Treppenstufe oder Staffel. Jede einzelne dieser, wie man sieht, aus zwei Elementen gebildeten Stufen befindet sich etwas höher und weiter zurück als die vorhergehende, ein Prinzip, das Treppen erst zu Treppen macht, wogegen eine beliebige andere Kombination vielleicht schönere oder malerischere Formen hervorbringen würde, die aber untauglich wären, vom Erdgeschoß zum ersten Stock zu befördern.

Treppen steigt man von vorn, da sie sich von hinten oder von der Seite als außerordentlich unbequem erweisen. Die natürliche

Haltung ist der aufrechte Gang; die Arme hängen locker herab; der Kopf ist erhoben, wenngleich nicht dermaßen, daß die Augen beim Gehen die nächsthöheren Stufen übersehen; der Atem sei langsam und regelmäßig. Um eine Treppe zu steigen, beginnt man damit, daß man jenen Teil des Körpers hebt, der rechts unten gelegen, fast immer in Schweins- oder Sämischleder gehüllt ist und, außer in Ausnahmefällen, genau auf die Stufe paßt. Hat man besagten Teil, den wir der Kürze halber Fuß nennen wollen, auf die erste Stufe gesetzt, zieht man den entsprechenden Teil zur Linken (ebenfalls Fuß genannt, darf aber nicht mit dem vorhergenannten verwechselt werden) nach, hebt ihn in Höhe des Fußes und weiter, bis er sich auf der zweiten Stufe befindet. Ist das geschafft, wird sich der Fuß darauf ausruhen, und auf der ersten wird sich der Fuß ausruhen. (Die ersten Stufen sind stets am schwersten, bis man die erforderliche Koordination erworben hat. Die Namensgleichheit von Fuß zu Fuß macht die Erklärung schwierig. Man achte insbesondere darauf, daß man nicht zur gleichen Zeit den Fuß und den Fuß hebt.)

Ist man auf diese Weise zur zweiten Stufe gelangt, genügt es, die Bewegungen in ständigem Wechsel zu wiederholen, bis man das Ende der Treppe vor sich hat. Mühelos bringt man sie hinter sich, indem man ihr mit dem Absatz einen leichten Tritt versetzt, der sie an ihren Platz fesselt, von dem sie sich nicht bewegen wird, bis man wieder hinabsteigt.

Präambel zu der Unterweisung im Uhraufziehen

Denk daran: wenn man dir eine Uhr schenkt, schenkt man dir eine verteufelte kleine Hölle, eine Kette von Rosen, ein Verlies aus Luft. Man gibt dir nicht bloß die Uhr, alles Gute zum Geburtstag und hoffentlich hast du viel von ihr, denn sie ist ein gutes Fabrikat, eine Schweizer Uhr mit Rubinanker; man schenkt dir nicht bloß jenen stummen Totenvogel, den du dir ans Handgelenk binden und mit dir herumtragen wirst. Man schenkt dir – unwissentlich, das ist das Schreckliche, unwissentlich – schenkt man dir ein neues gebrechliches und prekäres Stück deiner selbst, etwas, das dein, aber nicht dein Körper ist, das du mit Riemen an deinen Körper binden mußt wie ein sich verzweifelt an dein Handgelenk hängendes Ärmchen. Man schenkt dir die Notwendigkeit, sie alle Tage aufzuziehen, die Verpflichtung sie aufzuziehen, damit sie weiterhin Uhr ist; man schenkt dir die Besessenheit, in den Auslagen der Juwelierläden, durch die Rundfunkzeitansage, beim Telefondienst die genaue Uhrzeit festzustellen. Man schenkt dir die Sorge, sie zu verlieren, die Furcht, daß sie dir gestohlen wird, zu Boden fällt und zerbricht. Man schenkt dir ihre Marke und die Gewähr, daß es eine bessere Marke ist als andere, man schenkt dir die Neigung, deine Uhr mit allen übrigen Uhren zu vergleichen. Nicht dir schenkt man eine Uhr, du bist, was man schenkt, dich bringt man der Uhr zum Geburtstag dar.

Unterweisung im Uhraufziehen

Dort in der Tiefe haust der Tod, aber seien Sie ohne Furcht. Packen Sie die Uhr mit einer Hand, nehmen Sie mit zwei Fingern das Rädchen zum Aufziehen, drehen Sie es behutsam. Nun bricht ein anderer Zeitraum an, die Bäume entfalten ihre Blätter, die Boote fahren Regatten, wie ein Fächer füllt die Zeit sich mählich mit sich selbst, und es sprießen aus ihr die Luft, die Brisen der Erde, der Schatten einer Frau, der Duft des Brotes.

Was begehren Sie mehr, was begehren Sie mehr? Binden Sie sie rasch ums Handgelenk, lassen Sie sie in Freiheit schlagen, ahmen Sie sie keuchend nach. Die Furcht macht die Anker rosten, alles, was man erreichen konnte und was man vergaß, zerfrißt nach und nach die Venen der Uhr, macht das kalte Blut ihrer Rubine brandig. Und dort in der Tiefe ist der Tod, wenn wir nicht eilen und zuvorkommen und begreifen, daß es nicht mehr von Belang ist.

Sonderbare Beschäftigungen

Blendwerke

Wir sind eine seltsame Familie. In diesem Lande, wo jedermann aus Pflichtbewußtsein oder aus Angabe handelt, freuen uns die ungebundene Beschäftigung, die Aufgabe als solche, die Anstalten, die zu nichts dienen.

Wir haben ein Gebrechen: es mangelt uns an Originalität. Fast alle Taten, zu denen wir uns entschließen, sind von berühmten Vorbildern inspiriert, sind – sagen wir es frei heraus – Kopien. Immer wenn wir etwas Neues anstellen, sind die Anachronismen oder die Überraschungen, die Skandale unvermeidlich. Mein ältester Onkel sagt, wir sind wie die Durchschläge auf Kohlepapier, originalgetreu bis auf die Farbe, das Papier, den Zweck. Meine dritte Schwester vergleicht sich mit der künstlichen Nachtigall von Andersen; dieses romantische Gebaren macht einem speiübel.

Wir sind eine große Familie und wohnen in der Humboldtstraße.

Wir tun dieses und jenes, aber es ist schwierig, davon zu erzählen, denn die Hauptsache fehlt: die ängstliche Erwartung, mit der wir zu Werke gehen; die Überraschungen, die ungleich wichtiger sind als das Ergebnis; die Mißerfolge, nach denen die ganze Familie wie ein Kartenhaus in sich zusammenfällt, und tagelang hört man nichts weiter als Jammerklagen und Lachsalven. Die Erzählung dessen, was wir so tun, muß einfach lückenhaft bleiben, denn zuweilen sind wir arm oder im Kittchen oder krank, zuweilen stirbt einer oder (schmerzlich, es zu erwähnen) einer wird abtrünnig, steckt auf oder tritt in die Finanzverwaltung ein. Man darf daraus aber nicht folgern, daß es uns schlecht geht oder daß wir melancholisch sind. Wir wohnen im ›Stillen Ozean‹, wie unser Viertel heißt, und stellen Sachen an, sooft wir können. Wir zählen unter uns viele, die Ideen und Lust haben, sie in die Tat umzusetzen. Der Galgen zum Beispiel. Bis heute sind wir uns nicht einig, wer die Idee zuerst gehabt hat; meine fünfte Schwester beteuert, daß sie von einem meiner leiblichen Vettern stammte, die große Philosophen sind, aber mein ältester Onkel besteht darauf, daß sie ihm gekommen sei, nachdem er eine Räuberpistole gelesen hatte. Im Grunde ist es uns einerlei; was zählt, sind allein die Dinge, die wir tun, und deshalb erzähle ich davon fast ohne Lust und eigentlich bloß, um den Regen dieses leeren Nachmittags nicht so nah zu fühlen.

Das Haus hat einen Vorgarten, eine Seltenheit in der Humboldtstraße. Er ist nicht größer als ein Hof, aber drei Stufen höher als der Bürgersteig, was ihm das stattliche Aussehen einer Plattform gibt, wie geschaffen für einen Galgen. Da das Gitter aus Bruchstein und Eisen ist, kann man arbeiten, ohne daß die Passanten sozusagen in der guten Stube sind; sie können sich an das Gitter stellen und Stunden dort zubringen, das stört uns nicht. »Mit Vollmond fangen wir an«, beschied mein Vater. Am Tage suchten wir bei den Lagern der Avenida Juan B. Justo Hölzer und Eisen, meine Schwestern aber blieben daheim und übten das Geheul der Wölfe, nachdem meine jüngste Tante steif und fest behauptete, daß die Wölfe von Galgen angelockt und gereizt werden, den Mond anzuheulen. Meinen Vettern oblag die Beschaffung von Nägeln und Werkzeug; mein ältester Onkel zeichnete die Pläne, erörterte mit meiner Mutter und meinem Onkel heftig die Vielfalt und Güte der Folterinstrumente. Ich erinnere mich des Endes der Diskussion: sie entschieden sich unwirsch für eine ausreichend hohe Plattform, auf der sie einen Galgen und ein Rad errichten wollten; der Zwischenraum war dazu ausersehen, je nach Fall zu foltern oder zu köpfen. Meinen ältesten Onkel dünkte es weit armseliger und mickriger als seine ursprüngliche Idee, aber die geringen Ausmaße des Vorgartens und die Materialkosten setzen den ehrgeizigen Plänen der Familie allemal Grenzen.

Wir begannnen den Bau an einem Sonntagnachmittag, nach den Ravioli. Obgleich wir uns nie darum gekümmert haben, was die Nachbarn denken könnten, war es offensichtlich, daß die paar Zaungäste vermuteten, wir würden unser Haus um ein oder zwei Zimmer erweitern. Der erste, den das verwunderte, war Don Cresta, das Alterchen von gegenüber, und er kam und fragte, wofür die Plattform da gut sein solle. Meine Schwestern stellten sich in eine Ecke des Gartens und stießen einige Wolfslaute aus. Es sammelte sich ein ganzer Haufen Leute an, aber wir arbeiteten weiter und hatten zur Nacht die Plattform und die beiden Treppchen (für den Priester und für den Delinquenten, die nicht zusammen hinaufsteigen dürfen) fertig. Am Montag ging ein Teil der Familie seinen jeweiligen Ämtern und Geschäften nach, da man ja an etwas sterben muß; wir anderen begannen den Galgen aufzurichten, während mein ältester Onkel des Rades wegen alte Zeichnungen zu Rate zog. Sein Gedanke war, das Rad so hoch als möglich auf einer leicht unregelmäßigen Stange anzubringen, beispielsweise einem glatt gehobelten Pappelstamm. Mein zweiter Bruder und meine leiblichen Vettern wollten ihm den Gefallen tun und machten sich mit unserem Lieferwägelchen auf, eine Pappel zu suchen; unterdessen setzten mein ältester Onkel und meine Mutter die Radspeichen in die Nabe, und ich fertigte einen eisernen Reifen an. In jenen Augenblicken ergötzten wir uns über die Maßen: allerorten hörte man hämmern, in der Stube heulten meine Schwestern, die Nachbarn drängten sich am Gitter und tauschten Eindrücke aus, und zwischen dem Blutrot und der Malve der Abenddämmerung stieg das Profil des Galgens empor, und man sah meinen jüngsten Onkel rittlings auf dem Querbalken, um den Haken zu befestigen und die Patentschlingen zu legen.

Als wir so weit gediehen waren, konnte den Leuten von der Straße nicht länger verborgen bleiben, was wir vorhatten, und ein Chor von Protesten und Drohungen beflügelte uns aufs angenehmste, den Tag mit der Errichtung des Rades zu beschließen. Ein paar rabiate Zuschauer hatten meinen zweiten Bruder und meine Vettern daran hindern wollen, den herrlichen Pappelstamm, den sie in unserem Wägelchen gefahren brachten, ins Haus zu schaffen. Einem Überrumpelungsversuch kam die Familie im Verein auf ganzer Linie zuvor, und diszipliniert zog sie den Baumstamm in den Garten: nebst einem Dreikäsehoch, der sich in den Wurzeln verfangen hatte. Mein Vater persönlich erstattete den verzweifelten Eltern ihren Fratz zurück, indem er ihn höflich über das Gitter reichte; und während sich die Aufmerksamkeit auf dieses rührende Hin und Her konzentrierte, verkeilte mein ältester Onkel mit Hilfe meiner leiblichen Vettern das Rad an einem Ende des Baumstammes und hievte es langsam in die Höhe. Die Polizei kam just in dem Augenblick, als die Familie auf der Plattform versammelt stand und sich über das schmucke Aussehen des Galgens lobend verbreitete. Nur meine dritte Schwester blieb bei der Tür, und ihr oblag es, mit dem Unterkommissär in höchsteigener Person zu reden; es fiel ihr nicht schwer, ihn davon zu überzeugen, daß wir innerhalb unseres Grundstücks und an einem Werke arbeiteten, dem nur der Gebrauch einen verfassungswidrigen Charakter verleihen könnte; das Gemurmel der Nachbarn sei aber Ausgeburt des Hasses und Frucht des Neides. Der Einbruch der Dunkelheit ersparte uns weitere Zeitverluste.

Beim Schein einer Karbidlampe aßen wir auf der Plattform zu Abend, beäugt von einem Schock argwöhnischer Nachbarn; nie dünkte uns das eingepökelte Spanferkel bekömmlicher, schwärzer und süßer nie der Nebiolo-Wein. Ein Lüftchen von Norden schaukelte sanft den Strang des Galgens; ein- oder zweimal krächzte das Rad, wie wenn die Raben sich bereits zum Mahl darauf niedergelassen hätten. Die Gaffer begannen abzuwandern, vage Drohungen murmelnd; zwanzig bis dreißig harrten am Gitter hartnäckig aus, die irgend etwas zu erwarten schienen. Nach dem Kaffee löschten wir die Lampe, um dem Mond freie Bahn zu geben, der am Säulengeländer der Terrasse emporkletterte; meine Schwestern jaulten und meine Vettern und Onkel schritten langsam die Plattform auf und ab und brachten mit ihren Tritten die Fundamente zum Zittern. In dem Schweigen, das darauf erfolgte, war der Mond so hoch gekommen, daß er nun in Höhe der Patentschlinge hing, und auf das Rad schien sich eine silbergeränderte Wolke zu strecken. Wir betrachteten sie, so glücklich, daß es eine helle Freude war, aber die Nachbarn murmelten am Gitter, als wären sie einer Enttäuschung nahe. Sie zündeten sich Zigaretten an und gingen von dannen, einige im Pyjama und andere langsamer. Am Ende blieb die Straße, der Pfiff eines Wächters in der Ferne und der Autobus der Linie 108, der alle naselang vorbeifuhr; wir hatten uns bereits schlafen gelegt und träumten von Festen, Elefanten und Seidenkleidern.

Etikette und Vorzüge

Stets schien mir der beherrschende Zug unserer Familie die feine Zurückhaltung. Unser Schamgefühl geht unglaublich weit, sei es in der Art uns zu kleiden oder zu essen, sei es auch in der Weise, wie wir uns ausdrücken oder in die Straßenbahn steigen. Die Spitznamen zum Beispiel, die in unserem Viertel so gedankenlos verliehen werden, sind für uns ein Gegenstand der Vorsicht, der reiflichen Überlegung, ja der Besorgnis. Es dünkt uns, daß der Beiname nicht gleichgültig ist, wenn ihn sein Besitzer in sich aufnehmen und sein Leben lang wie eine Kennmarke tragen soll. Die Frauen aus der Humboldtstraße rufen ihre Jungen Toto, Coco oder Pepo und ihre Mädchen Spatz oder Schatzilein, aber in unserer Familie existiert dieser geläufige Typ von Kosenamen nicht und erst recht nicht derart ausgefallene und überkandidelte Namen wie Rabenaas, Krot oder Schinderhannes, die in den Vierteln Paraguay und Godoy Cruz im Schwange sind. Als ein Beispiel für die Vorsicht, die uns in diesen Dingen leitet, wird es genügen, den Fall meiner zweiten Tante zu zitieren. Sichtlich ist sie mit einem Hintern von imposanten Ausmaßen gesegnet; dennoch hätten wir uns niemals erlaubt, der leichten Versuchung gebräuchlicher Spitznamen nachzugeben; so einigten wir uns, anstatt ihr den brutalen Spitznamen *Etruskische Amphore* zu geben, auf den sehr dezenten und traulichen Beinamen *Riesenarsch*. Immer gehen wir mit gleichem Takte vor, obwohl wir des öfteren mit Nachbarn und Freunden streiten müssen, die auf den herkömmlichen Spottnamen bestehen. Für meinen jüngsten Vetter zweiten Grades, den ein wahrer Kürbis ziert, lehnten wir stets den Spitznamen *Atlas* ab, den sie ihm in der Grillbude an der Ecke gegeben hatten, und ziehen den unendlich delikateren Spitznamen *Schwellkopf* vor. Und so immer.

Ich möchte klarstellen, daß wir das nicht tun, um uns von den übrigen Leuten im Viertel zu unterscheiden. Unser Wunsch ist einzig und allein, die eingefleischte Sprechweise und den überkommenen Schlendrian mehr und mehr abzustellen, ohne an jemandes Gefühlen zu rühren. Uns mißfällt die Vulgarität, wie sie sich auch äußert, und es genügt, daß einer von uns in der Kantine Sätze hört wie: »Es war eine Partie von heftiger Gangart« oder »Die Querpässe Faggiolis leisteten eine bemerkenswerte Vorarbeit über die Mittellinie«, damit wir augenblicklich verlauten lassen, wie die korrekte und für den Anlaß rätlichste Formulierung heißt: »Es gab eine Holzerei, sagenhaft« oder »Zuerst haben wir sie fertiggemacht und danach wars ein Schützenfest«. Die Leute schauen uns verwundert an, aber nie fehlt einer, der die in diesen delikaten Sätzen verborgene Lehre beherzigt. Mein ältester Onkel, der die argentinischen Schriftsteller liest, sagt, daß man mit vielen von ihnen etwas Ähnliches machen könnte, aber er hat es uns im einzelnen nie erklärt. Schade.

Post und Telefon

Einmal brachte es ein ganz weit entfernter Verwandter zum Minister. Da bedangen wir uns aus, daß die Familie in beträchtlicher Anzahl beim Postamt in der Serranostraße eingestellt würde. Es war allerdings von kurzer Dauer. Zwei der drei Tage, die wir dort gewesen sind, bedienten wir das Publikum mit unerhörter Geschwindigkeit. Das trug uns den entgeisterten Besuch eines Inspektors von der Hauptpost und lobende Erwähnung in der VERNUNFT ein. Am dritten Tage waren wir unsrer Popularität sicher, denn die Leute kamen bereits aus anderen Vierteln und gaben ihre Briefe bei uns auf und schrieben Postanweisungen nach Purmamarca und anderen gleich albernen Orten aus. Daraufhin gab mein ältester Onkel das Startzeichen, und die Familie begann je nach Laune und Grundsätzen zu bedienen. Am Schalter für Postwertzeichen verehrte meine zweite Schwester jedem Briefmarkenkäufer einen bunten Luftballon. Eine beleibte Dame empfing ihn als erste; sie stand wie angewurzelt, in der Hand den Luftballon und die bereits befeuchtete Ein-Peso-Marke, die sich nach und nach um ihren Finger rollte. Ein junger Mann mit wallender Mähne lehnte es glattweg ab, seinen Luftballon in Empfang zu nehmen, und meine Schwester wies ihn streng zurecht, während in der Schlange vor dem Schalter widersprüchliche Stimmen laut zu werden begannen. Nebenan bekamen verschiedene Provinzler, die unsinnigerweise einen Teil ihres Lohns ihren Lieben in der Ferne überweisen wollten, mit einigem Erstaunen ein Gläschen Grappa und dann und wann eine Fleischpastete von meinem Vater gereicht, der ihnen obendrein die trefflichsten Lebensweisheiten des alten Dichters Wollmaus lauthals zum besten gab. Meine Brüder, denen die Paketabfertigung oblag, schmierten unterdessen die Sendungen mit Teer ein und tauchten sie in einen Eimer voll Federn. Danach präsentierten sie sie dem fassungslosen Kunden und beschrieben ihm, mit welcher Freude die Empfänger ihre dergestalt verschönerten Pakete aufnehmen würden. »Keine Spur von Bindfaden«, sagten sie. »Ohne diesen ordinären Siegellack und wie der Name des Empfängers jetzt unter dem Fittich eines Schwans hervorzuprangen scheint, man stelle sich vor.« Nicht alle zeigten sich begeistert, offen gestanden.

Als die Gaffer und Gendarmen in die Schalterhalle drangen, beschloß meine Mutter unsere Vorstellung auf die allerschönste Weise, indem sie über das Publikum einen Schwarm von bunten kleinen Schwalben segeln ließ, die sie aus den Formularen für Telegramme, Postanweisungen und Einschreibbriefe verfertigt hatte. Wir sangen die Nationalhymne und zogen uns in guter Ordnung zurück; ich sah ein kleines Mädchen weinen, das in der Schlange vor dem Briefmarkenschalter an dritter Stelle gestanden hatte und wußte, daß es nun keinen Luftballon mehr bekommen würde.

Verlust und Wiedergewinnung des Haares

Im Kampf wider den Pragmatismus und das gräßliche Zweckdenken verficht mein ältester Vetter das Verfahren, sich ein gutes Haar vom Kopf zu reißen, es in der Mitte zu knoten und sanft durch den Abfluß im Waschbecken fallen zu lassen. Sollte unser Haar in dem Rost hängenbleiben, der gewöhnlich in besagtem Abfluß sitzt, genügt es in der Regel, den Wasserhahn leicht aufzudrehen, damit es sich aus den Augen verliert.

Nun nicht gesäumt und auf der Stelle ans Werk gegangen, um des Haares wieder habhaft zu werden! Der erste Handgriff beschränkt sich darauf, den Geruchverschluß am Waschbecken zu demontieren, um zu sehen, ob sich das Haar in einer der Runzeln des Abflußrohrs verfangen hat. Findet man es nicht, muß das Rohrstück freigelegt werden, das vom Geruchverschluß zur Wasserleitung des Hauptabflußrohres führt. Mit Sicherheit werden in diesem Teilstück viele Haare zum Vorschein kommen, und man muß auf die Hilfe der restlichen Familie rechnen, um die Haare nach der Reihe auf den Knoten hin zu untersuchen. Kommt es nicht zum Vorschein, stellt sich das interessante Problem, die Rohrleitung bis zum Erdgeschoß aufzubrechen; das aber bedeutet eine größere Kraftanstrengung, da man acht bis zehn Jahre lang in einem Ministerium oder Handelshaus wird arbeiten müssen, um das Geld zusammenzubringen, das die vier Wohnungen zu kaufen erlaubt, die unter der meines ältesten Vetters gelegen sind, wobei der ungemeine Nachteil ist, daß auch jene acht bis zehn Jahre Arbeit einem die schmerzliche Wahrnehmung nicht werden ersparen können, daß das Haar nicht mehr in der Leitung und nur durch einen unwahrscheinlichen Zufall an einem verrosteten Rohrvorsprung hängen geblieben ist.

Es kommt der Tag, an dem wir in sämtlichen Wohnungen die Rohre aufbrechen können, und monatelang werden wir zwischen Zubern und anderen mit feuchten Haaren gefüllten Behältern wohnen, von Helfern und Bettlern umgeben, die wir großzügig bezahlen, damit sie suchen, sichten, klassifizieren und uns die fraglichen Haare bringen, um die erwünschte Gewißheit zu erlangen. Ist das Haar nicht darunter, treten wir in ein viel vageres und komplizierteres Stadium ein, weil uns der nun folgende Streckenabschnitt zu den großen städtischen Kloaken führt. Wir kaufen einen Spezialanzug, bewaffnen uns mit einer mächtigen Laterne und einer Gasmaske und lernen, uns in den frühen Morgenstunden durch die unterirdischen Kanäle zu schlängeln, erforschen die kleineren und größeren Stollen, wobei uns womöglich Individuen aus der Unterwelt behilflich sind, mit denen wir Verbindung aufgenommen haben und denen wir einen Großteil des Geldes werden geben müssen, das wir tagsüber in einem Ministerium oder Handelshaus verdienen.

Häufig werden wir den Eindruck haben, endlich am Ziel zu sein, weil wir Haare finden (oder uns Haare gebracht werden), die dem ähneln, das wir suchen; aber da man von keinem Fall weiß, wo ein Haar ohne das Zutun einer menschlichen Hand in der Mitte einen Knoten trägt, stellen wir schließlich fast immer fest, daß der fragliche Knoten eine einfache Verdickung der Haargefäße (obgleich wir von einem solchen Fall genausowenig wissen) oder der Niederschlag irgendeines Silikats oder Oxyds ist, hervorgerufen durch langen Verbleib an feuchter Oberfläche. Auf diese Weise schreiten wir wahrscheinlich verschiedene Strekkenabschnitte kleinerer und größerer Kanäle ab, bis wir zu jener Stelle gelangen, wo niemand sich trauen würde, einen Schritt weiterzugehen: der Hauptkanal, der Richtung auf den Fluß nimmt, die donnernde Vereinigung der Abwässer, in der die Suche fortzusetzen uns nicht Geld, nicht Boot, nicht Bestechung erlauben würden.

Aber davor und vielleicht weit davor, zum Beispiel wenige Zentimeter vom Mundloch des Waschbeckens, in Höhe der Wohnung im zweiten Stock oder in der ersten unterirdischen Rohrleitung kann es geschehen, daß wir das Haar finden. Es genügt, an die Freude zu denken, die jener Fund in uns erregen würde, erschreckt die Kräfte zu veranschlagen, die wir durch pure Gunst des Schicksals gespart, um eine solche Aufgabe zu rechtfertigen, zu wählen, praktisch zu fordern. Jeder gewissenhafte Lehrer müßte seinen Schülern von zartester Kindheit an dazu raten, anstatt ihre Seele mit dem Dreisatz oder den trostlosen Reimen des Liedes von der Glocke auszudörren.

Tante in Nöten

Warum haben wir nur eine Tante, die so sehr fürchtet, auf den Rücken zu fallen? Seit Jahren tut die Familie alles, um sie von ihrer Besessenheit zu heilen, aber die Stunde ist gekommen, da wir bekennen müssen, gescheitert zu sein. Was wir auch tun, Tante hat Angst, auf den Rücken zu fallen; und ihr harmloser Wahn greift auf uns alle über, angefangen bei meinem Vater, der sie brüderlich überallhin begleitet und den Boden mustert, damit Tante unbesorgt gehen kann, während meine Mutter sich die größte Mühe gibt, den Hof mehrmals am Tage zu kehren, meine Schwestern die Tennisbälle aufsammeln, mit denen sie sich auf der Terrasse unschuldig vergnügt haben, und meine Vettern alle Spuren tilgen, die auf die Hunde, Katzen, Schildkröten und Hühner zurückgehen, von denen es im Hause wimmelt. Aber das hilft alles nichts; erst nach langem Schwanken – nachdem sie ihre Augen rastlos hat schweifen lassen und mit barschen Worten jedes Kind anherrschte, das gerade in jenem Augenblick über den Weg lief – rafft Tante sich auf, ins andere Zimmer zu gehen. Sie setzt sich in Bewegung, wobei sie zuerst einen Fuß aufsetzt und ihn wie ein Boxer in einer Kiste Harz bewegt, danach den anderen; schiebt ihren Körper in einer Weise vorwärts, die uns als Kinder majestätisch vorkam, und braucht mehrere Minuten, um von einer Tür zur anderen zu gehen. Es ist ein Trauerspiel.

Mehrmals hat die Familie von meiner Tante bündig wissen wollen, warum sie fürchte, auf den Rücken zu fallen. Bei einer Gelegenheit wurde sie mit einem Schweigen bedacht, das man mit einer Sense hätte mähen können; aber eines Nachts, nach ihrem Gläschen Apfelsaft, ließ Tante sich herab, uns anzudeuten, daß, wenn sie auf den Rücken fiele, sie sich nicht wieder erheben könne. Die einfältige Bemerkung, daß zweiunddreißig Familienmitglieder ihr im Augenblick beispringen würden, quittierte sie mit einem matten Blick und zwei Worten: »Ganz gleich«. Ein paar Tage später rief mich mein ältester Bruder nachts in die Küche und zeigte mir eine Schabe, die unter dem Ausguß auf den Rücken gefallen war. Wortlos sahen wir ihrem langen vergeblichen Kampf zu, sich aufzurichten, während andere Schaben, ihre Scheu vor dem Licht überwindend, auf dem Estrich hin und her liefen und an jene streiften, die in Dorsalstellung dalag. Mit merklicher Melancholie gingen wir zu Bett, und aus dem oder jenem Grunde wurde Tante nie mehr befragt; wir beschränkten uns darauf, ihre Furcht nach Möglichkeit zu lindern, begleiteten sie überallhin, gaben ihr den Arm und kauften ihr eine Menge Schuhe mit gleitfesten Sohlen und anderen haltgebenden Vorrichtungen. Auf diese Weise ging das Leben weiter und war nicht ärger als andere Leben.

Tante eine oder keine Deutung

Mehr oder weniger widmen sich meine vier leiblichen Vettern alle der Philosophie. Sie lesen Bücher, diskutieren untereinander und werden von der übrigen Familie aus gebührender Entfernung bewundert, getreu dem Prinzip, uns in Liebhabereien anderer Menschen nicht einzumischen, sondern sie so gut wie möglich zu fördern. Diese Burschen, vor denen ich allen Respekt habe, erörterten mehr als einmal die Furcht meiner Tante und gelangten dabei zu dunklen, aber vielleicht denkwürdigen Schlüssen. Wie es in solchen Fällen zu geschehen pflegt, war meine Tante von diesen Geheimbesprechungen am wenigsten unterrichtet, aber seit der Zeit war die Ehrerbietung der Familie noch größer. Jahrelang haben wir Tante auf ihren schwankenden Expeditionen von der Wohnstube zum Flur, vom Schlafzimmer ins Badezimmer, von der Küche zum Wandschrank begleitet. Nie dünkte es uns unstatthaft, daß sie auf der Seite schlief, an geraden Tagen auf der rechten, an den ungeraden Tagen auf der linken Seite, und sich die ganze Nacht auch nicht einmal bewegte. Auf den Stühlen im Eßzimmer und im Hof nahm Tante kerzengerade Platz; um nichts in der Welt hätte sie in die Bequemlichkeit eines Schaukelstuhls oder eines Armsessels gewilligt. Die Nacht, als der Sputnik kam, warf sich die Familie im Hof auf den Boden, um den Satelliten zu beobachten. Tante aber blieb sitzen und hatte am folgenden Tag einen grausam steifen Hals. Nach und nach ließen wir uns überzeugen, und heute haben wir uns damit abgefunden. Dabei helfen uns meine leiblichen Vettern, die auf die Frage mit verständnisvollen Blicken anspielen und Dinge sagen wie: »Sie hat recht«. Aber weshalb? Wir wissen es nicht, und sie wollen es uns nicht erklären. Mir zum Beispiel scheint es sehr bequem, auf dem Rücken zu liegen. Der ganze Körper ruht auf der Matratze oder den Hofplatten, man fühlt die Fersen, Waden, Muskeln, die Hinterbacken, die Lenden, Schulterblätter, Arme und den Nacken, die sich das Gewicht des Körpers teilen und es sozusagen auf dem Boden ausbreiten, es so gut und so natürlich jener Oberfläche nähern, die uns gierig anzieht, als wollte sie uns verschlingen. Es ist sonderbar, daß mir die Rükkenlage als die natürlichste Stellung gilt, und zuweilen vermute ich, daß meine Tante deshalb davor Angst hat. Ich finde sie vortrefflich und glaube, daß sie im Grunde am bequemsten ist. Gut gesagt: im Grunde, eben fest im Grunde, auf dem Rücken. Es macht mir sogar ein wenig Angst, etwas, das ich nicht zu deuten vermag. Wie gern wäre ich wie sie und kann es ja nicht.

Tigerherberge

Lange bevor wir unsern Einfall verwirklichten, wußten wir, daß die Beherbergung von Tigern ein doppeltes Problem aufwarf; das eine war seelischer, das andere sittlicher Natur. Das erste Problem bezog sich nicht so sehr auf die Beherbergung als auf den Tiger selbst, insofern diese Großkatzen sich nicht gern beherbergen lassen und alle ihre Energien, die gewaltig sind, aufbieten, um dagegen Widerstand zu leisten. Genügte es unter solchen Umständen, der Idiosynkrasie besagter Lebewesen die Stirn zu bieten? Aber die Frage brachte uns auf die sittliche Ebene, wo jede Handlung Ursache oder Wirkung dafür sein kann, im Glanz oder schmählich dazustehen. Des Nachts meditierten wir in unserem Häuschen in der Humboldtstraße vor Bergen von Milchreis, die wir mit Zimt und Zucker zu bestreuen vergaßen. Wir waren wahrhaftig nicht sicher, ob wir einen Tiger beherbergen konnten, und das schmerzte uns.

Zu guter Letzt wurde beschlossen, einen unter unser Dach aufzunehmen, nur um den Ablauf des Mechanismus in seiner ganzen Komplexität verfolgen und später die Ergebnisse auswerten zu können. Ich will hier nicht davon reden, wie wir des ersten Tigers habhaft wurden: es war eine subtile und beschwerliche Arbeit, Rennerei auf Konsulate und in Drogerien, eine nicht abreißende Kette von Fahrkarten, Luftpostbriefen und Wörterbuchlektüre. Eines Nachts kamen meine Vettern über und über mit Jod bepinselt: das bedeutete den Erfolg. Wir tranken so viel Nebiolo, daß meine jüngste Schwester schließlich den Tisch mit der Harke abräumte. Dazumal waren wir noch jünger.

Nun, da das Experiment die bekannten Resultate gezeitigt hat, kann ich Einzelheiten der Beherbergung mitteilen. Am schwierigsten ist wahrscheinlich all das, was mit der Umgebung zu tun hat, da man ein Zimmer mit einem Minimum an Möbeln benötigt, und das findet man in der Humboldtstraße selten. In der Mitte bringt man die Vorrichtung an: zwei Bretter über Kreuz, eine Garnitur geschmeidiger Gerten und einige Krüge Milch und Wasser. Die Beherbergung eines Tigers ist nicht gar so schwierig, obgleich es geschehen kann, daß das Unternehmen fehlschlägt und man es wiederholen muß; die wahre Schwierigkeit beginnt in dem Augenblick, da der schon wohnhafte Tiger die Freiheit wiedererlangt und sich – auf vielerlei mögliche Art und Weise – dafür entscheidet, sich ihrer zu bedienen. In diesem Stadium, das ich Zwischenstadium nennen will, sind die Reaktionen meiner Familie von grundlegender Bedeutung; alles hängt davon ab, wie sich meine Schwestern aufführen, alles hängt von der Geschicklichkeit meines Vaters ab, mit der er den Tiger wieder einbringt, indem er mit ihm aufs Geratewohl wie ein Töpfer mit seinem Ton umgeht. Der geringste Fehlgriff wäre die Katastrophe, die Sicherungen durchgebrannt, die Milch auf dem Boden, das Schrecknis einiger phosphoreszierender Augen, die das Dunkel durchbohren, die lauen Fontänen bei jedem Tatzenhieb; ich sträube mich, es mir auch nur vorzustellen, zumal wir den Tiger bis jetzt ohne gefährliche Folgen beherbergt haben. Sowohl die Vorrichtung wie die verschiedenen Funktionen, die wir alle erfüllen müssen, vom Tiger bis zu meinen Vettern zweiten Grades, scheinen wirksam und äußern sich harmonisch. Für uns ist die bloße Tatsache, den Tiger zu beherbergen, ohne Bedeutung, wichtig ist, daß die Zeremonie bis zum Schluß nach Programm verläuft. Es ist notwendig, daß der Tiger in die Beherbergung einwilligt, es sei denn, daß seine Einwilligung oder seine Ablehnung der Bedeutung ermangeln. In Augenblicken, die kritisch zu nennen sich jemand versucht fühlen könnte – vielleicht wegen der zwei Bretter, vielleicht als bloßen Gemeinplatz –, fühlt die Familie sich von grenzenloser Begeisterung gepackt; meine Mutter verbirgt die Tränen nicht, und meine leiblichen Vettern verschränken und lösen wie im Krampf die Finger. Den Tiger zu beherbergen, hat etwas von einer totalen Begegnung, von Alienation angesichts eines Absoluten; das Gleichgewicht hängt von so wenig ab, und wir zahlen dafür einen so hohen Preis, daß die kurzen Augenblicke, die der Herberge folgen und über ihre Vollendung entscheiden, uns wie aus uns selbst reißen, uns mit der Tigerheit und der Menschheit in einer einzigen unbewegten Bewegung randvoll füllen, die Taumel, Pause und Erfüllung ist. Es gibt nicht Tiger, nicht Familie, nicht Obdach. Niemand vermag zu wissen, was es gibt: ein Zittern, das nicht von diesem Fleische ist, eine Herzzeit, eine Kontaktsäule. Und danach gehen wir alle in den überdachten Hof und unsere Tanten tragen die Suppe auf, wie wenn etwas sänge, wie wenn wir bei einer Taufe wären.

Über den Umgang mit Leichen

Wir gehen nicht des Anis wegen, noch weil man gehen muß. Man wird es sich schon denken: wir gehen, weil wir die abgefeimten Masken der Heuchelei nicht ertragen können. Meine älteste Base zweiten Grades pflegt sich jedesmal zu vergewissern, wie es um die Trauer bestellt ist; und weint man wahrhaftig, weil Weinen das einzige ist, was jenen Männern und Weibern zwischen dem Duft nach Narden und Kaffee bleibt, dann bleiben wir daheim und begleiten sie in Gedanken. Höchstens geht meine Mutter auf einen Sprung und kondoliert im Namen der Familie; es widerstrebt uns, unser fremdes Leben dreist in jenes Zwiegespräch mit dem Schatten zu drängen. Wenn aber die bedächtigen Nachforschungen meiner Base den Verdacht nähren, daß man in einem überdachten Hof oder in einem Zimmer die Dreifüße des Liebeshandels aufgestellt hat, dann legt die Familie ihre besten Kleider an, wartet, bis das Leichenbegängnis auf dem Höhepunkt ist, und geht und präsentiert sich kurz, aber unerbittlich.

In unserem Viertel geht es fast immer in einem Hofe mit Blumentöpfen und Radiomusik vor sich. Bei solchen Anlässen verstehen sich die Nachbarn sogar dazu, das Radio abzustellen, und es bleiben nur, in stetem Wechsel an den Wänden, Jasmine und Verwandte übrig. Wir kommen einzeln oder zu zweit, begrüßen die Hinterbliebenen, die man leicht erkennt, weil sie weinen, sobald sie jemanden eintreten sehen, und verneigen uns, von irgendeinem nahen Verwandten eskortiert, vor dem Verstorbenen. Ein bis zwei Stunden darauf befindet sich die ganze Familie in dem Sterbehause, aber obgleich uns die Nachbarn gut kennen, verhalten wir uns, als wäre jeder für sich gekommen, und reden kaum untereinander. Eine präzise Methode leitet unsere Handlungen, wählt die Gesprächspartner aus, mit denen man in der Küche, unter dem Orangenbaum, in den Schlafzimmern, im Korridor plaudert; und von Zeit zu Zeit geht man hinaus in den Hof oder auf die Straße, um zu rauchen, oder man macht die Runde um den Block und tauscht Meinungen über Politik und Sport aus. Es dauert gar nicht lange, und wir haben die Gefühle der engsten Anverwandten sondiert, die Gläschen Zuckerrohrschnaps, der süße Matetee und schlüpfrige Reden sind die Brücke zum Vertrauen; noch vor Mitternacht sind wir sicher, daß wir uns ohne Gewissensbisse ans Werk machen können. Im allgemeinen übernimmt meine jüngste Schwester den ersten Einsatz. Geschickt postiert sie sich zu Füßen des Sarges, verhüllt sich die Augen mit einem veilchenfarbenen Taschentuch und hebt an zu weinen, weint anfangs still vor sich hin, das Taschentuch in kaum glaublicher Weise mit Tränen benässend, schluckt dann und seufzt, und schließlich befällt sie ein schreckliches Schluchzen, das die Nachbarinnen nötigt, sie zu dem für diese Vorfälle gerüsteten Bett zu bringen, an Orangenblütenwasser riechen zu lassen und zu trösten, während andre Nachbarinnen sich der nahen Verwandten annehmen, die von dem Weinkrampf jäh ergriffen sind. Eine Zeitlang häufen sich die Leute an der Tür zur Totenkammer, Fragen und Auskünfte in leiser Stimme, Achselzucken seitens der Nachbarn. Just in dem Augenblick, wo die Verwandten in ihren Anstrengungen, die alle ihre Kräfte forderten, erschöpft nachlassen, setzen meine drei Basen zweiten Grades ein. Sie weinen kunstlos, klaglos, aber so erschütternd, daß Nachbarn und Verwandte es ihnen gleichzutun verlangen, weil sie begreifen, daß man unmöglich verschnaufen kann, während Fremde aus dem anderen Häuserblock sich derartig grämen, und abermals schließen sie sich der allgemeinen Wehklage an, abermals muß man in den Betten Platz schaffen, muß Matronen unehrbar entblößen, von Krämpfen geschüttelten Greisen den Gürtel lokkern. Meine Brüder und ich warten gewöhnlich auf diesen Moment, um in den Totenraum zu treten und uns neben den Sarg zu stellen. So seltsam es scheinen mag, sind wir wirklich von Gram erfüllt: nie können wir unsere Schwestern weinen hören, ohne daß uns grenzenloser Kummer die Brust beklemmt und die Erinnerung an Bilder aus der Kindheit weckt, an ein paar Felder nahe Villa Albertina, an eine Trambahn, die in Banfield quietschend um die Kurve der General-Rodríguez-Straße fuhr, an Dinge dieser Art und stets so traurig. Wir brauchen nur die gekreuzten Hände des Verewigten zu sehen, und schon übermannt uns ein Schluchzen, daß wir uns beschämt das Gesicht bedecken müssen: fünf Männer, die bei der Totenfeier ehrlich weinen, während die Verwandten verzweifelt alle Kräfte zusammennehmen, es uns gleichzutun, fühlen sie doch, daß sie – koste es was es wolle – beweisen müssen, daß die Totenfeier ihre Feier ist und nur sie das Recht haben, in jenem Hause derartig zu weinen. Aber sie sind schwach an Zahl und heucheln (das wissen wir von meiner ältesten Base zweiten Grades, und das gibt uns Kraft). Vergebens schlucken sie und fallen von einer Ohnmacht in die andere, umsonst stehen ihnen treue Nachbarn mit Trost und Rat bei, stützen und tragen sie, damit sie sich erholen und wieder in den Wettstreit stürzen können. Meine Eltern und mein ältester Onkel lösen uns jetzt ab. Es liegt etwas Respektgebietendes in dem Schmerz dieser alten Leute, die aus der Humboldtstraße gekommen sind, fünf Häuserblocks weit, von der Ecke an gerechnet, um dem Verblichenen die letzte Ehre zu erweisen. Die verständigsten Nachbarn verlieren allmählich an Boden, lassen die Verwandten fallen, gehen in die Küche, trinken Grappa und sagen ihre Meinung; von anderthalb Stunden ununterbrochenen Schluchzens erschöpft, sinken einige Verwandte röchelnd in Schlaf. Wir wechseln uns planmäßig ab, ohne daß jedoch der Eindruck entsteht, als sei es vorher abgesprochen; vor sechs Uhr früh sind wir die unbestrittenen Herren der Leichenfeier; die Mehrzahl der Nachbarn ist nach Hause und schlafen gegangen, die Verwandten liegen kreuz und quer, eine einzige Geschwulst; im Hofe dämmert der Morgen. Um diese Stunde bereiten meine Tanten in der Küche einen herzhaften Imbiß, wir trinken kochendheißen Kaffee, schauen uns strahlend an, wenn wir uns auf dem Korridor oder in den Schlafkammern über den Weg laufen; wie die Ameisen eilen wir hin und her, reiben im Vorbeigehen die Fühler aneinander. Wenn der Leichenwagen kommt, sind die Maßnahmen getroffen. Meine Schwestern schleppen die Verwandten an, sich von dem Verstorbenen zu verabschieden, ehe der Sarg geschlossen wird, stützen und trösten sie, während meine Basen und Brüder sich Schritt für Schritt nach vorn schieben, bis sie jene beiseite gedrängt, das letzte Lebewohl abgekürzt haben und allein bei dem Toten bleiben. Ergeben, verstört lassen die Verwandten, die vage begreifen, aber keiner Regung mächtig sind, alles mit sich geschehen, sie trinken, gleichgültig, was man ihren Lippen nähert, und protestieren hin und wieder zaghaft gegen die innige Fürsorge meiner Basen und Schwestern. Wenn es Zeit ist, uns auf den Weg zu machen, und das Haus von Verwandten und Freunden wimmelt, bestimmt eine unsichtbare, aber reibungslose Organisation jede Bewegung, der Beerdigungsunternehmer befolgt die Anordnungen meines Vaters, der Abtransport des Sarges geht nach den Weisungen meines ältesten Onkels vonstatten. Bisweilen erdreisten sich jene Verwandten, die in letzter Minute gekommen sind, und verlangen laut ihr Recht; die Nachbarn aber, die längst überzeugt sind, das alles ist, wie es sein muß, betrachten sie empört und heißen sie schweigen. In dem Trauerwagen installieren sich meine Eltern und Onkel, meine Brüder steigen in den zweiten, und meine Basen lassen sich, in große schwarze und maulbeerfarbene Tücher gehüllt, im dritten Wagen nieder und sind so gnädig, einen der Verwandten mitzunehmen. Der Rest steigt ein, wo er kann, und es gibt Verwandte, die ein Taxi rufen müssen. Und wenn der eine und der andere, von Morgenluft und langem Anmarsch durchgefroren, in der Nekropolis zurückzuerobern sucht, was er an Boden verlor, ist seine Enttäuschung bitter. Kaum kommt der Sarg in die Aufbahrungshalle, umringen meine Brüder den von der Familie oder Freunden des Verblichenen bestimmten Redner, den man leicht an seiner würdevollen Miene und dem Röllchen erkennt, das ihm die Jackentasche bauscht. Sie drücken ihm die Hände, nässen seine Rockaufschläge mit ihren Tränen, klopfen ihm mit einem weichen Tapiokamehl-Laut auf die Schulter, und der Redner kann nicht verhindern, daß mein jüngster Onkel die Tribüne erklimmt und die Ansprachen mit einer Rede eröffnet, die stets ein Muster an Wahrhaftigkeit und Takt ist. Sie dauert drei Minuten, nimmt ausschließlich auf den Verstorbenen Bezug, zählt seine Tugenden auf und nennt seine Fehler beim Namen, ohne je die Menschlichkeit aus seinen Worten zu verbannen; er ist zutiefst bewegt, so daß er manchmal abbrechen muß. Kaum ist er abgetreten, besetzt mein ältester Bruder die Tribüne und übernimmt die Lobrede im Namen der Nachbarschaft, während der dazu bestimmte Nachbar sich zwischen meinen Basen und Schwestern durchzuzwängen versucht, die weinend an seinen Rockschößen hängen. Eine stumme, aber gebieterische Gebärde meines Vaters bringt Leben in das Personal des Beerdigungsunternehmens; ganz sanft macht sich der Katafalk davon, und die offiziellen Redner bleiben am Fuße der Tribüne zurück, sehen sich an und zerknüllen ihre Reden zwischen ihren feuchten Händen. In der Regel ersparen wir uns, den Toten bis zur Gruft oder ans Grab zu geleiten, sondern machen auf halbem Wege kehrt, gehen alle gemeinsam fort und äußern uns zu dem Verlauf der Trauerfeier. Von ferne sehen wir, wie die Verwandten verzweifelt laufen, um einen der Stricke vom Sarg zu erwischen, und mit den Nachbarn raufen, die sich inzwischen der Stricke bemächtigt haben und sie lieber selbst tragen als den Verwandten überlassen wollen.

Plastisches Material

Büroarbeiten

Meine brave Sekretärin gehört zu denen, die ihren Beruf wörtlich nehmen, und man weiß schon, was das bedeutet: sie schlägt sich zum Feinde, sucht fremde Reviere heim, taucht alle fünf Finger ins Milchglas, um ein lächerliches Härchen herauszufischen.

Meine brave Sekretärin befaßt sich oder möchte sich mit allem befassen, was in meinem Büro vorfällt. Unser Tageslauf ist ein herzlicher Kleinkrieg um Befugnisse, lächelnd legen wir Minen und Gegenminen, machen Vorstöße und vollziehen Rückzüge, arretieren uns gegenseitig und kaufen uns wieder los. Aber sie hat für alles Zeit, sucht nicht allein sich des Büros zu bemächtigen, sondern ihre Pflichten peinlich genau zu erfüllen. Die Wörter zum Beispiel, es vergeht kein Tag, an dem sie sie nicht aufpoliert, stutzt, ins rechte Schubfach stellt und sie für ihre täglichen Verpflichtungen putzt und herrichtet. Wenn mir ein entbehrliches Adjektiv über die Lippen kommt – denn alle Adjektive entstehen außerhalb der Sphäre meiner Sekretärin und in gewissem Sinne auch meiner eigenen –, gleich ist sie mit einem Bleistift bei der Hand, schnappt es und macht ihm den Garaus, ohne ihm Zeit zu lassen, mit dem übrigen Satz zu verwachsen und aus Versehen oder Gewohnheit zu überleben. Wenn ich sie gewähren ließe, wenn ich sie in ebendiesem Augenblick gewähren ließe, würde sie – fuchsteufelswild – diese Blätter in den Papierkorb werfen. Sie ist so fest entschlossen, daß ich ein geordnetes Leben führen soll, daß sie bei der geringsten unvorhergesehenen Bewegung in die Höhe fährt, ganz Ohr, gereckter Schwanz, zitternd wie ein Draht im Winde. Ich muß mich verstellen und unter dem Vorwand, daß ich einen amtlichen Bericht abfasse, ein paar Blättchen rosafarbenen oder grünen Papiers mit den Wörtern füllen, die mir Spaß machen, Wörter mit ihren Spielen und Sprüngen und ihren wütenden Querelen. Meine brave Sekretärin besorgt unterdessen das Büro, dem Anschein nach zerstreut, dabei aber sprungbereit. Mitten in einem Verse, der so froh zur Welt kam, der Arme, höre ich sie ihr gräßliches Zensurgeschrei erheben, und daraufhin jagt mein Stift über die verbotenen Wörter, streicht sie hastig aus, ordnet die Unordnung, fixiert, säubert und setzt Glanzlichter, und was bleibt, ist vermutlich sehr gut, aber diese Traurigkeit, dieser Geschmack nach Verrat auf der Zunge, diese Miene: ganz Chef mit seiner, braven, Sekretärin.

Wunderbare Beschäftigungen

Wie wunderbar ist die Beschäftigung, einer Spinne ein Bein auszureißen, es in einen Umschlag zu tun, ›Herrn Außenminister‹ zu schreiben, die Anschrift dazu, die Treppe hinabzuspringen, den Brief im Postamt an der Ecke aufzugeben.

Wie wunderbar ist die Beschäftigung, über den Boulevard Arago zu flanieren und die Bäume zu zählen, wobei man an jedem fünften Kastanienbaum einen Augenblick auf einem Bein stehenbleibt und wartet, daß jemand aufschaut, um dann einen kurzen trockenen Schrei auszustoßen und sich zu drehen wie ein Kreisel, die Arme weit von sich gestreckt, gleich dem Cakuy-Vogel, der im Norden Argentiniens auf den Bäumen hockt und klagt.

Wie wunderbar ist die Beschäftigung, ein Café zu betreten und um Zucker, abermals um Zucker, drei- oder viermal um Zucker zu bitten und nach und nach in der Mitte des Tisches einen Hügel zu bilden, während an der Theke und unter den weißen Schürzen der Zorn schwillt; dann spuckt man ganz sanft aber genau in die Mitte des Zuckerberges und verfolgt den Abstieg des kleinen Speichelgletschers, hört dazu das Geräusch zerbrechender Steine, das sich den zugeschnürten Kehlen von fünf Stammgästen und dem Wirt entringt, einem zu Zeiten ehrlichen Manne.

Wie wunderbar ist die Beschäftigung, den Omnibus zu nehmen, vor dem Ministerium auszusteigen, sich Eingang zu verschaffen, indem man mit frankierten Briefcouverts Schläge austeilt, den letzten Sekretär hinter sich zu lassen und bestimmt und ernst das große Spiegelkabinett gerade in dem Augenblick zu betreten, da ein blaubetuchter Amtsbote dem Minister einen Brief überreicht und man ihn den Umschlag mit einem Brieföffner von historischem Wert öffnen, zwei schlanke Finger hineinstekken, das Spinnenbein entnehmen, es unverwandt anstarren sieht; darauf ahmt man das Gesumm einer Fliege nach und sieht, wie der Minister erbleicht, das Bein wegwerfen möchte, aber nicht kann, denn das Bein hält ihn, und man kehrt ihm den Rücken und geht pfeifend hinaus, kündigt auf den Gängen den Rücktritt des Ministers an und weiß, daß am folgenden Tage die feindlichen Truppen eintreffen werden und alles zum Teufel gehen und es ein Donnerstag eines ungeraden Monats eines Schaltjahres sein wird.

Vietato introdurre biciclette

In den Banken und Handelshäusern dieser Welt schert sich kein Mensch auch nur im geringsten darum, ob jemand mit einem Kohlkopf unterm Arm oder einem Tukan eintritt oder ob ihm die Lieder, die ihn seine Mutter lehrte, nur so von den Lippen perlen oder ob einer einen Schimpansen im gestreiften Trikot an der Hand führt. Aber kaum tritt ein Mensch mit einem Fahrrad ein, erhebt sich ein wilder Aufruhr, und das Vehikel wird gewaltsam auf die Straße verwiesen, während sein Besitzer von den Angestellten des Hauses heftige Vorhaltungen einstecken muß.

Für ein Fahrrad – gelehriges Wesen von bescheidenem Betragen – stellt die Existenz von Schildern, die ihm hochmütig vor den schönen Glastüren der Stadt Halt gebieten, eine Demütigung und Verunglimpfung dar. Man weiß, daß die Fahrräder mit allen Mitteln versucht haben, ihre traurige soziale Stellung zu verbessern. Aber in allen Ländern der Erde ist ausnahmslos das *Betreten mit Fahrrädern verboten.* Einige setzen hinzu: ›und Hunden‹ und bestärken damit Fahrräder und Hunde in ihrem Minderwertigkeitskomplex. Eine Katze, ein Kaninchen, eine Schildkröte kann im Prinzip bei Rothschild & Co. oder in die Büros der Staranwälte eintreten, ohne mehr als Überraschung, großes Entzücken bei ängstlichen Telefonistinnen zu erregen; höchstens beordert man den Portier, obengenannte Tiere auf die Straße zu setzen. Letzteres kann geschehen, ist aber nicht demütigend, weil es erstens nur eine unter vielen Wahrscheinlichkeiten darstellt und ferner, weil es als Wirkung einer Ursache und nicht aus kalter prästabilierter Machination erfolgt, schauderhaft in Druckbuchstaben auf Emaille- oder Bronzeplatten, Tafeln ehernen Gesetzes, die der schlichten Spontaneität der Fahrräder, dieser unschuldigen Geschöpfe, den Garaus machen.

Auf jeden Fall, seid auf der Hut, Geschäftsführer! Auch die Rosen sind harmlos und sanft, aber ihr wißt vielleicht, daß in einem Kriege zweier Rosen Prinzen starben, die wie schwarze Strahlen waren, geblendet von Rosenblüten aus Blut. Es sollte nicht dahin kommen, daß die Fahrräder eines Tages von Dornen starrend erscheinen, daß ihre Lenkstangen wachsen und aufsässig werden, daß sie, eine wutgepanzerte Legion, wider die Scheiben der Versicherungsgesellschaften anrennen und der Schwarze Freitag mit einem allgemeinen Börsenkrach endet, mit vierundzwanzigstündiger Trauer, postalisch entbotenem Beileid.

Das Betragen der Spiegel auf der Osterinsel

Wenn man einen Spiegel im Westen der Osterinsel aufstellt, geht er nach. Stellt man einen Spiegel im Osten der Osterinsel auf, geht er vor. Mit Hilfe gewissenhafter Messungen kann man den Punkt ausmachen, wo der Spiegel auf die Stunde genau steht, aber der für jenen Spiegel zutreffende Punkt ist keine Garantie für andere Spiegel, denn sie kranken an verschiedenem Material und reagieren ganz nach Belieben. So sah der Anthropologe und Stipendiat der Guggenheim-Foundation Salomon Lemos sich selbst an Typhus gestorben, als er in seinen Rasierspiegel schaute, all dies im Osten der Insel. Zur gleichen Zeit spiegelte ein kleiner Spiegel, den er im Westen der Insel vergessen hatte (er war zwischen die Steine gefallen), unbeachtet Salomon Lemos wider, wie er in kurzen Hosen zur Schule geht, dann, wie er als Nackedei in der Badewanne sitzt und von Papa und Mama mit Begeisterung eingeseift wird, danach, wie er auf einem Landsitz in der Gegend von Trenque Lauquen zur Rührung seiner Tante Remeditos Eia sagt.

Möglichkeiten der Abstraktion

Ich arbeite seit Jahren bei der Unesco und anderen internationalen Behörden. Trotzdem habe ich mir einen Sinn für Humor und insbesondere eine beachtliche Abstraktionsfähigkeit bewahrt. Wenn mir nämlich ein Typ nicht gefällt, kostet es mich nur den Entschluß, und schon ist er von der Landkarte radiert, und während er redet und redet, bin ich längst in Melville, und der Ärmste glaubt, ich höre ihm zu. Auf die gleiche Art und Weise kann ich, wenn mir ein Mädchen gefällt, sein Kleid abstrahieren, so wie es mir unter die Augen getreten ist, und während es mir sagt, wie kalt es diesen Morgen ist, bewundere ich minutenlang seinen allerliebsten Nabel. Zuweilen ist meine Fertigkeit beinah gesundheitsschädlich.

Vergangenen Montag waren es die Ohren. Kurz vor Dienstbeginn war die Zahl der Ohren, die sich in der Eingangshalle drängten, ganz außerordentlich. In meinem Büro traf ich sechs Ohren an; mittags in der Kantine gab es weit über fünfhundert, in Doppelreihen symmetrisch angeordnet. Es war unterhaltsam zu beobachten, wie sich dann und wann zwei Ohren erhoben, aus der Reihe traten und sich entfernten. Sie erinnerten an Flügel.

Am Dienstag wählte ich etwas, das, wie ich vermeinte, weniger häufig war; die Armbanduhren. Ich täuschte mich, denn zu Mittag konnte ich rund zweihundert Uhren sehen, die über den Tischen vor und zurückflogen, eine Bewegung, die besonders an die Weise denken ließ, in der man ein Beefsteak zerschneidet. Am Mittwoch gab ich (mit einigem Widerstreben) etwas Wesentlicherem den Vorzug und erkor die Knöpfe. Welch ein Schauspiel! Die Luft der Eingangshalle war von Fischschwärmen mit trüben Augen erfüllt, die sich waagerecht fortbewegten, während an den Seiten jedes kleinen horizontalen Geschwaders zwei, drei oder vier Knöpfe wie ein Pendel auf und nieder schwebten. Im Fahrstuhl konnte buchstäblich kein Knopf mehr zu Boden fallen: hunderte von Knöpfen, die sich in dem schrecklichen kristallförmigen Würfel nicht oder so gut wie nicht bewegten. Ich sehe noch (es war Nachmittag) ein Fenster gegen den blauen Himmel vor mir. Acht rote Knöpfe zeichneten eine feine Vertikale, und hie und da bewegten sich ein paar kleine perlmuttfarbene und heimliche Scheiben. Jene Frau mußte sehr schön sein.

Der Mittwoch war Aschermittwoch. An diesem Tage schienen mir die Verdauungsvorgänge eine treffliche Illustration jenes Umstands. Ich sah daher um halb zehn angewidert der Ankunft von hunderten von Magensäcken zu, prallvoll mit einem gräulichen Brei, der ein Mischmasch aus Kornflakes, Milchkaffee und Hörnchen darstellte. In der Kantine sah ich, wie eine Apfelsine sich in zahllose Schnitzel zerteilte, die in einem bestimmten Augenblick ihre Form verloren und der Reihe nach herabsanken, bis sie in gewisser Höhe einen weißlichen Niederschlag bildeten. In diesem Zustand durchlief die Apfelsine den Gang, stieg vier Stockwerke tiefer und kam, nachdem sie ein Büro betreten hatte, an einem Punkt zum Stillstand, der zwischen den beiden Armen eines Sessels gelegen war. Etwas weiter weg sah man einen Viertelliter starken Tees in ähnlicher Ruhestellung. Nebenbei (meine Abstraktionsfähigkeit pflegt sich willkürlich zu äußern) konnte ich die drollige Beobachtung machen, wie ein Mundvoll Rauch eine senkrechte Säule bildete, sich in zwei durchsichtige Luftblasen aufteilte, abermals die Röhre emporstieg und sich danach mit einer anmutigen Spirale in barocker Manier verflüchtigte. Später (ich saß in einem anderen Büro) fand ich einen Vorwand, um die Apfelsine, den Tee und den Rauch noch einmal zu besichtigen. Aber der Rauch war verschwunden, und an Stelle der Apfelsine und des Tees gab es zwei widerwärtige gewundene Schläuche. Selbst die Abstraktion hat ihre unangenehme Seite; ich grüßte die beiden Schläuche und kehrte in mein Büro zurück. Meine Sekretärin weinte; sie hatte gerade meinen Entlassungsbescheid gelesen. Um mich darüber hinwegzutrösten, beschloß ich, sie von ihren Tränen zu abstrahieren, und eine Weile ergötzte ich mich an jenen kristallklaren Miniaturbrunnen, die in der Luft entstanden und sich auf den Aktendeckeln, dem Löschpapier und dem Amtsblatt niederschlugen. Von derlei Schönheiten ist das Leben voll.

Tageblattes Tageslauf

Ein Herr steigt in die Straßenbahn, nachdem er sich die Tageszeitung gekauft und unter den Arm geklemmt hat. Eine halbe Stunde später steigt er mit derselben Zeitung unter demselben Arm aus.

Aber es ist nicht mehr dieselbe Zeitung, jetzt ist es ein Packen bedruckter Blätter, den der Herr auf einer Bank am Marktplatz liegenläßt.

Kaum bleibt der Packen bedruckter Blätter allein auf der Bank, verwandelt er sich abermals in eine Zeitung, bis ein Junge sie erblickt, liest und, in einen Packen bedruckter Blätter verwandelt, liegenläßt.

Kaum bleibt der Packen bedruckter Blätter auf der Bank, verwandelt er sich abermals in eine Zeitung, bis eine Greisin sie findet, liest und in einen Packen bedruckter Blätter verwandelt. Darauf macht sie sich mit ihm auf den Heimweg und verwendet ihn unterwegs, um ein halbes Kilo Mangold darin einzuwickeln, denn dazu dienen Zeitungen nach diesen erregenden Metamorphosen.

Kleine Geschichte die veranschaulichen soll wie ungesichert die Stabilität ist in der wir zu existieren glauben oder dich möcht ich sehen wenn die Gesetze Ausnahmen, Zufälle oder Unwahrscheinlichkeiten gestatten könnten

Vertraulicher Bericht CVN/475 a/W
des Sekretärs der OCLUSIOM
an den Sekretär der VERPERTUIT

... furchtbares Durcheinander. Alles ging vortrefflich und nie gab es Schwierigkeiten mit den Satzungen. Jetzt entschließt man sich plötzlich, das Exekutivkomitee zu einer Sondersitzung zusammenzurufen, und die Schwierigkeiten nehmen ihren Anfang. Sie werden schon sehen, was für unerwartete Klemmen da auftreten. Vollkommene Bestürzung in den Reihen der Mitglieder. Ungewißheit hinsichtlich der Zukunft. Das Komitee ist nämlich zusammengetreten und schreitet zur Wahl der neuen Vorstandsmitglieder, die an die Stelle der sechs ehemaligen Mitglieder treten sollen, welche unter tragischen Umständen ums Leben kamen, als der Hubschrauber, in dem sie übers Land flogen, ins Wasser stürzte und die Schwester im Kreiskrankenhaus ihnen allen irrtümlich Sulfonamidspritzen in einer Dosis verabreichte, die für den menschlichen Organismus unverträglich ist. Das Komitee, das sich aus dem einzigen überlebenden ordentlichen Mitglied (eine Erkältung hatte ihn an dem Unglückstage ans Haus gefesselt) und sechs stellvertretenden Mitgliedern zusammensetzt, ist also versammelt und schreitet zur Abstimmung über die Kandidaten, die von den verschiedenen Mitgliedsstaaten der OCLUSIOM vorgeschlagen werden. Einstimmig wird Herr Felix Voll gewählt (Beifall). Einstimmig wird Herr Felix Romero gewählt (Beifall). Man nimmt erneut eine Abstimmung vor, und die Wahl fällt einstimmig auf Herrn Felix Lupescu (Verwirrung). Der stellvertretende Vorsitzende ergreift das Wort und macht eine scherzhafte Bemerkung über die gleichen glücklichen Vornamen. Der Delegierte von Griechenland bittet ums Wort und erklärt, daß er, wiewohl es ihm leicht aberwitzig erscheine, von seiner Regierung den Auftrag habe, als Kandidaten Herrn Felix Paparemologos vorzuschlagen. Man stimmt ab, und er wird mit Stimmenmehrheit gewählt. Bei der folgenden Abstimmung geht der Kandidat für Pakistan, Herr Felix Abib, als Sieger hervor. Ob dieses Tatbestands herrscht im Komitee große Bestürzung, und rasch vollzieht man die letzte Abstimmung, bei der der Kandidat für Argentinien gewählt wird: Herr Felix Camusso. Unter dem merklich verdrossenen Beifall der Anwesenden heißt der amtierende Doyen des Komitees die sechs neuen Mitglieder willkommen und bezeichnet sie herzlich als Namensvettern (allgemeines Erstaunen). Die Zusammensetzung des Komitees wird verlesen. Es besteht aus: dem Vorsitzenden und ältesten Mitglied sowie Überlebenden des Unglücks, Herrn Felix Smith; den Mitgliedern Herrn Felix Voll, Felix Romero, Felix Lupescu, Felix Paparemogolos, Felix Abib und Felix Camusso.

Nun denn, die Folgen dieser Wahl sind für die OCLUSIOM mehr und mehr kompromittierend. Die Abendzeitungen bringen die Zusammensetzung des Exekutivkomitees und schreiben daszu launige und impertinente Kommentare. Der Innenminister telefonierte heute morgen mit dem Generaldirektor. Da dem nichts Besseres einfiel, hat er eine Pressemeldung vorbereiten lassen, welche den Lebenslauf der neuen Mitglieder des Komitees enthält, die samt und sonders Kapazitäten in Fragen der Wirtschaft sind.

Am nächsten Donnerstag soll das Komitee seine erste Sitzung abhalten, aber man munkelt, daß die Herren Felix Camusso, Felix Voll und Felix Lupescu in den späten Stunden des heutigen Nachmittags ihren Rücktritt einreichen werden. Herr Camusso hat für den Wortlaut seines Rücktritts um Weisungen gebeten; tatsächlich besitzt er gar kein stichhaltiges Motiv, um sich aus dem Komitee zurückzuziehen. Gleich den Herren Voll und Lupescu leitete ihn lediglich der Wunsch, das Komitee möge sich aus Personen zusammensetzen, die nicht auf den Vornamen Felix hören. Vermutlich werden sie gesundheitliche Gründe vorbringen und ihre Rücktrittserklärungen vom Generaldirektor angenommen werden.

Ende der Welt am Ende

Da der Schreibenden kein Ende ist, werden die wenigen Leser, die es auf Erden gab, den Beruf wechseln und ebenfalls schreiben. Mit den Jahren werden die Länder mehr und mehr aus Federfuchsern und Papier- und Tintenfabriken bestehen, der Tag gehört den Schreibern und die Nacht den Maschinen, die der Schreibenden Arbeit drucken. Zuerst werden die Privatbibliotheken überquellen, dann beschließen die Stadtverwaltungen (so weit sind wir schon), Kinderspielplätze zu opfern, um die Bibliotheken zu erweitern. Danach weichen die Theater, die Entbindungskliniken, die Schlachthöfe, die Kantinen, die Krankenhäuser. Die Armen verwenden die Bücher als Ziegel, bestreichen sie mit Mörtel und ziehen Wände aus Büchern auf und hausen in Hütten aus Büchern. Danach überschreiten die Bücher die Grenzen der Städte und befallen die Feldmark, stampfen das Korn und die Sonnenblumenfelder platt; zwischen zwei sehr hohen Wänden von Büchern bleibt den Straßen, wenn der Weg nicht überhaupt blockiert ist, kaum eine schmale Fahrbahn. Zuweilen gibt eine Wand nach und verursacht katastrophale Verkehrsunfälle. Die Schreibenden aber schreiben noch und noch, denn die Menschheit respektiert Berufungen, und die Druckwerke erreichen schon die Gestade des Meers. Der Präsident der Republik telefoniert mit den Präsidenten der Republiken und macht den vernünftigen Vorschlag, den Überschuß an Büchern ins Meer zu schütten; also geschieht es gleichzeitig an allen Küsten der Erde. So sehen die sibirischen Schreiberlinge, wie man ihre Druckwerke ins Eismeer stürzt, und die indonesischen Schreiberlinge – und so weiter und so fort. Das erlaubt den Schriftstellern, ihre Produktion zu erhöhen, denn auf dem Lande gibt es wieder Raum, um ihre Bücher einzulagern. Sie bedenken nicht, daß das Meer einen Boden hat und daß sich auf dem Grunde des Meeres die Druckerzeugnisse zu stapeln beginnen, erst in Form von klebriger Masse, sodann in Form von zusammenhängender Masse und endlich als ein widerstandsfähiges, wenngleich zähflüssiges Stockwerk, das Tag für Tag um ein paar Meter steigt und schließlich an die Oberfläche kommen wird. Dann fallen viele Wasser in viele Länder ein, eine neue Verteilung von Kontinenten und Ozeanen vollzieht sich, und Präsidenten verschiedener Republiken werden von Seen und Halbinseln abgelöst, dem Ehrgeinz der Präsidenten anderer Republiken eröffnen sich unermeßliche Landstriche und so weiter. Das Meerwasser, das sich notgedrungen so gewaltig ausgebreitet hatte, verdunstet mehr als zuvor oder mischt sich friedlich mit den Druckwerken und erzeugt den Klebstoff, derart, daß die Kapitäne der Schiffe auf den großen Wasserstraßen eines Tages wahrnehmen, daß die Schiffe nur noch langsam vorankommen, von dreißig auf zwanzig, auf fünfzehn Knoten heruntergehen und ihre Motoren hecheln und die Schiffsschrauben sich verformen. Am Ende gehen alle Schiffe auf den Leim und kommen an verschiedenen Punkten des Meeres zum Stillstand, und die Schreibenden der ganzen Welt schreiben tausend und abertausend Druckschriften, in denen sie, von großer Fröhlichkeit erfüllt, das Naturereignis erklären. Die Präsidenten und Kapitäne beschließen, die Schiffe in Inseln und Kasinos umzuwandeln, das Publikum geht zu Fuß über die Pappmeere und bevölkert die Inseln und Kasinos; die klimatisierte Umgebung verschönern eigene Schauorchester, zu deren Klange man bis in die frühen Morgenstunden tanzt. Neue Druckerzeugnisse türmen sich an den Gestaden des Meeres, aber es ist unmöglich, sie unter den pappigen Brei zu mengen; und so wachsen Mauern von Drucksachen, und Gebirge entstehen an den Gestaden der alten Meere. Die Schreibenden begreifen, daß die Papierfabriken und Tintenfirmen Bankrott machen werden, und schreiben, auch die unscheinbarsten Winkel jedes Papiers ausnützend, mit immer kleineren Buchstaben. Wenn die Tinte zur Neige geht, schreiben sie mit Bleistift weiter; ist das Papier zu Ende, schreiben sie auf Tafeln und Fliesen weiter und so weiter. Es bürgert sich der Brauch ein, einen Text in einen anderen Text einzuschalten, um die Zwischenräume der Zeilen auszunützen, oder man tilgt mit Rasierklingen die Drucklettern, um das Papier erneut zu verwenden. Die Schreibenden schreiben langsam, aber ihre Zahl ist so gewaltig, daß die Druckerzeugnisse die Länder schon völlig vom ehemaligen Meeresbett trennen. Auf dem Lande lebt in mißlicher Lage die zum Aussterben verurteilte Rasse der Schreibenden, im Meere aber liegen die Inseln und Kasinos oder auch die Ozeandampfer, auf die sich die Präsidenten der Republiken geflüchtet haben und wo man große Feste feiert und Botschaften wechselt: von Insel zu Insel, von Präsident zu Präsident und von Kapitän zu Kapitän.

Kopflosigkeit

Ein Herr wurde um einen Kopf kürzer gemacht, aber da hernach ein Streik ausbrach und man ihn nicht bestatten konnte, mußte dieser Herr ohne Kopf weiterleben und sich wohl oder übel damit abfinden.

Sogleich bemerkte er, daß vier der fünf Sinne mit dem Kopf dahin waren. Bloß mit dem Tastsinn begabt, aber voll guten Willens setzte sich der Herr auf eine Bank am Lavalle-Platz, befingerte ein Baumblatt nach dem anderen und versuchte sie auseinanderzuhalten und auf ihren Namen zu kommen. Auf diese Weise konnte er nach mehreren Tagen sicher sein, daß er auf seinen Knien ein Eukalyptusblatt, das Blatt einer Platane, ein Blatt der dunklen Magnolie und ein grünes Steinchen versammelt hatte.

Als der Herr gewahr wurde, daß der letzte Gegenstand ein grüner Stein war, saß er ein paar Tage sehr verdutzt da. Das mit dem Stein war richtig und möglich, aber grün? Zur Probe stellte er sich vor, daß der Stein rot wäre, und im gleichen Augenblick fühlte er so etwas wie tiefen Widerwillen, Abscheu gegen jene soeben begangene Lüge eines absolut falschen roten Steins, während der Stein vollkommen grün war und wie eine Scheibe geformt und sich sehr weich anfühlte.

Als er sich bewußt wurde, daß der Stein überdies weich war, bemächtigte sich des Herrn für geraume Zeit großes Befremden. Danach entschloß er sich, fröhlich zu sein, was stets vorzuziehen ist, da man daraus ersah, daß er ähnlich gewissen Insekten, die ihre abgetrennten Glieder regenerieren, fähig war, unterschiedlich zu fühlen. Die Tatsache gab ihm Leben, er verließ seine Bank am Platze und ging die Freiheitsstraße bis zur Maiallee hinunter, wo es bekanntlich aus den spanischen Restaurants nur so nach Bratfischen riecht. Vertraut mit dieser Einzelheit, die ihm einen weiteren Sinn zurückgab, wandte sich der Herr aufs Geratewohl gen Osten oder Westen – dessen war er nicht so sicher –, wanderte und wanderte und hoffte, jeden Moment etwas zu hören, war dieser Sinn doch der einzige, der ihm noch fehlte. Tatsächlich sah er einen Himmel fahl wie vor Tagesanbruch, berührte er seine eigenen Hände mit feuchten Fingern und Nägeln, die sich in die Haut gruben, roch wie nach Schweiß, und im Munde hatte er den Geschmack nach Eisen und Kognak. Bloß der Gehörsinn fehlte ihm; mit einemmal aber hörte er, und es war wie eine Erinnerung, denn was er hörte, waren abermals die Worte des Kaplans im Kerker, Worte des Trostes und der Hoffnung, die an sich sehr schön waren, nur leider etwas abgestanden, abgedroschen, ausgeleiert von dem ewigen Sermon.

Skizze eines Traums

Jählings fühlt er großes Verlangen, seinen Onkel zu sehen, und er windet sich eilends durch krumme und steile Gäßchen, die miteinander zu eifern scheinen, ihn von dem alten Stammsitz zu entfernen. Nach langer Wanderschaft (es ist aber, wie wenn seine Schuhe an den Boden gepicht wären) sieht er das Portal und hört von ungefähr einen Hund bellen – falls es ein Hund ist. In dem Augenblick, da er die vier ausgetretenen Stufen emporsteigt und die Hand nach dem Klopfer ausstreckt, der gleichfalls eine Hand ist, welche eine Bronzekugel preßt, bewegen sich die Finger des Klopfers, erst der kleine Finger und nach und nach alle anderen, die unaufhaltsam den Bronzeball springen lassen. Die Kugel fällt, als wäre sie aus Federn, prallt lautlos auf der Schwelle auf und springt ihm bis an die Brust, aber jetzt ist es eine feiste schwarze Spinne. Er schüttelt sie mit einer verzweifelten Handbewegung ab, und im gleichen Augenblick öffnet sich die Pforte: vor ihm steht der Onkel, lächelnd, wie wenn er lang vorher schon hinter der geschlossenen Tür gewartet hätte. Sie wechseln ein paar Sätze, die wie abgesprochen wirken, ein geschmeidiges Schachspiel. »Jetzt muß ich erwidern...« »Jetzt wird er sagen...« Und genau so geschieht alles. Schon befinden sie sich in einem strahlend erleuchteten Zimmer, der Onkel zieht in Silberpapier gewickelte Zigarren hervor und bietet ihm eine an. Lange Zeit sucht er nach Zündhölzern, aber im ganzen Hause gibt es weder Zündhölzer noch überhaupt Feuer; sie können die Zigarren nicht anzünden, der Onkel scheint sehnlichst zu wünschen, daß der Besuch ein Ende nimmt, und schließlich gibt es eine verwirrte Verabschiedung in einem schmalen Gang voller halbgeöffneter Kisten, in dem man sich kaum bewegen kann.

Beim Verlassen des Hauses weiß er, daß er nicht hinter sich blicken darf, *weil*... Er weiß nicht mehr als das, aber das weiß er, und entfernt sich rasch, die Augen auf den Boden der Straße geheftet. Nach und nach wird ihm leichter zumute. Als er nach Hause kommt, ist er so erschöpft, daß er sogleich zu Bett geht, beinah ohne sich zu entkleiden. Darauf träumt er, daß er im TIGER sitzt und mit seinem Schatz den ganzen Tag rudert und im Ausflugslokal NEUER STIER Knackwürste ißt.

Wie gehts, López?

Ein Herr trifft einen Freund und begrüßt ihn, indem er ihm die Hand gibt und den Kopf ein wenig neigt.

Auf diese Weise glaubt er ihn zu begrüßen, aber der Gruß ist längst erfunden, und dieser gute Herr tut weiter nichts, als daß er in einen fertigen Gruß schlüpft.

Es regnet. Ein Herr flüchtet sich unter eine Arkade. So gut wie nie wissen diese Herren, daß sie schließlich auf einer Rutschbahn ausgleiten werden, die besteht, seit es Regen und Arkaden gibt. Eine feuchte Rutschbahn aus welken Blättern.

Und die Gebärden der Liebe, jenes holde Museum, jene Galerie von Figuren aus Rauch. Deine Eitelkeit mag sich trösten: die Hand des Antonius suchte, was deine Hand sucht, und jene so wenig wie deine Hand suchten, was nicht schon seit Ewigkeit gefunden worden wäre. Aber die unsichtbaren Dinge bedürfen der Fleischwerdung, die Ideen fallen zu Boden wie tote Tauben.

Das wahrhaft Neue erzeugt Furcht oder Staunen. Diese beiden, dem Magen gleich nahen Empfindungen begleiten stets die Gegenwart des Prometheus; der Rest ist Bequemlichkeit, das, was immer mehr oder weniger gut davonkommt; die aktiven Verben enthalten das vollständige Register.

Hamlet zaudert nicht: er sucht die authentische Lösung und nicht die Haustüren oder die bereits gebahnten Wege – je mehr Abkürzungen und Kreuzwege sie anbieten. Er liebt die Tangente, die das Mysterium entzweit, das fünfte Blatt des Klees. Zwischen Ja und Nein: eine Windrose ohne Grenzen. Die Prinzen Dänemarks, jene Falken, die lieber Hungers sterben, ehe sie Aas essen.

Ein gutes Zeichen, wenn die Schuhe drücken. Etwas wandelt sich hier, etwas, das uns ausweist, uns geräuschlos versetzt, uns in Frage stellt. Darum sind die Mißgeburten so beliebt, darum auch geraten die Tageszeitungen über die zweiköpfigen Drillinge in Verzückung. Was für eine günstige Gelegenheit, was für eine Andeutung eines großen Sprungs über den eigenen Schatten!

Da kommt López.

– Wie gehts, López?

– Na, wie gehts selber?

Und auf diese Weise glauben sie dann, sie grüßen sich.

Erdkunde

Da nachweislich die Ameisen die wahren Herrinnen der Schöpfung sind (der Leser kann es für Hypothese oder einen schnakischen Einfall nehmen; ein bißchen Anthropofugismus wird ihm auf alle Fälle guttun), hier eine Seite aus ihrer Erdbeschreibung:

(S. 84 des Buches; in Klammern die mutmaßlichen Entsprechungen bestimmter Ausdrücke nach der klassischen Interpretation von Gastón Loeb.)

»... parallele Meere (Flüsse?). Das grenzenlose Wasser (ein Meer?) wächst in bestimmten Augenblicken wie ein EfeuEfeuEfeu (Vorstellung einer sehr hohen Wand, die die Flut ausdrücken soll?). Wenn man gehtgehtgehtgeht (auf die Entfernung angewandter Analogiebegriff), gelangt man zu dem Großen Grünen Schatten (ein Saatfeld, ein Gehölz, ein Wald?), in dem der Große Gott für seine Besten Arbeiterinnen die immerwährende Kornkammer schuf. In dieser Gegend wimmelt es von den Schrecklichen Ungeheuren Wesen (Menschen?), die unsere Pfade zertreten. Auf der anderen Seite des Großen Grünen Schattens beginnt der Harte Himmel (ein Gebirge?). Und alles ist unser, aber nicht ungefährdet.«

Diese Geographie haben Dick Fry und Niels Peterson jr. zum Gegenstand einer anderen Interpretation gemacht. Danach trifft unser Abschnitt topographisch auf ein Gärtchen in der Lapridastraße 628 in Buenos Aires zu. Die parallelen Meere sind zwei kleine Abflußrinnen; das grenzenlose Meer ist ein Entenpfuhl, der Große Grüne Schatten ein Beet Kopfsalat. Die Schrecklichen Ungeheuren Wesen sollen Enten oder Hühner andeuten, obgleich die Möglichkeit nicht ausgeschlossen werden darf, daß es sich wirklich um Menschen handelt. Um den Harten Himmel ist bereits eine Polemik entbrannt, die nicht so bald enden wird. Der Meinung von Fry und Peterson, die darin eine Trennwand aus Backsteinen sehen, widerspricht die Auffassung von Wilhelm Sofovich, der an ein zwischen dem Kopfsalat herrenlos herumstehendes Bidet denkt.

Fortschritt und Rückschritt

Man erfand ein fliegendurchlässiges Glas. Die Fliege kam, stieß mit dem Kopf ein wenig dagegen und hopp – schon war sie auf der anderen Seite. Wie sich da die Fliege freute.

All das verdarb ein ungarischer Gelehrter, als er entdeckte, daß die Fliege auf Grund von ich weiß nicht was für einem Pfiff in der Flexibilität der Fibern dieses Glases, das sehr faserig war, wohl hinein, aber nicht wieder hinaus konnte oder umgekehrt. Sogleich erfand man den gläsernen Fliegenfänger mit einem Stück Zucker darin, und viele Fliegen starben eines verzweifelten Todes. So schwand jede Möglichkeit, mit diesen Tierchen, die eines besseren Schicksals würdig sind, gut Freund zu werden.

Wahre Begebenheit

Einem Herrn fällt die Brille zu Boden. Das Geräusch, mit dem sie auf die Fliesen schlägt, ist fürchterlich. Der Herr bückt sich ganz bekümmert, denn die Gläser sind teuer, aber verdutzt entdeckt er, daß sie wie durch ein Wunder nicht entzwei sind.

Jetzt fühlt dieser Herr tiefe Dankbarkeit, und er begreift, daß diese Begebenheit ein freundlicher Wink ist. Also begibt er sich zu einem Optiker und ersteht sogleich ein Lederfutteral mit doppeltem Schutzpolster, um gegen alle Tücken gefeit zu sein. Eine Stunde darauf fällt ihm das Futteral herunter, und als er sich ganz gelassen bückt, entdeckt er, daß die Brille in abertausend Stücke zersprungen ist. Dieser Herr braucht eine Weile, ehe er begreift, daß die Fügungen der Vorsehung unerforschlich sind und das Wunder in Wirklichkeit erst jetzt geschehen ist.

Geschichte mit einem molligen Bären

Sieh doch jenen kugeligen Koaltar, der sich reckt und streckt und durch den Fensterrahmen zweier Bäume wächst. Jenseits der Bäume gibt es eine Lichtung, und ebendort entwirft der Koaltar sinnend, wie er Kugelgestalt annimmt, die Form Kugel und Tatzen, die Form Koaltar Fell Tatzen, die danach laut Wörterbuch BÄR.

Jetzt erscheint auf der Bildfläche feucht und mollig der Koaltar kugelrund, schüttelt unzählige runde Ameisen ab und wirft sie in jede Fußtapfe, die sich Schritt für Schritt harmonisch reiht. Das heißt, der Koaltar projiziert eine Bärentatze auf die Tannennadeln, zweiteilt die ebene Erde und hinterläßt beim Gehen den Abdruck eines ausgefransten Pantoffels und einen runden kribbligen Ameisenhaufen, der gut nach Koaltar riecht. So gründet die Tatzenfellgestalt zu beiden Seiten des Weges symmetrische Imperien, schüttelt sich feucht und geht und legt ein Gebäude für runde Ameisen an.

Endlich kommt die Sonne heraus, und der mollige Bär hebt ein bewandertes und knäbisches Antlitz zum Honiggong hinan, nach dem ihn vergebens gelüstet. Der Koaltar beginnt angestrengt zu wittern, mit der Tageszeit wächst die Kugel, Fell und Tatzen bloß Koaltar, Felltatzenkoaltar, der leise eine Bitte brummt und auf Antwort lauert, auf die tiefe Resonanz des Gongs hoch oben, den Honig des Himmels auf seiner Rüsselzunge, in seiner Tatzenfellfreude.

Vorwurf für einen Wandteppich

Der General hat nur achtzig Mann und der Feind deren fünftausend. In seinem Zelte flucht und weint der General. Danach schreibt er einen flammenden Aufruf, den Brieftauben über dem feindlichen Lager abwerfen. Zweihundert Infanteristen gehen zum General über. Es folgt ein Scharmützel, das der General leicht gewinnt, und zwei Regimenter schlagen sich auf seine Seite. Drei Tage darauf hat der Feind nur achtzig Mann und der General deren fünftausend. Darauf schreibt der General einen anderen Aufruf, und neunundsiebzig Leute laufen ihm ins Lager.

Ein einziger Gegner bleibt übrig, umzingelt vom Heere des Generals, der stillschweigend abwartet. Die Nacht vergeht, und der Gegner ist nicht zu ihm übergelaufen. Der General flucht und weint in seinem Zelte. Bei Morgengrauen zieht der Gegner langsam den Degen aus der Scheide und rückt gegen das Zelt des Generals vor. Er tritt ein und sieht ihn an. Das Heer des Generals ergreift das Hasenpanier. Die Sonne geht auf.

Eigenschaften eines Sessels

Im Hause Hyazinth gibt es einen Sterbesessel.

Wenn die Leute alt werden, lädt man sie eines Tages ein, sich in den Sessel zu setzen, der ein Sessel wie jeder andere ist, aber mit einem silberfarbenen Sternchen in der Mitte der Rücklehne. Die eingeladene Person seufzt, bewegt ein wenig die Hände, wie wenn sie die Einladung von sich weisen wollte, und danach setzt sie sich in den Sessel und stirbt.

Ist die Mutter fort, erlauben sich die Kinder, mutwillig wie sie sind, mit Besuchern den Spaß und laden sie ein, sich in den Sessel zu setzen. Da die Besucher eingeweiht sind, aber wissen, daß darüber nicht gesprochen werden darf, schauen sie die Kinder in großer Verwirrung an und entschuldigen sich mit Worten, die man nie gebraucht, wenn man sonst mit Kindern redet. Das ergötzt die natürlich über die Maßen. Am Ende schützen die Besucher irgendeine Ausrede vor, um sich nicht zu setzen, aber später erfährt die Mutter, was vorgefallen ist, und zur Schlafenszeit setzt es eine schreckliche Tracht Prügel. Das schreckt die Kinder aber nicht ab. Weiterhin führen sie von Zeit zu Zeit einen arglosen Besuch hinters Licht und lassen ihn im Sessel Platz nehmen. In solchen Fällen machen die Eltern kein Aufhebens, da sie fürchten, die Nachbarn könnten von den Eigenschaften des Sessels Witterung erhalten und ihn sich ausleihen kommen, um die eine und andere Person aus ihrer Familie oder dem Freundeskreis in den Sessel zu nötigen. Unterdessen wachsen die Kinder heran, und eines Tages haben sie an dem Sessel und den Besuchern jedes Interesse verloren. Vielmehr vermeiden sie es, den Raum zu betreten, machen lieber einen Umweg über den Hof, und die Eltern, die bereits sehr alt sind, schließen die Tür jenes Raumes ab und betrachten aufmerksam die Kinder, als wollten sie in deren Gedanken lesen. Die Kinder weichen diesen Blicken aus und sagen, es sei an der Zeit, zu essen oder zu schlafen. Des Morgens erhebt sich der Vater als erster und sieht regelmäßig nach, ob die Tür des Zimmers auch verschlossen ist und nicht etwa eins der Kinder die Tür geöffnet hat, damit man des Sessels vom Eßzimmer aus ansichtig wird, denn das silberne Sternchen blitzt sogar im Dunkeln und ist von jedem Platz im Eßzimmer vollkommen zu sehen.

Gelehrter mit Gedächtnislücke

Hervorragender Gelehrter, Römische Geschichte in dreiundzwanzig Bänden, sicherer Nobelpreiskandidat, Freudentaumel in seinem Vaterland. Jähe Bestürzung: Unersättliche Leseratte schleudert grobes Pamphlet, Auslassung Caracallas anprangernd. Vergleichsweise unerheblich, aber immerhin Unterlassungssünde. Betroffene Bewunderer schlagen nach Pax Romana welch einen Künstler verliert die Welt Varus gib mir meine Legionen wieder Mann aller Weiber und Weib aller Männer (hüte dich vor den Iden des März) Geld stinkt nicht in diesem Zeichen wirst du siegen. Unwiderlegliche Abwesenheit Caracallas, Bestürzung, Telefon abgeschaltet, Gelehrter kann König Gustav von Schweden nicht empfangen aber jener König denkt auch nicht daran, ihn anzurufen, vielmehr einen anderen, der vergeblich die Nummer wählt und wählt und flucht in einer toten Sprache.

Entwurf für ein Gedicht

Zum Beispiel das Rom der Faustina, der Wind spitze die Bleistifte des sitzenden Schreibers oder hinter hundertjährigen Schlinggewächsen erscheine geschrieben eines Morgens dieser überzeugende Satz: Es gibt keine hundertjährigen Schlingpflanzen, die Botanik ist eine Wissenschaft, zum Teufel mit den Erfindern gewollter Bilder. Und Marat in seiner Badewanne.

Auch sehe ich die Verfolgung eines Heimchens auf einem Kredenzteller aus Silber, mit der Dame Delia, die sanft eine Hand ähnlich einem Substantiv nähert, und als sie das Heimchen greifen will, ist es im Salz (darauf gingen sie trockenen Fußes hinüber und Pharao verfluchte sie am Ufer) oder springt in den feinen Mechanismus, der aus der Weizenblüte die dörre Hand des Toastbrots zieht. Dame Delia, Dame Delia, laß jenes Heimchen über Teller wie Strände laufen. Eines Tages wird es sich schrecklich rächen und singen, daß die Pendeluhren sich in ihren stehenden Särgen erhängen werden oder die junge Weißwäscherin ein lebendes Monogramm zur Welt bringen wird, das durch das Haus läuft und seine Initialen unablässig wie ein Trommelschläger wiederholt. Dame Delia, die Gäste werden ungeduldig, weil es kalt ist. Und Marat in seiner Badewanne.

Buenos Aires schließlich an einem Tage geil und zitternd wie Gespinst, die Lumpen hängen an der Sonne, und sämtliche Radios des Viertels schmettern zur gleichen Zeit die Notierung des freien Marktes für Sonnenblumen. Für eine übernatürliche Sonnenblume zahlte man in Liniers achtundachtzig Pesos, und die Sonnenblume gab vor dem Reporter von Esso schandbare Erklärungen ab, teils vor Erschöpfung nach der Zählung ihrer Kerne, zum Teil auch, weil ihr ferneres Schicksal auf dem Kaufschein nicht vermerkt war. Gegen Abend wird es auf dem Maiplatz eine Sammlung lebendiger Kräfte geben. Die Kräfte werden durch verschiedene Straßen gehen, bis sie sich zu einer Pyramide ausrichten, und man wird sehen, daß sie dank eines von der Stadtverwaltung installierten Reflexsystems leben. Niemand zweifelt daran, daß die Kundgebung mit Glanz und Gloria ablaufen wird; wie sich denken läßt, hat das eine ungemeine Erwartung geweckt. Man hat Balkone verkauft; der Herr Kardinal, die Tauben, die politischen Gefangenen, die Straßenbahner, die Uhrmacher, die Schmiergelder, die fetten Weiber werden dabei sein. Und Marat in seiner Badewanne.

Kamel unerwünscht erklärt

Sämtlichen Anträgen auf Einreiseerlaubnis wird stattgegeben, aber Guk, seines Zeichens Kamel, wider Erwartung für unerwünscht erklärt. Guk eilt aufs Polizeipräsidium, wo man ihm sagt: nichts zu machen, ab in deine Oase, unerwünscht, weitere

Gesuche zwecklos. Trauer Guks, Guks Rückkehr zu den Gefilden der Kindheit. Und alle Kamele der Familie und die Freunde umringen Guk und Was ist los mit dir und Hat der Mensch Töne, Warum denn ausgerechnet du. Alsbaldige Delegation zum Verkehrsministerium, für Guk ein gutes Wort einzulegen, Empörung unter den Laufbahnbeamten: Das hat es ja noch nie gegeben, Sie kehren unverzüglich in die Oase zurück, ein Untersuchungsbericht wird angefertigt.

Guk in der Oase frißt Gras heute, Gras morgen. Alle Kamele haben die Grenze überschritten, Guk wartet noch immer. So vergeht der Sommer, der Herbst. Dann Guk wieder in der Stadt, ständig auf leerem Platze. Beliebter Schnappschuß der Touristen, Reportern Rede und Antwort stehend. Gewisses Ansehen Guks auf dem Platze. Darauf pochend sucht es sein Fortkommen, am Tor sieht alles anders aus: für unerwünscht erklärt. Guk läßt den Kopf hängen, sucht auf dem Platz die spärlichen Grashälmchen. Eines Tages ruft man es durch Lautsprecher, und es betritt glücklich das Präsidium. Dort wird es für unerwünscht erklärt. Guk kehrt zur Oase zurück und legt sich nieder. Es frißt ein wenig Gras und steckt darauf die Schnauze in den Sand. Es schließt langsam die Augen, während die Sonne untergeht. Aus seinen Nüstern steigt eine Wasserblase, die es um eine Sekunde überlebt.

Rede des Bären

Ich bin der Bär aus den Leitungsrohren im Haus, zu stiller Stunde klettere ich durch die Rohre, die Warmwasserrohre, die Heizungsrohre, die Luftschächte, gehe in den Rohren von Wohnung zu Wohnung und bin der Bär, der durch die Leitungsrohre geht.

Ich glaube, man hat mich gern, denn mein Fell hält die Leitungen sauber, unermüdlich laufe ich die Rohre ab und kenne kein größeres Vergnügen, als in den Rohren von Stockwerk zu Stockwerk zu rutschen. Bisweilen strecke ich eine Tatze zum Wasserhahn hinaus, und das Mädchen im dritten Stock schreit, sie habe sich verbrannt, oder ich brumme in Höhe des Ofens im zweiten Stock, und die Köchin Wilhelmine jammert, daß der Ofen so schlecht zieht. Des Nachts wandle ich schweigsam und besonders behende, stecke den Kopf aus dem Schornstein, schaue, ob der Mond am Himmel tanzt, und sause wie der Wind in die Kessel des Heizungskellers. Und zur Sommerszeit bade ich nachts in der sterngesprenkelten Zisterne, wasche mir das Gesicht erst mit der einen Tatze, dann mit der andern, dann mit allen beiden, und habe daran unbändige Freude.

Danach gleite ich mit frohem Gebrumm durch sämtliche Rohre im Haus, und die Ehepaare wälzen sich unruhig in ihren Betten und wettern, wie hellhörig die Leitungen angelegt sind. Einige machen Licht und schreiben auf ein Zettelchen, ja nicht zu vergessen, daß sie sich beschweren wollen, wenn sie den Hausmeister sehen. Ich suche den Wasserhahn, der in irgendeiner Wohnung regelmäßig offen bleibt, zwänge die Nase hindurch und betrachte das Dunkel der Räume, in denen jene Wesen leben, die nicht durch die Rohre gehen können, und ich fühle etwas wie Mitleid, wenn ich sie da so plump und groß liegen sehe, höre, wie sie schnarchen und im Schlafe reden und so allein sind. Am Morgen, wenn sie sich das Gesicht waschen, liebkose ich ihre Wangen, lecke ihnen die Nase und gehe in der leisen Gewißheit fort, etwas Gutes getan zu haben.

Porträt des Kasuars

Zuerst blickt der Kasuar einen mit mißtrauischem Hochmut an. Er beschränkt sich darauf, regungslos zu blicken, blickt auf eine so hartnäckige und anhaltende Art und Weise, daß es den Anschein hat, als ob er uns gerade erfinde, als ob er uns dank einer schrecklichen Anstrengung aus dem Nichts zöge, das die Welt der Kasuare ist, und uns vor sich stellte, in den unerklärlichen Akt, ihn zu betrachten.

Diese zwiefache Betrachtung, die womöglich nur eine und im Grunde vielleicht gar keine ist, gebiert den Kasuar und mich, unter vier Augen messen wir uns, lernen wir, uns zu verkennen. Ich weiß nicht, ob der Kasuar mich zurechtstutzt und seiner schlichten Welt einordnet; ich für meinen Teil kann ihn nur beschreiben, kann seiner Gegenwart nur ein Kapitel der Neigung und Abneigung widmen. Hauptsächlich der Abneigung, denn der Kasuar ist unsympathisch und abstoßend. Man stelle sich einen

Strauß mit einem hürnenen Teewärmer auf dem Kopfe vor, ein zwischen zwei Autos plattgedrücktes Fahrrad, das sich in sich selbst türmt, ein mißlungenes Abziehbild, auf dem ein schmutziges Violett und eine Art Knistern vorherrschen. Jetzt macht der Kasuar einen Schritt nach vorn und setzt eine trockenere Miene auf; das erinnert an ein von grenzenloser Pedanterie gerittenes Paar Brillengläser. Er lebt in Australien, der Kasuar; er ist feig und erschreckend zugleich; die Wächter betreten seinen Käfig in hohen Lederstiefeln und mit einem Flammenwerfer bewaffnet. Wenn der Kasuar aufhört, erschrocken um den Topf Kleie herumzulaufen, den man ihm hinstellt, und sich mit Kamelsprüngen auf den Wärter stürzt, bleibt nichts anderes übrig, als den Flammenwerfer zu bedienen. Dann sieht man dieses Bild: der Feuerstrom umlodert den Kasuar, und an allen Federn brennend macht er seine letzten Schritte, während er in ein gräßliches Gekreisch ausbricht. Aber sein Horn verbrennt nicht: die trockene schuppige Materie, die sein ganzer Stolz und Dünkel ist, beginnt in kalter Glut zu schmelzen, entbrennt in wundersamem Blau, in einem Scharlachrot, das einer geschundenen Faust ähnelt, und gerinnt am Ende zu dem durchsichtigsten Grün, zum Smaragde, dem Stein des Schattens und der Hoffnung. Der Kasuar zerfällt, eine rasche Aschenwolke, und der Wärter bemächtigt sich flink und begehrlich der soeben entstandenen Gemme. Diesen Augenblick nimmt der Zoodirektor stets wahr, ihn zu entlassen und wegen Tierquälerei zu verklagen.

Was sollen wir nach diesem doppelten Ungemach vom Kasuar noch weiter sagen?

Todesfall der Tropfen

Ich weiß nicht, sieh nur, schrecklich wie es regnet. Es regnet die ganze Zeit, draußen dicht und grau, auf den Balkon hier mit großen prallen harten Tropfen, die platsch machen und wie Ohrfeigen der Reihe nach aufklatschen, ekelhaft. Jetzt erscheint oben am Fensterrahmen ein Tröpfchen, das schaudert und schaudert gegen den Himmel, der es in tausend matten Lichtern bricht, taumelig schwillt es an, wird gleich fallen und fällt nicht, noch nicht. Es krallt sich mit sämtlichen Nägeln fest, will nicht fallen, und man sieht, wie es sich mit den Zähnen festbeißt, während sein Bäuchlein wächst, und schon ist das Tröpfchen ein fetter Tropf, der da aufgeblasen hängt, und im Nu plitsch ist er fort, platsch, zerstoben, ein Nichts, ein schleimiger Fleck auf dem Marmor.

Es gibt aber welche, die Selbstmord machen und gar nicht erst widerstehen, sie sprießen ohne Unterlaß am Fensterrahmen und stürzen sich von dort herab; fast vermeine ich zu sehen, wie sich ihre Beinchen in der Bewegung des Sprungs abstoßen, den Schrei zu hören, der sie wie ein Rausch überkommt in jenem Nichts aus Fall und Vernichtung. Traurige Tropfen, runde unschuldige Tropfen. Lebt wohl, Tropfen. Lebet wohl.

Geschichte ohne Moral

Ein Mann verkaufte Schreie und Wörter, und es lief gut, auch wenn er immer wieder Leute traf, die sich über die Preise aufhielten und Nachlaß verlangten. Der Mann entsprach fast immer ihren Wünschen und verkaufte daher viele Schreie von Straßenhändlern, einige Seufzer, die ihm Rentnerinnen abkauften, und Worte für Parolen, Werbesprüche, Schlagzeilen und Witze ohne Witz.

Endlich hielt der Mann die Stunde für gekommen und bat den kleinen Diktator des Landes um Audienz. Der sah aus wie alle Diktatoren und empfing ihn im Kreise seiner Generäle, Sekretäre und vieler Tassen Kaffee.

– Ich komme, um Ihnen Ihre letzten Worte zu verkaufen, sagte der Mann. Sie sind sehr wichtig, denn auf Anhieb werden Sie sie nie im Leben gut herausbringen, dabei wäre es angebracht, in der herben Todesstunde ein paar Worte zu sagen, um es der Nachwelt zu ermöglichen, Ihre historische Bedeutung zu ermessen.

– Übersetz, was er sagt, gebot der kleine Diktator seinem Dolmetscher.

– Er redet argentinisch, Exzellenz.

– Argentinisch? Und weshalb verstehe ich nichts?

– Sie haben sehr wohl verstanden, sagte der Mann. Ich wiederhole noch einmal, ich bin gekommen, Ihnen Ihre letzten Worte zu verkaufen.

Der kleine Diktator sprang, wie es unter solchen Umständen zu geschehen pflegt, auf die Beine und befahl, ein Zittern unterdrückend, den Mann zu verhaften und in eine der Sonderzellen zu sperren, die sich stets in jenem Regierungsmilieu finden.

– Es ist schade, sagte der Mann, während man Anstalten machte, ihn abzuführen. Wenn der Augenblick gekommen ist, werden Sie gewiß Ihre letzten Worte sagen wollen und müßten sie sogar sagen, wenn Sie sich Ihrer Nachwelt zu versichern wünschen. Was ich Ihnen verkaufen wollte, sind jene Worte, die Sie gern sagen würden, damit es keine Enttäuschung gibt. Da Sie auf den Handel aber nicht eingehen, jene Worte nicht im voraus lernen wollen, werden Sie natürlich die Worte, wenn der Augenblick kommt, da sie zum erstenmal laut werden möchten, nicht sagen können.

– Warum sollte ich sie nicht sagen können, wenn es die Worte sind, die ich sagen möchte, fragte der kleine Diktator und saß bereits vor der nächsten Tasse Kaffee.

– Weil die Furcht es nicht gestatten wird, sagte traurig der Mann. Sie werden einen Strick um den Hals haben, im Hemde stehen und vor Angst und Kälte zittern, mit den Zähnen klappern und kein Wort herausbringen. Henker und Henkersknechte, unter denen einige von diesen Herrschaften sein werden, warten aus Anstand ein paar Minuten; wenn sich Ihrem Munde aber bloß ein von Schluckauf und Bitten um Gnade (denn Gnade werden Sie allerdings mühelos aussprechen) unterbrochenes Ächzen entringt, so werden sie ungeduldig und Sie aufhängen.

Voller Entrüstung umringten die Sekretäre und insbesondere die Generäle den kleinen Diktator und baten ihn, den Mann auf der Stelle füsilieren zu lassen. Aber der kleine Diktator, der bleich wie der Tod war, stieß sie von sich und schloß sich mit dem Manne ein, um ihm seine Letzten Worte abzukaufen.

Unterdessen zettelten die durch die erlittene Behandlung schwer gekränkten Generäle und Sekretäre einen Putsch an und ergriffen am nächsten Morgen den kleinen Diktator, während er in seiner Lieblingslaube Trauben aß. Sie ließen ihn gar nicht erst auskauen, sondern streckten ihn, damit er seine letzten Worte nicht sagen könne, mit einem Schuß nieder. Danach begaben sie sich auf die Suche nach dem Mann, der aus dem Regierungsgebäude verschwunden war, und fanden ihn in kurzer Zeit, da er auf dem Markte umherging und an die Marktschreier Werbesprüche verkaufte. Sie steckten ihn in einen geschlossenen Wagen, brachten ihn auf die Festung und folterten ihn, damit er ihnen verrate, wie die Letzten Worte des kleinen Diktators hätten sein können. Da sie ihm das Geständnis nicht entreißen konnten, traktierten sie ihn mit Fußtritten zu Tode.

Auch in Zukunft schrien an der Ecke die Straßenhändler, die ihm Schreie abgekauft hatten, und einer jener Schreie diente später als Schlachtruf und Losung der Konterrevolution, die mit den Generälen und Sekretären Schluß machte. Einige dachten, ehe sie starben, verwirrt, daß die ganze Geschichte in Wirklichkeit eine törichte Kette von Verwirrungen gewesen war und daß die Wörter und Schreie Dinge waren, die man höchstens verkaufen, nicht aber kaufen konnte, obgleich es absurd scheint.

Und alle verfaulten nach und nach, der kleine Diktator, der Mann, die Generäle und die Sekretäre; die Schreie aber schollen von Zeit zu Zeit an der Ecke.

Die Handlinien

Von einem auf dem Tische liegenden Brief geht eine Linie aus, die läuft über die Tischplatte aus Fichtenholz und klettert an einem der Beine hinab. Man muß nur gut Obacht geben und man entdeckt, daß die Linie auf dem Parkettfußboden weitergeht, an der Mauer emporsteigt, in einen Kupferstich eintritt, der ein Gemälde Bouchers wiedergibt, den Rücken einer Frau nachzeichnet, die sich auf einem Diwan rekelt, und sich schließlich aus der Wohnung und über das Dach davonmacht und an dem Blitzableiter auf die Straße herabgleitet. Bei dem Verkehr ist es schwierig, ihr weiterhin zu folgen, aber wenn man die Augen offen hält, sieht man wohl, wie sie über das Rad in den Autobus steigt, der an der Ecke hält und zum Hafen fährt. Dort läuft sie den fleischfarbenen Nylonstrumpf eines wasserstoffblonden Fahrgastes hinunter, betritt das feindselige Zollgelände, schleicht und kriecht und schlängelt sich bis an den großen Kai und besteigt hier (aber man sieht sie nur schwer, nur die Ratten folgen ihr, um an Bord zu gelangen) das Schiff mit den singenden Turbinen, läuft über die Planken des Ersterklasse-Decks, springt mit knapper Not über die große Schiffsluke, und in einer Kabine, in der ein trauriger Mann Kognak trinkt und der Abfahrtssirene lauscht, klettert sie an der Hosennaht hoch und über die Strickweste, gleitet bis an den Ellbogen und flüchtet sich mit letzter Kraft in die rechte Hand, die eben Anstalten macht, sich um den Knauf einer Pistole zu schließen.

Geschichten der Cronopien und Famen

I *Erstes und noch ungewisses Lebenszeichen der Cronopien, Famen und Esperanzen. Mythische Phase*

Gebräuche der Famen

Es war einmal ein Fame, der tanzte vor einem Laden voller Cronopien und Esperanzen, tanzte *Tregua* und tanzte *Catala*. Am meisten aufgebracht waren die Esperanzen, denn sie wünschen beständig, daß die Famen nicht Tregua noch Catala, sondern *Espera* tanzen, das heißt den Tanz, den die Cronopien und Esperanzen kennen.

Die Famen stellen sich absichtlich vor die Läden und wieder tanzte unser Fame Tregua und tanzte Catala, um die Esperanzen zu ärgern. Eine der Esperanzen ließ ihren Flötenfisch – wie der Meerkönig haben die Esperanzen immer Flötenfische bei sich – zu Boden fallen und trat vor die Tür, den Famen zu verwünschen, indem sie zu ihm sagte:

– Fame, tanz vor diesem Laden nicht Tregua noch Catala.

Der Fame tanzte weiter und lachte.

Die Esperanze rief andere Esperanzen herbei, und die Cronopien bildeten einen Kreis, um zu sehen, wie es weiterging.

– Fame – sagten die Esperanzen. Tanz vor diesem Laden nicht Tregua noch Catala.

Aber der Fame tanzte und lachte, um den Esperanzen einen Tort anzutun.

Da stürzten sich die Esperanzen auf den Famen und richteten ihn böse zu. Neben einem Pfosten ließen sie ihn liegen, und der Fame wehklagte und lag da in seinem Blut und Herzeleid.

Wie es niemand sah, kamen die Cronopien, jene naßgrünen Dingerchen. Sie umringten den Famen und sagten mitleidig zu ihm:

– Cronopium Cronopium Cronopium.

Und der Fame begriff, und seine Einsamkeit war nicht mehr so bitter.

Der Tanz der Famen

Die Famen singen überall
die Famen singen und rühren sich

– CATALA TREGUA TREGUA ESPERA

Die Famen tanzen in der Stube
mit kleinen Laternen und Gardinen
tanzen und singen auf diese Weise

– CATALA TREGUA ESPERA TREGUA

Hüter der Ordnung, was laßt ihr laufen die Famen, welche zwanglos des Weges kommen singend und tanzend, die Famen,
singend catala tregua tregua,
tanzend tregua espera tregua,
wie könnt ihr?
Wären es noch die Cronopien (jene grünen, borstigen, feuchten Dingerchen),
die durch die Straßen ziehen, denen könnte man entkommen
mit einem Gruße: – Gutenacht auch Cronopien Cronopien.
Aber die Famen.

Freude des Cronopiums

Ein Cronopium und ein Fame begegnen einander beim Ausverkauf des Ladens *La Mondiale.*

– Tagchen, Cronopium Cronopium.

– Guten Abend, Fame. Tregua catala espera.

– Cronopium Cronopium?

– Cronopium Cronopium.

– Zwirnsfaden?

– Zwei, aber einen blau.

Der Fame behandelt das Cronopium mit aller Achtung. Nie wird es sprechen, ehe es nicht weiß, daß seine Worte am Platze sind, in ständiger Angst, daß die allzeit lauernden Esperanzen, jene leuchtenden Mikroben, sich in der Luft einschleichen und beim ersten unrechten Wort das redliche Herz des Cronopiums heimsuchen.

– Draußen regnets, sagt das Cronopium. Der ganze Himmel.

– Mach dir nichts draus, sagt der Fame. Wir werden in meinem Wagen fahren. Um die Zwirnsfäden zu schützen.

Und er schaut in die Luft, aber er sieht keine Esperanze und atmet befriedigt auf. Übrigens behagt es ihm, die rührende Freude des Cronopiums zu beobachten, das die beiden Fäden – einer davon blau – an seine Brust drückt und inbrünstig wartet, daß der Fame es einsteigen heißt.

Trauer des Cronopiums

Am Ausgang des Lunaparks gewahrt ein Cronopium,
daß seine Uhr nachgeht, daß seine Uhr nach, daß seine Uhr.
Trauer des Cronopiums angesichts einer Menge von Famen,
welche die Avenue Corrientes hinaufgeht um Elfuhrzwanzig
und es selbst, naßgrünes Ding, trippelt um Elfuhrfünzehn.
Betrachtung des Cronopiums: »Es ist spät, aber weniger spät für mich als für die Famen,
für die Famen ist es fünf Minuten später,
sie werden später heimkommen,
später sich schlafen legen.
Ich habe eine Uhr mit weniger Leben, mit weniger Heim und weniger Bettruhe,
ich bin ein vermaledeites und feuchtes Cronopium.«

Während es im RICHMOND DE FLORIDA Kaffee trinkt,
näßt das Cronopium eine Scheibe gerösteten Brotes mit seinen natürlichen Tränen.

II *Geschichten der Cronopien und Famen*

Reisen

Wenn die Famen auf Reisen gehen und in einer Stadt übernachten wollen, pflegen sie folgendes zu tun: Ein Fame geht ins Hotel und erkundet behutsam die Preise, die Güte der Bettücher und die Farbe der Teppiche. Der zweite verfügt sich aufs Polizeikommissariat und gibt die bewegliche und unbewegliche Habe der drei sowie den Inhalt ihrer Koffer zu Protokoll. Der dritte Fame geht zum Krankenhaus, schreibt die Listen der diensthabenden Ärzte ab und notiert sich ihre Spezialgebiete.

Sind diese Vorkehrungen getroffen, finden sich die Reisenden auf dem Marktplatz ein, teilen einander ihre Beobachtungen mit und betreten ein Café, um einen Aperitiv zu trinken. Zuvor aber fassen sie sich an den Händen und tanzen Ringelreihen. Dieser Tanz wird ›Famenfreude‹ genannt.

Wenn die Cronopien auf Reisen gehen, finden sie die Hotels besetzt, die Züge sind schon fort, es regnet lautstark, und die Taxis wollen sie nicht mitnehmen oder verlangen gesalzene Preise. Die Cronopien lassen sich davon nicht entmutigen, denn sie sind des festen Glaubens, daß solche Dinge jedermann erlebt, und zur Schlafenszeit sagen sie zueinander: »Die schöne Stadt, die wunderschöne Stadt.« Und träumen die ganze Nacht, daß in der Stadt große Feste gefeiert und sie dazu eingeladen werden. Anderntags stehen sie auf und sind von Herzen froh: auf diese Weise reisen die Cronopien.

Die häuslichen Esperanzen lassen Dinge und Menschen für sich reisen und sind wie die Statuen: wer sie sehen will, muß halt kommen, denn sie tun keinen Schritt.

Bewahrung der Erinnerungen

Um ihre Erinnerungen zu bewahren, pflegen die Famen sie folgendergestalt einzubalsamieren: Nachdem sie die Erinnerung haargenau festgehalten haben, hüllen sie sie von Kopf bis Fuß in ein schwarzes Laken, stellen sie aufrecht an die Wand im Zimmer und heften ihr ein Schildchen an, das besagt: ›Ausflug nach Trippstrill‹ oder ›Frank Sinatra‹.

Hingegen lassen die Cronopien, jene unordentlichen und lässigen Wesen, die Erinnerungen lose zwischen fröhlichen Juchzern im Hause herumliegen und bewegen sich in ihrer Mitte, kommt aber eine Erinnerung gelaufen, liebkosen sie sie und sagen zu ihr: »Daß du dir ja nicht weh tust« oder auch: »Gib auf die Stufen acht.« Daher sind der Famen Häuser immer aufgeräumt und still wie das Grab, während in denen der Cronopien die Türen schlagen und großer Radau herrscht. Die Nachbarn beklagen sich ständig über die Cronopien, und die Famen nicken dazu vielsagend mit dem Kopfe, gehen heim und sehen nach, ob die Schildchen alle sind, wo sie waren.

Uhren

Ein Fame hatte eine Wanduhr, und jede Woche zog er sie MIT GROSSER SORGFALT auf. Ein Cronopium kam des Weges, sah und mußte lachen, ging heim und erfand den Cynara-scolymus-Chronometer oder die Artischockenuhr – man kann und darf so oder so sagen.

Die Artischockenuhr dieses Cronopiums ist eine Artischocke von der großen Sorte, deren Stiel in ein Loch in der Wand gesteckt wird. Die unzähligen Blätter der Artischocke bezeichnen die gegenwärtige und alle weiteren Stunden, so daß unser Cronopium bloß ein Blatt abzureißen braucht und sogleich die Stunde weiß. Da er die Blätter von links nach rechts abreißt, geben sie stets die genaue Uhrzeit, und täglich beginnt das Cronopium eine neue Lage Blätter abzureißen. Wenn es an das Herz gelangt, läßt sich die Zeit nicht mehr messen, und an der zeitlosen violetten Rose des Inneren findet das Cronopium eine große Freude, ißt sie anschließend mit Öl, Essig und Salz und setzt die nächste Uhr ins Loch.

Das Mittagsmahl

Nach vielem Kopfzerbrechen brachte ein Cronopium endlich ein Lebensthermometer zuwege, einen Gegenstand halb Thermometer halb Topometer, halb Kartei und halb Lebenslauf.

Zum Beispiel empfing das Cronopium in seinem Heim einen Famen, eine Esperanze und einen Sprachlehrer. Mit Hilfe seiner Erfindung wies er nach, daß der Fame intravital, die Esperanze paravital und der Sprachlehrer intervital war. Sich selbst schätzte das Cronopium als leicht supervital ein, aber mehr der Dichtung wegen, als in Wahrheit.

Bei Tische genoß es unser Cronopium, seine Gäste reden zu hören, denn alle glaubten, sie bezögen sich auf denselben Gegenstand, aber dem war nicht so. Der Intervitale handhabte abstrakte Begriffe wie Geist und Bewußtsein, und die Paravitale hörte sie sich an, wie einer dem Regen lauscht – ein heikles Geschäft. Der Intravitale bat selbstverständlich alle Augenblicke um geriebenen Käse, und der Supervitale zerlegte das Huhn nach der Methode Stanley Fitzsimmons in zweiundvierzig Bewegungen. Nach Tisch verabschiedeten sich die Lebensgeister und gingen wieder ihrer Arbeit nach, auf dem Tisch aber blieben nur verstreute Knöchelchen des Todes.

Taschentücher

Ein Fame ist sehr reich und hat ein Dienstmädchen. Dieser Fame benutzt ein Taschentuch und wirft es in den Papierkorb. Er benutzt ein anderes und wirft es in den Papierkorb. Alle gebrauchten Taschentücher wirft er in den Papierkorb. Wenn sie alle sind, kauft er sich neue.

Das Dienstmädchen hebt die Taschentücher auf und bewahrt sie für sich. Da das Gebaren des Famen sie sehr erstaunt, kann sie sich eines Tages nicht beherrschen und fragt ihn, ob die Taschentücher wirklich weggeworfen werden sollen.

– Dummes Ding – sagt der Fame, *du hättest nicht fragen dürfen.* Von nun an wirst du meine Taschentücher waschen, und ich werde Geld sparen.

Handel und Wandel

Die Famen hatten eine Fabrik für Gartenschläuche aufgemacht und beschäftigten eine Menge Cronopien als Aufroller und im Lager. Kaum waren die Cronopien an ihrem Arbeitsplatz, war das eine Freude. Es gab grüne, rote, blaue, gelbe und violette Schläuche. Sie waren durchsichtig, und wenn man sie ausprobierte, sah man blasig das Wasser und zuweilen ein überraschtes Insekt hindurchlaufen. Die Cronopien stießen Freudenschreie aus und wollten Tregua tanzen und Catala tanzen, anstatt zu arbeiten. Die Famen wurden fuchsteufelswild und brachten sogleich die Artikel 21, 22 und 23 der Betriebsordnung in Anwendung. Daß uns so etwas nicht wieder vorkommt.

Da die Famen sehr arglos sind, warteten die Cronopien eine *günstige Gelegenheit* ab und luden viele viele Schläuche auf einen Lastwagen. Trafen sie ein kleines Mädchen, so schnitten sie ein Stück blauen Schlauch ab und verehrten es ihm zum Schlauchspringen. So sah man an jeder Ecke die allerschönsten blauen durchsichtigen Blasen steigen, und ein kleines Mädchen in der Mitte, das wie ein Eichhörnchen in seinem Käfig aussah. Die Eltern des kleinen Mädchens begehrten den Schlauch für sich, um damit den Garten zu sprengen, aber siehe da, die durchtriebenen Cronopien hatten die Schläuche in einer Weise durchlöchert, daß das Wasser darin zerstäubte und zu nichts diente. Am Ende wurden es die Eltern leid, und das kleine Mädchen ging wieder an die Ecke und hüpfte und hüpfte.

Mit den gelben Schläuchen schmückten die Cronopien verschiedene Denkmäler, und mit den grünen Schläuchen spannten sie mitten im Rosengarten Fallen nach afrikanischer Art, um zu sehen, wie die Esperanzen nach der Reihe hinfielen. Um die gefallen Esperanzen tanzten die Cronopien Tregua und tanzten Catala, und die Esperanzen schmälten sie und sagten:

– Grausame Cronopien Grausige. Grausame!

Die Cronopien, die den Esperanzen nichts Böses tun wollten, halfen ihnen auf die Beine und schenkten ihnen ellenweise roten Schlauch. So konnten die Esperanzen heimgehen und sich ihren Herzenswunsch erfüllen: die grünen Gärten mit roten Schläuchen zu sprengen.

Die Famen schlossen die Fabrik und gaben ein Bankett, das reich an Trauerreden und an Kellnern war, die den Fisch unter schweren Seufzern auftrugen. Und sie luden dazu kein Cronopium ein, und bloß Esperanzen, die nicht in die Rosenfalle gegangen waren, weil die andern ihre Stücke Schlauch behalten hatten, weshalb die Famen diesen Esperanzen grollten.

Philanthropie

Die Famen können zuweilen sehr großzügig sein, wie zum Beispiel jener Fame beweist, der eine arme Esperanze findet, die am Fuß einer Kokospalme liegt; er hilft ihr in sein Auto, fährt sie heim, beköstigt sie fürsorglich und bietet ihr aufmerksam Zerstreuung, bis die Esperanze wieder bei Kräften ist und abermals wagt, auf die Palme zu klettern. Nach dieser Handlung fühlt sich der Fame sehr wohl und ist auch wirklich ein Wohltäter, nur kommt es ihm nicht in den Sinn, daß die Esperanze binnen weniger Tage abermals von der Kokospalme fallen wird. Und während dann die Esperanze neuerdings am Fuß der Kokospalme liegt, fühlt sich dieser Fame in seinem Klub als Wohltäter und denkt daran, wie er der armen Esperanze half, als er sie fand: arme gefallene Esperanze.

Die Cronopien sind grundsätzlich nicht großzügig. An den erschütterndsten Dingen gehen sie vorüber, und sei es eine arme Esperanze, die am Bordstein sitzt und seufzt, weil sie ihren Schuh nicht zu binden versteht. Diese Cronopien bemerken die Esperanze noch nicht einmal, da sie mit den Augen gerade hingebungsvoll einem Kohlweißling folgen. Mit derartigen Wesen läßt sich die Wohltätigkeit nicht sachgerecht üben, deshalb sind in den Wohltätigkeitsvereinen stets die Famen die maßgebenden Persönlichkeiten, und die Bibliothekarin ist eine Esperanze. Kraft ihrer Ämter tun die Famen sehr viel für die Cronopien, die nie einen Finger rühren.

Der Gesang der Cronopien

Wenn die Cronopien ihre Lieblingslieder singen, begeistern sie sich dermaßen, daß sie häufig von Radfahrern oder Lastwagen angefahren werden, aus dem Fenster fallen und verlieren, was sie bei sich tragen, ja sogar das Zeitgefühl.

Wenn ein Cronopium singt, eilen die Esperanzen und die Famen herbei und hören ihm zu, obgleich sie für seinen Überschwang nicht viel Verständnis haben und sich im allgemeinen leicht schockiert zeigen. Inmitten der Umstehenden hebt das Cronopium seine Ärmchen, als wollte es die Sonne stützen, als wäre der Himmel ein Präsentierteller und die Sonne das Haupt Johannes des Täufers, derart, daß das Lied des Cronopiums Salome ist, nackt tanzend für die Famen und die Esperanzen, die mit offenem Munde dastehen und sich fragen, ob der Herr Pfarrer, ob die Schicklichkeit... Aber da sie im Grunde gutartig sind (die Famen sind gut und die Esperanzen dämlich), klatschen sie schließlich dem Cronopium Beifall, das ganz erschrocken zu sich kommt, um sich blickt und auch zu klatschen beginnt, das arme Kerlchen.

Geschichte

Ein klitzekleines Cronopium suchte den Haustürschlüssel auf dem Nachttisch, den Nachttisch im Schlafzimmer, das Schlafzimmer im Hause, das Haus auf der Straße. Hier hielt das Cronopium inne, da es, um auf die Straße zu gehen, den Hausschlüssel benötigte.

Nur ein Löffel voll

Ein Fame entdeckte, daß die Tugend eine runde und vielbeinige Mikrobe ist. Augenblicklich flößte er seiner Schwiegermutter einen großen Löffel Tugend ein. Die Folgen waren grauenhaft: diese Dame unterließ ihre bissigen Kommentare, gründete einen Klub zum Schutze verirrter Alpinisten und betrug sich in weniger als zwei Monaten so musterhaft, daß die Fehler ihrer Tochter, die bis dahin unbemerkt geblieben, zur großen Bestürzung und

Verwunderung des Famen in den Vordergrund traten. Es half nichts, er mußte seiner Frau einen Löffel voll Tugend geben, woraufhin sie ihn noch in der gleichen Nacht verließ, weil sie ihn grob, unbedeutend und überhaupt abweichend von den sittlichen Leitbildern fand, die ihr unaufhörlich vor Augen schwebten.

Der Fame dachte lang und breit nach, und am Ende nahm auch er einen Schluck Tugend. Aber er lebt fürderhin allein und traurig. Begegnet er auf der Straße seiner Schwiegermutter oder seiner Frau, grüßen sie sich aus respektvoller Entfernung. Sie getrauen sich noch nicht einmal, miteinander zu reden, so groß ist ihrer aller Vollendung und Furcht vor der Ansteckung.

Das Foto war verwackelt

Ein Cronopium will die Haustür öffnen, und als es die Hand in die Tasche steckt, um den Schlüssel zu angeln, angelt es eine Schachtel Zündhölzer, worauf sich unser Cronopium sehr grämt und zu denken anhebt, daß, wenn es anstelle des Schlüssels die Zündhölzer findet, es schrecklich wäre, sollte die Welt sich plötzlich verschoben haben, und, wenn die Zündhölzer sind, wo der Schlüssel sein sollte, es gut sein kann, daß es die Brieftasche voller Zündhölzer und die Zuckerdose voller Geld und das Klavier voller Zucker und das Telefonbuch voller Melodien und den Kleiderschrank voller Abonnenten und das Bett voller Kleider und die Blumentöpfe voller Bettlaken und die Straßenbahnen voller Rosen und die Fluren voller Straßenbahnen findet. Darüber grämt sich unser Cronopium schrecklich und schaut flugs in den Spiegel, aber da der Spiegel etwas verrückt ist, sieht es den Schirmständer im Korridor, und seine Ahnungen werden wahr, und es bricht in Schluchzen aus, fällt auf die Knie und faltet seine Händchen, es weiß selber nicht wozu. Seine Nachbarn, die Famen, eilen herbei, es zu trösten, und die Esperanzen auch, aber Stunden vergehen, ehe das Cronopium aus seiner Verzweiflung erwacht und eine Tasse Tee annimmt und trinkt, nachdem es sie lange besehen und geprüft hat, ob es auch ja eine Tasse Tee und kein Ameisenhaufen oder ein Buch von Samuel Smiles ist.

Eugenik

Häufig möchten die Cronopien keine Kinder haben, denn sobald ein Cronopium geboren ist, beleidigt es gröblich seinen Vater, in dem es dunkel das Häufchen Unglück gewahrt, das zu werden eines Tages auch ihm beschieden ist.

Aus diesen Gründen holen die Cronopien sich die Famen, damit sie ihre Weiber schwängern, wozu die Famen immer aufgelegt sind, weil es sich um Lüstlinge handelt. Obendrein glauben sie, auf diese Weise die sittliche Überlegenheit der Cronopien zu zerrütten, aber sie täuschen sich schmählich, denn die Cronopien erziehen ihre Kinder in ihrem Sinne und in wenigen Wochen haben sie ihnen jede Ähnlichkeit mit den Famen genommen.

Ihre Wissenschaftsgläubigkeit

Eine Esperanze glaubte an die physiognomischen Gattungen wie etwa die der Plattnasigen, die mit Fischkopf, die Windbeutel, die Griesgrame und die mit buschigen Augenbrauen, die Eierköpfe und die vom Typ Haarschneider und so fort. Gewillt, diese Gruppen endgültig zu klassifizieren, fing sie an, von den Bekannten lange Listen anzulegen, und teilte sie in die obengenannten Gruppen ein. Danach nahm sie die erste, von acht Plattnasen gebildete Gruppe vor und sah zu ihrem Erstaunen, daß sich diese Burschen tatsächlich in drei Gruppen unterteilten, nämlich in: die schnurrbärtigen Plattnasen, Plattnasen vom Typ Boxer und die Plattnasen vom Stil Ministerialamtsbote, wobei sich jede Gruppe aus je 3, 3 und 2 Plattnasen zusammensetzte. Kaum hatte die Esperanze sie nach ihren neuen Gruppen geschieden (das geschah übrigens in dem Café Paulista de San Martín, wo sie sie mit vieler Mühe und nicht wenig Schlagsahne versammelt hatte), entdeckte sie, daß die erste Untergruppe ungleich war, weil zwei der schnauzbärtigen Plattnasen zur Gattung der Schweinskaninchen gehörten, während der, der übrigblieb, mit Sicherheit ein Plattnasiger von japanischem Zuschnitt war. Mit Hilfe eines mit Sardellen und hartem Ei belegten Brötchens brachte sie ihn auf die Seite und ordnete nunmehr die Untergruppe der beiden Schweinskaninchen. Gerade ging sie daran, die Untergruppe in ihr wissenschaftliches Arbeitsbüchlein einzutragen, als eins der Schweinskaninchen in diese und das andere Schweinskaninchen in die entgegengesetzte Richtung blickte, infolgedessen die Esperanze und die übrigen Teilnehmer gewahren konnten, daß im Gegensatz zu dem ersten Schweinskaninchen, das offensichtlich ein rundschädeliger Plattnasiger war, der andere Plattnasige mit einem Schädel aufwartete, der sich weit besser als Hutablage eignete denn dafür, sich einen Hut überzustülpen. So kam es zu dem Zerfall der Untergruppe, und von dem Rest wollen wir nicht reden, denn die übrigen Versuchspersonen waren von der Schlagsahne zum Zuckerrohrschnaps übergegangen, und das einzige, worin sie sich, als es so weit gediehen war, verblüffend glichen, war ihr fester Wille, noch und noch auf Kosten der Esperanzen zu trinken.

Rundfunkstörung

Da sieht man, wohin es führt, wenn man sein Vertrauen in die Cronopien setzt. Kaum hatte man unser Cronopium zum Intendanten des Rundfunks ernannt, rief es ein paar Übersetzer aus der Straße San Martín und ließ sie sämtliche Texte, Meldungen und Schlager ins Rumänische übersetzen, eine Sprache, die in Argentinien nicht sehr populär ist.

Um acht Uhr morgens stellten die Famen wie gewöhnlich ihre Rundfunkempfänger an, wollten Nachrichten hören, dem Werbefunk entnehmen, daß Persil doch Persil bleibe und Durst schlimmer als Heimweh sei.

Und das hörten sie auch, aber auf rumänisch, so daß sie bloß die Marke des Erzeugnisses verstanden. Arg erstaunt schüttelten die Famen ihre Rundfunkgeräte, aber alles kam weiterhin auf rumänisch, sogar der Tango *Heute nacht besauf ich mich*, und das Telefon des Rundfunkintendanten wurde von einem Fräulein bedient, das auf die empörten Anrufe in rumänischer Sprache antwortete, womit das Durcheinander vollkommen war.

Die Hohe Regierung, davon verständigt, gab Befehl, das Cronopium, das die heiligen Güter der Nation in den Schmutz gezogen hatte, standrechtlich zu erschießen. Unseligerweise aber setzte sich das Exekutionskommando aus Cronopien zusammen, die zum Wehrdienst einberufen worden waren; anstatt auf den Exrundfunkintendanten zu schießen, feuerten sie in die Menge, die sich auf dem Maiplatz versammelt hatte, und zielten so gut, daß sie sechs Marineoffiziere und einen Apotheker umlegten. Eilends rückte ein Trupp Famen an, das Cronopium wurde befehlgemäß füsiliert, und man setzte auf seinen Platz einen angesehenen Volkslieddichter und Verfasser eines Traktats über die graue Materie. Der Fame führte wieder die Landessprache am Rundfunk ein, aber die Famen hatten einmal das Vertrauen verloren und stellten fast nie das Radio an. Viele Famen – von Natur aus pessimistisch – hatten sich Lexika und Lehrbücher der rumänischen Sprache sowie Lebensbeschreibungen König Carols und der Madame Lupescu gekauft. Rumänisch kam in Mode, die Regierung mochte wüten, wie sie wollte, und zum Grabe des Cronopiums wallfahrteten heimlich Delegationen, ließen ihre Tränen und Visitenkarten fallen, auf denen in Hülle und Fülle bekannte Namen aus Bukarest standen, Bukarest, der Stadt der Briefmarkensammler und Attentate.

Fühlen Sie sich ganz wie zu Hause

Eine Esperanze baute sich ein Haus und brachte eine Kachel an, darauf stand: *Willkommen in meinem Heim alle, die da treten ein.*

Ein Fame baute sich ein Haus und brachte überhaupt keine Kachel an.

Ein Cronopium baute sich ein Haus und legte, wie es der Brauch war, die Vorhalle mit Fliesen aus, die es fertig kaufte oder für sich anfertigen ließ. Die Fliesen waren so angeordnet, daß man sie der Reihe nach lesen konnte. Auf der ersten stand: *Willkommen in meinem Heim alle, die da treten ein.* Auf der zweiten stand: *Das Haus ist klein, aber groß das Herz.* Auf der dritten stand: *Des Gastes Gegenwart ist wie der Rasen zart.* Auf der vierten stand: *In Wahrheit arm, doch nicht an Willen.* Auf der fünften stand: *Diese Inschrift hebt alle vorhergehenden Inschriften auf. Hau ab, du Hund.*

Heilverfahren

Ein Cronopium macht seinen Doktor in Medizin und eröffnet eine Praxis in der Straße Santiago del Estero. Kurz darauf kommt ein Kranker und erzählt ihm seine Leiden und daß er nachts nicht schlafen und am Tage nichts essen kann.

– Kaufen Sie sich einen großen Strauß Rosen, sagt das Cronopium.

Der Kranke zieht sich verblüfft zurück, aber er kauft den Strauß und wird auf der Stelle gesund. Voller Dankbarkeit sucht er das Cronopium auf und verehrt ihm – eine feine Geste – außer dem Honorar einen schönen Strauß Rosen. Kaum ist er fort, wird das Cronopium krank, es tut ihm überall weh, nachts kann es nicht schlafen und am Tage nichts essen.

Das Besondere und das Allgemeine

Ein Cronopium wollte sich neben seinem Balkon die Zähne putzen, und als es die Morgensonne und die schönen Wolken sah, die über den Himmel flogen, bemächtigte sich seiner so unbändige Freude, daß es mit Macht auf die Tube drückte und die Paste in einem langen rosa Band herausgekrochen kam. Nachdem es seine Zahnbürste mit einem wahren Berg von Paste bedeckt hatte, befand das Cronopium, daß noch ein ganzes Quantum übrigblieb; also begann es, die Tube zum Fenster hinaus zu leeren, und die Klümpchen rosafarbener Paste fielen an dem Balkon vorbei auf die Straße, wo gerade mehrere Famen zusammenstanden und die jüngsten Stadtereignisse durchgingen. Die Klümpchen rosafarbener Paste fielen auf die Hüte der Famen, während oben das Cronopium aus Herzenslust sang und sich die Zähne putzte. Die Famen empörten sich über diese hanebüchene Gedankenlosigkeit und beschlossen, eine Abordnung zu ernennen, die es augenblicklich verwünschen sollte; gesagt, getan: die aus drei Famen bestehende Abordnung stieg zur Wohnung des Cronopiums empor und schalt es mit folgenden Worten:

– Cronopium, du hast unsere Hüte verdorben, dafür wirst du zahlen müssen. Und danach mit noch mehr Nachdruck: – Cronopium, du solltest die Zahnpasta nicht so verschwenden!!

Die Forscher

Drei Cronopien und ein Fame tun sich als Höhlenforscher zusammen, um die unterirdischen Quellen eines Gießbaches zu entdecken. Als sie den Eingang der Höhle erreicht haben, steigt, von den anderen gehalten, ein Cronopium hinab, auf dem Rükken ein Paket Stullen, wie es sie mag (mit Käse). Die beiden Tauzieh-Cronopien oben seilen es ganz sachte ab, und der Fame schreibt jede Kleinigkeit der Forscherreise in ein großes Heft. Bald kommt von dem Cronopium eine erste Botschaft: es ist fuchsteufelswild, weil sie sich geirrt und ihm Schinkenbrote mitgegeben haben. Es ruckt am Seil und verlangt, man solle es emporziehen. Die Cronopien an der Seilwinde gehen bekümmert mit sich zu Rate, und der Fame richtet sich zu seiner vollen, schrecklichen Größe auf und sagt: NEIN, sagt es mit solcher Heftigkeit, daß die Cronopien das Seil fahrenlassen und ihn eilends zu besänftigen suchen. Währenddessen kommt die nächste Botschaft, denn das Cronopium ist ausgerechnet in die Quellwasser gefallen und teilt von hier aus mit, daß alles schlecht geht, informiert sie unter Tränen und Schimpfworten, daß auf den Stullen samt und sonders Schinken und unter allen Schinkenbroten – es kann schauen, was es will – nicht ein einziges mit Käse ist.

Prinzenerziehung

Die Cronopien haben in der Regel keine Kinder, wenn sie aber welche haben, verlieren sie den Kopf, und es tragen sich erstaunliche Dinge zu. Da hat ein Cronopium zum Beispiel einen Sohn: sogleich betrachtet es ihn wie ein Wunder, ist sicher, daß sein Sohn der Blitzableiter der Schönheit ist und daß in seinen Adern die vollkommene Chemie fließt, mit Inseln hie und da, erfüllt von Schönen Künsten und Poesie und Städtebau. In der Folge kann unser Cronopium seinen Sohn nicht sehen, ohne daß es sich tief vor ihm verneigt und ihm Worte respektvoller Ehrerbietung sagt.

Natürlich haßt der Sohn ihn abgöttisch. Wenn er ins schulpflichtige Alter kommt, meldet ihn sein Vater in der ersten Klasse der Volksschule an, und der Kleine fühlt sich unter den anderen kleinen Cronopien, Famen und Esperanzen wohl. Je näher aber die Mittagszeit rückt, desto unleidlicher wird er, denn er weiß, daß am Ausgang sein Vater auf ihn warten und, sowie er ihn erblickt, seine Hände recken und Dinge sagen wird wie etwa:

– Gegrüßet seist du, Cronopium Cronopium, bestes und größtes und rosigstes und gewissenhaftestes und höflichstes und fleißigstes aller Kinder!

Das junge Volk der Famen und Esperanzen kann daraufhin nicht an sich halten und biegt sich vor Lachen am Bordstein, das kleine Cronopium aber haßt seinen Vater inständig und spielt ihm – das ist stets das Ende vom Lied – zwischen der Erstkommunion und dem Militärdienst einen üblen Streich. Aber die Cronopien leiden darunter nicht allzu sehr, denn auch sie haßten ihre Väter, und es könnte gar sein, daß jener Haß ein anderer Name für Freiheit oder Weltweite ist.

Man klebe die Briefmarke in die rechte obere Ecke des Umschlags

Ein Fame und ein Cronopium sind enge Freunde und gehen zusammen auf die Post, um ein paar Briefe an ihre Ehefrauen aufzugeben, die dank Cook & Sohn eine Reise durch Norwegen machen. Der Fame klebt seine Briefmarken mit aller Akkuratesse auf, gibt ihnen kleine Schläge, damit sie ja gut haften, das Cronopium aber stößt einen gräßlichen Schrei aus, daß die Beamten vor Schreck in die Höhe fahren, und erklärt außer sich vor Zorn, daß ihm die Geschmacklosigkeit der Bilder auf den Marken ein Greuel sei und man ihn nie und nimmer zwingen könne, seine Liebesbriefe, die Briefe seiner Gattenliebe mit solchen Schmachtfetzen zu besudeln. Dem Famen ist sehr unbehaglich zumute, denn er hat seine Briefmarken bereits aufgeklebt, aber da er dem Cronopium gut Freund ist, möchte er es nicht im Stich lassen und behauptet kühn, daß das Aussehn der Zwanzigcentavos-Briefmarke allerdings eher vulgär und *dutzendmäßig* sei, dafür aber die Einpeso-Marke eine Farbe wie Weinhefe habe, die sich am Boden gesetzt hat. Das Cronopium ist davon nicht beschwichtigt; es schwenkt seinen Brief und herrscht die Beamten an, die es betroffen betrachten. Endlich naht der Amtsvorsteher, und knapp zwanzig Sekunden später sieht sich das Cronopium auf der Straße, in der Hand seinen Brief und im Herzen tiefen Gram. Der Fame, der seinen eigenen Brief hastdunichtgesehn in den Briefkasten geworfen hat, kommt es zu trösten und sagt:

– Zum Glück reisen unsere Gattinnen zusammen, und zum Glück teilte ich in meinem Brief mit, daß es dir gutgeht: so erfährt es auch deine Frau.

Telegramme

Eine Esperanze wechselte mit ihrer Schwester von Ramos Mejía nach Viedma folgende Telegramme:

HAST ERDBRAUNEN KANARI VERGESSEN. DUMMCHEN. INES.
SELBER DUMMCHEN. HABE ERSATZ. EMMA.

Drei Telegramme von Cronopien:

WIDER ERWARTEN IM ZUG GEIRRT ANSTATT 7.12 FUHR ICH 8.24 BIN AN ULKIGEM ORT. NICHT GEHEURE MÄNNER ZÄHLEN BRIEFMARKEN. ORT HÖCHST TRÜBE. GLAUBE NICHT DASS TELEGRAMM ANGENOMMEN WIRD. WAHRSCHEINLICH WERDE ICH KRANK. SAGE JA ICH HÄTTE WÄRMFLASCHE MITNEHMEN SOLLEN. SEHR DEPRIMIERT SETZE MICH AUF STUFE RÜCKZUG ERWARTEN. ARTHUR.

NEIN. VIER PESOS SECHZIG ODER NICHTS. WENN SIE SIE DIR BILLIGER LASSEN, KAUF ZWEI PAAR, EINS UNI UND EINS MIT STREIFEN.

TRAF TANTE ESTHER WEINEND AN, SCHILDKRÖTE KRANK. ANSCHEINEND GIFTIGE WURZEL ODER KÄSE IN VERDORBENEM ZUSTAND. SCHILDKRÖTEN EMPFINDLICHE TIERE. ETWAS BLÖDE, MACHEN KEINE UNTERSCHIEDE. EIN JAMMER.

III *Ihre Naturgeschichten*

Löwe und Cronopium

Ein Cronopium geht durch die Wüste und begegnet einem Löwen. Es entspinnt sich folgendes Zwiegespräch:

Löwe. – Ich fresse dich.

Cronopium (sehr traurig, aber mit Würde). – Nun gut.

Löwe. – Oho, so nicht. Vor Märtyrern bewahr mich der Himmel. Entweder weinst du nun oder kämpfst, eins von beiden. So kann ich dich jedenfalls nicht fressen. Marsch, ich warte. Du sagst nichts?

Das Cronopium sagt nichts, und der Löwe weiß nicht weiter, bis ihm ein Gedanke kommt.

Löwe. – Es trifft sich gut, daß ich in der linken Pfote einen Dorn habe, der mich weidlich peinigt. Zieh ihn mir heraus, und ich will dich begnadigen.

Das Cronopium zieht ihm den Dorn heraus, und der Löwe knurrt, während er von dannen schreitet, mißlaunig:

– Danke, Androklus.

Kondor und Cronopium

Ein Kondor fällt wie der Blitz ein Cronopium an, das im Tinogasta spazierengeht, drängt es gegen eine Granitwand und sagt Gott weiß wie hoffärtig:

Kondor. – Wag es und behaupte, ich bin nicht schön.

Cronopium. – Sie sind der schönste Vogel, den ich je gesehen habe.

Kondor. – Noch mehr.

Cronopium. – Sie sind schöner als der Paradiesvogel.

Kondor. – Wag es und sag, ich fliege nicht hoch.

Cronopium. – Sie fliegen in schwindelnden Höhen und mit Überschallgeschwindigkeit und sind ein wahrer Stratosphärenvogel.

Kondor. – Wag es und sag, ich rieche schlecht.

Cronopium. – Sie riechen besser als ein ganzer Liter Kölnischwasser ›Johann-Maria Farina‹.

Kondor. – Scheißkerl. Gibt sich nicht die kleinste Blöße, wo man auf ihn einhacken könnte.

Blume und Cronopium

Ein Cronopium findet mitten auf weiter Flur eine einsame Blume. Zuerst will es sie pflücken, denkt aber, daß es eine unnötige Grausamkeit sei, kniet neben ihr nieder und spielt fröhlich mit der Blume: liebkost ihre Blütenblätter, haucht sie an, damit sie tanze, brummt wie eine Biene, schnuppert ihren Duft und legt sich endlich unter der Blume zur Ruhe und schlummert ein, von tiefem Frieden umwoben.

Die Blume denkt: »Es ist wie eine Blume.«

Fame und Eukalyptus

Ein Fame geht durch den Wald, und obwohl er kein Holz braucht, mustert er begehrlich Baum für Baum. Die Bäume haben schreckliche Angst, denn sie kennen die Sitten der Famen und fürchten das Schlimmste. Mitten unter ihnen steht ein schöner Eukalyptusbaum, wie den der Fame sieht, stößt er einen Freudenschrei aus, tanzt Tregua und tanzt Catala um den Baum, der ganz verschreckt ist, und sagt dann:

– Antiseptische Blätter, Winter ohne Husten, große Hygiene.

Er greift zum Beil und drischt dem Eukalyptus mir nichts dir nichts in den Magen. Der Eukalyptus ächzt, zu Tode getroffen, und die anderen Bäume hören seinen Stoßseufzer:

– Wenn man bedenkt, daß der Idiot sich bloß eine Schachtel Eukalyptusbonbons zu kaufen brauchte.

Schildkröten und Cronopien

Wie es so kommt, sind die Schildkröten große Bewunderer der Schnelligkeit. Das ist ganz natürlich.

Die Esperanzen wissen es und kümmern sich nicht darum.

Die Famen wissen es und spotten darüber.

Die Cronopien wissen es und ziehen jedesmal, wenn sie eine Schildkröte treffen, die Schachtel mit Farbkreide aus der Tasche und malen auf den runden Schild wie auf eine Tafel eine Schwalbe.

DAS FEUER ALLER FEUER

1966

Todos los fuegos el fuego

Deutsch von Fritz Rudolf Fries

Südliche Autobahn

Gli automobilisti accaldati sembrano non avere storia ... Come realtá un ingorgo automobilistico impressiona ma non ci dice gran che.

Arrigo Benedetti,
»L'Espresso«, Roma 21/6/1964

Am Anfang hatte das Mädchen in dem Dauphine auf einer Zeitrechnung bestanden, obschon es für den Ingenieur in dem Peugeot 404 nicht mehr darauf ankam. Wer wollte, konnte auf die Uhr schauen, aber diese ans rechte Handgelenk gebundene Zeit oder das Piep-piep aus dem Radio schien etwas anderes zu messen, die Zeit derer zu sein, die nicht die Idiotie begangen hatten, an einem Sonntagnachmittag auf der südlichen Autobahn nach Paris zurückkehren zu wollen, und die, kaum daß sie Fontainebleau hinter sich haben, schrittfahren oder anhalten müssen, sechs Reihen zu jeder Seite (bekanntlich ist die Autobahn sonntags ausschließlich denen vorbehalten, die in die Hauptstadt zurückwollen). Starten, drei Meter Fahrt, anhalten, mit den beiden Nonnen in dem 2 CV rechts ein Wort wechseln, mit dem Mädchen in dem Dauphine links, im Rückspiegel einen Blick auf den blassen Mann werfen, der einen Caravelle fährt, ironisch das Turteltaubenglück des Ehepaars im Peugeot 203 (hinter dem Dauphine des Mädchens) beneiden, das mit seiner kleinen Tochter spielt, Spaß macht und Käse ißt, oder sich über die verzweifelten Ausbrüche der beiden jungen Männer in dem Simca ärgern, der vor dem Peugeot 404 fährt, in den Haltepausen aussteigen und, ohne weit zu gehen, die Gegend erkunden (weiß man denn, in welchem Augenblick die Wagen weiter vorn anfahren, und dann muß man im Dauerlauf zurück, damit die hinter einem nicht den Krieg beginnen mit Hupen und Fluchen). So gelangt man schließlich auf gleiche Höhe mit einem Taunus vor dem Dauphine des Mädchens, das jeden Augenblick auf die Uhr schaut, und kann ein paar verzagte oder witzige Sätze mit den beiden Männern wechseln, die ein blondes Kind im Wagen haben, das einen Riesenspaß an seinem kleinen Spielzeugauto hat, wenn es ungehindert über die Sitze und die Rücklehne jagt. Oder man traut sich – läuft noch ein paar Schritte, da die Wagen vorn offenbar nicht so bald weiterfahren werden, und betrachtet mit einem gewissen Bedauern das alte Ehepaar in dem ID Citroën, der aussieht wie eine riesige violette Badewanne, in der die beiden alten Leutchen schwimmen; er die Unterarme bequem auf dem Lenkrad und mit einer Miene geduldiger Erschöpfung, sie mit mehr Eifer als Appetit an einem Apfel knabbernd.

Nachdem der Ingenieur sich das alles zum vierten Mal angesehen hatte, entschloß er sich, nicht wieder auszusteigen, in der festen Hoffnung, die Polizei würde schon irgendwie mit dem Stau fertig werden. Die Augusthitze nahm um diese Zeit in der Höhe der Reifen noch zu, so daß das Festgehaltenwerden immer mehr an die Nerven ging. Das Ganze war Benzingeruch, unbeherrschtes Geschrei der jungen Männer in dem Simca, Sonnenstrahlen, die auf den Scheiben und Chromteilen lagen, und schier unerträglich wurde es bei dem Gedanken, in einem Dschungel von Maschinen eingeschlossen zu sein, die für schnelles Fahren bestimmt waren. Der 404 des Ingenieurs nahm, vom Trennstreifen der beiden Fahrbahnen gerechnet, den zweiten Platz auf der rechten Bahn ein, so daß er etliche andere Wagen zur Rechten und sieben zur Linken hatte, obschon er in Wahrheit nur acht genau unterscheiden konnte, mitsamt ihren Insassen, die er sich alle bis zum Überdruß bereits angesehen hatte. Mit jedem von ihnen hatte er gesprochen, außer mit den Burschen in dem Simca, die ihm unsympathisch waren; nach jeder zurückgelegten Strecke war die Lage ausführlich diskutiert worden, und allgemein hatte man den Eindruck, bis Corbeil-Essonnes komme man schrittweise oder doch beinah voran, aber zwischen Corbeil und Juvisy würde man beschleunigen können, sobald es den Hubschraubern und den Motorrädern gelungen war, den dichtesten Stau auseinanderzuziehen. Niemand zweifelte, daß sich auf dieser Strecke ein schwerer Unfall ereignet hatte, denn wie sonst sollte man sich eine so unglaubliche Einschränkung der Fahrt erklären. Dann kam die Rede auf die Regierung, die Hitze, die Steuern, die Straßenverhältnisse, ein Thema folgte dem anderen, drei Meter, und wieder ein allgemein interessierendes Gespräch, fünf Meter, und ein belehrender Satz oder eine gemäßigte Verwünschung.

Für die beiden kleinen Nonnen in dem 2 CV wäre es so wichtig gewesen, noch vor acht Uhr in Milly-la-Fôret zu sein, denn sie hatten einen Korb voll Gemüse für die Köchin im Wagen. Das

Ehepaar in dem Peugeot 203 wollte auf keinen Fall das Fernsehspiel um neun Uhr dreißig verpassen. Das Mädchen in dem Dauphine hatte zu dem Ingenieur gesagt, ihr sei es egal, wann sie in Paris eintreffe, aber sie schimpfe aus Prinzip, denn für sie sei es ein Gewaltakt, Tausende Menschen zur Lebensweise einer Kamelkarawane zu verurteilen. In den letzten Stunden (es mußte fast fünf Uhr sein, aber noch immer war die Hitze unerträglich) war man nach Meinung des Ingenieurs an die fünfzig Meter weitergefahren, aber einer der Männer aus dem Taunus, der mit dem Kind und dem kleinen Auto an der Hand zu ihnen herüberkam, um zu plaudern, wies spöttisch auf die Krone einer einsamen Platane, und das Mädchen in dem Dauphine erinnerte sich jetzt, daß die Platane (falls es keine Kastanie war) auf einer Höhe mit ihrem Auto gewesen war, und zwar so lange, daß es die Mühe nicht mehr gelohnt hatte, auf die Armbanduhr zu blicken und nutzlose Berechnungen anzustellen.

Der Abend schien nie zu kommen. Das Sonnenflimmern auf der Fahrbahn und den Karosserien steigerte das Schwindelgefühl bis zum Erbrechen. Sonnenbrillen, in Kölnischwasser getränkte Tücher auf der Stirn, all die improvisierten Hilfsmittel, sich zu schützen, die sirrende Blendung zu vermeiden, und die Abgaswolken aus dem Auspuffrohr bei jedem Schritt vorwärts, waren Themen der Verständigung und des Miteinanderredens, wurden organisiert und vervollkommnet. Der Ingenieur stieg noch einmal aus, um sich die Beine zu vertreten, wechselte ein paar Worte mit dem Ehepaar in dem Ariane vor dem 2 CV der Nonnen, das aussah wie vom Lande. Hinter dem 2 CV hielt ein Volkswagen mit einem Soldaten und einem Mädchen; beide machten den Eindruck, frisch verheiratet zu sein. Die dritte Reihe von außen war für ihn nicht mehr interessant, denn es wäre zu riskant gewesen, sich so weit von seinem 404 zu entfernen. Sein Auge sah Farben und Formen, Mercedes Benz, ID, 4 R, Lancia, Skoda, Morris Minor, den kompletten Katalog. Links, auf der anderen Fahrbahn, erstreckte sich ein weiteres Feld von Renault, Anglia, Peugeot, Porsche, Volvo; es war so einförmig, daß schließlich nichts anderes übrigblieb, als nach einem Gespräch mit den beiden Männern in dem Taunus und einem erfolglosen Versuch, mit dem einsamen Fahrer des Caravelle einen Meinungsaustausch zu beginnen, in den 404 zurückzukehren und mit dem Mädchen in dem Dauphine nochmals über Uhrzeit, Entfernungen und Kino zu sprechen.

Manchmal tauchte ein Ausländer auf, der sich von der anderen Seite der Fahrbahn oder von den rechten äußeren Reihen her zwischen den Autos durchschlängelte und eine vermutlich falsche Nachricht brachte, die längs der heißen Kilometer von Wagen zu Wagen weitergegeben wurde. Der Ausländer genoß den Erfolg seiner Kunde, das Schlagen der Autotüren, wenn die Insassen sich beeilten, das Ereignis zu kommentieren. Wenig später ließ sich ein Hupen oder das Starten eines Motors vernehmen, und der Ausländer mußte sehen, wie er davonkam; im Zickzack lief er zwischen den Autos zu seinem Wagen, um sich nicht den gerechten Zorn der anderen zuzuziehen. Im Lauf des Nachmittags erfuhr man auf diese Weise vom Zusammenstoß eines Floride mit einem 2 CV in der Nähe von Corbeil – drei Tote und ein verletztes Kind; vom Frontalaufprall eines Fiat 1500 mit einem Renault-Kombi, wodurch ein mit englischen Touristen besetzter Austin zerdrückt worden war; vom Umstürzen eines Autocars aus Orly, der mit Passagieren der Maschine von Kopenhagen voll besetzt war. Der Ingenieur war überzeugt, daß alles oder fast alles falsch war, obschon sich in der Nähe von Corbeil sicherlich etwas Schwerwiegendes ereignet hatte, oder vielleicht in der Nähe von Paris, da der Verkehr in einem solchen Ausmaß zum Erliegen gekommen war. Die Landleute aus dem Ariane, die ein Bauernhaus bei Montereau hatten und die Strecke gut kannten, erzählten von einem Sonntag, an dem der Verkehr fünf Stunden lang aufgehalten worden war, aber diese Zeit schien jetzt beinahe lächerlich, da schon die Sonne links der Fahrbahn unterging und auf jedes Auto eine Lawine orangenfarbenes Gelee kippte, die das Metall zum Kochen brachte und den Blick trübte, und noch immer war keine der Baumkronen vollends hinter ihnen verschwunden und hatte sich ein in der Ferne kaum wahrnehmbarer Schatten genähert, wodurch man zweifelsfrei hätte feststellen können, daß die Kolonne sich bewegte. Ein wenig hätte genügt, auch wenn man dann wieder anhalten mußte und wieder starten und jäh auf die Bremse treten und nie aus dem ersten Gang herauskam, sich von neuem mit der beleidigenden Enttäuschung abfinden mußte, aus dem ersten Gang in den Leerlauf zu schalten, und dann Fußbremse, Handbremse, Stop, und so immer wieder, immer wieder und immer wieder.

In einem gewissen Augenblick hatte der Ingenieur, von Untätigkeit getrieben, sich entschlossen, ein besonders langes Halten zu benutzen und die Reihen zur Linken entlangzugehen. Hinter dem Dauphine stieß er auf einen DKW, auf einen anderen 2 CV und auf einen Fiat 600. Er blieb neben einem De Soto stehen, um Eindrücke mit einem verstörten Touristen aus Washington auszutauschen, der kaum Französisch verstand, aber um acht auf der Place de l'Opéra sein mußte, unbedingt – You understand, my wife will be awfully anxious, damn it, und man sprach ein wenig über alles, als ein Mann mit dem Aussehen eines Geschäftsreisenden aus dem DKW stieg, um ihnen zu erzählen, eben sei jemand mit der Nachricht hier gewesen, daß ein Piper Cub auf der Autobahn zerschellt sei, zahlreiche Tote. Den Amerikaner ließ der Piper Cub völlig gleichgültig, und nicht anders reagierte der Ingenieur, der ein Hupkonzert vernahm und sich beeilte, zu seinem 404 zurückzukehren, wobei er den beiden Männern in dem Taunus und dem Ehepaar in dem 203 die Neuigkeit mitteilte. Eine ausführliche Schilderung behielt er sich für das Mädchen in dem Dauphine vor, indes die Wagen langsam wenige Meter weiterrollten (der Dauphine war jetzt hinter dem 404 ein wenig zurückgefallen, und bald darauf würde es umgekehrt sein, aber im ganzen bewegten sich die zwölf Reihen wie ein Block, als leitete ein unsichtbarer Polizist im Hintergrund der Autobahn das simultane Vorrücken, ohne daß jemand dadurch im Vorteil gewesen wäre). Piper Cub, mein Fräulein, ist ein kleines Sportflugzeug. Aha. Und ausgerechnet an einem Sonntagnachmittag auf der Autobahn zu zerschellen. Sachen gibt es. Wenn es wenigstens nicht so heiß wäre in den verdammten Autos. Wenn man doch die Bäume da rechts endlich hinter sich hätte. Wenn die letzte Ziffer des Kilometerzählers doch endlich in das kleine schwarze Loch fiele, statt in Ewigkeit in der Schwebe zu bleiben.

In einem gewissen Augenblick (leise begann es zu dunkeln, der Horizont aus Autodächern färbte sich lila) setzte sich ein großer weißer Falter auf die Windschutzscheibe des Dauphines, und das Mädchen und der Ingenieur bewunderten seine Flügel, solange er für kurze Zeit regungslos saß, bis sie ihn mit verzweifelter Wehmut fortfliegen sahen, über den Taunus und den violetten ID der alten Leute hinweg, dann zu dem Fiat 600, unsichtbar werden für den 404 und zurückkehren zu dem Simca, wo eine jagende Hand vergebens versuchte, ihn zu fangen. Freundlich flatterte er über den Ariane der Leute vom Lande, die gerade etwas zu essen schienen, und verschwand rechts. Als es dunkel wurde, rückte die

Kolonne beträchtlich vor, an die vierzig Meter. Als der Ingenieur zerstreut den Kilometerzähler betrachtete, war die Hälfte der 6 verschwunden und die Ahnung einer 7 zeigte sich, die sich von oben herablassen wollte. Fast jeder hörte Radio. Die in dem Simca hatten es dröhnend laut eingestellt und begleiteten einen Twist mit ihrem Gezappel, so daß die ganze Karosserie vibrierte. Die Nonnen rechneten ihre Rosenkränze durch; das Kind in dem Taunus war eingeschlafen, das Gesicht ans Fenster gedrückt, ohne das Spielzeugauto loszulassen.

In einem gewissen Augenblick (es war bereits tiefe Nacht) tauchten Ausländer mit neuen Nachrichten auf, die so widersprüchlich waren wie die anderen, schon vergessenen. Es war kein Piper Cub gewesen, sondern ein von der Tochter eines Generals gesteuertes Segelflugzeug. Es stimmte, daß ein Kombiwagen einen Austin zerdrückt hatte, aber nicht in Juvisy, sondern vor den Toren von Paris. Einer der Ausländer erklärte dem Ehepaar in dem 203, bei Igny sei der Belag der Autobahn weggerutscht und fünf Autos hätten sich überschlagen, als sie mit den Vorderrädern in den Riß geraten seien. Die Meinung, es habe eine Naturkatastrophe gegeben, bahnte sich ihren Weg bis zu dem Ingenieur, der kommentarlos die Achseln zuckte. Wenn er später an diese ersten Stunden in der Dunkelheit dachte, da man freier atmen konnte, erinnerte er sich, daß er in einem gewissen Augenblick einen Arm aus dem Fenster gesteckt und auf die Karosserie des Dauphine getrommelt hatte, um das Mädchen zu wecken, das überm Lenkrad eingeschlafen war, ohne sich um ein neues Vorrücken zu kümmern. Es war vielleicht Mitternacht, als ihm eine der Nonnen schüchtern ein Schinkenbrötchen anbot, da sie glaubte, er habe Hunger. Der Ingenieur nahm aus Höflichkeit an (in Wahrheit fühlte er sich elend) und bat um die Erlaubnis, es mit dem Mädchen in dem Dauphine zu teilen. Sie dankte dafür und aß mit Genuß das Brötchen und auch die Tafel Schokolade, die ihr der Reisende in dem DKW, ihr Nachbar zur Linken, angeboten hatte. Viele waren aus ihren aufgeheizten Autos ausgestiegen, denn wieder waren Stunden ohne Vorrücken vergangen. Allmählich bekamen sie Durst, als die Limonade- und Coca-Cola-Flaschen leer waren und auch der mitgebrachte Wein getrunken war. Als erste beklagte sich das kleine Mädchen aus dem 203, und der Soldat und der Ingenieur verließen zusammen mit dem Vater des Mädchens ihre Autos, um Wasser ausfindig zu machen. Unmittelbar vor dem Simca, wo das Radio anscheinend als Nahrung genügte, stieß der Ingenieur auf einen Beaulieu mit einer Dame in den besten Jahren und unruhigen Augen. Nein, Wasser habe sie nicht. Aber sie könne ihm ein paar Bonbons für die Kleine mitgeben. Das Ehepaar in dem ID beriet sich einen Augenblick, ehe die alte Frau die Hand in eine Tasche versenkte und eine kleine Büchse Obstsaft hervorzog. Der Ingenieur bedankte sich und fragte, ob sie Hunger hätten und er ihnen sonst irgendwie nützlich sein könne. Der Alte schüttelte den Kopf, die Frau aber schien wortlos zu bejahen. Etwas später erkundeten das Mädchen aus dem Dauphine und der Ingenieur die Reihen zur Linken, ohne sich weit zu entfernen, sie kehrten mit ein paar Keksen zurück, die sie der alten Frau in dem ID brachten, und hatten gerade noch Zeit, unter einem Platzregen von Hupen zu ihren Wagen zu eilen.

Von diesen kleinen Ausflügen abgesehen, ließ sich so wenig unternehmen, daß die Stunden sich allmählich eine über die andere legten, da sie in der Erinnerung wie ein und dieselbe waren. In einem gewissen Augenblick hatte der Ingenieur daran gedacht, diesen Tag aus dem Kalender zu streichen; er hatte Mühe, nicht zu lachen. Später aber, als dann die widersprüchlichen Berechnungen der Nonnen, der Männer in dem Taunus und des Mädchens in dem Dauphine begannen, erkannte man, daß es wohl besser gewesen wäre, die Tage zu zählen. Die örtlichen Rundfunkstationen hatten ihre Sendungen beendet, und nur der Reisende in dem DKW verfügte über einen Kurzwellenbereich, in dem hartnäckig nur Börsennachrichten durchgegeben wurden. Gegen drei Uhr morgens schien man sich stillschweigend geeinigt zu haben, nicht weiterzurücken, und bis zum Morgengrauen rührte sich die Kolonne nicht. Die Kerle in dem Simca holten Luftmatratzen heraus und legten sich neben ihr Auto. Der Ingenieur kippte die Lehnen der Vordersitze seines 404 nach hinten und bot den Nonnen die Polster an; sie lehnten ab. Bevor der Ingenieur sich hinlegte, dachte er an das Mädchen in dem Dauphine, das ganz still überm Lenkrad gebeugt dasaß, und wie beiläufig schlug er ihr vor, bis zum Morgen die Autos zu tauschen. Sie weigerte sich und behauptete, in jeder Lage schlafen zu können.

Eine Weile hörte man noch in dem Taunus das Kind weinen, das auf dem Rücksitz lag, wo es ihm gewiß zu warm war. Als sich der Ingenieur auf die Polster fallen ließ und allmählich einschlief, beteten die Nonnen noch immer. Sein Schlaf war aber dem Wachen zu nahe, so daß er schließlich verschwitzt und unruhig erwachte, ohne im ersten Augenblick zu begreifen, wo er sich befand. Als er sich aufrichtete, nahm er die undeutlichen Bewegungen draußen wahr, ein Gleiten von Schatten zwischen den Autos, und er sah eine Gestalt, die sich zum Rand der Autobahn hin entfernte; er erriet die Gründe, und wenig später stieg auch er aus dem Wagen, ohne Lärm zu machen, trat an den Rand der Fahrbahn und erleichterte sich. Es gab weder Strauch noch Baum, nur das sternlose schwarze Feld, etwas wie eine abstrakte Mauer, die den weißen Streifen der Fahrbahn und den regungslosen Fluß der Fahrzeuge einfaßte. Er stolperte beinahe über den Landmann aus dem Ariane, der ein paar unverständliche Worte stammelte. Zu dem Benzingeruch, der sich auf der erwärmten Autobahn noch immer hielt, gesellte sich nun die säuerliche und ätzende Anwesenheit des Menschen, und der Ingenieur kehrte, so schnell er konnte, in sein Auto zurück. Das Mädchen in dem Dauphine schlief, übers Lenkrad gebeugt, eine Haarsträhne auf den Augen. Bevor er in den 404 stieg, genoß er das Studium ihres Profils, die Kurve der Lippen erratend, die in einem leichten Hauch bebten. Auch der Mann in dem DKW beobachtete von der anderen Seite her den Schlaf des Mädchens und rauchte schweigend vor sich hin.

Am Morgen ging es nur wenig voran, doch genug, um die Hoffnung zu wecken, daß sich am Nachmittag die Straße nach Paris öffnen werde. Um neun brachte ein Ausländer die gute Nachricht, man habe die Risse aufgefüllt, und sie würden bald normal fahren können. Die Burschen in dem Simca schalteten das Radio an, und einer von ihnen sprang bis an das Autodach und schrie und sang. Der Ingenieur sagte sich, die Nachricht sei so zweifelhaft wie die vom Vortag, und der Ausländer habe nur die Freude in der Gruppe nutzen wollen, um eine Apfelsine zu verlangen und zu erhalten, die ihm das Ehepaar in dem Ariane gab. Gleich darauf erschien wieder ein Ausländer mit der gleichen Finte, aber niemand wollte ihm etwas geben. Die Hitze wurde schlimmer, und alle zogen vor, in ihren Wagen zu bleiben in der Hoffnung, daß sich die guten Nachrichten verdichteten. Am Mittag fing die Kleine in dem 203 wieder an zu weinen, und das Mädchen aus dem Dauphine ging zu ihr und freundete sich mit dem Ehepaar an. Die in dem 203 hatten kein Glück; rechts hatten sie den schweigsamen Mann in dem Caravelle, der an allem, was um ihn geschah, keinen Anteil nahm; links mußten sie die wortreichen Schimpfereien des Fahrers eines Floride über sich ergehen lassen, für den der Stau ausschließlich eine persönliche Beleidigung darstellte. Als die Kleine wieder über Durst klagte, hatte der Ingenieur die Idee, mit den Landleuten in dem Ariane zu reden, da er überzeugt war, daß es in ihrem Auto eine Menge Vorräte gebe. Zu seiner Überraschung zeigten sich die Landleute sehr freundlich. Sie begriffen, daß man einander in einer solchen Lage beistehen mußte, und meinten, wenn jemand die Gruppe (die Frau ließ die Hand kreisen und umschloß so das halbe Dutzend Autos ringsum) führte, brauchte man nicht Not zu leiden, bis man wieder in Paris war. Dem Ingenieur war der Gedanke lästig, sich als Organisator aufzuspielen. Er zog es vor, sich mit den Männern in dem Taunus zu beraten und mit dem Ehepaar in dem Ariane. Wenig später wurden alle in der Gruppe der Reihe nach befragt. Der junge Soldat aus dem Volkswagen war sofort einverstanden, und das Ehepaar aus dem 203 bot die wenigen Vorräte an, die es noch hatte. (Das Mädchen in dem Dauphine hatte inzwischen ein Glas Apfelsinensaft mit Wasser für die Kleine auftreiben können, die nun wieder lachte und spielte.) Einer der Männer aus dem Taunus, der sich mit den Burschen in dem Simca beraten hatte, erreichte deren spöttische Zustimmung. Der blasse Mann in dem Caravelle zuckte die Achseln und sagte, ihm sei es gleich, sie sollten nur machen, was sie für richtig hielten. Die beiden Alten in dem ID und die Dame in dem Beaulieu waren sichtlich froh, als glaubten sie, so besser geschützt zu sein. Die Fahrer des Floride und des DKW hatten nichts dagegen einzuwenden, und der Amerikaner in dem De Soto sah sie erstaunt an und sagte etwas über den Willen Gottes. Der Ingenieur stieß nicht auf Widerspruch, als er einem der Männer in dem Taunus, dem er instinktiv vertraute, vorschlug, sich um die Koordinierung ihrer Bemühungen zu kümmern. Im Augenblick würde niemand hungern müssen, aber sie mußten unbedingt Wasser beschaffen. Der Anführer, den die Burschen in dem Simca der Einfachheit halber und aus Jux Taunus nannten, bat den Ingenieur, den Soldaten und einen der Burschen, die Umgebung zu erkunden und Nahrungsmittel gegen Getränke anzubieten. Taunus, der augenscheinlich zu befehlen wußte, hatte ausgerechnet, daß man den Bedarf für maximal anderthalb Tage dekken könnte, schlimmstenfalls.

In dem 2 CV der Nonnen und dem Ariane der Landleute gab es Proviant genug für diese Zeit, und falls die Kundschafter mit Wasser zurückkehrten, wäre das Problem gelöst. Doch nur der Soldat kam mit einer vollen Feldflasche wieder, deren Inhaber im Tausch Nahrungsmittel für zwei Personen verlangte. Der Ingenieur hatte keinen gefunden, der Wasser anbot. Die Wanderung hatte ihm lediglich zu der Erkenntnis verholfen, daß weiter vorn ebenfalls Gruppen gebildet wurden, die ähnliche Probleme hatten. Einmal hatte sich der Insasse eines Alfa Romeo geweigert, mit ihm zu verhandeln, und zu ihm gesagt, er solle sich an den Vertreter seiner Gruppe wenden, fünf Autos weiter in derselben Reihe. Später kam der Bursche aus dem Simca zurück, der kein Wasser hatte beschaffen können, aber Taunus rechnete aus, daß er nun genug für die beiden Kinder, die alte Frau in dem ID und die anderen Frauen hatte. Der Ingenieur war eben dabei, dem Mädchen in dem Dauphine von seiner Erkundung der Peripherie zu erzählen (es war ein Uhr mittags, und die Sonne trieb sie in die Autos), als sie ihn mit einer Bewegung unterbrach und auf den Simca zeigte. Mit zwei Sätzen war der Ingenieur bei dem Auto und packte einen der Burschen am Ellenbogen, der sich auf dem Sitz rekelte und in großen Schlucken aus einer Feldflasche trank, die er unter dem Jackett gehabt hatte. Seine wütende Bewegung erwiderte der Ingenieur mit verstärktem Druck, und der andere Kerl stieg aus dem Auto und stürzte sich auf den Ingenieur, der zurückwich und ihn fast bedauernd betrachtete. Schon war der Soldat zur Stelle, und die Schreie der Nonnen machten Taunus und seinen Gefährten aufmerksam. Taunus hörte sich an, was vorgefallen war, trat dann auf den Burschen mit der Flasche zu und verabreichte ihm ein Paar Ohrfeigen. Der Bursche schrie und protestierte mit weinerlicher Stimme, der andere murrte und getraute sich nicht einzugreifen. Da wurde überall gehupt, und jeder kehrte in sein Auto zurück, obwohl es kaum einen Sinn hatte, denn die Kolonne rückte wenig mehr als fünf Meter vor.

Kurz nach Mittag, als die Sonne erbarmungsloser brannte als am Vortag, nahm eine der Nonnen ihre Haube ab, und ihre Gefährtin kühlte ihr die Schläfen mit Kölnischwasser. Die Frauen fanden sich langsam in ihre Samariterrolle, gingen von Wagen zu Wagen und kümmerten sich um die Kinder, damit die Männer ungebunden waren. Keiner klagte, aber die gute Laune war erzwungen, sie gründete sich auf die immer gleichen Wortspiele, auf eine im guten Ton vorgebrachte Skepsis. Am unangenehmsten war dem Ingenieur und dem Mädchen in dem Dauphine das Gefühl, verschwitzt und schmutzig zu sein; fast waren sie gerührt von der Gleichgültigkeit des Ehepaars vom Lande gegenüber dem Geruch, der ihren Achseln entströmte, wenn sie zum Plaudern herüberkamen oder eine Nachricht vom letzten Stand der Dinge wiederholten. Am Nachmittag blickte der Ingenieur zufällig in den Rückspiegel und sah das blasse gespannte Gesicht des Mannes in dem Caravelle, der nicht anders als der dicke Fahrer des Floride ihrem Tun mit Teilnahmslosigkeit begegnete. Ihm schien, daß sein Ausdruck noch schärfer geworden war, und er fragte sich, ob er krank sei. Als er später zu einem Schwatz zu dem Soldaten und seiner Frau ging und dabei Gelegenheit hatte, den Mann von nahem zu sehen, sagte er sich, er sei nicht krank, es müsse etwas anderes sein, ein Sich-Absondern, um es irgendwie zu benennen. Der Soldat in dem Volkswagen erzählte ihm, seiner Frau mache dieser schweigende Mann angst, der sich nie von seinem Lenkrad trennte und im Wachen zu schlafen schien. Hypothesen kamen auf, eine Folklore wurde geboren, die gegen das Nichtstun half. Die Kinder aus dem Taunus und dem 203 hatten sich angefreundet, gestritten und wieder versöhnt. Ihre Eltern besuchten einander. Das Mädchen aus dem Dauphine kümmerte sich unablässig um die alte Frau in dem ID und die Dame in dem Beaulieu. Als am Mittag unerwartet gewittrige Windböen wehten und die Sonne hinter den Wolken verschwand, die im Westen heraufzogen, da freuten sich alle, weil sie glaubten, es werde nun kühler. Ein paar Tropfen fielen, und zur gleichen Zeit rückten die Kolonnen außergewöhnlich weit vor, fast hundert Meter. In der Ferne zuckte ein Blitz, und die Hitze wurde noch schlimmer. Die Atmosphäre war mit Elektrizität geladen, so daß Taunus mit einem Instinkt, den der Ingenieur wortlos bewunderte, die Gruppe bis in die Nacht in Ruhe ließ, als fürchtete er die Auswirkungen von Müdigkeit und Hitze. Um acht kümmerten sich die Frauen darum, die Vorräte auszuteilen; man hatte beschlossen, den Ariane der Landleute als Vorratslager und den 2 CV der Nonnen als Ersatzlager zu benutzen. Taunus hatte sich selbst aufgemacht, um mit den Anführern der benachbarten vier oder fünf Gruppen zu sprechen. Mit Hilfe des Soldaten und des Mannes aus dem 203 brachte er eine größere Menge Proviant zu den anderen Gruppen und kehrte mit mehr Wasser und etwas Wein zurück. Es wurde vereinbart, daß die Burschen in dem Simca der alten Frau in dem ID und der Dame in dem Beaulieu ihre Luftmatratzen abtreten sollten. Das Mädchen in dem Dauphine erhielt zwei Schottenplaids, und der Ingenieur stellte seinen Wagen, den er spaßeshalber »Schlafwagen« nannte, denen zur Verfügung, die ihn brauchten. Zu seiner Überraschung nahm das Mädchen aus dem Dauphine sein Angebot an; in dieser Nacht teilte sie die Polster des 404 mit einer der Nonnen; die andere ging in den 203, wo sie mit dem kleinen Mädchen und seiner Mutter schlafen würde, während der Mann, in eine Decke gehüllt, die Nacht auf der Fahrbahn verbrachte. Der Ingenieur war nicht müde und würfelte mit Taunus und seinem Freund. Einmal gesellte sich der Landmann aus dem Ariane zu ihnen, und sie sprachen über Politik und tranken etwas von dem Branntwein, den der Landmann am Morgen Taunus gegeben hatte. Die Nacht ließ sich ertragen, es war kühl geworden, und ein paar Sterne glänzten zwischen Wolken.

Gegen Morgen übermannte sie der Schlaf, diese Notwendigkeit, unter Dach zu sein, die im Morgengrauen entsteht. Während Taunus neben dem Jungen auf dem Rücksitz schlief, ruhten sein Freund und der Ingenieur eine Weile auf den Vordersitzen. Zwischen zwei Traumbildern glaubte der Ingenieur Schreie in der Ferne zu hören, er gewahrte einen ungewissen Schein, und dann kam der Anführer der einen anderen Gruppe zu ihnen und teilte mit, dreißig Autos weiter sei ein Feuer ausgebrochen, von jemand verursacht, der heimlich Gemüse abkochen wollte. Taunus machte seine Witze über den Vorfall, während er von Wagen zu Wagen ging, um zu sehen, wie alle die Nacht verbracht hatten. Aber keiner sagte eigentlich das, was er sagen wollte. Am Morgen kam sehr zeitig Bewegung in die Kolonne, und alle mußten sich beeilen und sogar abhetzen, um die Matratzen und die Decken zusammenzuraffen, aber da es allen so ging, verlor keiner die Geduld oder drückte auf die Hupe. Zu Mittag war sie mehr als fünfzig Meter vorangekommen, und der Schatten eines Waldes wurde rechts der Fahrbahn sichtbar. Man beneidete alle jene um ihr Glück, die in diesem Augenblick an den Waldrand gehen konnten und Kühle und Frische des Schattens für sich hatten; vielleicht gab es dort eine Quelle oder eine Leitung mit Trinkwasser. Das Mädchen in dem Dauphine schloß die Augen und dachte an eine Dusche, die ihr über Nacken und Schultern rann, die Beine entlang, und der Ingenieur, der sie von der Seite beobachtete, sah zwei Tränen über ihre Wangen gleiten.

Taunus, der bis zu dem ID vorgedrungen war, kam zurück und forderte die jüngeren Frauen auf, sich um die alte Frau zu kümmern, die sich nicht wohl fühlte. Der Anführer der dritten Gruppe, der Nachhut, hatte einen Arzt unter seinen Männern, und der Soldat machte sich eilig auf den Weg, ihn zu holen. Der Ingenieur, der mit ironischer Nachsicht die Bemühungen der Burschen aus dem Simca beobachtet hatte, die ihre Streiche gutmachen wollten, glaubte, das sei der richtige Augenblick, ihnen eine Chance zu bieten. Mit ihren Zeltplanen mußten sie die Fenster des 404 zuhängen, und der Schlafwagen verwandelte sich in eine Ambulanz, so daß die alte Frau einigermaßen in Dunkelheit ruhen konnte. Ihr Mann legte sich zu ihr, hielt ihre Hand, und man ließ sie allein mit dem Arzt. Später kümmerten sich die Nonnen um die alte Frau, die sich besser fühlte. Der Ingenieur verbrachte den Nachmittag so gut wie möglich, besuchte andere Wagen und ruhte sich in Taunus' Auto aus, als die Sonne zu heftig brannte; nur dreimal mußte er zu seinem Auto rennen, wo die alten Leutchen zu schlafen schienen, um mit der Kolonne ein Stück vorzurücken bis zum nächsten Stop. Die Nacht brach über sie herein, ohne daß sie in die Nähe des Waldes gelangt waren. Gegen zwei Uhr morgens sank die Temperatur, und wer eine Decke hatte, freute sich, daß er sich einwickeln konnte. Da die Kolonne bis zum Tagesanbruch nicht vorrücken würde (das lag in der Luft, wehte herüber vom Horizont unbewegter Autos in der Nacht), hockten der Ingenieur und Taunus sich hin, um zu rauchen und mit dem Landmann aus dem Ariane und dem Soldaten zu reden. Taunus' Berechnungen deckten sich nicht mehr ganz mit der Wirklichkeit, er sagte es offen, sie würden am Morgen etwas tun müssen, um mehr Proviant und Getränke zu beschaffen. Der Soldat machte sich auf die Suche nach den Anführern der benachbarten Gruppen, die auch nicht schlafen konnten, und sie diskutierten leise über das Problem, damit die Frauen nicht wach wurden. Die Anführer hatten mit den Verantwortlichen anderer, achtzig oder hundert Wagen weit entfernter Gruppen gesprochen, und sie konnten sicher sein, daß die Lage überall die gleiche war. Der Landmann, der das Gebiet gut kannte, schlug vor, zwei oder drei Männer aus jeder Gruppe bei Tagesbeginn auszuschikken, die Nahrungsmittel in den nahegelegenen Bauernhöfen kaufen sollten, indes Taunus sich darum kümmern würde, für die Wagen, die während der Expedition herrenlos waren, Fahrer zu bestimmen. Der Gedanke war gut, und es bereitete keine Mühe, Geld zu sammeln. Man einigte sich, daß der Landmann, der Soldat und Taunus' Freund zusammen gehen und alle Taschen, Netze und verfügbaren Feldflaschen mitnehmen sollten. Die Anführer der anderen Gruppen kehrten zu ihren Einheiten zurück, um ähnliche Expeditionen zu organisieren und Vorsorge zu treffen, daß die Kolonne fahrtüchtig blieb. Das Mädchen in dem Dauphine teilte dem Ingenieur mit, daß es der alten Frau besser gehe und daß sie unbedingt in ihren ID wolle. Um acht Uhr erschien der Arzt, der keine Bedenken hatte, daß das Ehepaar in seinen Wagen zurückkehrte. Auf alle Fälle, so bestimmte Taunus, sollte der 404 ständig als Ambulanz eingerichtet bleiben, und die Burschen fabrizierten aus Jux ein Fähnchen mit einem roten Kreuz und brachten es an der Autoantenne an. Seit einiger Zeit blieben alle lieber in ihren Autos, denn die Temperaturen sanken noch immer, gegen Mittag begann es heftig zu regnen, und in der Ferne waren Blitze zu beobachten. Die Frau des Landmanns beeilte sich, Wasser mit einem Trichter und in einem Plastikgefäß einzufangen, was die Burschen aus dem Simca besonders erheiterte. Der Ingenieur, der all das vor Augen hatte, ein aufgeschlagenes Buch auf dem Lenkrad, das ihn nicht sehr fesselte, fragte sich, warum die Expeditionsteilnehmer so lange wegblieben. Wenig später rief Taunus ihn zu sich in seinen Wagen und erklärte ihm, alles sei gescheitert. Taunus' Freund berichtete Einzelheiten; demnach waren die Bauernhöfe entweder verlassen, oder die Leute hatten sich geweigert, ihnen etwas zu verkaufen, und beriefen sich auf die Verfügungen über den Verkauf an Privatpersonen, oder sie hatten einfach den Verdacht, es handele sich um Inspektoren, die sich der gegebenen Umstände bedienten, um sie einer Kontrolle zu unterziehen. Trotzdem war es ihnen gelungen, eine kleine Menge Wasser und ein paar Vorräte mitzubringen, die der Soldat vielleicht gestohlen hatte. Denn er lächelte, ohne weitere Angaben zu machen. Freilich konnte es nun nicht mehr lange dauern, und der Stau würde ein Ende haben. Nur waren die Nahrungsmittel, über die man verfügte, nicht eben geeignet für die beiden Kinder und die alte Frau. Der Arzt, der gegen vier

Uhr dreißig zu einem Krankenbesuch kam, konnte seine Verzweiflung und Müdigkeit nicht verbergen und sagte zu Taunus, in seiner und in den benachbarten Gruppen sehe es nicht anders aus. Im Radio war die Rede von dringenden Maßnahmen, die Autobahn frei zu machen, aber abgesehen von einem Hubschrauber, der gegen Abend kurz auftauchte, deutete nichts auf ein Eingreifen hin. Immerhin, die Hitze nahm ab, und alles schien darauf zu warten, daß es Nacht wurde, daß man sich in die Decken hüllen und im Schlaf die Wartestunden überbrücken konnte. Der Ingenieur saß in seinem Wagen und hörte den Gesprächen des Mädchens in dem Dauphine mit dem Reisenden in dem DKW zu, der ihr Geschichten erzählte, über die sie lustlos lachte. Es überraschte ihn, die Dame aus dem Beaulieu kommen zu sehen, die ihr Auto sonst nie verließ, aber sie wollte die letzten Nachrichten erfahren und fing dann mit den Nonnen ein Gespräch an. Namenloser Überdruß bedrückte sie, sobald es Abend wurde. Man erwartete vom Schlaf mehr als von den Nachrichten, die stets widersprüchlich und lügenhaft waren. Taunus' Freund kam verstohlen herüber, um den Ingenieur, den Soldaten und den Mann aus dem 203 zu holen. Taunus teilte ihnen mit, der Insasse des Floride sei desertiert; einem der Burschen aus dem Simca war der leere Wagen aufgefallen, und er hatte sich wenig später auf die Suche nach dem Eigentümer gemacht, um sich die Langeweile zu vertreiben. Niemand kannte den dicken Mann aus dem Floride genauer, der am ersten Tag zu heftig protestiert hatte und am Ende so schweigsam geworden war wie der Fahrer des Caravelle. Als um fünf Uhr morgens kein Zweifel mehr bestand, daß Floride, wie die Burschen ihn zum Spaß nannten, desertiert war, einen Handkoffer mitgenommen und einen Koffer voller Hemden und Unterwäsche zurückgelassen hatte, ordnete Taunus an, daß sich einer der Burschen um das verlassene Auto kümmerte, damit die Kolonne nicht in ihrer Beweglichkeit behindert wurde. Sie alle waren leicht verärgert über diese Fahnenflucht in finsterer Nacht und fragten sich, wie weit Floride denn gelangt sein mochte auf seiner Flucht über die Felder. Im übrigen schien dies die Nacht der großen Entscheidungen zu sein; auf den Polstern seines 404 ausgestreckt, glaubte der Ingenieur ein Stöhnen zu hören, meinte aber, der Soldat und seine Frau seien die Urheber für etwas, was nach alldem nur verständlich schien mitten in der Nacht und unter diesen Umständen. Dann dachte er noch einmal und genauer darüber nach, hob das Segeltuch hoch, das die Heckscheibe bedeckte, und sah im Licht der wenigen Sterne in etwa anderthalb Meter Entfernung wie immer die Windschutzscheibe des Caravelle und dahinter, wie an die Scheibe geklebt und ein wenig zur Seite geneigt das verzerrte Gesicht des Mannes. Lautlos stieg der Ingenieur auf der linken Seite aus, um die Nonnen nicht zu wecken, und trat an den Caravelle heran. Dann machte er sich auf die Suche nach Taunus, und der Soldat beeilte sich, den Arzt zu benachrichtigen. Es war klar, der Mann hatte Selbstmord begangen, Gift geschluckt; die Bleistiftstriche im Notizbuch genügten und der Brief an eine gewisse Yvette, die ihn in Vierzon verlassen hatte.

Zum Glück war die Angewohnheit, in den Autos zu schlafen, zur Gewohnheit geworden. Die Nächte waren nun schon so kalt, daß es keinem eingefallen wäre, im Freien zu kampieren. Es machte auch keinem etwas aus, daß andere zwischen den Wagen hin und her liefen und bis an die Ränder der Autobahn glitten, um sich zu erleichtern. Taunus berief einen Kriegsrat ein, und der Arzt erklärte sich einverstanden. Den Leichnam am Rand der Fahrbahn zu lassen, wäre zumindest für alle, die nach ihnen kamen, eine böse Überraschung gewesen; und ihn weiter entfernt aufs offene Feld zu bringen, konnte eine heftige Erwiderung der Dorfleute provozieren, die in der Nacht zuvor einen jungen Mann aus einer anderen Gruppe, der etwas zu essen suchte, bedroht und geschlagen hatten. Der Landmann aus dem Ariane und der Reisende aus dem DKW besaßen alles Nötige, um den Kofferraum des Caravelle hermetisch zu verschließen. Als sie ihre Arbeit begannen, trat das Mädchen aus dem Dauphine zu ihnen und hängte sich zitternd an den Arm des Ingenieurs. Er erklärte ihr leise, was geschehen war, und brachte sie zu ihrem Auto, sobald sie sich beruhigt hatte. Taunus und seine Männer hatten den Körper im Kofferraum verstaut, und der Geschäftsreisende machte sich mit Scotch Tape und flüssigem Klebstoff im Licht der Laterne, die dem Soldaten gehörte, zu schaffen. Da die Frau in dem 203 fahren konnte, ordnete Taunus an, daß ihr Mann sich um den Caravelle kümmerte, der rechts von dem 203 stand. So entdeckte am Morgen das kleine Mädchen aus dem 203, daß ihr Papa ein anderes Auto hatte, und sie spielte stundenlang, indem sie zwischen den beiden Autos hin- und herlief und einen Teil ihrer Spielsachen in dem Caravelle unterbrachte.

Zum erstenmal war die Kälte am Tage zu spüren, und niemand dachte mehr daran, seine Jacke auszuziehen. Das Mädchen in dem Dauphine und die Nonnen machten Inventur über die in der Gruppe verfügbaren Mäntel. Einige wenige Pullover fanden sich, die in den Autos oder in einer Reisetasche zufällig zum Vorschein kamen, auch ein Regenmantel und ein Übergangsmantel. Eine Liste dringlicher Notfälle wurde aufgestellt, und die Mäntel wurden verteilt. Wieder wurde das Wasser knapp, und Taunus schickte drei seiner Männer aus, unter ihnen den Ingenieur, die versuchen sollten, Kontakt mit den Dörflern aufzunehmen. Der Widerstand von außen aber war lückenlos, ohne daß die Gründe dafür festzustellen waren. Es genügte, die Autobahn zu verlassen, und schon hagelte es Steine. Mitten in der Nacht warf jemand eine Sense nach ihnen, die auf dem Dach des DKW aufschlug und neben dem Dauphine zu Boden fiel. Der Reisende wurde blaß und rührte sich nicht in seinem Auto. Der Amerikaner in dem De Soto aber (der nicht zu der Gruppe von Taunus gehörte, den aber alle seiner guten Laune und seines Lachens wegen schätzten) lief herbei, schwang die Sense über seinem Kopf und schickte sie mit aller Kraft, laute Flüche ausstoßend, zurück ins offene Land. Trotzdem war Taunus nicht der Meinung, daß man die Feindschaft vertiefen sollte; vielleicht war es doch noch möglich, auf Wassersuche zu gehen.

Niemand bemühte sich, noch auszurechnen, wieviel sie an diesem Tag oder an diesen Tagen vorangekommen waren. Das Mädchen in dem Dauphine meinte, achtzig bis zweihundert Meter; der Ingenieur war weniger optimistisch, aber er machte sich den Spaß, mit seiner Nachbarin Berechnungen anzustellen und zu komplizieren, da ihm nach wie vor daran lag, das Mädchen von der Gesellschaft des Reisenden in dem DKW fernzuhalten, der ihr auf seine professionelle Art den Hof machte. Am Nachmittag desselben Tages kam einer der Burschen aus dem Simca, der beauftragt war, sich um den Floride zu kümmern, eilig zu Taunus mit der Nachricht, daß ein Ford Mercury Wasser zu einem guten Preis anbot. Taunus weigerte sich, aber gegen Abend bat eine der Nonnen den Ingenieur um einen Schluck Wasser für die alte Frau in dem ID, die litt, ohne zu klagen, von der Hand ihres Mannes gehalten und abwechselnd betreut von den Nonnen und dem Mädchen aus dem Dauphine. Sie hatten noch einen halben Liter Wasser, den die Frauen für die alte Frau und für die

Dame in dem Beaulieu bestimmten. Am Abend zahlte Taunus aus eigener Tasche den Preis für zwei Liter Wasser. Ford Mercury versprach mehr für den nächsten Tag, zum doppelten Preis.

Es war schwierig, sich zu einem Gespräch zusammenzufinden, denn niemand verließ gern sein Auto, es sei denn aus einem zwingenden Grund. Die Batterien entluden sich allmählich, und man konnte nicht fortwährend die Heizung laufen lassen. Taunus reservierte die beiden am besten ausgerüsteten Wagen für mögliche Kranke. In Decken gehüllt (die Burschen in dem Simca hatten die Innenverkleidung ihres Autos abgerissen und sich Pullover und Mützen angefertigt, andere machten es ihnen nach), versuchte jeder, die Türen so wenig wie möglich zu öffnen, um die Wärme zu konservieren. In einer solchen eisigen Nacht vernahm der Ingenieur das erstickte Weinen des Mädchens in dem Dauphine. Lautlos öffnete er langsam die Tür und tastete sich im Dunkeln weiter, bis er eine feuchte Wange streifte. Fast widerstandslos ließ sich das Mädchen in den 404 ziehen. Der Ingenieur half ihr, sich auf den Polstern auszustrecken, hüllte sie in die einzige vorhandene Decke und legte seinen Regenmantel darüber. Die Dunkelheit in dem Ambulanzwagen mit den von Zeltplanen verhängten Fenstern war dichter als anderswo. Schließlich klappte der Ingenieur die beiden Sonnenblenden herunter und hängte sein Hemd und einen Pullover so auf, daß sein Auto völlig abgeschirmt war. Gegen Morgen flüsterte sie ihm zu, sie habe, bevor sie zu weinen anfing, geglaubt, rechts in der Ferne die Lichter einer Stadt zu sehen.

Vielleicht war es eine Stadt, aber der Morgennebel gestattete nur zwanzig Meter Sicht. Seltsamerweise rückte die Kolonne an diesem Tag ein gutes Stück vor, vielleicht zweihundert oder dreihundert Meter. Das geschah gleichzeitig mit neuen Meldungen aus dem Radio (das kaum jemand hörte mit Ausnahme von Taunus, der sich verpflichtet fühlte, auf dem laufenden zu bleiben). Die Sprecher kündigten emphatisch neue Maßnahmen an, die die Autobahn frei machen würden, und informierten über die aufreibende Tätigkeit der Arbeitsgruppe und der Polizeikräfte. Mit einemmal fing eine der Nonnen an zu phantasieren; ihre Gefährtin starrte sie entsetzt an, und das Mädchen aus dem Dauphine rieb ihr die Schläfen mit einem Rest Parfüm ein. Die Nonne sprach von Armagedoon, vom Neunten Tag und von der Kette aus Zinnober. Der Arzt kam erst sehr viel später und mußte sich einen Weg durch den Schnee bahnen, der seit Mittag fiel und die Autos allmählich einmauerte. Er bedauerte, keine Beruhigungsspritze zu haben, und riet, die Nonne in ein gutgeheiztes Auto zu bringen. Taunus trug sie in seinen Wagen, und das Kind zog in den Caravelle um, wo auch seine kleine Freundin aus dem 203 war. Beide spielten mit ihren Autos und waren sehr vergnügt, denn sie waren die einzigen, die nicht Hunger litten. An diesem und an den folgenden Tagen schneite es ununterbrochen, und wenn die Kolonne ein paar Meter vorrückte, dann mußten mit improvisierten Mitteln die zwischen den Autos angehäuften Schneemassen beseitigt werden.

Niemand war befremdet von der Methode, Proviant und Wasser zu beschaffen. Taunus mußte nur noch den gemeinschaftlichen Fonds verwalten und versuchen, den bestmöglichen Gewinn bei den Tauschgeschäften herauszuholen. Ford Mercury und ein Porsche kamen jede Nacht, um mit Lebensmitteln zu handeln. Taunus und der Ingenieur kümmerten sich um die Verteilung je nach dem körperlichen Zustand jedes einzelnen. Es war unglaublich, daß die alte Frau in dem ID noch am Leben war, von Schlafsucht benommen, die die anderen Frauen zu vertreiben suchten. Die Dame aus dem Beaulieu, die Tage zuvor an Übelkeit und Schwindelanfällen gelitten hatte, war mit der Kälte wieder zu sich gekommen und gehörte zu denen, die der Nonne am meisten halfen, ihre Gefährtin zu pflegen, die schwach und ein wenig zerstreut war. Die Frau des Soldaten und die in dem 203 kümmerten sich um die beiden Kinder. Der Reisende in dem DKW wollte sich vielleicht trösten, daß das Mädchen in dem Dauphine offenbar den Ingenieur vorzog, und brachte Stunden damit zu, den Kindern Märchen zu erzählen. In den Nächten überließen sich die Gruppen ihrem geheimen und privaten Leben; die Autotüren wurden leise geöffnet, um einen vor Kälte erstarrten Schatten einzulassen, doch keiner kümmerte sich um den anderen, die Augen waren so blind wie der Schatten selbst. Unter schmutzigen Decken, mit Händen, an denen die Nägel gewachsen waren, im Geruch des Eingeschlossenseins und der nicht gewechselten Wäsche glomm hier und da etwas Glückseligkeit. Das Mädchen aus dem Dauphine hatte sich nicht geirrt: In der Ferne leuchtete eine Stadt, und allmählich würden sie ihr näher kommen. Nachmittags reckte sich der Bursche in dem Simca bis zum Autodach; eingehüllt in Fetzen der Innenverkleidung und grünes Werg, spähte er unverdrossen aus. Müde, den Horizont vergeblich abzusuchen, wanderte sein Blick zum tausendsten Mal über die Autos ringsum. Mit einem gewissen Neid entdeckte er Dauphine im Auto von 404, eine Hand, die einen Nacken streichelte, das Ende eines Kusses. Rein zum Spaß und weil er nun die Freundschaft von 404 gewonnen hatte, rief er ihnen zu, die Kolonne setze sich in Bewegung, nur damit Dauphine den 404 verlassen und in ihr Auto zurückkehren mußte.

Aber bald darauf kam sie wieder auf der Suche nach Wärme. Dem Jungen in dem Simca hätte es gefallen, wenn er ein Mädchen aus einer anderen Gruppe in sein Auto hätte holen können, aber man durfte nicht einmal daran denken bei dieser Kälte und diesem Hunger, abgesehen davon, daß zwischen der Gruppe vor ihnen und Taunus offene Feindschaft ausgebrochen war, einer Geschichte wegen, in der eine Tube Kondensmilch eine Rolle spielte. Außer den offiziellen Transaktionen mit Ford Mercury und Porsche gab es keine Verbindung zu anderen Gruppen. Da seufzte der Junge in dem Simca unzufrieden und nahm seinen Posten als Wächter wieder ein, bis Schnee und Kälte ihn zwangen, sich zitternd ins Autoinnere zurückzuziehen.

Doch die Kälte ließ nach, und einer Übergangszeit mit Wind und Regen, die an den Kräften zehrte und die Versorgungsschwierigkeiten vergrößerte, folgten kühle und sonnige Tage, an denen es schon möglich war, das Auto zu verlassen, einander zu besuchen, Verbindungen mit benachbarten Gruppen neu zu knüpfen. Die Anführer hatten die Lage besprochen, und am Ende gelang es, mit der Gruppe vor ihnen Frieden zu schließen. Lange wurde über das plötzliche Verschwinden des Ford Mercury gesprochen; keiner konnte sich erklären, was geschehen war. Aber Porsche kam wie früher und kontrollierte den schwarzen Markt. Nie fehlte es völlig an Wasser und Konserven, auch wenn die finanziellen Mittel der Gruppe schmaler wurden und Taunus und der Ingenieur sich fragten, was an dem Tag werden sollte, an dem man für Porsche kein Geld mehr hatte. Man sprach von einem Handstreich, wollte ihn gefangennehmen und zwingen, die Quelle seiner Vorräte preiszugeben; aber gerade in diesen Tagen war die Kolonne ein gutes Stück vorangekommen, und die Anführer zogen es vor, zu warten, das Risiko zu vermeiden und nicht alles wegen eines überstürzten Entschlusses zu verderben. Der Ingenieur, der sich einer angenehmen Gleichgültigkeit hingegeben hatte, wurde im ersten Augenblick von der fast schüchternen Ankündigung des Mädchens überrascht, aber dann begriff er, daß es sich nicht mehr vermeiden ließe, und der Gedanke, ein Kind von ihr zu haben, schien ihm schließlich so natürlich wie die nächtliche Verteilung von Proviant oder die heimlichen Ausflüge an die Ränder der Autobahn. Auch der Tod der alten Frau in dem ID konnte keinen überraschen. Wieder mußte man sich in tiefer Nacht an die Arbeit machen, den Ehemann begleiten und trösten, der es nicht fassen konnte. Unter zwei Gruppen, die zur Vorhut gehörten, brach ein Streit aus, und Taunus mußte als Schiedsrichter fungieren und behutsam die Meinungsverschiedenheiten klären. Alles geschah irgendwann, ohne voraussehbaren Plan; das wichtigste aber geschah, als es keiner erwartete. Die Rolle, es als erster zu bemerken, fiel dem zu, der am wenigsten verantwortlich war. Durch das Dach des Simca ausschauend, hatte der fröhliche Wächter den Eindruck, daß der Horizont sich verändert habe (es war Nachmittag, eine gelbliche Sonne sandte ihr flaches, schwaches Licht aus), und daß sich etwas Unbegreifliches fünfhundert Meter vor ihnen ereigne, dreihundert Meter, zweihundertfünfzig! Er rief es 404 zu, und 404 sagte es Dauphine, die rasch herüberkam in sein Auto, als auch schon Taunus, der Soldat und der Landmann herbeieilten, und vom Dach des Simca aus wies der Bursche nach vorn und wiederholte ununterbrochen die Ankündigung, als müßte er sich von dem überzeugen, was seine Augen sahen. Da vernahmen auch sie die Erschütterung, es hörte sich an wie eine schwere, aber unaufhaltsame Wanderbewegung, die mit einer endlosen Benommenheit erwacht und ihre Kräfte erprobt. Taunus befahl schreiend, alle sollten in ihre Wagen zurück. Der Beaulieu, der ID, der Fiat 600 und der De Soto starteten wie unter demselben Impuls. Jetzt bewegten sich auch der 2 CV, der Taunus, der Simca und der Ariane. Und der Bursche in dem Simca war stolz, als hätte er einen Sieg errungen; er drehte sich nach dem 404 um und ruderte mit dem Arm, während der 404, der Dauphine, der 2 CV der Nonnen und der DKW in Fahrt kamen. Freilich hing alles davon ab, wie lange es so bleiben würde, der 404 stellte sich gewohnheitsmäßig diese Frage, während er sich auf gleicher Höhe mit dem Dauphine hielt und dem Mädchen zulächelte, um ihm Mut zu machen. Der Volkswagen hinter ihm, der Caravelle, der 203 und der Floride starteten ihrerseits, zögernd noch, ein Stück im ersten Gang, dann im zweiten, unaufhörlich im zweiten, aber ohne auskuppeln zu müssen, wie so oft, den Fuß auf dem Gaspedal, und warteten darauf, den dritten Gang schalten zu können. 404 streckte den linken Arm aus und suchte die Hand Dauphines, kaum streifte er ihre Fingerspitzen, in ihrem Gesicht sah er ein Lächeln ungläubiger Hoffnung, und er dachte, sie würden Paris erreichen und ein Bad nehmen, zusammen irgendwohin gehen, zu ihm nach Hause oder zu ihr, essen, endlos lange duschen und essen und trinken, und es würde Möbel geben, ein Schlafzimmer mit Möbeln und ein Badezimmer mit Seifenschaum, um sich richtig zu rasieren, und ein Klo, und essen, und ein Klo und Bettlaken, Paris war ein Klo und zwei Bettlaken und heißes Wasser auf der Brust, auf den Beinen, und eine Nagelschere und Weißwein, sie würden Weißwein trinken, ehe sie sich küßten, und sie würden nach Lavendel und Kölnischwasser riechen, ehe sie sich richtig und bei vollem Licht erkannten, zwischen sauberen Bettlaken, und dann würden sie wieder baden, aus Freude, und zum Friseur gehen, ins Bad gehen, die Bettlaken streicheln, einander auf den Bettlaken streicheln und sich lieben unter Seifenschaum und Lavendel und den Bürsten, bevor sie anfingen, darüber nachzudenken, was sie tun würden, an das Kind denken, an künftige Fragen und all das, falls sie nicht aufgehalten wurden, falls die Kolonne weiterfuhr, auch wenn man noch nicht in den dritten Gang schalten konnte, weiterfahren im zweiten, aber weiterfahren. Seine Stoßstangen berührten den Simca, er lehnte sich in seinen Sitz zurück, er spürte, daß die Geschwindigkeit zunahm, er spürte, daß er beschleunigen konnte, ohne gegen den Beaulieu zu stoßen, und daß hinter ihm der Caravelle war und alle mehr und mehr beschleunigten, und schon konnte man den dritten Gang einlegen, ohne daß sich der Motor beschwerte, und das Getriebe griff tatsächlich in den dritten Gang ein, und die Fahrt wurde sanft und schneller, und gerührt und erstaunt blickte 404 nach links und suchte die Augen Dauphines. Es war nur natürlich, daß bei soviel Beschleunigung die Reihen nicht mehr parallel blieben, Dauphine hatte fast einen Meter Vorsprung, 404 sah ihren Nacken, kaum noch ihr Profil, als sie sich umwandte und ihn mit einem überraschten Ausdruck ansah, weil er noch weiter zurückblieb. Er beruhigte sie mit einem Lächeln und gab mehr Gas, aber schon mußte er bremsen, da er beinahe den Simca angefahren hätte. Er hupte ihn kurz an, und der Junge in dem Simca sah nach ihm im Rückspiegel und bedeutete ihm, es sei unmöglich, indem er mit der Linken auf den Beaulieu wies, der an seinem Auto klebte. Dauphine war drei Meter voraus, neben dem Simca, und das kleine Mädchen aus dem 203, der neben dem 404 war, bewegte die Arme und zeigte ihm ihre Puppe. Ein roter Fleck zur Rechten brachte den 404 aus der Fassung; denn an Stelle des 2 CV der Nonnen oder des Volkswagens des Soldaten erblickte er einen unbekannten Chevrolet, der fast augenblicklich einen Vorsprung gewann, und ihm folgte ein Lancia und ein R 8. Links gesellte sich ihm ein ID zu, der ihn Meter für Meter einholte, und ehe er noch von einem 403 abgelöst wurde, konnte 404 den 203 ausfindig machen, der den Dauphine verdeckte. Die Gruppe löste sich auf, existierte nicht mehr, Taunus war wohl mehr als zwanzig Meter vor ihm, und hinter Taunus war Dauphine; zur gleichen Zeit fiel die dritte Reihe links ab, denn statt des DKW des Reisenden konnte 404 das Heck eines alten schwarzen Kombiwagens sehen, vielleicht eines Citroën oder Peugeot. Die Autos fuhren jetzt im dritten Gang, überholten oder verloren an Boden, je nach dem Rhythmus in ihrer Reihe. Längs der Autobahn flüchteten die Bäume, und einzelne Häuser tauchten aus den Nebelschwaden des Abends auf. Dann sah man die roten Lichter, die alle einschalteten, dem Beispiel derer folgend, die voranfuhren, und dann war es mit einemmal Nacht. Immer wieder hörte man Hupen, der Zeiger des Tachometers stieg und stieg, manche Reihen fuhren mit sechzig, andere mit fünfundsechzig, einige mit siebzig. 404 hatte die Hoffnung nicht aufgegeben, der Vorsprung und das Abfallen der Reihen würden ihm erlauben, Dauphine noch einmal einzuholen, aber jede Minute überzeugte ihn, daß es vergebens war, daß die Gruppen sich unwiederbringlich aufgelöst hatten, ihre gewohnten Zusammenkünfte sich nicht wiederholen würden, die minimalen Rituale, der Kriegsrat im Auto von Taunus, die Zärtlichkeiten von Dauphine im Frieden des neuen Tages, das Lachen der Kinder, die mit ihren Autos spielten, der Anblick der Nonnen, die ihren Rosenkranz durchrechneten. Als die Bremsleuchten des Simca aufblinkten, verzögerte 404 die Fahrt in einem absurden Gefühl von Hoffnung, und kaum daß er die Handbremse gezogen hatte, war er auch schon draußen und lief nach vorn. Abgesehen von dem Simca und dem Beaulieu (weiter hinter würde der Caravelle sein, aber das kümmerte ihn wenig), erkannte er kein Auto. Gesichter, die er nie zuvor gesehen hatte, blickten ihn durch die Scheiben erstaunt und vielleicht verärgert an. Da wurde gehupt, und 404 mußte zu seinem Auto zurück. Der Junge in dem Simca winkte ihm freundlich, als verstände er, und wies ermutigend in Richtung Paris. Die Kolonne setzte sich abermals in Bewegung, zögernd einige Minuten lang, und dann so, als wäre die Autobahn endgültig frei. Links von 404 fuhr ein Taunus, und sekundenlang glaubte er, die Gruppe finde sich von neuem, alles habe seine alte Ordnung wieder und man könne weiterfahren, ohne etwas zu zerstören. Aber es war ein grüner Taunus, am Steuer eine Frau mit einer dunklen Brille, die unentwegt geradeaus sah. Nichts anderes konnte man tun, als sich der Fahrt überlassen, mechanisch der Geschwindigkeit der Wagen ringsum anpassen, nicht denken. In dem Volkswagen des Soldaten war wohl seine Lederjacke geblieben. Taunus hatte den Roman, den er in den ersten Tagen gelesen hatte. Eine fast leere Flasche Lavendel blieb im 2 CV der Nonnen. Er hatte – mit der rechten Hand berührte er ihn zuweilen – den kleinen Plüschbären, den Dauphine ihm als Maskottchen geschenkt hatte. Absurderweise hielt er sich an die Vorstellung, daß um halb zehn die Nahrungsmittel verteilt würden, daß man die Kranken besuchen, die Lage mit Taunus und dem Landmann aus dem Ariane besprechen müsse. Dann würde es Nacht, Dauphine käme schweigend in sein Auto, gäbe es Sterne oder Wolken, das Leben. Ja, so mußte es sein, es konnte nicht anders, nicht für immer zu Ende sein. Vielleicht gelang es dem Soldaten, Wasser zu beschaffen, das in den letzten Stunden knapp geworden war; auf alle Fälle konnte man sich auf Porsche verlassen, sofern er den Preis erhielt, den er forderte. An der Radioantenne flatterte wie irrsinnig die Fahne mit dem roten Kreuz, und mit achtzig Stundenkilometer fuhr man den Lichtern zu, die allmählich größer wurden, ohne daß man genau wußte, wozu diese Eile, warum dieses Rennen in der Nacht zwischen fremden Autos, in denen keiner etwas vom anderen wußte und jeder nur geradeaus starrte, nur geradeaus.

Die Gesundheit der Kranken

Als unerwartet Tante Clelia krank wurde, entstand in der Familie ein Augenblick der Panik, und für Stunden war keiner in der Lage, zu reagieren und einen Aktionsplan zu diskutieren, nicht einmal Onkel Roque, der sonst immer den besten Ausweg zu finden wußte. Man verständigte Carlos telefonisch in seinem Büro, Rosa und Pepa schickten ihre Klavier- und Gesangsschüler nach Hause, und sogar Tante Clelia sorgte sich mehr um Mama als um sich selbst. Sie war sicher, daß es nicht so schlimm um sie stünde, aber man konnte Mama mit ihrem Blutdruck und ihrem Zucker nicht mit beunruhigenden Nachrichten kommen. Man wußte doch zur Genüge, wie Dr. Bonifaz als erster begriffen und gebilligt hatte, daß man Mama die Sache mit Alejandro verheimlichen mußte. Falls Tante Clelia das Bett hüten müsse, so war es unumgänglich, eine Möglichkeit zu finden, damit Mama nicht argwöhnen könne, daß sie krank war. Aber schon die Sache mit Alejandro war so kompliziert geworden, und nun geschah auch noch das; der geringste Irrtum, und sie würde am Ende die Wahrheit erfahren. Obschon das Haus groß genug war, mußte man mit Mamas feinem Gehör rechnen, mit ihrer beunruhigenden Fähigkeit zu erraten, wo jeder von ihnen sich gerade befand. Pepa, die über das Telefon in der oberen Etage mit Dr. Bonifaz gesprochen hatte, informierte ihre Geschwister, daß der Doktor so schnell wie möglich kommen würde und man die Pforte angelehnt lassen solle, damit er ohne zu klingeln einträte. Während Rosa und Onkel Roque sich um Tante Clelia kümmerten, die zwei Ohnmachtsanfälle erlitten und über unerträgliche Kopfschmerzen klagte, blieb Carlos bei Mama, um ihr die Neuigkeiten über den diplomatischen Konflikt mit Brasilien zu berichten und die letzten Nachrichten vorzulesen. Mama zeigte sich an diesem Nachmittag gutgelaunt, ihre Seitenschmerzen hatten wie fast immer zur Stunde der Siesta nachgelassen. Sie fragte jeden, was es denn gäbe, daß sie so nervös wären, und die Gespräche im Haus drehten sich um den niedrigen Luftdruck und die unheilbringenden Gärungsstoffe im Brot. Zur Teestunde erschien Onkel Roque, mit Mama zu plaudern, und Carlos konnte ein Bad nehmen und auf das Kommen des Arztes warten. Tante Clelia fühlte sich besser, aber es kostete sie Mühe, sich im Bett herumzudrehen, und ihre Gedanken waren kaum noch bei dem, was sie nach dem Erwachen aus der ersten Ohnmacht so bekümmert hatte. Pepa und Rosa wechselten einander ab bei ihr, boten ihr Tee und Wasser an, ohne eine Antwort zu bekommen. Es wurde stiller im Haus, als der Nachmittag kam, und die Geschwister sagten sich, das mit Tante Clelia sei vielleicht nicht so schlimm und sie würde schon morgen Nachmittag zu Mama ins Schlafzimmer gehen, als sei nichts gewesen.

Was Alejandro anging, so lagen die Dinge weitaus schlimmer; denn Alejandro war bei einem Autounfall ums Leben gekommen, kurz vor Montevideo, wo man ihn im Haus eines befreundeten Ingenieurs erwartete. Das war nun schon fast ein Jahr her, aber für die Familie war es so gut wie der erste Tag – mit Ausnahme von Mama. Denn für Mama befand sich Alejandro in Brasilien, wo eine Firma aus Recife ihn mit der Installation einer Zementfabrik beauftragt hatte. Der Gedanke, Mama vorzubereiten, ihr nahezulegen, Alejandro habe einen Unfall gehabt und sei leicht verletzt, war ihnen nicht einmal nach den Vorbeugemaßnahmen von Dr. Bonifaz gekommen. Sogar María Laura, in diesen ersten Stunden von jedem Begreifen so weit wie irgend möglich entfernt, hatte zugeben müssen, es sei undenkbar, Mama die Nachricht zu geben. Carlos und María Lauras Vater begaben sich nach Uruguay, den Leichnam Alejandros zu holen, indes die Familie sich wie stets um Mama kümmerte, die sich an diesem Tag leidend und kompliziert zeigte. Der Ingenieurclub war einverstanden, daß man die Totenwache in seinen Räumen abhielt, und Pepa, die sich am meisten um Mama kümmerte, vermochte nicht einmal einen Blick auf Alejandros Bahre zu werfen. Die anderen wechselten sich stündlich ab und begleiteten die arme María Laura, die in einem tränenlosen Entsetzen unterzugehen drohte. Wie beinah immer fiel es Onkel Roque zu, sich über das Weitere Gedanken zu machen. Er sprach darüber in der Frühe mit Carlos, der schweigend seinen Bruder beweinte, den Kopf auf der grünen Decke des Eßtischs, an dem sie so viele Male Karten gespielt hatten. Dann gesellte sich Tante Clelia zu ihnen, denn Mama hatte die ganze Nacht geschlafen, und man brauchte sich um sie keine Sorgen zu machen. Mit dem stillschweigenden Einverständnis von Rosa und Pepa beschlossen sie die ersten Maßnahmen – der Beschlagnahme von *La Nación*. Denn zuweilen hatte

Mama Lust, einen Blick in die Tageszeitung zu werfen. Sie alle waren einverstanden mit dem, was sich Onkel Roque ausgedacht hatte. So geschah es, daß ein brasilianisches Unternehmen Alejandro unter Vertrag nahm, ein Jahr in Recife zu verbringen. Alejandro mußte deshalb nach wenigen Stunden auf einen kurzen Urlaub im Hause des befreundeten Ingenieurs verzichten, seinen Koffer packen und das erstbeste Flugzeug nehmen. Mama mußte, ob sie wollte oder nicht, begreifen, daß neue Zeiten waren und Industrielle von Gefühlen nichts verstanden. Alejandro aber würde gewiß eine Möglichkeit für eine Woche Urlaub finden und etwa Mitte des Jahres nach Buenos Aires herunterkommen. Mama zeigte sich mit alledem sehr einverstanden, obschon sie ein wenig weinte und man ihr das Riechsalz bringen mußte. Carlos, der es immer verstand, sie zum Lachen zu bringen, sagte, es sei eine Schande, daß sie nach dem ersten Erfolg des Benjamin der Familie weine und es Alejandro nicht recht gewesen wäre, wüßte er, wie man die Nachricht von seinem Vertrag aufgenommen habe. Da beruhigte sich Mama und sagte, sie würde einen Fingerhut voll Málaga auf die Gesundheit von Alejandro trinken. Carlos stürzte hinaus, um den Wein zu suchen, aber es war Rosa, die ihn brachte und mit Mama anstieß.

Das Leben von Mama war recht mühsam, und auch wenn sie wenig klagte, so mußte man bei ihr sein und sie zerstreuen. Als sie sich am Tage nach der Beerdigung von Alejandro darüber wunderte, daß María Laura sie nicht wie an jedem Donnerstag besuchen kam, begab sich Pepa am Nachmittag zu den Novalli, um mit María Laura zu sprechen. Zur Stunde befand Onkel Roque sich im Büro eines befreundeten Rechtsanwalts und erklärte ihm die Situation; der Rechtsanwalt versprach, unverzüglich seinem Bruder, der in Recife arbeitete (Städtenamen wurden im Haus von Mama nicht willkürlich ausgesucht), zu schreiben und die Sache mit der Korrespondenz zu organisieren. Wie zufällig kam Dr. Bonifaz vorbei, und nachdem er ihre Sehkraft untersucht hatte, fand er sie gebessert, bat aber, für ein paar Tage auf die Zeitungslektüre zu verzichten. Tante Clelia übernahm es, ihr die interessantesten Nachrichten mitzuteilen; zum Glück fand Mama keinen Gefallen an Rundfunknachrichten, weil sie ihr vulgär vorkamen und es andauernd Reklamehinweise gab für Mittel, die überhaupt nicht sicher waren und die die Leute gegen Wind und Sturm nahmen, und so ging es ihnen denn auch.

María Laura erschien Freitagnachmittag und erzählte, wieviel sie für die Prüfungen in Architektur lernen müsse.

»Ja, meine Tochter«, sagte Mama und sah sie liebevoll an. »Deine Augen sind ja rot vom Lesen, und das ist nicht gut. Mach dir eine Hamameliskompresse, das ist das beste, was es gibt.«

Rosa und Pepa waren da, um jeden Augenblick in die Unterhaltung eingreifen zu können, doch María Laura hielt stand und lächelte sogar, als Mama von diesem herzlosen Bräutigam zu reden anfing, der so weit weg reiste und beinah ohne Bescheid zu sagen. So war eben die moderne Jugend, die Welt war verrückt geworden und alle hatten es eilig, für nichts hatten sie Zeit. Dann verlor sich Mama in den bereits bekannten Anekdoten über Eltern und Großeltern, und der Kaffee kam, und dann trat Carlos ein mit seinen Späßen und Geschichten, und irgendwann war es Onkel Roque, der an der Schlafzimmertür stehenblieb und sie alle mit seiner gutmütigen Miene betrachtete, und alles lief so ab, wie es sollte, und dann war es Zeit, daß Mama ruhen mußte.

Die Familie gewöhnte sich allmählich daran, nur María Laura hatte Mühe, aber dafür brauchte sie ja Mama nur an den Donnerstagen zu sehen. Eines Tages dann traf der erste Brief von Alejandro ein (Mama hatte sich schon zweimal über sein Schweigen gewundert). Carlos las ihn vor, vor dem Bett stehend. Alejandro zeigte sich begeistert von Recife, er sprach vom Hafen, von den Papageienhändlern, vom Geschmack der Erfrischungsgetränke, und der Familie lief das Wasser im Munde zusammen, als sie erfuhr, daß Ananasfrüchte beinah umsonst zu haben waren und der Kaffee noch richtiger Kaffee war und einen Duft hatte ... Mama bat, den Briefumschlag sehen zu dürfen, und sagte, die Briefmarke solle man dem Jungen der Familie Marolda geben, der ein Briefmarkensammler war, obschon es ihr nicht gefalle, wenn Kinder sich mit Briefmarken abgeben, weil sie sich hinterher nicht die Hände waschen und die Briefmarken mit der ganzen Welt in Berührung kommen.

»Sie fahren mit der Zunge drüber, um sie aufzukleben«, sagte Mama jedes Mal, »und die Bazillen bleiben da und vermehren sich, das weiß man. Aber gib sie ihm trotzdem, er hat schon so viele, da kommt es auf eine mehr auch nicht an ...«

Am nächsten Tag rief Mama Rosa zu sich und diktierte ihr einen Brief für Alejandro, in welchem sie ihn fragte, wann er Urlaub nehmen und ob die Reise auch nicht zu teuer sein würde.

Sie erklärte ihm, wie sie sich fühlte, und berichtete von der Gehaltserhöhung, die Carlos gerade bekommen, und von dem Preis, den einer von Pepas Klavierschülern gewonnen hatte. Sie erzählte ihm auch von den Besuchen María Lauras, die keinen Donnerstag ausließ, aber zuviel studiere, was nicht gut für ihre Augen sei. Als der Brief fertig war, unterschrieb Mama am Ende mit Bleistift und küßte behutsam das Papier. Pepa stand auf, weil sie einen Umschlag suchen wollte, und Tante Clelia kam mit den 5-Uhr-Pillen und mit Blumen für die Vase auf der Kommode.

Nichts war mühelos, denn zu dieser Zeit stieg Mamas Blutdruck noch mehr an, daß die Familie sich schließlich fragte, ob da nicht irgendein unbewußter Einfluß sich geltend mache, ein Ergebnis ihres gemeinsamen Verhaltens, eine Unruhe und Mutlosigkeit, die Mama trotz der Vorsichtsmaßregeln und der falschen Fröhlichkeit Schaden zufügten. Aber das konnte nicht sein. Denn je mehr sie sich zum Lachen hatten zwingen wollen, desto mehr hatten sie schließlich richtig und echt mit Mama gelacht, und auch wenn sie nicht bei Mama waren, neckten sie sich zuweilen und stießen sich an, doch dann schauten sie sich an, als erwachten sie jäh, Pepa wurde sehr rot, und Carlos brannte sich eine Zigarette an und ließ den Kopf hängen. Es kam eigentlich nur darauf an, daß Zeit verginge und Mama nichts merkte. Onkel Roque hatte mit Dr. Bonifaz gesprochen, und alle waren sich im klaren darüber, daß man die barmherzige Komödie, wie Tante Clelia das nannte, noch lange werde fortsetzen müssen. Das einzige Problem waren María Lauras Besuche, denn Mama bestand natürlich darauf, von Alejandro zu sprechen und Fragen zu stellen, ob sie denn nun heiraten würden, sobald er aus Recife zurück sei, und ob denn dieser verrückte Sohn einen weiteren Vertrag so weit weg und auf so lange Zeit unterschreiben wollte. Es blieb nichts anderes übrig, man mußte immer ins Schlafzimmer gehen und Mama ablenken, ihr María Laura entziehen, die sich sehr still auf ihrem Stuhl hielt, die Hände fest eine auf der andern bis zum Wehtun. Eines Tages jedoch erkundigte Mama sich bei Tante Clelia, warum sich denn alle in dieser Art und Weise überstürzten, sobald María Laura zu Besuch käme, als sei das die einzige Gelegenheit, sie zu sehen. Tante Clelia fing an zu lachen und sagte, sie alle sähen in María Laura ein wenig Alejandro und wären deshalb gerne in ihrer Gesellschaft.

»Du hast recht, María Laura ist so gut«, sagte Mama. »Dieser

Schuft von meinem Sohn verdient sie gar nicht, glaub mir.« »Das mußt ausgerechnet du sagen«, sagte Tante Clelia, »wo dir die Augen übergehen, sobald du deinen Sohn auch nur erwähnst.« Auch Mama fing an zu lachen, und beide stimmten überein, daß ein Brief von Alejandro in diesen Tagen zu erwarten sei. Der Brief kam, und Onkel Roque brachte ihn zusammen mit dem 5-Uhr-Tee. Diesmal wollte Mama den Brief selbst lesen und verlangte ihre Lesebrille. Sie las aufmerksam, als sei jeder Satz ein Leckerbissen, den man nicht genug schmecken könnte.

»Diese jungen Burschen von heute haben keinen Respekt«, sagte sie, ohne der Sache viel Bedeutung zu geben. »Es stimmt schon, daß man zu meiner Zeit diese Maschinen nicht kannte, aber ich hätte es auch niemals gewagt, meinem Vater so zu schreiben, und ihr auch nicht.«

»Natürlich nicht«, sagte Onkel Roque, »bei dem Temperament, das der Alte hatte.«

»Das mit dem Alten kannst du offenbar nicht lassen, Roque. Du weißt, ich höre es nicht gerne. Aber es ist dir gleich. Denk nur mal, wie Mama sich aufführte.«

»Schön, in Ordnung. Das mit dem Alten ist so eine Redensart, es hat nichts mit dem Respekt zu tun.«

»Das ist sehr seltsam«, sagte Mama, nahm die Brille ab und betrachtete die Verzierungen der Zimmerdecke. »Jetzt haben wir schon fünf oder sechs Briefe von Alejandro, und in keinem nennt er mich ... Ach, aber das ist ein Geheimnis zwischen uns. Es ist sonderbar, weißt du. Warum hat er mich nicht ein einziges Mal so genannt?«

»Vielleicht findet der Junge es albern, es dir zu schreiben ... mündlich ist es etwas anderes. Wie nennt er dich denn?« »Es ist ein Geheimnis«, sagte Mama. »Ein Geheimnis zwischen mir und meinem kleinen Sohn.«

Weder Pepa noch Rosa kannten diesen Namen, und Carlos zuckte die Achseln, als sie ihn danach fragten.

»Was willst du, Onkel? Alles, was ich tun kann, ist seine Unterschrift fälschen. Ich glaube, Mama wird es wieder vergessen. Nimm es dir nicht so zu Herzen.«

Vier oder fünf Monate später, nach einem Brief Alejandros, in welchem er erklärte, wie viel er zu arbeiten habe (trotzdem freute es ihn, denn für einen jungen Ingenieur war es eine große Chance), bestand Mama darauf, daß es nun an der Zeit für ihn sei, sich ein paar Urlaubstage zu nehmen und nach Buenos Aires herunterzukommen. Rosa, die Mamas Antwortbrief schrieb, kam es so vor, als diktiere sie langsamer, als hätte sie über jeden Satz lange nachdenken müssen.

»Wer weiß, ob der Ärmste kommen kann«, sagte Rosa wie nebenbei. »Es wär ein Jammer, wenn er sich gerade jetzt mit dem Unternehmen überwerfen würde, wo es ihm so gutgeht und er so froh dabei ist.« Mama fuhr zu diktieren fort, als habe sie nichts gehört. Ihre Gesundheit ließ sehr zu wünschen übrig, und sie hätte Alejandro gern gesehen, auch wenn es nur für ein paar Tage gewesen wäre. Alejandro mußte doch auch an María Laura denken, nicht weil sie meinte, er kümmere sich nicht um seine Braut, aber eine Liebe lebt nicht von schönen Worten und Versprechungen aus der Ferne. Wie dem auch sei, sie erwartete von Alejandro, daß er ihr bald gute Nachrichten schickte. Rosa fiel auf, wie Mama das Papier nicht küßte, nachdem sie es unterschrieben, daß sie aber den Brief fest ansah, als wollte sie ihn im Gedächtnis behalten. Armer Alejandro, dachte Rosa und bekreuzigte sich, ohne daß es Mama sehen konnte.

»Weiß du«, sagte Onkel Roque am Abend zu Carlos, als sie bei ihrer Partie Domino allein waren, »ich glaube, das geht nicht gut aus. Man wird etwas Plausibles erfinden müssen oder aber sie merkt am Ende etwas.«

»Ich weiß nicht, Onkel. Das Beste wird sein, wenn Alejandro so antwortet, daß sie für eine gute Weile zufriedengestellt ist. Die Arme ist so krank, man kann nicht einmal dran denken, daß ...«

»Davon ist nicht die Rede, Junge. Aber ich sag dir, deine Mutter ist eine von denen, die nicht locker lassen. Das liegt in der Familie, mein Lieber.«

Mama las, ohne etwas zu merken, Alejandros ausweichende Antwort. Er wolle versuchen, Urlaub zu bekommen, sobald der erste Abschnitt der Fabrik installiert war. Als María Laura an diesem Nachmittag kam, bat Mama sie, ihren ganzen Einfluß geltend zu machen, damit Alejandro, und sei es für eine Woche, nach Buenos Aires käme. Später sagte María Laura zu Rosa, Mama habe sie in dem Augenblick darum gebeten, da niemand sonst zuhörte. Onkel Roque war der erste nahezulegen, was sie alle schon so viele Male gedacht und nicht auszusprechen gewagt hatten. Als Mama einen weiteren Brief an Alejandro diktierte und auf seinem Kommen bestand, wurde allen klar, daß man nicht umhin konnte, man mußte einen Versuch wagen und sehen, ob Mama in der Lage war, eine erste unangenehme Nachricht zu empfangen. Carlos konsultierte Dr. Bonifaz, der zur Vorsicht riet und zu ein paar Tropfen. Man ließ die nötige Zeit verstreichen, und eines Nachmittags kam Onkel Roque, nahm Platz am Fußende des Bettes, indes Rosa einen Mate vorbereitete und dabei aus dem Balkonfenster neben der Kommode mit den Medikamenten schaute.

»Weißt du, ich beginne langsam zu verstehen, warum dieser Teufel von einem Neffen sich nicht entschließen kann, uns zu besuchen«, sagte Onkel Roque. »Es ist nämlich so, er will dir keinen Kummer machen, weil er doch weiß, daß es dir noch nicht gutgeht.« Mama sah ihn an, als verstünde sie nicht.

»Die Novalli haben heute angerufen, es scheint, daß María Laura Nachricht von Alejandro hat. Es geht ihm gut, aber er wird ein paar Monate nicht reisen können.«

»Warum wird er nicht reisen können?« fragte Mama.

»Weil er, wie es scheint, etwas an einem Fuß hat, am Knöchel, glaube ich. Wir werden María Laura fragen, damit sie uns sagt, was es ist. Der alte Novalli sprach von einem Bruch oder so.«

»Ein Knöchelbruch?« sagte Mama.

Aber noch eh Onkel Roque antworten konnte, war Rosa schon mit dem Riechfläschchen zur Stelle. Dr. Bonifaz kam wenig später, und in ein paar Stunden war alles vorbei, aber es wurden lange Stunden, und Dr. Bonifaz trennte sich nicht von der Familie, bis es Nacht wurde. Zwei Tage später fühlte Mama sich genügend wiederhergestellt, um Pepa zu bitten, an Alejandro zu schreiben. Als Pepa, die nicht richtig verstanden hatte, wie stets mit Block und Bleistift erschien, schloß Mama die Augen und verneinte mit dem Kopf.

»Schreib du ihm, bitte. Sag ihm, er soll gesund werden.« Pepa gehorchte und schrieb, ohne zu wissen warum, einen Satz nach dem andern, obschon Mama den Brief nicht lesen würde. Sie sagte noch am Abend zu Carlos, sie habe, während sie neben Mamas Bett schrieb, die absolute Gewißheit gehabt, Mama werde diesen Brief weder lesen noch unterschreiben. Sie lag noch immer mit geschlossenen Augen da, die sie erst öffnete, als es Zeit für den Arzneitee war; sie schien sich selbst vergessen zu haben, an andere Dinge zu denken.

Alejandro antwortete im natürlichsten Ton von der Welt. Er

erklärte, die Sache mit dem Bruch habe er nicht erzählen wollen, um ihr keine Sorgen zu machen. Am Anfang hätte man sich geirrt und ihm einen Gips angelegt den man später wechseln mußte, und nun ginge es ihm besser. In ein paar Wochen könne er wieder anfangen zu laufen. Alles in allem werde es etwa zwei Monate dauern, doch das Schlimme an der Sache war, daß er in seiner Arbeit zurückgeworfen würde, und das gerade im wichtigsten Augenblick ...

Carlos, der ihr den Brief laut vorlas, hatte den Eindruck, daß Mama ihm nicht wie sonst zuhörte. Von Mal zu Mal blickte sie auf die Uhr, was bei ihr ein Zeichen von Ungeduld bedeutete. Um sieben mußte Rosa ihr die Brühe mit den Tropfen bringen, die Dr. Bonifaz verschrieben hatte, und es war schon fünf nach sieben.

»Also schön«, sagte Carlos und faltete den Brief zusammen. »Du siehst, alles geht gut, dem Jungen ist nichts Ernsthaftes zugestoßen.«

»Sicher«, sagte Mama. »Hör mal, sag doch Rosa, sie möge sich beeilen, willst du.«

María Lauras Erklärungen über Alejandros Bruch lauschte Mama mit Aufmerksamkeit, sie sagte ihr sogar, sie empfehle ihm ein paar Einreibungen, wie sie damals seinem Vater so gutgetan hätten, als er in Matanzas vom Pferd gestürzt war. Beinah sogleich, als gehörte es noch zum selben Satz, fragte sie, ob man ihr nicht ein paar Tropfen Orangenblütenwasser geben könne, die ihr immer einen klaren Kopf machen.

Die erste, die etwas sagte, war María Laura, an ebendiesem Nachmittag. Sie sagte es Rosa, im Wohnzimmer, bevor sie ging, und Rosa schaute sie an, als könne sie nicht glauben, was sie soeben gehört hatte.

»Bitte«, sagte Rosa, »wie kannst du dir nur so etwas einbilden.«

»Ich bilde es mir nicht ein, es ist die Wahrheit«, sagte María Laura, »und ich komme nicht wieder. Ihr könnt von mir verlangen, was ihr wollt, aber dieses Zimmer betrete ich nicht mehr.«

Eigentlich fand niemand María Lauras Phantasien wirklich absurd. Clelia aber sprach im Namen aller, als sie sagte, in einem Hause wie diesem sei eine Pflicht eine Pflicht. Auf Rosa fiel es, zu den Novalli zu gehen, aber María Laura bekam einen solch hysterischen Weinkrampf, daß nichts anderes übrigblieb, als ihren Entschluß zu billigen. Pepa und Rosa begannen am gleichen Nachmittag ihre Gespräche darüber, wieviel das arme Mädchen lernen müsse und wie müde sie sei. Mama sagte nichts, und als der Donnerstag kam, fragte sie nicht nach María Laura. Es waren an diesem Donnerstag zehn Monate seit Alejandros Abreise nach Brasilien vergangen. Das Unternehmen zeigte sich mit seinen Diensten so zufrieden, daß es ihm wenige Wochen später eine Erneuerung des Vertrags für ein weiteres Jahr vorschlug, sofern er sich einverstanden zeigte, unverzüglich nach Belén zu reisen, um eine weitere Fabrik zu installieren. Onkel Roque fand das ausgezeichnet und einen großen Triumph für einen jungen Mann in seinem Alter. »Alejandro ist immer der Intelligenteste gewesen«, erklärte Mama, »so wie Carlos seinen Kopf durchzusetzen weiß.«

»Du hast recht«, sagte Onkel Roque und fragte sich sodann, was denn an diesem Tag in María Laura gefahren sein konnte. »Wahr ist, du hast ein paar Kinder, die der Mühe wert sind, Schwester.« »O ja, ich kann mich nicht beklagen. Ihrem Vater hätte es gefallen, sie so erwachsen zu sehen. Die Mädchen sind so gut und der arme Carlos so anhänglich.«

»Und Alejandro mit einer so großen Zukunft.«

»Ach ja«, sagte Mama.

»Stell dir doch nur mal diesen neuen Vertrag vor, den sie ihm anbieten ... also sobald du dich stark fühlst, antwortest du deinem Sohn; sicher läßt er die Ohren hängen, weil er meint, die Nachricht von der Verlängerung wird nicht nach deinem Geschmack sein.«

»Ach ja«, wiederholte Mama und blickte zur Zimmerdecke. »Sag Pepa, sie soll ihm schreiben, sie weiß schon.«

Pepa schrieb und war nicht sehr sicher, was sie Alejandro sagen sollte; sie wußte nur eines genau, daß es besser sei, einen vollständigen Text zu haben, um Widersprüche in den Antworten zu vermeiden. Alejandro seinerseits freute sich sehr darüber, daß Mama die Chance, die sich ihm bot, verstand. Was den Knöchel betraf, so ging es ihm sehr gut, und er würde sobald wie möglich um Urlaub bitten und zwei Wochen bei ihnen verbringen. Mama bejahte mit kaum merklichem Ausdruck und fragte, ob *La Nación* schon gekommen sei, damit Carlos ihr die Meldungen vorläse. Im Haus hatte alles mühelos seine Ordnung gefunden, nun da die Überraschungen ein Ende zu haben schienen und Mamas Gesundheit sich als gleichbleibend erwies. Die Kinder wechselten einander ab, um bei ihr zu sein. Onkel Roque und Tante Clelia kamen und gingen in jedem Augenblick. Carlos las ihr am Abend aus der Zeitung vor und Pepa am Morgen. Rosa und Tante Clelia kümmerten sich um die Medikamente und die Bäder, und Onkel Roque trank seinen Mate zwei- oder dreimal am Tag in ihrem Zimmer. Mama war nie allein. Sie fragte nicht nach María Laura. Alle drei Wochen nahm sie ohne eine Bemerkung die Nachrichten von Alejandro entgegen; sie bat Pepa zu antworten und sprach von etwas anderem, und war wie immer klug und aufmerksam und weit weg.

In dieser Zeit war es Onkel Roque, der ihr die letzten Meldungen über die Spannungen mit Brasilien vorlas. Zuerst hatte er alles auf Zeitungsränder geschrieben, aber Mama kümmerte nicht die Perfektion der Lektüre, und so gewöhnte Onkel Roque sich nach einigen Tagen daran, für den Augenblick zu erfinden. Zu Beginn begleitete er die beunruhigenden Neuigkeiten mit einem Kommentar über die Schwierigkeiten, die Alejandro sowie den übrigen Argentiniern in Brasilien daraus erwachsen könnten. Aber da Mama sich nicht darum zu sorgen schien, ließ er davon ab, obschon er Tag für Tag die Lage ein wenig verschlimmerte. In Alejandros Briefen wurde die Möglichkeit eines Bruchs der Beziehungen erwähnt, obgleich der Junge wie stets Optimist war und überzeugt davon, daß die Politiker die Meinungsverschiedenheiten überwinden würden.

Mama machte keine Bemerkungen, vielleicht deshalb, weil es noch nicht an der Zeit für Alejandro war, um Urlaub zu bitten. Aber eines Abends fragte sie plötzlich Dr. Bonifaz, ob die Situation mit Brasilien denn so ernst sei, wie die Zeitungen schrieben. »Mit Brasilien? Nun ja, die Dinge liegen nicht sehr gut«, sagte der Arzt. »Hoffen wir, daß der gute Verstand der Männer an der Spitze ...«

Mama sah ihn überrascht an, daß er ohne Zögern hatte antworten können. Sie seufzte ein wenig und wechselte das Thema. Sie war an diesem Abend lebhafter als sonst, und Dr. Bonifaz zog sich zufrieden zurück. Am nächsten Tag erkrankte Tante Clelia; die Ohnmachtsanfälle schienen eine vorübergehende Sache, aber Dr. Bonifaz sprach mit Onkel Roque und riet, Tante Clelia in einem Sanatorium unterzubringen. Mama, die sich gerade die Nachrichten aus Brasilien anhörte, die Carlos ihr mit der Abendzeitung brachte, wurde gesagt Tante Clelia läge mit einer Migräne zu Bett, die ihr nicht erlaube, aufzustehen. Man hatte den ganzen Abend, um zu überlegen, was zu tun sei, nur war Onkel Roque wie benommen nach dem Gespräch mit Dr. Bonifaz, und so waren Carlos und die Mädchen an der Reihe, einen Entschluß zu fassen. Rosa erinnerte an Manolita Valles Landhaus und die reine Luft dort. Am zweiten Tag von Tante Clelias Migräne führte Carlos das Gespräch mit soviel Geschick, daß es war, als habe Mama selber einen Aufenthalt in Manolita Valles Landhaus vorgeschlagen, der Clelia so guttun würde. Ein Kollege aus Carlos' Büro bot sich an, sie im Auto hinzufahren, da eine Reise im Zug bei ihrer Migräne zu ermüdend gewesen wäre. Tante Clelia war die erste, die sich von Mama verabschieden wollte, damit Mama ihr Ratschläge gäbe, sich in diesen modernen Autos nicht zu erkälten und das Früchteabführmittel jeden Abend nicht zu vergessen.

»Clelia war sehr erkältet«, sagte Mama am Nachmittag zu Pepa, »sie machte mir keinen guten Eindruck, weißt du.«

»Oh, ein paar Tage im Landhaus, da wird sie sich bestens erholen. Sie war ein wenig müde in diesen Monaten; ich weiß, Manolita hat ihr gesagt, sie solle ihr im Landhaus Gesellschaft leisten.«

»Ja? Das ist seltsam. Mir hat sie nichts davon gesagt.«

»Damit du dir keine Sorgen machst, nehme ich an.«

»Und wie lange will sie denn bleiben, Tochter?«

Pepa wußte es nicht, aber man könne ja Dr. Bonifaz fragen, der zu einer Luftveränderung geraten hatte. Mama kam nicht wieder darauf zurück; sie tat es einige Tage später. (Tante Clelia hatte soeben erst einen Anfall im Sanatorium gehabt, Rosa und Onkel Roque wechselten einander ab, um bei ihr zu sein.)

»Ich frage mich«, sagte Mama, »wann denn nun Clelia zurückkommen wird?«

»Also weißt du, das eine Mal, daß die Ärmste sich entschlossen hat, dich zu verlassen und ein wenig Luftveränderung zu haben ...«

»Ja, aber nach euren Worten hatte sie doch nichts.«

»Klar, daß sie nichts hat. Sie wird bleiben, weil es ihr dort gefällt oder weil sie Manolita Gesellschaft leisten möchte, du weißt doch, wie befreundet sie sind.«

»Ruf im Landhaus an und laß dir sagen, wann sie zurückkommt«, sagte Mama.

Rosa rief im Landhaus an und erfuhr, Tante Clelia ging es besser, sie fühle sich aber noch ein wenig schwach, so daß sie die Gelegenheit zum Bleiben nutzen wolle. Das Wetter sei ausgezeichnet in Olavarría.

»Das gefällt mir überhaupt nicht«, sagte Mama. »Clelia hätte längst zurück sein müssen.«

»Bitte, Mama, mach dir doch nicht solche Sorgen. Warum wirst du nicht sobald wie möglich gesund und gehst mit Clelia und Manolita ins Landhaus und nimmst Sonnenbäder?«

»Ich?« sagte Mama und sah Carlos mit einem Ausdruck aus Erstaunen, Ärgernis, Beleidigung an. Carlos begann zu lachen, um seine Gefühle zu verstecken (Tante Clelia ging es äußerst schlecht, Pepa hatte soeben angerufen); und er küßte sie auf die Wange, als wäre sie ein vorlautes Mädchen.

»Dumme kleine Mama«, sagte er und versuchte an nichts zu denken.

In dieser Nacht schlief Mama schlecht, und sobald es Tag wurde, fragte sie nach Clelia, als hätte man zu dieser Stunde bereits eine Nachricht aus dem Landhaus haben können (Tante Clelia war soeben gestorben, und man war übereingekommen, die Totenwache in der Begräbnisanstalt abzuhalten). Um acht telefonierte man vom Apparat im Wohnzimmer, damit Mama das Gespräch hören konnte, mit dem Landhaus, und zum Glück hatte Tante Clelia eine ziemlich gute Nacht verbracht, trotzdem riet Manolitas Arzt, sie solle noch bleiben, solange das gute Wetter anhielt. Carlos war sehr froh, daß sein Büro an diesem Tag wegen Inventur und Bilanz geschlossen hatte. Er kam im Schlafanzug, um seinen Mate an Mamas Bett zu trinken und mit ihr zu plaudern.

»Sieh mal«, sagte Mama, »ich meine, man müßte Alejandro schreiben, daß er kommt und seine Tante besucht. Clelia hat ihn immer besonders gern gehabt, es gehörte sich so, daß er käme.«

»Aber Tante Clelia fehlt doch nichts, Mama. Wenn Alejandro nicht gekommen ist, um dich zu besuchen, so kannst du dir vorstellen ...«

»Das mag er entscheiden«, sagte Mama. »Du schreibst ihm und sagst, Tante Clelia ist krank, und er soll kommen und sie besuchen.«

»Aber wie viele Male sollen wir dir noch sagen, daß das mit Tante Clelia nichts Schlimmes ist?«

»Wenn es nicht schlimm ist, um so besser. Aber es kostet dich nichts, wenn du schreibst.«

Der Brief wurde am gleichen Nachmittag geschrieben und Mama vorgelesen.

In den Tagen aber, da Alejandros Antwort hätte eintreffen müssen (Tante Clelia ging es wieder gut, aber Manolitas Arzt bestand darauf, daß sie die gute Luft des Landhauses nutzen sollte), verschlimmerte sich die diplomatische Situation mit Brasilien noch mehr, und Carlos sagte zu Mama, es wäre nicht verwunderlich, wenn Alejandros Briefe länger brauchten.

»Man könnte meinen, es käme wie gerufen«, sagte Mama. »Du wirst sehen, daß er auch nicht kommen kann.«

Keiner von ihnen konnte sich entschließen, ihr Alejandros Brief vorzulesen. Sie blickten, im Eßzimmer versammelt, auf Tante Clelias leeren Platz und schauten einer den andern an und zögerten.

»Es ist absurd«, sagte Carlos, »wir sind schon so sehr an diese Komödie gewöhnt, daß eine Szene mehr oder weniger ...«

»Dann bring du ihr den Brief«, sagte Pepa, während sich ihre Augen mit Tränen füllten, die sie noch einmal mit der Serviette trocknete.

»Sagt, was ihr wollt, aber da ist etwas, das nicht stimmt. Immer wenn ich jetzt in ihr Zimmer gehe, bin ich geradezu auf eine Überraschung gefaßt, beinah auf eine Falle.«

»Daran hat María Laura schuld, sie hat uns diesen Gedanken eingegeben, und jetzt können wir nicht mehr in aller Natürlichkeit auftreten. Und der Gipfel ist, daß nun auch Tante Clelia ...«
»Jetzt, wo du davon sprichst, fällt mir ein«, sagte Onkel Roque, »man müßte mit María Laura sprechen. Das logischste wäre, sie käme nach ihren Prüfungen wieder und brächte deiner Mutter die Nachricht, Alejandro könne nicht reisen.«

»Aber habt ihr nicht kalte Füße, daß Mama nicht mehr nach María Laura fragt, obschon Alejandro sie in all seinen Briefen erwähnt?« »Es geht jetzt nicht um die Temperatur meiner Füße«, sagte Onkel Roque, »die Dinge werden getan oder nicht und damit Schluß.«

Rosa brauchte zwei Stunden, María Laura zu überzeugen, aber sie war ihre beste Freundin, und María Laura hatte sie alle sehr lieb, sogar Mama, auch wenn sie sich vor ihr ängstigte. Man mußte einen neuen Brief entwerfen, den María Laura mit einem Blumenstrauß und den Apfelsinenpastillen, die Mama so gerne aß, brachte. Ja, zum Glück waren nun die schlimmsten Prüfungen vorbei, und sie würde ein paar Wochen nach San Vicente gehen, um auszuspannen.

»Die Landluft wird dir guttun«, sagte Mama. »Ganz anders dagegen Clelia. ... Hast du heute im Landhaus angerufen, Pepa? Ach, ich erinnere mich, du hast es mir gesagt ... also es sind nun drei Wochen her, daß Clelia fort ist und jetzt du ...«

María Laura und Rosa sagten, was es dazu zu sagen gab, das Tablett mit dem Tee kam, und dann las María Laura Mama ein paar Abschnitte aus Alejandros Brief vor mit der Nachricht von der vorläufigen Internierung aller ausländischen Techniker und welchen Spaß es ihm machte, auf Regierungskosten in einem wunderbaren Hotel untergebracht zu sein, in Erwartung, daß die Politiker den Konflikt in Ordnung brächten. Mama sagte nichts dazu, trank ihre Tasse Lindenblütentee und wurde schläfrig. Erleichtert plauderten die Mädchen im Wohnzimmer weiter. María Laura wollte gerade gehen, als ihr das mit dem Telefon einfiel, und sie sagte es Rosa. Rosa schien es, als wäre auch Carlos auf den Gedanken gekommen. Später sprach sie mit Onkel Roque darüber, der die Achseln zuckte. Was sollte man dazu sagen? Man verzog das Gesicht und fuhr fort, in der Zeitung zu lesen.

Rosa und Pepa aber sagten es auch Carlos, der sich weigerte, eine Erklärung dafür zu finden, es sei denn, man glaubte an das, was keiner glauben wollte.

»Wir werden sehen«, sagte Carlos, »vielleicht fällt es ihr noch ein und sie verlangt es von uns. In diesem Fall ...« Aber Mama bat nicht darum, ans Telefon geführt zu werden, um selbst mit Tante Clelia zu sprechen. Jeden Morgen fragte sie, ob es Nachrichten aus dem Landhaus gäbe, und dann kehrte sie in ihr Schweigen zurück, wo die Zeit nach den verabreichten Medikamenten und den Tassen Kräutertee gemessen zu werden schien. Es war ihr nicht unangenehm, daß Onkel Roque kam und *La Razón* brachte, um ihr die letzten Nachrichten über den Konflikt mit Brasilien vorzulesen, obschon es ihr auch nichts ausmachte, wenn der Zeitungsmann sich verspätete oder Onkel Roque sich länger als gewöhnlich mit einem Schachproblem beschäftigte. Rosa und Pepa gelangten schließlich zu der Überzeugung, daß es Mama gleichgültig war, ob man ihr die Nachrichten vorlas oder ins Landhaus telefonierte oder einen Brief Alejandros brachte. Aber man konnte es nicht mit Sicherheit sagen, denn zuweilen hob Mama den Kopf und sah sie wie sonst mit einem tiefen Blick an, in welchem es keine Veränderung, keinerlei Duldung gab. Ein jeder hüllte sich in Routine, und für Rosa war das Telefonieren in ein schwarzes Loch am anderen Ende der Leitung etwas so Einfaches und Alltägliches wie für Onkel Roque, immer aufs neue die falschen Nachrichten auf der Basis von Heilannoncen oder Fußballnachrichten zu lesen, oder für Carlos, mit den Anekdoten vom Besuch im Landhaus von Olavarría ins Zimmer zu treten und mit Tüten voll Obst, die Manolita und Tante Clelia ihr schickten. Nicht einmal in den letzten Monaten von Mama änderten sich die Gewohnheiten, obschon sie jetzt nur noch geringe Bedeutung hatten. Dr. Bonifaz sagte ihnen, Mama würde zum Glück überhaupt nicht leiden müssen, sie würde verlöschen, ohne es zu merken. Aber Mama blieb bei wachem Verstand bis zuletzt, als die Kinder sie schon umgaben, ohne verbergen zu können, was sie fühlten.

»Wie gut ihr alle mit mir gewesen seid«, sagte Mama mit Zärtlichkeit. »Diese ganze Arbeit, die ihr euch gemacht habt, damit ich nicht leide.«

Onkel Roque saß neben ihr und streichelte großzügig ihre Hand und behandelte sie wie ein Kind. Pepa und Rosa taten, als suchten sie etwas in der Kommode. Sie wußten nun, daß María Laura recht gehabt hatte, und alle hatten es irgendwie immer gewußt. »So sehr habt ihr mich gepflegt ...« sagte Mama, und Pepa drückte Rosas Hand, denn schließlich und endlich brachten diese Worte alles wieder in Ordnung und machten die lange notwendige Komödie wieder gut. Aber Carlos, am Fußende des Bettes, sah Mama an, als würde sie noch etwas sagen wollen. »Jetzt könnt ihr euch ausruhen«, sagte Mama, »jetzt machen wir euch keine Arbeit mehr.«

Onkel Roque wollte protestieren, etwas sagen, aber Carlos trat zu ihm und drückte heftig seine Schulter. Mama verlor sich langsam in einer Schläfrigkeit, und es war besser, sie nicht zu stören.

Drei Tage nach der Beerdigung kam der letzte Brief von Alejandro, in dem er wie stets nach Mamas und Tante Clelias Gesundheit fragte. Rosa, die ihn empfangen hatte, öffnete ihn und begann gedankenlos zu lesen, und als sie den Blick hob, weil die Tränen sie mit einmal blind machten, merkte sie, wie sie während des Lesens darüber nachgedacht hatte, wie man am besten Alejandro die Nachricht von Mamas Tod mitteilen würde.

Die Vereinigung

Recordé un viejo cuento de Jack London, donde el protagonista, apoyado en un tronco de árbol, se dispone a acabar con dignidad su vida.*

Ernesto »Che« Guevara,
»Sierra und Ebene«, Havanna 1961

Schlimmer konnte es nicht kommen, aber wenigstens saßen wir nicht mehr in dem verdammten Boot, inmitten von Erbrochenem, der Sturzsee und den Brocken nassen Zwiebacks, zwischen Maschinengewehren und Speichel, auf den Hund gekommen, und trösteten uns, wenn wir es konnten, mit dem bißchen Tabak, der trocken geblieben war, weil Luis (der nicht Luis hieß, aber wir hatten geschworen, nicht an unsre Namen zu denken, bis der Tag gekommen war) den guten Einfall gehabt hatte, ihn in eine Blechbüchse zu stecken, die wir behutsamer öffneten, als wäre sie voller Skorpione. Doch was sollten wir mit Tabak und Rum in diesem vermaledeiten Boot, das fünf Tage wie eine besoffene Schildkröte schwankte, einem Nordwind ausgesetzt, der es Welle auf Welle erbarmungslos mit Fäusten schlug; und die Schöpfeimer, die uns die Haut von den Händen rissen. Und ich mit meinem verteufelten Asthma. Beinah jeder war krank und krümmte sich, um sich zu übergeben, als wollte er in der Mitte auseinanderbrechen. Sogar Luis hatte in der zweiten Nacht eine Gallenkolik, die ihm die Lust zu lachen nahm. Nicht genug damit, kam auch noch der Nordwind dazu, der uns den Leuchtturm von Cabo Cruz nicht erkennen ließ; ein Elend, wie es sich keiner vorgestellt hatte. Dies eine Landungsexpedition zu nennen, bedeutete soviel, wie weiter zu kotzen aus lauter Traurigkeit. Alles, nur weg von diesem Boot, alles, auch wenn es das war, was uns an Land erwartete – und wir wußten, es würde auf uns warten, und deshalb war es nicht so wichtig. Das Wetter, das sich ausgerechnet im schlimmsten Augenblick aufheitert und – zack! – das Aufklärungsflugzeug, gegen das man nicht ankommt. Durch Sümpfe

* (span.) Mir fiel eine alte Geschichte von Jack London ein, wo der Held, gegen einen Baumstamm gelehnt, beschließt, mit Würde sein Leben zu beenden.

waten oder was das war, das Wasser bis an die Rippen, Schutz auf schmierigen Weideplätzen suchend, in den Mangroven, und ich wie ein Idiot mit meinem Adrenalinzerstäuber, um weitermachen zu können, gemeinsam mit Roberto, der mir die Springfield trug, damit ich besser durch den Sumpf waten konnte (falls es der Sumpf war, denn einige von uns meinten plötzlich, wir hätten uns vielleicht in der Richtung geirrt und wären in unsrer Dummheit anstatt auf das Festland auf ein schlammiges Riff im Meer geraten, zwanzig Meilen von der Insel entfernt ...). Und so weiter, schlecht geplant und schlechter ausgeführt, in einem ständigen Durcheinander von Handlung und Wahrnehmung, einer Mischung aus unerklärlicher Freude und Wut auf das verdammte Leben, das uns Flugzeuge schickte und das, was uns jenseits der Landstraße erwartete, falls wir einmal ankämen und uns tatsächlich in einem Sumpf an der Küste befanden und uns nicht wie Einfaltspinsel im Kreise drehten, einem Kreis aus Schlamm und völliger Niederlage, zur Freude des Fratzengesichts in seinem Palast.

Keiner weiß mehr, wie lange das ging. Die Zeit maßen wir nach den lichten Stellen zwischen den Weideplätzen, den Abschnitten, wo man uns im Sturzflug unter Maschinengewehrfeuer nehmen konnte. Ich hörte von links einen Schrei, ich glaube, er kam von Roque (ihm kann ich seinen Namen geben, seinem armen Skelett unter Lianen und Kröten). Von den Plänen blieb übrig nur das Endziel, die Sierra zu erreichen und uns mit Luis zu vereinigen, falls es auch ihm gelänge, dort anzukommen. Der Rest war unterm Nordwind in die Binsen gegangen, in den Sümpfen, verloren bei der improvisierten Landung. Aber wir wollen gerecht sein: etwas stellte sich plangemäß ein – der Angriff der feindlichen Flugzeuge. Das war vorauszusehen gewesen und herausgefordert worden; es ging nicht daneben. Roques Geheul noch als Schmerz in Augen und Ohren, konnte ich in meiner sarkastischen Art, mit der Welt fertig zu werden, ein stilles Lächeln nicht unterdrücken (und hatte noch heftigere Erstickungsanfälle, während Roberto mir die Springfield trug, damit ich Adrenalin inhalieren konnte, die Nase fast auf der Wasseroberfläche, so daß ich mehr Schlamm als sonstwas schluckte); denn waren die Flugzeuge hier, konnten wir den Strand nicht verfehlt haben; wir waren vielleicht ein paar Meilen abgekommen, doch würde hinter den Weideplätzen die Landstraße sein und dahinter die offene

Ebene und im Norden die ersten Anhöhen. Es entbehrte nicht der Ironie, daß uns der Feind aus der Luft die Vortrefflichkeit unsrer Landung bestätigte.

Es dauerte wer weiß wie lange, und dann war es Nacht, und wir saßen zu sechst unter ein paar dürren Bäumen. Zum erstenmal auf beinah trocknem Gelände. Wir kauten feuchten Tabak und ein paar armselige Zwiebäcke. Von Luis, von Pablo, von Lucas: keine Nachricht. Zerstreut, vermutlich tot, auf jeden Fall so verloren und naß wie wir. Mir aber behagte es, zu fühlen, wie am Ende dieser Lurchenreise meine Gedanken sich allmählich ordneten und daß der Tod, so wahrscheinlich wie noch nie, nun kein zufälliger Schluß sein würde, sondern eine dialektische Operation auf dem Trocknen, perfekt eingerichtet für Orchester durch die im Spiel befindlichen Parteien. Die Armee würde die Landstraße kontrollieren und die Sümpfe umstellen in der Erwartung, daß wir zu zweit oder zu dritt auftauchten, liquidiert vom Schlamm, von den Raubtieren und vom Hunger.

Es ließ sich nunmehr alles klar übersehen, man hatte die Kardinalpunkte in der Tasche, und ich konnte am Rande des Epilogs lachen, als ich mich so lebendig und munter fühlte. Nichts schien mir witziger, als Roberto zu reizen, dem ich ein paar Verse des alten Pancho ins Ohr sagte, er fand sie abscheulich. »Wenn wir wenigstens aus dem Dreck herauskämen«, beklagte sich der Leutnant.

»Oder richtig rauchen könnten.« (Das war jemand, mehr zur Linken, der verlorenging, als der Tag begann.)

Organisierung der Agonie: Wachen, schlafen nach Turnus, Tabak kauen, Zwieback lutschen, der vollgesaugt war wie ein Schwamm. Keiner erwähnte Luis. Die Angst, sie könnten ihn umgebracht haben, war der einzige tatsächliche Feind; wurde sie bestätigt, waren wir härter geschlagen als durch Verfolgung, das Fehlen von Waffen oder die Blasen an den Füßen. Ich weiß noch, ich schlief eine Weile, während Roberto wachte, doch hatte ich zuvor noch den Gedanken gehabt, alles, was wir in diesen Tagen getan hatten, sei sinnlos gewesen, und deshalb war ich nicht imstande, so mit einem Schlag die Möglichkeit anzunehmen, daß Luis tot sei.

Irgendwie mußte die Sinnlosigkeit bis zum Ende fortdauern, das vielleicht den Sieg bedeutete. In diesem absurden Spiel, in dem wir es bis zu dieser unerhörten Begebenheit gebracht hatten, vom Feind nicht an der Landung gehindert worden zu sein, hatte die Möglichkeit, Luis zu verlieren, keinen Platz. Ich glaube, ich dachte auch daran, aus dem Spiel könne erst dann Ernst werden, wenn wir siegten und uns noch einmal mit Luis vereinigten. Erst dann würden wir so viel notwendige und zügellose und gefährliche Romantik hinter uns lassen können. Vor dem Einschlafen hatte ich so etwas wie eine Vision: ich sah Luis neben einem Baum, umringt von uns allen. Er führte langsam die Hand ans Gesicht und nahm es ab, als wäre es eine Maske. Mit dem Gesicht in der Hand ging er auf seinen Bruder Pablo zu, auf mich, auf den Leutnant, auf Roque und bat uns mit einer Bewegung, es anzunehmen, es aufzusetzen. Alle weigerten sich einer nach dem anderen, und auch ich weigerte mich und lächelte, bis mir die Tränen kamen. Da setzte Luis sich das Gesicht wieder auf, und ich sah seine unendliche Müdigkeit, während er die Schultern einzog und eine Zigarre aus der Tasche seiner Guayabera nahm. Professionell gesprochen, war dies eine leicht zu erklärende Halluzination aus Halbschlummer und Fieber. Doch war Luis tatsächlich bei der Landung getötet worden, wer würde jetzt mit seinem Gesicht in die Sierra gehen wollen? Wir würden alle versuchen, die Sierra zu bezwingen, doch nicht mit dem Gesicht von Luis. Keiner könnte oder würde es auf sich nehmen wollen. Die Diadochen, dachte ich, schon fast eingeschlafen. Aber alles ging zum Teufel mit den Diadochen, wie man weiß.

Obschon das, was ich erzähle, vor längerer Zeit geschah, haften Augenblicke und Begebenheiten wie ausgeschnitten im Gedächtnis, so daß man nur in der Gegenwart davon erzählen kann, als läge man noch einmal rücklings auf dem Weideplatz, nahe an dem Baum, der uns vor dem freien Himmel schützt. Es ist die dritte Nacht. Am Morgen haben wir trotz der Jeeps und der Schrapnelladungen die Landstraße genommen. Jetzt muß man warten, bis es Tag wird, weil unser ortskundiger Führer getötet wurde und wir sonst verloren sind. Wir müßten einen Bauern treffen, der uns dorthin führen könnte, wo es etwas Eßbares zu kaufen gibt, und wenn ich kaufen sage, so ersticke ich fast wieder vor Lachen; doch würde es weder hierin noch in anderen Dingen einem von uns einfallen, Luis nicht zu gehorchen. Fürs Essen muß bezahlt werden, und zuerst hat man den Leuten zu erklären, wer wir sind und warum wir uns so aufführen. Robertos Gesicht in der verlassenen Hütte auf der Anhöhe, wie er fünf Pesos unter einen Teller legte als Entgelt für das bißchen, was wir fanden und das himmlisch schmeckte, wie eine Mahlzeit im Ritz, falls man dort gut ißt ... Ich hab so hohes Fieber, daß mein Asthma vergeht; jede Krankheit findet ihren Meister. Aber ich muß noch einmal an Robertos Gesicht denken, wie er die fünf Pesos in der leeren Hütte läßt, und es überkommt mich ein solcher Lachanfall, daß ich wieder zu ersticken drohe und mich selbst verfluche. Schlafen müßte man. Tinti zieht auf Wache, die Burschen ruhen aus, einer gegen den andern gelehnt, ich hab mich ein Stück entfernt, weil ich glaube, sie mit meinem Husten und dem Pfeifen in der Brust zu stören, außerdem tue ich etwas, das ich nicht tun sollte, ich baue zwei- oder dreimal in der Nacht einen Schirm aus Blättern, stecke das Gesicht darunter und zünde langsam die Zigarre an, um mich ein wenig mit dem Leben zu versöhnen.

Im Grunde war das einzig Gute an diesem Tag, keine Nachricht von Luis zu haben; alles andere aber ist ein großes Unglück. Von den achtzig Mann sind mindestens fünfzig oder sechzig tot. Javier fiel unter den ersten, der Peruaner verlor ein Auge und lag drei Stunden in Agonie, ohne daß ich etwas tun konnte, nicht einmal, ihm den Rest zu geben, wenn die andern nicht hinsahen. Den ganzen Tag fürchteten wir, daß einer der Melder (es gab deren drei, ein unglaubliches Risiko vor der Nase der Armee) die Nachricht vom Tode Luis' bringen würde. Am Ende ist es besser, nichts zu wissen, sich vorzustellen, daß er am Leben ist, noch immer warten zu können. Kalt wäge ich die Möglichkeiten und komme zu dem Schluß, daß man ihn getötet hat. Wir alle wissen, daß der verdammte Kerl fähig ist, mit der Pistole in der Hand ins offene Gelände zu treten, und wer ihm folgt, mag zusehn, wie er fertig wird. Nein, López wird auf ihn aufgepaßt haben, keiner vermag ihn zuweilen so gut zu täuschen wie er, ihn fast wie ein Kind zu überzeugen, das Gegenteil von dem zu tun, wozu er gerade Lust hat. Aber wenn López ... Wozu grübeln, nichts spricht dafür, und außerdem, diese Ruhe ist kostbar, dieses Wohlbehagen, auf dem Rücken zu liegen, so als ob alles in Ordnung wäre, sich alles erfüllte (fast hätte ich gedacht ›vollendete‹, was blödsinnig gewesen wäre), gemäß den Plänen. Es wird das Fieber sein oder die Müdigkeit, es wird sein, daß sie uns alle wie Kröten vor Sonnenaufgang liquidieren wollen. Aber man muß es jetzt ausnutzen, dieses absurde Atmen, dies Sichgehenlassen beim Betrachten der Zeichnung, die die Äste des Baumes gegen den helleren Himmel mit seinen wenigen Sternen hervorrufen, mit halboffenen Augen diese zufällige Zeichnung der Zweige und Blätter verfolgen, diese Rhythmen, die sich finden, sich lösen und sich zuweilen, wenn ein heißer Windstoß aus den Sümpfen über die Wipfel geht, sanft verändern. Ich denke an meinen Sohn, aber er ist weit entfernt, Tausende von Kilometern entfernt, in einem Land, wo man im Bett schläft, und sein Bild kommt mir unwirklich vor, es wird blasser und schwindet zwischen den Blättern des Baumes. Wie gut mir statt dessen die Erinnerung an ein Thema von Mozart tut, das mich seit je begeistert hat, der erste Satz aus dem »Jagdquartett«, das Hervorbringen des Halali mit der gedämpften Stimme der Violinen, diese Transposition einer wilden Zeremonie in einen klaren geistigen Genuß. Ich denke es, ich wiederhole es mir, ich summe es aus dem Kopf und fühle zur gleichen Zeit, wie die Melodie und die Zeichnung der Baumkrone am Himmel zueinander rücken, in Freundschaft, und sich immer wieder prüfen, bis die Zeichnung sich jäh einordnet in die sichtbare Gegenwärtigkeit der Melodie, in einem Rhythmus, der von einem niedrigen Ast fast über meinem Kopf rührt und sich erhebt bis zu einer bestimmten Höhe, um sich sodann zu öffnen wie ein Fächer aus Pflanzenstielen, indes die zweite Violine dieser dünnere Ast ist, der hervorsprießt, bis seine Blätter sich mit den anderen vereinigen an einer Stelle, weiter rechts gelegen, zum Schluß des Satzes hin, der beendet wird, damit das Auge den Stamm hinabgleitet und die Melodie neu beginnen kann. Auch das ist unsre Rebellion, ist, was wir tun, auch wenn Mozart und der Baum es nicht wissen können. Auch wir haben auf unsere Art einen plumpen Krieg in eine Ordnung transponieren wollen, die ihm Sinn gäbe, rechtfertigte und letztlich zu einem Sieg führte, der so sein sollte wie der erneute Einsatz der Melodie nach so vielen Jahren rauher Jagdhörner, damit dieses dem Adagio folgende Allegro finale so wäre wie eine Begegnung mit dem Licht. Wie sehr würde es Luis belustigen, wüßte er, daß ich ihn in diesem Augenblick mit Mozart vergleiche. Ich sehe, wie er nach und nach die Sinnlosigkeit ordnet, sie zu ihrer uranfänglichen Vernunft emporhebt, bis sie mit ihrer Zuverlässigkeit und Unmäßigkeit all die ausgeklügelten vergänglichen Einwände zunichte macht. Doch welch bittere, welch verzweifelte Aufgabe, ein Musiker der Menschen zu sein und dem Schlamm, den Schrapnelladungen und der Mutlosigkeit diesen

Gesang anzustimmen, den wir für unmöglich hielten, den Gesang in Freundschaft mit der Krone der Bäume, mit der ihren Kindern wiedergegebenen Erde. Ja, es ist das Fieber. Wie würde Luis lachen, obgleich auch ihm Mozart gefällt, wie ich sicher weiß.

Und so werde ich schließlich einschlafen, doch kann ich mich vorher noch fragen, ob wir eines Tages imstande sein werden, den Satz zu verlassen, in welchem noch das Halali des Jägers klingt und ob wir das Adagio voll in Besitz nehmen werden und von da zum Allegro finale gelangen, das ich mit dünner Stimme vor mich hin trällere, und ob uns die Aussöhnung gelingt mit allem, was lebendig geblieben ist in unserem Angesicht.

Wir müßten wie Luis sein, nicht nur ihm folgen, sondern sein wie er, für immer den Haß hinter uns lassen und die Rache, den Feind sehen, wie es Luis vermag, mit unversöhnlicher Großherzigkeit, woran ich oft dachte (aber wie sollte man es jemandem klarmachen?). Das Bild eines Allesbeherrschers, eines Richters, der zum Angeklagten und zum Zeugen wird, der nicht urteilt, der einfach nur Land von Wasser scheidet, damit schließlich einmal ein Vaterland der Menschen entsteht nach einem zögernden Tagesanbruch, am Ufer einer reineren Zeit.

Aber es wurde nichts aus dem Adagio; denn beim ersten Licht fielen sie von allen Seiten über uns her. Wir mußten darauf verzichten, weiter nach Nordwesten vorzustoßen, und drangen in nur wenig bekanntes Gelände ein, verschossen die letzte Munition, während der Leutnant sich mit einem von uns auf einer Anhöhe verschanzte und ihnen von dort aus für eine Weile sozusagen die Füße band, so daß Roberto und ich Zeit hatten, um Tinti, der am Oberschenkel verletzt war, wegzutragen und eine andere, geschütztere Anhöhe zu suchen, wo wir bis zum Abend ausharren würden. Nachts griffen sie nie an, auch wenn sie Leuchtraketen und elektrische Ausrüstungen gehabt hätten. Etwas wie Entsetzen packte sie, sie fühlten sich nachts weniger beschützt von ihrer großen Zahl und dem Überschuß an Waffen. Bis zum Abend aber war es noch ein ganzer Tag, und wir waren kaum fünf gegen diese hartnäckigen Burschen, die uns so quälten, um einen guten Stand zu haben bei dem Fratzengesicht, die Flugzeuge gar nicht gerechnet, die immerzu in die Lichtungen des Berges bissen und eine Menge Palmen mit ihren Flammenstößen verstümmelten.

Nach einer halben Stunde stellte der Leutnant das Feuer ein und konnte zu uns stoßen, die wir kaum vorwärts kamen. Da keiner daran dachte, Tinti im Stich zu lassen – wir wußten zur Genüge, was sie mit den Gefangenen machten –, wollten wir von diesem Bergabhang aus und in diesem Gestrüpp die letzten Patronen losjagen. Es war ein Spaß, als wir entdeckten, daß die Regulares, durch einen Irrtum der Luftwaffe verleitet, einen Hügel angriffen, der viel weiter östlich lag, und so drückten wir uns nur noch ein Stück durch einen höllischen Pfad, bis wir nach zwei Stunden einen fast kahlen Hügel erreichten und einer von uns ein so gutes Auge hatte, dort eine von Gräsern überwachsene Höhle zu entdecken. Schnaufend machten wir uns auf, nachdem wir einen möglichen Rückzug direkt nach Norden erwogen hatten. Von Fels zu Fels, immer in Gefahr, aber es ging nach Norden, der Sierra zu, wo Luis vielleicht schon angelangt war.

Während ich dabei war, den ohnmächtigen Tinti zu behandeln, sagte mir der Leutnant, er hätte kurz vor dem Angriff der Regulares im Morgengrauen ein Feuer automatischer Waffen und Pistolen aus westlicher Richtung gehört. Das konnte Pablo mit seinen Leuten sein, vielleicht sogar Luis. Wir glaubten fest daran, daß wir Überlebenden in drei Gruppen geteilt waren und daß Pablos Gruppe womöglich gar nicht weit entfernt war. Der Leutnant fragte mich, ob es nicht sinnvoll sei, bei Einbruch der Nacht einen Melder auszuschicken.

»Wenn du mich das fragst«, sagte ich zu ihm, »dann heißt das, daß du gehen willst.«

In dem Teil der Höhle, wo es am kühlsten war, hatten wir Tinti auf ein Lager aus trockenem Gras gelegt. Wir rauchten und ruhten uns aus. Die andern beiden standen draußen auf Wache.

»Du merkst aber auch alles«, sagte der Leutnant aufgeräumt. »Solche Spaziergänge, mein Junge, sind mir das reinste Vergnügen.«

So vertrieben wir uns die Zeit, wir scherzten mit Tinti, der schon zu phantasieren begann, und als der Leutnant gehen wollte, trat Roberto ein und brachte einen Bergbauern mit und das Viertel einer gebratenen Ziege. Wir konnten es nicht glauben, wir aßen wie im Traum, sogar Tinti biß ein Stück ab und gab es nach zwei Stunden von sich, zusammen mit seinem Leben. Der Bergbauer kam mit der Nachricht vom Tode Luis'; wir hörten deshalb nicht auf zu essen, aber es war sehr viel Salz für so wenig

Fleisch. Er hatte es nicht selbst gesehen, wohl aber sein ältester Sohn, der sich uns mit einem alten Jagdgewehr angeschlossen hatte. Er war unter denjenigen gewesen, die Luis und fünf Kameraden geholfen hatten, unter Beschuß durch einen Fluß zu waten, und er war sicher, Luis sei verwundet worden, ehe er ganz aus dem Wasser war und das erste Gestrüpp erreichen konnte. Die Bergbauern hatten dann den Berg erklommen, den nur sie kannten. Sie hatten zwei Leute aus der Gruppe von Luis mitgenommen, die in der Nacht mit den übriggebliebenen Waffen und ein wenig Proviant kommen wollten.

Der Leutnant brannte sich noch eine Zigarre an und trat hinaus, um das Lager zu organisieren und die Neuen besser kennenzulernen. Ich blieb bei Tinti, der sich langsam, fast ohne Schmerzen von sich selbst löste. Also war Luis tot, und das Ziegenfleisch hatte so geschmeckt, daß man sich alle zehn Finger danach leckte, und in dieser Nacht würden wir neun oder zehn Mann sein und Munition haben, um weiterzukämpfen. Ziemlich viel Neuigkeiten auf einmal. Es war eine Art kalter Irrsinn, der die Gegenwart stark machte mit Männern und Nahrung, nur um mit einer Handbewegung die Zukunft wegzuwischen, den Grund für all diese Sinnlosigkeit, die soeben ihren Höhepunkt erreicht hatte durch eine Nachricht und den Geschmack nach gebratener Ziege. In der Dunkelheit der Höhle, wo ich versuchte, meine Zigarre lange glimmen zu lassen, wurde mir klar, daß ich mir in diesem Augenblick nicht den Luxus leisten konnte, den Tod von Luis hinzunehmen, und daß ich damit fertig werden mußte wie mit einer Aufgabe innerhalb des Operationsplans. War auch Pablo tot, so war ich nach dem Willen von Luis der Anführer, und das wußten der Leutnant und alle Gefährten. Man konnte nichts anderes tun, als den Befehl zu übernehmen, die Sierra zu erreichen und weiterzumachen, als wäre nichts geschehen. Ich glaube, ich schloß die Augen, und die Erinnerung an meine Vision brachte noch einmal die gleiche Vision. Eine Sekunde war mir, als ob Luis sich abermals von seinem Gesicht trennte, es mir hinhielt und ich mein Gesicht mit beiden Händen verteidigte, wobei ich sagte: »Nein, nein, bitte nicht, Luis!« Als ich die Augen öffnete, war der Leutnant zurück und sah nach Tinti, der stoßweise atmete, und ich hörte ihn sagen, es hätten sich uns soeben zwei junge Burschen vom Berg angeschlossen. Eine gute Nachricht nach der andern, Munition und gebratener Maniok, eine Reiseapotheke, die Regulares, die sich in den Anhöhen des Ostens verloren, und eine ausgezeichnete Quelle in fünfzig Meter Entfernung. Aber er sah mir dabei nicht in die Augen, kaute an seiner Zigarre und schien zu warten, daß ich etwas sagte, ich der erste wäre, der Luis erwähnte.

Was folgt, ist eine unbestimmte Leere; Tinti verlor sein Blut und wir ihn. Die Bergbauern boten sich an, ihn zu begraben, ich blieb in der Höhle, um auszuruhen, obschon es nach Erbrochenem roch, nach kaltem Schweiß. Eigenartigerweise verfiel ich darauf, an meinen besten Freund zu denken, aus einer Zeit vor dieser Zäsur in meinem Leben, durch die ich meinem Lande entrissen worden war, Tausende von Kilometern verschlagen, zu Luis, zur Landung auf dieser Insel, in diese Höhle. Ich rechnete aus, wie viele Stunden uns trennten, und stellte mir vor, wie er in diesem Augenblick, an einem Mittwoch, sein Sprechzimmer erreichte, den Hut an die Garderobe hing und einen Blick auf die Post warf. Das war keine Sinnestäuschung; es genügte, an all die Jahre zu denken, in denen wir so nahe beieinander in der Stadt gewohnt hatten und uns in die Politik, die Frauen und die Bücher teilten. Wir trafen uns täglich im Hospital, jede seiner Bewegungen war mir so vertraut, und diese Bewegungen waren nicht nur die seinen, sondern enthielten meine ganze Welt von damals, mich selbst, meine Frau, meinen Vater; sie enthielten meine Zeitung mit dem zündenden Leitartikel, meinen Kaffee am Mittag mit den diensthabenden Ärzten, meine Lektüre, meine Filme und meine Ideale. Ich fragte mich, was mein Freund über das alles dächte, über Luis oder über mich. Es war, als sähe ich die Antwort in seinem Gesicht sich abzeichnen. (Aber es war das Fieber damals, man hätte Chinin nehmen müssen.) Ein Gesicht, das sich selbst gefiel, gesundheitsstrotzend vom guten Leben, von den guten Verträgen und der Wirksamkeit des geachteten Seziermessers. Er brauchte nicht einmal den Mund aufzumachen, um mir zu sagen, ich glaube, daß deine Revolution nicht mehr ist als … Es war durchaus nicht nötig; es mußte so sein, diese Leute waren zu keiner Wandlung fähig, die die wirklichen Gründe ihrer billigen, nach Stundenplan erfolgenden Barmherzigkeit aufdecken würde, ihrer reglementierten, durch gemeinschaftliche Beiträge gestützten Nächstenliebe, ihrer Bonhomie unter Gleichen, ihres Salon-Antirassismus – aber wie soll das Mädchen denn diesen Mulatten heiraten –, ihres Katholizismus mit jährlicher Dividende und Festtagen auf den beflaggten Plätzen, ihrer folkloristischen Literatur, ihrem Folklorismus mit numerierten Exemplaren, ihrem Matebecher mit Silberzwinge, ihren Versammlungen kniefälliger Kanzler, ihrer stupiden unausweichlichen Agonie, war sie nun kurzfristig oder langfristig. (Chinin, Chinin und wieder das Asthma.) Armer Freund, er tat mir leid, wenn ich mir vorstellte, wie er wie ein Idiot genau die falschen Werte verteidigte, die mit ihm, im besten Fall mit seinen Kindern, zu Ende gehen würden. Er verteidigte das Feudalrecht auf Eigentum und auf unbegrenzten Reichtum; er, der nur sein Sprechzimmer besaß und eine gut eingerichtete Wohnung. Die Prinzipien der Kirche verteidigte er, wo der bürgerliche Katholizismus seiner Frau nur dazu gedient hatte, daß er Trost bei seinen Geliebten suchen mußte. Er verteidigte eine angeblich individuelle Freiheit, aus Furcht vor Veränderung, aus Skeptizismus und Argwohn, den beiden einzigen lebendigen Göttern in seinem armen verlorenen Vaterland.

Das waren meine Gedanken, als der Leutnant im vollen Lauf hereinkam und mir zurief, Luis lebe, man habe soeben Verbindung mit dem Norden aufgenommen, Luis sei lebendiger als ein Sack Flöhe, er habe mit fünfzig Guajiros die Höhe der Sierra erreicht, mit Waffen, die man einem Bataillon Regulares abgenommen; diesem hatte man in einer Schlucht den Rückzug abgeschnitten. Wir umarmten uns wie die Verrückten und sagten all diese Sachen, die später für lange Zeit Verdruß und Scham und ein ungutes Gefühl zurücklassen – nur das allein und gebratene Ziege essen und weitermarschieren hatte einen Sinn, zählte und wuchs, solange wir nicht den Mut besaßen, uns in die Augen zu sehen. Wir zündeten unsre Zigarren am Feuer an, die Augen fest auf die Flammen gerichtet, und trockneten die Tränen, die uns der Rauch entlockte, gemäß seiner üblichen tränenhervorbringenden Eigenschaft.

Es bleibt nun nicht mehr viel zu erzählen. Als der Tag begann, führte einer unsrer Bergbauern den Leutnant und Roberto dorthin, wo sich Pablo mit drei Gefährten befand, und der Leutnant mußte Roberto tragen, weil seine Füße von den Sümpfen zerschunden waren. Wir zählten jetzt zwanzig Mann. Ich weiß noch, daß Pablo mich in seiner ungestümen Art umarmte und, ohne die Zigarette aus dem Mund zu nehmen, sagte: »Wenn Luis am Leben ist, können wir noch siegen.« Ich verband ihm die

Füße, eine Pracht für sich, und die Jungs neckten ihn, weil es aussah, als bekäme er weiße Schuhe. Sein Bruder würde ihn anfahren, sagten sie, wegen dieses unzeitgemäßen Luxus.

»Soll er mich anfahren«, scherzte Pablo und rauchte dabei wie verrückt, »um jemanden anzufahren, Genosse, muß man am Leben sein, und du hast ja gehört, er ist am Leben, quicklebendig, lebendiger als ein Kaiman ist er, und gleich steigen wir in die Höhe. Sieh mal, er hat mir Gamaschen verpaßt, was für ein Luxus...«

Aber so konnte es nicht bleiben. Mit der Sonne kam das Blei von oben und von unten. Eine Kugel traf mich am Ohr, und hätte sie zwei Zentimeter genauer getroffen, würdest du, mein Sohn, der das vielleicht einmal liest, nicht erfahren haben, was dein Alter so alles trieb. Durch den Schreck, den Schmerz und das Blut sah ich alles plastisch, jedes Bild war scharf und im Relief zu sehen, und Farben hatte es, die wohl meine Lebenslust sein mußten. Außerdem spürte ich mein Gewicht nicht mehr. Ein fest gebundenes Taschentuch – und weiter ging es. Zurück blieben die Bergbauern sowie Pablos zweiter Mann, dessen Gesicht von einer 45er-Kugel wie ein Trichter zugerichtet war.

In Augenblicken wie diesen prägen sich unsinnige Bilder für immer ein. Ich erinnere mich an einen Dicken, ich glaube, aus Pablos Gruppe, der mitten im ärgsten Kampf hinter ein Zuckerrohr fliehen, sich seitlich dahinter verbergen wollte, sich hinkniete, und ich erinnere mich vor allem an den, der zu schreien begann, man müsse sich ergeben, und an die Stimme, die ihm zwischen zwei Feuergarben aus der Thompson antwortete, es war die Stimme des Leutnants, ein Brüllen über den Schüssen: »Hier wird sich nicht ergeben, verdammt!«, bis der jüngste der Bergbauern, bisher schweigsam und zurückhaltend, mich darauf hinwies, daß es hundert Meter weiter links einen sich nach oben schlängelnden Pfad gab. Ich schrie es dem Leutnant zu und stieß zur Spitze der Bergbauern vor, die mir folgten und, die schönste Feuertaufe genießend, wie die Teufel schossen, daß es eine Freude war, sie zu sehen. Schließlich fanden wir uns alle am Fuße der Ceiba, wo der Pfad begann. Der junge Bergbewohner kletterte und wir hinterdrein, ich mit meinem Asthma, so daß ich kaum laufen konnte, und am Hals mehr Blut als ein abgestochenes Schwein, doch überzeugt davon, daß wir an diesem Tag entkommen und, ich weiß nicht warum, aber es schien mir einleuchtend wie ein Lehrsatz, uns noch an diesem Abend mit Luis vereinigen würden.

Später kann man sich nie erklären, wie man seine Verfolger abgeschüttelt hat. Nach und nach brennt das Feuer herunter, man hört die bekannten Verwünschungen: »Feiglinge, sie machen sich dünn, statt zu kämpfen!« Und dann plötzlich die Stille, die Bäume, die wieder auftauchen wie lebende und freundliche Dinge, das Treiben auf dem Gelände, Verwundete, die man pflegen muß, die Feldflasche mit Wasser und ein wenig Rum, die von Mund zu Mund geht, Seufzer, irgendeine Klage, das Ausruhen und die Zigarre, weitergehen, immer klettern, auch wenn dir die Lungen durch die Ohren kommen, und Pablo, der mir sagt: »Hör mal, du hast mir welche angepaßt, Größe 42, ich hab aber 43, mein Lieber«, und das Lachen, die Spitze des Berges, die Bauernhütte, in der ein Bauer ein wenig Jukka mit Brühe und sehr frisches Wasser hat, und Roberto, der gewissenhafte Schatzmeister, der seine vier Pesos hervorholt, um für den Verzehr zu bezahlen, und alle, der Bauer zuerst, lachen, bis sie nicht mehr können, und der Mittag, der zum Ausruhen einlädt, worauf man verzichten muß, als ließe man ein schönes Mädchen vorübergehen und sähe ihr bis zuletzt auf die Beine.

Als es Nacht wurde, zog sich der Pfad steil in die Höhe und wurde mehr als beschwerlich. Wir schmunzelten dennoch, wenn wir uns die Lage vorstellten, die Luis ausgesucht hatte, um uns zu erwarten. Nicht einmal eine Gemse käme hier hoch. »Wir werden uns vorkommen wie in der Kirche«, sagte Pablo neben mir, »wir haben sogar ein Harmonium.« Er sah mich spöttisch an, während ich eine Art Passacaglia keuchte, die nur ihm Spaß machte. Ich erinnere mich nicht mehr gut an diese Stunden, es war Nacht geworden, als wir uns am letzten Posten zu erkennen gaben und für die Bergbauern bürgten; dann erreichten wir endlich die Lichtung, wo Luis gegen einen Baumstamm lehnte. Natürlich hatte er seine Mütze auf mit dem endlosen Schirm und die Zigarre im Mund. Es kostete mich die Seele, zurückbleiben zu müssen, Pablo vorauslaufen zu lassen, der rannte und seinen Bruder umarmte, und dann wartete ich, daß auch der Leutnant und die andern zu ihm gingen und ihn umarmten. Erst dann legte ich die Reiseapotheke auf den Boden neben die Springfield, und die Hände in den Taschen trat ich näher und blieb stehen, um ihn zu betrachten. Ich wußte, was er sagen würde, den immer gleichen

Scherz. »Also, wie kann man mit einem solchen Brillengestell herumlaufen«, sagte Luis. »Und du mit einem solchen Fernglas«, erwiderte ich, und wir bogen uns vor Lachen. Er drückte mir die Kinnlade gegen das Gesicht, daß mich die Wunde am Ohr wie der Teufel schmerzte, aber es war ein Schmerz, den ich hätte noch jenseits allen Lebens ertragen wollen.

»Also da bist du, Che«, sagte Luis. Natürlich sprach er das »Che« ganz unmöglich aus. »Was hast du denn gedacht«, sagte ich, genauso schlecht. Wieder krümmten wir uns wie blöd, und die halbe Welt lachte, ohne zu wissen, warum. Man brachte Wasser und die Nachrichten, und wir setzten uns im Halbkreis um Luis und sahen ihn an. Erst jetzt bemerkten wir, wie abgemagert er war und wie seine Augen hinter den verdammten Gläsern glänzten.

Weiter unten fing der Kampf wieder an, doch war das Lager vorläufig gedeckt. Man konnte die Verwundeten pflegen, in der Quelle baden, schlafen, vor allem schlafen, sogar Pablo, der soviel mit seinem Bruder hatte reden wollen. Doch weil das Asthma meine Geliebte ist und mich gelehrt hat, die Nacht auszunutzen, blieb ich, gegen den Baumstamm gelehnt, bei Luis, rauchte und beobachtete die Zeichnung der Blätter gegen den Himmel. Dann und wann sprachen wir davon, wie es uns ergangen war seit der Landung, aber vor allem sprachen wir von der Zukunft, was werden sollte an dem Tag, da wir das Gewehr beiseite legten und in ein Arbeitszimmer mit Telefon einzögen, von der Sierra in die Stadt. Ich dachte an die Jagdhörner, und fast hätte ich Luis, nur um ihn zum Lachen zu bringen, erzählt, was mir in jener Nacht durch den Kopf gegangen war. Schließlich sagte ich nichts davon, aber ich fühlte allmählich, wie wir zum Adagio des Quartetts kamen, in eine kostbare Fülle weniger Stunden, was trotzdem eine Gewißheit war, ein Zeichen, das wir nie vergessen würden. Wie viele Jagdhörner warteten noch, wie viele von uns würden noch ihre Knochen lassen wie Roque, wie Tinti, wie der Peruaner. Aber es genügte, den Baumwipfel zu betrachten, um zu spüren, wie der Wille abermals das Chaos ordnete, ihm das Muster des Adagios auferlegte, das einmal ins Allegro finale übergehen würde, im Einklang mit einer Wirklichkeit, die einen solchen Namen verdiente. Und während Luis mir die internationalen Nachrichten mitteilte sowie das, was sich in der Hauptstadt und in der Provinz tat, sah ich, wie Äste und Zweige sich allmählich meinem Wunsch fügten, meine Melodie waren, die Melodie von Luis, der weitersprach, meinem Phantasieren fremd. Dann sah ich einen Stern, der sich mitten in die Zeichnung eintrug, es war ein kleiner Stern, sehr blau, und obgleich ich nichts von Astronomie verstehe und nicht zu sagen gewußt hätte, ob es ein Stern oder ein Planet war, so war ich indessen sicher, daß es weder Mars noch Merkur war. Zu sehr glänzte er inmitten des Adagios, zu sehr inmitten der Worte von Luis, als daß ihn jemand hätte verwechseln können mit Mars oder Merkur.

Das Fräulein Cora

We'll send your love to college, all for a year
or two
And then perhaps in time the boy will do
for you.

The trees that grow so high
(Englisches Volkslied)

Ich versteh nicht, warum ich nicht über Nacht bei dem Kleinen im Krankenhaus bleiben darf, wo ich doch seine Mutter bin, und der Dr. De Luisi hat uns persönlich dem Direktor empfohlen. Sie könnten doch eine Liege hineinstellen, und ich würde ihm Gesellschaft leisten, damit er sich allmählich daran gewöhnt, der Ärmste war so blaß, als er eintrat, als sollte er sofort operiert werden. Ich glaube, es ist dieser Geruch in den Krankenhäusern, auch sein Vater war nervös und merkte nicht, daß es Zeit zum Gehen war, aber ich war ganz sicher, daß sie mich bei dem Kleinen ließen. Schließlich ist er noch keine fünfzehn Jahre, die sieht ihm keiner an, so wie er immer an mir hängt, obschon er jetzt in seinen langen Hosen gerne angibt und wie ein erwachsener Mann auftreten möchte. Es wird ihm nahegegangen sein, als er merkte, daß ich nicht bei ihm bleiben durfte, bloß gut, daß sein Vater ihn mit Reden ablenkte, er ließ ihn den Schlafanzug anziehen und ins Bett steigen. Und alles wegen dieser Rotznase von einer Krankenschwester, und ich frage mich, ob sie wirklich nach Anweisung der Ärzte handelt oder aus reiner Bosheit. Aber es war richtig, daß ich es ihr gesagt habe. Ich fragte sie, ob sie auch sicher sei, daß ich gehen müßte. Man braucht sie nur anzusehn, um zu wissen, was das für eine ist, mit diesen Manieren, wie ein Vamp, und dieser enganliegenden Schürze, eine miese Puppe, die hält sich für die Direktorin der Klinik. Immerhin, bei mir kam sie damit nicht an, ich hab ihr meine Meinung gesagt und das, obwohl der Kleine sich schämte und sich am liebsten verkrochen hätte, und sein Vater spielte den Unschuldigen, und natürlich schaute er ihr auf die Beine, wie üblich. Das einzige, was mich tröstet, ist, daß es einen guten Eindruck macht, man merkt, es ist eine Klinik für vermögende Leute; der Kleine hat eine wunderhübsche Nachttischlampe, da kann er seine Zeitschriften lesen, und zum

Glück hat sein Vater daran gedacht, ihm Pfefferminzbonbons mitzubringen, die er so gerne ißt. Aber gleich morgen früh, das erste, was ich mache, ich rede mit dem Dr. De Luisi, damit er dieser eingebildeten Rotznase die Meinung sagt. Mal sehen, ob die Decke warm genug ist für den Kleinen, ich will noch eine verlangen, die er für alle Fälle zur Hand haben soll. Aber ja, ich hab es warm genug, bloß gut, daß sie endlich weg sind, Mama denkt, ich bin ein kleiner Junge, und dann steh ich blöd da. Bestimmt glaubt die Krankenschwester, ich könnte nicht den Mund aufmachen, wenn ich was brauche, sie sah mich so komisch an, als Mama sich beschwerte ... Es ist schon richtig, und wenn sie nicht hier bleiben darf, kann ich ihr auch nicht helfen, ich meine, ich bin groß genug, um nachts alleine zu schlafen. Es schläft sich bestimmt gut in diesem Bett, man hört überhaupt keine Geräusche um diese Zeit, manchmal von weitem das Summen des Fahrstuhls, was mich an diesen Horrorfilm erinnert, der auch in einem Krankenhaus spielt, wo um Mitternacht langsam die Tür aufgeht und die gelähmte Frau im Bett sieht den Mann mit der weißen Maske hereinkommen.

Die Krankenschwester ist ziemlich sympathisch, um halb sieben kam sie mit ein paar Papieren zu mir und fragte mich nach meinem vollständigen Namen, wie alt ich sei und solche Sachen. Ich hab gleich die Zeitschrift weggesteckt, denn es hätte einen besseren Eindruck gemacht, wenn ich wirklich ein Buch gelesen hätte und nicht diese Bildergeschichte, ich glaube, sie hat es gemerkt, hat aber nichts gesagt, sicher war sie noch böse wegen Mama, sie wird denken, ich bin genauso wie sie und möchte sie herumkommandieren oder so. Sie fragte mich, ob mir der Blinddarm schmerze, und ich sagte nein, an diesem Abend war er in Ordnung. »Was ist mit dem Puls«, sagte sie, und nachdem sie ihn gefühlt hatte, trug sie noch etwas auf der Liste ein und hing sie zu Füßen meines Bettes. »Hast du Hunger?« fragte sie mich, und ich glaube, ich wurde rot, weil ich nicht erwartet hatte, daß sie mich duzte, sie ist so jung, daß es mir einen Stoß gab. Ich sagte nein, aber es war gelogen, denn um diese Zeit habe ich immer Hunger. »Du wirst heute abend nur wenig essen«, sagte sie, und ehe ich was merken konnte, hatte sie mir auch schon die Packung mit den Pfefferminzbonbons weggenommen und war fort. Ich weiß nicht, ob ich ihr noch was sagen wollte, ich glaube nicht. Aber ich war wütend, weil sie mir das angetan hatte, wie einem kleinen

Jungen. Sie hätte mir ja sagen können, ich solle keine Bonbons essen, aber sie mir einfach wegzunehmen ... Sicher war sie wütend wegen Mama und wollte sich an mir schadlos halten, einfach weil sie verärgert war; was weiß ich. Jedenfalls, nachdem sie weg war, war auch mein Ärger auf einen Schlag weg, ich wollte noch böse auf sie sein, aber ich konnte nicht. Wie jung sie ist, ich wette, sie ist noch nicht mal neunzehn, bestimmt hat sie gerade erst ihr Examen als Krankenschwester gemacht. Vielleicht kommt sie, um mir Abendbrot zu bringen, ich werde sie fragen, wie sie heißt, denn wenn sie meine Krankenschwester wird, muß ich ihr doch einen Namen geben. Aber statt ihrer kam eine andere, eine sehr freundliche, blauangezogene Frau, die mir Suppe brachte und ein paar Zwiebäcke, und sie gab mir grüne Pillen, die ich schlucken sollte. Auch sie fragte nach meinem Namen und ob es mir gutginge, und sie sagte mir, in diesem Zimmer würde ich ruhig schlafen können, es sei eines der besten in der Klinik, und das ist wahr, denn ich schlief fast bis um acht, als ich von einer kleinen und wie ein Affe verrunzelten Krankenschwester geweckt wurde, die aber sehr freundlich war und mir sagte, ich könne aufstehen und mich waschen. Aber vorher gab sie mir ein Thermometer und sagte, ich solle es so gebrauchen, wie man es in diesen Kliniken tut, und ich verstand nicht, denn zu Hause steckt man es sich unter den Arm, und da erklärte sie es mir und ging. Wenig später kam Mama, und welche Freude, alles so schön zu sehen, wo ich doch geglaubt hatte, er würde eine schlaflose Nacht verbringen, der arme Gute, aber so sind die Jungen, zu Hause macht man sich Sorgen und dann schlafen sie ruhig und fest, auch wenn sie noch so weit von ihrer Mama sind, die kein Auge zugemacht hat, die Arme. Dr. De Luisi kam, den Kleinen zu untersuchen, und ich ging einen Augenblick hinaus, weil er doch schon groß ist. Ich wär gern der Krankenschwester von gestern begegnet, um ihr richtig ins Gesicht zu sehn und ihr zu zeigen, wo sie hingehört, indem ich sie nur mal so von Kopf bis Fuß anschaue, aber es war niemand auf dem Gang. Dr. De Luisi kam sogleich aus dem Zimmer und sagte, der Kleine werde morgen früh operiert. Es gehe ihm sehr gut, und er sei in sehr guter Verfassung für die Operation. In seinem Alter sei ein Blinddarm eine Kleinigkeit. Ich dankte ihm sehr und nutzte die Gelegenheit, ihm zu sagen, daß das ungehörige Benehmen der Krankenschwester, die am Nachmittag Dienst hatte, meine Aufmerksamkeit erregt habe, und ich sagte es ihm nur deshalb, weil es nicht richtig war, wenn meinem Sohn die nötige Aufmerksamkeit fehle. Danach trat ich ins Zimmer, um dem Kleinen Gesellschaft zu leisten, der seine Zeitschriften las und bereits wußte, daß man ihn am nächsten Tag operieren werde. Als wär's das Ende der Welt, schaut die Ärmste mich an, ich werde schon nicht sterben, Mama, du könntest mir ein wenig Mut machen. Cacho haben sie im Krankenhaus den Blinddarm herausgenommen, und nach sechs Tagen wollte er schon Fußball spielen. Du kannst beruhigt sein, es geht mir sehr gut, und ich brauche nichts. Ja, Mama, ja, zehn Minuten fragt sie mich, ob es mir mehr hier oder mehr da weh tut, bloß gut, daß sie sich zu Hause um meine Schwester kümmern muß. Schließlich ging sie, und ich konnte mir die Bildergeschichte zu Ende ansehn, die ich gestern angefangen hatte.

Die Nachmittagskrankenschwester heißt das Fräulein Cora, ich hab die kleine Krankenschwester danach gefragt, als sie mir das Essen brachte; sie haben mir nur wenig zu essen gegeben und wieder diese grünen Pillen und Tropfen mit Pfefferminzgeschmack. Ich glaube, es sind die Tropfen, die einen so schläfrig machen, denn mir fielen die Zeitschriften aus der Hand, und auf einmal träumte ich von der Schule, wir machten ein Picknick mit den Mädchen von der Unterstufe, wie im vorigen Jahr, und wir tanzten am Rande des Swimmingpools, es war sehr lustig. So gegen halb fünf bin ich aufgewacht und mußte an die Operation denken, nicht daß ich Angst hätte, der Dr. De Luisi hat gesagt, es wäre nichts, aber die Narkose muß komisch sein, und daß sie einen im Schlaf aufschneiden. Cacho sagte, das Schlimmste wäre das Aufwachen, da hat man Schmerzen und muß sich übergeben und hat Fieber. Mamas Kleiner ist gar nicht mehr so neunmalklug wie gestern, man sieht es ihm am Gesicht an, daß er ein wenig Angst hat. Er ist so jung, daß er einem fast leid tut. Als er mich eintreten sah, richtete er sich ganz schnell auf und versteckte die Zeitschrift unterm Kopfkissen. Es war ein wenig kühl im Zimmer, und ich drehte die Heizung an, dann brachte ich das Thermometer und gab es ihm. »Kannst du damit umgehen?« fragte ich ihn, und seine Wangen glühten, als wollten sie platzen. Er nickte und streckte sich im Bett aus, während ich die Jalousien herunterließ und die Nachttischlampe anmachte. Als ich zu ihm ging, damit er mir das Thermometer gebe, war er noch immer so rot, daß ich fast gelacht hätte, und mit Jungen in diesem Alter ist es immer dasselbe. Sie haben Mühe, sich an diese Dinge zu gewöhnen. Und damit nicht genug, sie sieht mir auch noch in die Augen, warum kann ich ihren Blick nicht aushalten, wo sie doch nichts weiter ist als eine Frau, und als ich das Thermometer unter der Decke hervorholte und es ihr gab, schaute sie mich an, und ich glaube, sie lächelte ein wenig, man merkt sicher, wenn ich rot werde, ich kann nun mal nichts dagegen machen, es ist stärker als ich. Danach trug sie die Temperatur in dem Blatt ein, das am Fußende des Bettes ist, und ging weg, ohne etwas zu sagen. Ich weiß schon fast nicht mehr, was ich mit Papa und Mama gesprochen habe, als sie um sechs kamen, um mich zu besuchen. Sie blieben nur kurze Zeit, weil das Fräulein Cora ihnen sagte, man müsse mich vorbereiten und es sei besser, wenn ich am Abend davor Ruhe hätte. Ich dachte, Mama würde ihr mit einem ihrer Sätze kommen, aber sie schaute sie nur von oben bis unten an, und Papa auch, aber ich kenne die Blicke des Alten, das ist gar nicht zu vergleichen. Alles, was kam, war, daß ich Mama sagen hörte: »Ich wär Ihnen dankbar, wenn sie ihn gut pflegen, er ist ein Kind, das stets von seiner Familie umhegt worden ist«, oder irgend so ein Quatsch in dieser Richtung, und ich hätte vor Wut sterben wollen, ich hab dann nicht einmal mehr auf das gehört, was das Fräulein Cora antwortete, aber ich bin sicher, es hat ihr keine Freude gemacht, vielleicht denkt sie, ich hätte mich über sie beschwert oder so.

Gegen halb sieben kam sie zurück mit so einem kleinen Tisch auf Rädern voller Flaschen und Watte, und ich weiß nicht warum, aber plötzlich hatte ich ein wenig Angst, in Wirklichkeit war es keine Angst, aber ich schaute mir an, was es da auf dem kleinen Tisch gab, alle Arten blauer oder roter Fläschchen, Gazetampons und auch Pinzetten und Gummischläuche, der Ärmste schien es langsam mit der Angst zu kriegen ohne seine Mama, die aussieht wie ein aufgetakelter Papagei, ich wär Ihnen dankbar, wenn Sie den Kleinen gut pflegen, wissen Sie, ich habe mit Dr. De Luisi gesprochen, aber ja, Señora, wir werden ihn pflegen wie einen Prinz persönlich. Er ist hübsch, Ihr Kleiner, Señora, mit seinem Gesicht, das rot wird, sobald er mich kommen sieht. Als ich die Bettdecke zurückschlug, tat er eine Bewegung, als wollte er sich wieder zudecken, und ich glaube, er hat gemerkt, daß es mir Spaß machte, ihn so schamhaft zu sehen. »Also nun zieh dir die Schlafanzughose herunter«, sagte ich zu ihm, ohne ihm ins

Gesicht zu sehen. »Die Hose?« fragte er, und seine Stimme kippte. »Na klar, die Hose«, wiederholte ich, und er fing an, sich die Schleife zu lösen und sich aufzuknöpfen mit Fingern, die ihm nicht gehorchten. Ich selbst mußte ihm die Hose bis zu den Schenkeln herunterziehen, und er war so, wie ich ihn mir vorgestellt hatte. »Du bist schon ein ziemlich erwachsener Junge«, sagte ich und legte Pinsel und Seife zurecht, obschon es in Wahrheit da kaum etwas zu rasieren gab. »Wie nennen sie dich zu Hause?« fragte ich ihn, während ich ihn einseifte. »Sie nennen mich Pablo«, sagte er mit einer Stimme, die mich jammerte, so groß war seine Scham. »Aber sicher hast du einen Kosenamen«, bestand ich und machte es noch schlimmer, denn ich glaubte, er würde anfangen zu weinen, während ich seine wenigen Haare rasierte. »Also einen Kosenamen hast du nicht? Klar, du bist eben der Kleine.« Ich war mit dem Rasieren fertig und machte ihm ein Zeichen, sich zuzudecken, aber er war schneller und im Nu bis zum Hals zugedeckt. »Pablo ist ein schöner Name«, sagte ich, um ihn ein wenig zu trösten; fast tat es mir leid, ihn so beschämt zu sehen. Es war das erste Mal, daß ich einen so jungen und so schüchternen Burschen betreute. Aber etwas ärgerte mich an ihm, was er vielleicht von seiner Mutter hatte, etwas, das stärker war als seine Jahre und das mir nicht gefiel, und es ärgerte mich auch, daß er für seine Jahre so hübsch und gut gebaut war, ein grüner Junge, der sich schon wie ein Mann vorkam und der mir, sobald er sich besser fühlte, Komplimente machen wird.

Ich machte die Augen nicht auf, das war die einzige Möglichkeit, der ganzen Sache ein wenig zu entkommen. Aber es half nichts, denn ausgerechnet in diesem Augenblick fügte sie hinzu: »Also einen Kosenamen hast du nicht. Klar, du bist eben der Kleine.« Und ich hätte sterben wollen oder sie am Hals packen und würgen, und als ich die Augen aufmachte, sah ich ihr kastanienbraunes Haar beinah über meinem Gesicht, denn sie hatte sich gebückt, um einen Rest Seife zu entfernen, und sie roch nach Mandelshampoo, wie es die Zeichenlehrerin verwendet, oder irgend so ein Parfüm, und ich wußte nicht, was ich sagen sollte. Mir fiel nur ein, sie zu fragen: »Sie heißen Cora, nicht wahr?« Sie sah mich spöttisch an mit ihren Augen, die mich schon kannten und mich überall schon gesehen hatten, und sie sagte: »Fräulein Cora«. Sie sagte das, um mich zu strafen, ich weiß, genauso wie sie vorher gesagt hatte: »Du bist schon ein ziemlich erwachsener Junge«, nur um mich zu verspotten. Auch wenn es mich ärgert, daß ich rot im Gesicht werde, ich kann mich nun mal nicht verstellen, und es ist das schlimmste, was mir passieren kann, so fand ich doch den Mut, ihr zu sagen: »Sie sind so jung, daß ... Also Cora ist ein sehr hübscher Name.« Also ich hatte nicht gerade das sagen wollen, aber ich glaube, es wurde ihr klar, was ich meinte, und es gefiel ihr nicht. Ich bin jetzt sicher, sie ist wegen Mama verärgert, und ich wollte ihr nur sagen, sie sei so jung, daß ich sie lieber nur Cora und sonst nichts genannt hätte, aber wie hätte ich es ihr in diesem Augenblick erklären können, da sie böse war und schon den kleinen Tisch auf Rädern aus dem Zimmer schob und ich solche Lust zu weinen hatte, das ist auch etwas, das ich nicht verhindern kann. Plötzlich versagt mir die Stimme, und ich sehe alles bewölkt, und gerade dann, wenn ich unbedingt die Ruhe selber sein müßte, um zu sagen, was ich denke. Sie wollte hinausgehen, aber als sie an der Tür war, blieb sie einen Augenblick stehen, so als wollte sie nachsehen, ob sie nichts vergessen habe, und ich wollte ihr sagen, was ich gerade dachte, aber ich fand die Worte nicht. Mir fiel nur ein, auf die Seifenschale zu zeigen, er hatte sich aufgerichtet, und nachdem er sich geräuspert, sagte er: »Sie haben die Schale mit der Seife vergessen«, sehr ernst und mit der Stimme eines erwachsenen Mannes. Ich ging zurück, die Schale zu holen, und um ihn ein wenig zu beruhigen, fuhr ich mit der Hand über seine Wange. »Mach dir keine Sorgen, Pablito«, sagte ich, »es wird alles gut gehen, die Operation ist eine Kleinigkeit.« Als ich ihn berührte, warf er den Kopf zurück wie beleidigt, und dann rutschte er unter die Decke bis zur Nasenspitze. Mit erstickter Stimme sagte er aus seinem Versteck: »Ich darf Sie doch Cora nennen, nicht wahr?« Eigentlich bin ich viel zu gutmütig, fast hatte ich Mitleid mit so viel Schamgefühl, das er auf eine andere Weise loswerden wollte, aber ich wußte, ich durfte nicht nachgeben, denn dann würde ich Mühe haben, ihn zu beherrschen, und einen Kranken muß man beherrschen, oder es ist immer dieselbe Geschichte, es geht drunter und drüber wie mit María Luisa in Zimmer vierzehn, und Dr. De Luisi, der eine Nase wie ein Hund hat für solche Dinge, hält einem eine Predigt. »Fräulein Cora«, sagte sie und nahm die Schale und ging. Ich hatte eine solche Wut, eine solche Lust, sie zu schlagen, aus dem Bett zu springen und sie aus dem Zimmer zu stoßen oder ... Ich kann nicht begreifen, daß ich zu ihr sagte:

»Wenn ich gesund wäre, würden Sie mich wahrscheinlich anders behandeln.« Sie tat, als hörte sie mich nicht, sie drehte sich nicht einmal nach mir um, und ich blieb allein und hatte keine Lust zu lesen, ich hatte auf gar nichts Lust. Im Grunde hätte ich gewünscht, daß sie mir eine beleidigte Antwort gegeben hätte, so hätte ich sie um Verzeihung bitten können, denn in Wahrheit hatte ich ja nicht das sagen wollen, meine Kehle war so zugeschnürt, daß ich nicht weiß, wie mir die Worte kamen, ich hatte es nur aus Wut gesagt, aber es war nicht deswegen oder vielleicht schon, aber anders. Na schön, sie sind immer gleich. Man streichelt sie, sagt ihnen ein paar nette Worte, und auf der Stelle spielen sie den starken Mann. Sie wollen nicht glauben, daß sie noch grün hinter den Ohren sind. Das muß ich Marcial erzählen, das wird ihm Spaß machen, und wenn er ihn morgen auf dem Operationstisch sieht, wird es ihn noch mehr amüsieren, so zart und jung, wie der Ärmste ist mit seinem schamroten Gesicht, verdammte Hitze, die mir die Haut hochkriecht, was könnte ich bloß machen, daß mir das nicht passiert. Vielleicht muß ich tief Luft holen, ehe ich was sage, ich weiß nicht. Sicher ist sie wütend fortgegangen, ich bin sicher, sie hat es genau gehört, ich weiß nicht, wie ich ihr das sagen konnte. Ich glaube, als ich sie fragte, ob ich sie Cora nennen darf, war sie nicht beleidigt, das mit dem Fräulein hat sie gesagt, weil es ihre Pflicht ist, aber sie war nicht beleidigt; der Beweis: sie kam zurück und streichelte mein Gesicht. Aber nein, das war vorher, zuerst hat sie mich gestreichelt und dann habe ich ihr das mit Cora gesagt und alles verdorben. Jetzt sind wir schlimmer dran als vorher, und ich werde nicht schlafen können, auch wenn sie mir ein ganzes Röhrchen von diesen Tabletten geben. Zuweilen tut mir der Bauch weh, komisch, wenn man mit der Hand drüberfährt und fühlt sich so glatt, das Schlimme ist, ich muß immer wieder an alles denken, an das Mandelparfüm, an Coras Stimme, für ein so junges und hübsches Mädchen hat sie eine sehr tiefe Stimme, wie eine Bolerosängerin, etwas, das streichelt, auch wenn sie beleidigt ist. Als ich Schritte auf dem Gang hörte, legte ich mich hin und schloß die Augen. Ich wollte sie nicht sehen, es lag mir nichts daran, besser sie läßt mich in Ruhe, ich merkte, wie sie eintrat und die Deckenbeleuchtung einschaltete, er tat, als schliefe er wie ein Engelchen, deckte sich mit einer Hand das Gesicht zu und öffnete die Augen erst, als ich an sein Bett trat. Als er sah, was ich in der Hand hatte, wurde er so rot, daß ich wieder Mitleid mit ihm hatte, und ein wenig mußte ich lachen, es war wirklich zu blöd. »Mal sehen, mein Sohn, zieh dir die Hose herunter und dreh dich auf die Seite«, und der Ärmste hätte beinahe angefangen zu strampeln, wie er es bei seiner Mama gemacht haben wird, mit fünf Jahren, stelle ich mir vor, nein sagen und weinen und unter die Bettdecke kriechen und schreien, aber jetzt konnte der Ärmste das nicht tun, er betrachtete bloß den Irrigator und dann mich, die ich wartete, und plötzlich warf er sich auf die Seite und bewegte die Hände unter der Decke, aber er griff wohl daneben, denn während ich den Irrigator ans Kopfende hing, mußte ich die Bettdekken runterziehn und ihm Anweisung geben, ein wenig das Hinterteil zu heben, damit ich ihm besser die Hose herunterziehen und ein Handtuch unterlegen konnte. »Also schön, nun heb die Beine ein wenig, so ist es gut, leg dich mehr auf den Bauch, ich sag, du sollst dich mehr auf den Bauch legen, ja, so.« Er war so still, daß es fast war, als schreie er; einerseits machte es mir Spaß, den hübschen Hintern meines jungen Verehrers zu betrachten, aber dann hatte ich wieder Mitleid mit ihm, es war wirklich so, als bestrafte ich ihn für das, was er mir gesagt hatte. »Sag Bescheid, wenn es sehr heiß ist«, warnte ich ihn, aber er gab keine Antwort. Ich glaube, er biß sich in die Faust, und ich wollte sein Gesicht nicht sehen, und ich setzte mich deshalb an den Rand des Bettes und wartete, daß er etwas sagte. Doch obschon es sehr viel Flüssigkeit war, hielt er bis zum Schluß aus, ohne ein Wort, und als ich fertig war, sagte ich zu ihm, um das von vorhin zurückzunehmen: »So gefällst du mir, ein ganzer kleiner Mann«, und ich deckte ihn zu, während ich ihm empfahl, es so lange wie möglich auszuhalten, ehe er das Badezimmer aufsuchte. »Soll ich das Licht ausmachen, oder willst du, daß ich es anlasse, bis du aufstehst?« fragte sie mich an der Tür. Ich weiß nicht, wie ich es schaffte, ihr zu sagen, es sei mir gleich oder so, und als ich das Geräusch der sich schließenden Tür hörte, zog ich mir die Bettdecke über den Kopf, und was sollte ich machen: trotz der Koliken biß ich mir in beide Hände und weinte soviel wie keiner, keiner kann sich vorstellen, was ich weinte, während ich sie verfluchte und beschimpfte und ihr ein Messer fünf-, zehn-, zwanzigmal in die Brust stieß und sie dabei jedesmal verfluchte und mich an ihren Qualen weidete, und wie sehr sie mich jetzt bat, ich solle ihr doch verzeihen, was sie mir getan.

Es ist immer die alte Geschichte, mein lieber Suárez, man schneidet und macht auf und plötzlich die große Überraschung. Klar daß das Alter des Jungen alle Chancen auf seiner Seite hat, aber ich werde trotzdem mit dem Vater ein offenes Wort reden müssen, nicht daß wir am Ende Ärger kriegen. Das Wahrscheinlichste ist, daß wir eine gute Reaktion haben, aber etwas stimmt nicht, denken Sie an das, was gleich zu Beginn der Anästhesie geschah: man möchte es nicht glauben bei einem Jungen in seinem Alter. Ich hab zwei Stunden später nach ihm gesehen, und er war ziemlich in Ordnung, wenn Sie bedenken, wie lange die Sache gedauert hat. Als Dr. De Luisi kam, wischte ich dem Ärmsten gerade den Mund ab, er könnte sich nicht genug übergeben, und die Wirkung der Narkose hielt noch vor, aber der Doktor horchte ihn trotzdem ab und bat mich, nicht von seiner Seite zu weichen, bis er richtig wach sei. Die Eltern warten noch immer im Nebenzimmer. Der guten Frau sieht man an, daß sie solche Dinge nicht gewöhnt ist, auf einmal sind ihr die großen Töne ausgegangen, und der Alte sieht aus wie aus dem Wasser gezogen. Na komm schon, Pablito, übergib dich, wenn du willst, und beklag dich soviel du Lust hast, ich bin hier, ja sicher bin ich hier. Der Ärmste schläft noch immer und hält mich fest, als wär er am Ertrinken. Er muß mich für seine Mama halten, alle denken das, es ist immer dasselbe. Also los, Pablito, beweg dich nicht so viel, bleib ruhig, sonst tut es dir noch mehr weh, nein, laß die Hände in Ruh, da darfst du nicht hinfassen. Der Ärmste hat Mühe, aus der Narkose herauszukommen. Marcial hat mir gesagt, die Operation sei sehr lang gewesen. Das ist ungewöhnlich, vielleicht haben sie eine Komplikation gefunden. Manchmal liegt der Blinddarm nicht so sichtbar, ich werde Marcial heute abend fragen. Aber ja, mein Kleiner, schimpfe so viel du willst, aber beweg dich nicht so viel, ich werde dir die Lippen mit diesen Eisstückchen in einer Mullbinde anfeuchten, das löscht den Durst. Ja, mein Lieber, übergib dich noch mehr, erleichtere dich soviel du willst. Was du für Kraft in den Händen hast, du machst mir ja lauter blaue Flecke. Ja, weine, wenn du Lust hast, weine, Pablito, das erleichtert, weine und schimpfe, du schläfst ja noch so fest und meinst, ich bin deine Mama. Du bist wirklich hübsch, weißt du, mit dieser Stupsnase und diesen Wimpern wie Gardinen, und jetzt, wo du so blaß bist, siehst du älter aus. Jetzt würdest du wegen nichts erröten, nicht wahr, mein Lieber. Es tut mir weh,

Mama, es tut mir weh, ich will das Gewicht weghaben, das sie auf mich gelegt haben, ich hab etwas im Bauch, das ist so schwer und tut weh, Mama, sag der Krankenschwester, sie soll es wegmachen. Ja, mein Kleiner, es geht schon vorbei, sei ein wenig ruhig, warum hast du so viel Kraft, ich werde María Luisa rufen müssen, damit sie mir hilft. Also, Pablo, ich werde böse, wenn du nicht stillhältst, und wenn du dich weiter so viel bewegst, wird es dir noch viel mehr weh tun. Aha, es scheint, du merkst es selber, es tut mir hier weh, Fräulein Cora, es tut mir hier sehr weh, lassen Sie meine Hände los, ich kann nicht mehr, Fräulein Cora. Gottseidank, er ist eingeschlafen, der arme Kleine, die Krankenschwester kam um halb drei und holte mich und sagte, ich sollte eine Weile bei ihm bleiben, es gehe ihm schon besser, aber ich sehe, wie blaß er ist, er muß viel Blut verloren haben, nur gut, daß der Dr. De Luisi gesagt hat, daß alles gut verlaufen ist. Die Krankenschwester war müde, sie hat mit ihm kämpfen müssen. Ich versteh nicht, warum sie mich nicht eher zu ihm gelassen hat, in dieser Klinik sind sie zu streng. Nun ist es fast Nacht, und der Kleine hat die ganze Zeit geschlafen, man sieht, wie erschöpft er ist, aber ich glaube, er sieht schon besser aus, er hat schon ein wenig Farbe im Gesicht. Er klagt manchmal noch, aber er will den Verband nicht mehr anfassen und atmet ruhig, ich glaube, er wird eine ziemlich gute Nacht verbringen. Als ob ich nicht wüßte, was ich zu tun habe, aber es ließ sich nicht vermeiden; kaum hatte die gute Frau den ersten Schrecken hinter sich, kamen ihr die herrschaftlichen Töne wieder, daß es dem Kleinen an nichts fehlt in der Nacht, bitte, Fräulein. Wenn ich dich nicht bedauern würde, du alte dumme Schachtel, würdest du schon sehen, wie ich dich behandelte. Die Sorte kenn ich, mit einem guten Trinkgeld am letzten Tag, glauben sie, bringen sie alles in Ordnung. Und manchmal ist nicht mal das Trinkgeld gut, aber wozu weiter darüber nachdenken, man hat ihm saubere Sachen angezogen, und alles ist ruhig. Marcial, bleib noch ein wenig, siehst du nicht, daß der Junge schläft, erzähl mir doch, was heute früh los war, na schön, wenn du in Eile bist, lassen wir es für später. Nein, María Luisa könnte hereinkommen, nicht hier, Marcial. Natürlich, der Herr macht, was er will, ich hab dir doch gesagt, ich will nicht, daß du mich küßt, wenn ich bei der Arbeit bin, es ist nicht richtig. Man könnte glauben, wir hätten nicht die ganze Nacht, um uns zu küssen, du Dummer. Geh jetzt. Geh, sag ich, oder ich werde böse. Dummkopf, häßlicher Vogel. Ja, Lieber, bis nachher. Natürlich. Sehr.

Es ist sehr dunkel, aber es ist besser so, ich hab nicht mal Lust, die Augen zu öffnen. Fast tut es mir nicht mehr weh, wie gut das ist, so langsam atmen zu können ohne diese Schwindelanfälle. Alles ist so still, jetzt erinnere ich mich, daß ich Mama gesehen habe. Ich weiß nicht mehr, was sie mir gesagt hat, mir war so schlecht. Den Alten hab ich kaum gesehen, er stand am Fußende und kniff ein Auge zu, der Arme, er bleibt sich immer gleich. Mir ist ein bißchen kalt, Fräulein Cora, ich hätte gern noch eine Decke. Es stimmt, sie war hier, denn kaum hatte ich die Augen aufgemacht, sah ich sie am Fenster sitzen und in einer Zeitschrift lesen. Sie kam sofort zu mir und deckte mich zu, ich brauchte ihr fast nichts zu sagen, denn sie merkte es sofort. Jetzt erinnere ich mich noch, heute nachmittag habe ich sie, glaube ich, mit Mama verwechselt, und sie hat mich beruhigt oder vielleicht habe ich es nur geträumt. Habe ich geträumt, Fräulein Cora? Sie haben mir die Hände festgehalten, nicht wahr? Ich hab so viel blödes Zeug gesprochen, aber das kam, weil ich starke Schmerzen hatte, und diese Schwindelanfälle ... Entschuldigen Sie bitte, es ist bestimmt nicht schön, Krankenschwester zu sein. Ja, Sie lachen, aber ich weiß es, vielleicht hab ich Sie sogar schmutzig gemacht. Schön, ich sag nichts mehr. Mir geht es jetzt gut, mir ist auch nicht mehr kalt. Nein, es tut mir nicht sehr weh, nur etwas. Ist es spät, Fräulein Cora? Pst, du bist jetzt still, ich hab dir doch gesagt, du darfst nicht so viel reden, sei froh, daß es dir nicht weh tut, und lieg jetzt ganz still. Nein, es ist nicht spät, noch nicht sieben. Mach die Augen zu und schlaf, ja, so. Schlaf jetzt.

Doch, ich wollte schon, aber es ist nicht so einfach. Für Augenblicke denke ich, ich schlaf ein, aber auf einmal gibt mir die Wunde einen Stich, und alles dreht sich mir im Kopf, und ich muß die Augen aufmachen und sie ansehen. Sie sitzt am Fenster, hat die Schirmlampe angeschaltet, um zu lesen, so daß mich das Licht nicht stört. Warum sie wohl die ganze Zeit hierbleibt? Sie hat wunderschönes Haar, es glänzt, wenn sie den Kopf bewegt. Und sie ist so jung. Daß ich sie heute mit Mama verwechselt habe, kann ich mir gar nicht vorstellen. Wer weiß, was ich zu ihr gesagt habe, sicher wird sie wieder über mich gelacht haben. Aber sie hat mir Eis auf die Lippen gelegt, das hat mir gutgetan. Jetzt weiß ich es, sie hat mir Kölnischwasser ins Haar und auf die

Stirn gerieben und mir die Hände festgehalten, damit ich mir den Verband nicht abreiße. Sie ist nicht mehr böse mit mir, vielleicht hat Mama sich entschuldigt oder so, sie sah mich ganz anders an, als sie sagte: »Mach die Augen zu und schlaf.« Ich hab es gern, wenn sie mich so ansieht. Ich kann mir gar nicht mehr vorstellen, daß sie mir am ersten Tag die Bonbons weggenommen hat. Ich würde ihr gern sagen, wie schön sie ist und daß ich nichts gegen sie habe, im Gegenteil, es gefällt mir, daß sie es ist, die nachts auf mich aufpaßt, und nicht die kleine Krankenschwester. Ich hätte es gern, wenn sie mir wieder Kölnischwasser ins Haar machte. Ich hätte es gern, daß sie mich mit einem Lächeln um Verzeihung bäte und mir sagte, ich könnte sie Cora nennen.

Er schlief ziemlich lange, und um acht rechnete ich mir aus, daß Dr. De Luisi käme; und so weckte ich ihn, um Fieber zu messen. Er sah schon besser aus, das Schlafen hatte ihm gutgetan. Kaum sah er das Thermometer, steckte er eine Hand aus der Bettdecke, aber ich sagte ihm, er solle stilliegen. Ich wollte ihm nicht in die Augen sehen, damit er nicht leide, aber er wurde trotzdem rot und wollte mir klarmachen, er könne es nun gut alleine. Ich hörte nicht auf ihn, klar, aber der Ärmste war so hartnäckig, daß mir nichts anderes übrigblieb, als ihm zu sagen: »Also, Pablo, du bist doch ein ganzer Mann, nun mach nicht jedesmal dieselben Geschichten, ja?« Wie üblich, bei seiner Schwäche, konnte er die Tränen nicht zurückhalten; ich tat, als merkte ich es nicht, schrieb die Temperatur auf und ging die Injektion vorzubereiten. Als sie zurückkam, hatte ich mir mit dem Laken die Augen getrocknet, und ich hatte eine solche Wut auf mich, daß ich sonst was gegeben hätte, um reden zu können, ihr sagen, daß es mir nichts ausmachte, daß es mir wirklich nichts ausmachte, aber daß ich es nicht verhindern konnte. »Das tut überhaupt nicht weh«, sagte sie mir, die Injektion in der Hand, »es ist, damit du die ganze Nacht gut schläfst.« Sie deckte mich auf, und wieder spürte ich, wie mir das Blut ins Gesicht stieg, aber sie lächelte ein wenig und begann mir den Schenkel mit einer feuchten Watte einzureiben. »Es tut überhaupt nicht weh«, sagte ich zu ihr, denn etwas mußte ich sagen, ich konnte ja nicht einfach still sein, während sie mich anschaute. »Du siehst«, sagte sie, während sie die Nadel herauszog und mich mit Watte abrieb, »du siehst, es tut überhaupt nicht weh. Nichts soll dir weh tun, Pablito.« Sie deckte mich zu und strich mir mit der Hand übers Gesicht. Ich schloß die Augen und hätte tot sein wollen, tot sein und daß sie mir mit der Hand übers Gesicht strich und dabei weinte.

Ich hab Cora nie sehr gut verstanden, aber diesmal geht sie zu weit. Die Wahrheit ist, es macht mir nicht viel aus, ob ich die Frauen verstehe oder nicht. Hauptsache man wird von ihnen geliebt, das vor allem zählt. Wenn sie nervös sind, wenn sie sich wegen jeder Dummheit Gedanken machen, na schön, Kleine, in Ordnung, gib mir einen Kuß und fertig. Man merkt, daß sie noch sehr jung ist. Sie wird eine Weile brauchen, bevor sie gelernt hat, mit diesem verdammten Beruf zu leben. Die Ärmste zog ein Gesicht heute abend, daß ich eine halbe Stunde brauchte, um sie abzulenken. Sie hat noch immer nicht die richtige Art gelernt, wie man bestimmten Kranken die kalte Schulter zeigt, neulich ist es ihr mit der alten Frau aus Zimmer zweiundzwanzig so ergangen, und ich hatte geglaubt, sie habe seitdem dazugelernt, und jetzt macht ihr dieser Junge Kopfschmerzen. Wir waren auf meinem Zimmer und tranken Mate, so gegen zwei Uhr morgens, dann ging sie zu ihm, um ihm die Spritze zu geben, und als sie zurückkam, war sie schlecht gelaunt und wollte nichts von mir wissen. Es steht ihr gut, wenn sie das Gesicht böse verzieht und niedergeschlagen ist. Endlich machte sie ein anderes Gesicht, und später fing sie an zu lachen und zu erzählen, und ich hab es gern, wenn ich sie um diese Zeit ausziehe und fühle, wie sie ein wenig zittert, als wäre ihr kalt. Es muß sehr spät sein, Marcial. Ach, da kann ich noch ein Weilchen bleiben, die zweite Injektion kriegt er um halb sechs, und die kleine Spanierin kommt nicht vor sechs. Entschuldige, Marcial, ich bin dumm, daß ich mir wegen des grünen Jungen solche Sorgen mache, schließlich werde ich mit ihm fertig, aber manchmal hab ich Mitleid mit ihm, in diesem Alter sind sie dumm, und so stolz, wenn ich könnte, würde ich Dr. Suárez bitten, mich auszutauschen, im zweiten Stock liegen zwei frisch Operierte, Erwachsene, die kannst du ruhig fragen, ob sie Stuhlgang haben, und wenn es sein muß, macht man sie sauber und spricht dabei übers Wetter oder die Politik, ein Kommen und Gehen natürlicher Dinge, und jeder ist mit sich selbst beschäftigt, Marcial, und hier ist es nicht so, verstehst du. Sicher, man muß sich an alles gewöhnen, und ich werde noch oft mit Jungen in diesem Alter zu tun haben, alles eine Frage der Technik, wie es bei euch heißt. Ja, Lieber, gewiß. Aber es fing eben alles schlecht an, Schuld hatte die Mutter, das läßt sich nicht leugnen, es gab von der ersten Minute an etwas wie ein Mißverständnis, und der Junge hat seinen Stolz, und es schmerzte ihn, vor allem weil er am Anfang nicht wissen konnte, was alles auf ihn zukam, und er den Erwachsenen spielen wollte, mich ansehen so wie du, wie ein Mann. Jetzt vermag ich ihn nicht einmal mehr zu fragen, ob er pinkeln muß, das Schlimme ist nur, er brächte es fertig, es die ganze Nacht auszuhalten, wenn ich im Zimmer bliebe. Ich muß lachen, wenn ich daran denke, er wollte Ja sagen und traute sich nicht, da hat mich so viel Dummheit geärgert, und ich hab ihn gezwungen, damit er austreten lernt, ohne sich zu bewegen, schön brav auf dem Rücken liegend. Er macht immer die Augen zu in solchen Augenblicken, aber das ist fast noch schlimmer, denn dann weint er fast oder fängt an, mich zu beleidigen, er möchte beides und kann nicht, er ist so jung, Marcial, und diese gute Frau, die ihn aufgezogen haben muß wie eine Mimose, der Kleine hier und der Kleine da, großer Hut und die Jacke auf Taille, aber im Grunde noch immer das Baby, das Schätzchen von Mama ... Ach und gerade ich muß ihn kriegen – Starkstrom, wie ihr das nennt, wo er doch bei María Luisa so gut aufgehoben gewesen wäre, die aussieht wie seine Tante und ihn hinten und vorn saubermachen würde, ohne daß ihm die Schamröte ins Gesicht stiege. Nein, die Wahrheit ist, ich habe kein Glück, Marcial.

Ich träumte gerade vom Französischunterricht, als sie die Nachttischlampe anmachte. Das erste, was ich sehe, ist immer ihr Haar, das kommt sicher davon, weil sie sich für die Injektionen oder was es ist bücken muß und ihr Haar dann nahe an meinem Gesicht ist. Einmal hat sie mich am Mund damit gekitzelt, und es riecht so gut, und immer lächelt sie ein wenig, wenn sie mich mit der Watte einreibt, sie hat eine ganze Weile gerieben, ehe sie einstach, und ich sah auf ihre ruhige Hand, wie sie langsam die Spritze eindrückte, die gelbe Flüssigkeit, die langsam eintrat und mir weh tat. »Nein, nein, es tut mir überhaupt nicht weh.« Nie werde ich zu ihr sagen können: »Es tut mir überhaupt nicht weh, Cora.« Und Fräulein Cora sage ich nicht zu ihr, und wenn sie mich auf den Knien drum bittet. Nie, ich werde so wenig wie möglich mit ihr sprechen. Nein, es tut mir gar nicht weh. Nein danke. Ich fühle mich wohl, ich werde weiterschlafen. Danke.

Zum Glück hat er wieder Farbe, aber er ist noch immer sehr schwach, kaum daß er mir einen Kuß geben konnte, und Tante Esther hat er fast nicht mal angesehen, und sie hat ihm doch die

Zeitschriften gebracht und die kostbare Krawatte für den Tag, an dem er mit uns nach Hause darf. Die Krankenschwester vom Vormittag ist die Sanftmut in Person, so bescheiden, es macht wirklich Freude, mit ihr zu sprechen, sie sagt, der Kleine habe bis acht geschlafen und etwas Milch getrunken, es scheint, als ob sie jetzt damit anfangen, ihn wieder richtig zu ernähren, ich muß Dr. Suarez sagen, daß er keinen Kakao verträgt, oder vielleicht hat es sein Vater ihm schon gesagt, denn sie haben eine ganze Weile miteinander gesprochen. Wenn Sie bitte einen Augenblick hinausgehen möchten, Señora, wir wollen mal sehen, wie sich unser Mann fühlt. Sie können bleiben, Señor Morán, es ist nur, daß der Mama so viele Binden einen bösen Eindruck machen könnten. Laß doch mal sehen, Kollege. Da tut es weh? Klar, das ist natürlich. Und da, sag mir, ob es da weh tut oder ob es nur empfindlich ist. Schön, das geht ja prima, mein lieber Freund.

Und so fünf Minuten lang, ob es mir hier oder da weh tut, ob es weiter oben empfindlich ist, und der alte Herr, der meinen Bauch anstarrt, als ob er ihn zum ersten Mal sieht. Es ist komisch, aber ich fühle mich erst ruhig, wenn sie wieder gehen, die armen Alten, so bekümmert, wie sie sind. Aber was soll ich machen, sie stören mich, sie sagen immer, was sie nicht sagen sollen, vor allem Mama, und bloß gut, daß die kleine Krankenschwester taub zu sein scheint und alles über sich ergehen läßt mit ihrem Gesicht, als erwarte sie ein Trinkgeld. Also das ist ein Ding, den Leuten hier mit dem Kakao lästig zu fallen, als wäre ich ein Säugling. Ich habe solche Lust, fünf Tage hintereinander zu schlafen, ohne jemanden zu sehen, vor allem Cora nicht, und genau dann wach zu werden, wenn sie mich holen, um nach Hause zu gehen. Vielleicht muß man erst ein paar Tage abwarten, Señor Morán, sicher hat Ihnen De Luisi gesagt, daß die Operation komplizierter gewesen ist, als wir voraussahen, zuweilen gibt es eben kleine Überraschungen. Sicher, bei der Konstitution Ihres Jungen glaube ich, wird es keine Probleme geben, aber es ist besser, wenn Sie Ihrer Frau sagen, daß es mit einer Woche nicht getan ist, wie man zunächst annehmen konnte. Ach ja, sicher, darüber sprechen Sie mit der Verwaltung, das sind interne Dinge. Also jetzt sag mir doch, ob das nicht Pech ist, Marcial. Gestern abend habe ich es dir prophezeit, es dauert länger, als wir gedacht haben. Ja, ich weiß schon, daß es egal ist, aber du könntest ein wenig mehr Verständnis zeigen, du weißt sehr wohl, daß es mich nicht glücklich macht, diesen Jungen zu pflegen, und ihn noch weniger, der Ärmste. Schau mich nicht so an, warum sollte ich kein Mitleid mit ihm haben. Schau mich nicht so an.

Keiner hat mir zu lesen verboten, aber die Zeitschriften fallen mir aus der Hand und das, obschon ich mit zwei Geschichten noch immer nicht fertig bin und dann noch alles, was mir Tante Esther gebracht hat. Mein Gesicht brennt, ich habe bestimmt Fieber oder ist es, weil es so heiß ist in diesem Zimmer, ich werde Cora bitten, das Fenster ein wenig zu öffnen oder mir eine Decke wegzunehmen. Ich möchte schlafen, das tu ich am liebsten, und sie soll dort sitzen und eine Zeitschrift lesen, und ich schlafe, ohne sie zu sehen, ohne zu wissen, daß sie dort ist. Aber jetzt wird sie nachts sicher nicht mehr hier bleiben, das Schlimmste ist vorbei, und sie werden mich allein lassen. Ich glaube, von drei bis vier habe ich eine Weile geschlafen, pünktlich um fünf kam sie mit einer neuen Medizin, sehr bittere Tropfen. Immer sieht sie aus, als hätte sie gerade gebadet und sich umgezogen, so frisch, und sie riecht nach parfümiertem Puder, nach Lavendel. »Diese Medizin ist gar nicht schön«, sagte sie und lächelte mir zu, um mir Mut zu machen. »Nein, sie ist nur ein wenig bitter, das ist alles«, sagte ich. »Wie hast du den Tag verbracht?« fragte sie mich und schüttelte das Thermometer. Ich sagte, gut, ich hatte geschlafen, und der Dr. Suárez hatte gesagt, es ginge schon besser. »Schön, dann kannst du jetzt ein wenig arbeiten«, sagte sie und gab mir das Thermometer. Ich fand keine Antwort, und sie schloß die Jalousien und ordnete die Fläschchen auf dem Tisch, während ich meine Temperatur maß. Ich hatte sogar Zeit, einen Blick auf das Thermometer zu werfen, ehe sie es holen kam. »Aber ich habe ja sehr hohes Fieber«, sagte er wie erschrocken. Das war dumm, immer bin ich so blöd und will ihm über den bösen Augenblick hinweghelfen und gebe ihm das Thermometer, und natürlich hat der Kleine nichts Eiligeres zu tun, als davon Kenntnis zu nehmen, daß er vor Fieber fliegt. »Die ersten vier Tage ist es immer so, und außerdem hat dir keiner gesagt, daß du nachsehen sollst«, sage ich zu ihm und bin wütender auf mich als auf ihn. Ich fragte ihn, ob er Stuhlgang gehabt hätte, und er sagte nein. Sein Gesicht schwitzte, ich trocknete es ihm ab und tat ein wenig Kölnischwasser darauf; er hatte die Augen geschlossen, bevor er mir Antwort gab, und er öffnete sie nicht, während ich ihn kämmte, damit ihm die Haare auf der Stirn nicht lästig waren. Neununddreißig neun war hohes Fieber, und ob. »Versuch eine Weile zu schlafen«, sagte ich und überlegte, wann ich Dr. Suárez Bescheid sagen konnte. Ohne die Augen zu öffnen, verzog er sein Gesicht wie aus Abscheu, und jedes Wort sorgfältig aussprechend, sagte er: »Sie sind böse zu mir, Cora.« Ich brachte es nicht fertig, etwas zu antworten, ich blieb an seinem Bett, bis er die Augen aufmachte und mich mit seinem Fieber und seiner ganzen Traurigkeit anblickte. Beinah ungewollt streckte ich die Hand aus und wollte seine Stirn streicheln, aber er stieß mich heftig zurück, und dabei mußte es wohl ein Ziehen an seiner Wunde gegeben haben, denn er krümmte sich vor Schmerzen. Noch ehe ich reagieren konnte, sagte er mit sehr leiser Stimme zu mir: »Hätten Sie mich woanders kennengelernt, wären Sie nicht so zu mir.« Fast hätte ich losgelacht, aber es war so albern, daß er mir das sagte, während seine Augen sich mit Tränen füllten, und mir erging es wie immer, ich hatte Wut und beinahe Angst, plötzlich fühlte ich mich hilflos vor diesem kleinen anmaßenden Jungen, ich konnte mich zwar beherrschen (das verdanke ich Marcial, er hat mir beigebracht, mich zu kontrollieren, und ich kann es jedesmal besser). Ich richtete mich auf, als sei nichts gewesen, hing das Handtuch auf, verschloß die Flasche Kölnischwasser. Na schön, jetzt wußten wir, woran wir uns halten konnten. Im Grunde war es so viel besser. Krankenschwester, Patient und fertig. Soll seine Mutter ihm Kölnischwasser geben, ich hatte anderes zu tun bei ihm und würde es ohne großes Nachdenken tun. Ich weiß nicht, warum ich länger als nötig blieb. Als ich es Marcial erzählte, sagte er, ich hätte ihm Gelegenheit geben wollen, sich zu entschuldigen. Ich weiß nicht, vielleicht war es das oder etwas anderes, vielleicht blieb ich auch nur deshalb, damit er mich weiter beleidigen konnte und um zu sehen, wie weit er gehen würde. Aber er lag noch immer da, die Hände geschlossen, der Schweiß strömte ihm über Stirn und Wangen, es war, als hätten sie mich in kochendes Wasser gesteckt, ich sah violette und rote Flecken, wenn ich die Augen zudrückte, um sie nicht ansehen zu müssen, die noch immer hier war, und ich hätte sonstwas gegeben, nur damit sie sich noch einmal zu mir herunterbeugte und mir die Stirn abtrocknete, als wäre nichts gewesen, aber jetzt war es unmöglich, sie würde gehen, ohne etwas zu tun, ohne etwas zu sagen, und ich würde die Augen öffnen, die Nacht finden, die Nachttischlampe, das leere Zimmer, ein wenig Parfüm noch, und mir zum zehnten Male wiederholen, hundertmal, ich hatte gut daran getan, ihr zu sagen, was ich ihr gesagt hatte, damit sie lerne, mich nicht wie einen kleinen Jungen zu behandeln, damit sie mich in Ruhe lasse, damit sie nicht wegginge.

Sie fangen immer um die gleiche Stunde an, zwischen sechs und sieben Uhr früh, es muß ein Pärchen sein, das in den Nischen im Hof nistet, ein Täuberich, der gurrt, und die Taube gibt ihm Antwort. Nach einer Weile werden sie müde; ich hab es der kleinen Krankenschwester gesagt, die mich waschen kommt und mir das Frühstück bringt. Sie zuckte die Schultern und sagte, auch andere Kranke hätten sich über die Tauben beschwert, aber der Direktor will nicht, daß man sie vertreibt. Ich weiß schon nicht mehr, seit wann ich sie höre, die ersten Morgen war ich zu schläfrig oder hatte Schmerzen, um darauf zu achten, aber seit drei Tagen höre ich die Tauben, und sie machen mich traurig, ich möchte zu Hause sein und Milord bellen hören, Tante Esther hören, die um diese Zeit aufsteht und zur Messe geht. Verdammtes Fieber, das nicht herunter will, sie werden mich wer weiß wie lange hierbehalten, ich werde heute Vormittag Dr. Suárez fragen, schließlich könnte ich ebensogut zu Hause sein. Sehen Sie, Señor Morán, ich möchte offen zu Ihnen sein, das Bild, das sich ergibt, ist alles andere als einfach. Nein, Fräulein Cora, ich möchte, daß Sie sich weiter um den Kranken kümmern, und ich will Ihnen sagen, warum. Aber das heißt doch, Marcial ... Also komm, ich werde dir einen ganz starken Kaffee kochen, also du bist wirklich noch ein Kücken, es ist unglaublich. Hör zu, Kleine, ich hab vertraulich mit Dr. Suárez gesprochen, und es sieht so aus, als ob der Junge ...

Bloß gut, daß sie dann still sind, vielleicht fliegen sie weg über die Stadt, sie haben Glück, die Tauben. Was für ein endloser Vormittag. Ich war froh, als die Alten weg waren, jetzt sind sie nicht davon abzuhalten, häufiger zu kommen, seit ich so hohes Fieber habe. Schön, wenn ich vier oder fünf Tage länger hierbleiben muß, was tut's. Zu Hause wäre es besser, klar, aber Fieber hätte ich dort auch und elend würde ich mich auch immer mal wieder fühlen. Wenn man bedenkt, daß ich mir nicht einmal mehr eine Zeitschrift angucken kann, ich bin so schwach, als hätte ich kein Blut mehr. Aber alles kommt vom Fieber, das hat mir gestern abend Dr. De Luisi gesagt, und Dr. Suárez hat es heute morgen wiederholt, sie kennen das. Ich schlafe viel, aber es ist trotzdem so, als verginge die Zeit nicht, immer ist es noch nicht drei, als hätte ich was davon, ob es drei oder fünf ist. Im Gegenteil. Um drei geht die kleine Krankenschwester, was eigentlich schade ist, denn mit ihr komme ich prima aus. Wenn ich doch in einem Ruck bis Mitternacht schlafen könnte, das wäre doch gut. Pablo, ich bin es, das Fräulein Cora. Deine Nachtschwester, die dir weh tut mit den Spritzen. Ich weiß schon, daß es dir nicht weh tut, du Dummer, es war nur ein Scherz, schlaf weiter, wenn du willst, ich bin schon fertig. Er sagte zu mir: »Danke«, ohne die Augen zu öffnen, aber er hätte sie öffnen können, ich weiß, daß er mittags mit der kleinen Spanierin gesprochen hat, auch wenn man ihm untersagt hat, viel zu sprechen. Bevor ich hinausging, drehte ich mich plötzlich um, und er sah mich an, ich spürte, wie er mich die ganze Zeit von hinten angesehen hatte. Ich kehrte um und setzte mich an sein Bett, fühlte seinen Puls, zog ihm die Bettdecke zurecht, die er mit seinen Fieberhänden zerdrückt hatte. Er sah mein Haar an, dann senkte er den Blick und wich meinen Augen aus. Ich ging, um alles zu holen, was ich brauchte, um ihn vorzubereiten, und er ließ mich tun, ohne ein Wort zu sagen, die Augen fest zum Fenster gerichtet, als wäre ich nicht vorhanden. Um halb sechs würden sie ihn holen kommen, es blieb ihm noch eine Weile, um zu schlafen. Die Eltern warteten im Erdgeschoß, denn es hätte ihn zu sehr beeindruckt, sie um diese Zeit zu sehen. Dr. Suárez würde ein wenig eher kommen, ihm zu erklären, daß man die Operation vervollständigen müsse – irgend etwas, das ihn nicht zu sehr beunruhigen würde. Aber statt dessen kam Marcial, ich war nicht gefaßt, ihn so plötzlich eintreten zu sehen, aber er machte mir ein Zeichen, mich nicht zu rühren, und blieb am Fußende stehen, um das Fieberblatt zu lesen, bis Pablo sich an seine Anwesenheit gewöhnt hatte. Dann fing er an, ein wenig im Scherz mit ihm zu reden, das Gespräch so zu führen, wie nur er es versteht, die Kälte auf der Straße, wieviel besser man in diesem Zimmer aufgehoben wäre, und er schaute ihn an, ohne etwas zu sagen, als warte er auf etwas, und lieber wäre es mir gewesen, wenn Marcial gegangen und mich allein mit ihm gelassen hätte, ich hätte es ihm besser als sonstwer sagen können, oder vielleicht nicht, wahrscheinlich nicht. Aber ich weiß es doch schon, Doktor, man wird mich noch einmal operieren, Sie haben mir doch neulich die Narkose gegeben, es ist gut, es ist besser als weiter in diesem Bett zu liegen und mit diesem Fieber. Ich hab ja gewußt, daß sie doch noch etwas machen würden, denn seit gestern hab ich Schmerzen, ein anderer Schmerz, mehr nach innen. Und Sie, die Sie dort sitzen, machen Sie nicht so ein Gesicht, lächeln Sie nicht so, als wollten Sie mich ins Kino einladen. Gehen Sie weg mit ihm und küssen Sie ihn auf dem Gang, so tief habe ich an dem Nachmittag neulich nicht geschlafen, als Sie auf ihn böse waren, weil er Sie hier geküßt hatte. Gehen Sie beide, lassen Sie mich schlafen; wenn ich schlafe, tut es mir nicht so weh.

Also schön, mein Junge, jetzt wollen wir mal diese Angelegenheit ein für allemal aus der Welt räumen, wie lange willst du uns denn noch ein Bett wegnehmen, du. Zähle langsam, eins, zwei, drei. So ist schön, zähle weiter, und in einer Woche kannst du zu Hause ein saftiges Beefsteak essen. Eine Viertelstunde haben wir geschwitzt, Kleine, und dann genäht. Du hättest das Gesicht von De Luisi sehen sollen, man gewöhnt sich nie ganz an diese Dinge. Weißt du, ich hab die Gelegenheit genutzt, um Dr. Suárez zu bitten, dich auszuwechseln, wie du wolltest, ich hab ihm gesagt, dieser schlimme Fall habe dich sehr mitgenommen, vielleicht schikken sie dich in die zweite Etage, wenn du mit ihm sprichst. Na schön, mach, was du willst, neulich abend hast du dich so sehr beklagt und jetzt spielst du die Samariterin. Streite nicht mit mir, ich hab es für dich getan. Gewiß, er hatte es für mich getan, aber die Mühe war umsonst, ich werde heute nacht und alle Nächte bei ihm bleiben. Um halb neun wurde er wach, die Eltern gingen gleich, denn es war besser, daß er sie nicht sah, bei diesem Gesicht, das die Ärmsten machten, und als Dr. Suárez kam, fragte er mich leise, ob ich mich von María Luisa vertreten lassen wolle, aber ich schüttelte den Kopf, und er ging wieder. María Luisa half mir eine Weile, denn wir mußten ihn festhalten und beruhigen. Dann wurde er mit einmal ruhig und mußte sich kaum übergeben; er ist so schwach, daß er wieder einschlief, ohne groß zu klagen, bis zehn Uhr. Es sind die Tauben, du wirst sehen, Mama, sie gurren schon wieder wie an jedem Morgen, ich weiß nicht, warum man sie nicht vertreibt. Sie sollen auf einen anderen Baum fliegen, gib mir die Hand, Mama, mir ist so kalt. Ach, ich habe geträumt; mir war, als sei schon Morgen und die Tauben wären da. Entschuldigen Sie, ich habe Sie mit Mama verwechselt. Wieder wich sein Blick aus, er zog sich zurück zu seinem Groll und gab mir noch einmal die ganze Schuld. Ich kümmerte mich um ihn, so als merkte ich nicht, daß er noch immer böse auf mich war, ich setzte mich neben ihn und feuchtete seine Lippen mit Eis an. Als er mich anschaute, nachdem ich Kölnischwasser auf seine Hände und Stirn getan hatte, rückte ich noch näher an ihn heran und lächelte ihm zu. »Nenn mich Cora«, sagte ich zu ihm. »Ich weiß, daß wir uns am Anfang nicht verstanden haben, aber wir werden gute Freunde werden, Pablo.« Er blickte mich schweigend an. »Sag: Ja, Cora.« Er schaute mich unentwegt an. »Fräulein Cora«, sagte er schließlich und machte die Augen zu. »Nein, Pablo, nein«, bat ich und küßte ihn auf die Wange, nahe am Mund. »Ich werde Cora für dich sein, nur für dich.« Ich mußte mich zurückwerfen, dennoch bekam ich ein paar Spritzer ab. Ich trocknete ihn ab, stützte seinen Kopf, damit er sich den Mund ausspülte, und küßte ihn wieder, während ich ihm etwas ins Ohr sagte. »Entschuldigen Sie«, sagte er mit einem Faden von Stimme, »ich konnte es nicht zurückhalten.« Ich sagte, er solle nicht dumm sein, dafür sei ich doch hier, um ihn zu pflegen, und er solle sich soviel übergeben wie er wollte, um sich zu erleichtern. »Ich möchte gern, daß Mama käme«, sagte er und schaute mit leeren Augen in die andere Richtung. Ich streichelte noch ein wenig sein Haar, ordnete seine Decken und wartete, daß er etwas sagte, aber er war weit weg, und ich fühlte, daß er leiden würde, bliebe ich noch länger. An der Tür drehte ich mich um und wartete. Seine Augen waren weit geöffnet, zur Zimmerdecke gerichtet. »Pablito«, sagte ich zu ihm. »Bitte, Pablito. Bitte, Lieber«, dann ging ich zum Bett zurück, bückte mich, um ihn zu küssen; er roch nach Kälte, hinter dem Kölnischwasser war das Erbrochene, die Narkose. Eine Minute länger, und ich hätte angefangen zu weinen, vor ihm, für ihn. Ich küßte ihn noch einmal und rannte hinaus; ich ging hinunter, seine Mutter zu suchen und María Luisa. Ich wollte nicht zurück, während seine Mutter bei ihm war, wenigstens in dieser Nacht wollte ich nicht zurück, und dann wußte ich nur zu gut, daß ich keinen Grund haben werde, in dieses Zimmer zurückzukehren, daß Marcial und María Luisa sich um alles kümmerten, bis das Zimmer wieder frei war.

Die Insel am Mittag

Marini beugte sich gerade höflich über die Sitze auf der linken Seite, als er die Insel zum ersten Mal sah. Er war dabei, das Plastiktischchen zu befestigen, um dann das Tablett mit dem Essen daraufzustellen. Die Frau hatte ihn öfter angeschaut, während er mit Zeitschriften oder Whiskygläsern hin und her ging. Marini ließ sich Zeit, als er den Tisch einhakte, und fragte sich gelangweilt, ob es die Mühe lohne, den aufdringlichen Blick der Reisenden zu erwidern, einer Amerikanerin, wie es viele gab; da zeichnete sich im blauen Oval des Fensters die Küstenlinie der Insel ab, der goldene Saum des Strands, die Erhebungen, die zum einsamen Plateau führten. Er korrigierte die falsche Stellung des Bierglases und lächelte die Frau an. »Die griechischen Inseln«, sagte er. »Oh, yes, Greece«, sagte die Amerikanerin mit geheucheltem Interesse. Ein kurzes Klingelzeichen war zu hören, und der Steward richtete sich auf, ohne dabei das professionelle Lächeln seines feinlippigen Mundes zu verlieren. Er bemühte sich um ein syrisches Ehepaar, das Tomatensaft bestellte, aber im Flugzeugheck gönnte er sich ein paar Sekunden, um noch einmal nach unten zu schauen. Die Insel war klein und einsam, und die Ägäis umgab sie mit einem tiefen Blau, das in Spuren von leuchtendem, gleichsam versteinertem Weiß überging. Es würde Schaum sein dort unten, der sich an den Klippen und kleinen Buchten brach. Marini sah, daß die einsamen Strände nach Norden und nach Westen liefen: alles übrige war Fels, der steil ins Meer abfiel. Eine felsige und verlassene Insel, obschon der bleifarbene Fleck in Nähe des Nordstrands ein Haus sein konnte, vielleicht eine Gruppe primitiver Behausungen. Er begann die Büchse Saft zu öffnen, und als er sich aufrichtete, war die Insel aus dem Fenster verschwunden. Es blieb nichts als das Meer, ein unendlicher grüner Horizont. Ohne zu wissen, warum, sah Marini auf seine Armbanduhr: es war genau zwölf Uhr mittags.

Marini war zufrieden, auf der Linie Rom-Teheran eingesetzt worden zu sein. Der Flug war hier weniger trostlos als auf den Nordrouten. Immer hatten die Mädchen ein glückliches Aussehen, weil sie in den Orient reisten oder Italien kennenlernen würden. Vier Tage später, als er gerade einem Kind helfen wollte, das seinen Löffel verloren hatte und untröstlich auf seinen Teller mit Nachtisch zeigte, entdeckte er von neuem den Saum der Insel. Er stellte eine Differenz von acht Minuten fest, aber als er sich am Heck zum Fenster beugte, war kein Zweifel. Die Insel hatte eine unverwechselbare Form – eine Schildkröte, die die Beine ein wenig aus dem Wasser hebt. Er betrachtete sie, bis man ihn rief. Diesmal hatte er die Gewißheit, daß der bleifarbene Fleck eine Gruppe von Häusern war. Er konnte noch die Umrisse einiger weniger Felder wahrnehmen, die sich bis zum Strand erstreckten. Während der Zwischenlandung in Beirut studierte er den Atlas der Stewardeß und fragte sich, ob die Insel nicht Horos wäre. Der Funker, ein gleichgültiger Franzose, wunderte sich über sein Interesse. »Diese Inseln sind eine wie die andere. Ich mach die Route schon zwei Jahre, und sie sind mir herzlich egal. Aber zeigen Sie sie mir das nächste Mal.«

Es war nicht Horos, sondern Xiros, eine der vielen Inseln am Rande der touristischen Rundreisen. »Sie wird sich keine fünf Jahre halten können«, sagte die Stewardeß zu ihm, während sie in Rom ein Glas zusammen tranken. »Wenn du hin willst, beeil dich. Die Massen können jeden Augenblick dort eintreffen – Gengis Cooks Zeltstadt!« Aber Marini konnte seine Insel nicht vergessen. Er betrachtete sie, wenn sich die Möglichkeit bot oder ein Fenster in der Nähe war, und fast immer zuckte er am Ende mit den Schultern. Was konnte das schon für einen Sinn haben! Dreimal die Woche über Xiros am Mittag zu fliegen, war so irreal, wie dreimal die Woche davon zu träumen, daß er am Mittag über Xiros fliege. Alles war falsch an diesem sinnlosen und verlockenden Bild, mit Ausnahme vielleicht des Wunsches, es immer wieder zu sehen, die Armbanduhr kurz vor Mittag zu prüfen; dann der kurze blendende Kontakt mit dem leuchtend weißen Saum am Rande eines beinah schwarzen Blaus; die Häuser, wo die Fischer kaum den Blick heben würden, um dem Kommen und Gehen dieser anderen Irrealität zu folgen.

Als man ihm acht oder neun Wochen später die Linie New York mit all ihren Vorteilen anbot, sagte sich Marini, das sei eine Gelegenheit, seiner einfältigen und lästigen Manie ein Ende zu machen. Er hatte ein Buch in der Tasche, in dem ein unbekannter Geograph mit levantinischem Namen ein paar Angaben mehr über Xiros machte als die einschlägigen Autoren in ihren Reiseführern. Er hörte sich selbst wie aus weiter Ferne, als er das Angebot ablehnte, und ging, nachdem er die verärgerte Überraschung eines Chefs und zweier Sekretärinnen über sich hatte ergehen lassen, zum Essen in die Kantine der Gesellschaft, wo Carla auf ihn wartete. Carlas unverhohlene Enttäuschung beunruhigte ihn nicht. Die südliche Küste von Xiros war unbewohnbar, aber in westlicher Richtung hatte man Spuren einer lydischen oder womöglich kretomykänischen Kolonie gefunden. Professor Goldmann entdeckte zwei Felsen, in die Hieroglyphen eingeschnitten waren. Die Fischer benutzten sie als Rammpfähle für die kleine Mole. Carla hatte Kopfschmerzen und blieb nicht lange. Polypen waren die Haupteinnahmequelle der Handvoll Einwohner: alle fünf Tage kam ein Schiff, um den Fang zu laden und ein paar Vorräte und Waren dazulassen. Auf der Reiseagentur sagte man ihm, er müsse in Rynos ein Sonderschiff chartern oder er könne vielleicht mit der Feluke fahren, die die Polypen abholt. Aber das könne Marini nur in Rynos erfahren, wo die Agentur keinen Vertreter hatte. Wie auch immer, seine Absicht, ein paar Tage auf der Insel zu verbringen, war lediglich ein Plan für den Urlaub im Juni. In den folgenden Wochen mußte er für White auf der Tunislinie einspringen, und dann begann ein Streik, und Carla ging nach Palermo zurück ins Haus ihrer Schwestern. Marini quartierte sich in einem Hotel nahe der Piazza Navona ein, wo es Antiquariate gab. Ohne großen Eifer verbrachte er seine Zeit damit, Bücher über Griechenland zu suchen: zuweilen blätterte er in einem Konversationslexikon und fand Gefallen an dem Wort *kaliméra*, das er zum ersten Mal in einem Kabarett bei einem rothaarigen Mädchen anwandte. Er schlief mit ihr, erfuhr von ihrem Großvater in Odos und von unerklärlichen Halsschmerzen. In Rom begann es zu regnen. In Beirut wartete Tanja stets auf ihn. Es folgten andere Geschichten, immer von Verwandten und von Schmerzen. Eines Tages war es dann wieder die Linie Teheran, die Insel am Mittag. Marini blieb so lange am Fenster kleben, bis ihn die neue Stewardeß als einen schlechten Kollegen bezeichnete und ihm die servierten Tabletts vorrechnete. Am gleichen Abend lud Marini die Stewardeß zum Essen ins Feirûs ein, und es kostete ihn keine Mühe, ihre Verzeihung für seine Unaufmerksamkeit am Vormittag zu erlangen. Lucía riet ihm, sich die Haare auf amerikanische Art schneiden zu lassen. Er brachte die Rede eine Weile auf Xiros, begriff aber bald, daß sie den Wodka-Lime des Hilton vorzog. Die Zeit verging über diesen Dingen, den kein Ende nehmenden Tabletts mit den Mahlzeiten, ein jedes mit dem Lächeln serviert, auf das der Passagier ein Recht hatte. Auf dem Rückflug war die Maschine um acht Uhr morgens über Xiros. Die Sonne fiel auf die Fenster an der Backbordseite, und die goldene Schildkröte war kaum zu ahnen. Marini hielt es für besser, die Hinflüge zur Mittagsstunde abzuwarten, weil er wußte, daß er dann eine ganze Weile am Fenster bleiben konnte, indes Lucía (und später Felissa) sich ein wenig spöttisch um die Arbeit kümmerte. Einmal machte er ein Photo von Xiros, aber die Aufnahme wurde unscharf. In einigen Dingen wußte er über die Insel Bescheid; er hatte die seltenen Erwähnungen in ein paar Büchern unterstrichen. Felissa erzählte ihm, die Piloten würden ihn den Verrückten mit seiner Insel nennen, aber es störte ihn nicht. Carla hatte ihm gerade geschrieben, sie hätte sich entschlossen, das Kind nicht zu behalten. Marini schickte ihr zwei Gehälter und dachte, daß der Rest nicht mehr ausreichen würde für seinen Urlaub. Carla nahm das Geld an und ließ ihn durch eine Freundin wissen, sie werde wahrscheinlich den Zahnarzt von Treviso heiraten. Alles das hatte am Mittag, montags und donnerstags und samstags (zweimal im Monat sonntags), so wenig Bedeutung.

Mit der Zeit merkte er, daß Felissa die einzige war, die ihn ein wenig verstand. Sie hatten ein stillschweigendes Abkommen getroffen, daß sie sich mittags, sobald er seinen Platz am Fenster im Heck einnahm, um die Passagiere kümmerte. Die Insel wurde für wenige Minuten sichtbar, und immer war die Luft so rein, und das Meer umriß sie mit so minutiöser Unerbittlichkeit, daß die kleinsten Einzelheiten sich schonungslos an die Erinnerungen von der vorhergehenden Reise anschlossen. Der grüne Fleck des Vorgebirges im Norden, die bleifarbenen Häuser, die auf dem Sand trocknenden Netze. Fehlten die Netze, war es für Marini wie eine Verarmung, fast wie eine Beleidigung. Er dachte daran, den Flug über die Insel zu filmen und das Bild dann im Hotel zu wiederholen; aber er zog es vor, das Geld für die Kamera zu sparen, jetzt, wo es kaum noch einen Monat bis zum Urlaub dauerte. Er zählte die Tage nicht allzu genau. Manchmal war es Tanja in Beirut, manchmal Felissa in Teheran, fast immer sein jüngerer Bruder in Rom, alles ein wenig verschwommen, auf freundliche Art leicht und wunderbar, als stünde es für etwas anderes, indes es die Stunden vor oder nach einem Flug ausfüllte. Auch während des Flugs war alles verschwommen und leicht und dumm, bis zu der Stunde, da er sich ans Fenster im Heck stellen konnte, das kalte Glas spürend wie die Wand eines Aquariums, darin sich langsam die goldene Schildkröte im dichten Blau bewegte. An diesem Tag zeichneten sich die Netze auf dem Sand deutlich ab, und Marini hätte schwören können, der schwarze Punkt links, am Rande des Meers, sei ein Fischer, der das Flugzeug betrachtete. Kaliméra, dachte er absurderweise. Es hatte jetzt keinen Sinn mehr, länger zu warten, Mario Merolis würde ihm das Geld borgen, das ihm für die Reise fehlte. In weniger als drei Tagen würde er in Xiros sein. Die Lippen am Fensterglas, lächelte er bei der Vorstellung, daß er bis zu dem grünen Fleck klettern würde; nackt würde er ins Meer gehen an den Klippen im Norden, mit den Männern Polypen fischen und sich mit ihnen durch Zeichen und Lachen verständigen. Nichts war kompliziert, hatte man sich erst einmal entschlossen. Ein Nachtzug, ein erstes Schiff, ein zweites, altes und schmutziges Schiff, der Zwischenaufenthalt in Rynos, die endlose Verhandlung mit dem Kapitän der Feluke, die Nacht auf der Brücke, ganz nah bei den Sternen, der Geschmack von Anis und Hammel, der Anbruch des Tages zwischen den Inseln. Sobald es dämmerte, ging er an Land und wurde vom Kapitän einem alten Mann vorgestellt, der der Patriarch sein mußte. Klaios nahm seine linke Hand, sprach langsam zu ihm und schaute ihm dabei in die Augen. Zwei junge Männer kamen, und Marini verstand, daß es die Söhne von Klaios waren. Der Kapitän der Feluke kratzte sein ganzes Englisch zusammen: zwanzig Einwohner, Polypen, Fischerei, fünf Häuser, italienischer Besucher würde Unterkunft Klaios bezahlen. Die jungen Männer lachten, als Klaios über Drachmen verhandelte; und auch Marini, der sich mit den Jüngsten bereits angefreundet hatte, lachte. Er sah die Sonne über einem Meer aufgehen, das weniger dunkel war, als aus der Luft betrachtet. Ein bescheidenes und sauberes Zimmer, ein Krug mit Wasser, der Geruch nach Salbei und nach gegerbtem Fell.

Sie ließen ihn allein und machten sich ans Beladen der Feluke, und Marini begab sich, nachdem er sich ungeduldig die Reisesachen ausgezogen und eine Badehose und Sandalen angezogen hatte, auf einen Gang über die Insel. Noch war kein Mensch zu sehen, die Sonne wurde allmählich wärmer, und ein feiner Geruch, ein wenig säuerlich und mit dem Jod des Windes vermischt, kam von dem Buschwerk her. Es mußte zehn Uhr sein, als er den

Felsen im Norden erreichte und die größere der Klippen erkannte. Er zog es vor, allein zu bleiben, obschon er lieber am Sandstrand gebadet hätte; die Insel durchdrang ihn ganz, und er genoß sie mit einer solchen Vertrautheit, daß er nicht fähig war, zu denken oder sich für etwas zu entscheiden. Die Haut brannte ihm von der Sonne und dem Wind, als er sich auszog, um von einem Felsen ins Meer zu springen. Das kalte Wasser tat ihm gut, er ließ sich von heimtückischen Strömungen bis zum Eingang einer Grotte treiben, kehrte dann zum offenen Meer zurück, legte sich auf den Rücken und war mit allem einverstanden in einem einzigen Akt der Aussöhnung, was zugleich auch ein Name sein konnte für die Zukunft. Er hatte nicht den geringsten Zweifel, daß er nie mehr von der Insel gehen, daß er auf irgendeine Weise für immer auf der Insel bleiben würde. Er konnte sich seinen Bruder vorstellen, Felissa, ihre Gesichter, wenn sie erfuhren, daß er sein Leben mit Fischfang auf einem einsamen Felsen verbrachte. Als er sich um sich selbst drehte, um ans Ufer zu schwimmen, hatte er sie bereits vergessen.

Die Sonne trocknete ihn sofort. Er ging hinunter zu den Häusern, wo ihn zwei Frauen erschrocken ansahen, ehe sie davonliefen, um sich einzuschließen. Er grüßte ins Leere und stieg zu den Netzen hinab. Einer von Klaios' Söhnen wartete am Strand auf ihn. Marini wies aufs Meer und lud ihn ein. Der Junge zögerte, zeigte auf seine Tuchhosen und sein rotes Hemd. Dann eilte er in eins der Häuser und kehrte fast nackt zurück. Zusammen warfen sie sich in das bereits lauwarme Meer, das unter der Elfuhrsonne glänzte.

Als sie sich auf dem Sand trocknen ließen, fing Ionas an, die Dinge zu benennen. »Kaliméra«, sagte Marini, und der Bursche bog sich vor Lachen. Dann wiederholte Marini die neuen Sätze und lehrte Ionas italienische Wörter. Die Feluke, nun schon am Horizont, wurde immer kleiner. Marini fühlte, daß er jetzt wirklich allein auf der Insel war mit Klaios und den Seinen. Er würde ein paar Tage vergehen lassen, für sein Zimmer zahlen und das Fischen lernen. Eines Nachmittags, wenn sie ihn schon gut kannten, würde er ihnen davon sprechen, zu bleiben und mit ihnen zu arbeiten. Er stand auf, gab Ionas die Hand und begann langsam zur Anhöhe zu laufen. Der Weg war steil, und er kletterte Schritt für Schritt nach oben, wobei er sich ab und zu verzückt umdrehte, um die Netze am Strand zu betrachten, die Silhouetten der Frauen, die angeregt mit Ionas sprachen und ihn von der Seite anblickten, lachend. Als er den grünen Fleck erreicht hatte, trat er in eine Welt, in der sich der Geruch nach Thymian und Salbei mit dem Feuer der Sonne und der Brise des Meers zu einer einzigen Materie vermischte. Marini sah auf seine Armbanduhr, riß sie mit ungeduldiger Bewegung vom Handgelenk und verwahrte sie in der Tasche seiner Badehose. Es würde nicht einfach sein, den einstigen Menschen in ihm zu töten, aber hier auf der Höhe, von Sonne und Raum getragen, spürte er, daß es möglich war. Er befand sich in Xiros, er befand sich dort, wohin zu gelangen er so viele Male bezweifelt hatte. Er ließ sich zwischen die heißen Steine auf den Rücken fallen, ertrug ihre Kanten und glühenden Seiten und schaute senkrecht in den Himmel. Aus der Ferne drang das Brummen eines Motors zu ihm.

Er schloß die Augen und sagte sich, er würde nicht nach dem Flugzeug sehen; er würde sich nicht anstecken lassen von seinem anderen, schlechteren Selbst, das wieder einmal die Insel überflog. Aber in der Dämmerung der Augenlider stellte er sich Felissa vor mit den Tabletts, in ebendiesem Moment teilte sie die Tabletts aus, und er sah seinen Stellvertreter, Giorgio vielleicht oder ein anderer von einer anderen Linie, der gleichfalls lächelte, während er die Weinflasche oder den Kaffee hinstellte. Unfähig, gegen so viel Vergangenheit anzukämpfen, öffnete er die Augen und richtete sich auf. Im gleichen Augenblick sah er die rechte Tragfläche des Flugzeugs fast über seinem Kopf, sie neigte sich unerklärlicherweise; die Turbinen hatten einen anderen Klang, der Absturz ins Meer geschah beinah senkrecht. Im vollen Lauf eilte er den Hügel hinunter, stieß gegen Felsen und riß sich einen Arm an den Dornen auf. Die Insel verbarg ihm die Absturzstelle, aber er kürzte ab, noch ehe er den Strand erreichte, rannte quer über die ersten Ausläufer des Hügels und kam zum kleineren Strand. Hundert Meter vor ihm versank das Heck des Flugzeugs in einem vollkommenen Schweigen. Marini nahm Anlauf und warf sich ins Meer. Er wartete, daß das Flugzeug treiben würde, aber nichts war zu sehen außer der weichen Linie der Wellen und einem Pappkarton, der absurderweise in Nähe der Absturzstelle schaukelte. Als es fast keinen Sinn mehr hatte, weiterzuschwimmen, tauchte eine Hand aus dem Wasser auf, nur einen Augenblick, doch lang genug, daß Marini die Richtung ändern konnte. Er tauchte unter, bis er den Mann am Haar zu packen bekam.

Dieser klammerte sich mit aller Kraft an ihn und trank mit heiserem Laut die Luft, die Marini ihn atmen ließ, ohne ihm zu nahe zu kommen. Indem er ihn langsam hinter sich her zog, gelang es ihm, ihn ans Ufer zu bringen. Als er den weißgekleideten Körper auf den Sand legte, blickte er in ein Gesicht voller Schaum, in das der Tod sich bereits eingenistet hatte. Blut trat aus einer riesigen Wunde am Hals. Was konnte die künstliche Beatmung noch helfen, wenn die Wunde sich nach jedem Zusammenziehen ein wenig mehr zu öffnen schien und wie ein abstoßender Mund war, der nach Marini rief, ihn aus seinem kleinen Glück so weniger auf der Insel verbrachten Stunden reißend und unter Gurgeln ihm etwas zuschreiend, das er nicht mehr hören konnte? Im vollen Lauf kamen Klaios' Söhne und hinter ihnen die Frauen. Als Klaios erschien, umstanden die jungen Leute den auf dem Sand liegenden Körper, ohne zu begreifen, wie er noch die Kraft gehabt hatte, ans Ufer zu schwimmen und verblutend sich bis hierher zu schleppen. »Schließ ihm die Augen«, bat weinend eine der Frauen. Klaios schaute aufs Meer und suchte nach einem anderen Überlebenden. Aber sie waren wie immer allein auf der Insel, und der Leichnam mit den offenen Augen war das einzige Neue zwischen ihnen und dem Meer.

Unterweisungen für John Howell

Peter Brook gewidmet

Später – auf der Straße, im Zug, beim Gehen über Felder – wäre einem das alles absurd vorgekommen, aber ein Theater ist schließlich nichts anderes als ein Pakt mit dem Absurden, ist dessen offene und verschwenderische Darstellung. Rice, der sich in einem herbstlichen London an einem Wochenende langweilte und ins Aldwych gegangen war, ohne groß auf das Programm zu achten, hielt den ersten Akt des Stücks für besonders mittelmäßig. Das Absurde begann während der kleinen Pause, da der Mann in Grau sich seinem Sitz näherte und ihn mit beinah unhörbarer Stimme höflich aufforderte, ihn unauffällig hinter die Bühne zu begleiten. Rice war nicht besonders überrascht, er meinte, die Theaterleitung wolle eine Umfrage veranstalten, irgendeine Untersuchung, die später veröffentlicht werden würde. »Falls es um eine Meinungsumfrage geht«, sagte Rice, »so erscheint mir der erste Akt schwach und zum Beispiel die Beleuchtung ...« Der Mann in Grau nickte höflich, aber seine Hand zeigte noch immer auf einen Seitenausgang, und Rice begriff, daß er aufstehen und ihn begleiten solle, ohne sich bitten zu lassen. »Eine Tasse Tee wäre mir lieber gewesen«, dachte er, während er ein paar Stufen hinunterging, die zu einem Seitengang führten; halb zerstreut und lustlos ließ er sich führen. Fast stieß er gegen eine Kulisse, die er nicht gewahrte und die eine gutbürgerliche Bibliothek darstellte. Er wurde von zwei Männern, die sich zu langweilen schienen, begrüßt, als ob sein Besuch vorauszusehen gewesen wäre und vielleicht sogar eingeplant war. »Keine Frage, Sie eignen sich ausgezeichnet«, sagte der größere der beiden Männer. Der andere neigte den Kopf und zog ein Gesicht, als sei er stumm. »Wir haben nicht viel Zeit«, sagte der Größere, »aber ich will versuchen, Ihnen mit ein paar Worten Ihre Rolle zu erklären.« Er sprach mechanisch, beinahe so, als könnte er von der tatsächlichen Anwesenheit Rices absehen und sich darauf beschränken, eine monotone Weisung zu erfüllen. »Ich verstehe nicht«, sagte Rice und trat einen Schritt zurück. »Das ist fast besser so«, sagte der große Mann. »Eine Analyse wäre in solchen Fällen eher ein Nachteil. Sie werden sehen, es wird Ihnen, sobald Sie sich an die Scheinwerfer gewöhnt haben, gefallen. Den ersten Akt kennen Sie ja schon; ich weiß, er hat Ihnen nicht gefallen. Er gefällt keinem. Von jetzt an wird das Stück besser. Das hängt freilich davon ab ...« »Hoffentlich wird es besser«, sagte Rice, der nicht richtig verstanden zu haben glaubte, »aber wie auch immer, für mich ist es nun Zeit, in den Saal zurückzugehen.« Er tat noch einen Schritt, und es überraschte ihn nicht besonders, daß der Mann in Grau, eine Entschuldigung murmelnd, ihn sanft zurückhielt und nicht von seiner Seite wich. »Es sieht so aus, als verstünden wir uns nicht richtig«, sagte der große Mann, »und das wäre bedauerlich, denn bis zum Beginn des zweiten Akts sind es kaum noch vier Minuten. Bitte wollen Sie mir genau zuhören. Sie sind Howell, Evas Gatte. Sie haben bereits gesehen, daß Eva Howell mit Michael betrügt und daß Howell es wahrscheinlich gemerkt hat, aber zu schweigen vorzieht aus Gründen, die noch nicht ersichtlich sind. Halten Sie still, bitte, das ist nur eine Perücke.« Die Ermahnung war beinahe überflüssig, denn der Mann in Grau und der Stumme hielten seine Arme fest, und ein großes und mageres Mädchen, das plötzlich aufgetaucht war, zog ihm etwas Lauwarmes über den Kopf. »Vermutlich wollen Sie, daß ich zu schreien anfange und im Theater einen Skandal verursache«, sagte Rice und versuchte das Vibrieren in seiner Stimme zu beherrschen. Der große Mann zuckte mit den Schultern. »Sie wären dazu nicht fähig«, sagte er müde. »Es würde sich nicht schikken. Nein, ich bin sicher, Sie tun so etwas nicht. Außerdem steht die Perücke Ihnen ausgezeichnet, Sie sind der Typ eines Rothaarigen.« Rice gab zur Antwort, obschon er wußte, er hätte es nicht sagen sollen: »Aber ich bin kein Schauspieler.« Alle, sogar das Mädchen, lächelten ihm ermutigend zu. »Eben«, sagte der große Mann, »Sie bemerken sehr wohl den Unterschied. Sie sind kein Schauspieler, Sie sind Howell. Wenn Sie auf die Bühne kommen, sitzt Eva im Salon und schreibt gerade einen Brief an Michael. Sie werden so tun, als merkten Sie nicht, daß sie Papier versteckt und ihre Verwirrung zu verbergen sucht. Von diesem Augenblick an können Sie tun, was Sie wollen. Die Brille, Ruth.« »Was ich will?« sagte Rice und versuchte stumm seine Arme zu befreien, während ihm Ruth eine Brille mit einem Gestell aus Schildpatt aufsetzte. »Ja, darum geht es«, sagte lustlos der große Mann, und

Rice kam der Verdacht, daß er es satt haben mußte, jeden Abend dieselben Dinge zu wiederholen. Man hörte die Klingel, die das Publikum rief, und Rice vernahm das Hin und Her der Bühnenarbeiter, den Wechsel der Lichter; Ruth war wie vom Erdboden verschwunden. Eine eher bittere als heftige Entrüstung durchfuhr ihn, für die irgendwie nicht der passende Ort zu sein schien. »Das ist eine stupide Farce«, sagte er und versuchte zu verschwinden, »und ich kann Ihnen jetzt schon sagen ...«

Es war nicht unbedingt eine Drohung, auch wenn die drei Männer sich auf eine Weise um ihn stellten, die entweder Gehorsam oder offenen Kampf verlangte; Rice dachte, das eine sei so absurd wie das andere oder auch so falsch. »Howell tritt jetzt auf«, sagte der Großgewachsene und wies auf den schmalen Durchgang zwischen den Kulissen. »Sobald Sie draußen stehen, tun Sie, was Sie wollen, aber wir würden es bedauern, wenn ...« Er sagte das in einem freundlichen Ton, ohne das plötzliche Schweigen im Saal zu beeinträchtigen. Der Vorhang, ein Reiben von Samt, ging in die Höhe, und sie wurden von einem Stoß lauwarmer Luft eingehüllt. »Ich an Ihrer Stelle würde es mir trotzdem überlegen«, ergänzte der große Mann müde. »Gehen Sie jetzt.« Er schob ihn ohne Heftigkeit vorwärts, alle drei gaben ihm das Geleit bis zur Mitte der Kulissen. Rice wurde von einem violetten Licht geblendet, vor ihm lag eine Weite, die ihm unendlich vorkam; zur Linken erriet er eine große Kaverne, etwas wie eine ungeheure zurückgehaltene Atmung, und eigentlich war das die wirkliche Welt, aus der nach und nach weiße Hemdbrüste und vielleicht Hüte oder hohe Frisuren sich abhoben. Er tat einen oder zwei Schritte, wobei er spürte, wie ihm die Beine nicht gehorchten, und er war schon bereit, umzukehren und im vollen Lauf die Flucht zu suchen, als Eva sich eilig erhob und, auf ihn zukommend, ihm ihre Hand hinhielt, die am Ende eines sehr weißen und langen Arms im violetten Licht zu schweben schien. Die Hand war eiskalt, und Rice hatte den Eindruck, daß sie sich ein wenig in der seinen zusammenkrampfte. Während er sich bis zur Mitte der Bühne führen ließ, vernahm er verwirrt Evas Erklärungen über ihre Kopfschmerzen, den Vorzug des Halbdunkels, die Ruhe der Bibliothek, wobei er nur darauf wartete, daß sie ans Ende käme, um dann zur Vorbühne zu gehen und mit zwei Worten zu erklären, wie er einem Betrug zum Opfer gefallen war. Aber Eva schien darauf zu warten, daß er auf dem Sofa Platz nähme, das genauso wie die Handlung des Stücks und die Dekoration von einem zweifelhaften Geschmack war. Rice begriff, es wäre unmöglich, nahezu grotesk, weiter stehenbleiben zu wollen, indes sie erneut seine Hand haltend, mit müdem Lächeln ihre Einladung wiederholte. Vom Sofa aus konnte man die ersten Reihen im Parkett besser unterscheiden, das von Violett zu einem gelblichen Orange wechselte, seltsamerweise aber war es für Rice einfacher, sich Eva zuzuwenden, ihrem Blick standzuhalten, der auf irgendeine Weise ihn noch immer an diese Sinnlosigkeit band, wobei er einen weiteren Augenblick die einzig mögliche Entscheidung verschob, es sei denn, er wollte diesen Irrsinn annehmen und sich dem Schein ausliefern. »Diese Herbstnachmittage nehmen kein Ende«, hatte Eva gesagt und dabei eine weiße Metallschachtel gesucht, die zwischen den Büchern und Papieren auf dem niedrigen Tischchen steckte, um eine Zigarette anzubieten. Mechanisch holte Rice sein Feuerzeug hervor und kam sich immer lächerlicher vor mit seiner Perücke und der Brille; das abgestimmte Ritual, die Zigaretten anzuzünden und den ersten Rauch einzuatmen, war wie eine Waffenruhe. Es erlaubte ihm, sich bequemer hinzusetzen, die unerträgliche Spannung des Körpers zu lockern, der sich von unsichtbaren kalten Konstellationen betrachtet fühlte. Er vernahm seine Antworten auf Evas Sätze, die Worte schienen sich mühelos gegenseitig aufzuheben, ohne daß man über ein bestimmtes Thema sprach. Ein Kartenhausdialog, bei dem Eva die Wände des schwachen Gebäudes errichtete, Rice ohne Mühe seine eigenen Karten dazwischenschob, und das Kartenhaus wuchs unter dem orangefarbenen Licht, bis man ans Ende einer umständlichen Erklärung kam, die den Namen Michael enthielt (»Sie haben bereits gesehen, daß Eva Howell mit Michael betrügt«), so wie andere Namen und Orte, ein Teenachmittag, an dem Michaels Mutter teilgenommen hatte (oder war es Evas Mutter?), und in einer hastigen und beinahe weinerlichen Erklärung, von einer Bewegung begieriger Hoffnung begleitet, beugte Eva sich zu Rice, als wollte sie ihn umarmen oder in die Arme genommen werden, und flüsterte nach dem letzten Wort, das sie mit besonders deutlicher Stimme aussprach, Rice ins Ohr: »Laß es nicht zu, daß sie mich umbringen.« Ohne Übergang kehrte sie zu ihrer professionellen Stimme zurück und klagte über ihre Einsamkeit und Verlassenheit. Ein Klopfen an der Tür im Hintergrund, und Eva biß sich auf die

Lippen, als hätte sie noch etwas hinzufügen wollen (aber das konnte eine Einbildung von Rice sein, der zu verwirrt war, um entsprechend reagieren zu können); sie erhob sich, um Michael willkommen zu heißen, der mit einem törichten Lächeln, das bereits im ersten Akt so unerträglich auf seinem Gesicht stand, eintrat. Eine Dame in Rot, ein alter Mann: mit einem Schlag bevölkerte sich die Bühne mit Leuten, die Begrüßungen, Blumen und Mitteilungen austauschten. Rice drückte Hände, die ihm entgegengehalten wurden, nahm so schnell wie möglich wieder Platz auf dem Sofa und verschanzte sich hinter einer weiteren Zigarette. Die Handlung schien jetzt über ihn hinwegzugehen, und das Publikum nahm mit befriedigtem Flüstern eine Reihe brillanter Wortspiele zwischen Michael und den Charakterdarstellern entgegen, während Eva für Tee sorgte und dem Diener Anweisungen gab. Vielleicht war nun der Augenblick gekommen, an die Rampe zu treten, die Zigarette fallen zu lassen, mit dem Fuß aufzutreten und gleichzeitig zu verkünden: »Ehrenwertes Publikum ...« aber womöglich wäre es eleganter *(laß es nicht zu, daß sie mich umbringen),* das Fallen des Vorhangs abzuwarten, um sodann mit raschem Schritt vortretend den Betrug zu entlarven. Es gab trotz allem etwas wie eine zeremonielle Seite, die man ohne Mühe befolgen konnte. Auf seine Stunde wartend, trat Rice in den Dialog ein, in den der alte Herr ihn einbezog, er nahm die Tasse Tee an, die Eva ihm anbot, ohne ihm dabei ins Gesicht zu sehen, als wüßte sie sich von Michael und der Dame in Rot beobachtet. Alles schien darauf zu warten, daß man Widerstand leistete, die Stirn bot einer endlos dichten Zeit, sich stärker zeigte als die plumpe Koalition, die ihn zu einem Hampelmann machen wollte. Unschwer begriff er nun, wie die Sätze, die zuweilen an ihn gerichtet wurden (manchmal war es Michael, manchmal die Dame in Rot, kaum noch Eva) in sich schon die Antwort trugen; wenn nur der Hampelmann die vorhersehbare Antwort gab, konnte das Stück weitergehen. Rice dachte, wenn man nur ein wenig mehr Zeit hätte, um die Situation zu beherrschen, so wäre es unterhaltsam gewesen, gegen den Strich zu antworten und die Schauspieler in Schwierigkeiten zu bringen; aber sie würden es ihm nicht durchgehen lassen, seine falsche Handlungsfreiheit würde nicht mehr erlauben als eine zügellose Rebellion, den Skandal. *Laß es nicht zu, daß sie mich umbringen,* hatte Eva gesagt. Auch wenn es absurd war wie alles andere, so glaubte

Rice noch immer, es sei besser, zu warten. Über eine anzügliche und bittere Antwort der Dame in Rot fiel der Vorhang, und Rice kamen die Schauspieler vor wie Gestalten, die jäh eine unsichtbare Treppe herabsteigen, reduziert, gleichgültig. (Michael zuckte verächtlich die Achseln, drehte ihnen den Rücken zu und ging davon in den Hintergrund.) Sie verließen die Bühne ohne einen Blick füreinander, aber Rice bemerkte, wie Eva sich nach ihm umschaute, während die Dame in Rot und der Alte sie freundlich am Arm wegführten, zu den Kulissen auf der rechten Seite. Er meinte ihr folgen zu müssen, er hatte eine vage Hoffnung, die das Ankleidezimmer und ein privates Gespräch meinte. »Großartig«, sagte der große Mann und klopfte ihm auf die Schulter, »sehr gut, das haben Sie wirklich sehr gut gemacht.« Er wies auf den Vorhang, durch den der letzte Beifall sickerte. »Es hat ihnen tatsächlich gefallen. Kommen Sie, wir wollen was trinken.« Die anderen beiden Männer standen freundlich lächelnd etwas abseits, und Rice gab es auf, Eva folgen zu wollen. Der große Mann öffnete am Ende des ersten Ganges eine Tür, und sie betraten ein kleines Zimmer, in dem ein paar wacklige Sessel und ein Schrank standen, dazu eine angefangene Flasche Whisky und sehr schöne Gläser aus geschliffenem Kristall. »Sie haben es sehr gut gemacht«, wiederholte noch einmal der große Mann mit Nachdruck, während sie alle mit Rice in der Mitte Platz nahmen. »Ein wenig Eis, ja? Na klar, wer hätte da nicht eine trockene Kehle.« Der Mann in Grau kam dem Kopfschütteln von Rice zuvor und reichte ihm ein beinahe volles Glas. »Der dritte Akt ist schwieriger aber zugleich auch unterhaltsamer für Howell«, sagte der große Mann. »Sie haben bereits gesehen, wie die Machenschaften aufgedeckt werden«, und er fing an, ihm gewandt und ohne zu stocken den Plan des Stückes zu erklären. »In gewisser Weise haben Sie die Dinge kompliziert«, sagte er. »Ich hätte mir nie vorstellen können, daß Sie sich Ihrer Frau gegenüber so passiv verhalten würden, ich hätte da anders reagiert.« »Und wie?« fragte Rice trocken. »Ach, lieber Freund, das zu fragen, ist nicht recht. Meine Meinung könnte Ihre eigenen Entschlüsse verändern, angenommen, Sie haben bereits einen vorgefaßten Plan. Oder etwa nicht?« Da Rice schwieg, fügte er hinzu: »Wenn ich Ihnen das sage, dann vor allem deswegen, weil es nicht darum geht, vorgefaßte Pläne zu haben. Wir alle sind viel zu sehr befriedigt, um ein Risiko eingehen zu wollen und den Rest zu verderben.« Rice trank einen großen Schluck Whisky. »Aber Sie haben mir doch im zweiten Akt gesagt, ich könne tun, was ich wolle«, bemerkte er. Der Mann in Grau fing an zu lachen, aber der Großgewachsene schaute ihn an, und der andere verzog seine Miene zu einer raschen Entschuldigung. »Was das Abenteuerliche oder den Zufall betrifft – ganz wie Sie wollen –, da gibt es einen Spielraum«, sagte der große Mann. »Ich bitte Sie aber, sich von nun an an das zu halten, was ich Ihnen sagen werde. Es versteht sich, was Einzelheiten angeht, innerhalb einer maximalen Freiheit.« Indem er seine Hand öffnete, nach oben kehrte und sie unverwandt betrachtete, grub er den Zeigefinger der anderen Hand immer wieder hinein. Zwischen zwei Schlucken (wieder hatten sie ihm das Glas vollgegossen) hörte sich Rice die Unterweisungen für John Howell an. Mit Hilfe des Alkohols und gehalten von etwas, das wie ein langsames Zurückkehren zu sich selbst war und das ihn mit einer kalten Wut erfüllte, zeigte sich ihm ohne weiteres der Sinn der Anweisungen, das Schürzen des Handlungsknotens, der im letzten Akt eine Drehung erfahren würde. »Ich hoffe, daß es klargeworden ist«, sagte der große Mann mit einer Kreiselbewegung des Zeigefingers auf der Handfläche. »Es ist ganz klar«, sagte Rice und erhob sich, »trotzdem möchte ich noch wissen, ob im vierten Akt ...« »Lassen Sie uns jede Unklarheit vermeiden, lieber Freund«, sagte der große Mann. »In der nächsten Pause wollen wir dann auf das Thema zurückkommen, aber jetzt bitte ich Sie, sich ausschließlich auf den dritten Akt zu konzentrieren. Ach ja, den Straßenanzug, bitte.« Rice fühlte, wie ihm der Stumme die Jacke aufknöpfte. Der Mann in Grau hatte einen Tweedanzug und ein Paar Handschuhe aus dem Schrank geholt; mechanisch zog Rice sich unter den zustimmenden Blicken der drei Männer um. Der Großgewachsene hielt die Tür geöffnet und wartete; von weitem vernahm man die Klingel. »Ich schwitze unter dieser verdammten Perücke«, dachte Rice und trank seinen Whisky mit einem Schluck aus. Gleich darauf sah er sich, ohne dem freundlichen Druck einer Hand am Ellbogen Widerstand zu leisten, zwischen neuen Kulissen. »Noch nicht«, sagte der Großgewachsene. »Vergessen Sie nicht, im Park ist es kühl. Vielleicht schlagen Sie den Kragen Ihres Jacketts hoch.« Von einer Bank am Rande des Weges kam Michael auf ihn zu und begrüßte ihn mit einem Scherzwort. Er hatte darauf zurückhaltend zu antworten und die Vorteile des Herbstes im Regent's Park zu erörtern, bis Eva und die Dame in Rot, die unterdessen Schwäne füttern würden, kämen. Zum ersten Mal – er selbst war davon beinah ebenso überrascht wie die anderen – legte Rice den Akzent auf eine Anspielung, die dem Publikum zu gefallen schien und die Michael zwang, sich in seiner Antwort zu verteidigen, indem er die auffälligsten Mittel seines Berufs anwenden mußte, um nicht steckenzubleiben; ihm brüsk den Rücken zukehrend, als wolle er sich gegen den Wind schützen, um seine Zigarette anzuzünden, blickte Rice über die Brillengläser und gewahrte die drei Männer zwischen den Kulissen. Der Arm des großen Mannes war zu einem drohenden Zeichen erhoben. Rice lachte für sich (er mußte wohl ein wenig betrunken sein, und außerdem amüsierte er sich, der sich bewegende Arm machte ihm einen außerordentlichen Spaß), bevor er sich umdrehte und eine Hand auf Michaels Schulter legte. »Man kann eine Menge lustiger Dinge in einem Londoner Park sehen«, sagte Rice. »Ich kann wirklich nicht verstehen, daß man seine Zeit mit Schwänen und Liebhabern vergeudet, wenn man sich in einem Londoner Park befindet.« Das Publikum lachte mehr als Michael, der ein forciertes Interesse am Kommen Evas und der Dame in Rot zeigte. Ohne zu zögern, lief Rice weiter gegen den Strom, indem er sich Stück für Stück über die Anweisungen hinwegsetzte in einem schlimmen und absurden Florettstechen gegen die geschicktesten Schauspieler, die sich mühten, ihn zu seiner Rolle zurückzubringen, was ihnen zuweilen auch gelang. Er wich ihnen dennoch von neuem aus, weil er Eva irgendwie, er wußte nicht, warum, helfen wollte; und er sagte sich (und deshalb mußte er lachen, es lag wohl am Whisky), alles was er in diesem Augenblick ändern konnte, würde unausweichlich den letzten Akt anders gestalten. (Laß es nicht zu, daß sie mich umbringen.) Die andern mußten seine Absicht gemerkt haben, denn es genügte, über die Brille zu schauen, zu den Kulissen zur Linken, und das wütende Gesichterschneiden des großen Mannes zu sehen. In und außerhalb der Szene wurde gegen ihn und Eva gekämpft, stellte man sich zwischen sie, damit sie sich nicht verständigen konnten, damit sie nicht dazu käme, ihm etwas auszurichten. Jetzt erschien der alte Herr, gefolgt von seinem unheilblickenden Chauffeur, ein Augenblick der Stille entstand (Rice erinnerte sich an die Anweisungen: eine Pause, dann das Gespräch über den Kauf von Aktien, hierauf der enthüllende Satz der Dame in Rot und Vorhang.) Genau in diesem Intervall, da Michael und die Dame in Rot nicht anders konnten als sich zurückzuziehen, damit der Herr mit Eva und Howell über das Börsenunternehmen sprechen konnte (es fehlte wirklich nichts in diesem Stück), überkam Rice die Lust, noch ein wenig mehr Verwirrung hineinzutragen, und es war ein Gefühl, das dem Glück ähnelte. Mit einer Bewegung, die an Deutlichkeit nichts zu wünschen ließ, und die die tiefe Mißachtung angesichts der riskanten Spekulation ausdrückte, nahm er Evas Arm, schlug einen Bogen um die verwickelten Machenschaften des wütenden und lächelnden Kavaliers und zog sie mit sich weg, in seinem Rücken eine Mauer aus bedeutungsvollen Worten, die ausschließlich für das Publikum ersonnen wurden, nicht für ihn, wohl aber war es Eva, ein sanfter Hauch, der eine Sekunde seine Wange streifte, das leichte Flüstern ihrer wahren Stimme, die zu ihm sagte: »Bleib bei mir bis zum Schluß«, – eine instinktive Unterbrechung in ihrer Gewohnheit, der Dame in Rot und ihrer Einmischung antworten zu müssen, wobei sie Howell mit sich zog, damit er die enthüllenden Worte in aller Deutlichkeit aufnähme. Ohne Pause, ohne auch nur den geringsten Raum zu haben, der nötig gewesen wäre, die Richtung so zu ändern, wie sie nach diesen Worten endgültig eingeschlagen werden mußte, sah Rice den Vorhang fallen. »Trottel«, sagte die Dame in Rot. »Treten Sie raus, Flora«, befahl der große Mann, ohne von Rice zu weichen, der befriedigt lächelte. »Trottel«, wiederholte die Dame in Rot und ergriff Evas Arm, die den Kopf hängen ließ und wie abwesend schien. Ein Stoß wies Rice die Richtung, der sich vollkommen glücklich fühlte. »Trottel«, sagte nun auch der große Mann. Man zerrte und zog beinah brutal an seinem Kopf, aber Rice nahm sich selber die Brille ab und reichte sie dem großen Mann. »Der Whisky war nicht schlecht«, sagte er. »Wenn Sie mir nun die Anweisungen für den letzten Akt geben wollen ...« Der zweite Stoß hätte ihn fast zu Boden geworfen. Als es ihm endlich gelang, sich aufzurichten, mit einem leichten Schwindelgefühl, wurde er auch schon durch eine schlecht beleuchtete Galerie gestoßen. Der Großgewachsene war verschwunden, und die andern beiden nahmen ihn mit ihren Leibern so in die Enge, daß ihr Druck genügte, ihn zum Gehen zu zwingen. Sie erreichten eine Tür mit einer kleinen orangefarbenen Lampe in der Höhe. »Ziehen Sie sich um«, sagte der Mann in Grau und reichte ihm seinen Anzug. Sie ließen ihm kaum

Zeit, das Jackett anzuziehn; mit einem Fußtritt öffneten sie die Tür. Gestoßen, stolperte er auf den Bürgersteig, in die Kälte einer Gasse, in der es nach Abfällen roch. »Hundesöhne, ich werde mir eine Lungenentzündung holen«, dachte Rice und steckte die Hände in die Taschen. Am Ende der Gasse, dort, wo der Lärm des Verkehrs herkam, tauchten Lichter auf. An der ersten Straßenecke erkannte Rice (sie hatten ihm weder die Papiere noch das Geld weggenommen) den Theatereingang. Da ihn nichts daran hinderte, dem letzten Akt beizuwohnen, trat er in die Wärme des Foyers, in den Zigarettenrauch und die Gespräche der Leute an der Bar. Es blieb ihm noch Zeit für einen Whisky, aber es gelang ihm nicht, einen Gedanken zu fassen. Ehe der Vorhang hochging, vermochte er sich noch zu fragen, wer denn nun Howells Rolle übernähme und ob gerade ein weiterer Unglücklicher durch die Anfeindungen, Drohungen und Operngläser hindurch müsse; der Spaß mußte wohl jeden Abend ein solches Ende finden, denn sogleich erkannte er den Schauspieler aus dem ersten Akt, der in seinem Arbeitszimmer einen Brief las und ihn schweigend einer blassen und graugekleideten Eva reichte. »Es ist ein Skandal«, erklärte Rice seinem Nachbarn zur Linken. »Soll man sich das gefallen lassen, daß sie mitten im Stück den Schauspieler wechseln?« Der Zuschauer seufzte überfordert. »Man kommt nicht mehr mit bei diesen jungen Autoren«, sagte er. »Es ist alles symbolisch, nehme ich an.« Rice machte es sich auf seinem Parkettsitz bequem und genoß boshaft das Murmeln der Zuschauer, denen Howells physische Veränderung nicht so gleichgültig war wie seinem Nachbarn. Und dennoch wurden auch sie beinah sofort von der Illusion des Theaters gefangengenommen, der Schauspieler war ausgezeichnet, und die Handlung überstürzte sich in einer Art und Weise, daß sogar Rice überrascht war und sich einer angenehmen Gleichgültigkeit hingab. Der Brief war von Michael, der seine Abreise aus England mitteilte. Eva las schweigend den Brief und gab ihn zurück; man merkte, wie sie maßvoll weinte. *Bleib bei mir bis zum Schluß,* hatte Eva gesagt. *Laß es nicht zu, daß sie mich umbringen,* hatte Eva absurderweise gesagt. Vom sicheren Ort seines Parketts aus schien es unbegreiflich, daß ihr auf dieser zweitrangigen Bühne etwas zustoßen könne; alles war ein anhaltender Betrug, eine lange Stunde der Perücken und gemalten Bäume. Es war klar, daß die Dame in Rot, die nicht fehlen durfte, in den melancholischen

Frieden des Arbeitszimmers eindringen mußte, wo aus dem Schweigen Howells sowie aus seiner beinah zerstreuten Art, den Brief zu zerreißen und ihn ins Feuer zu werfen, vielleicht Verzeihen und Liebe neu entstehen würden. Unvermeidlich war es auch, daß die Dame in Rot unterstellte, Michaels Abreise sei nur eine Kriegslist, und auch, daß Howell ihr seine Geringschätzung nicht verbarg, was eine höfliche Einladung zum Tee nicht ausschloß. Rice fand das Kommen des Dieners mit dem Tablett ziemlich komisch; der Tee schien eines der größten Hilfsmittel des Stückeschreibers zu sein, vor allem jetzt, da die Dame in Rot mit einem Fläschchen aus dem Melodram hantierte, in einem gewissen Augenblick, während die Lichter in einer Weise, die wenig plausibel schien für das Arbeitszimmer eines Londoner Rechtsanwalts, verlöschten. Es gab einen Telefonanruf, den Howell in korrekter Haltung erledigte (ein Fallen der Aktien oder sonst eine Krise, die den Knoten löste, war voraussehbar). Die Tassen gingen von Hand zu Hand samt des dazugehörigen Lächelns; es war der gute Ton, der einer Katastrophe vorausgeht, Rice schien Howells Ausdruck eigentlich unpassend in dem Augenblick, da Eva ihre Tasse zum Mund führte; dann eine jähe Bewegung, und der Tee floß über das graue Kleid. Eva rührte sich nicht, schien beinah lächerlich; jedes Tun kam augenblicklich zum Stillstand. (Rice hatte sich, ohne zu wissen, warum, aufgerichtet, und jemand zischte ungeduldig hinter seinem Rücken.) Der verärgerte Ausruf der Dame in Rot setzte sich über das leichte Knistern hinweg, über Howells Hand, die erhoben wurde, um etwas anzukündigen. Eva wandte den Kopf und schaute das Publikum an, als wollte sie es nicht glauben, dann glitt sie zur Seite, bis sie fast auf dem Sofa ausgestreckt blieb. Howell schien diese Bewegung aufzunehmen, beinah unmerklich, und sie dann fortzusetzen in einer unvermittelten Flucht zu den Kulissen auf der rechten Seite, was Rice nicht mehr sehen konnte, denn auch er eilte bereits über den Mittelgang, während keiner der Zuschauer sich auch nur rührte. In großen Sätzen nahm er die Treppe und hatte noch so viel Verstand, seine Garderobenmarke abzugeben und seinen Mantel einzulösen; schon am Ausgang vernahm er die ersten Geräusche vom Ende des Stücks, Applaus und Stimmen im Saal. Jemand vom Theater rannte die Treppe hoch. Rice floh bis zur Kean Street, und als er eine Seitengasse kreuzte, war ihm, als sähe er einen Schatten an den Häusern entlangeilen. Die Tür, durch die man ihn auf die Straße gestoßen hatte, war einen Spaltweit auf, aber Rice war mit diesen Beobachtungen noch nicht am Ende, als er schon die erleuchtete Straße entlanglief und seinen Weg erneut über Kingsway nahm, anstatt sich aus dem Umkreis des Theaters zu entfernen, da er glaubte, daß ihn keiner in der Nachbarschaft des Theaters suchen würde. Er kam zum Strand (den Mantelkragen aufgeschlagen und rasch laufend, die Hände in den Taschen), und als er sich in dem Distrikt der Gäßchen sah, die in Chancery Lane begannen, fühlte er eine ihm unerklärliche Erleichterung. Er lehnte gegen eine Wand (er keuchte ein wenig und spürte, wie sein Hemd am Leibe klebte), brannte sich eine Zigarette an und fragte sich zum ersten Mal ausdrücklich, Wort für Wort, warum er denn auf der Flucht sei. Die näherkommenden Schritte drängten sich zwischen ihn und eine Antwort; im Weiterlaufen dachte er, wenn es ihm gelänge, über den Fluß zu kommen (er befand sich bereits in Nähe der Blackfriars Brücke), wäre er in Sicherheit. Er flüchtete in einen Torweg, weg von der Laterne, die den Ausgang in Richtung Watergate beleuchtete. Etwas verbrannte seine Lippen, er riß sich die Kippe ab, die er vergessen hatte, und spürte seine Lippen reißen. In der Stille ringsum versuchte er die nicht beantwortete Frage zu wiederholen, aber ironischerweise kam ihm der Gedanke dazwischen, er könne sich erst dann in Sicherheit wiegen, wenn er über den Fluß sei. Das war unlogisch, die Schritte konnten ihn auch auf der Brücke verfolgen, durch jedes Gäßchen am anderen Ufer, und trotzdem wählte er die Brücke, rannte weiter, und der Wind half ihm, den Fluß hinter sich zu lassen und sich in einem Labyrinth zu verlieren, das er nicht kannte, bis er in eine schlecht beleuchtete Gegend kam. Da er ein drittes Mal in dieser Nacht in einer tiefen und schmalen Gasse ohne Ausgang haltmachte, stand er endlich vor der einzig wichtigen Frage. *Laß es nicht zu, daß sie mich umbringen,* hatte Eva gesagt, und er hatte getan, was er schlecht und recht vermochte, aber sie war dennoch umgebracht worden, wenigstens im Stück hatte man sie umgebracht, und er mußte fliehen. Es konnte nicht sein, daß das Stück so endete, die Tasse Tee ganz harmlos über Evas Kleid verschüttet worden war und daß Eva trotzdem vom Stuhl glitt und auf dem Sofa lag; etwas war geschehen, und er war nicht zur Stelle gewesen, es zu verhindern. *Bleib bei mir bis zum Schluß,* hatte Eva ihn gebeten. Aber sie hatten ihn aus dem Theater hinausgeworfen, sie hatten ihn von dem entfernt, was zu geschehen hatte und das er, blöderweise in seinem Parkett festsitzend, betrachtet hatte, ohne es zu begreifen, oder er hatte es von einer anderen Warte seiner selbst begriffen, wo Angst und Flucht herrschten, und jetzt kam, klebrig wie der Schweiß, der über seinen Bauch lief, der Ekel vor sich selbst. »Aber ich habe nichts damit zu tun«, dachte er. »Und es ist nichts geschehen, es kann nicht sein, daß derlei Dinge geschehen.« Er wiederholte sich diese Worte mit Eifer. Es konnte nicht sein, daß sie an ihn herangetreten waren, um ihm eine solche Sinnlosigkeit vorzuschlagen, ihn freundlich zu bedrohen. Die näherkommenden Schritte würden die eines Vagabunden sein, Schritte ohne Spuren. Der rothaarige Mann, der vor ihm stand und ihn kaum ansah, der seine Brille mit verkrampfter Bewegung abnahm, um sie sogleich wieder aufzusetzen, nachdem er sie am Kragen seiner Jacke abgerieben, war schlicht jemand, der aussah wie Howell. Er hatte die Teetasse über Evas Kleid verschüttet. »Werfen Sie doch die Perücke weg«, sagte Rice, »man wird Sie überall wiedererkennen.« »Es ist keine Perücke«, sagte Howell (er würde Smith oder Rogers heißen, er konnte sich nicht mehr an den Namen im Programmheft erinnern). »Wie bin ich dumm«, sagte Rice. Es war vorzustellen, daß sie eine genaue Kopie von Howells Haaren vorbereitet gehabt hatten, so wie die Brille ein Duplikat von Howells Brille gewesen war. »Sie haben getan, was Sie konnten«, sagte Rice. »Ich saß im Parkett und habe es sehen können, jeder wird zu Ihren Gunsten aussagen können.« Howell zitterte und lehnte gegen die Wand. »Darum geht es nicht«, sagte er. »Was tut es, wenn sie trotzdem erreicht haben, was sie wollten.« Rice ließ den Kopf hängen; eine unzähmbare Müdigkeit erschöpfte ihn. »Auch ich habe versucht, sie zu retten.« Howell sah ihn ärgerlich an. »Immer dasselbe«, sagte er und sprach zu sich selbst. »Typisch für diese Amateure, die glauben, sie können es besser machen als die andern, und am Ende ist es für umsonst.« Er klappte den Kragen seiner Jacke hoch, barg die Hände in den Taschen. Rice hätte ihn gerne gefragt »Warum ist es immer dasselbe? Und wenn es so ist, warum sind wir dann auf der Flucht?« Der Pfiff schien die Gasse abzutasten und sie zu suchen. Eine Weile rannten sie nebeneinander her, bis sie in einem Winkel stehenblieben, wo es nach Erdöl roch, nach gestautem Fluß. Hinter einem Stapel Ballen ruhten sie eine Weile. Howell keuchte wie ein Hund, und Rice hatte einen Krampf in der Wade. Er rieb sich das Bein, lehnte gegen die Ballen und hielt sich mit Mühe auf einem Fuß. »Aber vielleicht ist es nicht so schlimm«, flüsterte er. »Sie haben gesagt, es geschähe immer so.« Howell legte ihm eine Hand auf den Mund. Man hörte abwechselnd zwei Pfiffe. »Jeder nimmt einen anderen Weg«, sagte Howell. »Vielleicht kann einer von uns entkommen.« Rice begriff, daß er recht hatte, aber es wäre ihm lieber gewesen, wenn ihm Howell zuvor die Frage beantwortet hätte. Er nahm seinen Arm, zog ihn mit aller Kraft zu sich. »Lassen Sie sich nicht so gehen«, bat er. »Ich kann nicht immer auf der Flucht sein, ohne Wissen.« Er spürte den Teergeruch der Ballen, seine Hand höhlte die Luft. Schritte näherten und entfernten sich. Rice bückte sich, nahm Anlauf und machte sich in entgegengesetzter Richtung davon. Im Licht einer Laterne erblickte er einen nichtssagenden Namen: Rose Alley. Weiter weg gab es den Fluß, irgendeine Brücke. Es fehlte weder an Brücken noch an Straßen, über die man davonlaufen konnte.

Das Feuer aller Feuer

So wird eines Tages sein Standbild aussehen, denkt ironisch der Prokonsul, während er den Arm hebt und in der Gebärde des Grußes einrasten läßt, regungslos steht in der Ovation des Publikums, das zwei Stunden Circus und Hitze nicht erschöpft haben. Der Augenblick der versprochenen Überraschung ist gekommen. Der Prokonsul läßt den Arm fallen; er sieht seine Frau an, die das ausdruckslose Lächeln dieses Festtags erwidert. Irene weiß nicht, was jetzt kommen wird, und es ist so, als wüßte sie es dennoch; denn auch das Unerwartete wird schließlich zur Gewohnheit, wenn man mit der Gleichgültigkeit, die dem Prokonsul zuwider ist, die Launen des Herrn zu ertragen gelernt hat. Sie sieht, ohne den Blick zur Arena zu wenden, ein längst geworfenes Los, eine unbarmherzige monotone Reihenfolge. Licas vom Weinberg und sein Weib Urania sind die ersten, die laut einen Namen nennen, den die Menge aufnimmt und wiederholt. »Ich hab dir diese Überraschung bis zuletzt aufgehoben«, sagt der Prokonsul. »Man hat mir versichert, daß du den Stil dieses Gladiatoren bewunderst.« Hüterin ihres Lächelns, neigt Irene das Haupt, um zu danken. »Da du uns nun einmal die Ehre erweist, uns zu begleiten, obschon die Spiele dich verdrießen«, fügt der Prokonsul hinzu, »ist es gerecht, wenn ich versuche, dir das zu bieten, was dir am besten gefällt.« »Du bist das Salz der Welt!« schreit Licas. »Mars' Schatten kommt durch dich herab auf unsere arme Provinzarena!« »Du hast kaum mehr als die Hälfte gesehen«, sagt der Prokonsul und netzt seine Lippen an einem Glas Wein, das er seinem Weib reicht. Irene trinkt einen langen Schluck, und das leichte Aroma scheint den schweren und anhaltenden Geruch nach Blut und Dung zu verdrängen. Im jähen Schweigen der Erwartung, die ihn mit schonungsloser Präzision heraushebt, tritt Marco ins Zentrum der Arena. Sein kurzes Schwert glänzt in der Sonne, die in einem schrägen Strahl durch das abgetragene Zelttuch fällt; der Bronzeschild hängt ihm nachlässig von der Linken. »Du wirst ihn doch nicht gegen den Sieger von Smyrna antreten lassen?« fragt Licas aufgeregt. »Noch viel besser«, sagt der Prokonsul. »Ich will, daß deine Provinz sich wegen dieser Spiele an mich erinnern soll und daß meine Frau endlich ihre Langeweile verliert.« Urania und Licas applaudieren in Erwartung von Irenes Antwort, aber schweigend gibt sie das Glas dem Sklaven zurück, teilnahmslos für das Tosen und Brausen, das die Ankunft des zweiten Gladiators begrüßt. Regungslos scheint auch Marco voller Gleichgültigkeit für die Ovation, die sein Gegner empfängt; mit der Spitze des Schwerts berührt er leicht seine vergoldeten Beinpanzer.

»Hallo«, sagt Roland Renoir und nimmt eine Zigarette wie eine unumgängliche Fortsetzung der Bewegung, den Hörer abzunehmen. Ein Knistern vermischter Geräusche entsteht in der Leitung, jemand diktiert Zahlen, und jäh ein Schweigen, das dunkler noch ist als die Dunkelheit, die das Telefon in die Hörmuschel kippt. »Hallo«, wiederholt Roland, legt die Zigarette auf den Rand des Aschenbechers und sucht nach Streichhölzern in der Tasche seines Morgenrocks. »Ich bin es«, wiederholt die Stimme von Jeanne. Roland schließt halb die Augen und bringt sich müde in eine bequemere Lage. »Ich bin es«, wiederholt Jeanne sinnloserweise. Da Roland keine Antwort gibt, fügt sie hinzu: »Sonia ist soeben gegangen.«

Seine Pflicht ist es, den Blick zur kaiserlichen Loge zu heben, den üblichen Gruß entrichten. Er weiß, er muß es tun, er wird die Frau des Prokonsuls sehen und den Prokonsul, und vielleicht wird die Frau ihm zulächeln, wie bei den letzten Spielen. Er braucht kein Denken, fast kann er nicht denken, der Instinkt aber sagt ihm, daß diese Arena schlecht ist, das Riesenauge aus Bronze, wo die Harken und Palmwedel der vorausgegangenen Kämpfe kurvenreiche Pfade gezeichnet haben. In der Nacht hat er von einem Fisch geträumt, von einem einsamen Weg zwischen zerborstenen Säulen hat er geträumt; indes er sich wappnete, hat ihm einer zugeflüstert, der Prokonsul werde ihn nicht mit Goldmünzen bezahlen. Marco hat sich nicht die Mühe gemacht, Fragen zu stellen, und der andere hat hämisch gelacht, ehe er sich entfernte, und hat sich nicht umgedreht; dann hat ihm einer gesagt, das sei der Bruder des von ihm in Massilia getöteten Gladiators. Aber schon wurde er zur Galerie gestoßen, in das Geschrei da draußen. Die Hitze ist unerträglich, der Helm drückt und schickt die Sonnenstrahlen zurück zum Zeltdach und den Treppen. Nur einmal: zerborstene Säulen; Träume ohne klaren Sinn, mit Brunnen des Vergessens in den Augenblicken, da er hätte verstehen können. Der ihn wappnete, hat gesagt, der Prokonsul werde ihn nicht mit

Goldmünzen bezahlen; vielleicht wird die Frau des Prokonsuls ihm an diesem Nachmittag nicht zulächeln. Das Geschrei läßt ihn gleichgültig, denn jetzt applaudieren sie dem andern, sie tun es weniger stark als eben noch für ihn, aber in den Beifall mischen sich Rufe des Erstaunens und Schreckens. Marco hebt den Kopf, schaut zum Rang, wo Irene sich umgedreht hat und mit Licas spricht und der Prokonsul ein Zeichen gibt. Sein ganzer Körper zieht sich zusammen, die Hand preßt den Schwertknauf. Ein Blick zur entgegengesetzten Galerie genügt; nicht hier taucht sein Rivale auf, kreischend ist das Gitter in die Höhe gezogen worden, das den schwarzen Durchgang sperrt, durch den die Bestien hinausgetrieben werden. Marco sieht die riesige Silhouette des nubischen Netzkämpfers, wie sie sich sichtbar gegen den Hintergrund des bemoosten Steins abzeichnet. Jetzt, jenseits aller Vernunft, weiß er bestimmt, daß der Prokonsul ihn nicht mit Goldmünzen bezahlen wird; er errät den Sinn des Fischs und der zerborstenen Säulen. Und zugleich hat es kaum Bedeutung für ihn, was zwischen dem Netzkämpfer und ihm geschehen wird. Es ist der Beruf und das Schicksal, das Handwerk und die Pflicht, das Los, die Bestimmung: aber sein Körper zieht sich noch immer zusammen, als hätte er Angst. Etwas in seinem Körper fragt, warum der Netzkämpfer aus der Galerie der Bestien herausgekommen ist, und auch das Publikum stellt sich zwischen den Ovationen diese Frage. Licas fragt den Prokonsul. Der lächelt und will so wortlos die Überraschung betonen, und Licas protestiert lachend und glaubt sich verpflichtet, zugunsten von Marco eine Wette einzugehen. Noch ehe sie die Worte hören kann, die nun folgen, weiß Irene, daß der Prokonsul seine Wette zugunsten des Nubiers verdoppeln wird, und er wird sie dann freundlich ansehen und den Befehl geben, ihr geeisten Wein zu servieren. Und sie wird den Wein trinken und mit Urania sich austauschen über die Statur und Wildheit des nubischen Netzkämpfers; alles, was kommt, ist voraussehbar, auch wenn es an sich nicht verstanden wird; auch wenn vielleicht das Weinglas ausbleibt oder Uranias Ausdruck um den Mund, während sie den Torso des Riesen bewundert. Licas, ein Experte ungezählter Circustage, wird sie darauf aufmerksam machen, daß der Helm des Nubiers die Spitzen des Tiergatters gestreift hat, die zwei Meter hoch reichen, und er wird die Gelassenheit loben, mit der er die Maschen des Netzes über seinen linken Arm ordnet. Wie immer, wie in einer nun fernen Hochzeitsnacht, zieht Irene sich bis an die tiefste Grenze ihrer selbst zurück, während sie sich nach außen willig zeigt und lächelt und sogar genießt; in dieser freien und fruchtlosen Tiefe spürt sie das Zeichen des Todes, das der Prokonsul in seinem fröhlichen Lächeln für die Öffentlichkeit versteckt hat, das Zeichen, das nur von ihr und vielleicht von Marco verstanden werden kann. Aber Marco wird es nicht verstehen, er ist wild, wortlos, eine Maschine, und sein Körper, den sie an einem früheren Circusnachmittag begehrt hat (der Prokonsul hat es erraten, ohne seine Zauberer fragen zu müssen, hat er es wie stets erraten, vom ersten Augenblick an), wird den Preis zahlen müssen für diese bloße Imagination, für einen zweifachen folgelosen Blick auf den Leichnam eines mit geschicktem Schnitt in die Kehle getöteten Thrakiers.

Ehe sie Rolands Nummer gewählt hat, hat Jeannes Hand die Seiten einer Modezeitschrift, ein Röhrchen mit Beruhigungspillen, den Rücken der auf dem Sofa zusammengerollten Katze berührt. Dann hat Rolands Stimme »Hallo« gesagt, seine ein wenig schläfrige Stimme, und plötzlich hat Jeanne die Empfindung gehabt, für Roland werden ihre Worte etwas Lächerliches enthalten, das sie in die Reihe telefonierender Klageweiber stellen wird, vor einem einzigen ironischen Zuschauer, der in einem herablassenden Schweigen seine Zigarette raucht. »Ich bin es«, sagt Jeanne, aber sie hat es mehr zu sich selbst gesagt als zu dem Schweigen am anderen Ende, das wie ein Wandbehang ist, auf dem ein paar Klangfunken tanzen. Sie betrachtet ihre Hand, die zerstreut die Katze gestreichelt hat, ehe sie die Nummern wählte (und sind da nicht andere Zahlen im Telefon zu hören, ist da nicht eine ferne Stimme, die jemandem Zahlen diktiert, der nichts sagt, der nur dazu da ist, sie gehorsam aufzuschreiben?). Sie weigert sich zu glauben, daß die Hand, die das Röhrchen mit den Tabletten hochgehoben und wieder hingestellt hat, ihre Hand ist, daß die Stimme, die soeben wiederholt hat »Ich bin es«, ihre Stimme am Rande der Grenze ist. Aus Selbstachtung: schweigen, den Hörer langsam zurück auf die Gabel legen, allein bleiben, unberührt. »Sonia ist soeben gegangen«, sagt Jeanne, und die Grenze öffnet sich, das Lächerliche beginnt, die kleine gemütliche Hölle.

»Aha«, sagt Roland und reibt ein Streichholz an. Jeanne hört deutlich das Reiben, es ist, als könnte sie Rolands Gesicht sehen, während er den Rauch einatmet und sich mit halb geschlossenen Augen ein wenig zurücklehnt. Ein Fluß gleißender Schuppen scheint aus den Händen des riesigen Negers hervorzubrechen, und Marco hat genau die Zeit, um dem Netz zu entkommen. Sonst – der Prokonsul weiß es, und er wendet den Kopf, daß nur Irene ihn lächeln sieht – hat er diesen winzigen Augenblick zu nutzen gewußt, der der schwache Punkt jedes Netzkämpfers ist, um mit dem Schild die Bedrohung des langen Dreizacks zu blokkieren und sich mit blitzender Bewegung auf die entblößte Brust zu werfen. Aber Marco bleibt außerhalb der Reichweite, die Beine gekrümmt, als wolle er zum Sprung ansetzen, indes der Nubier blitzschnell das Netz einrollt und den neuen Angriff vorbereitet. Er ist verloren, denkt Irene, ohne den Prokonsul anzusehen, der sich ein paar Süßigkeiten vom Tablett nimmt, das Urania ihm hinhält. Er ist nicht mehr das, was er einst war, denkt Licas und bereut seine Wette. Marco hat sich ein wenig geduckt, den kreisenden Bewegungen des Nubiers folgend; er als einziger weiß nicht, was alle voraussehen, ein Etwas ist er, das geduckt auf eine zweite Gelegenheit wartet, in einem vagen Zwiespalt, nicht das getan zu haben, was sein Wissen ihm gebot. Er würde mehr Zeit brauchen, in den Stunden, die nach dem Sieg in den Schenken folgen, um vielleicht den Grund zu begreifen, warum der Prokonsul ihn nicht mit Goldmünzen bezahlen wird. Drohenden Blickes wartet er auf eine günstige Gelegenheit. Vielleicht, daß er am Schluß, einen Fuß auf dem Leichnam des Netzkämpfers, noch einmal das Lächeln der Frau des Prokonsuls finden kann; aber er denkt das nicht, und wer es denkt, glaubt nicht mehr daran, daß Marcos Fuß sich auf die Brust eines enthaupteten Nubiers stellen wird.

»Entscheide dich«, sagt Roland, »es sei denn, du willst, daß ich mir den ganzen Abend den Kerl anhören soll, der ich weiß nicht wem Zahlen diktiert. Hörst du das?« »Ja«, sagt Jeanne, »man hört ihn von sehr weit weg. Dreihundertvierundfünfzig, zweihundertzweiundvierzig.« Für einen Augenblick ist da nur die ferne und monotone Stimme. »Auf jeden Fall«, sagt Roland, »benutzt er das Telefon für etwas Praktisches.« Ihre Antwort könnte jetzt voraussehbar sein, ihre erste Klage, aber Jeanne schweigt noch ein paar Sekunden und wiederholt dann: »Sonia ist soeben gegangen.« Sie zögert, ehe sie hinzufügt: »Wahrscheinlich ist sie gerade auf dem Weg zu dir.« Roland ist erstaunt darüber, Sonia hat keinen Grund, zu ihm in die Wohnung zu kommen. »Lüg nicht«, sagt Jeanne, und die Katze entwischt ihrer Hand, schaut sie beleidigt an. »Es ist keine Lüge«, sagt Roland, »ich bezog mich auf die Uhrzeit, nicht auf die Tatsache, daß sie kommt oder nicht kommt. Sonia weiß, daß mir Besuche und Anrufe zu dieser Stunde lästig sind.« Achthundertfünf diktiert von weitem die Stimme. Zweiunddreißig. Jeanne hat die Augen geschlossen und wartet, daß die anonyme Stimme Pause macht, um das noch zu sagen, was zu sagen bleibt. Wenn Roland auflegt, bleibt ihr noch die Stimme im Hintergrund der Leitung, sie kann den Hörer weiter am Ohr halten, übers Sofa Stück für Stück wegrutschen, die Katze streicheln, mit dem Tablettenröhrchen spielen, den Zahlen lauschen, bis auch die andere Stimme ermüdet und nichts mehr bleibt, absolut nichts, bis auf den Hörer, der entsetzlich schwer an ihren Fingern werden wird, ein totes Ding, das man ohne hinzusehen von sich tun kann. Hundertfünfundvierzig, sagt die Stimme, und in noch größerer Entfernung, schwach wie eine Bleistiftzeichnung, fragt jemand, vielleicht eine schüchterne Frau, zwischen einem doppelten Knacken: »Ist da der Nordbahnhof?«

Ein zweites Mal gelingt es ihm, dem Netz auszuweichen, aber er hat den Sprung nach hinten schlecht bemessen und rutscht auf einem feuchten Fleck im Sand aus. Mit gewandter Kraft, die dem Publikum den Atem verschlägt, treibt Marco mit einer Pirouette seines Schwerts das Netz zurück, während er den linken Arm ausstreckt und den widerhallenden Schlag des Dreizacks auf seinem Schild empfängt. Der Prokonsul zeigt Verachtung auf die erregten Kommentare von Licas und wendet sein Gesicht Irene zu, die sich nicht gerührt hat. »Jetzt oder nie«, sagt der Prokonsul. »Nie«, antwortet Irene. »Er ist nicht mehr das, was er war«, wiederholt Licas, »und das wird ihm teuer kommen, der Nubier wird ihm keine zweite Gelegenheit geben, man braucht ihn nur anzusehn.« Abstand haltend, beinah regungslos, scheint Marco seinen Irrtum einzusehen; den Schild erhoben, blickt er fest auf das Netz, das bereits eingerollt ist, auf den Dreizack, der zwei Meter vor seinen Augen hypnotisch auf und ab bewegt wird. »Du hast recht, er ist nicht mehr derselbe«, sagt der Prokonsul. »Hattest du etwa auf ihn gewettet, Irene?« Geduckt, zum Sprung bereit, spürt Marco auf der Haut, in der Tiefe des Magens, daß die Menge ihn im Stich läßt. Hätte er nur einen Augenblick Ruhe, könnte er den Knoten zerhauen, der ihn lähmt, die unsichtbare Kette, die sehr weit hinten beginnt, er weiß nicht, wo, und die in einem gewissen Augenblick der Eifer des Prokonsuls ist, das Versprechen einer außerordentlichen Bezahlung, und ein Traum auch, in dem ein Fisch vorkommt, und nun, da Zeit für nichts mehr bleibt, das Bild des Traums, wie es sich vor das Netz stellt, das vor seinen Augen tanzt und jeden Sonnenstrahl zu fangen scheint, den die Risse im Zeltdach filtern. Alles ist Kette, Falle. Sich mit bedrohlicher Heftigkeit aufrichtend, der das Publikum applaudiert, während der Netzkämpfer zum ersten Male einen Schritt zurückweicht, wählt Marco den einzigen Weg, die Verwirrung, den Schweiß und den Geruch nach Blut, den Tod vor ihm, den es zu ersticken gilt: jemand denkt es für ihn hinter der lächelnden Maske, jemand, der ihn begehrt hat, da er über dem Leib eines sterbenden Thrakiers stand. »Das Gift«, sagt sich Irene, »einmal werde ich das Gift finden, aber nimm jetzt sein Glas Wein an, sei die Stärkere, warte auf deine Stunde.« Die Pause scheint sich auszudehnen, wie sich die boshafte schwarze Galerie ausdehnt, zu der in Abständen die ferne Stimme zurückkehrt, die Zahlen wiederholt. Jeanne hat immer geglaubt, daß die Botschaften, auf die es ankommt, sich in einem bestimmten Augenblick ohne Worte finden lassen; vielleicht sagen diese Zahlen mehr, sind mehr als jede Rede für den, der sie aufmerksam verfolgt, so wie für sie Sonias Parfüm, die flüchtige Berührung ihrer flachen Hand auf ihrer Schulter viel mehr gewesen sind als die Worte Sonias. Aber es war nur natürlich, wenn Sonia sich nicht mit einer chiffrierten Botschaft zufriedengeben und es mit allen Buchstaben aussprechen wollte, es auskostend bis zuletzt. »Ich verstehe, daß es für dich sehr hart sein wird«, hat Sonia wiederholt, »aber ich verabscheue den Betrug und ziehe es vor, dir die Wahrheit zu sagen.« Fünfhundertsechsundvierzig, sechshundertzweiundsechzig, zweihundertneunundachtzig. »Es ist mir gleich, ob sie in deine Wohnung kommt oder nicht«, sagt Jeanne, »mir ist jetzt alles gleich.« Anstelle einer weiteren Zahl entsteht ein langes Schweigen. »Bist du noch da?« fragt Jeanne. »Ja«, sagt Roland, läßt die Kippe im Aschenbecher und sucht ohne Eile nach der Flasche Cognac. »Was ich nicht verstehen kann ...«, beginnt Jeanne von neuem. »Bitte«, sagt Roland, »bei solchen Sachen versteht keiner groß was, meine Liebe, und außerdem ist mit Verstehen nichts gewonnen. Ich bedaure, daß Sonia zuvorgekommen ist, es war nicht ihre Sache, es dir zu sagen. Verdammter Kerl, kann er nicht mit seinen Zahlen aufhören?« Die schwache Stimme, die an eine organisierte Welt von Ameisen denken läßt, fährt in ihrem minutiösen Diktat fort an der Schwelle eines näherrückenden und dichter werdenden Schweigens. »Aber du«, sagt Jeanne absurderweise, »also du ...« Roland trinkt einen Schluck Cognac. Er hat seine Worte immer gern mit Sorgfalt ausgewählt, überflüssige Dialoge vermieden. Jeanne wird ihre Sätze zwei-, dreimal wiederholen, während er so wenig wie möglich seine besonnenen Antworten vorbereitet, die in diese beklagenswerte heftige Gemütsbewegung Ordnung hineinbringen. Kraftvoll atmend richtet er sich nach einer Finte und einem seitlichen Angriff auf; etwas sagt ihm, der Nubier werde diesmal die Reihenfolge des Angreifens ändern, der Dreizack werde dem Netz zuvorkommen. »Sieh genau hin«, erklärt Licas seiner Frau, »ich habe es ihn in Apta Iulia tun sehen, und er verblüfft sie jedes Mal.« Schlecht gedeckt, das Risiko nicht wagend, in das Feld des Netzes einzutreten, wirft sich Marco nach vorn und hebt jetzt erst den Schild, um sich vor dem gleißenden Fluß zu schützen, der wie ein Blitz der Hand des Nubiers entfährt. Er kann den Netzrand abwehren, aber der Dreizack schlägt nach unten und Blut springt aus Marcos Schenkel, während das kurze Schwert vergebens am Schaft widerhallt. »Ich hab es dir gesagt«, schreit Licas. Der Prokonsul betrachtet aufmerksam den verletzten Schenkel, das im vergoldeten Beinpanzer versickernde Blut; mit Bedauern fast denkt er, daß Irene diesen Schenkel gern gestreichelt hätte, seinen Druck und seine Wärme gesucht hätte, stöhnend, wie sie stöhnen kann, wenn er sie hinlegt, um ihr weh zu tun. Noch heute nacht wird er es ihr sagen, und es wird interessant sein, ihr Gesicht dabei zu studieren, den schwachen Punkt in ihrer perfekten Maske zu suchen, die Gleichgültigkeit bis zum Schluß vortäuschen wird, so wie sie jetzt ein gesittetes Interesse vortäuscht an diesem Kampf, bei dem der jäh erregte Plebs angesichts des drohend bevorstehenden Endes vor Begeisterung aufheult. »Das Glück hat ihn verlassen«, sagt der Prokonsul zu Irene. »Fast fühl ich mich schuldig, ihn in diese Provinzarena gebracht zu haben. Etwas von ihm ist in Rom geblieben, das sieht man deutlich.« »Und der Rest wird hierbleiben«, kräht Licas, »bei dem vielen Geld, das ich gewettet habe!« »Bitte, sei doch nicht so«, sagt Roland, »es ist absurd, daß wir uns weiter telefonisch unterhalten, wenn wir uns heute abend sehen können. Ich sag es dir noch einmal, Sonia war voreilig. Ich wollte dich vor diesem Schlag bewahren.« Die Ameise ist mit dem Diktieren ihrer Zahlen fertig, und Jeannes Worte hören sich jetzt anders an; es sind keine Tränen mehr in ihrer Stimme, was Roland überrascht, der seine Sätze vorbereitet hat, während er eine Lawine an Vorwürfen erwartete. »Mich vor dem Schlag bewahren?« sagt Jeanne. »Mit Lügen, klar, indem du mich einmal mehr täuschen wolltest.« Roland seufzt, er verwirft die Antworten, die einen gewundenen Dialog bis zum Gähnen fortsetzen könnten. »Es tut mir leid, aber wenn du so weitermachst, ziehe ich es vor, aufzulegen«, sagt er, und zum ersten Mal ist eine Spur von Zugänglichkeit in seiner Stimme. »Es wird besser sein, wenn ich morgen zu dir komme, zum Teufel, schließlich sind wir zivilisierte Wesen!« Von sehr weit weg diktiert die Ameise: achthundertachtundachtzig. »Komm nicht«, sagt Jeanne, und es ist lustig, die Worte zu hören, wie sie sich mit den Zahlen vermischen, komm achthundert nicht achtundachtzig, »komm nie mehr, Roland.«

Das Drama, die vermutlichen Drohungen, sich das Leben zu nehmen, der Verdruß wie damals bei Marie Josée, wie bei all denen, die es tragisch nehmen. »Sei nicht dumm«, empfiehlt Roland, morgen wirst du es besser verstehen, es ist besser so für uns beide.« Jeanne schweigt, die Ameise diktiert runde Zahlen: hundert, vierhundert, tausend. »Also gut, bis morgen«, sagt Roland und bewundert Sonias Straßenkleid, die soeben die Tür aufgemacht hat und stehengeblieben ist mit einer halb spöttischen, halb fragenden Miene. »Sie hat es aber eilig gehabt, dich anzurufen«, sagt Sonia und legt ihre Tasche ab und eine Zeitschrift. »Bis morgen, Jeanne«, wiederholt Roland. Das Schweigen in der Leitung scheint sich wie ein Bogen zu spannen, bis es von einer fernen Zahl klanglos unterbrochen wird. »Hört doch auf, diese Zahlen zu diktieren, ihr Idioten!« schreit Roland mit ganzer Kraft, und ehe er den Hörer von seinem Ohr entfernt, kann er am anderen Ende noch das Klicken wahrnehmen, den Bogen, der seinen harmlosen Pfeil abschnellt. Gelähmt, im Gefühl, unfähig zu sein, dem Netz auszuweichen, das ihn sogleich einschließen wird, bietet Marco dem nubischen Riesen die Stirn, das zu kurze Schwert regungslos am Ende des gespannten Arms. Der Nubier lockert ein-, zweimal das Netz, rollt es dann ein auf der Suche nach einer günstigen Stellung, läßt es kreisen, als möchte er die

Schreie des Publikums verlängern, das ihn anfeuert, endlich mit seinem Rivalen Schluß zu machen, und er senkt den Dreizack, während er sich zur Seite wirft, um dem Wurf mehr Kraft zu verleihen. Marco geht dem Netz mit erhobenem Schild entgegen, und er ist ein Turm, der über eine schwarze Masse stürzt, das Schwert senkt sich in etwas, das weiter oben brüllt, Sand dringt in seinen Mund und in seine Augen, das Netz fällt sinnlos über den Fisch, der erstickt. Gleichgültig läßt die Katze Jeannes Streicheln über sich ergehen, ohne zu merken, daß ihre Hand ein wenig zittert und kalt wird. Als die Finger durch das Fell gleiten und anhalten, sich einkrallen in einem jähen Krampf, klagt die Katze schamlos, wirft sich dabei auf den Rücken und bewegt die Pfoten in einer erwartungsvollen Haltung, über die Jeanne sonst immer lachen muß; nicht diesmal. Ihre Hand liegt regungslos neben der Katze, kaum ein Finger sucht noch die Wärme des Fells, fährt leicht hindurch, ehe er wieder zwischen der wohligen Wärme der Flanke und dem Röhrchen mit den Tabletten innehält, das bis hierher gerollt ist. In den Magen getroffen, brüllt der Nubier, indem er sich zurückbäumt, und in diesem letzten Augenblick, da der Schmerz wie eine Flamme aus Haß ist, fällt die Kraft, die seinen Körper flieht, ganz in seinen Arm und er vermag den Dreizack in den Rücken seines auf dem Gesicht liegenden Rivalen zu stoßen. Er stürzt über Marcos Körper, und von den Zuckungen rollt er auf die Seite. In den Sand gespießt wie ein riesiges leuchtendes Insekt, bewegt Marco leicht den Arm.

»Das geschieht nicht oft«, sagt der Prokonsul zu Irene gewandt, »daß zwei Gladiatoren von solchem Ruhm sich gegenseitig umbringen. Wir können uns beglückwünschen, ein seltenes Schauspiel gesehen zu haben. Ich werde es heute abend meinem Bruder schreiben, um ihn in seiner langweiligen Ehe zu trösten.«

Irene sieht, wie Marco den Arm bewegt, eine langsame sinnlose Bewegung, als wolle er sich den Dreizack, der in seinen Nieren steckt, herausreißen. Sie stellt sich den Prokonsul nackt auf dem Sand vor, mit demselben Dreizack, bis zum Schaft in ihm steckend. Der Prokonsul aber würde nicht den Arm mit dieser letzten Würde bewegen; er würde schreien und strampeln wie ein Hase und ein erzürntes Publikum um Vergebung bitten. Die Hand annehmend, die ihr Gatte ihr reicht, um ihr beim Aufstehen behilflich zu sein, nickt sie noch einmal; der Arm bewegt sich nicht mehr. Was zu tun bleibt, ist lächeln, sich in die Intelligenz flüchten. Die Katze scheint mit Jeannes Regungslosigkeit nicht einverstanden, sie liegt noch immer auf dem Rücken in Erwartung einer Zärtlichkeit; dann, als belästige sie dieser Finger im Fell der Flanke, miaut sie verstimmt, macht eine halbe Kehrtwendung und entfernt sich, achtlos nun und schläfrig. »Entschuldige, daß ich um diese Zeit komme«, sagt Sonia, »ich hab deinen Wagen vor der Tür gesehen, die Verführung war zu groß. Sie hat angerufen, nicht wahr?« Roland sucht eine Zigarette. »Du hast falsch gehandelt«, sagt er. »Man sollte meinen, so etwas wäre mehr eine Pflicht des Mannes. Schließlich war ich mehr als zwei Jahre mit Jeanne zusammen und sie ist ein gutes Mädchen.« »Ah, aber das Vergnügen«, sagt Sonia und gießt sich Cognac ein. »Ich hab ihr nie verzeihen können, daß sie so unschuldig ist, es gibt nichts, was mich so zur Verzweiflung bringen kann. Ich sag dir, sie fing an zu lachen, weil sie glaubte, ich wolle sie veralbern.« Roland sieht das Telefon an, denkt an die Ameise. Jetzt wird Jeanne noch einmal anrufen, und das wird unbequem sein, denn Sonia hat sich neben ihn gesetzt und streichelt sein Haar, während sie in einer literarischen Zeitschrift blättert, als suche sie nach Illustrationen. »Das war nicht richtig von dir«, sagt Roland, und zieht Sonia an sich. »Zu dieser Stunde zu kommen?« lacht Sonia und weicht seinen Händen aus, die ungelenk den ersten Verschluß suchen. Irenes Schultern werden von einem violetten Schleier bedeckt, sie wendet dem Publikum den Rücken zu, das darauf wartet, daß der Prokonsul ein letztes Mal grüßt. In die Ovationen mischt sich bereits das Geräusch einer aufbrechenden Menge, der überstürzte Lauf derjenigen, die vor den andern zum Ausgang in den unteren Galerien wollen. Irene weiß, man wird die Leichen wegschleppen, und sie dreht sich nicht um. Der Gedanke ist ihr angenehm, daß der Prokonsul Licas' Einladung angenommen hat, in seiner Villa am Seeufer zu Abend zu essen, wo die Nachtluft ihr helfen wird, den Geruch nach Plebs zu vergessen, die letzten Schreie, einen Arm, der sich langsam bewegt, als streichle er die Erde. Es wird nicht schwer für sie sein zu vergessen, auch wenn der Prokonsul sie quälen wird mit der ausführlichen Beschreibung von so viel Vergangenem, das ihm keine Ruhe läßt; eines Tages wird Irene die Art und Weise finden, damit auch er für immer vergessen kann und die Leute ihn nur einfach für tot halten werden. »Du wirst sehen, was unser Koch für

Einfälle hat«, sagt Licas' Frau gerade. »Er hat meinem Mann den Appetit wiedergegeben, und in der Nacht ...« Licas lacht und grüßt seine Freunde, während er wartet, daß der Prokonsul, nach einem letzten Gruß, der noch immer nicht kommt, als fände er Gefallen daran, auf die Arena zu schauen, wo man die Leichen einhakt und wegschleppt, den Weg zur Galerie freigibt. »Ich bin so glücklich«, sagt Sonia und lehnt ihr Gesicht an die Brust des schläfrigen Roland. »Sag es nicht«, flüstert Roland, »man denkt immer, es ist nur aus Höflichkeit.« »Du glaubst mir nicht?« lacht Sonia. »Ja, aber sag es nicht jetzt. Laß uns rauchen.« Er tastet auf dem niedrigen Tisch nach den Zigaretten, steckt eine zwischen Sonias Lippen, nähert seine, und sie zünden sie beide zugleich an. In ihrer Schläfrigkeit sehen sie sich kaum an. Roland schwenkt das Streichholz hin und her und legt es auf den Tisch, wo irgendwo ein Aschenbecher steht. Sonia ist die erste, die einschläft, und er nimmt ihr behutsam die Zigarette von den Lippen, legt sie neben seine und läßt sie dann auf dem Tisch, an ihrer Seite in einen schweren traumlosen Schlaf gleitend. Das Gazetuch brennt ohne Flamme am Rande des Aschenbechers, verglimmt langsam und fällt auf den Teppich neben den Haufen Wäsche und das Glas Cognac. Ein Teil des Publikums schreit und schart sich in den unteren Rängen. Der Prokonsul hat noch einmal gegrüßt und gibt nun seiner Wache ein Zeichen, damit ihm Platz gemacht werde. Licas begreift als erster und zeigt auf das Segeltuch des alten Sonnendachs, das am entferntesten ist und zu reißen anfängt, während ein Funkenregen auf das Publikum fällt, das kopflos nach den Ausgängen drängt. Einen Befehl schreiend gibt der Prokonsul Irene einen Stoß, die noch immer mit dem Rücken zu ihm steht und sich nicht rührt. »Schnell, ehe sie in der unteren Galerie zusammenlaufen«, schreit Licas und eilt seiner Frau voraus. Irene ist die erste, die das kochende Öl riecht, den Brand in den unterirdischen Lagern; hinten stürzt das Sonnendach auf die Rücken derjenigen, die schieben und drängen, um sich einen Weg zu bahnen in der Masse verwirrter Leiber, die die zu engen Galerien verstopfen. Sie springen zu Hunderten in die Arena, nach anderen Ausgängen suchend, aber der Ölrauch trübt den Blick, ein Stoffetzen fliegt über den Flammen und fällt auf den Prokonsul, ehe er sich in dem Durchgang, der die kaiserliche Galerie trägt, schützen kann. Irene dreht sich um, als sie einen Schrei hört, und zieht behutsam mit zwei Fingern den sengenden Stoff weg. »Wir werden nicht herauskönnen«, sagt sie, »sie scharen sich da unten alle wie die Tiere.« Da schreit Sonia und will sich aus der brennenden Umarmung lösen, die sie im Schlaf umfangen gehalten hat, und ihr erster Schrei geht in den von Roland über, der, von einem schwarzen Qualm erstickt, vergeblich versucht, sich aufzurichten. Sie schreien noch immer, schwächer nun, da der Wagen der Feuerwehr mit voller Kraft in die von Neugierigen verstopfte Straße einfährt. »Es ist im zehnten Stock«, sagt der Leutnant. »Es wird schwer sein, der Wind kommt von Nord. Los.«

Der andere Himmel

> Ces yeux ne t'appartiennent pas … où les as-tu pris?
>
> ……….*IV*, 5

Mehr als einmal habe ich das Gefühl gehabt, als setzte sich alles wie von selber in Bewegung, als besänftige sich alles, als wiche der Boden zurück, und widerstandslos war ich bereit, auf diese Weise von einer Sache zur anderen zu schreiten.

Ich sagte, ich habe dieses Gefühl mehr als einmal gehabt, aber eine blöde Hoffnung läßt mich noch immer glauben, es könnte eines Tages alles noch einmal so sein. Und so kommt es, daß ich mir, auch wenn es ein Skandal ist, wie ich, der ich Arbeit und Familie habe, ziellos durch die Stadt irre, in gewissen Augenblicken sage, es wär an der Zeit, in meinen geliebten Stadtteil zurückzukehren, meine Arbeit (ich bin Börsenmakler) zu vergessen und mit ein wenig Glück Josiane zu finden und bis zum Morgen bei ihr zu bleiben.

Aber es ist lange her, daß ich mir das vorgenommen habe, und es schmerzt mich. Es gab eine Zeit, da brauchte ich bloß mit der Schulter an Luft zu stoßen, und schon kam mir alles entgegen, wenn ich am wenigsten daran gedacht hatte. Wie dem auch sei, es genügte, in den Strudel des städtischen Verkehrs zu tauchen, sich von seinen Lieblingsstraßen leiten zu lassen – und mein Spaziergang endete beinah regelmäßig in dem Viertel der Galerien, vielleicht weil diese Galerien und Passagen seit jeher mein geheimes Vaterland gewesen sind. Zum Beispiel die Güemes-Passage, eine zweideutige Gegend, in die ich mich vor sehr langer Zeit einmal begeben hatte, um meine Kindheit wie einen gebrauchten Anzug abzulegen. Die Güemes-Passage war um das Jahr 28 eine Schatzhöhle, in der sich auf köstliche Art die Ahnung von Sünde mit Pfefferminzpastillen vermengte; wo die Ausgaben der Abendzeitungen mit Verbrechen auf jeder Seite laut ausgerufen wurden und wo die Lichter im Saal im Erdgeschoß brannten, in welchem die unerreichbaren realistischen Filme gezeigt wurden. Die Josianen aus jenen Tagen betrachteten mich wahrscheinlich mit einem halb mütterlichen, halb belustigten Ausdruck, indes ich, ein paar armselige Münzen in der Tasche, wie ein Mann mit rundem Hut auftrat, die Krempe ins Gesicht gezogen, die Hände in den Taschen, eine Commander rauchend, aus dem einen Grund, weil mein Stiefvater mir prophezeit hatte, ich würde infolge des gelben Tabaks blind werden. Ich erinnere mich vor allem an Gerüche und Klänge. Es lag darin etwas wie Erwartung und Sehnsucht. An den Kiosk, wo man die Zeitschriften mit nackten Frauen kaufen konnte und mit Annoncen angeblicher Maniküren. Schon damals war ich für diesen falschen Himmel aus Stuck und schmutzigem Oberlicht empfänglich, für diese künstliche Nacht, die nichts wußte von der Dummheit des Tages und der Sonne da draußen. Mit falscher Gleichgültigkeit zeigte ich mich an den Eingängen der Passagen, wo das letzte Mysterium begann, die schwankenden Fahrstühle, die zu den Beratungsstellen für Geschlechtskrankheiten fahren würden und wohl auch zu den vermeintlichen Paradiesen in oberster Höhe, mit ihren Damen von unmoralischem Lebenswandel, wie sie in den Tageszeitungen genannt wurden; mit den vorzugsweise grünen Getränken in geschliffenen Kelchgläsern; den Morgenröcken aus Seide und den violetten Kimonos; und aus den einzelnen Räumen käme der gleiche Duft wie unten aus den Läden, die ich für elegant hielt und die ins Halbdunkel der Passagen einen unerreichbaren Basar aus Flakons und Kristallbehältern, aus rosa Schwänen und dem Puder Marke Rachel und Bürsten mit durchsichtigem Griff sprühten.

Es kostet mich noch heute Mühe, durch die Güemes-Passage zu gehen, ohne halb belustigt an diese Jugend am Rande der Sünde zu denken, und die Erinnerung rührt mich. Die alte Faszination bleibt wach für alle Zeiten, und ich irrte nur deshalb gern ziellos umher, weil ich wußte, ich würde irgendwann ins Gebiet der Galerien eindringen, wo mich jede staubige und schmutzige Apotheke mehr anzog als die sich in aller Schamlosigkeit anbietenden Schaufenster der offenen Straßen. Zum Beispiel die Galerie Vivienne oder die Passage des Panoramas, mit ihren Verzweigungen, ihren Segmenten, die in einem Antiquariat oder in einer Reiseagentur enden konnten, in der vermutlich noch nie jemand eine Eisenbahnfahrkarte gekauft hatte; eine Welt, die sich für einen näher gelegenen Himmel entschieden hat, mit schmutzigen Scheiben und mit Stuck, mit allegorischen Figuren, die ihre Hände ausstrecken, um eine Girlande anzubieten.

Die Galerie Vivienne, die nur einen Schritt von der täglichen Schändlichkeit der Rue Réaumur und der Börse (ich arbeite an der Börse) entfernt liegt. Wieviel von diesem Viertel ist immer mein gewesen, hat schon immer mir gehört, noch ehe ich es wußte und, in einer Nische der Güemes-Passage lehnend, meine wenigen Studentenmünzen zählte und mich mit der Frage herumschlug, sie in einer Automatenbar auszugeben oder einen Roman dafür zu kaufen und eine Mischung saurer Bonbons in einem Beutel aus durchsichtigem Papier, zusammen mit einer Zigarette, die mir die Augen umwölken würde. In der Tiefe der Tasche, wo die Finger es zuweilen streiften, lag das Päckchen mit dem Präservativ, mit falscher Unbefangenheit in einer Drogerie, in der nur Männer bedienten, gekauft und das ich keine Gelegenheit haben würde zu benutzen, mit so wenig Geld und so viel Kindlichkeit im Gesicht.

Irma, meine Braut, findet es unbegreiflich, wie es mir gefallen kann, nachts durch das Stadtzentrum zu bummeln oder durch die Viertel der Südstadt, und wüßte sie von meiner Vorliebe für die Güemes-Passage, wäre sie entsetzt. Für sie wie für meine Mutter gibt es kein anderes gesellschaftliches Betätigungsfeld als das Sofa im Salon, wo sich das ereignet, was sie die Konversation nennen und den Kaffee und das Gläschen Anislikör. Irma ist die beste und großzügigste aller Frauen, aber nie käme es mir in den Sinn, ihr zu erzählen, was tatsächlich für mich von Bedeutung ist, und so werde ich einst dahin kommen, ein guter Ehemann und Vater zu sein, dessen Kinder nicht zuletzt die von meiner Mutter so sehnlich gewünschten Enkel sein werden. Ich glaube fast, das alles hat mich am Ende dahin gebracht, daß ich Josianes Bekanntschaft machte, wenn auch nicht ausschließlich deshalb; denn ich hätte sie ebensogut auf dem Boulevard Poissonière oder in der Rue Notre-Dame-des-Victoires treffen können. Dennoch sahen wir uns zum erstenmal im Innersten der Galerie Vivienne, unter den Gipsfiguren, über die das Gaslicht zitternde Lichter warf. (Ohne Ende liefen die Girlanden zwischen den staubigen Musen von Hand zu Hand.) Ich brauchte nicht lange, um zu erfahren, daß Josiane in dieser Gegend arbeitete und es nicht schwer sein würde, sie zu treffen, wenn man in den Cafés bekannt oder mit den Kutschern befreundet war. Es könnte Zufall gewesen sein, aber sie hier kennengelernt zu haben, während es in der anderen Welt, in der des hohen Himmels und der fehlenden Straßengirlanden, regnete, schien mir ein Zeichen zu sein, das über die triviale Begegnung mit einer beliebigen Prostituierten aus dem Viertel hinausführte. Später erfuhr ich, Josiane habe sich in jenen Tagen keinen Schritt von der Galerie entfernen wollen, denn es war die Zeit, da von nichts anderem die Rede war als von den Verbrechen Laurents, und die Ärmste lebte in Angst und Schrekken. Etwas von diesem Schrecken verwandelte sich in Anmut, in ein fast sprödes Gebaren und in reines Begehren. Ich erinnere mich an ihre Art, mich anzusehen, halb lüstern, halb mißtrauisch; ihre Fragen, die harmlos sein sollten, und mein fast ungläubiges Entzücken, als ich erfuhr, sie wohne in den oberen Etagen der Galerie; mein unaufhörliches Bitten dann, nach oben zu gehen, in ihre Dachkammer, und nicht ins Hotel in der Rue du Sentier, wo sie Freunde hatte und sich beschützt fühlte. Später ihr Vertrauen und unser Lachen in jener Nacht bei der bloßen Idee, ich könnte Laurent sein. Wie schön und sanft Josiane in ihrer Dachkammer – wie man sie aus schlechten Romanen kennt – war, mit ihrer Angst vor dem Würger, der durch Paris schlich; ihrer Art, sich mehr und mehr an mich zu pressen, während wir Laurents Morde Revue passieren ließen.

Meine Mutter weiß es immer, wenn ich nicht zu Hause geschlafen habe. Und obschon sie natürlich kein Wort sagt, da es sinnlos wäre, etwas zu sagen, sieht sie mich ein, zwei Tage halb beleidigt, halb furchtsam an. Ich weiß sehr wohl, daß es ihr nie einfiele, Irma davon zu erzählen, dennoch stört mich der Fortbestand dieses mütterlichen Privilegs, das in keiner Weise mehr gerechtfertigt ist, und vor allem stört mich, daß schließlich ich es sein muß, der mit einer Schachtel Süßigkeiten auftaucht oder mit einer Topfpflanze für den Patio, und daß das Geschenk auf sehr deutliche, unmißverständliche Weise die Beendigung der Kränkung darstellt, die Rückkehr zum normalen Leben des Sohnes, der noch im Hause seiner Mutter lebt.

Josiane natürlich war beglückt, wenn ich ihr diese Episoden erzählte, die im Galerieviertel so selbstverständlich wie ihre Protagonistin zum Bestandteil unsrer Welt wurden. Josianes Sinn für Familie war durchaus lebendig und voller Ehrfurcht für deren Satzungen und Mitglieder. Ich bin kein Freund von Vertraulichkeiten, aber da wir ja über irgend etwas reden mußten und alles, was sie mich aus ihrem Leben hatte wissen lassen, schon besprochen war, kamen wir fast unausweichlich auf meine Probleme als Junggeselle. Noch etwas anderes brachte uns näher, und auch hierin hatte ich Glück, denn Josiane gefielen die Galerien, vielleicht weil sie in einer von ihnen wohnte oder weil diese sie vor Regen und Kälte schützten. (Ich lernte sie Anfang November kennen, der frühe Schneefälle brachte, die wir in unserer Galerie und ihrer Welt fröhlich ignorieren konnten.) Wir hatten uns angewöhnt, zusammen herumzulaufen, sobald sie Zeit hatte und immer, wenn irgendwer, dessen Namen sie nicht gern nannte, so zufrieden mit ihr war, daß er ihr erlaubte, sich eine Weile mit ihren Freunden zu zerstreuen.

Über diesen Jemand sprachen wir kaum, nachdem ich die unvermeidlichen Fragen gestellt und sie mir mit den unvermeidlichen Lügen geantwortet hatte, die ihr Abhängigkeitsverhältnis betrafen. Man konnte annehmen, daß er der Chef war; aber er besaß so viel Geschmack, sich nicht blicken zu lassen. Schließlich glaubte ich, es könne ihm nicht unangenehm sein, wenn ich Josiane hin und wieder des Nachts begleitete, denn die Bedrohung durch Laurent, nach seinem neuen Verbrechen in der Rue d'Aboukir, lastete mehr denn je auf dem Viertel, und die Ärmste hätte es nicht gewagt, sich von der Galerie Vivienne zu entfernen, sobald es Nacht geworden war. Man hätte geradezu dankbar gegen Laurent und gegen den Chef sein müssen, denn die fremde Angst ermöglichte es mir, mit Josiane durch die Cafés und Passagen zu ziehen, und ich entdeckte, am Ende könnte ich ein richtiger Freund des Mädchens werden, an das ich ja durch keine tiefen Beziehungen gebunden war. Nachdem wir zusammen geschwiegen hatten, zusammen albern gewesen waren, wurde uns diese vertraute Freundschaft allmählich immer klarer. Da war zum Beispiel ihre Behausung, ihre Dachkammer, so klein und sauber; sie hatte für mich keine andere Realität besessen, als daß sie ein Teil der Galerie war. Am Anfang kam ich wegen Josiane nach oben, und weil ich kein Geld für eine ganze Nacht hatte und jemand auf eine lückenlose Abrechnung wartete, nahm ich fast nichts von dem wahr, was mich umgab. Viel später erst, wenn ich in meinem armseligen Zimmer mit dem illustrierten Almanach und dem silbernen Matebecher als einzigem Schmuck fast am Einschlafen war, kam mir die Dachkammer in den Sinn, aber ich konnte sie mir nicht vorstellen. Ich sah immer nur Josiane, und das genügte mir, um einschlafen zu können, als hielte ich sie noch in den Armen.

Mit der Freundschaft aber kamen die Vorrechte, vielleicht mit Zustimmung des Chefs, denn Josiane konnte es so einrichten, daß sie viele Male die Nacht mit mir verbrachte, und ihre Kammer füllte nun die Hohlräume eines Zwiegesprächs, das nicht immer einfach war. Jede Puppe, jedes Bild, jeder Zierat bekam einen Platz in meiner Erinnerung und half mir zu leben, wenn es Zeit war, in mein Zimmer zurückzukehren oder mich mit meiner Mutter oder mit Irma zu unterhalten – über nationale Politik, über Krankheitsfälle in der Familie.

Später kamen weitere Dinge dazu, unter anderem die unbestimmte Silhouette dessen, den Josiane den Südamerikaner nannte. Zu Beginn aber schien sich alles um den großen Schrecken der Gegend zu drehen, der durch das genährt wurde, was ein phantasiebegabter Journalist die Sage von Laurent dem Würger genannt hatte. Wenn ich in einem bestimmten Augenblick Josianes Bild vor mir haben will, dann nur, um zu sehen, wie sie zusammen mit mir das Café in der Rue des Jeûneurs betritt, auf der Bank mit dem dunkelvioletten Plüsch Platz nimmt und ihre Freundinnen und Kunden begrüßt, ein paar Worte wechselt, die auf der Stelle zu Laurent führen, denn nur über Laurent wurde im Börsenviertel gesprochen. Und ich, der ich den ganzen Tag hindurch gearbeitet habe und zwischen dem Notieren zweier Kurse die Kommentare der Kollegen und Klienten zum letzten Verbrechen von Laurent ertragen mußte, frage mich, ob dieser stumpfsinnige Alptraum eines Tages ein Ende nehmen und ob alles wieder so sein wird, wie es meiner Meinung nach vor Laurent gewesen ist, oder ob wir bis ans Ende der Zeiten seine makabren Späße erdulden müssen. Was am meisten beunruhigt (sage ich zu Josiane, nachdem wir Grog bestellt haben, der uns bei dieser Kälte und diesem Schnee so not tut), ist, daß wir nicht einmal seinen Namen wissen. Hier in der Gegend nennt man ihn Laurent, weil eine Kartenlegerin aus dem angrenzenden Clichy gesehen hat, wie der Mörder mit blutigem Finger seinen Namen auf die Kristallkugel geschrieben hat, und die Zeitungsleute hüten sich, den Instinkten der Öffentlichkeit zu widersprechen. Josiane ist nicht dumm, aber keiner könnte sie davon abbringen, daß der Mörder Laurent heißt, und es ist sinnlos, gegen den lüsternen Schrecken anzukämpfen, der in ihren blauen Augen flattert; diese beobachten jetzt verstohlen den Schritt eines jungen Mannes, der, sehr groß und ein wenig gebeugt, soeben eingetreten ist. Er lehnt sich gegen die Theke und grüßt nicht.

»Es ist schon möglich«, sagt Josiane und klammert sich an irgendeine beruhigende Überlegung, die mir wohl eingefallen ist, ohne daß ich etwas Bestimmtes damit gemeint habe. »Aber wenn ich allein nach oben in mein Zimmer gehen muß und mir der Luftzug zwischen zwei Etagen die Kerze ausbläst ... Ich darf gar nicht dran denken, im Dunkeln auf der Treppe zu stehen und daß vielleicht ...«

»Du gehst doch selten allein nach oben«, sage ich und lache.

»Du spottest, aber es gibt schlechte Nächte, gerade jetzt, wo es schneit oder regnet und ich um zwei Uhr morgens zurück muß.«

Nun folgt die Beschreibung Laurents, wie er geduckt auf dem Treppenabsatz oder, schlimmer noch, in ihrem Zimmer auf sie wartet, in das er mit Hilfe eines unfehlbaren Dietrichs gelangt ist. Am Nebentisch schüttelt Kiki sich demonstrativ und stößt ein paar Schreie aus, die sich in den Spiegeln vervielfachen. Wir Männer amüsieren uns riesig über dieses theatralische Entsetzen, das uns helfen wird, mit mehr Nachdruck unsere Gefährtinnen zu beschützen.

Es ist ein Genuß, ein paar Pfeifen im Café zu rauchen, zu dieser Stunde, da die Erschöpfung nach der Arbeit allmählich mit Hilfe von Alkohol und Tabak schwindet und die Frauen ihre Hüte und Boas vergleichen und über Nichtigkeiten lachen. Es ist ein Genuß, Josiane auf den Mund zu küssen. Nachdenklich hat sie sich in den Anblick des Mannes vertieft, der fast noch ein Jüngling ist und uns den Rücken zuwendet. Er trinkt mit kleinen Schlucken seinen Absinth, indem er einen Ellbogen auf die Theke stützt. Seltsam, wenn ich jetzt daran denke, so fügt sich an das erste Bild von Josiane – immer ist es Josiane, wie sie auf der Bank im Café sitzt, und es ist Nacht, und Schnee fällt, und es gibt Laurent – unvermeidlich das Bild dessen, den sie den Südamerikaner nannte, wie er seinen Absinth trinkt und uns den Rücken zuwendet. Auch ich nenne ihn den Südamerikaner, weil mir Josiane versichert hat, daß er einer sei. Sie wußte es von der Rousse, die mit ihm geschlafen hatte oder so ziemlich, und das alles hatte sich ereignet, bevor Josiane und die Rousse Streit bekamen wegen der Standplätze und der Stundenpläne, was sie jetzt mit halben Worten bedauerten, denn sie waren sehr gute Freundinnen gewesen. Und der Rousse hatte er gesagt, er sei Südamerikaner, auch wenn er ohne den geringsten Akzent sprach; er hatte es ihr gesagt, als er mit ihr schlafen wollte, vielleicht, um über etwas zu reden, während er die Schnürsenkel aufband.

»Wenn man ihn so sieht ... fast noch ein Kind. Sieht er nicht aus wie ein Schuljunge, der zu rasch in die Höhe geschossen ist? Na schön, du müßtest bloß hören, was die Rousse erzählt.«

Josiane hatte die Angewohnheit, jedesmal, wenn sie eine hinreißende Geschichte erzählte, ihre Finger zu kreuzen und zu spreizen. Sie berichtete mir von dem Ansinnen des Südamerikaners, das alles in allem so ausgefallen nicht war, und wie die Rousse sich entschieden geweigert habe und ihr Kunde auf der Stelle gegangen sei. Ich fragte sie, ob der Südamerikaner denn schon einmal versucht habe, sich ihr zu nähern. Durchaus nicht, denn er wußte offenbar, daß die Rousse und sie Freundinnen waren. Er kannte sie beide gut, da er in diesem Viertel wohnte, und während Josiane mir das erzählte, betrachtete ich ihn mit mehr Aufmerksamkeit. Ich sah, wie er seinen Absinth bezahlte, indem er eine Münze auf den Zinnteller fallen ließ, während er einen abwesenden Blick über uns gleiten ließ – eine endlose Sekunde schien es, als hörten wir auf, hier zu sein –, einen Blick, der seltsam durchdringend war, als wäre sein Gesicht im Schlaf erstarrt und er scheue den Schritt, der ihn in den Zustand des Wachseins zurückbringen könnte. Ein Ausdruck wie dieser konnte einen, nach allem, was geschehen war, wie an der Hand in den Alptraum führen, der von Laurent ausging. Ich zögerte nicht, Josiane dies mitzuteilen.

»Laurent? Du bist verrückt! Laurent ist doch ...«

Das Schlimme war nur, daß keiner etwas über Laurent wußte, obwohl Kiki und Albert uns halfen, alle Möglichkeiten zu erwägen, damit wir unseren Spaß hatten. Unsere ganze Theorie brach zusammen, als der Wirt, der auf wunderbare Weise jedes Gespräch im Café mithörte, uns daran erinnerte, daß man immerhin etwas von Laurent wußte: er besaß die Kraft, die es ihm erlaubte, seine Opfer mit einer einzigen Hand zu erwürgen. Und dieser Jüngling, also ... Nun gut. Es war spät, und man ging lieber nach Hause. Ich ganz allein, denn diese Nacht würde Josiane mit jemand verbringen, der in der Dachkammer schon auf sie wartete, jemand, der aus privatem Recht den Schlüssel besaß; und so begleitete ich sie nur bis zum Treppenabsatz, damit sie nicht erschrak, falls die Kerze auf halber Treppe verlosch. Ich sah, wie sie weiter nach oben ging, und es schmerzte mich plötzlich. Aber vielleicht war sie froh, obschon sie mir bestimmt das Gegenteil versichert haben würde. Dann trat ich auf die verschneite und vereiste Straße und begann ziellos zu laufen, bis ich wie immer in einem bestimmten Augenblick meinen Weg fand, der mich meinem Stadtviertel zurückgab, inmitten all der Leute, die entweder die sechste Ausgabe der Tageszeitungen lasen oder durch die Scheiben der Straßenbahn schauten, als ob es zu dieser Stunde und auf diesen Straßen tatsächlich etwas zu sehen gäbe.

Es war nicht immer einfach, die Gegend der Galerie zu erreichen und Josianes freien Augenblick abzupassen; wie oft mußte ich allein durch die Passagen laufen, ein wenig enttäuscht, bis ich merkte, daß auch die Nacht meine Geliebte war. Das Leben in unserem Reich erwachte zu der Stunde, da man die Gaslaternen anzündete. Die Cafés wurden zur Börse des Müßiggangs und der Zufriedenheit, man trank in langen Zügen das Ende des Arbeitstags, die Schlagzeilen der Zeitungen, die Politik, die Preußen, Laurent, die Pferderennen. Mir machte es Spaß, ein Glas hier zu trinken und ein zweites dort, ohne Eile auf den Augenblick zu warten, da ich Josianes Gestalt in irgendeinem Winkel der Galerien oder an irgendeinem Ausschank entdeckte. War sie bereits in Begleitung, dann wußte ich durch ein verabredetes Zeichen, wann ich sie allein finden konnte; ein anderes Mal beschränkte sie sich darauf zu lächeln, und mir blieb die restliche Zeit für die Galerien. Das waren dann die Stunden des Forschers und Entdekkers, und so drang ich in die entlegensten Gebiete des Stadtteils ein, in die Galerie Sainte-Foy zum Beispiel, in die abgelegenen Passages du Caire; aber obwohl mich jede von ihnen – und es gab deren so viele, heute war es die Passage des Princes und morgen die Passage Verdeau und so weiter, bis in alle Ewigkeit – mehr anzog als die offene Straße, so führte mich doch das Ende meines ausgedehnten Rundgangs, den ich selbst nicht hätte rekonstruieren können, stets zur Galerie Vivienne zurück, und nicht so sehr wegen Josiane, wenngleich es auch ihretwegen geschah, sondern der schützenden Gitter wegen, der uralten Allegorien, ihrer Schatten in der Abzweigung zur Passage des Petits-Pères, dieser so anderen Welt, wo man nicht an Irma denken mußte und ohne festen Zeitplan, so ganz dem Zufall des Sichfindens und des Glücks überlassen, leben konnte.

Bei den wenigen Gelegenheiten, die wir hatten, um miteinander zu reden, fällt es mir schwer, die Zeit abzuschätzen, die verging, bis wir wieder auf den Südamerikaner zu sprechen kamen. Einmal glaubte ich, ihn in der Rue Saint-Marc aus einem Tor kommen zu sehen, eingehüllt in einen dieser schwarzen Havelocks, wie man sie vor fünf Jahren zusammen mit einem Zylinder getragen, dessen Kopf außerordentlich hoch war. Fast war ich versucht gewesen, ihn anzusprechen und nach seiner Herkunft zu fragen. Aber der Gedanke an die kalte Wut, die ich bei einer derartigen Befragung gehabt hätte, verbot es mir. Später meinte Josiane, meine Bedenken seien albern gewesen. Sie sagte das vielleicht nur, weil sie an dem Südamerikaner auf ihre Weise ein Interesse gefunden hatte, in welchem auch etwas von einer Kränkung stecken konnte, die er ihrer Zunft angetan, und eine Portion Neugierde. Sie erinnerte sich, vor ein paar Nächten geglaubt zu haben, ihn von weitem in der Galerie Vivienne zu erkennen, die er sonst nicht zu besuchen pflegte.

»Mir gefällt seine Art nicht, uns anzusehen«, sagte Josiane. »Früher war es mir egal, aber seit du neulich von Laurent gesprochen hast ...«

»Josiane, als ich diesen Scherz machte, waren wir mit Kiki und Albert zusammen. Albert ist ein Polizeispitzel. Ich nehme an, du weißt das. Glaubst du, er ließe sich so eine Gelegenheit entgehen, wenn ihm der Gedanke vernünftig erschienen wäre? Der Kopf Laurents ist eine Menge Geld wert, Liebling.«

»Seine Augen gefallen mir nicht«, beharrte Josiane. »Und außerdem, er sieht einen nicht an, er richtet seine Augen zwar auf einen, aber in Wahrheit sieht er einen nicht an. Wenn er mich eines Tages anspricht, ergreife ich die Flucht, das sag ich dir bei diesem Kreuz!«

»Du hast Angst vor einem kleinen Jungen. Oder liegt es daran, daß wir Südamerikaner dir alle wie Menschenaffen vorkommen?«

Man weiß schon, wie diese Gespräche enden konnten. Wir gingen ins Café in der Rue des Jeûneurs und tranken einen Grog. Wir liefen durch die Galerien, die Boulevardtheater, gingen nach oben in die Dachkammer, lachten, ohne aufzuhören. Es gab ein paar Wochen – nur um eine Zeit anzugeben, es ist ja so schwer, Glück zu fixieren –, da alles uns zum Lachen brachte, selbst das Ungeschick von Badinguet und die Angst vor dem Krieg belustigten uns. Fast ist es lächerlich, zuzulassen, daß etwas verhältnismäßig so Unbedeutendes wie Laurent unserem Frohsinn ein Ende setzen konnte, aber so war es. Laurent brachte abermals eine Frau um in der Rue Beauregard – ganz in unserer Nähe, wenn man bedenkt! –, und im Café saßen wir wie in der Kirche. Marthe, die eilends hereingestürzt war, um uns die Nachricht zu verkünden, brach in einen hysterischen Tränenstrom aus, der uns in gewisser Weise half, den Knoten zu schlucken, den wir im Halse hatten. In derselben Nacht filzte uns die Polizei mit ihrem feinsten Kamm, von Café zu Café, von Hotel zu Hotel. Josiane wollte zu ihrem Chef, und ich ließ sie gehen, denn ich begriff, daß sie des höchsten Beschützers bedurfte, der mit allen Schwierigkeiten fertig werden konnte. Aber da mich all diese Dinge im Grunde mit einer vagen Traurigkeit erfüllten (die Galerien konnten einem da nicht helfen, dafür waren sie nicht geschaffen), begann ich mit Kiki zu trinken und dann mit der Rousse, die meine Nähe als Verbindungssteg zu Josiane suchte, um sich wieder mit ihr auszusöhnen. Man trank harte Sachen in unserem Café, und in diesem heißen Brodem aus Stimmen und Getränken schien es mir nur recht und billig, daß um Mitternacht der Südamerikaner an einem Tisch im Hintergrund Platz nahm und seinen Absinth bestellte, mit dem üblichen Gesichtsausdruck, schön und abwesend und wie mondsüchtig. Als Vorspiel zu den Vertraulichkeiten mit der Rousse sagte ich zu ihr, ich wüßte bereits alles und der Bursche sei doch alles in allem nicht blind und sein Ansinnen verdiene nicht so grobe Zurückweisung. Wir lachten noch immer über das Schattenboxen der Rousse, als Kiki sich herabließ zu sagen, sie sei einmal in seinem Zimmer gewesen. Noch ehe die Rousse mit allen zehn Fingernägeln ihrer vorstellbaren Fragen einhaken konnte, wollte ich wissen, wie das Zimmer aussah. »Pah, das Zimmer ist doch Nebensache«, sagte die Rousse geringschätzig, aber Kiki nahm schon Besitz von einer Dachkammer in der Rue Notre-Dame-des-Victoires und holte, wie der böse Zauberer des Viertels, einen grauen Kater heraus, sehr viel bekritzeltes Papier, ein Klavier, das zuviel Platz einnahm, aber vor allem Papier, und am Ende noch einmal den grauen Kater, der sich offenbar am deutlichsten in Kikis Erinnerung abzeichnete.

Ich ließ sie reden, wobei ich fortwährend zu dem Tisch im Hintergrund sah und mir sagte, schließlich und endlich wäre es nur natürlich, wenn ich zu dem Südamerikaner ginge und ein paar Sätze auf Spanisch sagte. Ich war schon im Begriff aufzustehen, und heute bin ich nur einer von vielen, die sich fragen, warum sie nicht getan, was sie sich vorgenommen. Statt dessen blieb ich bei Kiki und der Rousse sitzen, rauchte noch eine Pfeife und bestellte eine weitere Runde Weißwein. Ich weiß nicht mehr genau, was ich fühlte, als ich darauf verzichtete, meinem Drang nachzugeben, aber es war etwas wie ein heiliges Verbot, die Ahnung, daß ich, wenn ich es verletzte, mich auf ein unsicheres Gelände begäbe. Und dennoch glaube ich, unrecht gehandelt zu haben und am Rande einer Tat gewesen zu sein, die mich hätte retten können. Aber ich frage mich: retten wovor? Wohl doch nur davor, daß ich heute nichts anderes tun kann, als mich das zu fragen, und keine andere Antwort finde als den Tabakrauch und diese unbestimmte sinnlose Hoffnung, die mich auf den Straßen verfolgt wie ein räudiger Hund.

Où sont-ils passés, les becs de gaz? Que
sontelles devenues, les vendeuses d'amour?
.... *VI, 1*

Nach und nach mußte ich mich davon überzeugen, daß schlechte Zeiten über uns gekommen waren und das Leben, solange Laurent und die preußische Bedrohung uns Sorgen machten, nicht wieder das sein würde, was es in den Galerien gewesen war. Meine Mutter mußte wohl gemerkt haben, daß ich angegriffen aussah, denn sie riet mir, ein Stärkungsmittel zu nehmen. Irmas Eltern, die auf einer Insel im Paraná eine Villa besaßen, luden mich ein, für eine Weile dort auszuruhen und ein gesundes Leben zu verbringen. Ich bat um zwei Wochen Urlaub und begab mich, von vornherein mit der Sonne und den Moskitos verfeindet, ohne große Lust auf die Insel. Schon nach der ersten Woche schob ich irgendeinen Vorwand vor und kehrte in die Stadt zurück. Wie im Taumel lief ich durch die Straßen, wo die Absätze im aufgeweichten Asphalt steckenblieben. Von diesem blödsinnigen Umherschlendern habe ich eine jähe und köstliche Erinnerung behalten: Als ich wieder einmal die Güemes-Passage betrat, schlug mir ganz unerwartet der Kaffeeduft in einer Stärke entgegen, wie man es in den Galerien, wo der Kaffee dünn und aufgebrüht war, schon fast vergessen hatte. Ich trank zwei Tassen, ohne Zucker, genoß mit Zunge und Nase zugleich, verbrannte mich und war glücklich. Alles, was nun bis zum Ende des Nachmittags noch kam, roch anders, die feuchte Luft im Innern der Stadt war voll von wohlriechenden Tiefen. Ich kehrte zu Fuß in meine Wohnung zurück. Ich glaube, ich hatte meiner Mutter versprochen, mit ihr zu Abend zu essen. Immer wenn der Wind mir entgegenschlug, wurden die Gerüche stärker, unvermischter – gelbe Seife, Kaffee, schwarzer Tabak, Druckerschwärze, Mate, alles roch wie nach Gier, und auch Sonne und Himmel waren weniger fließend, begehrlicher. Für Stunden vergaß ich, als grollte ich ihr, die Gegend um die Galerie, aber als ich dann wieder durch die Güemes-Passage kam – war das wirklich in der Zeit der Insel? Vielleicht bringe ich zwei Momente aus ein und derselben Zeit durcheinander, aber in Wirklichkeit macht das nichts –, versuchte ich vergeblich, jene heitere Aufforderung, mit der einem das Café sogleich auf die Schultern klopfte, heraufzurufen. Sein Geruch schien der gleiche zu sein, aber statt dessen nahm ich nur die abstoßende Mischung aus Sägemehl und abgestandenem Bier wahr, die aus der Etage mit den Bars im Innern zu sickern schien; vielleicht war es aber auch nur, weil ich mich von neuem danach sehnte, Josiane zu treffen. Fast war ich sicher, daß der große Schrecken und die Schneefälle ein Ende gefunden hatten. Ich glaube, mir kam in jenen Tagen zum ersten Mal der Verdacht, es könnte nicht mehr wie einst genügen, etwas zu wünschen, damit alles seinen geregelten Gang nähme und ich wie von selbst die Straßen fände, die zur Galerie Vivienne führten. Doch es ist ebensogut möglich, daß ich mich schließlich gehorsam in die Villa auf der Insel zurückzog, um Irma nicht zu betrüben und damit sie nicht argwöhnte, daß der wahre Ort meiner Ruhe und Zufriedenheit woanders lag. Bis ich nicht mehr konnte und in die Stadt zurückkehrte und bis zur Erschöpfung umherlief; das Hemd klebte am Körper, und ich setzte mich in die Bars und trank Bier und wartete. Und als ich, aus der letzten Bar kommend, erkannte, daß ich nur um die Ecke zu gehen brauchte, um in meinem Stadtviertel zu sein, verwischte die Müdigkeit meine Freude, und ein dunkles Wissen um die Niederlage kam hinzu; denn es genügte, die Gesichter der Leute zu sehen, um zu begreifen, daß der große Schrecken noch weit davon entfernt war, ein Ende zu haben. Es genügte, in Josianes Augen zu schauen, an ihrer Ecke in der Rue d'Uzès, und ihre verdrießlichen Worte zu hören, der Chef persönlich habe beschlossen, sie vor einem möglichen Überfall zu bewahren. Ich erinnere mich, wie ich zwischen zwei Küssen seine Gestalt undeutlich in der Nische eines Portals wahrnahm, wo er, in einen langen grauen Mantel gehüllt, sich gegen das Schneegestöber schützte.

Josiane gehörte nicht zu denen, die einem ein langes Fernbleiben vorwerfen, und ich frage mich, ob sie eigentlich den Gang der Zeit bemerkte. Arm in Arm kehrten wir zur Galerie Vivienne zurück, stiegen in die Dachkammer, aber danach begriffen wir, daß wir nicht froh waren wie früher, und wir schoben es unbestimmt auf alles, was das Stadtviertel betrübte. Es würde Krieg geben, und das war verhängnisvoll. Die Männer würden einberufen werden – sie benutzte diese Worte mit einer unschuldigen, köstlichen Ehrfurcht, die feierlich war. Die Leute hatten Angst und Wut, die Polizei war nicht fähig gewesen, Laurent aufzustöbern. Sie tröstete sich darüber hinweg, indem sie andere zur Guillotine schickte, wie zum Beispiel an diesem Morgen, da man den Giftmischer hinrichten würde, von dem wir im Café des Jeûneurs in den Tagen seines Prozesses so viel gesprochen hatten. Das Entsetzen aber lief noch immer durch die Galerien und Passagen. Nichts hatte sich geändert seit meiner letzten Begegnung mit Josiane. Es hatte nicht einmal aufgehört zu schneien.

Wir gingen spazieren, um uns zu trösten. Wir trotzten der Kälte, denn Josiane hatte einen neuen Mantel, der an etlichen Straßenecken und Portalen bewundert werden sollte, wo ihre Freundinnen auf Kunden warteten und sich die Finger anhauchten oder die Hände in ihre kleinen Pelzmuffs tauchten. Noch nie waren wir so viel über die Boulevards gelaufen, und schließlich kam mir der Verdacht, daß wir besonders empfänglich für den Schutz der erleuchteten Schaufenster geworden waren. Bogen wir in eine der Nebenstraßen ein – denn auch Liliane mußte ja den Mantel sehen und weiter unten Francine –, so verschlang uns mehr und mehr das Entsetzen, bis der Mantel zur Genüge besichtigt worden war, ich unser Café vorschlug und wir über die Rue du Croissant eilten; waren wir um den ganzen Häuserblock gelaufen, konnten wir uns in die Wärme und zu Freunden flüchten. Zum Glück für uns alle verlor zu dieser Stunde der Gedanke an den Krieg in den Vorstellungen aller seine Kraft. Niemand fiel es ein, die obszönen Kehrreime gegen die Preußen zu wiederholen. Man fühlte sich wohl bei den vollen Gläsern und der Wärme des Ofens. Die Laufkundschaft war gegangen, und es blieben nur noch die Freunde des Wirts zurück, die Gruppe, die immer beisammen war. Es gab gute Nachricht, die Rousse hatte Josiane um Verzeihung gebeten, und sie hatten sich unter Küssen und Tränen und sogar mit Geschenken ausgesöhnt. Man konnte dabei an eine Girlande denken, aber Girlanden können auch makaber sein, wie ich später begriff. Und so blieben wir, weil draußen der Schnee und Laurent waren, so lange wie möglich im Café. Um Mitternacht erfuhren wir vom fünfzigjährigen Berufsjubiläum des Wirts, und das mußte gefeiert werden; so wurde eine Blume in die andere geflochten. Die Flaschen bedeckten die Tische, denn jetzt lud der Wirt ein, und man konnte so viel Freundschaft und Arbeitsfleiß nicht geringschätzig behandeln. Gegen halb vier Uhr morgens hatte uns die völlig betrunkene Kiki soeben die letzten modernen Operettenarien vorgesungen, während Josiane und die Rousse, vor Glück und Absinth sich umarmend, weinten und Albert so nebenher noch eine Blume in die Girlande flocht und vorschlug, die Nacht in der Roquette zu beschließen, wo man pünktlich um sechs den Giftmischer unter die Guillotine legen würde. Gerührt entdeckte der Wirt, ein solcher Ausgang der Feier sei geradezu der Höhepunkt einer fünfzigjährigen ehrlichen Arbeit, und indem er uns alle umarmte und von seiner toten Frau im Languedoc erzählte, erbot er sich, zwei Fiaker für die Unternehmung zu mieten.

Hierauf folgte mehr Wein, die Anrufung verschiedener Mütter und hervorragende Episoden aus der Kindheit sowie eine Zwiebelsuppe, die Josiane und der Rousse in der Küche des Cafés bestens gelang, indes Albert, der Wirt und ich uns ewige Freundschaft und Tod den Preußen schworen. Die Suppe und der Käse schienen so viel Vehemenz ersticken zu wollen, denn nun sagten wir fast gar nichts mehr und waren bedrückt, als die Stunde kam, da die Cafés mit einem nicht enden wollenden Getöse von Eisenstangen und Ketten geschlossen und die Fiaker bestiegen werden mußten, in denen die Kälte der ganzen Welt auf uns zu warten schien. Es wäre besser gewesen, die Fahrt zusammen zu machen, um uns zu wärmen, aber der Wirt hatte, was Pferde betraf, humanitäre Prinzipien und stieg mit der Rousse und Albert in den ersten Fiaker, während er mir Kiki und Josiane anvertraute, die, so sagte er, wie seine Töchter wären. Nachdem mit den Kutschern ein paar angemessene Worte gewechselt worden waren, kehrte unsere Seele in den Körper zurück, während wir unter vorgetäuschten Wettrennen, anfeuernden Rufen und einem Hagel scheinbarer Peitschenhiebe in Richtung Popincourt hinauffuhren. Der Wirt bestand darauf, in einer gewissen Entfernung auszusteigen, aus Gründen der Diskretion, die ich nicht verstand. Arm in Arm, um auf dem vereisten Schnee nicht auszurutschen, stiegen wir die von vereinzelten Straßenlaternen nur spärlich beleuchtete Rue de la Roquette hinauf. Mit uns bewegten sich Schatten, die sich bald in Zylinderhüte, im Trott fahrende Fiaker und Gruppen von Vermummten auflösten und sich vor einer Straßenverbreiterung unter dem höheren und schwärzeren Schatten des Gefängnisses versammelten. Eine geheime Welt traf sich hier, reichte sich Flaschen, die von Hand zu Hand gingen, wiederholte einen Scherz, der unter Gelächter und erstickten Schreien die Runde machte. Es gab auch jähes Schweigen und Gesichter, die für einen Moment von einem Streichholz beleuchtet wurden, indes wir uns mühsam unseren Weg bahnten und achtgaben, uns nicht zu verlieren, als ob jeder wüßte, daß nur der Wille der Gruppe seine Anwesenheit an diesem Ort verzeihen konnte. Die Maschine stand auf ihren fünf Sockeln aus Stein, und der ganze Justizapparat wartete regungslos in dem schmalen Raum zwischen ihr und der Abteilung Soldaten, die ihre Gewehre bei Fuß und ihre Bajonette gefällt hatten. Josiane grub mir ihre Nägel in den Arm und zitterte so heftig, daß ich ihr vorschlug, sie in ein Café zu begleiten. Aber so weit man schauen konnte, gab es kein Café, und sie wollte auf keinen Fall von hier fortgehen. Sie hing sich an mich und an Albert, sprang mitunter ein wenig in die Höhe, um die Maschine besser sehen zu können, schlug mir abermals die Nägel in den Arm und zwang mich schließlich, den Kopf so weit nach unten zu halten, bis ihre Lippen meinen Mund fanden. Sie biß mich hysterisch, während sie Worte flüsterte, die ich nur selten von ihr gehört hatte und die mich mit Stolz erfüllten, als wäre ich für einen Augenblick ihr Herr und Gebieter. Der einzige Sachverständige unter uns war Albert, der, eine Zigarre rauchend, die Minuten totschlug, während er Vergleiche zu anderen Zeremonien zog und sich das letzte Verhalten des Verurteilten vorstellte, die Reihenfolge, die in eben diesem Augenblick im Innern des Gefängnisses eingehalten wurde und die er aus Gründen, die er verschwieg, in allen Einzelheiten kannte. Am Anfang hörte ich, begierig, die winzigsten Teile dieser Liturgie kennenzulernen, zu, bis ich allmählich aus einer Ferne, die sehr viel weiter weg war als er, Josiane und das Jubiläumsfest, von etwas durchdrungen wurde, das wie ein Vergessen war, ein unerklärliches Gefühl, daß das alles auf diese Weise nicht hätte geschehen dürfen, daß etwas die Welt der Galerien und Passagen in mir bedrohte, oder schlimmer noch, daß mein Glück in dieser Welt ein lügnerisches Vorspiel gewesen war, eine Blumenfalle, so als ob eine der Gipsfiguren eine trügerische Girlande nach mir geworfen hätte. (Und ich hatte in dieser Nacht geglaubt, daß alle Dinge so miteinander verflochten waren wie die Blumen einer Girlande.) Am Ende würde ich Laurent ausgeliefert sein, aus dem unschuldigen Rausch der Galerie Vivienne auftauchen und aus Josianes Dachkammer langsam in den großen Schrecken eingehen, in den Schnee, den unvermeidlichen Krieg, in die Apotheose der fünfzig Jahre des Wirts, in die im Morgenrot erstarrten Fiaker, bis Josiane den Arm hob und sich schwor, nicht hinzusehen, und sie an meiner Brust schon die Stelle suchte, wo sie im letzten Augenblick ihren Kopf verstecken wollte. Mir schien – und es öffneten sich in diesem Moment die Gittertüren, und man hörte die kommandierende Stimme des wachhabenden Offiziers –, daß dies alles in irgendeiner Weise ein Ende bedeutete, ich wußte nicht genau, wovon, denn wie auch immer, ich würde weiterleben, an der Börse arbeiten, Josiane ab und zu sehen, auch Albert und Kiki, die nicht davon abzubringen war, mir hysterisch auf die Schulter zu klopfen. Ich mußte, auch wenn ich meinen Blick nicht von der Gittertür nehmen wollte, ihr für einen Augenblick Aufmerksamkeit schenken und ihren halb überraschten, halb spöttischen Augen folgen, und so konnte ich unmittelbar neben dem Wirt die ein wenig gekrümmte Silhouette des Südamerikaners unterscheiden, eingehüllt in seinen schwarzen Havelock. Verwundert dachte ich, daß auch das irgendwie in die Girlande paßte und es ein wenig so war, als ob eine Hand nun noch die eine Blume hineinflocht, die vor Tagesanbruch die Girlande abschließen würde. Ich konnte nicht weiterdenken, denn Josiane preßte sich stöhnend an mich, und im Schatten, den die beiden Straßenlaternen am Eingang bewegten, ohne ihn ganz auflösen zu können, erschien jetzt der weiße Fleck eines Hemds, als schwebte es zwischen zwei schwarzen Silhouetten; es tauchte auf und verschwand jedesmal, wenn ein dritter, umfangreicher Schatten sich mit den Bewegungen eines, der etwas umarmt oder jemand ermahnt oder etwas ins Ohr sagt oder etwas zum Kuß reicht, sich darüber beugte und schließlich auf die Seite trat, und der weiße Fleck, von einer Gruppe von Menschen in Zylindern und schwarzen Mänteln eingefaßt, sich deutlicher zeigte. Es entstand nun etwas wie ein überstürzter Taschenspielertrick, ein Verschwindenlassen des weißen Flecks durch die beiden Gestalten, die bis zu diesem Augenblick ausgesehen hatten, als seien sie ein Teil der Maschine; eine Geste, die einen nunmehr unnötigen Mantel von der Schulter riß, eine hastige Bewegung nach vorn, ein erstickter Schrei, den irgendwer ausgestoßen haben konnte; Josiane, die sich krampfhaft an mir festhielt; der weiße Fleck, der unter dem Gerüst wegzugleiten schien, wo etwas sich loshakte und man einen Peitschenknall und eine Erschütterung gleichzeitig wahrnahm. Ich glaubte, Josiane fiele in Ohnmacht, mit dem ganzen Gewicht ihres Körpers glitt sie der Länge nach an meinem Körper hinab, wie der andere Körper, der ins Nichts gleiten würde. Ich beugte mich vor, um sie zu halten, während der enorme Knoten im Hals sich löste beim Ausklang einer Messe, dem Brausen einer Orgel auf der Höhe – aber es war ein Pferd, das beim Geruch des Blutes zu wiehern begann. Der zurückflutende Menschenstrom schob uns beiseite, während Schreie und militärische Kommandos ertönten. Über den Hut Josianes hinweg, die an meinem Magen angefangen hatte, mitleidig zu weinen, konnte ich den freudig ergriffenen Wirt sehen sowie den glückseligen Albert und das Profil des Südamerikaners; dieser hatte sich in eine unbestimmte Betrachtung der Maschine vertieft, die von den Rücken der Soldaten, vom Hin und Her der Handlanger der Justiz verdeckt wurde sowie von Schattenumrissen, dunklen Flecken, Überziehern und Armen eines allgemeinen Drangs, sich zu bewegen und aufzubrechen auf der Suche nach warmem Wein und Schlaf. Auch wir schoben uns wenig später in den Fiaker, um in unser Viertel zurückzukehren. Unterwegs besprachen wir ausführlich, was jeder zu sehen geglaubt hatte und was nicht ein und dasselbe war. Es war nie dasselbe und hatte deshalb größere Bedeutung. Zwischen der Rue de la Roquette und dem Börsenviertel war Zeit genug, die Zeremonie zu rekonstruieren, darüber zu diskutieren, sich bei Widersprüchen zu ertappen und zur Bewunderung unserer Gefährtinnen in später Stunde mit einer genaueren Ansicht oder mit ruhigeren Nerven zu prahlen.

Es war nicht verwunderlich, daß es meiner Mutter in jener

Zeit auffiel, wie schlecht ich aussah. Unverhohlen beklagte sie meine unerklärliche Gleichgültigkeit, unter der meine arme Braut zu leiden hatte und die noch damit enden würde, daß ich die Protektion der Freunde meines Vaters verlor, dank denen ich mir einen Weg im Wirkungsbereich der Börse öffnete. Auf derlei Sätze konnte man nur mit Schweigen antworten und ein paar Tage später mit einer neuen Zierpflanze aufkreuzen oder mit einem Gutschein für Wollknäuel zu herabgesetztem Preis. Irma zeigte mehr Verständnis. Sie vertraute offenbar darauf, daß die Ehe mich dereinst der bürokratischen Normalität zurückgeben würde. Ich war in dieser letzten Zeit nahe daran, ihr recht zu geben, aber ich konnte unmöglich die Hoffnung fallenlassen, daß der große Schrecken im Galerieviertel ein Ende nähme und die Rückkehr in die Wohnung nicht länger einer Flucht gliche, einem heißen Wunsch nach Schutz, der sich auflöste, sobald meine Mutter anfing, mich seufzend anzublicken, oder Irma mir eine Tasse Kaffee reichte mit dem Lächeln einer bräutlichen Spinne. Wir befanden uns wieder einmal in einer Zeit strengster Militärdiktatur. Die Leute aber begeisterten sich vor allem für die unmittelbar bevorstehende Lösung des Weltkriegs. Beinah jeden Tag wurden Kundgebungen im Stadtzentrum veranstaltet, um das Vorrücken der Alliierten und die Befreiung der europäischen Hauptstädte zu feiern, während die Polizei gegen Studenten und Frauen vorging, die Geschäfte in aller Eile die eisernen Rolläden herunterließen und ich, durch den Zwang der Umstände mitten in einer gegenüber den Aushängen von »La Prensa« festgenommenen Gruppe stehend, mich fragte, ob ich noch lange fähig sein würde, das konstante Lächeln der armen Irma zu ertragen sowie die Feuchtigkeit, die mir das Hemd im Auf und Ab der Kursnotierungen durchnäßte. Ich fing an zu begreifen, daß das Galerieviertel nicht wie früher Ziel eines Begehrens sein konnte, als es noch genügte, auf einer beliebigen Straße auszuschreiten, und sich an irgendeiner Ecke alles so fügte, daß ich mühelos zur Place des Victoires gelangte, wo es so angenehm war, zu bummeln und durch die Gassen mit ihren Läden und staubigen Hausfluren zu streifen und zu der Stunde, die am günstigsten war, auf der Suche nach Josiane die Galerie Vivienne zu betreten, falls ich nicht auf den Einfall kam, zuerst durch die Passage des Panoramas oder die Passage des Princes zu gehen und einen etwas geschmacklosen Umweg zu machen und an der Börse herauszukommen. Freilich hatte ich nicht wie an jenem Morgen den Trost des kräftigen Kaffeedufts in der Güemes-Passage (es roch nach Sägemehl und Spüllauge). Ich mußte allmählich zugeben, daß das Galerieviertel nicht länger der ruhige Hafen war; obwohl ich noch an die Möglichkeit glaubte, mich von meiner Arbeit und von Irma befreien zu können und mühelos Josianes Ecke zu finden. In jedem Augenblick, vor den Aushängen der Zeitungen, unter Freunden, im Patio des Hauses und vor allem abends, zu der Stunde, da man dort die Gaslaternen anzünden würde, packte mich die Lust zurückzukehren. Aber etwas zwang mich, an der Seite meiner Mutter und Irmas zu bleiben, eine dunkle Gewißheit, im Galerieviertel nicht mehr wie früher erwartet zu werden, weil der große Schrecken mächtiger als alles andere war. Ich betrat die Banken und Handelshäuser, als sei ich ein Automat. Ich ertrug den täglichen Zwang, Wertpapiere zu kaufen und zu verkaufen, die Hufe der Polizeipferde zu hören, die gegen das Volk vorgingen, das die alliierten Siege feierte. Jetzt glaubte ich kaum noch daran, mich aus alldem befreien zu können. Als ich endlich das Galerieviertel erreicht hatte, bekam ich beinahe Angst, fühlte mich fremd und fehl am Platz wie nie zuvor. Ich flüchtete mich in eine Toreinfahrt, damit Zeit verginge und die Leute weiterliefen. Zum ersten Mal kostete es mich Mühe, all das aufzunehmen, was früher mein gewesen war, die Straßen und die Fahrzeuge, die Kleidung und die Handschuhe, der Schnee in den Patios und die Stimmen in den Läden. Bis ich wieder wie geblendet war und Josiane in der Galerie Colbert fand und unter Küssen und Luftsprüngen erzählt bekam, daß es keinen Laurent mehr gab. Nacht für Nacht habe man im Viertel das Ende des Alptraums gefeiert, jeder habe nach mir gefragt und endlich sei Laurent ... doch wo hätte ich bloß gesteckt, daß ich von nichts eine Ahnung hatte, und so vieles mehr und so viele Küsse. Nie hatte ich sie mehr begehrt, und nie liebten wir uns inniger unter der niedrigen Decke ihres Zimmers, die ich vom Bett aus mit der Hand berühren konnte. So viele Zärtlichkeiten, so viele Klatschgeschichten und wunderbares Aufzählen all der Tage, während der Abend sich in der Kammer ausbreitete. Laurent? Ein Marseiller mit Kraushaar, ein elender Feigling, der sich auf dem Dachboden des Hauses verschanzt hatte, wo er kurz vorher wieder eine Frau umgebracht. Verzweifelt hatte er um Gnade gebettelt, während die Polizei die Tür einwarf. Und Paul hieß er, das Monstrum, stell dir vor, auch das noch; er hatte gerade sein neuntes Opfer auf dem Gewissen. Man mußte ihn zum Überfallwagen schleppen, während das gesamte Polizeiaufgebot vom zweiten Distrikt ihn ohne große Lust vor der Menge schützte, die ihn am liebsten in Stücke gerissen hätte. Josiane hatte Zeit gehabt, sich an den neuen Zustand zu gewöhnen und Laurent in ihrem Gedächtnis, das nur wenige Bilder aufbewahren konnte, zu begraben. Für mich aber war es zuviel, ich konnte einfach nicht daran glauben, bis ihre Freude mich endlich davon überzeugte, daß es keinen Laurent mehr gab und wir wieder durch die Passagen und die Straßen schlendern konnten, ohne vor den Hauseingängen Angst haben zu müssen. Unbedingt mußten wir zusammen ausgehen und die Befreiung feiern, und weil es nicht mehr schneite, wollte Josiane zur Rotunde des Palais Royal, die wir zu Laurents Zeiten nie besucht hatten. Während wir singend die Rue des Petits Champs hinunterzogen, nahm ich mir fest vor, Josiane noch heute abend in die Kabaretts der Boulevards mitzunehmen. Die Nacht könnten wir in unserem Café beschließen, wo sie mir mit Hilfe von viel Weißwein meine große Undankbarkeit und mein langes Ausbleiben verzeihen würde.

Für wenige Stunden trank ich bis zur Neige die glücklichen Stunden der Galerien und überzeugte mich schließlich, daß das Ende des großen Schreckens mich meinem Himmel aus Stuck und Girlanden heil und gesund zurückgegeben hatte. Während ich mit Josiane in der Rotunde tanzte, wich der letzte Druck dieser ungewissen Zwischenzeit von mir. Mein besseres Leben, das so weit war von Irmas Salon, dem Patio des Hauses und dem verminderten Trost der Güemes-Passage, ward neu geboren. Nicht einmal dann, als ich mit Kiki, Josiane und dem Wirt über so viele heitere Dinge sprach und das Ende des Südamerikaners erfuhr, kam mir der Verdacht, daß ich nur einen Aufschub erlebte, eine letzte Gnade. Von dem Südamerikaner übrigens sprachen sie mit einer spöttischen Gleichgültigkeit, als ging es um irgendeine Extravaganz der Gegend, mit der man eine Lücke im Gespräch füllen konnte, ehe man zu spannenderen Themen kommt. Der Südamerikaner sei vor kurzem in einem Hotelzimmer gestorben – das war kaum mehr als eine flüchtige Information, und Kiki war schon bei den Festen, die man in einer Mühle der Butte vorbereitete. Es kostete mich Mühe, sie zu unterbrechen und nach Einzelheiten zu fragen; ich wußte nicht genau, warum ich es tat. Von Kiki erfuhr ich schließlich ein paar geringfügige Details, den Namen des Südamerikaners, gut und gern ein französischer Name, den ich sogleich vergaß, seine plötzliche Erkrankung in der Rue du Faubourg Montmartre, wo Kiki einen Freund hatte, der ihr das alles erzählte; seine Verlassenheit, die elende Kerze, die auf einem mit Büchern und Papieren beladenen Wandtischchen brannte; der graue Kater, den ihr Freund zu sich genommen; die Wut des Hotelbesitzers, dem dies just in dem Augenblick angetan wurde, da er seine Schwiegereltern erwartete; die sang- und klanglose Beerdigung, das Vergessen, die Feste im Moulin de la Butte, die Festnahme von Paul dem Marseiller, die Unverschämtheit der Preußen, denen man endlich eine gebührende Lehre erteilen müßte. Aus alldem fielen, wie zwei welke Blumen aus einer Girlande, die beiden Toten heraus, die mir irgendwie symmetrisch erschienen: der Südamerikaner und Laurent; der eine in seinem Hotelzimmer, der andere sich in nichts auflösend und seinen Platz an Paul den Marseiller abtretend. Fast war es ein und derselbe Tod, etwas, das für immer aus dem Gedächtnis des Viertels verschwände. Noch in dieser Nacht konnte ich glauben, alles ginge so weiter wie vor dem großen Schrecken. Wieder gehörte Josiane mir in der Dachkammer, und als wir Abschied nahmen, versprachen wir uns für den Sommer Feste und Ausflüge. Aber es war Frostwetter in den Straßen, und die Kriegsnachrichten machten meine Anwesenheit in der Börse von neun Uhr morgens an erforderlich. Mit einer Anstrengung, die mir damals verdienstvoll erschien, vermied ich es, an meinen wiedereroberten Himmel zu denken, und nachdem ich bis zum Umfallen gearbeitet hatte, aß ich bei meiner Mutter zu Mittag und war ihr dankbar, daß sie mich erholter fand. Diese Woche verbrachte ich, ohne Zeit für etwas zu haben, mitten im schwersten Börsenkampf, nach Hause eilend, um mich zu duschen und das durchgeschwitzte Hemd zu wechseln, das nach einer Weile nur noch schlimmer aussah. Die Bombe fiel auf Hiroshima, und unter meinen Kunden herrschten Verwirrung und Ratlosigkeit. Man mußte eine beharrliche Schlacht liefern, um die am meisten bedrohten Wertpapiere zu retten, und in dieser Welt einen zuverlässigen Weg finden, in der es jeden Tag eine neue Naziniederlage gab und ein haßerfülltes Aufbegehren, sinnlose Reaktion der Diktatur gegen das Unwiederbringliche. Als sich die Deutschen ergaben und das Volk in Buenos Aires auf die Straße ging, dachte ich daran, Urlaub zu nehmen, aber jeden Morgen warteten neue

Probleme auf mich. In diesen Wochen heiratete ich Irma, nachdem meine Mutter am Rande eines Herzanfalls gewesen war und die ganze Familie, vielleicht zu Recht, mir die Schuld gab. Immer wieder fragte ich mich, warum, nachdem der große Schrecken im Galerieviertel ein Ende gefunden, nicht für mich die Stunde kam, die mich mit Josiane zusammenbrachte, damit wir die Spaziergänge unter unserem Himmel aus Gips wiederaufnähmen. Ich glaube, die Arbeit und die Familienverpflichtungen hinderten mich daran, und ich weiß nur, daß ich in sorglosen Augenblicken durch die Güemes-Passage lief, unschlüssig nach oben blickend, Kaffee trinkend und mit immer weniger Überzeugung an die Nachmittage denkend, da es genügt hatte, eine Weile ziellos umherzulaufen, um in meinen Stadtteil zu kommen und Josiane des Nachmittags an irgendeiner Ecke zu begegnen. Nie habe ich es zugeben wollen, daß die Girlande endgültig geschlossen war und ich mich nicht wieder mit Josiane in den Passagen oder auf dem Boulevard treffen würde. An manchen Tagen muß ich an den Südamerikaner denken, und bei diesem lustlosen Grübeln bilde ich mir schließlich ein, um mich zu trösten, daß er uns, Laurent und mich, mit seinem Tod umgebracht hat. Meine Vernunft widersetzt sich dieser Überlegung, ich sage mir, daß ich übertreibe und eines Tages ins Galerieviertel zurückkehren und Josiane wiederfinden werde und daß sie über meine lange Abwesenheit verwundert sein wird. Doch aus diesen oder jenen Gründen bleibe ich zu Hause, trinke meinen Mate, höre Irma zu, die auf den Dezember hofft, und frage mich ohne große Begeisterung, ob ich, wenn die Wahlen kommen, für Perón oder für Tamborini stimme oder einen Blankoschein abgebe oder ganz einfach zu Hause bleibe und Mate trinke, Irma betrachte und die Pflanzen im Patio.

Inhalt

DIE GEHEIMEN WAFFEN (1959)

GESCHICHTEN DER CRONOPIEN UND FAMEN (1962)

Handbuch der Unterweisungen

Sonderbare Beschäftigungen

Plastisches Material

I *Erstes und noch ungewisses Lebenszeichen der Cronopien, Famen und Esperanzen. Mythische Phase*

II *Geschichten der Cronopien und Famen*

III *Ihre Naturgeschichten*

DAS FEUER ALLER FEUER (1966)

Julio Cortázar, Die Erzählungen
Inhaltsübersicht der Bände 1, 3 und 4:

Band 1 enthält die Sammlungen:
Das andere Ufer
Bestiarium
Ende des Spiels
und ein Vorwort von Mario Vargas Llosa

Band 3 enthält die Sammlungen:
Aus: *Reise um den Tag in 80 Welten*
Aus: *Letzte Runde*
Oktaeder
Passatwinde

Band 4 enthält die Sammlungen:
Ein gewisser Lukas
Alle lieben Glenda
Unzeiten
und ein Gesamtinhaltsverzeichnis